그리운 시절로 띄우는 편지

오에 컬렉션 V

그리운 시절로 띄우는 편지

오에 겐자부로 지음
서은혜 옮김

21세기문화원

일러두기

1. 이 책은 오에 겐자부로大江健三郎의 『그리운 시절로 띄우는 편지懷か
   しい年への手紙』(講談社, 2023) 12쇄본을 번역한 것이다.
2. 맞춤법과 표기법은 국립국어원의 어문 규범에 따랐다. 다만 외국어 표
   기가 원음과 멀어진 경우에는 예외로 했다.
3. 옮긴이 주는 별도로 표시하지 않고, 본문의 괄호 안에 바로 써넣은 다음
   글자 크기를 작게 하여 구분할 수 있도록 했다.
4. 강조점이나 따옴표 등은 가로쓰기의 부호를 중시하되, 단행본과 잡지는
   『』, 권과 기사는 「」, 영화와 공연은 〈〉로 표시했다.
5. 오에 컬렉션 간행 위원회는 여러 번 원고를 윤독하며 우리말을 살리고
   전문 용어를 통일함으로써 최대한 번역의 완성도를 높였다.

오에 컬렉션을 발간하며

오에 컬렉션은 읽기와 쓰기를 향상하기 위해 기획되었다. 요즘 스마트폰 세대는 움직이는 영상은 익숙하지만, 고정된 활자는 그렇지 못하다. 만약 우리가 빨리 '보는 감각'만 앞세우면, 찬찬히 '읽고 쓰는 사고력'은 뒤처지기 마련이다.

시중에는 읽기와 쓰기 관련서가 많다. 하지만 주로 초급용이다. 보다 근본적으로 문제를 성찰하고 해결하려면 좀 더 수준 높은 '현대적인 고전'이 필요하다.

이른바 작가라면 소설 읽기와 쓰기에 대해 고민하지 않을 수 있겠는가. 오에 겐자부로大江健三郎는 일평생 치열하게 소설이라는 형식을 연구하고 그 방법을 다음 세대의 읽고 쓰는 이들에게 전하고자 노력했다. 이런 작가는 매우 드물다!

오에는 도쿄대 스승인 불문학자 와타나베 가즈오渡辺一夫의 가르침을 본받았다. 전 생애에 걸쳐 3년 단위로 뛰어난 문학자나 사상가를 한 명씩 정하여 집중적이고 체계적으로 읽어 나간 것이다. '오에 군은 숲속에서 샘물이 솟아나듯 소설을 쓴다'는 스승의 칭찬이 괜히 있는 게 아니었다.

하지만 국내에서 오에는 일본의 군국주의화를 반대하는 다양한 활동 때문에 '행동하는 지식인'의 이미지가 강렬하여, '소설가의 소설가'로 불리는 그의 소설에 대한 열정과 지식이 똑바로 부각되지 못하고 있는 형편이다.

이에 평소 오에를 연구해 오던 간행 위원회는 소설 읽기와 쓰기의 궁극적 단계에 이른 그를 한국의 독자들에게 충실히 알리고자 이 자리에 모이게 되었다. 노벨문학상 수상 작가인 그는 과연 어떻게 책을 읽고 글을 썼는가. 그것을 제대로 살피는 것이야말로 21세기에 걸맞은 오에 컬렉션을 기획한 목적에 부합하리라 믿는다.

오에 컬렉션은 평론 4권, 소설 1권의 전 5권으로 구성했다. 독자 여러분들은 제1권에서 제4권까지 읽기와 쓰기 이론의 정수를 경험하고, 그 이론이 실제 소설에서는 어떤 양상으로 표출되는지를 제5권을 통해 확인할 수 있을 것이다.

첫째, 『새로운 문학을 위하여』이다. 이 논집에서 오에 겐자부로는 단테·톨스토이·도스토옙스키 등의 작품들을 러시아 포멀리즘의 '낯설게 하기'라는 방식으로 새롭게 바라보는 것에서 출발한다. 그는 '문학이란 무엇인가, 문학은 어떻게 만드는가, 문학을 어떻게 수용할 것인가' 등과 같은 질문을 파고든다. 문학을 적극적으로 읽고 쓰기를 원하는 이들에게 그의 경험과 방식은 도움이 되리라 생각한다. 어쨌든 이 책은 이와나미신서 시리즈의 첫 번째 작품으로 배치될 만큼 대표적인 문학 입문서이다.

둘째, 『읽는 행위』이다. 이 논집에서 오에는 '독서에 의한 경험은 진정한 경험이 될 수 있는가, 독서에 의해 훈련된 상상력은 현실 속의 상상력일 수 있는가' 하고 묻는다. 그리고 곧바로 독서로 단련된 상상력은 확실한 실체로 존재한다고 답을 내린다. 이는 초기의 다양한 경험 부재에 대한 고뇌와 소설 쓰기 방법론의 암중모색을 거치고 터득한 십여 년에 걸친 장고의 산물이라 할 수 있다. 즉 작가 스스로에 대한 근본적 물음이자 확답, 그리고 독자들에 대한 선험자로서의 제언인 것이다. 이러한 작가 인식은 소설가라는 개인의 글쓰기와 읽기의 고민에서 출발하여 그것이 마을·국가 그리고 소우주라는 공동체의 역사와 신화를 이야기하는 집단적 상상력의 확대로까지 이어질 수 있음을 여실히 보여 준다. 읽는 행위를 통해 활자 너머에서 오에가 느꼈을 상상력의 자유를 독자 여러분도 감지할 수 있으리라….

셋째, 『쓰는 행위』이다. 작가로서 '읽는 행위'에 대한 효용성과 고민을 어느 정도 해소한 후 중견 작가로서 본격적으로 '쓰는 행위'를 논한 창작론이다. 오에는 소설을 쓸 때의 스스로의 내부 분석부터 시작하여 시점·문체·시간·고쳐쓰기 등의 문제에 관하여 자신이 실제 소설을 쓸 때의 경험을 바탕으로 얻어 낸 것들을 일종의 임상 보고 형식으로 풀어내고 있다. 이렇듯 일반적인 소설 작법서와는 차별화된 오에만의 독특한 창작론은 새롭게 소설을 쓰려는 사람들은 물론이거니와 소설을 다양한 방식으로 읽고자 하는 독자들에게도 유용한 힌트가 될 것이다.

넷째, 『소설의 전략』이다. 제2권 『읽는 행위』와 제3권 『쓰는 행위』의 '작가 실천편'에 해당하는 평론이다. 오에가 장애를 가진 아들의 출생 등 자신에 닥친 고난을 소설 쓰기로 극복하고자 한 것은 잘 알려진 사실이다. 하지만 일반인이 현실의 역경을 소설이라는 '제2의 현실', '문학적 현실'로 바꾸는 것은 그리 간단한 일이 아니다. 이 책에서 오에는 어떻게 작가로서 소설을 통해 활로를 찾아 나갔는지를 밝히고 있다. 즉 자신의 실제 독서 경험과 창작 방식의 비법을 풀어놓으며 독자들이 소설의 '전략'을 터득할 수 있게 도와주는 것이다. 특히 소설이라는 형식에 그 누구보다도 의식적이었던 작가는 50대를 맞이하며 방법론적 연구와 고뇌가 절정에 이르렀다.

바로 그 전성기 때 이 책을 썼다. 작가의 경험과 지식은 물론 열정이 넘친다. 독자들은 소설의 형식을 익히며 현실 문제에 대한 해결의 실마리까지 얻을 수 있을 것이다.

다섯째, 『그리운 시절로 띄우는 편지』이다. 이 소설은 내용 적으로는 『만엔 원년의 풋볼』, 『동시대 게임』을 잇는 고향 마을의 역사와 신화를 둘러싼 '구원과 재생'의 이야기인데, 형식적으로는 사소설의 재해석이라 부를 수 있을 정도로 난 해하다. 하지만 이 작품은 완숙한 중년 작가의 방법적 고뇌 가 함축되어 있는 소설이라 할 수 있다. 소설가가 발 딛고 있 는 동시대라고 하는 무대를 역사로 쓰는 것과 소설로 쓰는 것에 대한 고민이 절실히 느껴진다. 주인공 '나'가 '기이 형' 에게 평생 부치겠다는 편지는, 소설가로서 쓰는 행위를 이어 가겠다는 오에 자신의 결의의 표현이자 소설이란 형식이 아 니면 자신의 이야기를 풀어낼 수 없다는 독자들을 향한 외침 이다. 제1권~제4권으로 소설 쓰기와 읽기를 익힌 독자라면 반드시 일독을 권한다. 쓰기와 읽기의 이론이 어떻게 소설화 되는지 그 구체적 과정을 직접 확인할 수 있다.

> 인생을 다시 고쳐 살 수는 없다. 그러나 소설가는 다시 고쳐 쓸 수가 있다. 그것이 다시 고쳐 사는 일은 아니라고 하더라도, 애매 하게 살아온 삶에 형태를 부여하는 일이 될 것이다.

무언가를 읽고 그것을 토대로 무언가를 쓰는 행위는 위의 오에 말처럼 인생의 의미를 명확히 하는 일임과 동시에 참다운 나를 찾아가는 과정이기도 하다.

국내의 오에 전문 연구가들이 한데 모여 오에의 진가를 알리고 읽기와 쓰기에 치열했던 작가의 고뇌와 결과물을 이제 '오에 컬렉션'이라는 형태로서 공유하고자 한다. 소설가이자 문학부 교수인 마치다 코우町田康가 간행 위원들의 마음을 대변하고 있어 소개로 갈음한다.

소설을 읽고자 하는 사람, 또 쓰고자 하는 사람은 프로든 아마추어든 이 책을 읽어라! 나는 무척이나 반성하면서 반쯤 울었다.

아무쪼록 독자 여러분들이 오에 컬렉션을 통해 격조 높은 작품들을 감상하면서 읽기와 쓰기의 세계도 더 즐길 수 있는 계기가 되길 진심으로 바란다.

2024년 1월
오에 컬렉션 간행 위원회

차 례

제 1 부

제1장 고요한 비탄

그해 가을, 내가 태어나 자란 숲의 골짜기 동네에 살고 있던 누이동생에게서 전화가 왔다. 기이 형이 대규모의 사업을 벌였다, 그가 항상 해 온 엉뚱한 짓의 연장이라고 생각 못할 바도 아니긴 하지만 그 결과가 불안하다며 우리의 오랜 친구이며 지금은 기이 형의 아내인 오셋짱이 의논을 하러 왔다는 것이다. 기이 형은 들떠서 이상한 짓을 하고 있기는커녕 오히려 냉정하게 자신을 억제하고 있는 듯한 태도여서 현장에서 지휘를 한 날도 집에 돌아와서는 단테를 읽는 습관은 여전했다. 게다가 말이나 행동 면에서 기이 형이 이쪽에 돌아와서 자기 것으로 삼은 스타일 그대로 나날을 보내고 있다.

하지만 기이 형은 정말 큰일을 새로 벌인 것이 아닐까? 기이
형으로서는 이것이 이 세상에서 보이는 마지막 움직임, 자신
의 독자적인 움직임이라는 것을 염두에 두고 그 준비를 시작
한 것이 아닐까? 불안은 점점 깊어만 간다. 오셋짱은 이런
이야기를 하면서 연말과 연초에 걸쳐 내가 골짜기에 돌아와
기이 형이 하고 있는 사업을 보고, 그와 이야기를 좀 나눠 볼
수 없을까 하더라는 것이다.

만약 K 오빠가 얼마간 머무를 생각이 있다면 어머니와
함께 있든지, 기이 오빠네 있든지 하면 되고 아니면 근거지
운동 때 만든 '아름다운 마을'의 커다란 버드나무 옆 외딴
집이 있죠? K 오빠가 숲속으로 돌아오지는 않으리라고 단
념하고 나서도 기본 전기요금은 기이 오빠가 계속 내고 있
었대요. … 계획을 세워 봐 주세요. 저도 기다리고 있어요.
할머니는 소형 전축을 한 대 사서 당신이 지키고 있던 고신
庚申(제신祭神, 도교와 불교의 청면금강과 제석천 등의 신앙이 혼
합된 것) 님의 신당에 들여놓으셨어요. 히카리가 돌아오면
음악을 들려주려구요. 히카리더러 좋아하는 음반이나 테이
프를 가져오라고 전해 달래요. … 기이 오빠가 시작한 일에
대해서는 내가 직접 관찰한 것을 이야기할 수도 있겠지만
역시 오빠가 선입견 없이 보는 게 좋겠죠?

기이 형도 장마 무렵에 편지를 보냈는데 완전히 새로운 사태는 아니더라도 그의 내부에서 틀림없이 무언가가 대단한 기세로 꿈틀대기 시작했음을 알리는 것 같기는 했다. 허물없는 편지에서도 결코 상대방의 글을 요약하지 않는 것이 기이 형의 버릇이었는데 그는 이번에도 직접 인용을 섞어 다음과 같이 썼다.

자네는 출판사의 선전용 소책자에서 이런 이야기를 하고 있더군.

"나는 얼마 전부터 나의 뿌리를 이루는 감정은 '비탄'이라고 느껴 왔습니다. 이것은 학생 시절 포크너라든가 블레이크의 문장에서 발견한 낱말입니다만 최근에는 윌리엄 스타이런의 『이 고요한 티끌』도 이러한 감정이 가득 차 있음을 느꼈습니다. 젊은 시절에도 일종의 비탄의 감정을 지니고는 있었지만 그것은 거칠었고, 나이를 먹으면서 문득 깨닫고 보니 아주 고요한 비탄이라고나 불러야 할 것으로 변해 가고 있었습니다. 앞으로 나이를 먹으면서 이러한 감정은 깊어지는 것이 아닐까 여깁니다."

자네가 말하는 '비탄'이라는 감정이 어떤 연령을 넘어선 인간을 되풀이해서 사로잡는다는 관찰은 나도 경험에서 우러나온 말이라 여겨 찬성하네. 우리를 사로잡는 '비탄'의 감정이라고 하고 싶을 정도로 실은 공감하고 있기도 하지. 하지만 자네보다 조금 더 나이를 먹은 내 경험을 바탕으로 이야기를 하자면 자네가 하는 이야기와 다른 점도 있다는 것이지.

젊은 시절에도 일종의 비탄의 감정을 지니고는 있었지만 그것은 거칠었다. 이 관찰에는 전적으로 찬성. 나 역시, 또 자네의 경우에도 서로를 젊은 시절의 얼굴 생김새에 겹쳐 떠올릴 때가 있다네. 그 시절이라고 하면 막연한 이야기가 되겠지만 느낌은 전해지지? 그 시절 말야, K. 자넨 이마가 좁다는 걸 신경 쓰고 있었지. 올봄에 텔레비전에 나와 이야기하고 있는 자네를 보며 이마 쪽으로 자꾸 눈이 가서 아련한 감회를 느꼈다네.

그리고 계속해서 자네가 말하는, 나이를 먹으면서 문득 깨닫고 보니 아주 고요한 비탄이라고나 불러야 할 것으로 변해 가고 있었다는 그 생각에도 말하자면 단계나 과정에는 찬성이라구. 나 역시 얼마 전까지 그렇게 느끼고 있었던 것을 기억하고 있으니까. 그런데 자네보다 다섯 살 더 먹은 나로서는 다음의 한 구절에는 결코 찬성할 수가 없다네. 이제부터도 나이를 먹어 가면서 (아주 고요한 비탄이라고나 불러야 할) 이러한 감정은 깊어지는 것이 아닐까 여깁니다.

나이를 먹는다, 그리고 갑작스레 어떤 역행逆行이 일어난다, 몹시도 거친 비탄이라는 것이 자신을 기다리고 있을지도 모른다고 K, 자네는 생각해 본 적이 없나? 언제까지나 제대로 단테를 읽기 시작할 낌새가 안 보이는 자네에게 이런 소리를 해 봤자 소용없겠지만 그의 지옥에도, 연옥에도 거칠기 짝이 없는 늙은 비탄자들은 널려 있다네. 자네가 쓴 글을 읽고 자극을 받아 내 근황을 보고하기도 할 겸 이것을 썼네. 어쨌든 자네와 오유 씨와 아이들의 건강을 기원하며. 기이.

이 편지가 오기 얼마 전에도 기이 형이 '아름다운 마을'의 집에 관해 써 보낸 적이 있었다. 동생이 전화로 말한 대로 오셋짱을 불안하게 할 만한 변화의 징후는 그 글에도 분명히 있었던 듯하다.

"무화과나무의 비유를 배우라, 그 가지가 연하여지고 잎사귀를 내면 여름이 가까운 줄을 아나니."

성서에 나오는 이 한 구절에 내가 깊이 끌렸음을 이야기하고 싶으이. K, 나는 아주 오랫동안 셀 수도 없는 나무들에 둘러싸여 살아왔네. 그건 자네가 잘 알지. 대학 시험에 떨어진 자네를 마을에서 내 곁에 두고 공부를 계속시키고

싶다는 마음 — 영시를 탐독하던 때처럼 내 제자로서 말일세. 자네는 사실 나라는 스승에게서 공부를 한 셈이지. K여, 어딘가 썼더라만 영시에 관해서는 혼자 공부한 아마추어라고 우겨 대는 것은 과연 옳은 일인가? — 한편으로는 자네를 삼림 조합의 서기로 만들어 버린다는 건 견딜 수 없을 것 같은 기분도 들어서 결국, 내가 그 자리를 빼앗고 말았어. 자네가 도쿄로 진학을 할 수밖에 없도록 만든 것이었지. 이십여 년 전 그 일이 있고 나서 나는 나무에 관한 실무 전문가가 되었고. 삼림 조합보다 그쪽 일이 더 재미있어서 오직 나만을 위해 아침 일찍부터 덴쿠보テン窪(산 꼭대기의 웅덩이라는 뜻이지만, 고유명사처럼 쓰이고 있음) 한쪽 비탈 전체에 산벚꽃나무를 심은 적도 있다네. 그중에서 잘 자라 모양 고운 것을 골라서 지난번 '아름다운 마을'에 새로 옮겨 심었지. 지금 대규모 토목 공사를 시작하려는 참인데 일을 할 사람들은 이미 확보해 놓았어. 어쨌든 그래서 지금은 근사한 산벚꽃나무 두 그루가, 자네가 귀향했을 때 원한다면 묵을 수도 있는 집 바로 옆에 서 있네….

이야기가 어느새 곁길로 빠졌네만, 이것저것 수목과 관계가 깊어졌는데도 나는 이 나이가 되도록 그 가지가 연하여지고 잎사귀를 내면이라고 느끼지는 못했다는 이야기야. 딱딱하던 겨울눈이 부드러워져서, 라는 것하고는 달라. 이것은 나무의, 말하자면 그 몸 한가운데에서 싹이 튼다고 느끼는 것일세. 이것이 바로 얼마 전에 마태복음을— 인용문에 이끌려 마가복음도 봤네만— 잠들기 전에 읽으면서 깨달은 것일세.

그래서 나는 실제 식물과는 오히려 별개라고 할 수 있는 어떤 이미지에 사로잡혀 잠들기 전까지 얼마 동안 그것 말고 다른 생각은 전혀 할 수가 없었다네. 나무에 가지가 있다. 그것도 사람 팔뚝 굵기 정도인. 그리고 팔로 말하자면 상박부 안쪽 평평한 곳이 부드러워져서 잎이 나온다. 그 가지가 연하여지고 잎사귀를 내면, 여름이 가까운 줄을 알지니. 나에겐 그 가지가 부드러워진다는 이미지가 이제부터 줄곧 생각해 나가기 위한 버팀목이 되는 은유(메타포)처럼 느껴지더군.

다음 날 아침에는 이 신약의 한 구절에 끌리게 된 준비 단계라고 할 만한 것에 대해서도 깨닫게 되었지. 그건 이미 K도 아아, 그때쯤이구나, 하고 짚이는 것이 있을걸? 언젠가 쓴 편지에 후지사와 노리오藤沢令夫가 옮긴 글을 인용한 적도 있으니까. 『파이드로스』에서 '천상의 세계'의 아름다움을 상기시킬 만큼 멋있는 얼굴이라든가 육체를 본 자들에게 일어나는 반응을 적은 부분.

"그런데 그 모습을 지켜보고 있는 동안에 마치 오한 후에 일어나는 듯한 반작용처럼 이상한 땀과 열기가 그를 사로잡는다. 그것은 그가 아름다움의 흐름을 — 날개에 윤기를 주는 아름다움의 흐름을 — 눈을 통하여 받아들인 까닭에 뜨거워진 것이 틀림없다. 그리고 이 열기 때문에 날개가 솟아 나와야 할 곳이 녹아 버린다. 이 부분은 이미 오래전부터 딱딱하게 말라붙어 완전히 막혀 버려서 날개가 나오는 것을 방해하고 있었던 것이다. 이제 양분이 스며드니 날개의 축은 부풀고 그 뿌리에서부터 영혼의 모습 전체를 뒤덮을 만큼 성장하려는 약동을 시작한다. 영혼은 원래 그 전체에 걸쳐 날개를 지니고 있었으므로."

　나는 그날 아침 일찍, 아직 이슬이 채 마르지 않아 나뭇잎이 가장 생생한 색깔과 질감을 드러내고 있는 동안 내내, 이미 멸망해 가고 있는 '아름다운 마을'을 둘러싼 산기슭의 나무가 "가지가 연하여지고" 날개가 싹트느라 근질근질해진 모습에 감정을 이입하고 있었다네. 말하자면 시코쿠四国의 숲속에서 그야말로 '은둔자 기이'로서 말이야. 단테뿐 아니라 플라톤을 전집으로 읽어 온 것이 헛수고는 아니었다는 생각도 들었다는 이야기를 편지로 쓴 참일세. 환절기라서 — 숲속에 사는 중년 남자조차 약간 이상해지는 판이니 — 히카리 군에게 안 좋은 일이 생기지 않기를 기원하고 있네. 물론 K의 몸에도, 영혼에도. 기이 기이 형의 편지 속에서 별로 중요하지 않은 부분부터 말을 이어 가자면 은둔자 기이라는 인용어구는 내가 『만엔 원년의 풋볼』과 또 다른 단편 속에서 쓴 인물의 이름이었다. 정신이 이상해져 숲속에 살다가 결국은 불의의 죽음을 당한, 잊을 수 없는 실재 인물을 마을 사람들이 부르던 이름 그대로 쓴 것이다. 그 당시, 기이 형과 그 인물을 연결시키려는 의도는 없었다. 소설을 발표했을 때, 기이 형은 투옥 중이었고 그는 특히 나에게는 죽은 인간처럼 살겠다고 말하고 있었다. 나는 두 사람의 이름이 같은 발음을 지니고 있다는 자각조차 못했 건만 옥중에서 이 소설을 읽은 기이 형은, 그 시기에도 편지를 주고받고 있던 내 누이동생에게 곧잘 자기를 가리켜 은둔자 기이라고 부르곤 했던 것이다.

　골짜기 마을에 돌아와 날마다 주로 단테의 작품을 읽는 것으로 소일하는 생활을 시작하고 나서도 지옥 불길 속의 영혼에 빗대어 기이 형은 다음과 같이 써 보낸 적이 있었다.

　　K, 자네가 거의 10년이나 전에 쓴 '은둔자 기이'의 죽음 말일세. 숲의 정령으로 분장하여 마른 잎이 들러붙은 섶나무 가지로 몸을 감싸고는 모닥불 주위를 춤을 추며 맴돌던 끝에 불에 타 죽잖아. 내 영혼은 이 죽음을 지옥에서 영겁 동안 되풀이하는 게 아닐까 하는 생각이 든다네. '은둔자

기이'라니 내게 딱 들어맞는 이름을 붙여 준 셈이야. 모닥
불이 옮겨붙은 지옥불 속에서 '은둔자 기이'가 계속했다며
자네가 적었던 설교. 한밤중에 변소에라도 가려고 일어나
면, 달빛 아래서 낮과는 전혀 다른 모습을 한 숲을 둘러보
고 있는 나의 입술을 그의 말이 뚫고 나오는 일조차 있다네.

　내 누이동생은 숲속의 골짜기 마을에 계속 살았는데 어느
해인가 위령제에서 벌어진 비참한 사건을 전해 왔었다. 나는
그 편지를 기초로 삼아 『만엔 원년의 풋볼』의 후일담을 단편
으로 썼던 것이다. 은둔자 기이가 자신이 살고 있던 숲에서
내려와 현도縣道와 다리橋로 가는 길이 만나는 네거리에 서
서 했다는 설교도 시 비슷한 것으로 덧붙여 놓았다.

　　핵폭탄과 인공위성이 흩뿌리는
　　방사능의 재와 라디오 광선의 독에
　　모든 도시 모든 마을의
　　인간·가축·재배물이 침식당할 때
　　숲에서 일어나고 있는 것은 놀랄 만한
　　생명의 갱신이다. 숲의 힘은 강해지고
　　모든 도시 모든 마을의
　　쇠약은 거꾸로 숲의 회복이다.

방사능의 재와 라디오 광선의 독이야말로
나무의 잎과 땅 위의 풀과 그늘의 이끼에게
흡수되어 '힘'이 되기 때문이다.
나무와 풀잎들이 탄산가스에 죽지 않고
산소를 낳는 것을 보라
핵시대를 살아남고자 하는 자는
숲의 힘에 자기를 일치시키기 위해 모든 도시
모든 마을에서 빠져나와 숲속에 은둔하라!

그리고 이 시 비슷한 것이 들어 있는 단편은 실제로 기이 형을 알고 있는 이들에게—거기에 묘사한 것과 구체적인 기이 형의 생활이 다르다는 사실을 뻔히 알면서도—기이 형과 은둔자 기이를 겹쳐 생각하게 만드는 효과가 있었던 모양이다. 기이 형이 편지에 '은둔자 기이'라고 서명을 하게 된 것도 실은 이유가 있었던 셈이다.

우선 내 아내에게도 기이 형은 어느 만큼은 은둔자 기이인 모양이었다. 그녀는 결혼 전부터 나에게 기이 형이라는 특별한 친구가 있다는 것을 알고 있었다. 또한 내가 주위 사람들을 거의 사실에 가깝게 소설 속에 그려 내는 일이 있다고는 해도 지금까지 한 번도 기이 형에 대해서는 직접 쓴 적이 없다는 사실도 알고 있다. 그런데도 그녀는 때때로 기이 형을 은둔자 기이와 겹쳐 떠올리는 모양이었다.

그것은 이런 경우 분명히 나타나곤 했다. 소년 시절 내가 '본동네'에서도 구가旧家인 기이 형네 집에 심부름을 가게 되어 이미 아이들 사이에서 전설적인 인물이 된 기이 형과 얼굴을 마주 대하게 되었던 기억을 아내에게 이야기한 적이 있다. 그전에도 그 집이 소유하고 있던 산기슭의 언덕길을 가벼운 걸음으로 오르곤 하는 기이 형을 먼발치에서 본 적은 있었지만, 이날 나는 처음으로 형을 가까이에서 보고 이렇게 아름다운 소년도 있구나 하는 생각을 했었다….

아내는 내 이야기를 듣고는 이렇게 말하는 것이었다.

"그렇게 예쁘던 아이가 이제는 마른 잎으로 몸을 뒤덮고 낡은 우편배달부 모자를 쓴, 갈색 수염으로 덮인 얼굴로 변할 수도 있군요."

이것은 내가 묘사한, 불타 죽기 직전 숲의 정령으로 분장했던 은둔자 기이의 모습이 아닌가. 하지만 아내의 이 말을 듣고 보니 기이 형이 숲속의 노인으로서 생의 종말을 맞을 때에는 어쩌면 내가 그려 낸 은둔자 기이의 모습을 하고 죽을 수도 있겠다는 생각이 내게도 들었다. 사실 어느 정도 그에 근접하고 있기에 소년 시절에 본 그의 잔영을 중년 지긋한 기이 형에게 되살림으로써 뉴트럴하게 보지 못하는 나와는 달리 인디펜던트하게 기이 형을 보는 아내가 — 나의 과거지

향과는 반대로 미래에 연결될 방식으로 — 근래에 본 그의 모습에서 이러한 인상을 받았는지도 모르겠다는….

기이 형을 처음으로 본 날 이야기가 나왔으니 여기서 그때의 기억들을 상세히 써 두기로 하자. 나는 기이 형의 얼굴을 가까이서 보고는 이렇게 아름다운 소년도 있구나, 하는 생각을 했지만 그것은 다음과 같은 형태로 되새겨지며 굳어져 갔다. 골짜기에 사는 우리들보다 한층 깊은 숲속에서 그 품에 안기듯이 살아온 '본동네' 사람답게, 그것도 '본동네'에서 가장 오래된 집안 아이답게, 숲의 마력이 미치는 자장 속에서만 이러한 어린아이는 태어나고 자랄 수 있는 것이라는…. 그날도 마력이란 낱말이 내 속에 떠오르면서 그 낱말 뒤를 따라 오한이 얇은 옷을 걸친 어깨와 가슴을 꿰뚫는 것을 느끼기도 하였다. 기이 형과 숲의 마력을 연결하게 된 데는 전쟁 말기에 기이 형이 그 집에서 그를 돌보고 있던 세이 씨라는 여성 — 오셋짱의 어머니 — 과 함께 소년 '천리안'으로서 남방이나 중국에 출정한 골짜기와 '본동네', 나아가서는 이웃 마을 젊은이들의 현황을 알려 준다는 소문을 들었던 까닭도 있었다. 나는 얼굴을 붉히고 눈물을 글썽이면서 맨발등을 내려다보고 있었다. 처음 만났을 때 보인 이러한 태도 때문에 나는 그 후 몇 번이나 기이 형의 놀림을 받았던가….

나는 그때 막 열 살이 된 참이었는데 바로 전해에 할머니에 이어 아버지마저 여의었고, 그해 여름에 전쟁은 패전이라는 형태로 끝을 맺었다. 기이 형은 마쓰야마松山에서 다니던 중학교를 그만두고 '본동네'로 돌아와 있었다. 그래서 나는 기이 형과 함께 공부하는 상대로 뽑혀 마을 제일가는 자산가의, 고유명사처럼 불리던 저택에 출두한 참이었다. 이런 어린아이가 어떻게 중학생의 공부 상대가 될 수 있을까 하고 어머니는 걱정스런 얼굴이었지만 삼십 대 중반에 미망인이 된 어머니는 아는 사람의 제안을 거절할 용기가 없었다. 내쪽에서 한번 해 보겠다고 나서기도 했다. 어머니는 역시 마쓰야마의 상업학교에 다니고 있던 사촌 형의 가죽구두를 빌려 신겨 주었지만 골짜기의 현도를 지나 개울물을 따라 '본동네'에 올라갈 때쯤 나는 구두를 벗어 다리 밑 모밀잣밤나무 구멍 속에 감추어 두었다. 그걸 금세라도 누가 훔쳐 가는 것이 아닐까 싶어 가슴이 두근거리기도 했었다. 어둡고 널따란 저택 토방에서 세이 씨가 주는 물로 대야에 발을 씻고 걸레 대신 수건으로 발을 닦는 사치를 하고는 대청에 올라선 나는 아직도 내 발을 흘끗흘끗 내려다보고 있는 기이 형 앞에 서자 당장이라도 그곳을 뛰쳐나가고만 싶었다. 물론 그건 어머니를 탄식하게 하고 걱정을 끼치는 일이 될 터이니 집에 갈 생각은 없었고 숲속에 숨으려고 생각했었다. 어머니의 걱정도 아랑곳없이 나 같은 꼬맹이가 이 멋있는 중학생의 공부

상대가 될 수 있을지도 모른다며 감히 제안을 받아들이겠다고 생각한 것을 후회하면서….

그런데 기이 형은 호기심은 왕성하지만 심술꾸러기는 아니어서 그 후 우리가 함께 생활하면서 항상 그 울림이 들리고, 그렇지 않을 때도 약한 정전기의 불꽃같은 잔향이 귓가에 맴도는 듯하던 특유의 탄력 있고 밝은 목소리로 나를 어색한 지경에서 끌어내 주었다.

"'세월은 흘러간다'잖아. 힘들어 도망치고 싶을 때도 그저 그곳에 가만히 남아 있으면 '세월은 흘러간다'니까 언제까지나 힘이 드는 건 아니란다!"

그 어린 나이에 들은 말이라, 완전히 다시 만들어 낸 건 아니라 하더라도 아마도 시간이 흐르면서 나는 거기에 나름대로 수정을 가했을 것이다. 그렇지만 지금 기억하고 있는 대로 써 보니 아름다운 소년의 입술에서 나온 낱말들의 독특한 어감은 담겨 있는 것 같다. 이미 이때부터 교육가다운 자질이 확실히 드러났던 기이 형은 이어서 내 기분을 더욱 풀어 주었다.

기이 형은 나를 데리고 복도를 따라 안마당에 있던 별채로 가더니 의자가 하나뿐인 책상 옆 바닥에 그냥 주저앉았다. 그리고 똑같이 앉은 나에게 '기하'라는 표지가 붙은 책을 보이면서 이게 제일 어렵다고 말했다. 그렇게 가까이서 무릎을 맞대고 앉아 이야기를 하는 것이 거북스러워 나는 고개를 숙이고 그저 그 교과서를 읽어 나갔다. 그리고 처음 보는 중학교 교과서가, 본문보다 가늘고 작은 글씨로 인쇄된 문제를 포함해서 동화책을 읽듯이 그저 눈으로 활자를 좇기만 해도 이해가 되어 생각하기 위해 속도를 늦출 필요조차 없다는 것을 깨달았던 것이다.

하지만 그중의 몇 개의 정리를 증명해 보라는 말에 나는 기이 형이 모른다라고 하는 그 모른다는 말 자체를 내가 모르는 것이 아닐까, 그래서 내가 안다고 생각하는 것이 어쩌면 유치한 잘못을 저지르고 있는 것은 아닐까 싶었다. 흥분으로 뜨거워진 머리로 시골 아이답게 햇빛에 그을린 얼굴이 더욱 새빨개지는 것을 느끼면서 한참 동안은 말을 꺼내기를 주저했다….

이리하여 나는 기이 형의 공부 상대가 되었지만 물론 기이 형의 상대가 될 수 있었던 것은 '기하'와 '대수'뿐이었다. 다른 과목에서는 기이 형이 가진 이해력의 넓이와 깊이를 다섯 살이나 아래인 내가 쫓아갈 수 있을 리가 만무했다. 하지만 기이 형은 수학에서 보이는 나의 능력, 혹은 형의 부족을 실마리로 삼아 나의 열등감에 구멍을 내더니 그것을 점점 넓혀 갔다. 그리하여 국민학교를 마칠 때쯤에는 매일 '본동네'에 올라가 기이 형과 함께 공부를 하는 습관이 붙었던 것이다.

마침내 기이 형이 마쓰야마의 중학교로 돌아가게 되고 이어서 구제 고등학교, 그리고 도쿄의 신제 대학교에 진학하게 되어 숲속 마을에서 멀어져 버렸을 때 혼자 남겨진 낭패감과 슬픔이 얼마나 컸던가… 나의 소년 시절은 맨발로 그 집 토방에 섰던 그날부터 이전과는 완전히 다른 전망 속으로 밀려들어 갔던 것이다.

다음에 내가 '본동네'의 저택에서, 이번에는 별채 작은 방이 아니라 본채 서재에서 기이 형과 함께 공부를 시작했을 때 나는 이미 확실히 그의 제자 격이었다. 이미 도쿄에서 대학을 졸업한 기이 형은, 대학 입시에 실패하여 골짜기에서 다시 공부를 해야만 했던 나에게 아침부터 저녁까지 각 과목의 문제를 풀어 가는 집중적인 자습을 시키고 나면 함께 숲가를 거닐면서 영어 개인 교습을 해 주었던 것이다.

"문학부에 진학을 하더라도 K에게는 수학과 이과가 두 과목씩 있는 관립 전기대가 좋아. 국어는 잘할 것 같지만 확실치 않으니까. 그리고 영어는 대학에 가고 나서나 졸업한 후에 역사 공부와 연결할 수 있도록 해 두자!"

기이 형은 이런 말로 그때까지 자기 혼자 읽던 W. B. 예이츠를 함께 읽자고 권했다. 형이 숲에까지 들고 왔던 영어 공부를 위한 텍스트, 동네에서는 물론 마쓰야마에서도 보기 드물던 하드커버 원서의 촉감과 인쇄용 잉크나 제본용 풀 냄새가 아직도 내 기억에 아로새겨져 있다. 런던의 맥밀런 사에서 예이츠의 후기 시를 첨가한 제2판으로 1950년에 나온 『Col-lected Poems』. 발행된 지 3년 후 봄에 이미 그 책을 헌책으로 만들어 놓았던 형은 나더러 자기가 특별히 고른 짧은 시 한 편부터 함께 읽자고 했다. 기이 형은 대학에 남아 연구 생활을 시작한 친구에게서 그 책을 빼앗았다고 말했다. 일반 독자가 새로 수입된 원서를 손에 넣는다는 것은 어려운 시기였던 것이다.

첫 시를 고르면서 기이 형이 했던 말도 언제나 생각이 난다. '본동네'에서 자랐지만 농사일은 해 본 적이 없는 기이 형의 보기 좋게 기다란 손가락은 예이츠 시집에 대한 경의가 부족하다고 할 정도는 아니지만 사랑스러워 견딜 수 없다는 듯 쉴 새 없이 책을 어루만지고 있었다. 나는 기이 형이 책에 대해 품은 애정을 존중하여 펼친 페이지를 노트에 옮기고 사전에서 찾은 낱말도 거기에 적어 넣는 등 절대로 책 자체를 더럽히는 일이 없도록 노력했다.

"K"

기이 형은 말했다.

"나만큼 경험이 있는 사람에게조차 이 시집 한 권 속에 지금까지 살아온 것 전체를 설명할 만한 시가 죄다 들어 있으니 놀라워. 내가 태어나기 전 일부터 말야, 지금부터 삶 전체,

그리고 그 후의 일까지 모두 이 시집 한 권 속에 들어 있는
느낌이 드는 거야."

열여덟 살이 된 그해 봄에도 수학이나 이과 과목과 달리 인
간다운 모호함을 지닌 분야에서는 기이 형이 말하려고 하는
뜻을 전부 이해할 수 있다고는 여기지 않았다. 그러면서도
일종의 감으로 나는 지금 형이 그야말로 옳은 소리를 하고
있음을 느낄 수 있었다. 더 나아가 지금 느끼고 있는 그것을
지금부터 내 시간을 모두 투자하여 이해해 가는 것, 그것이
바로 살아간다는 것이 아닐까 하는 생각을 했던 것도 같다.

먼저 노트에 옮겨 적은 것은 「Under Saturn」이란 시였다.

Do not because this day I have grown saturnine
Imagine that lost love, inseparable from my thought
Because I have no other youth, can make me pine;

낱말들이 도치되어 있어 나는 좀처럼 의미를 알 수 없었다.
그 점에서는 기이 형은 나를 도와주지 않았다. 우선 원시를
외울 때까지 읽으면 의미는 저절로 떠오르는 것이고 그 단계
가 되면 잘 알 수 있듯이 시를 읽을 때 중요한 것은 그것을
외울 때까지 되풀이해서 읽는 행위 그 자체이지, 그 의미를
일본어로 이해한다는 것은 아무 의미도 없다고 형은 말했다.

그런 방법으로 외운 마지막 여섯 줄도 인용해 두기로 하자.

You heard that labouring man who had served my
people. He said
Upon the open road, near to the Sligo quay
No, no, not said, but cried it out — 'You have come
again,
And surely after twenty years it was time to come.' I
am thinking of a child's vow sworn in vain
Never to leave that valley his fathers called their
home.

영시를 읽는 법에 대한 기이 형의 교육 방침은 지금 생각
해 보면 옳은 것 같다. 기이 형은 조금 더 나이를 먹은 스승
으로서 자신이 경험한 바를 나에게 옮겨 심은 것일 게다. 기
이 형이 하는 말은 모두 그가 오랫동안 실천해 온 성과라고
받아들이는 것이 내 버릇이었지만 그것은 어쩌면 어제 얻은
프레쉬한 지식을 당일 아침에 실제로 시험해 보고 오후에는
기다렸다는 듯이 나에게 전수해 주었던 것인지도 모른다.

그러니 틀림없이 기이 형은 나에게 가르쳐 준 그대로 영시
를 대했을 것이다. 기이 형의 성격상, 자기가 옳은 방향이라

고 여긴 것은 실제로 그대로 행했을 것이기 때문이다. 나는 기이 형의 교육 방침에 따라 원시를 암송하려 노력했지만 그러면서도 마음의 수면에 부글부글 솟아나는 듯한 일본어를, 노트에 적은 원시의 옆자리에 써넣지 않고는 못 배겼다. 내게는 그것이 시, 혹은 시 비슷한 것을 처음으로 써 본 경험이었다.

내가 예이츠의 시를 옮겨 적고 자신이 번역한 시를 적어 넣기도 했던 노트는 이미 없어져 버렸다. 하지만 이 최초의 시는 내 삶의 모든 시기에 기억 밑바닥에서 떠올라 그때, 그곳에서의 중요한 의미를 비춰 주는 듯하였다. 이 시, 예이츠의 「Under Saturn」은 나에게도 기이 형에게도 잘 선택된 시였다고 생각한다. "오늘 내가 풀이 죽어 있다고 해서 잃어버린 사랑이 나를 괴롭히는 거라 생각하지 말아요. 젊음은 다시 돌아오지 않아도 지금 그대가 내게 주는 지혜와 생활의 평화가 있는 한"이라고 시를 시작하여 예이츠는 어린 시절의 추억에 박차를 가하는 말을 타고 판타스틱한 말타기에 정신을 빼앗기고 있다고 노래한다. 그 시의 전개 중, 특히 "내가 태어나기도 전에 죽은 예이츠 일족의 인간들에 대한 생생한 기억을 되살린다"는 부분을 기이 형은 깊은 환기력으로 받아들였을 터이다. 그 대부분을 '본동네'의 저택에 파묻게 되는 기이 형의 삶도 골짜기와 '본동네'를 이룩해 내고 번영

하고, 그리고 긴 쇠망衰亡의 과정을 살아 낸 인간들의 생생한 기억과 함께 있었던 것이니….

나 자신도, 일찍이 예이츠의 집에서 일한 적이 있는 인물이 울부짖듯 말했다는 이 시의 맺음 부분을 내 오랜 버릇대로 몇 차례씩 낱말과 구문을 바꾸기는 하면서도 대충 다음과 같이 기억하고 있음을 알았다.

어른들이 보금자리라 부르는 골짜기를 떠나는 일은 없으
리라던
어린 시절의 부질없는 맹세를 떠올리네….

기이 형이 영어 교육에 쓴 또 한 가지 텍스트도 잊을 수가 없다. 그것은 표지는 물론이고 첫 부분과 끝부분이 몇 페이지씩이나 없어진, 페이퍼백 크기의 영역본 『카라마조프의 형제들』이었다. 기이 형이 간다神田에 있는 헌책방에서 사서 애독하다가 내게 물려 주었는데 특히 우리는 조시마 장로의 설교 부분을 함께 읽었다. 나는 기이 형의 수업에서 인상에 깊이 남았던 부분을 『홍수는 내 영혼에 이르고』에서 파당을 만든 청년들에게 그들보다 조금 더 나이 든 젊은이가 영어를 가르치는 텍스트로 그대로 써먹었다.

젊은이는 지적 장애가 있는 어린아이와 함께 고립된 생활

을 하고 있었는데 그 집에 무리 지어 더부살이를 시작한 청년
들과 자기 아들과 시작한 공동생활을 어떻게든 조금이라도
유쾌한 것으로 만들고 싶다는 생각을 한다. 이러한 자신의
바람을 표현하고자 우선 그는 다음의 한 구절을 인용하는 것
이다.

Man, do not pride yourself on superiority to the
animals; they are without sin, and you, with your
greatness, defile the earth by your appearance on it,
and leave the traces of your foulness after you —
alas, it is true of almost every one of us! Love
children especially, for they too are sinless like the
angels; they live to soften our hearts and, as it were,
to guide us. Woe to him who offends a child!….

그리고 조시마 장로의 설교 첫마디.

Young man be not forgetful of prayer. Every time you
pray, if your prayer is sincere, there will be new
feeling in it, which will give you fresh courage, and
you will understand that prayer is an education, …

나는 이 텍스트를 옮겨 적으면서 예이츠에게도 도스토옙스키에게도 Do not으로 시작되는 구문과 child, children이라는 낱말이 들어 있는 것을 보고 기이 형의 통일된 의지가 어디 있는지를 깨달았다….

내가 맨발로 저택 토방에 올라섰던 기이 형과의 첫 만남에도 어머니가 관여하고 있었지만 열여덟 살 되던 해 봄에서 여름에 걸쳐 기이 형과 긴밀한 사제 관계를 맺게 된 것도 그 시작과 끝에는 어머니의 역할이 있었다. 나는 하나의 정경을 또렷이 떠올린다. 어느 따스한 한낮, 숲에서 골짜기를 향해 튀어나온 커다란 바윗덩어리로 된 산. 축축하고 어두운 원생림이 드러난 산비탈에 있는 약간의 평지에 자리 잡은 묘지의 밝은 대밭 옆에서 나와 누이동생이 아버지의 묘석 둘레를 청소하며 풀을 뽑고 있었다. 평지에서 골짜기로 내려가는 가파른 비탈에는 동백이 씩씩하게 뿌리를 드러낸 채 이끼류들과 함께 지면에 들러붙어 자라고 있었다. 그 사이로 열린 길을 따라 묘지까지 이어진 좁다란 밭고랑 길에 어머니가 홀연히 모습을 드러냈다.

그녀는 몸집이 자그마하지만 바른 자세로 경쾌하게 걷기 때문에 멀리서도 금세 알 수가 있다. 아침 녘까지 내리던 비에 젖어 밭의 흙은 새까맣고 막 싹이 올라온 보리 이삭들도 어두운 색조인데 어머니가 입은 마른 풀잎 색 기모노만이 어울리지 않게 밝아, 잰걸음으로 서둘러 고랑 길을 올라오는 몸 자체가 땅 위에 약간 떠 있는 듯이 보일 정도다.

정말로 어머니는 기쁨에 겨워 마치 그것을 억누르고 있는 것 같았다. 한 손엔 작고 하얀 종잇조각을 들고.

"엄마가 기쁜 듯이 달려오는 걸 보니 오빠 합격했나 봐."

누이동생은 그리 말했지만 나는 반대라고 생각했다. 이제 나는 이 묘지에 묻힌 지 오래지 않은 아버지와 할머니 옆에 누울 때까지 골짜기를 떠나지 않고 살아갈 수 있게 되었다고 생각하며 일종의 센세이션에 휩싸인 것이다. 묘지의 울타리 사이에 있는 한 단 낮은 자갈길 위에 어머니는 까치발을 하고 서서 전보를 내밀며 이렇게 전했다.

"'벚꽃 지다(입시에 불합격한 것을 전보 따위로 전하는 경우에 쓰는 일종의 비유어)'라는구나⋯."

그리고는 이튿날부터 나는 어머니가 손을 써 둔 대로 기이 형의 저택으로 날마다 수험 공부를 하러 다니게 되었던 것이다. 그 후 반년쯤 되던 어느 날, 나는 산자락 사이를 흐르는 시냇물가의 길과 현도까지를 거의 뛰다시피 해서 집에 돌아와 풀 곳 없는 분노에 이를 갈 듯하며 어머니에게 하소연하고 있었다. 어머니는 딱 몸 넓이 정도 되는 얇지만 탄탄한 방석 위에 정좌하고 앉아 삼지닥나무 속껍질 다발에서 덜 벗겨 낸 겉껍질을 찾아내서는 작은 칼로 벗기고 있었다. 그 대청

마루에 만약 일하러 왔던 근처의 처녀들이 남아 있었더라면 거의 열아홉 살이 되어 가던 내가 그렇게까지 볼썽사납게 굴지는 않았으련만….

"기이 형이 삼림 조합의 일자리를 빼앗아 갔어. 내년 4월부터 서기로 출근한대! 기이 형이 취직하겠다고 말만 하면 이 동네 제일가는 삼림 지주니까 조합장도 이사도 반대는 못 할 거야! 나는 한 번 더 대학에 낙방하면 일자리는 못 구해! 기이 형은 나를 저택의 여자들과 친하게 만들어 놓더니 이번에는 갈라놓으려고 동네에 못 있게 하려는 건가 봐!"

내가 호소하는 소리를 들으며 어머니는 처음엔 심각한 얼굴로 약간 당황한 듯했다. 하지만 내가 성난 김에 내뱉은 마지막 한 구절이 그녀의 자그마한 몸 전체를 단호한 거부의 벽으로 만들었다. 잔뜩 굳어진 얼굴을 숙여 새하얀 삼지닥나무의 작은 묶음으로 눈길을 돌리더니 어머니는 내가 절대로 반박할 수 없는, 자기의 내부로 굴절해 들어가는 목소리, 그것도 몸을 기울여 귀를 갖다 대야 들릴 정도로 낮은 목소리로 이렇게 말하는 것이었다.

"만약의 경우에 당장 일자리가 없다는 것은 K에게는 힘든 일이겠죠! 하지만 삼림 조합하고 정식으로 약속을 한 것이 아니니 어쩔 수 없는 일 아닌가요! … 그것을 기이 형네 여자들하고 갖다 붙이다니 비열한 짓이군요. 지금까지 무슨 일이 있었는지 몰라도 그런 우는소리나 할 바에야 동네에 남아 있어 봤자 체면만 깎이겠어요. 이번엔 대학 시험에 실패하지 않도록 해서 일단은 숲 밖으로 나가는 수밖에 없겠네요!"

나는 부끄럽기도 하고 약도 올라 어깨에 힘이 들어간 엉거주춤한 자세로 토방에 우두커니 서 있었다. 더구나 이건 기이하다고밖에 할 수 없는 일이지만 마음 한켠에서는 기이 형에게서 배운 예이츠의 시 중, 마지막 두 구절이 원시 그대로 머리에 떠올라 나는 거기에 자신의 번역을 겹쳐 보기도 했던 것이다.

> I am thinking of a child's vow sworn in vain
> Never to leave that valley his fathers called their home.
> 어른들이 보금자리라 부르는 골짜기를 떠나는 일은 없으리라던
> 어린 시절의 부질없는 맹세를 떠올리네….

열여덟 살이 끝나 갈 무렵 골짜기 아래 우리 집 토방에서 거부하는 좌불상 같은 자그마한 어머니 앞에 굳어 버린 듯이 서서 오직 한 가닥 자유로운 마음의 움직임으로 떠올렸던 아일랜드 시인의 노래는 그 후에 이어진 내 삶에 관한 확실한

예언이 되었다.

Child's vow sworn in vain⋯.

제2장 카시오페이아 모양의 첨

　연말이 되자 아이들의 학교와 장애가 있는 아들이 다니는 작업소가 방학하는 것을 기다려, 나는 시간 여유를 갖고 기이 형과 긴 이야기를 좀 하려고 시코쿠의 골짜기로 여행을 떠나기로 했다. 아내와 아들, 딸은 내 어머니를 만나 그녀의 어두워진 귀 때문에 전화로는 다 할 수 없었던 2, 3년 동안 일어난 일 들을 얘기하고 싶어 했다.

　출발하는 날 아침, 할머니를 만나러 가는 일로 흥분한 히카리는 일찌감치 짐을 챙기더니 자기가 들고 가기로 한 보스턴백을 옆에 놓고 전축 앞에 주저앉아 바흐의 「평균율 클라비어」를 듣고 있었다. 남들을 생각해서 작은 소리로 듣고 있었지만 그 울림은 가족 모두의 정서적 고양 상태에 박차를 가하는 듯하였고—이 말 그대로 거실의 분위기를 파악하고 있던 나는 기이 형과 오랜만에 만난다는 생각 때문인지 예이츠의 시에 얽힌 기억에 들떠 있었다.

"Although my wits have gone / On a fantastic ride, my horse's flanks are spurred"라는 한 절이 떠올랐던 것이다. 히카리의 동생들도 신이 나서 준비를 서두르고 있었다.

그러는 참에 양호학교 중등부에서 히카리를 돌보아 주셨던 선생님에게서 전화가 왔다. 새해 초에, 은퇴 후 칩거하시던 고향을 떠나 교토京都와 나라奈良를 여행하려고 도쿄에 오셨다는 것이었다. 내 아내가 보낸 편지로 소식을 듣고 있던 가라스야마鳥山의 복지작업소에 들러 보았지만 이미 올해의 작업은 끝나 있었다. 지금 우리 집에 오셨다가는 다른 이들과 모이는 시간에 늦어 버린다. 유감스럽지만….

가족들과 함께 활기에 차 있던 아내가 금세 대안을 내놓았다.—매일 타는 통학 버스로 히카리를 보낼 테니 중간 연결역의 개찰구에서 20분쯤 기다려 주시면 만나실 수 있을 것이다. 30분이 지나도 히카리가 나타나지 않으면 그냥 모임 장소로 가 주시기를 바란다. 아이 아버지가 조금 늦게 출발해서 선생님을 뵐 수 있든 없든 그 역에 남아 있을 히카리와 만나서 하마마쓰초浜松町역으로 가서 신주쿠新宿와 공항을 오가는 모노레일을 타겠다는.

히카리는 떨쳐 일어나 자기 혼자 버스를 타고 간다는 것을 자랑스럽게 보여 드릴 양으로 어린 시절의 여선생님을 만나러 갔다. 내가 약간 늦게 집을 나서서, 작업소에 다니는 버스는 한 시간에 한 대뿐인지라 다른 노선의 버스와 전철을 갈아타고 히카리가 선생님과 만나기로 한 로카芦花공원역 개찰구에 도착했을 때, 청결하긴 하지만 보기에 따라서는 커다란 공중화장실처럼 보이기도 하는 지하도에 히카리는 열반에 든 부처님 같은 자세로 쓰러져 있었다.

등 뒤의 콘크리트 벽에 기댄 채 미끄러져 앉아 그대로 잠이 든 듯한 모습이니 머리를 바닥에 세게 부딪치거나 하지는 않은 모양이었다. 거기까지 들고 온 두 사람 몫의 여행 가방을 옆에 놓고 무릎을 꿇고 앉아 히카리가 한쪽 팔 위에 얹고 있던 머리를 안아 올렸더니 발작 직후라 흐리멍덩한 상태에서도 아버지를 알아본 모양이었다. 쓰러진 아들에게 말을 걸어 주었던 중년 아주머니와 젊은 역원이 다시 다가와 구급차를 부르겠냐고 물었지만 아들은 조금 쉬었다가 어깨를 부축하면 저 혼자 걸을 수 있을 만큼 회복하는 것이 보통이었다. 나는 아들의 머리를 여행 가방으로 받쳐 놓고 지하매점의 공중전화 쪽으로 갔다.

선생님은 플랫폼에 서서 전차에서 내리는 승객 속에서 아이를 찾고 계셨던 모양이었다. 막 집을 나서려던 아내가 시간이 다 되어 할 수 없이 신주쿠로 떠난다는 전화를 받았다는 것이다. 나는 크고 작은 짐 세 개를 들고 나보다 키도 크고 체중도 무거운 아들을 부축하며 계단을 올랐다. 그리고는 택시를 잡아 가족과 만나기로 한 모노레일 역으로 향했다.

그 뒤에는 별 탈 없이 진행이 되었지만 결국 우리는 예약해 두었던 마쓰야마행 비행기를 놓쳐 버렸다. 택시에서 한 시간 정도 쉬기는 했지만 발작 후에는 동작이 극도로 느릿해지는 — 혹은 발작을 겪고 후유증이 남아 있는 자신의 몸을 생각하여 일부러 동작을 느릿하게 만드는 — 아들의 걸음걸이를 가족 중 어느 누구도 재촉하지 않았기 때문이었다. 결국, 머릿속까지 히카리의 느릿함에 동조하는 듯한 아버지 대신 오리엔티어링부 대회로 — 비행기는 비록 타지 않지만 — 전국을 휘젓고 다니는 둘째 아들이 시간표를 조사해 차선책을 궁리해 냈다.

마쓰야마행 비행기는 밤늦게 떠나는 최종편 말고는 빈자리가 없다. 하지만 한 시간 뒤에 있는 고치高知행에는 다섯 자리가 남아 있다. 우선 고치까지 가서 그곳에서 다시 남국호라는 장거리 버스를 타면, 고치와 마쓰야마 사이의 산을 가로지르는 선의 가운데쯤에 있는 아버지의 고향에 가까워지지 않을까? 이런 장거리 버스가 서는 곳곳의 정차역에는 대개 소규모 택시 영업소가 있다. 그러니 택시로 골짜기에 도착할 수 있을 것이다. 둘째의 제안에 가족 모두가 두말할 것 없이 찬성했다. 나는, 자신이 이미 나이 들어서 그 또한 노쇠 현상을 나타내고 있는 히카리와 함께 이미 현실에 대처할 능력을 잃어버린 채 둘째에게 완전히 의지하고 있는 듯한 착각이 들기도 했지만….

차를 마시러 가자고 해도 별로 내키지 않는 듯한 히카리를 중심으로 대합실 의자에 나란히 앉은 채 출발 시각을 기다린다. 부모와는 반대쪽 끝에 앉아 있던 딸과 둘째 아들이 소곤대며 이야기를 하고 있었다. 딸의 친구 집에서는 해외 근무로 가족 모두가 국제선을 타는 경우, 두 패로 나뉘어 서로 다른 비행기를 탄다는 것이다. 그것을 어떻게 생각하느냐? 다시 말해 지금 온 가족이 한 비행기를 타려는 우리들과 비교해서 어느 쪽이 좋을까? 라고 딸은 낮지만 확실한 발음으로 동생에게 묻고 있는 것이다. 동생은 어릴 때부터 보이는 성격대로, 잠깐 뜸 들인 후에 대답했다.

"가족을 어떻게 나눌 것인가에도 달려 있지. 구체적으로 생각하자면 어려운 문젠데…."

"나는 히카리 오빠와 같이 탈 거야."

딸은 동생의 말허리를 자르듯이 말했다.

"글쎄, 어떤 식으로 나누더라도 어느 쪽 비행기든 한 대만

추락할 경우, 죽어 버린 사람들은 그렇다 치고 살아남은 사람들은 후회가 남을 거 아냐? 그럴 바에야 우리가 타는 비행기는 추락하지 않으리라 믿고 가족 모두 한 비행기에 타는 것이 제일 좋다고 생각해. 여러 가지로 짝을 나누어 봐도 그 중 어느 것도 함께 타는 것만은 못해."

"정말 그럴까? 사쿠."

딸이 판단을 보류한다. 그러고 나서 실제로 구체적인 짝 나누기와 사고가 있을 경우의 뒷일을 생각해 보는 듯한 침묵에 히카리는 절실한 목소리로 이렇게 말했다.

"가족 모두가, 전혀, 타지 않고, 집으로 가 버리는 것은 어떻겠습니까?"

아내와 딸이 웃었고 그 흔들림이 옆으로 길게 고정되어 있는 합성수지로 된 의자 등받이를 통해 전해져 왔다. 히카리 자신과 둘째 아들과 나, 말하자면 가족 중 남자는 아무도 웃지 않았는데…. 일단 탑승이 시작되어 비행기 안에서 아이들과 떨어진 자리를 배정받은 아내가 조금 전에 웃고 있던 것과는 다른 기분을 드러내며 말했다.

"사쿠가 말하던 나누어 타기 말예요, 만일 히카리가 탄 비행기가 떨어진다면 남은 사람들은 아까처럼 말하던 히카리의 기분을 무시하고 거기 태운 것을 끔찍하게 느끼겠죠? 설령 우리 둘 중 하나가 히카리와 함께 살아남는다고 해도 나

48

이가 있으니 먼저 죽을 테고 남은 사람들은 차라리 함께 추락해서 죽는 게 나았다고 생각하게 될지도 몰라요."

"가족 모두가 함께 탈 것인가, 아니면 타지 않고 돌아갈 것인가, 히카리가 내린 결론으로 돌아가는 건가? 그런데 사고가 일어났다고 가정했을 때 살아남는 것보다 죽는 것이 낫다고 생각하는 것은 건전한 사고방식이 아닌 것 같은데. 실제로 그런 일이 생기면 역시 살아남았다는 것이 먼저 있고 그것을 선善이라고 여기면서 고통스럽기는 해도 거기서부터 시작해 나아가는 것이 아닐까?"

"··· 벌써 오래된 이야기지만 기이 씨가, K에게는 골짜기 마을의 인간다운 건강한 정신이 있으니까 괜찮아요, 하신 적이 있어요. 같은 숲의 인간이면서 자신에게는 그것이 없는 듯하다고 하셔서 그렇다면 골짜기 마을의 인간이라는 조건은 믿을 만한 것이 못 되는 게 아닐까 하는 생각도 들었지만···."

"분명히 최근 20년 가까이 기이 형도 나도 살아남기는 했지. 그 속의 우여곡절은 젖혀 두고."

건전한 사고방식 운운하는 말을 꺼낸 나와의 심적인 간격에 촉발되어 떠올린 듯한 아내의 이야기 속의 그들의 대화가 어떤 맥락이었을까를 짐작해 가며 나는 대답했다.

그것은 나와 아내가 결혼을 결정한 해, 봄이 끝나 갈 무렵이었다. 내 눈으로 직접 그 광경을 본 것이 아니지만, 그야말로 아가씨다웠던 결혼 전의 오유를 데리고 짙고도 깊은 숲속의 풀섶과 관목의 띠를 지나온 기이 형이 — 그는 삼림 조합에 근무하면서 벌써 7년 넘게 나무 심기를 지도해 온 전문가였다 — 숲이 세로로 길게 찢어져 칼집이라 부르는 풀밭에 자생한 산벚꽃을 보여 주고 있는 모습을 기억에 떠올렸다. 그것은 기이 형의 말을 빌면 유일무이한 꽃잔치의 오후였는데 꽃 무더기는 하얀 선반을 몇 겹이나 공중에 늘어놓은 듯하였고 새 이파리들은 어미가 태아를 감싸듯이 상냥하고 부드러워 붉은빛 섞인 갈색이 꽃 자체보다도 더욱 싱그럽게 눈부셨다…. 그 숲의 안쪽으로 기이 형과 함께 갔던 소풍을 포함하여 오유가 홀로 계곡에 묵었던 일주일….

꽃이 만발하여 빛나는 듯한 산벚꽃나무 아래 엷은 등꽃 색깔의 폭 좁은 양산을 어깨에 걸고 남자처럼 거침없이 웃고 있는 스물세 살의 오유. 그리고 굵은 눈썹과 오똑한 콧날, 깊은 선을 그으며 다문 입술은 메이지明治 시대 이 지방의 유력자였던 그의 할아버지 초상화와 똑같지만 전체적으로는 화사한 느낌도 드는, 그때 막 서른 살이 되려는 참이었던 기이 형의 젊은 얼굴과 정직한 미소를 머금은 눈이 떠오른다. 그 자리에 없는 나에 대해 기이 형이 세심한 관찰력이 돋보이는 비평을 해서 웃고 있는 그녀는, 그늘 한 점 없는 표정과는 달리 울적한 마음으로 내 어머니를 찾아와 그곳에 머물고 있었다. 그동안 기이 형은 날마다 그녀에게 숲 변두리 일대를 안내했는데 그때 아내는, 그 뒤로 지금까지 줄곧 그녀의 관심 대상이 되어 버린 나무와 들풀을 관찰하는 현장 교육을 받고 있었던 셈이다.

나와 그녀는 두 사람 모두가 아직 10대였을 때부터 알고 지냈는데 내가 대학 3학년 때 소설을 쓰기 시작하면서 정신없이 2년을 보낸 결과, 남들보다 졸업이 일 년 늦어져 졸업만 하면 곧 결혼할 생각이었다. 나와 결혼하는 것을 한번 곰곰이 생각해 보기 위해 그녀는 좀 묘하지만 그녀다운 방법으로 혼자서 내 고향인 숲속 골짜기 마을을 찾아온 것이었다. 처음에는 어머니와 누이동생이 주로 응대했지만 언제부턴가 기이 형이 일찍이 나와 함께 돌아다녔던 곳들을 삼림 조합 기술자답게 주도면밀하게 그녀에게 안내하게 되었다. 우리 동네 숲속의 분지가 그다지 넓지 않으니 '본동네' 안쪽을 한 바퀴 돈다고 해도 아침 일찍 출발하면 걸어서도 그날 돌아올 수 있었고, 숲에 들어간다 해도 아까 말한 칼집에 막혀 버렸기 때문에, 국민학생이었던 내가 마을에 피난 와 있던 쌍둥이 천체 역학 전문가가 인솔하여 소풍을 다녀올 수 있었던 정도였다.

따라서 오유는 기이 형과 보낸 하루하루 일정이, 나에 관해 차분하게 이야기할 수 있는 장소를 확보하기 위해 숲을 걷는 것이라는 인상조차 받았다는 것이다. 처음에 내 누이동생이 '본동네'의 저택에 그녀를 데리고 갔을 때는 너무나 과묵하고 접근하기 힘들던 기이 형이 나에 관한 이야기만 나오면 점점 말수가 많아졌다. 자기 오빠와는 고등학교 때부터 친구라서 잘 알고 있는 것 같았는데 막상 결혼을 하려니 알 수 없는 부분도 많아 보이는 약혼자에 대하여, 오유는 기이 형에게 묻고 싶은 것이 얼마든지 있었다.

결혼 후에 아내에게서 들어서 알았지만, 그녀 마음속에 깊이 새겨진 기이 형의 이야기를 돌이켜 보면 이런 것도 있었다. 그녀는 기이 형에게 이런 질문을 했다. 자기 오빠나 나에게서 오 년도 넘게 들어 온 이야기로는 대학 신입생일 때, '스나가와砂川투쟁'(1955~57년 홋카이도의 스나가와라는 곳에서 미군기지 확장을 반대하여 일어난 사건) 시위에서 부상당한 것은 알고 있지만 그 시기를 포함하여 K가 정치 문제에 관해 이야기하는 것을 들어 본 적이 없다. 그런데 소설을 쓰면서 달라져서 요새는 '안보투쟁' 시위라든가 집회에 곧잘 나가게 된 까닭이 무엇일까? 쓰고 있던 소설을 정신없이 책상 위에 버려두어 먼지를 뒤집어쓰게 하는 일도 자주 있는 모양이다.

"K는 이 골짜기 한가운데 소중하게 세워 놓은 학교에서 전쟁 직후에 순수 배양된 민주주의 교육을 받았으니까. 그리고 그에 관한 한 더없는 우등생이었으니 바로 그 민주주의가

위기에 처했을 때 물불 가리지 않고 달려드는 것은 당연한 게 아닐까?"

기이 형은 이렇게 대답했다는 것이다.

"그렇다면 내년에 있을 '안보투쟁'의 결과에 따라서는 사회당이나 공산당에 들어가 활동을 시작할 수도 있을까요?"

"아니, 그런 일은 하지 않을 거고 또 K가 하려고 해도 할 수 없을 거예요. 그에게는 성격적으로 아나키한 면이 있으니까. 어떤 당파에 들었다는 생각만 해도 미친 듯이 되어 빠져나오려 할 걸요."

그리고는 기이 형은 K가 아나키스트 기질을 지니고 있는 것은 어려서부터 여러 가지 불행한 경험을 했는데도 어머니나 누이들에게 보호를 받아 언제까지나 낙관적인 인간일 수가 있어서 이 세상은 좋은 것이고 인간은 근본적으로 선량하다고 이노센트하게 믿고 있기 때문이라고 말했다. 아내는 알아듣기 힘들었지만 여하간 그 이야기 끝에 아내가 잘 기억하고 있는 앞서 나왔던 기이 형의 말이 이어졌다.

"K에게는 골짜기 마을의 인간다운 건강한 정신이 있으니까 괜찮아요."

아내와 기이 형은 숲의 칼집에 들어가 만개한 산벚꽃을 구경하던 날, 그 초원의 가운데 나 있는 숲의 갈림길을 따라 흐르는 개울가에서 도시락을 먹었다. 기이 형은 내가 어렸을 때, 가미가쿠시(어린아이들이 갑작스럽게 행방불명되는 것으로, 마신魔神의 소행으로 여겼음)를 만나 숲에서 며칠을 지낸 후, 열에 들뜬 상태로 개울에 떠 있던 민물 게를 아삭아삭 씹어 먹고 있는 것을 소방대원이 구조했다는 이야기도 했다. 그리고 집에 돌아오려는 참에 기이 형은 놀랍도록 민첩하고 가벼운 몸놀림으로 산벚꽃나무 중간쯤, 큰 가지가 갈라지는 곳까지 기어 올라가 허리에 꽂고 있던 손도끼로 커다란 가지 하나를 베려 했다. 아내는 깜짝 놀라 소리를 질러 말렸다는 것이다. K 씨는 아무리 작은 나뭇가지라도 꺾지 않는 사람이니까 내가 고향 마을의 숲에서 커다란 산벚꽃나무 가지를 얻어 온 줄 알면 어쩔 줄 모를 거라면서.

그것을 계기로 비로소 기이 형은 이미 그가 전 생애에 걸쳐 읽고 연구한 핵심이었던 단테에 관해 이야기를 꺼냈다.

"맞아. K는 어린 시절, '거목'을 베는 것을 보고, … '거목'이라는 것은 이 마을에서는 특별한 말인데, 자기가 피투성이가 되는 꿈을 꿀 정도였으니까. 지난번 돌아왔을 때 그 추억담을 듣고 『신곡』에 나오는 삽화 하나를 설명했더니 마음을 빼앗기는 모양이더군."

그리고 기이 형은, 오유도 야마카와 헤이자부로山川丙三郎가 옮긴 것을 알 수 있었던 「지옥」제13곡 한 구절을 암송해 보였다는 것이다.

이때에 내가 손을 조금 앞으로 내밀어
커다란 가시나무에서 한 작은 가지를 취하니
그 줄기 소리 질러 가로되 "어찌하여 나를 꺾느뇨" 하더라.

이리하여 피로 검어지게 되니 또
소리쳐 가로되 "어찌하여 나를 찢느뇨
그대에게 조금의 자비의 마음도 없는가.

비록 지금은 나무로 변했으나 우리는 인간이라,
아니 설사 뱀의 혼이라 할지라도
그대의 손에 지금 약간의 자비 있어야 하리."

예컨대 생나무의 한 끝은 타오르고
한 끝에서는 물방울 떨어져
바람 소리 내며 도망치듯이

꺾인 가지에서 말詞과 피가
함께 나오더니, 나는 고개를
떨구고 떨고 있는 사람처럼 섰더라.

그리고 바로 이런 부분에, 지금 공부하는 것이 무엇이든 남
에게 이야기하지 않고는 배기지 못하는 기이 형의 학생 기분

과, 타고난 교사 정신이 나타난다. 그는 '칼집'의 개울이 넘쳤을 때 생긴 좁은 모래톱에 마른 가지로 그림을 그려 단테가 크게 영향을 받은 아리스토텔레스의 4대 요소를 표시하였다. 수목은 EARTH를 통해 만들어지지만 열을 받아서 타올라 FIRE가 되고 나아가 수액 WATER와 증기 AIR를 불에서 먼 쪽 끝에서 흘려 낸다. 한 끝에서는 물방울 떨어져 바람 소리 내며 도망치듯이, 즉 아리스토텔레스의 기상학에 비춰 보면 알 수 있듯이 이 한 구절에서 바람과 말을 동떨어진 것으로 번역한 것은 모두 오역誤譯. 단테가 무심코 잘라 낸 작은 가지에서 피와 말이 쏟아져 나온 것이다, parole e sangue….

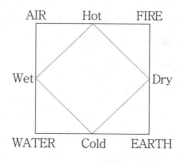

반듯하고 넓은 이마에서 관자놀이, 그리고 짙은 그늘이 덮인 여자 같은 눈언저리까지 붉게 물들여 가며 기이 형이 하는 이야기에 오유는 감동하며 귀를 기울였다. 그러고 나서 그녀의 걸음을 배려해 잔걸음으로 걷는 기이 형을 그녀가 한

발씩 따라 밟는 식으로 험한 길을 지나가면서 기이 형은 단테가 노래하는 숲의 정경을 들려주었다. 기이 형의 발자국을 하나만 놓쳐도 나뭇등걸이나 넝쿨들에 걸려 넘어져 오도 가도 못하게 될 것 같은 숲의 모습 때문에 그 이야기가 더욱 절절하게 와닿았다. 단테가 노래하는 나무 하나하나는 자살한 사람들의 영혼이 묶여 있는 감옥이며, 한쪽 끝이 타고 있는 가지처럼 슈욱 하는 분노의 외침을 토해 내던 13세기의 궁정인宮廷人 피에르 델라 뷔니아를 위시하여 거기 있는 자살한 사람들은 모두 참혹하게도 자신의 육체에서 혼을 뽑아낸 자들인 것이다. 이제 그 영혼들은 숲에 버려져 보리알처럼 싹이 트고 나무로 자라나서 새들에게 이파리를 쪼일 때마다 고통을 느낀다. 일단 스스로 육체를 버린 영혼이니 그들은 '최후의 심판' 날이 닥쳐 자신의 육체를 발견한다 해도 두 번 다시 그것을 영혼에 걸칠 수 없다.

우리는 다른 이들과 마찬가지로

우리의 의복을 위해 가야 하리
하지만 두 번 다시 그것을 입는 자 없으리니
이는 사람이 스스로 버린 것을 얻음은 옳지 않기 때문이라.

우리 이것을 여기 끌고 왔노라
이리하여 우리 육체는 이 슬픈 숲,
하나같이 자신을 학대한 영혼의 가시밭 위에 걸쳐질지라.

아직 젊은 오유는, 밟기 좋게 이끼가 난 바위의 흠, 자갈
사이의 모래톱, 또는 쓰러진 커다란 나무 위 같은 곳을 골라
밟는 기이 형의 발자국에 매달리듯 따라 걷는 동안, 남에게
말을 건다기보다는 그 말을 통해 자신의 내면으로 들어가는
듯한 느낌으로 마음에 떠오르는 것들을 입에 올릴 수가 있었
다. 그것은 나와 결혼을 앞두고 느끼는, 확실한 근거는 없지
만 항상 마음에서 떠나지 않는 불안에 뿌리를 두고 있었다.

"K 씨는 나무를 좋아해서 처음 보는 나무는 그 전체적인
모양에서 가지와 잎의 상태까지 스케치해서는 카드에 정리
하고, 물들어 떨어진 나뭇잎은 셔츠나 양복 주머니에 주워
넣어 버석버석 소리를 내고 다니면서도 살아 있는 나무에서
는 작은 가지 하나도 꺾지 않는 것을 이상하게 생각하고 있
었거든요. 지금 말씀을 듣고 보니 단테의 그 구절에 강한 인
상을 받았다는 것을 알겠네요. 제게도 그것은 정말 무서운
묘사라는 생각이 들어요. 하지만 그건 K 씨가 자살한 영혼이
가게 될 무서운 곳을 생각해 절대로 자살은 하지 않을 거라
는 건지…. 아니면 언제나 작은 나뭇가지의 운명을 생각할

정도로 자살한 영혼의 운명이라는 것이 머릿속을 떠나지 않는 것인지…. 어머니는 K 씨가 자기 아버지가 자살을 한 게 아닐까 의심하는 것은 어릴 때부터 혼자 가진 생각일 뿐, 근거 없는 것이라고 말씀을 하시지만요…."

기이 형은 굳이 돌아보지 않고도 오유의 감정 상태에 대한 세심한 배려를 담은 대답을 했다. 하지만 이야기가 나의 성격에 관한 것임과 동시에, 『신곡』에 관한 것이었던 만큼 독학을 한 사람다운 엄밀함이 드러나는 바람에 아내에게는 불안의 씨앗을 하나 더해 준 꼴이 되고 말았다.

"연옥의 섬 기슭에서 단테와 베르길리우스를 맞이하는 노인이 있습니다. 이 카토 역시 자살한 인간이지요. 자살한 사람이지만 그에게는 연옥의 낮은 곳의, 위엄을 갖춘 관리인이라는 영혼의 존재 방식이 허용되고 있는 겁니다. K가 자살자의 영혼의 숲의 비전에 떨고 있다면 한편으로는 연옥의 카토에게서 격려를 받고 있는지도 모르겠군요."

도대체 기이 형은 아직도 소녀티가 남아 있는 오유에게 무슨 이야기를 하려는 것이었을까? 하필 그때 가늘고 휘늘어진 관목들의 가지에 계속해서 뺨을 찰싹찰싹 얻어맞기도 하고, 숲 변두리로 나가기 위해 나무들을 뚫고 가느라 점점 길이 험해지기도 해서 오유는 뺨 위로 눈물을 흘리며 길 없는 길을 따라 기이 형을 쫓아갔다. 숲을 빠져나가기 전에 목까지 흘러내린 눈물을 닦아야겠다는 생각을 눈치챈 듯이 기이 형은 어깨에서 위쪽은 완강하게 앞을 바라보면서 격려하는 말을 건넸다.

"내가 하는 이야기는 K가 아직 어린 시절, 맨발로 집에 와서 '기하' 문제를 술술 풀어내던 때부터 내린 결론인데 K에게는 골짜기 마을의 인간다운 건강한 정신이 있으니까 괜찮아요."

오유가 결혼 전 봄, 골짜기에서 마음에 새긴 또 한 가지 일도 기이 형과 숲의 칼집으로 소풍을 간 것에 연유된 일이었다. 이틀 정도 지나서 초여름처럼 따뜻한 어느 날, 청소를 하던 그녀는 점심때가 되기 전부터 우리 집 토방을 들여다보고 지나가는 사람이 몇이나 된다는 것을 알아차렸다. 오후가 되어 아직 해가 높을 때, 이날도 양산을 쓰고 소매 없는 원피스를 입은 오유가 개울 아래 우체국에서 편지를 부치고 오는 중에 버려둔 술 창고 옆의 좁고 어두운 골목에서 휙 하고 튀어나온 청년 하나가 목줄기를 비틀어 애써 얼굴을 다른 곳으로 돌리면서 그녀 앞을 막아섰다.

"기이 형하구 숲의 칼집에서…."

청년은 이 말을 꺼내고는 아하하, 하며 신경질적으로 웃었다고 오유는 이상하다는 듯이 전해 주었지만 칼집이란 '본동네'에서는 여성의 성기를 가리키는 은어였다.

"당신이 '하고' 있는 것을 봤는데 그런 곳에서 '놀아나서는' 마을에 곤란해. 당신 쪽에서 나에게 상담을 하고 싶다면 못 할 것도 없지만. … 그렇지 않으면 오늘 저녁때 4H클럽 모임이 있으니까 거기서 모두 함께 상의해 봐야 할 것 같은데!"

오유는 잘 모르는 외국어를 흘려듣듯이 멈춰 서지도 않은 채 머리와 양산을 기울여 청년 옆을 빠져나왔다. 하지만 두세 걸음을 옮기는 동안 한순간에 모든 것을 이해한 오유는 오한을 느낄 정도로 분노에 사로잡혔다. 그대로 뒤도 돌아보지 않고 빠른 걸음으로 집에 돌아와 뒷방에서 뜨개질을 하고 있던 내 누이동생에게 조금 전에 겪은 일을 이야기했다. 누이동생은 청년의 얼굴 생김새와 체격 따위를 자세히 묻더니 그게 어디 사는 누구인지 짚이는 게 있는 모양이었다. 나 역시 아내한테 이야기를 전해 들었을 때 그녀가 동생에게 한 것과 같은 설명으로 금세 '본동네'의 특정 인물을 집어낼 수가 있었으니까.

둥글게 튀어나온 이마며 엷은 눈썹에 가느다란 눈하며 얼굴 위쪽은 여성적이고 약해 보이는데 찌부러진 콧날이 갑자기 동물적으로 부풀어 있는 콧망울로 이어진다. 더구나 입 언저리 전체가 마치 공기를 채워 근육을 부풀린 듯이 억세다. 그 얼굴을 건강치 못하게 거무스레한 목이 받치고 있다.

나이가 들어 보이지만 스물 대여섯 살인 남자, 마사루勝이다. 나는 나보다 한 살 많고 교장의 산양을 직접 기르면서 교배에서 출산까지를 도맡아 하고 성적인 일들에 대해서는 드래스틱한 지식을 펼쳐 놓는 주제에 영어를 가르치는 여선생님의 사생활에 대해서는 묘하게 도덕가 같은 소리를 하던 신제 중학교 시절 마사루의 모습을 떠올렸던 것이다.

누이동생도 화를 내기는 했지만 재미있어 흥분한 것처럼 보이기도 하는 모습으로, 그 녀석이라면 할 만한 짓이네, 오셋짱과 상의해서 마사루가 끽소리도 못하게 만들어 줄게요! 하고 눈빛을 빛내며 기세등등하게 외출 준비를 했다.

그때쯤 마음이 약해진 오유가 누이동생과, 그 또한 젊은 아가씨인 오셋짱이 마을 청년들과 대치한다는 것을 걱정하자 동생은 이 지역에서 소문이 어떻게 만들어지며 그것에 대한 현명한 대처법은 무엇인지를 설명했다. 숲속 골짜기와 '본동네'에서는 성적인 것에 관련된 소문인 한 그것이 사실인지 아닌지는 상관이 없다. 재미있으면 퍼져 나가고 전해지는 것이다. 그리고 그것이 제대로 전파됨으로써 사실이라고 증명되는 것이다. 그러니 우선 소문의 진원을 찾아내서 모든 사람 앞에서 그 녀석을 묵사발을 만들어 놓지 않으면 안 된다. 체면을 구긴 인물은 그 소문이 살아 있는 한, 자신의 구겨진 체면도 떠올리지 않을 수 없으니 이번엔 그 소문을 부정하는 편에 서게 된다. 그 뒤엔 설혹 소문이 되살아나더라도 그 녀석이 체면을 구겼던, 이라는 식으로 이야기될 것이다.

동생은 준비를 마치고 '본동네'에 있는 기이 형의 집을 찾아갔다. 숲엔 해가 저물어 거친 바람에 한쪽 비탈 전체가 확하고 짙은 갈색으로 밝아졌다가는 옆으로 옆으로 그것이 옮겨가고 있었다. 오유가 신기하다는 듯 석양을 올려다보며 기다리고 있자니 동생이 돌아왔다. 힘든 운동이라도 한 사람처럼 가쁜 숨을 몰아쉬면서, 그러나 천진스럽게 웃으면서 동생은, 오셋짱이 마사루를 해치웠어, 이젠 괜찮아! 하더라는 것이다.

이날, 농가의 젊은 후계자들이 모이는 4H클럽 집회로 골짜기의 중학교에 모여 있던 청년들과 오셋짱, 누이동생 사이에 벌어진 일은 이미 전설처럼 퍼져 있어서 몇 년 뒤, 고향에 돌아왔을 때 전기공사를 하고 있는 동급생에게서 들었다. 4H클럽 모임이라는 것은 중학교 집회실을 빌리기 위한 구실이었고 이날은 마사루의 아지테이션에 걸려든 녀석들이 모여 있었다고 한다. 그런 만큼 소문의 방향을 결정짓는 장소로서 기이 형이나 오유에게는 위험한 모임이었던 셈이다. 오후 6시까지는 집회실에 전깃불을 켜는 것을 금한다는 숙직 교사의 말 때문에 — 이날 모인 청년들은 중학교 측으로부터 노골적인 푸대접을 받고 있었다 — 청년들은 노을이 아직 산 등성이에 걸려 비치고 있는 운동장 한구석에 서거나 쭈그리고 앉아 있었다.

누이동생과 오셋짱은 둘 다 윗몸을 곧추세우고 성큼성큼 걷는 사람들이어서 — 그녀들은 분노와 긴장 때문에 한층 더 가슴을 펴고 고개를 꼿꼿이 들고 큰 걸음으로 걸었으리라 — 중학교 정문을 들어서서 운동장을 가로지르는 동안에 이미 청년들을 위압하고 있었음이 틀림없다. 동생은 흔한 원피스를 입고 있었지만 오셋짱은 어머니 세이 씨에게서 물려받은 기모노에 게다(일본식 나막신)를 신고 있었다. 동생에게 직접 확인한 바로는 오셋짱은 기하치조(노란 바탕에 줄무늬를 놓은 비단으로 하치조지마의 특산물)겹옷에, 위아래의 끝부분은 검은 지리멘(바탕이 오글쪼글한 비단의 일종)이고 그 사이에는 주홍색 시보리(홀치기 염색)로 굵은 줄이 들어가 있는 오비(기모노용의 넓은 허리띠)를 매고 있었다고 한다.

오셋짱과 누이동생이 청년들 앞에 멈추어 서자 그때까지 쭈그리고 앉아 있던 이들은 쭈그린 채로, 서 있던 이들은 그대로 우두커니 선 채로 굳어 버렸다. 그녀들은 그 한가운데 검붉은 얼굴을 하고 있는 마사루를 겨냥했다. 그리고는 오셋짱이 대단히 도전적인 태도로 말했던 것이다.

"마사루."

오셋짱은 반말로 시작했다.

"너는 밤에 저택에 몰래 숨어 들어가서 보았더니 내 엉덩이에 카시오페이아 모양의 커다란 점이 있더라고 소문을 냈었지? 카시오페이아라는 이름을 기이 형이 가르친 성좌 교실에서 배운 주제에 배은망덕도 유분수지…. 카시오페이아 모양의 점이 내 엉덩이 위에 있는 건 사실이야. 하지만 밤중에 와서 나랑 잤다는 네가 어째서 몸 뒤쪽을 봤을까? 내가 목욕탕에 있을 때 옛날에 기이 형이 뚫어 놓은 구멍으로 들여다보면서 더러운 짓을 하다가 목욕탕 벽에 얼룩을 만들고 도망갔잖아? 그래 놓고는 카시오페이아 모양의 점이 어쩌구 하면서 소문을 낸 거 아냐?"

들은 얘기로는 오셋짱은 검붉은 색 오비를 재빨리 풀어 가슴 아래쪽에 완전히 바람이 통할 만큼 풀어 헤쳤는데 기하치조 기모노는 마침 불어온 바람에 연처럼 휘날렸고 그대로 몸을 한 바퀴 빙 돌린 오셋짱은 쑥 들어간 허리 쪽에 W자로 늘어선 점을 보여 주었다. 오셋짱은 했다 하면 확실하잖아. 점도 점이지만 새하얀 엉덩이가 석양을 받아 빛나는 것을 보고는 다들 압도당했지, 라고 친구는 말했었다.

눈을 내리깔아 얼굴에 검게 그늘이 진 듯한 청년들 앞에서 오셋짱이 재빨리 옷매무새를 가다듬는 동안 누이동생 역시 나름대로 준비해 간 대사를 읊었다.

"마사루가 정말로 숲의 칼집에서 기이 오빠와 오유 씨가 하는 것을 봤다면 한 번 더 보러 갈 만한 용기는 있지? 숲속에서 기이 오빠보다 날렵하게 움직일 수 있는 사람은 없고 숲에는 옛날부터 구덩이가 몇 개씩이나 있어서 그걸 제대로 알고 있는 건 기이 오빠뿐이야. 마사루가 못 돌아오더라도 소방단이 수색을 하는 정도로는 별수 없을걸. 이번 일요일에 기이 오빠가 오유 씨를 데리고 칼집에 있는 개울로 산천어를 잡으러 간다더라. 마사루가 그 뒤를 밟아 숲속에 한 번 더 갈 수 있다면 마사루는 정말 용감한 거지. 다른 사람이 뭐라 하든 나는 마사루를 믿을 거야. 하지만 일요일날, 마사루가 '본동네'에서 어슬렁거리고 있다든지 골짜기에서 얼쩡댄다면 마사루가 얼마나 거짓말쟁이인지 다들 알게 되겠지 뭐."

앞서 말한 기모노의 무늬에 대해 물었을 때, 동생은 골짜기의 새로운 신화에 대해 무뚝뚝한 코멘트를 했었다.

"어째서 오셋짱이 젊은 녀석들 앞에서 엉덩이를 내보여야 하지? 바람이 기모노를 펄럭이게 한 것은 사실이지만 허리 언저리의 W자 점들을 옷 위에서 손가락으로 짚어 보였을 뿐이야. 해질녘이어서 오비의 검은 선은 정말 까맣게 보이고 석양빛에 붉은 시보리는 더욱 붉어져서 정말 예뻤구요, 오셋짱은 근사했어요. 내가 이렇게 사실에 입각한 증언을 해도 오빠는 젊은 녀석들이 벌거벗은 엉덩이에 입을 쩍 벌렸다고 믿고 싶겠지만."

… 비행기 옆자리에서 이야기를 하다 말고 입을 다문 내가 그렇다고 손에 든 책을 읽기 시작하는 것도 아니고 앞자리의 등받이에 눈길을 멈춘 채 뭔가 골똘히 생각하고 있는 듯하니 아내는 거북스런 모양이었다. 그래서 나는 그때까지 떠올리고 있던 일의 윤곽을 그녀에게 대강 설명하기로 했다.

"동네 사람들이 이미 멸종되었다고 말하는 산천어가 아직 살아 있다는 사실을 확인하겠다며, 삼림 조합이라는 직장에 다니기 때문에 낚시를 할 수 없었던 기이 형이 시험 낚시는 괜찮다면서 낚싯대를 꺼내 들었다며? 당신과 기이 형이 두 번째로 칼집에 오르던 그날, 마사루는 숲에 안 나타났어?"

"숲에 올라가지 않았다는 걸 알리려고 일부러 골짜기에 내려와서 길거리를 왔다 갔다 하고 있었대요. 어머님께서 웃으시면서 그러시던데요. 기이 씨와 얽힌 소문은 말씀을 드리지 않았지만 어렴풋이 눈치채고 계셨던지 그런데 신경 쓰지 말라고 나를 격려하시느라 마사루가 하는 짓을 우스꽝스럽게 말씀해 주신 거죠. 나도 지금 그 일이 생각났어요."

"그래서 산천어는 잡혔던가?"

"안 잡혔어요. 그날은 기이 씨도 기분이 안 좋아서 하나도 재미없었어요."

"그 당시 아사는…."

나는 누이동생 일을 물었다.

"도대체 뭘 하고 있었지? 일을 하러 다니는가 하면 내내 집에 있기도 했던 모양이잖아?"

"마쓰야마 현립병원의 건강센터에서 일하고 계셨잖아요? 내가 갔으니까 휴가를 냈던 거죠. 건강센터에서는 비만에 관한 조사를 하고 있었는데 그때만 해도 일본 사람들이 별로 뚱뚱하지 않을 때였으니 첨단 연구였던 셈이죠. 처음 보는 사람들의 어깨 뒤에 붙은 살을 집게로 꼬집는 거라며 창피하다는 듯이 이야기를 하는 통에 다들 웃었어요. 모두들 아사짱에게 호의를 갖고 있고 신뢰도 하고 있었죠…."

고치 공항에 도착하여 "다 함께 비행기를 탔는데 떨어지지 않아서 다행이지?" 하고 히카리에게 말하자 그는 "**전혀, 비행기가 떨어지지 않았다니까요!**"라며 찬성을 표했다. 차남은 "돌아갈 때도 탈 거잖아요?"라며 심각한 표정을 풀지 않았지만. 마쓰야마로 가는 장거리 버스가 출발하는 역에 갔을 때도 아직 해는 높았고 연푸른 하늘이 펼쳐져 있어서 버스를 내린 후에 갈아타야 할 택시 때문에 지금부터 역무원과 흥정을 벌일, 입씨름할 마음이 들지 않았다. 버스는 비어 있었다. 차남만 운전수 옆인 맨 앞자리에 앉고 남은 가족은 중간쯤에 모여 앉았다. 시가지를 빠져나가자 버스는 곧장 깊은 산자락 속으로 들어갔고 메이지 시대의 원훈元勳(나라를 위해 큰 공을 세운 원로)이 몇 사람이나 배출된 튼실한 촌락이 엿보이는 골짜기라든가, 한藩(에도시대 다이묘의 영지)의 삼림 정책에 착실히 응함으로써 요업으로 이름난 비탈진 길거리를 지나 다시 한번 경사 급한 산자락을 양쪽으로 올려다보는 곳으로 나오자 서쪽 하늘에 태양이 붉고, 군데군데 남아 있는 단풍 든 조엽수照葉樹가 불타는 듯하다. 하지만 노을은 하늘 높은 곳에만 있을 뿐, 풍경은 금세 어두운 색깔로 말라 버린 낙엽진 잡목, 그을린 듯 칙칙한 녹색의 삼나무 산, 노송나무 산으로 차례차례 바뀌었다. 꾸불꾸불한 산길에서 버스가 방향을 바꿀 때마다 아직도 붉은 노을을 반사하며 반짝이는 산허리가 눈에 들어오긴 했지만….

"사쿠는 오리엔티어링 장소로 쓸 만한, 별로 높지 않은 언덕들만 열심히 바라보고 그 위도 아래도 안 보는 거 있지?"

딸이 제 엄마에게 이야기했다.

"게다가 아빠도 마쓰야마에서 할머니 댁으로 갈 때는 열심히 풍경을 보면서 고치에서 갈 때는 왠지 냉담하구요."

"초소카베가 이 골짜기를 지나 쳐들어 왔던 걸 회고하면서 조상들께 동정하고 계시는 거 아니니?"

사실, 갑자기 어두워져 버린 창밖 저편엔 검은 나무들뿐이고 더 깊어 보이는 계곡 아래에서 약간 빛나는 수면만이 눈을 끌 뿐이지만 나는 그다지 실망하지 않았다. 지형도 식물들도 특별히 큰 차이가 있는 것은 아니건만 이 근처의 풍경은 역시, 산 너머의 것이었으므로. 기이 형은, 일본 각 지방에서 두루 보이는 촌락 형태에 관한 야나기다 구니오柳田国男의 이론에 따라, 더구나 표면적으로는 산 너머에서는 결코 볼 수 없는 촌락을 재현하겠다는 식으로 그것과 모순되는 구상으로 근거지의 왕성한 활약기에 덴쿠보에 있는 자기 땅에다 '아름다운 마을'을 건설하려 했었다….

버스는 완전히 밤이 되어서야 현 경계 가까이에 있는 정류장에 도착했다. 왼쪽에는 깊은 골짜기, 오른쪽에는 깎아지른 절벽이 있는데 그 절벽의 뿌리 부분을 파내어 신사神祠와 찻집이 세워져 있는 곳에서 장거리 버스가 잠깐 쉬었고, 그동안에 나는, 그래도 자진해서 아내와 아이들에게 설명했다.

"이 높은 절벽 위를 덮고 있는 검은 덩어리는 한낮의 햇빛 속에서 보아도 팽나무니 노송나무니 삼나무가 덩굴들과 휘감겨서 가지들은 하나하나 구별이 안 돼. 오랜 옛날부터 빽빽한 숲이었거든. 그곳이 신이 머무는 곳이야. 이 낮은 곳에 있는 신사는 숲의 신사를 대리하는 거야. 예부터 이곳에는 산맥 양쪽을 가르는 명확한 표시가 있어서 양쪽 사람들 모두가 이 근처를 자기들 인간 세계의 끝이라고 여겼어. 그래서 근처에 집도 없는 이런 곳에 지금도 일부러 찻집을 경영하고 버스도 중간쯤 와서는 잠시 쉬었다 가는 거지…."

그곳을 떠나자 버스 차창 너머로 어두운 지형, 나무들의 모습도 얼마간 순해지는 듯해서 잠자코 있는 아내나 아이들도 경계점을 넘었다는 것을 깨달았을 것이다. 내리막길이 되어 끝없이 어두운 바닥으로 잠겨 가면서도 버스는 침착하게 계속 달렸고, 고치와 마쓰야마를 잇는 중간지점이며 마을 쪽으로 내려오는 커다란 T자형의 분지가 시작되고 있는 역에서 내리려고 나는 가족들을 준비시켰다. 그런데 그 마을에 가기 전, 아직도 높은 비탈길의 중간쯤인 듯싶은 역에 버스를 가로막듯이 세워놓은 차가 보였다. 그 옆에는 듬직한 목과 어깨를 지닌 남자가 뱃사람 같은 검은 코듀로이 모자에 반코트를 입고 깊은 포켓에 양손을 찌른 채 서 있었다.

"기이 형이 마중을 나왔어. 여기서 내리자!"

나는 내 귀에도 흥분한 목소리로 외쳤다.

기이 형은 나와 가족들이 들고 내리는 짐들을 차례차례 받아서 왜건의 뒤쪽 문을 열고는 짐칸에 솜씨 좋게 실었다. 그러면서 내 인사는 듣는 둥 마는 둥 어떻게 여기까지 마중을 나오게 되었는지를 아내에게 이야기했다. 오늘 우리 가족이 비행기로 마쓰야마 공항에 도착한다는 이야기를 동생에게서 들었는데 택시가 도착할 시간이 지나도 골짜기의 집에 닿았다는 연락이 없다. 혹시나 싶어 고치 공항 사무소에 전화했더니 승객 명단에 내 가족들 이름이 모두 있었다. 우리가 장

거리 버스를 탄다고 생각하면 고치에서 이곳 이요오치아이
伊予落合까지 3시간 정도가 걸리지만 '본동네'의 저택에서는
한 시간 정도면 올 수 있다. 그래서 천천히 준비를 하고 나와
서 우리를 기다렸다는 것이다.

"오유 씨와 옥꾼 양이 운전석 옆에 타요. 뒷좌석은 덜컹덜
컹하니까."

기이 형은 도어를 열어 주고 차 앞쪽을 돌아 핸들 앞에 앉
았는데 그동안에도 히카리가 제대로 앉을 수 있을지 마음이
쓰이는 모양이었다.

낙엽이 쌓여 물이 줄어든 시내를 라이트로 비춰 가며 폭
좁은 길을 달려 내려가기 시작하자 차에 타면서부터 우리 모
두가 느꼈던 것을 아내가 기이 형에게 말했다.

"냄새가 좋은 차네요. 무언가가 자연스럽게 마른 듯한 좋
은 냄새가 나요."

"뭐라더라. 줄기에 날개 같은 것이 달렸고 노랑과 연보라
꽃이 피는…."

"스타치스요?"

"그래 맞아, 스타치스의 드라이플라워를 잔뜩 만들어서
오셋짱이 이 차로 실어다가 마쓰야마에 내놓았거든. 이익이
좀 남았냐고 물었더니 그건 차에서 좋은 냄새가 나라고 해 본
일이라더군."

"대단히, 아름다운 냄새입니다!"

히카리가 진심을 담아 말하자 기이 형도 천천히, 그리고 확실한 발음으로 고맙다고 대답했다.

"현 경계를 넘어올 때 어두워서 잘 보이지는 않았지만 호수 같은 것이 몇 개나 있던데. 생각해 보니 나는 그곳을 몇 번이나 지나다녔는데도 지금까지는 다른 길로 다녔던 건지 여태 몰랐어."

"댐이 새로 건설되었거든. 나도 덴쿠보에 인공호수를 하나 만들기 시작했는데 그것 때문에 한바탕 시끄러울 것 같아."

기이 형은 앞쪽을 주의 깊게 보면서 상흔이 있는 머리 옆쪽에서 귀밑으로 흰 머리가 많이 눈에 띄는, 하지만 근육질이어서 쇠약해 보이지는 않는 옆얼굴을 드러내고 있었다.

"K, 나는 이미 숲속의 인간 사회와는 인연을 끊은 듯이 살고 있어. 공사 일손은 빌리고 있지만 남들을 소란스럽게 할 생각은 없었는데 맘대로 안 되더라구. 그걸 의논하고 싶어서 오셋짱이 자네를 부른 거 아닐까? 어쨌든 좋은 때에 와 주었어. … 사쿠도 잘 와 주었어. 민물 게를 서른 마리나 잡아다가 상자 안에다가 호박을 먹여 기르고 있거든. 그걸 너에게 줄게. 채식주의자의 민물 게라는 것도 우습지만 말야."

기이 형은 금세 차남의 관심을 끌었다.

"이 버스를 타고 올 줄 용케 아셨네요, 기이 씨."

"K가 행동하는 방식은 옛날부터 잘 알고 있으니까요."

기이 형은 아내를 향해 대답했다.

"고치에 오는 비행기랑 장거리 버스는 사쿠가 시각표를 보면서 생각한 거예요."

무슨 일이든지 공평을 기하는 성격인 딸아이가 말했다.

"그랬어? 하긴 내가 제일 자주 만나던 시절의 K가 지금의 사쿠하고 똑같았거든. 사고방식이나 다른 여러 면에서도 닮은 것이 아닐까?"

기이 형이 뭔가 망연한 울림이 섞인 소리로 말했다. 그리고는 헤드라이트가 비추는 진한 포도주색 꽃 무더기가 나무 줄기에 빼곡히 늘어진 나무를, 특히 아내를 향하여, 열매가 꽃 같은 저것은 이 동네에서 남천오동으로 부르는 나무라고 설명하고 나서 내게 말을 걸었다.

"아까 사쿠가 버스에서 내렸을 때 옛날의 K가 나타난 줄 알고 정말이지 깜짝 놀랐어. 말하자면 '꿈같은 시절'의 K말 야…."

제3장 멕시코에서의 꿈같은 시절

    가족을 축으로 삼아, 다시 말해서 현재 시간을 따라 이야기를 끌어온 방식에서는 좀 벗어나지만 여기서 나는, 내 삶의 다른 풍경 속에서 기이 형과 나, 그리고 아내와의 관계를 기록해 두고 싶다. 그것 역시 『신곡』의 「지옥」 제13곡과 직접 얽혀 있다. 오랜 수감 생활 동안에 연락을 끊었던 기이 형은 당시 내가 머물던 멕시코시티로 편지를 보내면서 단테에 관해 적었다. 나는 그 편지를 멕시코 체재 중에 쓴 노트라든가 판화가인 포사다의 자료 따위를 한데 묶어 두었던 종이 묶음 속에서 찾아냈다. 이를 전후해서 보낸 간이 국제우편도 같은 묶음 속에 들어 있었는데, 거기에는 해골로 된 인물들을 사용하여 멕시코의 민속을 그린 민중 판화가에 대하여, 자네가 써 보낸 포사다 말야, 『신곡』의 삽화는 안 그렸을까? '코레히오 데 메히코'에 전문가가 있으면 그걸 좀 물어봐 줘, 라는 메모가 붙어 있었다. 적당한 학자를 몰랐기 때문에 도서관의 목록을 찾기도 하고, 리베라나 시케이로스의 커다란 화집들을 늘어놓고 바람둥이 같은 신사가 가게를 보고 있는 시市 중심가의 고서점을 돌아다니기도 했지만, 결국 기이 형을 위해 아무것도 찾지 못한 채, 나는 멋대로 스피드를 내는 정원제 버스를 타고 땅거미 내리는 인수르헨테스 거리를 지나 아파트로 돌아왔었다.

돌아와서 얼마 지나지 않아, 아사쌍에게서 K가 히카리와 그보다 더 어린 두 아이를 오유 씨에게 떠맡겨 놓고 멕시코에 장기 체재하고 있다는 소리를 들었을 때는 너무나 자기밖에 모른다는 생각이 들어 화가 나더군. 그건 아사쌍의 기분에 동조해서, 라는 부분도 있었다네. 그녀는 납득할 수 없는 자네의 태도에 대해 의분을 느끼고 그 분풀이를 내게 하려 들었거든. 자네가 머무르고 있다는 '코레히오 데 메히코'라는 이름에 어렴풋한 기억이 있어서 영문과 동기에게 전화를 했어. 그는 내가 연락한 것이 께름칙한 모양이었지만, 여하간 우리 동기 중에 전공을 도중에 라틴 아메리카 역사로 바꾼 I가 ― K도 그 사람이 번역한 사파타 평전을 읽지 않았을까 ― 거기에 일 년간 근무한 적이 있다고 말해 주더군.

보통 임기는 일 년 단위인 모양이라는 정보와 함께. 오유 씨에 대한 K의 태도 ― 혹은 내가 그러리라 공상했던 것 ― 에 더욱 화가 났어. 6개월이라고 약속하고 일단 멕시코에 가서는 부디 반년 더 연기해 달라는 식으로 오유 씨에게 편지를 보냈을 거라는 공상을 했었거든. 거기에는 기껏 이쪽으로 돌아왔는데도 당분간 K를 볼 수 없다는 원망 섞인 기분도 배어 있었겠지. 그러던 차에 K가 보낸 편지를 받고 작년에 W 씨가 돌아가신 일과 올해 자네가 멕시코로 떠나 버린 것과 관계가 있는 듯하다고 깨닫고 납득했다네. 그건 오유 씨가 납득한 것과도 상관이 있지 않을까? 자네는 이렇게 썼지. 일단 시애틀에 착륙하자 거의 비어 버린 멕시코행 비행기 위에서 나는 햇빛에 빛나는 구름과, 저 아래쪽, 이 역시 구름처럼 빛나는 물결치는 바다를 바라보며 이 공중에서 해상, 지상 곳곳에 원자가 되어 버린 W 선생님의 육체가 편만해 있다는 생각에 커다란 해방감을 맛보았습니다. K가 과학 용어를 사용하는 방법에는 걸리는 부분이 없지 않지만 이 한 구절에는 감명을 받았다네. 이미 몇 년 전 일이지만 내가 숲의 칼집에서 오유 씨에게 강의를 했다가 자네에게 놀림을 받았던 아리스토텔레스의 기상학과 연결해 보았어. 자네는 원자—바르게는 분자라고 하겠지—로 환원된 평생 은사의 육체가 편재함을 의식했다는 것이지만 더 근본적으로 그것은 이런 이야기 아니겠나? 빛나는 구름(그것은 수증기로서의 AIR겠지), 물결치는 바다(즉 WATER), 지상(EARTH) 그리고 선생님의 육체를 화장했다는(FIRE를 이용해) 생각, 그 4대 요소의 순환이, 말하자면 기상학적인 거대한 순환이 자네의 정신을 근원으로 이끌어 가듯 고양시킨 것이 아닐까? 그렇게 생각하니 내게도 자네의 커다란 해방감은 그대로 전해져 오더군…. 그건 그렇고 이 편지를 쓰는 구체적인 용건은 오직 한 가지. 그것에 칼집에서 오유 씨에게 했던 강의에서 인용한 「지옥」 제13곡이 관련되어 있기에 위와 같은 감상을 이야기한 것일세. 본론으로 들어가서 지난번에 이런 생각을 해 봤다네. 내가 다시 외국 서적을 전문으로 파는 서점에 갈 수 있게 되고 나서 처음으로 산, 캐나다의 한 대학에서 출판된 단테 연구서를 읽었는데 그 책에서 「맬컴 라우리와 『신곡』」이라는 짧은 논문을 발견했다네. 라우리의 『활화산 아래서』 중에서 출전이 『신곡』인 스물 몇 군데의 문장을 뽑아—문장이라기보다 일종의 프레이즈, 혹은 어구라고 하는 편이 좋을 것 같은 부분도 있어—주석을 붙인 논문이지. 나도 대학 다닐 때, 분명히 이 작가의 이름은 들은 것 같은데 소설은 읽지 않았거든. 확신이 없는 재인용이 되네만 간통 때문인가로 헤어졌던 아내와 재회한 알콜 의존증인 '영사' 라우리라는 남자가 갈증을 느끼면서 길을 걷고 있는 도중에 환청처럼 Touch this tree, Once your friend라는 소리를 듣지. 주변의 황량한 풍경을 보면서 ─ 황량한 이유는 대부분 '영사'의 내부에 있는 것이겠지 ─ 그런 소리를 듣는 부분을 들어 놓았더군. 즉, '영사'의 내면은 「지옥」 제13곡 맬컴 라우리에 연결되어 있다는 것이지. 나는 K가 멕시코 지옥의 나무가 되어 버리기를 바라지는 않으니까 이상한 생각은 하지 않기를, 그리고 독신 생활을 부디 즐겁게 보내기를 바라네. 멕시코에서 생활하는 분위기를 『활화산 아래서』만큼 농밀하게 표현한 외국 소설은 로렌스 말고는 없는 게 아니냐는 이야기야. 멕시코시티의 중심부에는 미국이나 프랑스에서 수입한 책을 파는 곳이 있겠지? 맬컴 라우리를 읽는 건 어떻겠나?

내 일생의 스승격인 기이 형에게서 교시받은 것에는 예이츠의 시를 위시하여 여러 가지가 있는데 나는 또 이렇게 해서 멕시코에서 라우리에게 다가가는 힌트를 얻었던 것이다. 그리고 나는 이 작가의 작품을 그 후에도 오랫동안 열심히 읽었다. 멕시코시티에서 몹시도 고독한 생활을 하는 동안 『활화산 아래서』는 얼마나 내게 친밀했던가? 물론 맬컴 라

우리는 나에게 멕시코 지옥의 나무가 되어 버리는 일로부터 멀어지도록 격려했다고만은 할 수 없는 방향으로도 영향을 주긴 했지만….

기이 형이 말하는, 학생 때부터 줄곧 은혜를 입은 W 선생님의 일주기에, 나는 멕시코 인문학자 알퐁스 레이에스를 기념하여 세운 '코레히오 데 메히코'에서 라틴 아메리카 각지에서 온 유학생들과 멕시코 학생 스무 명을 대상으로 「관용의 문제— 일본의 한 프랑스 문학자에 대하여」라는 강연을 했다. 그런 식으로 자유로운 주제를 놓고 일본의 전후 사상사를 강의하는 것이 바로 매주 한 번, 반년을 예정으로 맡았던 내 일이었던 것이다.

건물들이 내리누르는 무게 때문에 지반 전체가 기울고 있다는 거대한 직선형의 멕시코시티를 남북으로 꿰뚫고 있는 인수르헨테스 가에서 조금 들어간 곳에 있는 아파트에서 나는 혼자 살고 있었다. 귀국 후, 나는 '코레히오 데 메히코'를 단 하나의 창구로 삼아 이루어졌던 이곳 사람들과의 사귐— 조금이나마 나의 내부에 그림자를 드리운 각가지 일들— 을 둘러싼 몇 개의 문장을 썼다. 그것들을 읽은 아내가 이렇게 말한 적이 있었다.

"히카리가 발작을 일으켜서 시코쿠에 계시는 어머니께 상의하러 갔을 때, 당신이 멕시코에서 써 보내는 편지들을 기이 씨가 보여 주셨는데요, 거기 담겨 있던 기본적인 감정들은 이런 소설이니 에세이에는 표현되지 않은 것 같네요. 기이 씨에게 보냈던 편지에서 스며 나오던 당신과 그분을 연결하고 있는 그 무엇에 비하면, 나와 당신은 그보다 훨씬 희박한 관계라는 생각을 할 정도였는데…"

"도대체 내가 형한테 뭘 써 보냈지? 맬컴 라우리의 책 이야기를 듣고, 펭귄 클래식으로 읽은 놀람과 기쁨 같은 것을 곧장 보고했던 것은 생각이 나지만."

"구체적인 이야기도 그렇지만 무엇보다 기본적인 감정이 스며 있었어요. 『활화산 아래서』에 대한 감상에 덧붙여 「죽은 자의 날」에 쓸 악마의 가면들을 길 한 켠에 잔뜩 늘어놓고 파는 시장 이야기도 썼었죠…. 더 인상적이었던 건 멕시코시티에서는 날마다 주위가 깜깜해질 정도로 소나기가 오고 그 뒤에는 광원이 어딘지도 알 수 없는 미광이 비치면서 긴 석양이 시작된다고 썼었죠? 그 깜깜한 소나기가 퍼붓는 동안, 멕시코 사람은 아무도 그런 짓을 하지 않지만, 혼자서 우산을 들고 아파트 옥상에 올라가 보면 저 먼 곳에 새파란 하늘이 보여서 온갖 날씨가 공존하고 있는 하늘 아래 있다는 느낌이 든다고…. 마리넬코라는, 산기슭의 작은 마을에 가면 머리 위쪽 벌거벗은 바위산 꼭대기엔 잉카의 피라밋이 있고 그 아래쪽 바위에 들러붙은 소나무에서 시작되는 울창한 상

록수 숲, 그리고는 초원, 경작지, 물이 마른 계곡, 이쪽으로
는 자갈들이 뒹구는 목장과 널따란 사막, 하는 식으로 좁은
폭 안에 갖가지 육지의 층들이 모두 늘어선 풍경이 있다고….
목장에 주저앉아서 늙은 버드나무에 도마뱀이 기어 다니는
것을 보고 있노라면 멕시코시티의 석양 속에서처럼 이 또한
끝도 없는 시간 속에 앉아 있는 듯한 느낌이 든다고도 쓰여
있었죠."

"맞아. 날씨도 그렇고 지형도 그렇고, 그것들의 모든 측면,
모든 현상이 동시에 존재한다는 인상은 멕시코시티와 마리
낼코, 두 곳 모두에서 체험했어. 그리고 마찬가지로 무한히
계속되는 순환 속에 내가 있다고 느꼈지. 그것이 멕시코 생활
의 기본 감정이라고 기이 형에게 틀림없이 썼던 것 같아…."

"숲속에 있는 기이 씨 집에서 당신이 보낸 편지를 읽고 걱
정이 더욱 깊어졌을 때, 기이 씨가 권하셔서 멕시코시티에
전화를 했던 거예요. 당신이 멕시코에 관한 보고문에서 태평
양에 묻어 둔 국제전화 케이블이 늘어져서 거기에 걸린 대왕
고래가 '보온 보온 위프위프' 하며 우는 소리가 들리는 것 같
다던 전화요…."

그리고는 아내는 평소와 달리 눈물을 글썽이더니 그야말
로 평범하게 시작했던 대화를 중단하고 자기 침실로 들어가
버렸다. 기이 형이 새로이 변화하는 낌새가 있으니 어떻게

형편을 만들어 고향에 와 줄 수 없느냐는 누이동생의 부탁이 있어 오랜만에 나도 아내도 기이 형 생각을 하며 며칠을 보내고 있었다. 그날 밤, 거실에 혼자 앉아 술을 마시면서 나는 생각했다. 내 조수였던 아르헨티나 사람 오스칼 몬테스가 중년기의 '아이덴티티의 위기'와 겹쳤다고 놀려 대곤 하던 나의 멕시코 체재에는 막상 그때는 잘 의식할 수 없었던 기이한 양의성兩義性이 있었던 것이다. 또한 그것 때문에 내가 멕시코시티에서 10년 만에 회복된 기이 형과 열심히 편지 왕래를 했다는 것도 이제는 확실히 자각하고 있다. 또한 기이 형 쪽에서도 이러한 기이한 양의성에 대해 민감히 반응하는 답장을 보내 주곤 했다.

K, 자네는 멕시코시티의 아파트에서 날마다 도쿄에서 가져간 장편 소설의 초고를 손질하거나 맬컴 라우리를 읽고, 또는 민중 판화가에게 열중해서는 식사도 하루 두 끼밖에 하지 않고 줄곧 틀어박혀 있다면서? 차라리 이 숲에 돌아와서 그러고 있다면 이해가 될 거야. 자네는 어릴 때부터 툭하면 한군데 틀어박히곤 해서 어머니를 걱정하시게 했지. 재수를 하던 일 년 동안도 그렇게 틀어박힐까 봐 우리 집으로 공부를 하러 다니도록 어머니가 신경을 쓰셨던 거니까. 물론 남 애기가 아니지. 나 역시 오셋짱과도 말

한마디 없이 이삼일씩 지내는 일도 있으니까. 십 년이나 헤어져 있다가 이제 겨우 자유롭게 이야기를 나눌 수 있게 되었는데 말일세. 하지만 남의 나라에서, 스페인 말밖에 못 하는 아파트 관리인과 매일 아침 얼굴을 마주칠 뿐, 일 주일에 한 번 학생들에게 강의를 하는 것을 빼고는 엿새 동안 혼자서 지낸다는 것은 역시 비정상이 아닐까? 멕시 코풍 투우를 보러 간다든지 광장 주변에서 스트립 극장을 기웃거린다 해도 그것은 아파트에서 혼자 사는 생활의 한 변형에 지나지 않는 거야. 자네가 편지에서 말하는 멕시코 시티의 긴 황혼이 '악마의 때'로 변하지 않기를 기도하네. 오유 씨에게는 미안하지만 혼혈 아가씨라도 하나 사귀면 어떨까? 어쩐지 그렇게 되면 또 그런대로, 자네가 편지에 말하던 독일계 일본 연구자같이 소들이 밟아 엉망이 된 진흙 골목에 일본식 목욕탕이 있는 콘크리트 집을 짓고 젊은 혼혈인 아내와 사는, 그런 생활을 아무렇지도 않게 할 수 있을지도 모른다는 생각도 들어. 자네 혼자서 경험하고 있는 멕시코시티의 긴 황혼녘에 자네가 도쿄에 있는 가족은 전혀 생각하지 않고 그저 편안히 시간의 흐름에 몸을 맡겨 잠길 수도 있다는 것이 괴상하다고 하는 자네의 그 표현에는 이상하게도 실감을 할 수 있더군. K, 나 역시 거기서 그야말로 괴상한 냄새를 맡은 것 같거든….

기이한 양의성이라는 것에 대해 말하자면, 원래는 엷은 빛이 널리 퍼져 있던 멕시코의 광활한 하늘에 점점 붉은 가루 같은 기운이 떠돌기 시작할 때부터 마침내 해가 질 때까지 길고 긴 시간 동안 나는 그 느리고 느린 시간의 진행 속도에 짜증이 난 적이 없었다. 시간이 고여 있는 웅덩이 속에 내가 마치 플랑크톤처럼 떠 있는 기분이었던 것이다. 히카리가 장애를 지니고 태어난 후, 나와 그는 줄곧 정서의 어딘가가 유착된 것처럼 살았는데도 히카리에 대해서는 물론, 그 동생들이나 그들의 어머니에 관해서도 전혀 생각하지 않은 채 하루를 보냈다는 사실을 문득 깨닫곤 했다. 나는 마치 시코쿠의 숲 골짜기에서 보낸 어린 시절, 긴 시간이 천천히 흘러가는 것을 조금도 싫어하지 않고 밑 깊은 웅덩이에라도 잠겨 있는 듯한 기분이었던 그때를 다시 경험하고 있는 듯한 생각이 들었다.

그리고 나는 ― 그것에도 기이 형이 보낸 다른 편지가 직접적인 힌트가 되었는데 ― 할머니에게 되풀이해서 들었던 숲속 골짜기와 '본동네' 사람들의 신화 같은 옛이야기들을 그립게 떠올리곤 했다. 후에 기이 형을 통해 플라톤을 알게 되어 읽고 생각한 것은, 그때 나는 숲속에 전해 내려오는 옛이야기의 총체를 상기想起하는 감정 속에 있었던 듯하다는 것이다. 나아가 그것은 기이 형이 숲속에서 보낸 '꿈같은 시절' 혹은 '영원한 꿈의 시절'이라 부르던 곳으로 온몸이 들어가는 느낌이기도 했다. 현실에서는 멕시코시티에 살면서 한편으로는 시코쿠 숲속의 '꿈같은 시절'이나 '영원한 꿈의 시절'을 경험하는 듯했던 것이다. 그것이 내가 느낀 기이한 양의성의 실상이었다. 인수르헨테스의 어딘지 고풍스런 웅성거림과 현대적인 자동차 클랙슨이 계단 아래 있는 차고로부터 뒤섞여 들려오는 살풍경한 아파트에서, 나는 지루한 적이 없었다. 창으로 내다보이는 묘하게 기다란 건물 옥상에 잔뜩 매어 둔 로프에는 날마다 엄청난 빨래들이 널려 있었다. 혼자서도 일을 잘하는 세탁부는 낮일이 끝나면 건물 옆의 계단에 커다란 화로를 꺼내 놓고 솥을 얹어 타코를 구워 팔기 시작한다. 이런 광경을 질리지도 않고 내려다보느라 소설 초고는 책상 위에 펼쳐 놓은 채, 멕시코 가구점에는 어디에나 쌓여 있는 검은 나무의자의 평평한 팔걸이에 몸을 기대고는 숲에서 들었던 골짜기와 '본동네'의 옛이야기들을 어쩐지 나른한 듯한, 미묘한 쾌감과 함께 떠올리고 있었다.

나아가 숲속의 옛이야기와는 또 다른 민속 신앙 레벨인 듯도 한—그것은 이야기로 전해지는 것은 아니지만—옛이야기들을 깊은 곳에서 하나하나 연결시키고 있는 것이라 여겨지는 생사관은 어린 시절부터 기이 형과 내가 열을 올린 논점 중 하나였는데—지금 멕시코에서 혼자 지내고 있으려니 우리들 숲속의 독특한 생사관이 그립게 떠올라, "기이 형, 당신은 그토록 힘든 경험을 거쳐 온 지금도 그걸 믿고 있나요?"라고, 아파트 안팎에 일본어를 아는 사람은 하나도 없는데 소리 내어 말하기도 했다.

맨발로 저택을 찾아간 이래, 매일 기이 형과 함께 지내던 어느 날, 다름 아닌 숲속 골짜기와 '본동네'의 생사관에 대해서, 나와 기이 형은 처음으로 충돌했다. 그해에는 초봄부터 골짜기에서 '본동네'까지 '미끄럼 차'가 대단한 유행이었다. '미끄럼 차'라 해도 버팀목과 발판을 엮은 간단한 것이었지만 버팀목에는 가슴 높이쯤에 가로목을 끼운 핸들이 붙어 있고 발판에는 감나무나 황로나무 고목으로 만든 바퀴가 달려 있었다. 사방이 숲으로 둘러싸여 가는 곳마다 비탈이 있는 '본동네'와 골짜기를 아이들은 덜컹덜컹 쌩쌩 하며 미끄러져 내렸다. '미끄럼 차'를 직접 만들지도 못하고 만들어 줄 사람도 없는 꼬맹이들은 양팔을 옆으로 벌리고 부웅 하는 소리를 내며 달린다. 그날 기이 형은 이상하다는 듯이 K는 왜 '미끄럼 차'를 안 타지? 하고 물었다.

나는 손재주가 없는 데다가 아버지가 돌아가신 뒤로는 그런 놀이기구를 만들어 줄 가족도 없었고 부웅, 해 가며 비탈을 달리기에는 너무 커 버려서 유행하는 놀이에서 따돌림을 당한 듯한 느낌이 가슴에 있었다. 그래서 나는 더욱 얼굴을 찡그려 가면서 '미끄럼 차' 유행을 비판했던 것이다.

"이 숲의 사람들은 죽으면 영혼이 육체를 벗어나 빙글빙글 돌면서 높은 곳으로 올라가서 숲속에 이미 정해진 나무뿌리 부근에 내려앉아 거기에 줄곧 있는 거라고들 하지만 정말 그럴까? 특히 아이들은 죽어도 영혼이 활공하는 법을 모르니까 이런 놀이로 훈련을 해 두는 것이라고 하지만 그따위 미신으로 나를 훈련하고 싶지 않아! 몸을 가지고 영혼을 훈련한다는 건 우습잖아!"

"영혼이 되어 버리면 어떻게 움직여야 될지를 모르니까 스스로 움직이는 법을 알고 있는 몸과 함께 있을 때 영혼의 운동법을 미리 연습해 두는 거 아냐?"

"이론은 그렇지만 워낙이 미신인걸."

"어떻게 미신이라고 잘라 말하지? K, '기하'에서도, 처음에는 이런 건 있을 법하지 않다고 생각했는데 증명을 순서대로 따라가다 보면 옳다는 걸 알게 되는 정리가 좋다고 그랬잖아?"

"죽으면 영혼이 몸을 떠나서 빙글빙글 선회하면서 숲속 높이까지 올라가 나무뿌리 근방에서 다시 태어날 때까지 잠자코 기다린다는 건…."

"K는 아직 태어난 지 얼마 되지도 않았는데 늙을 때까지 살아 본 사람들이 예부터 전해 내려온 이야기를 어떻게 미신이라고 단정해 버릴 수가 있지?"

"근거가 없으니까⋯."

"숲의 나무뿌리 근처에서 영혼이 숨죽이고 기다린다는 것은 정말 있을 수 없는 일일까? 그렇게 잘라 말할 수 있는 근거가 정말 있는 거야?"

나는 얼굴을 붉히며 별로 먼 이야기가 아닌, 맨발로 기이형네 저택의 토방에 섰을 때 안절부절못했던 기분으로 돌아갔다. 나는 아직 국민학교에도 들어가기 전부터 한밤의 어둠속에서 잠이 들 때면, 죽어서 내 모든 것이 없어지고 난 뒤에도 언제까지나 언제까지나 시간이 흐른다는 것에 대해 공포를 느꼈었다. 만 나이로 다섯 살이 되었을 때 아, 벌써 살아 있는 햇수 전체에서 오 년이나 줄어 버렸다, 고 탄식했던 것을 기억하고 있을 정도다. 할머니가 조용한 목소리로 노래하듯이, 이 골짜기에서 사람이 죽어도 말야, 영혼은 춤추면서 숲으로 올라가서 나무뿌리쯤에 내려앉는단다. 그리고 기다리고 있으면 다시 태어나는 거야! 하고 격려하는 것을 들으며 이게 정말이라면 얼마나 좋을까 생각했던 것도 같다. 그할머니가 기분이 울적해서, 겨우 죽었는데 다시 이 힘든 세상에 태어나야 되다니! 하며 조금밖에 남지 않은 '아카다마 포트 와인'을 마시고 투덜거릴 때면 나는, 아예 없어져 버리는 것보다야 힘이 들더라도, 하고 생각하곤 했다.

그 후 얼마 동안 기이 형과 나는 맞대 놓고 숲의 나무뿌리 에까지 올라가 재생을 기다리는 영혼에 관한 이야기를 하지 는 않았다. 하지만 어느 정도 시간이 흐른 뒤 다시 이 문제로 돌아왔을 때, 우리는 두 사람 모두가 숲속 나무뿌리의 영혼 에 관해 줄곧 생각해 왔다는 것을 알게 되었다. 그것은 특히 기이 형이 숲속에서 근거지 운동을 벌이고 있는 동안 생긴 일이었다. 그때 나는 호주 정부의 초청으로 애들레이드의 예 술제에 가 있었는데 그루트 섬에 여행 갔을 때 몸속까지 묘사 해 놓은 앵무새라든가 캥거루의 토템 폴을 사서 기이 형에게 선물했었다.

원주민의 나무봉 고마워. 소포를 싼 종이가 갈색으로 더 럽혀져 있길래 본체의 색깔이 벗겨진 줄 알고 걱정했지만 그 정도는 아니었어. 몇 번이나 덧칠을 했던 게지. 벌레 먹 은 작은 구멍들이 몇 개 있어서 혹시 이곳에 멜빌 아일랜 드 해충을 끌어들이게 될까 봐 근거지에서 만들어 둔, 밤 을 출하하기 전에 살충 처리하는 저장실에서 충분히 연기 에 그을리고 나서야 글방에 장식했다네. 동물의 몸속까지 그려 내는 수법을 뢴트겐 화법이라고 부르는 모양인데 그 오카색과 흰색의 부조를 바라보고 있으면 정말 지루하지 가 않아. 덧붙여 말하자면 이 나무봉이 계기가 되어 이전에 타이틀에 마음이 끌려 사 놓기는 했는데 읽지는 않았던 호주 원주민의 '꿈같은 시절', 혹은 '영원한 꿈의 시절'을 둘러싼 소책자를 읽었어. 시드니의 A. H. & A. W. REED PTY Ltd.라는 출판사의 책을 K도 현지의 책방에서 봤을지도 몰라. 나는 여기 나오는, 일찍이 존재했던 좋은 시대 '영원한 꿈의 시절'에 최고로 좋은 삶의 원형이 있다고 하는 사상에서 숲속 골짜기와 '본동네'의 신앙에 이르게 된 것이라네. 가장 바람직한 삶의 형태는 숲속에 처음 마을을 만든 그 창건기에 있다고 여러 시대의 사람들이 생각했던, 그것이 옛이야기 속에 남아 있지. 거기에는 원주민과 패러렐한 것이 있는 것이 아닐까? 우리 마을의 신앙에서 죽은 육체에서 이탈하여 숲의 나무뿌리에서 쉬고 있는 영혼이야말로 '영원한 꿈의 시절'로 돌아간 영혼이 아닐까? 나와 자네의 영혼도 언젠가는 육체를 벗어나서 숲에 있는 각자의 나무뿌리로 돌아가 다시 한번 '영원한 꿈의 시절'의 풍경을 발견하게 되겠지. 이 마을 아이들이 양팔을 벌리고 부웅 하는 소리를 내며 비탈길을 달려 내려오는 놀이. 그보다 좀 큰 아이들이 하는 '미끄럼 차' 놀이. 얼핏 보기엔 아이들 장난으로 보이는 이런 연습을 통해서 '꿈같은 시절'로 돌아갈 방법을 배우는 거야. 그루트아일런드의 원주민도 뢴트겐 화법으로 앵무새나 캥거루를 새겨 넣은 나무 봉으로 '미끄럼 차'를 하고 있는 게 아닐까 생각해. 그들 나름의 방법으로 '영원한 꿈의 시절'로 돌아갈 연습을 말일세. K, 숲속에서 그야말로 꿈꾸듯이 생각하는 거네만 자네가 소설을 쓰는 것도 말야, 실은 '꿈같은 시절'로 돌아갈 연습이 아닌가? 그렇다면 나는 자네가 언젠가는 숲속 골짜기와 '본동네'의 옛이야기를 소설의 주제로 삼으리라고 생각하는데…. 자네는 한때 '미끄럼 차' 유행을 어린애 같은 장난이라고 경멸했었지. 하지만 K, 바로 그 놀이가 아니고는 이 현세의 인간들에게는 연습할 길이 없는, 중요한 회귀를 위한 훈련도 있을 것 같아.

삼십 년 전쯤 옛날에 기이 형과 벌였던 논쟁 같은 것도 일찍이 없었던 정서적 깊이로 생각하곤 하던 멕시코시티의 석양, 희미한 빛 속의 아파트로 아내가 우울한 국제전화를 걸었다. 사춘기에 이르렀다는 내부 요인과 아버지가 먼 외국에 나가 있다는 외부의 스트레스 때문에 히카리가 한동안 눈이 안 보이는 발작을 일으켰다. 의사 말로는 발작이 반복될 거라고 한다….

'코레히오 데 메히코'로 항공우편도 띄웠지만 발작 이후, 히카리가 줄곧 멍한 것 같아 불안해서 어머니께 전화로 상의했더니 여하간 바로 그쪽으로 오라고 하셔서 다들 골짜기에 와 있다. 오늘 밤엔 기이 씨 집에 상의를 하러 왔다. 지금까지는 마음이 어수선해서 생각하지 못했는데 기이 씨가 멕시코로 전화를 하라고 권하고 신청까지 해 주어서 지금 이 전화를 걸고 있다….

처녀 시절의, 어린아이 같은 느낌이 드는 간사이関西 사투리로 돌아가 불안한 듯 호소하는 아내의 이야기를 듣고 나서 나는 생각도 제대로 정리하지 못한 채 역시 불안한 기분으로 전화를 끊었다. 곧장 공항으로 달려가 보았자 빨라야 나흘 뒤에나 도쿄에 도착할 것이다. 게다가 실제로 멕시코를 뜰 수 있으려면 '코레히오 데 메히코'에서 임기 후 여름 방학에 예정되어 있는 국제회의의 분담에 대해 뭔가 대안을 내놓은 뒤라야 한다는 것을 떠올리자 커다란 무력감에 사로잡혔다. 그러고 나서 나는 그 상태 그대로 커다란 종이 봉지 하나 가득 사 두었던 망고를 먹으면서 완전히 사흘 동안 침대 속에 누워 있었다.

사실은 아내의 전화를 받은 지 네 시간 만에 이번에는 기이 형이—10년 만에 들은 목소리였는데—뜻밖에 술에 취해서 전화를 걸었다. 기이 형의 목소리 역시 해저 케이블을 통해 한두 박자씩 늦는 듯해서 답답했지만 설상가상으로 이미 한참 동안 혼자서 술을 마시고 있었던 듯한 침울함까지 묻어 있었다. 기이 형은 나의 응답 같은 건 아예 처음부터 신경을 쓰지 않는다는 듯한 태도로 일방적으로 이렇게 말했다.

"K, 히카리의 발작은 너무 가엾어서 오유 씨에겐 아무 말도 못했네. 자네 마음도 아프지 않을 리 없지만 아까 전화에서 오유 씨가 가능한 대로 빨리 돌아와 달라고 부탁했는데도 자네는 선뜻 대답을 안 했다면서? 오유 씨는 지금 옆방에서 오셋짱과 이야기하고 있어. W 선생의 죽음도 있고 멕시코에서 혼자 살다 보니 자네, 지금까지 살아온 것에 매듭을 짓고 싶어진 것 아닌가? 내게 보낸 편지에서도 지금은 도쿄에서 지낸 생활은 생각하지 않고 오히려 골짜기에서 보낸 삶을 떠올리면서 그것을 멕시코시티에서 이어 가는 듯하다고 했잖아?

그래서 나는, 우리가 젊었을 때 곧잘 쓰던 말로 한다면 괴상한 계획을 생각해 냈어. 그 계획을 설명하기 전에 먼저 말해 둔다면 자네가 이제부터 상당 기간을 멕시코시티에 머물면서 거기서 자네의 '꿈같은 시간'에 관한 명상에 몰두한다면 어느샌가 자네는 도쿄에선 할 수 없었던, 숲속 골짜기와 '본동네'의 옛이야기에 뿌리를 둔 소설을 쓰기 시작할 수도 있는 것이 아닐까? 그 환경을 만들기 위한 것이라고 한다면 나는 K의 이기적인 결단을 지지하겠네. 그렇다면 여기 버려 두고 간, 발작으로 눈이 안 보이게 된 아이와 그 동생들, 게다가 오유 씨는 어떻게 될 것인가? 여기서 바로 내가 괴상한 계획을 짠 것이지. 말하자면 K, 내가 오유 씨와 아이들을 이

집에 받아들이면 어떻겠나? 금방 튀어나오는 대답은 하지 마! 그건 K가 가진 성격 중에서 그다지 칭찬할 수 없는 점이거든. 천천히 생각해 보고 대답을 해 주게나. 그것도 내게 하지 말고 오유 씨에게 멕시코에 당분간 머물겠다고 말해 주면 나는 곧장 계획대로 착수하겠네…. K, 자네는 어렸을 때 나와 성관계가 있는 여성에 대해서는 친구인 자네에게도 권리가 있다는 듯이 아무렇지도 않게 관계를 맺은 적이 있었지. 그렇다고 해서 내가 오유 씨에 대해 어떤 권리를 주장하려는 건 아닐세. 우선 이 계획에 대해서는 그녀에게 전혀 이야기도 하지 않았는 걸…"

기이 형이 술에 취해 혼잣말처럼 중얼거린 이야기는 수화기를 든 채 잠이 들어 버린 것인지 그렇게 멈추었다. 잠시 그대로 기다리고 있었지만 멕시코와 일본 양쪽의 교환수끼리 이야기를 주고받더니 전화는 끊겼다. 그리하여 이 전화를 받기 직전부터 시작하여 침대 위에서 아무것도 하지 않은 사흘 동안에는, 그렇구나, 가족의 질곡이라는 등 하는 건 이런 식으로 단번에 소멸해 버릴 수도 있는 거구나, 하는 생각도 점멸하곤 했다. 물론 장애아까지 딸린 아내가 정말로 기이 형의 저택으로 옮겨 가고, 그리하여 내게 자유롭고도 고독한 멕시코 생활이 가능해지리라는 생각을 한 것은 아니었겠지만….

그런데 묘하게도 마침 그 두 주일쯤 전에 재在멕시코 일본 대사관에서 부인들을 대상으로 강연회를 열었는데 어떤 상사商社의 중미 지점장 부인이 이런 이야기를 했다. 멕시코의 석유 관계로 자기 남편 회사가 본격적인 진출을 시작하면서 국립대학에 6년간 강좌를 개설한다. 첫 강사를 맡아 준다면 생활 보장은 물론이고 학기 중간에 있는 휴가에는 남미 시찰도 제공하겠다는 것이었다. 70시간 뒤, 어두운 침대 위에서 망고만 먹어 대서 목이 이상해진 나를, 관리인과 함께 발견하여 일상생활로 되돌려 놓은 사람도 이 상사의 주재원이었다. 그는 그날 내가 지점장 부인과 약속을 해 놓고 지키지 않은 것을 알고 걱정이 되어 찾아왔던 것이다.

내가 끼익끼익하는 소리로 설명하는 것을 들은 그는 곧바로 오스칼 몬테스에게 연락을 해 주었다. 또한 내가 한시라도 빨리 '코레히오 데 메히코'를 떠날 수 있도록 스케줄을 조정하고, 힘을 내라며 내 강의를 받고 있는 학생과 동료들을 모아 파티까지 열었다. 실제로 나는 이 파티를 계기로 세상에 현실감 있게 대처하는 태도를 회복할 수 있었다. 현지 채용된, 세상 물정 잘 아는 이 주재원이 침대에 널브러진 채 일어나지도 못하는 내 이야기를 듣고 얼마나 기민하고 실제적인 대응을 해 주었던가, 그 태도를 나는 지금도 가슴에 새기고 있다.

"아아, 정말이지 가슴 아픈 일이군요. 걱정되시죠, 걱정되실 거예요. 하지만 프로페서는 멕시코에 계시는 걸요. 그저 이럴 때는 확 기분 전환을 하고, 그러고 나서 어떻게 처리할 것인지를 생각해야겠지요? 오스칼 씨와 상의하고 한 시간쯤 후에 돌아올 테니까 프로페서는 면도를 하고 옷을 갈아 입고 외출할 준비를 하고 계세요. 프로페서는 아픈 게 아니니까 기운을 내세요! 아드님은 가엾지만 어서요, 프로페서."

나를 격려하기 위한 파티가 열렸던 술집은, 콘크리트로 된 벽 위에 옻칠을 해서 그 몇 겹이나 칠한 두께가 손끝에 느껴지는, 마치 두꺼운 상자 속 같은 곳이었는데 푸른 나무 테이블과 노란색 나무의자가 모자라서 옆집에서 벤치를 빌어다가 출입구 쪽에 들여놓아야 했다. 그곳은 리베라의 「알라메다 공원의 백일몽」이라는 벽화가 있는 호텔의 뒷길인 마드레 돌로로사에 있었는데 술집에는 그 길과 같은 이름이 붙어 있었다. 사흘간 제대로 식사를 하지 않은 위장을 보호하기 위해 튀긴 돼지기름이 든 잡탕 수프를 잔뜩 들이켜고 나서 그 친구들과 함께, 파란 레몬과 소금을 섞어 데킬라를 마시기 시작했을 때 호텔과 알라메다 공원을 넘어 건너편 사원에서 종소리가 요란하게 울려 왔다. 무슨 일이든지 극적인 발상을 좋아하는지라 파티를 준비하면서도 내 아내의 고통을 생각하여 「비탄에 찬 어머니(마드레 돌로로사)」라는 술집을 골랐다고 슬픈 얼굴로 이야기했던 오스칼은 모양 좋은 기다란 눈썹을 크게 치켜올리고, 저 종소리를 들으라는 정감 어린 눈짓을 했다. 오스칼과 곧잘 화제로 삼곤 했던 『활화산 아래서』중의, 이 역시 단테에 뿌리를 둔 한 구절을 내게 상기시키려 했던 것이다. 이탈리아계 아르헨티나인으로 단테를 원문으로 읽기도 했던 오스칼은, 해 질 무렵 귀를 기울이면 어디에서나 종소리를 들을 수 있는 멕시코시티에서 술집을 고르면서 처음부터 종소리와 「비탄에 찬 어머니」를 연결하여 내게 눈짓을 보내려고 마음먹고 있었던 것이리라.

라우리로부터 그 한 구절을 인용한다.

Suddenly from outside, a bell spoke out, then ceased abruptly: dolente dolore!

'영사'가 헤어진 아내에게 호소하는 말을 비통하게 적고는 보내지는 않았던 편지를 두 사람 모두와 절실한 관계를 맺고 있던 제3자가 우연히 읽으면서 창밖에서 갑자기 울리는 종소리를 듣는다. dolente … dolore! 어둡고도 폭력적인 소설의 종말에서 개죽음을 당하는 '영사'가 이야말로 더러운 죽음이라고 중얼거릴 때 그 뒤로 들려오는 종소리도 이와 같은 울림이었으므로 오스칼은 그 부분도 덧붙여 젊은 아가씨 같은 부끄러움과 자랑스러움이 담긴 눈짓을 해 온 것인지도 모르지만.

A bell spoke out:
Dolente … dolore!

종소리에 대한 라우리의 취향은 단테로부터 직접 영향을 받은 것이다. 「지옥」 제3곡의, 영혼들이 지나가는 문에 새겨진 유명한 말, 이것도 기이 형이 애송하던 『즉흥시인』 속의 번역을 빌려 인용한다.

여기 지나서 슬픔의 도시에
여기 지나서 비탄의 연못에
여기 지나서 떠오를 리 없는
바로 그 무리 속으로 인간은 들어가리.

그중의 Per me si va nella città dollente / Per me si va nellètterena dolore. 술집 「비탄에 찬 어머니」에서 시작하여 밤새 계속된 술자리를 끝내고 상한 망고 냄새가 남아 있는 아파트로 돌아와, 약해진 위장에 담긴 내용물을 모두 토해 낸 후, 나는 새벽일을 나가는 노동자들을 가득 실은 버스가 아파트 앞의 비탈길에서 헉헉거리는 엔진 소리를 들으면서 묘하게 말짱해진 기분으로 부지런히 『활화산 아래서』를 펼쳐 종소리를 묘사한 부분을 두 군데 찾아 읽었다. 두 번째 종소리가 울린 뒤 '영사'에게는 더럽고도 끔찍한 죽음이 찾아온다.

갑자기 그는 울부짖었다. 그 목소리는 나무에서 나무로 울려 메아리치더니, 마침내 나무들이 모여 밀려들어 자비롭게 그를 감싸는 듯하였다…. 누군가가 그에 이어 개의 시체를 협곡에 집어 던졌다.

나는 침대에 기어들어 가 광장의 노점에서 산 싸구려 담요를 머리 위까지 끌어 올려 새벽 추위를 견디면서, 이 소설의 마지막 장은 너무나 비참한데도 읽을 때마다 인간적인 용기를 북돋아 주는 이유가 뭘까? 하고 생각했다. 죽음 직전, '영사'는 멕시코의 가난한 민중들을 향한 속죄를 경험하긴 하지…. 그러고 있는 동안에 몸이 좀 더워지기는 했지만 이것이 좋지 않은 효과도 있었는지 나는 방구석에 창고처럼 붙어 있는 화장실에서 한 번 더 토했다. 이때쯤에는 바로 아래층 차고에서 아침의 소음이 시작되고 있었다. 자는 것은 포기하고 책장에서 두세 권 그럴듯한 책을 뽑아 침대로 돌아온 나는 『활화산 아래서』의 출판을 둘러싸고 마지막으로 주고받은 편지 속에 있는 다음과 같은 구절을 라우리의 서간집에서 찾아냈다.

　　… 이 장의 마지막 부분이 반드시 사람을 우울하게 하는 것이라곤 생각하지 않습니다. 당신은 무엇보다도 결정적인 카타르시스를 맛보게 될 것입니다. 가엾은 늙은 '영사'에게 주는 속죄의 힌트까지 거기 있는 이상. 그는 결국 자신이 인류의 한 부분이라는 사실을 인정하는 것입니다. 그리고 전에도 말했듯이 참말이지, 그의 운명이 지닌 모든 깊이와 최종적인 의미 또한, 인류의 궁극적 운명과 맺은 보편적인 관계에서 받아들여야 할 것입니다.

"이렇게 겹쳐 읽어 가면 기이 형, 내가 라우리의 dolente, dolore라고 울리는 종소리를, 존 던의 유명한 No Man is an Iland에서 And therefore never send to know for whom the bell tolls; It tolls for thee.까지의 한 구절에 연결 짓더라도 당신은 센티멘털한 계몽 취미라고 웃지는 않으시겠지요?"

페이드 아웃하듯 끊어진 국제전화선 저쪽에서 내 아내에 대해 안쓰런 야망을 품은 채 술에 곤드레가 되어 있는, 한때 영시를 가르쳐 준 스승이었던 기이 형에게 나는 그렇게 말을 건네 보기도 했다.

"나는 반드시 당신이 권하는 대로 숲속의 옛이야기에 관해 써서 작가로서 내가 빠져 있는 궁지를 극복하고 싶습니다. 그것도 2, 3년 안에! 하지만 나는 그러기 위해서도 멕시코부터 중남미를 방랑하며 돌아다니다가 끝내는 숲속으로 돌아가는 방법이 아니라, 숲에서 보낸 '꿈같은 시절'과는 가장 멀리 떨어진 장소, 도쿄에서 장애를 지닌 아들과 그 동생들, 그리고 반드시 「비탄에 찬 어머니」라고만도 할 수 없는 아내와 다시 팀을 짜서 일을 계속하고자 합니다. 나는 멕시코에서 보낸 '꿈같은 시절'에 너무 깊숙이 잠겨 버린 나머지 하마터면 이상한 방향으로 일탈할 뻔했습니다…"

다음 주부터 인계할 준비를 시작했다. 여름 방학 중에 열릴 국제회의에서 내가 맡은 역할을 모두 대신하기로 한 오스칼과 날마다 토론을 거듭한 뒤, 나는 멕시코시티를 떠나 도쿄로 돌아왔다.

제4장 아름다운 마을

고치에서 시코쿠 산맥을 넘어 숲으로 돌아온 나의 가족들을 잠복이라도 하듯 맞은 기이 형이 우리를 골짜기의 고향집까지 데려다준 것은 아니었다. 언제나 오다가와小田川를 따라 난 현도를 벗어나 마을로 들어가던 것과는 거꾸로 우리가 탄 자동차는 강의 상류에서 골짜기 쪽으로 다가갔다. 그리고 '본동네'로 올라가는 길이 현도에서 갈라지는 T자 길의 다리 아래 초롱을 든 사람 그림자가 보였다. 그 앞에서 왜건을 세운 기이 형은, 그럼 K. 어머니가 기다리고 계실 테니까! 라며 포장도로로 내려섰다. 그리고는 기다리고 있던 사람, 오셋짱에게서 초롱을 받아 들더니 그야말로 기이 형다운 라이프 스타일이라고 여겨지는 고풍스런 동그란 빛을 밟고 삼나무 숲 사이로 나 있는 길을 따라 '본동네'로 올라갔다.

오셋짱은 미군 군복 같은 작업복에 같은 풀색 천막 천으로 된 전투모를 쓰고 검은 머리채를 등 뒤로 늘어뜨린 채 운전 석에 올라타더니 곧장 차를 출발시켰다. 그리고는 뺨에서 턱 쪽으로 살이 붙어 고집이 세 보이는 얼굴을 아내를 향해 끄덕이더니 인사 대신 말했다.

"마른 꽃 내음이 남아 있죠?"

"정말 좋은 냄새네요."

아내의 대답에 오셋짱은 목 안쪽이 쿡쿡 울리는 듯한 소리 로 만족스럽게 웃더니 좀 전에 기이 형이 보인 행동을 설명 했다.

"기이 씨가 처쪽에서 돌아오고 나서 얼마간은 관계가 괜 찮았는데, 요즈음 '본동네' 사람들과도 그렇고 골짜기 사람 들과도 냉전이 시작되어서 마을 안에 들어가고 싶지 않은가 봐. 강 아래 시가 지역에선 평이 더 안 좋아. 이상한 공사를 하고 있거든. 완전히 외톨이가 되어 버렸어. 이렇게 되고 보 면 기이 씨는 결국 살인범일 뿐인 거구."

"하지만 형기를 모두 마쳤잖아."

나는 아이들이 들을까 봐 신경을 쓰면서 말했다.

"하긴 기이 형이 좀 달라지긴 했어. 시를 번역하기보다는

원어로 외우는 것을 원칙으로 했는데 여기 내려오면서 내 장
난 같은 번역을 칭찬해 주더라구. 그런 시가 기이 형의 지금
상태와 어딘가 통하는 부분이 있는 건가?"

내가 쓴 짧은 글에서 예이츠의 『1919년』한 구절을 번역
해서 인용한 것에 대해서, 좀 전에 기이 형은 운전을 하면서,
K, 예이츠 번역은 분위기를 상당히 잘 살리고 있던데, 라고
말했던 것이다.

"그런 시라니?"

오셋짱이 물었다.

나는, 원래는 기이 형과 함께 읽고 외웠던 원시를 떠올려
가면서 내가 옮긴 대로 읊어 주었다.

황량한 하늘로 날아든 백조.

그 모습은 황폐와 분노를 불러일으킬 수도 있다.

모든 사물을 끝내기 위하여

내 힘겨운 삶이 그리던 것

반쯤 그리다 만 것조차도, 반쯤 쓸 수 있었던 페이지마저
도.

오오, 하지만 우리는 꿈꾸고 있었다

무엇이든 인류를 괴롭히는 재앙을 고치고자, 하지만 지금

겨울바람 불어오는 가운데

깨달아야 하는 걸까, 꿈꾸고 있을 때, 우리 머리는 망가져
있었던 거라고.

  하지만 오셋짱은 핸들을 움직여 가며 검게 그늘진 눈으로
앞을 주시하면서 잠시 생각에 잠기더니 말을 덧붙였다.
  "아니, 기이 씨가 말한 건 그 시가 아닐 거야. 기이 씨는
내게도 K의 번역을 칭찬했는데 그건 사랑의 시였는 걸."
  "아, 그러고 보니 예이츠를 하나 더 번역했어. 「남자는 해
마다 나아져 간다」라는 시지."
  그건 다음과 같이 번역했었다.

  갖가지 꿈을 꾸는 데 지쳐 버린 나는
  흐르는 물속에서 비바람에 씻기는 돌로 만든 인어 남자.
  그런데도 날이면 날마다 이 귀부인의 아름다움을 바라보
  며
  지내네, 책에서 발견한 아름다운 그림이라도 들여다보듯.
  눈을 채우고, 날카로운 귀로 듣는 것을 기뻐하고, 오로지
  슬기로워졌음에 환희하며,
  왜냐하면 남자란 해마다 나아져 가는 법이니까.
  하지만, 하지만 말일세
  그것은 그저 나의 꿈일까, 진실일까?

오오, 타오르는 청춘의 날에 우리가 만날 수 있었더라면
하지만 나는 갖가지 꿈을 꾸며 늙어 가는
물결 속에서 비바람에 씻기는 돌로 만든 인어 남자.

"처음엔 기이 씨가 집 뒤에 있는 감나무 가지를 치면서 K
의 번역과 원시를 번갈아 가며 노래하듯이 되풀이하고 있었
거든. 그 모습은 귀여웠어…. 왜냐면 남자란 해마다 나아져
가는 법이니까."

"하지만, 하지만 말일세, 그저 그것은 나의 꿈일까, 진실일
까?"

나는 뒤를 이었다.

For men improve with the years
And yet, and yet,
Is this my dream, or the truth?

"기이 씨는 힘든 경험을 했지만 아직도 여전히 젊으시네
요."

아내가 말했다.

그러자 오셋짱은, 아시는 바와 같이 기이 씨는 바람둥이니
까, 하고 내뱉듯이 말했다.

"그렇게 막상, 만나 보고 난 뒤의 마음에 비하자면, 이렇게 생각하지나 말 것을, 옛날이 그립고나, 지금 내 신세 하면서 가락을 붙여 노래를 하기도 하고."

"『마쓰노하松の葉』란 말이죠?"

아내가 말했다.

"주나곤 아쓰타다中納言敦忠의 노래에서 직접 따오지 않는다는 점이 기이 형다운 걸까?"

아직 여덟 시가 못 되었건만 잠이 든 마을이 이렇게도 어두웠던가, 새삼스레 느껴지는 골짜기의 고향집 앞에 누이동생이 서 있었다. 오셋짱과 동생은 막일꾼들이 하는 듯한 인사를 나누고는 왜건에서 짐을 내렸다. 그리고 오셋짱은 강 아래쪽, 골짜기 가운데 다리로 가는 십자로까지 차를 달려 방향을 바꾸더니 어두운 처마 아래 서 있는 우리에게 한 손을 흔들면서 느린 속도로 사라졌다. 나는 입구에 걸려 넘어지지 않도록 히카리의 어깨를 잡고 한 손에 다 못 드는 짐은 동생에게 맡기고 토방에 들어서면서 그녀에게 오셋짱과 하던 이야기를 계속했다.

"기이 형이 그렇게 막상, 만나 보고 난 뒤의 마음에 비하자면 하면서 오셋짱 앞에서 노래를 한 모양인데 무슨 일이 있었니?"

"그 이야기는 천천히 하죠."

동생은 말했다.

"노래라면 그 왜, 오빠가 대학에 가던 해 여름 방학에 기이 오빠하고 둘이서 강가에서 뒹굴고 있을 때였지. 엄마가 사이다를 갖다 주라시길래 갔더니 기이 오빠가 아주 절절하게 '백인일수百人一首'(가인歌人 백 사람의 화가和歌 한 수씩을 뽑아 모은 것)에 대한 이야기를 하고 있었어. 이건 인간이 만든 가장 좋은 노래 가운데 하나 아니냐면서 만나 보고 난 뒤의 하는 노래 이야기를 하고 있더라구요. 그렇게 막상은 모르겠지만…, 맨날 영시만 읊어 대던 기이 형이 일본 노래, 그것도 '백인일수' 이야기를 하는 게 이상해서 기억에 남았지."

"그 무렵에는 주나곤 아쓰타다의 노래였군요."

아내는 오래된 집의 어두운 토방을 걸어가며 자연스레 목소리를 낮추어 말했다.

"For men improve with the years라잖아."

나는 허물없는 누이에게는 아무런 설명 없이 말했다. 나는 그러면서 이십오 년쯤 전 여름에 강가, 그것도 어느 바위에서였는지까지 선명히 되살리며 기이 형에게서 분명히 그 노래 이야기를 들은 적이 있다는 것을 떠올리고 있었다. 기이 형에게 삼림 조합의 일자리를 빼앗긴 나는 거의 비통한 심정으로 그와 교제를 끊고는 집에 틀어박혀 수험 공부를 했었다. 하지만 합격 후 반년도 채 못 되어 집에 왔을 땐 이미 기이 형과 화해를 하고 강가에서 태평스레 등껍질을 말리고(일광욕을 하고) 있었던 것이다….

동생이 아내에게 말한 대로 다리가 아파서 밖까지 마중 나오지 못하는 것을 속상해하셨다는 어머니는 강이 바라다보이는 안방의 방석 옆에 똑바로 앉아 기다리고 있었다. 골짜기 전체가 짙은 밤의 어둠 속에 조화를 이루고 있는 것과 걸맞게—대낮의 빛 아래서는 골짜기는 이미 그 오래전부터 지녀 온 경관을 망가뜨리고 있었지만 — 대나무로 짠 갓 아래 알전구가 조그마한 어머니를 노란 미광 속에 떠올리고 있었다. 어머니는 두툼한 윗눈꺼풀의 그림자를 받은 검은 눈으로 힐끗 나를 보고는 당신 옆으로 간 히카리의 커다란 몸집을 찬찬히 살펴보았다. 그러한 어머니의 작은 움직임에 이끌리듯 우리는 각자 자리를 잡으면서 우선 히카리가 먼저 말문을 열어 인사하기를 기다렸다.

"평안히 계셨습니까? 가장 걱정인 것은 만수무강입니다!"

"고맙습니다, 히카리 씨. 지난번엔 섭섭했는데 또 뵙게 되었군요! 이런 데 맛을 들여 더 오래 살아야겠네요!"

그리고는 어머니는 히카리가 응접실에 놓인 라디오 쪽으로 커다란 몸을 틀어 미세한 소리를 내면서 마쓰야마 FM 방송국의 주파수를 확인하는 모습을 주의 깊게 지켜보았다. 기이 형의 차로 숲속을 달릴 때도, 현도에 내리고 나서도 들리지 않던 강물 소리가 지금은 모두에게 커다랗게 들렸다. 그리고 그때야 아내와 히카리의 동생들이 어머니와 인사를 나누었다.

"다들 만났으니 이제 할머니는 주무시기로 하죠. 오랫동안 걱정하면서 기다렸으니 피곤하실 거예요. 우리는 응접실에서 식사를 합시다. 히카리는 식사를 마치고 다시 이리로 와서 지난번처럼 FM을 계속 들어도 돼요. 할머니는 귀가 어두우셔서 히카리가 작은 소리로만 듣는다면 말러의 심포니가 울려도 안 깨실걸."

"히카리 씨, 오늘 밤 방송에 말러는 없죠?"

누이동생이 무심코 던진 말에 토라진 어머니는 지방 신문의 FM 안내를 보고 있는 아들에게 확인하듯 물었다.

"으응, 오늘 밤엔 말러는 없습니다! 리퀘스트 프로그램도 없으니까요!"

"할머니도 오늘 밤엔 귀가 잘 들리시네, 아하하."

동생이 활달하게 웃으며 우리를 응접실로 보내 놓고 아내와 둘이서 어머니가 잠자리에 드시도록 보살폈다.

식사를 마치고 나와 아내가, 오셋짱을 불안하게 만든다는 기이 형의 새로운 사업에 대해서 동생이 지켜본 바를 듣게 되었을 때도 그녀가 타고난 거침없는 성격 탓인지 별로 심각한 인상은 받지 않았다. 동생은 기이 형이 지금 하고 있는 일에 대해서는 우리가 현장을 보고 차라리 당사자에게 설명을 들으라면서 처쪽에서 돌아온 후 기이 형이 고립 상태에 빠진 배경에 대해 설명했다. 그처럼 왕성했던 근거치 운동, 그것을 기이 형이 처쪽에 있던 10년 동안 마을 사람들이 제대로 이어 가지 않았다는 것. 그 결과 지금 나타난 삐걱거림을, 오히려 기이 형 탓으로 돌리기조차 하는 마을 사람들에게 기이 형이 섭섭해하는 것은 당연하지 않느냐? 기이 형이 삼림 조합 서기였던 무렵, 그리고 근거치 운동에서 자기의 산을 시험대로 삼아 추진했던 회엽檜葉아스나로(일본 특산인 상록 교목)의 식림, 또한 노송나무산, 삼나무산에 대한 장기적인 계획에 입각한 정비는 당시 목재 수요의 긴급함이 강조되는 분위기에서 아나크로니즘, 즉 시대착오란 소리를 들었다. 말하자면 그것은 이 지방 제일의 산림 지주였던 기이 형이 여러 가지 자기희생을 치렀기에 삼림 조합원들이 마지못해 따라온 것이었다. 그 무렵부터 고립의 뿌리는 있었다. 물론 일시적으로는 근거치 일로 젊은이들의 지지를 모았던 적도 있었지만….

"K 오빠가 삼림 조합 일자리를 못 얻은 건 오빠 자신을 위해서나 숲속 나무들을 위해서나 다행이었어요, 오유 언니."

누이동생은 말했다.

"아무리 나무를 좋아해도 삼림에 전문가가 아닌 K 오빠가 기이 오빠 같은 장기적인 전망을 세우지는 못했을 거고 설령 세웠더라도 실현하지 못했을 테니까."

외국으로부터 대량의 목재 수입을 시작하고 마침내 과잉 현상까지 나타나 오랫동안 삼림 불황이 계속되고 있었으니 젊은 기이 형이 세운 계획이 당장 눈앞에 극적인 효과를 나타낸 것은 아니었다. 그래서 기이 형이 현재 하고 있는 일에 마을 사람들이 냉담한 듯도 했다. 하지만 앞으로 십 년, 이십 년이 지나서 질 좋은 목재를 수확하기 시작하면 확실한 수요를 예상할 수 있었다. 이 지역과 강 아래 시가지의 똑똑하다는 사람들이 당장 코앞만 보고 만들어 내는 경제 계획과 달리, 기이 형이 품은 전망은 이곳의 깊은 숲을 헤치고 사람이 살기 시작했을 때부터 산을 소유하고 있던 기이 형의 가계에 혈통처럼 흐르고 있는 그 무엇 위에 서 있었다. 그것이 다른 이들에게는 잘 이해되지 않는 것이다. 하지만 기이 형이 근거치 운동을 벌인 시기에 거둔 성과는 삼림 사업의 장기 계획뿐 아니라, 도심지의 고도성장으로부터 소외되지 않기 위해 어쩔 수 없이 단기 결전을 해야만 했던 경제 진흥책에도 나름대로 접근한 것이었다.

"기이 오빠가 근거치 구상에 입각한 마을 개혁을 진행하면서 정촌町村(일본의 행정단위는 市町村의 순서로 되어 있다) 합병에 반대해서 촌장 선거에 나오게 되었을 때, 그건 결국 불행한 '사건' 때문에 물거품이 되긴 했지만, 나는 그편을 들어 열심히 일했어. 오빠한테도 편지로 응원을 부탁했었잖아, 그야말로 너무 늦은 편지였지만. '사건'이 없었고 그 선거에 이기기만 했더라면! 공시하기 반년도 전에 나와 어머니가 이 마을 여성표는 거의 전부 확보해 두었으니까. 그에 대해 기이 오빠는 그 사람다운 답례를 했었어. 마쓰야마 공항까지 나가서 헬리콥터를 전세 내서는 나와 단둘이서 마을을 상공에서 내려다보는 비행을 했지. 저택에는 세이 씨라든가 오셋짱처럼 '사건'의 피해자라고 할 수 있는 여성들도 있었지만 그때는 나와 기이 오빠뿐이었지…. 바다 쪽에서 들어오기도 하고 고치 쪽에서 우회하기도 하고. 말하자면 골짜기와 '본동네', 그리고 그것들을 둘러싼 숲을 목적지로 삼아 여러 가지 방향에서 접근해 본 거지. 그게 벌써 십 년 전 일인데도 이 근처의 숲은 이미 주위와는 비교가 되지 않을 만큼 근사해서 난 기이 오빠에 대한 존경심이 생겼지. 마쓰야마에서 이쪽까지 계속 송충이에 먹힌 소나무가 이어져서 산등성이부터 평지 가까이까지 보기 흉한 모습을 드러내고 있는데 골짜기와 '본동네'의 숲에는 벌건 얼룩 같은 건 없었거든. 송충이 예방이 될지 어떨지 의심스럽다고 하면서도 기이 오빠는 근거치의 젊은이들을 산에 올려 보내서 송충이에 먹힌 소나무들을 전부 베어 버렸으니까. 선 채로 말라 버린 소나무 같은 건 없었어. 그때, 기이 오빠가 헬리콥터 위에서 큰 소리로 '아사짱, 이 숲속 나무 한 그루 한 그루의 뿌리 근처에 골짜기와 '본동네' 인간들의 혼이 깃들어 있다는 이야기를 믿어?' 했어요. 그때부터 벌써 기이 오빠는 마을의 신화와 역사 연구를 계획하고 있었던 거지. 그리고 저쪽에 가서는 정말 그것을 시작한 거야. 지금 K 오빠도 그걸 소설로 쓰기 위해 공부하고 있는 거지? 서로 떨어져 살면서도 이렇게 언제까지나 영향을 받으면서 살아가는 걸 보면, 오빠는 어릴 때와 마찬가지로 지금도 기이 오빠의 제자라는 생각이 들어. 어렸을 때, 기이 오빠와 오빠가 아침부터 저녁까지 머리를 맞대고 이야기를 하고 있다가 내가 끼어들려 하면 따돌리곤 했었지? 그때 느꼈던 쓸쓸했던 기분이 되살아나더라구."

"… 기이 형더러 바람둥이라고 하더라, 오셋짱이 말야. 집에 돌아와서 지금까지 일 년 동안에 무슨 일이 있었니? 네가 거기에 대해 조금이라도 아는 게 있다면 말이지만."

"알아. 골짜기와 '본동네' 사람이라면 누구나 알고 있으니까. 어쩌면 그게 기이 오빠와 이 근처 사람들이 '냉전' 상태로 빠지게 되는 시작이기도 했는걸. 근거지에 대해 기이 형이 세운 '아름다운 마을' 계획과도 관련이 있고…."

이미 버려졌지만 버드나무라든가 몇 채 남은 건물로 여전히 그 흔적이 남아 있는 '아름다운 마을'. 이 이름은 기이 형이

야나기다 구니오柳田国男의 글에서 찾아낸 낱말이다. 기이 형 자신이 만들었다면 쑥스러워서라도 뭔가 다른 이름을 붙였을 것이다. 야나기다 구니오의 표기대로라면「美しき村」인데, 이 제목이 붙은 글 중에 다음 한 구절에 촉발되어 기이 형은 자기 혼자 힘으로 촌락을 건설할 계획을 세웠던 것이다.

이곳 말고도 이런 토지가 또 있을지도 모른다. 산과 산 사이를 점점 올라가며 계곡의 물줄기가 어느샌가 가늘어 지고 끝내는 어디를 흐르고 있는지 모르게 되었을 때 별안 간 약간의 평지가 열린다. 땔나무나 숯으로 쓰기 위해 닥 치는 대로 베어 내어 주변에는 눈에 띄는 울창한 산도 없 는데 마을 가운데 커다란 냇버드나무가 열 대여섯 그루나 솟아 있고 그 사이로는 낡은 초가지붕 몇 개가 숨어 있다. 마을에 들어가면 흙이 검고 풀이 많은데 말이 있고 고양이 가 있고 또 아이들이 있다. 그들 모두가 고개를 들어 나그 네를 바라본다. 이전에 전람회에서 일본 화가들이 즐겨 그 리던 한촌寒村 풍경에 단 한 번의 붓질로 설핏 엷은 먹물 을 입힌 듯한 분위기. 그보다도 내게 우선 신기했던 것은 아무런 모방도 약속도 없었을, 수십 리나 떨어진 두 곳이 어쩌면 이렇게도 구조가 닮았을까 하는 것. 물어도 대답할 만한 사람이 없어 묻지 않고 돌아왔지만 오랫동안 궁금해 하면서 잊지 않고 있었다.

기이 형의 '아름다운 마을'도 산과 산 사이를 점점 올라가
며 계곡의 물줄기 어느샌가 가늘어치고 끝내는 어디를 흐르
고 있는지 모르게 되어 버리는, 산의 우묵한 곳에 자리를 잡
기로 구상하고 있었다. 기이 형의 저택은 '본동네' 계곡, 강
을 둘러싼 논밭을 내려다보는 높은 곳에 있다. 그 산 중턱 쪽
에 다른 인가는 없고 저택의 솟을대문을 나와 언덕을 내려와
서 골짜기의 강을 건너면 맞은편 언덕에 기이 형네 토지를
부치던 소작인들의 농가가 띄엄띄엄 있었다. 기이 형네 저택
쪽과 맞은편 언덕의 사이가 좁아지면서 강물은 깊은 못 안으
로 흘러들고 강을 따라 난 길은 점점 올라가며 오른쪽으로
빠지면서 급경사가 된다. 비탈길 정점에 작은 고개가 있어서
아래쪽에서만 보면 그것은 좌우에서 산허리가 튀어나와 연
결되는 밑바닥에 해당된다. 비탈길 왼쪽에서 골짜기 물은 높
이 십 미터의 차가 있는 삼단폭포가 된다. 그러나 고개 저쪽
은 완만한 언덕이 이어지다가 덴쿠보라고 불리는 습지대가
펼쳐져 폭포에 물을 내려보내는 꾸불꾸불한 시내가 흐르고
있었다. 덴쿠보라는 것은, 지형이 협착된 고개와 폭포 건너
에 펼쳐진 높은 곳의 우묵한 땅이라는 정도의 호칭이리라.
그 한가운데쯤에 덴쿠보 큰 노송이라는 거목이 우뚝 선 무덤
이 있어서 어릴 때 기이 형은 그것이 고분이 아닐까 했었다.
고개에서 덴쿠보를 둘러보면 말라 버린 산정 호수처럼 보이

기도 했다.

덴쿠보는 그곳을 빙 둘러싼 숲과 더불어 대대로 기이 형네가 소유한 토지였다. 그는 경작지로는 쓸 수 없는 이 습지대를 작은 강의 위치를 바꾸어 정비했다. 지반이 튼튼한 구역에는 원래 커다란 버드나무가 서 있었는데, '본동네'에 버려져 있던 낡은 집 세 채를 그곳으로 옮겨 왔다. 고개에서 보면 이엉을 얹은 민가가 늘어서 있고, 오른쪽 안에 덴쿠보 큰 노송의 무덤이 바라다보이는 풍경. 그것이 '아름다운 마을' 제1기—期에 이루었지만 그에 이은 공사는 포기한 현장이었다.

"우리 유민遊民이 이곳을 지나는 날은 대개 하늘 푸르고 산과 들에 꽃이 만발한 일년 중의 호시절이어서 어째서 이렇게 마을을 어둡게 두는 것일까 이상하게 여기는 모양이지만 길 위에서 일하는 이들에게는 봄부터 가을까지 나무 그늘은 언제나 그립고 반가운 법이다. 그곳에 버드나무가 있고 샘물이 있다는 것은 곧 마을이 근처에 있다는 증명이 되기도 하는 것이다. 눈이라도 펑펑 쏟아지는 겨울 저녁에는 불을 때고 집 안에 있는 이 역시 쓸쓸하다. 그래서 에치고越後의 널 따란 논밭 가운데 있는 마을 같은 곳에서는 사람이 있다는 표시로 일부러 처마 밑에 막대기를 세워 두었다는 이야기조차 있다."

기이 형은 '아름다운 마을'의 초가집 가운데 하나에 시냇

118

물 상류에서 비닐 파이프로 물을 끌어 수도를 놓고 전선도 배치해서 실제로 살 수 있도록 꾸몄다. 그의 구상에는 내가 가족과 함께 귀향하여 근거치 운동에 참가하고 그 집에 산다는 계획도 들어 있었다. 이 초가집 남쪽 방에 앉으면 정면에 덴쿠보 큰 노송이 보였다. 둘레가 10미터, 높이 33미터, 수령이 750년이라는 커다란 노송. 이 수치는 쇼와昭和(1926~1989를 가리키는 일본의 연호) 초기에 간행된 『촌사村史』에 기록된 것이니 덴쿠보 큰 노송은 물리적인 규모는 당시와 마찬가지일지 몰라도 수령은 800년이 가까워진 셈이었다.

"기이 오빠는 처쪽에서 돌아오고 나서 얼마간 일본 전체를 방랑하고 다녔는데 저택에 자리를 잡은 뒤 첫 일거리로 매달리듯이 '아름다운 마을'을 정비했어. 이젠 K 오빠가 여기 돌아와 살 일은 없으리라는 것도 알고 있었으니 집 내부보다는 전체의 조망에 대해 마음을 썼지. 그래도 기이 오빠가 없는 십년 동안이나 내박쳐 두었으니 엄청난 일이었을 거야. 오셋짱도 말했지만 일단 일이 끝나 큰 노송의 무덤에 걸터앉았다가도 남쪽 숲에 바람이 불어 마음에 들지 않게 움직이는 나무가 있거나 하면 영차! 하고 일어나 전기톱을 지고 올라가 잘라 버릴 정도였다. 그런데 작년 초쯤에 '아름다운 마을'의 정비가 끝난 참에 S 씨, 왜 그 유명한 여배우 S 씨가 보러 왔거든. 비서격인 젊은 아가씨와 함께 왔는데 기이 오빠와 오셋짱이 돌봐서 저택에서 하루 묵고 갔지. 그리고 얼마간은 기이 오빠는 꿈을 꾸고 있는 것 같았어, 오셋짱이 화를 냈었죠. 결혼한 지 일 년밖에 안 되었으니 그럴 만도 해, 아하하!"

"S 씨라면 기이 형이 꿈을 꾸는 것 같았던 것도 무리는 아니지."

나는 이렇게 대답은 하면서도 가슴 속에 걸리는 것이 있어서 — 여배우라는 낱말에서 기이 형이 십 년간 감옥살이를 한 원인이 되었던 '사건'을 떠올리지 않을 수 없었다. 이 경우, 희생자는 수업 중이던 이름 없는 신극 여배우였지만 — 누이동생을 따라 웃지는 못했다. 이 말을 덧붙이긴 했지만.

"그런데도 날이면 날마다 이 귀부인의 아름다움을 바라보며 지내네, 책에서 발견한 아름다운 그림이라도 들여다 보듯이라는 건가?"

"오셋짱이 더 화가 났던 건, 나는 그게 기이 오빠다운 굉장한 노력이라고 생각했지만 아하하, 기이 형이 단카短歌를 하나 지었거든. 물론 역시 기이 오빠답게 멋쩍어하며 『당시선』의 한 절을 번역하는 형식이기는 했지만. 유정지劉廷芝라는 시인에게 고래용광古來容光은… 하고 시작하는 게 있죠, 오빠? 가까이서 본다는 의미의 요遙라고 내가 수험 공부를 할 때 가르쳐 주었던 시말야."

"고래용광인소선 / 황복금일요상견古来容光人所羨 / 況復今日遥相見 하는 것 말이지?"

"일찍이 고운 환상이라 생각하였네 / 아름다운 마을에 이 사람과 있는 것이라는 게 기이 오빠의 번역, 아하하."

"기이 씨도 참 귀엽네요."

아내는 말했지만 그녀 역시 그 '사건'이 생각났는지 누이동생이 터뜨리는 그늘 없는 웃음을 나눠 갖지는 못했다.

영화배우, 그것도 전후를 대표한다고 할 수 있는 S 씨가 무슨 바람이 불어 이런 시코쿠 숲속의 촌구석, 그것도 그 변방의 뼈대 있는 가문의 당주라곤 해도 세상을 버린 듯이 죄인처럼 살고 있는 기이 형의 '아름다운 마을'에 눈을 돌린 것일까? S 씨가 텔레비전 광고에 출연하고 있는 커다란 농기구 회사의 본사가 마쓰야마에 있다. 아직 이 회사가 지방업체 규모일 때부터 새로운 기종을 개발할 때마다 먼저 나서서 기계를 써 보고 마을 전체에게 추천하곤 하던 기이 형은 근거치 운동을 정점으로 해서 이 회사의 유력한 모니터가 되었다. 이 시기에 '아름다운 마을' 건설에 관심을 갖고 있던 중역이 잃어버린 전설처럼 S 씨에게 그 이야기를 했다. 불행한 일이 일어나 계획은 중단되었지만 감옥에서 풀려난 그 인물은 아직까지도 혼자서 '아름다운 마을'을 보존하고 있는 모양이라고. 오랫동안 수준 높은 스타 위치를 지키면서 특히 근래에는 일거리를 골라서 하기 때문에 영화 제작 틈틈이 자유로운 시간이 있는 S 씨는 그 중역에게 들은 이야기에 흥미를 느껴 다음 날로 '아름다운 마을'을 보러 들이닥쳤다! 흥분한 기이 형은 오셋짱과 동생이 말리는 것도 아랑곳없이 여배우치고는 의외로 다리가 튼튼한 S 씨와, 함께 온 젊은 여성을 숲속의 칼집까지 안내했다 — 나와 아내는 그 이야기를 듣고 새삼스럽게 둘이서 각각 생각나는 일이 있었지만 — 오셋짱의 걱정은 기우였고 S 씨는 '아름다운 마을'과 덴쿠보 큰 노송의 경관, 나아가 칼집까지 구경한 소풍을 즐겼다. 게다가 한 달 후에 S 씨는 딸린 여성과 스태프를 이끌고 영화 촬영을 위한 조사와 사전 준비를 위해 다시 찾아왔던 것이다. S 씨와 비디오카메라 기사, 녹음·조명 담당, 그리고 감독 등 일행이 사전에 편지와 전화로 연락을 해서 '아름다운 마을'의 이엉지붕집에 묵고 싶다고 했기 때문에 기이 형은 한때 내 가족을 위해서 정비하고 전기도 배선했던 집과 또 다른 한 채에 다다미와 이부자리를 운반했다. S 씨 일행과 스태프들은 도착해서 정말 '아름다운 마을'에 머물렀다. 그리고 그들은 밤이 되면, 한 채는 전깃불을 또 한 채는 램프를 밝히는 숙사로 돌아올 때까지 덴쿠보 고개 너머 기이 형의 저택에 모여 연회를 벌였다.

S 씨는 아직 소녀라 불러야 할 때부터 이미 스타였던 사람

이다. 처음 얼마간은 노래하는 가수였기에 기이 형과 오셋짱, 그리고 동생은 S 씨가 스태프의 기타 반주로 부르는 노래를 들었다. 뜻밖에도 기이 형은 S 씨의 노래 하나에 특별히 그리움을 느끼는 모양이었고 연회가 한창일 때도 그 노래만 나오면 지나치게 감정적으로 동요하는 것 같아 누이동생조차 가슴이 철렁했다. 이쪽에서는 엔카演歌(일본의 유행가)따위에는 관심을 보이지 않던 기이 형이니 그것은 필경 옥중에서 들은 음악일 터이고 그 사정을 기이 형이 이야기할까봐 걱정이 되었던 것이다. 기이 형은 고개를 푹 숙인 채 참는모양이었다.

또한 기이 형은 영화배우 일을 계속하면서 독특하게 몸에익힌 낭독의 명수였던 S 씨에게 『신곡』을 몇 구절 읽어 달라고 부탁했다. 거기에는 「천당」 25곡에 나오는

이때 베아트리체 미소 지으며 말했다.
"우리들 왕궁의 은혜 풍성함을 나타내어
이름 높은 생명이여.

소망을 이 높은 곳에 울려 퍼지게 할진저.
그대는 알리, 예수께서 친히 세 사람에게 나타나셨을 때마다

그대의 이것을 본뜨셨음을."

"고개를 들라, 그리고 마음을 강하게 하라.
사람의 세상에서 이곳에 올라온 자는
모두 우리의 빛으로 성숙하지 않을 수 없으리니."

라는 시구가 포함되어 있었다.

"첫날과 둘째 날은 스태프들이 S 씨를 '아름다운 마을' 여기저기에 세워 놓기도 하고 걷게도 하면서 비디오를 찍었어. 숲에서 온 빛이라고 할까, 숲에 가로막힌 빛이라고 할까, 그 상태에 따라 덴쿠보의 풍경이 정말이지 다양하게 변하더라구. 영상에 담는 것을 멀리서 구경하면서 처음 그걸 느꼈어. 밤의 연회 전에 그날 찍은 비디오 필름을 재생해서 보여 주기도 했고. 나나 오셋짱도 그랬지만 기이 형은 더 열심히 참가해서 감독이 저 비탈에 있는 나무 모습은 눈이 내리면 어떻게 되느냐고 묻기라도 할라치면 우리도 본 적이 없는 젊었을 때 그린 수채화첩을 꺼내 오기도 했지."

S 씨와 스태프들이 덴쿠보에서 했던 일은, 감독이 자신의 프로덕션에서 독자적으로 제작할 새 영화를 위해 각 방면에서 출자자를 모을 방침으로 만드는 프로모션 비디오의 형태였다. 앞에서 말한 농기구 회사는 그 유력한 후보 중 하나였

고 기이 형도 출자할 생각이었던 모양이다. 그 때문에 마련했던 돈이 결국은 새로운 사업에 쓰이게 되었던 것이라고 동생은 말하기도 했다. 사흘째 되던 날, 기이 형은 이미 우리 마을을 병합 흡수하고 있는 청장을 만나러 강 아래 구청으로 갔다. 기이 형을 처쪽에 가둬 두었던 '사건'이 없었더라면 그 자신이 촌장으로서 병합을 반대하는 쪽에서 대립했을 정적을 일부러 만나러 갔던 것이다. 기이 형으로서는 그다지 마음이 내키지 않는 교섭이었을 테지만 S 씨가 덴쿠보에서 비디오 필름을 찍고 있는 것을 보러 잔뜩 몰려오기 시작한 구경꾼들을 규제하기 위한 사전 운동 때문이었다. 원래 덴쿠보는 '아름다운 마을'뿐 아니라 그 주변 전체가 기이 형의 사유지였다. 따라서 공유지가 끝나는 덴쿠보 고개에 새끼줄을 치고 구경꾼들을 막을 수도 있었다. 하지만 소방단이 움직여 주는 것이 가장 저항이 없는 방법이기도 했고 이것은 처쪽에서 돌아온 뒤, 기이 형이 처음으로 '본동네'와 골짜기, 그리고 강 아래 시가 지역 사람들과 좋은 관계를 회복하려 든 확실한 움직임이었을지도 모른다. 기이 형이 자비로 마을 집회장에서 시사회를 연다면 S 씨는 기꺼이 인사를 하겠다고 말했다. 그러니 본격적인 영화 제작에 대해 협력해 달라고, 그렇게 먼저 부탁을 하고 나서 이번 비디오 제작을 하는 곳에는 모이지 말고 시사회 쪽에 와 달라고 마을에 유선방송을 해 달라고 부탁할 작정이었다. 이쪽에 돌아오고 처음으로 나타난 기이 형을 보고 청장은 당황한 모양이었지만 이야기는 잘 되었다. 기이 형이 이야기를 마치고 돌아왔을 때, 마침 기모노를 입은 S 씨가 석양빛 속의 덴쿠보 큰 노송을 배경으로 촬영을 하고 있었다.

"따라온 여자가 도와줬는데도 옷을 입는 데만 세 시간이나 걸렸어요. S 씨는 저택에서 분투하고 계시느라 그동안 스탭이 뭘 하고 있는지 몰랐겠지만…. 어쨌든 나랑 오셋짱을 포함한 구경꾼들이 한숨을 쉴 정도로, 정말이지 S 씨는 대단히 아름다웠어요. 그 모습을 비디오에 담고 있는 참에 돌아온 기이 오빠가 나와 오셋짱 사이에 서서 구경을 하다 말고 갑자기 아! 하는 소리를 낸 거예요. 다음 순간에 기이 오빠는 묘하게 가볍고 씩씩하긴 하지만 상스러워 보일 만큼 위압적인 걸음걸이로 잡목림 비탈을 뚜벅뚜벅 내려가더라구요. 그것은 저쪽에서 몸에 익힌 태도라고나 할까, 나나 오셋짱이 지금까지 본 적이 없을 만큼 무서운 모습이었어요. 그것을 깨닫고 그때까지 자연스럽던 S 씨의 움직임이 갑자기 어색해지는 듯했지만 기이 오빠는 전혀 아랑곳하지 않고 웅덩이를 가로질러 갔죠. 허세를 부리면서 부자연스럽게 모른 척하고 있는 감독 바로 뒤에 멈추어 서서 기이 오빠는 촬영이 일단 끝나기를 기다리는 모양이었고. 감독이 마지못해 돌아보

앞을 때, 무덤의 아래쪽에 서 있는, 석양에 빛나는 듯한 S 씨는 무시하고 오른팔을 쭉 뻗더니 덴쿠보 큰 노송을 가리키더라구요. 기이 오빠가 따지는 소리가 나고 감독이 뭐라고 대답하는 걸 오른손을 든 채로 듣고 있던 기이 오빠의 몸이 휘청하며 앞으로 기울어져서 나하고 오셋짱은 저도 모르게 비명을 질렀지만 감독을 치는 것만은 참았던가 봐. 그 대신 들고 있던 팔을 원을 그리듯 천천히 돌려서 이번에는 웅덩이 전체를 가리키며 뭔가 이야기하더니 그냥 이쪽으로 성큼성큼 올라왔어. 감독은 그때까지 거들먹거리던 태도는 어디 가고 부지런히 뒤쫓아 오는 거예요. 해는 이미 숲의 능선 뒤로 숨어 버리고 하늘은 아직 붉게 물든 채였지만 풀이 돋은 지면은 어두워서 감독이 비탈길 길목에서 넘어져 버리는 통에 구경꾼들은 환성을 질렀어. 그날 오후, 나와 오셋짱이 그날 밤 연회 준비를 하는 동안에 쭉 덴쿠보에 진을 치고 있던 구경꾼은 스태프가 큰 노송에 무슨 짓을 했는지 보고 있었으니 감독의 꼬락서니가 통쾌했던 거겠죠. 적어도 '본동네'의 구경꾼이라면 누구나 덴쿠보 큰 노송에 외경심을 품고 있을 테니까요. 그렇게 되자, 땅거미가 지고 있는 무덤 아래쪽에 어색하게 서 있는 기모노 차림의 S 씨가 가엾어서 나도 오셋짱도 고개를 떨구고 와 버렸고 기이 오빠도 잰걸음으로 저택으로 돌아와 버렸어요…."

기이 형이 그대로 저택 서재에 틀어박혀 버렸기 때문에 감독과의 교섭은 오셋짱이 중개를 했다. 거기서 밝혀진 것은 다음과 같은 사실이었다. 스태프 하나가 석양을 받고 서 있는 덴쿠보 큰 노송의 모습 전체를 화면에 집어넣으려고 7, 8미터 높이 부근에 있는 하얗게 마른 나뭇가지 몇 개를 저택의 제재소에서 도구를 가져다가 잘라 버렸다, 그리고 그것을 금세 눈치챈 기이 형이 앞으로 촬영을 중단하고 당장 덴쿠보에서 나가 달라고 했다는 것이었다. 비디오로 찍으면 나무 끝부분의 희끗희끗한 마른 가지는 이상한 이물질처럼 보이고, 잘라 낸 것은 이미 말라 버린 가지이니 나무에게도 필요 없는 것이 아니냐는 반문에 기이 형은 나무 말고 누가 그걸 판단할 수 있느냐고 되물었다. 비디오카메라의 해상도 따위를 덴쿠보 큰 노송이 알게 뭐냐는 것이다. 그날 밤으로 S 씨를 포함한 영화 스태프 전원이 마쓰야마로 떠났다. 그리고 앞서 말한 대로 기이 형은 그 후 영화를 위해 출자할 생각이었던 자금으로 덴쿠보를 인공호수로 만드는 계획을 추진하기 시작했다. 또한 그 때문에 또 다른 골칫거리가 생길 듯한 분위기였다.

"오셋짱은 이번 계획을 기이 오빠가 부리는 변덕이라고 하지만 상처 입은 덴쿠보 큰 노송과 이곳에 사는 인간이 화해하는 의식이 아니겠냐고 나 나름대로는 중재를 하고 있어.

인공호수가 생기더라도 무덤 위에 서 있는 덴쿠보 큰 노송은 수면 위로 나오거든. 하지만 '아름다운 마을'은 잠겨 버리지. 뭐랄까, 아무리 기다려도 K 오빠가 '아름다운 마을'에 돌아오지 않아서 기이 오빠가 단념한 것까진 알겠는데….”

그날 밤, 나는 어머니가 계시는 안방과 미닫이문 하나를 사이에 둔 방에 누워 있었다. 그때 물 흐르는 소리보다도 낮게 FM 방송을 듣고 있던 히카리를 데리러 간 아내에게 그때까지 깨어 계셨던지 어머니가 이야기하는 소리가 들려왔다.

“아사가 오늘 저녁엔 기분 좋게 얘길 하고 있었죠? 이런 일은 평소에는 좀처럼 없는 일인데! K는 도쿄 집에서 술을 마시고 자죠? 오유 씨, 오늘 밤은 술을 마시지 않은 모양인데 술병은 창고에 있어요. K에게 꺼내다 마시라고 할까요?”

“벌써 잠자리에 든 모양이니 오늘 저녁엔 필요 없을 것 같은데요.”

소리를 죽여 아내가 대답했다.

“그럴까요? 하긴 나는 누가 됐든 술의 힘을 빌어야 잠을 잔다는 건 우스운 일이라고 생각해요. 그럼 잘 자요, 아사가 워낙 태평스런 아이라서 잠자리나 제대로 펴 두었는지 모르겠군요!”

강변으로 내려가는 비탈에 지은 까닭에 현도와 같은 평면의 토방에서 바로 올라갈 수 있게 되어 있지만 강쪽에서 보면 삼층이 되는 변칙 구조인 방. 동생들은 이미 자고 있는 계단 아래 침실로 아내와 히카리가 자러 간다. 그것을 확인한 듯 어머니가 불을 꺼서 미닫이 이쪽도 칠흑이었다. 콧구멍을 차갑게 건조시키는 듯한 골짜기의 공기를 어둠 속에서 들이마시며 나는 내가 도쿄에서 20년 가까이 깊이 취하지 않으면 잘 수 없다는 고정 관념에 사로잡혀 있었다는 사실을 기묘하게 느꼈다…. 그런가, 어머니는 잠들기 위해 술의 힘이 필요한 나를 우스꽝스럽게 여기고 있었던 건가? 물론 그녀가 우스꽝스럽다고 생각한 것은 나뿐이 아니라고 하더라도…. 나는 어둠 속에서 높아져 가는 물소리를 들으며 생각했다. 하긴 그건 정말 그렇지, 오랜 폭주 습관을 너무나 가엾은 악습이라고 어머니에게서 지적당한 것처럼 나는 납득했다. 이런 내가 어떻게 기이 형이 오랫동안 겪은 힘든 경험 뒤에 혼잣말처럼 부른다는 노래를 비웃을 수 있었단 말인가?

그렇게 막상, 만나 보고 난 뒤의 마음에 비하자면, 이렇게 생각하지는 말 것을, 옛날이 그립고나, 지금 내 신세.

고쳐야 할 것이 있다면 그것은 단지 몇 년 된 음주 습관이 아니라는 것을 나는 서글프지만 확실히 깨달았다. 세월을 두고 생각하고 생각한 끝에 어머니가 하시는 말씀은 언제나 그런 식으로 나에게 교육적인 효과를 올렸던 것이다.

제5장 죽어 마땅한 자의 딸로는 보이지 않아

정오가 다 되어 일어나 나갔을 때, 차노마茶の間(가족끼리 식사를 하는 방)에는 어머니가 화로 앞에 혼자 앉아 언제라도 미소시루(일본식 된장국) 냄비를 올려놓거나 차를 끓일 수 있는 태세로 기다리고 계셨다. 금세 상체만을 움직여 아침 식사 준비를 시작하는 어머니의 얼굴이 창호지 문을 통한 부드러운 빛 아래 엷은 포도색을 띠고 약간 아래를 향한 채 기민하게 움직였다.

"잘 잤어요? 히카리 씨랑은 고신 님에게 참배하러 갔어요. 당堂 안에서 음악을 들으시겠다며 일부러 도쿄에서부터 골라 온 레코드와 테이프를 가지고 가시더군요. 나도 걸을 수만 있으면 같이 가서 듣고 싶었는데…. 사쿠 씨만 여기 남아 오래된 시계를 고쳐 주고 있어요!"

김이 오르기 시작하는 냄비와 주전자를, 세모꼴의 한쪽을 뾰족하게 세워 접은 듯한 윗눈꺼풀을 내리뜨고 들여다보며 어머니가 말한다. 그것은 어머니가 곰곰이 생각해 두었던 것을 마치 일방적인 최후통첩이라도 하듯 말할 경우에 내비치는, 내게는 익숙한 전조였다.

"오래된 시계요? 백 년 동안 요일이 표시된다는 그 일세기 시계? 그걸 사쿠가 수리할 수 있을까?"

"이 집안의 옛 어른이 만드신 도면이 있잖아요! 사쿠 씨가 아침부터 도면을 보시면서 공구가 있으면 될지도 모르겠다 길래 아사가 기이 씨에게 가서 빌려 왔어요!"

"오히려 망가뜨리는 거 아닐까요?"

"이미 몇 년 동안이나 고장 나 있었으니까."

어머니는 말하면서 여위고 자그마한 어깨에서 등까지 똑바로 펴고 나를 올려다보셨다. 시계 수리 운운하다가 지금부터 하려는 이야기를 위한 시간을 낭비하고 싶지 않다는 것일 게다.

"술 없이는 못 잤을지도 모른다고 아침에도 오유 씨가 걱정하던데…."

"잘 잤어요."

나는 아침을 먹는 자신의 얼굴에서 손까지 어머니의 시선을 느끼면서 말했다.

"도쿄에서는 잠을 자기 위해서라며 매일 밤 곤드레가 되도록 술을 마신다더군요. 그리고 그 습관을 고치겠다고 전부터 말했다는데 골짜기에 돌아와서는 취하지 않고도 잘 수 있다면 도쿄에서도 술을 끊는 건 식은 죽 먹기일지도 모르겠군요!"

"술에 취해 잠드는 버릇을 고치고 싶다고 한 건 이유가 있어서에요. 대학 때부터 알고 지내던 친구가 얼마 전에 죽었는데요, 그전에 병원에 문병을 갔더니, 당연한 일이지만 병이 나고부터 술을 전혀 마시지 않는다더군요. 그래서 내가 만약 똑같은 병에 걸려 술을 끊어야 한다면 밤 같은 때는 고통스럽겠지 싶어서, 그래서 취하지 않고도 잠드는 연습을 하려고 생각한 거예요."

"나는 특별히 술에 취하지 않아도 힘들다고는 생각하지 않는데요! 밤마다 쉽게 잠이 드는 건 아니지만…."

어릴 때부터 어머니와 이야기가 길어질 때마다 그랬던 것처럼 나는 어머니가 토해 내는 말의 포위망에 갇히는 것을 느꼈기 때문에 커다란 벽시계를 감싸 안은 둘째 아들이 안방과 차노마 사이의 복도에 나타난 것을 보고 휴우, 안도의 한숨을 내쉬었다.

"시계는 어때?"

"글쎄요…."

둘째는 벽시계를 똑바로 받쳐 든 자세 그대로 나를 비스듬히 내려다보면서 기계의 자잘한 부분에 대한 열정이 아직도 남아 발갛게 달아오른 시무룩한 얼굴로 대답을 미뤘다.

"아주 오래된 시계니까 움직이지 않는 것이 당연하죠! K도 어렸을 때 기름을 쳐서 움직여 보려던 적이 있었잖아요. 일세기 시계니까 일단 움직이기만 하면 백 년간은 멈추지 않을 거라는 꿈같은 소리를 하면서…."

"움직이긴 움직여요. 나도 청소를 하고 다시 기름을 친 정도지만. 그러고 보니 기름에 담가 놓은 것 같아서 녹은 슬지 않았더군요. 정확한 시간을 가리킬지 어떨지 모르지만…. 원래 있던 자리에 걸어 놓을게요."

그리고 아이는 현도에 면해 있는 앞방으로 일세기 시계를 똑바로 들고 천천히 운반했다.

"사쿠 씨는 성격이 좋군요."

어머니가 말했다.

"K도 성격이 나쁜 건 아니지만 너무 가까운 사이이다 보니…."

"글쎄, 저도 좋지 않은 성격을 극복한 면도 있어요."

"사십 년이나 살았으니 그야 여러 가지로."

"아니, 더 나이를 먹었는데요."

나는 말했다.

아이는 손에 묻은 기름을 씻어 내고 이번에는 씩씩하게 걸어 들어왔다.

"수돗물 한번 힘차게 나오네. 엄마는 이렇게 맛있는 물은 없다고 하던데."

"원래 기이 형의 할아버지가 만드신 수도를 근거치 운동이라는 걸 하면서 개량했지."

"기이 씨 혼자서 자금을 내셔서."

어머니가 한마디 거들어 주셨다.

"생각해 보면 기이 씨는 언제나 혼자서 책임을 지고 저택에서 해 온 일들을 계속하셨지."

"근거치 운동도 원동력은 그 형 혼자였어. '사건'이 있어 십 년 동안 여기를 비운 뒤에는 더더욱 혼자가 되어 버린 모양이지만…."

"기이 씨는 일정한 재산을 지니고 계시니 그렇게 지내셔도 불편할 거야 없지만…. 사쿠 씨도 기이 씨의 저택에 놀러 가면 재미있는 것들을 이것저것 배우게 될 거예요!"

"네."

아이는 대답을 하고 나서 내게 설명했다.

"기이 아저씨가 아사 고모더러 전해 달라고 했다는데요,

아빠가 일어나면 함께 저택에 오시래요."

"아, 맞아. 너한테 게를 주겠다고 했었지."

"기이 씨가 젊은이들을 시켜 민물 게를 잡아서 상자 속에 살려 두었다는 말은 들었는데 그게 사쿠 씨를 위해서였군요! 좋겠네요! 사쿠 씨, 그렇다면 지금 당장 '본동네'에 올라가야 돼요. 일부러 사쿠 씨에게 주려고 기이 씨가 기다리고 있는데 게가 달아나 버리기라도 하면 속상할 테니!"

골짜기 가운데 저쪽 기슭과 이어지는 콘크리트 다리를 건너 강 아래, 어머니가 줄곧 사당을 지켜 온 고신 님을 참배하고 거기서 레코드와 테이프를 들은 아내와 아이들이 돌아왔다.

"매우 훌륭한 모차르트였습니다!"

나와 둘이서만 이야기할 기회가 일단 사라지면 다시 말수 적은 할머니로 돌아가 단란한 가족 속에 묻히는 어머니를 다들 안방으로 모셔 갔다. 누이동생이 오셋짱에게 차로 마중을 오라고 부탁하자고 했지만 나는 둘째 아들과 함께 걸어서 '본동네'에 오르고 싶다고 고집을 부렸다. 나는 맨발로 기이 형의 저택 토방에 서던 날 이래 대개는 걸어서 '본동네'와 골짜기를 오가곤 했다. 지금 차남은 열세 살로, 내가 골짜기의 신제 중학교 학생으로 빈번하게 기이 형의 저택을 오가던 나이 또래이다. 나는 의식적으로 가벼운 환각에 젖어 같은 소년인 나와 아들이 강을 따라 '본동네'로 올라가는 감각을 맛볼 속셈이었다. 그리고 속셈의 감각적 성과는, 어젯밤 기이 형과 헤어졌던 다리 아래에서 '본동네'로 가는 길을 걷기 시작하면서 금방이라도 충족되는 것 같았다….

"이 언저리 '본동네'로 가는 길은 강둑으로 막히지 않았지? 현도 옆의 강은 토치카같이 콘크리트 둑으로 싸여 있는 덕분에 강둑의 대숲이 여기서는 무성하게 잘 자랐는데 골짜기 대숲은 완전히 없어져 버렸어. 예전에는 대숲 사이의 길이 골짜기의 생활에 중요한 역할을 했단다. 큰길을 걷기 망설여질 때는 대숲 사잇길을 걸으면 남들의 눈을 피할 수 있었거든. 전쟁이 끝날 무렵 골짜기와 '본동네' 여자들이 마을 내에서 극단을 만들었을 때 우리 어머니도 집에서 분장을 하고는 큰어머니와 함께 대숲 길을 지나 극장까지 간 일이 있지. 대숲 길과 극장이 완전히 이어져 있는 듯한 느낌을 받았던 것도 기억하고 있어. 그렇게 해서 골짜기 사회의 뒷면을 떠받치고 있었다고 할 만하지…."

"'세계무대'라는 극장이죠? 극장은 큰할머니 것이었고 일세기 시계도 전에는 거기 걸려 있었다고 할머니가 말씀하시던데요. 백 년 뒤의 요일은 필요 없더라도 다음 해 흥행을 결정하는 데는 도움이 되었대요."

"우리 가문에는 그렇게 새로운 것을 좋아하는 사람이 있

었던가 봐. '세계무대'라는 것도 새롭다고 하면 새로운 이름
이잖아."

"세계에서 일어나는 일들을 연극으로 만들어 상연하는 곳
이었죠? 뉴스만 하는 영화관처럼. 일세기 시계를 만든 사람
이, 말하자면 할머니의 할아버지가 건축을 지도하고 이름도
붙이신 거래요."

"할머니는 어린 시절 내게도 하지 않던 이야기를 네게는
하시는 모양이구나."

"제가 이것저것 질문을 했거든요."

우리가 걸어가는 길과 계곡의 냇물 사이로 창자같이 구불
구불 계속되던 밭이 뚝 끊기고 절벽 아래가 바로 강인 모퉁
이에서 나는 어린 시절 보았던 빨간 메기, 요컨대 피부색소
가 결여된 albino 메기가 생각났다. 내가 서 있는 바위 아래
서 건너편 수면 아래 잠겨 있는 바위 틈새로 이쪽을 놀리듯
이 헤엄쳐 가던 환상 같은 광경. 그것이 바로 한순간 전의 일
이었던 듯한 생각에 사로잡혔다. 바로 가까이 건너편 언덕의
붉은 잎 뿌리 버드나무 덤불에서 뻗어 나온 물에 씻긴 뿌리
에 감겨 있는 바위. 그 앞 깊은 물의 고요한 흐름을 비추는
겨울 해, 물이끼와 말라서 엷은 색깔로 쌓여 있는 진흙. 그
얇다란 층을 대竹주걱으로 자르듯이 날카롭게 가로지르는
것은 민물 새우나 문절망둑일 것이다.

오리엔티어링부 활동을 해 온 아들은 지면에 발바닥을 밀착시켜 착착 옮겨 가는 식으로 가볍고도 씩씩하게 걷고 있었다. 그리고 아버지인 나는 그 아이 나이 또래에 시작되어 언제까지나 고쳐지지 않는 버릇이 되어 버린 허둥허둥하는 걸음으로 쫓아갔다. 그 얕은 물 밑의 수생동물도 가까운 선조에게서 유전된 언어와는 별개의 기억으로, 아, 그 녀석의 발자국 소리다! 하고 몸을 움찔했을지도 모르는 일이다.

얼마간 왼쪽 절벽 위의 맹종죽孟宗竹의 굵은 줄기가 머리 위를 덮어 올 듯한 깊은 대숲 옆을 지나가자 — 유신(1868 메이지 유신을 가리킴)을 전후한 두 번의 농민 봉기 때, 사람들은 여기서 죽창을 잘라 냈다 — 길은 둘로 갈라졌다. 큰 대숲을 둘러싸고 왼쪽으로 들어가는 길은 내가 어렸을 때는 없던 새 길인데 그것이 생겨 대형 트럭으로 '본동네'를 오갈 수 있게 되었다. 근거치 운동을 하는 동안 기이 형은 이 새 길을 뚫는 것에 줄곧 반대했지만 그가 처쪽에 가버리자마자 공사는 착공되었다. 새 길은 숲속에 가로 세로로 나 있는 임도林道에까지 이어져 있었다.

나와 아들은 갈림길에서 오른쪽으로 약간 비탈이 되다가 냇가로 뻗어 내려가 흙다리를 건너면 급한 비탈이 되는 옛길을 따라갔다. 이 길은 일단 평평한 등성이까지 올라가면 거기서부터는 삼나무와 활엽수 숲속의 평탄한 길이 된다. 길

중간쯤 왼쪽에 벽처럼 서 있는 고래 모양의 바위가 있고 그 모퉁이에서 좁은 길을 따라가다 보면 스기 주로杉十郎라고 불리는 큰 삼나무가 있는데 그것은 이쪽에서 삼나무 숲 사이로도 볼 수가 있었다.

"저쪽 커다란 삼나무가 있는 곳에 소가 주로曾我十郎의 머리 무덤首塚이라는 게 있죠? 지난번 왔을 때 아사 고모와 보러 와서 이야기를 들었는데 재미있었어. 아사 고모는 이것이 전국에 있는 소가 주로 머리 무덤 중의 하나이고, 스기 주로라는 이름도 거기서 따온 것 같다고 하시던데. 아빠는 전쟁 직후에 아이 때문에 화가 난 어머니가 저 커다란 삼나무에서 총격전을 벌이다가 엽총 허가를 가진 소방단원에게 사살당했다고 했었죠? 삼나무 등걸에서 산탄도 파내 줬잖아?"

"잘 기억하고 있구나."

"이야기가 독특했으니까. 저 삼나무는 어른 키 정도의 높이에 둘레가 8미터는 될 걸."

"뿌리 부근에서 삼나무 두 개가 합해져 있어. 그래서 스기 주로杉十郎, 스기 고로杉五郎라고 부르는 사람도 있지. 그런데 너는 소가 주로 한 사람의 머리가 여러 개의 무덤에 묻혀 있다는 이야기가 이상하다고는 느끼지 않았니?"

"그 이야기를 집에 와서 했더니 할머니가 말씀하시던데요. 숲에 숨어 살던 도깨비처럼 크고 힘센 인간이 마을에 나왔다가 죽임을 당하면 소가 주로나 소가 고로라는 이름을 붙여 장사지냈대. 그리고 할머니는 내가 가지고 있던 총알을 보고, 그것은 산새나 꿩을 쏜 거예요, 인간을 쏜 것이 아니구요, 하시던 걸요."

"어쨌든 그 커다란 삼나무 있는 데서 총격전은 있었어. 주둔군에게서 얻은 대형 건전지를 사용해서 실험실에서 혼자 실험을 하던 아이가 꾸중을 들었거든. 그런데 얼마 뒤에 실험실에서 불이 나서 그 아이가 죽었어. 건전지 때문에 꾸중을 듣고 자살한 게 아닐까 생각한 어머니가 슬픔과 분노로 미친 듯이 되어서 스기 주로가 있는 곳에서 농성을 하면서 엽총으로 싸웠지. 결국은 사살되었어. 그 어머니는 서른 살 남짓한, 나도 아는 사람이었는데 엽총을 다섯 자루나 가지고 경찰과 소방단을 상대로 싸웠단다."

"엽총을 다섯 자루씩이나 가지고 있었어?"

"전쟁에 지고 나서 주둔군이 지프를 몰고 들어와 일본도와 엽총을 몰수한다는 소문이 돌았지. 그때 마을 사람들이 갖고 있던 무기들을 전부 기름종이에 싸서 나무 상자에 넣어 숲속 높은 곳에 묻었었지. 그 어머니는 그걸 파내서 싸운 거야. 나는 싸우는 소리를 계속 듣고 있었어."

"실제로 그런 일이 있었기 때문에 할머니는 오히려 그 총알에 대해 다른 이야기를 하셨는지도 모르겠네."

아들이 말했다.

숲을 나와 작은 고개에서 둘러보면 왼쪽 산기슭에는 다시 강이 흐르고 언덕 오른쪽으로 논이 펼쳐지면서 높은 곳은 밭이었다. 기이 형의 저택은 과수원을 뒤로 하고 왼쪽 산중턱에서 튀어나온 돌담 위쪽에 있었다.

"기이 형도 집에서 이쪽을 보고 있을 테니 저 솟을대문에서 돌담 사이로 해서 비탈길을 내려올 거야."

기이 형은 곧 집에서 나와 강까지 내려오더니 다리를 건너 이쪽으로 왔다. 그리고는 강 쪽으로 논두렁을 따라와서는 좁다란 강둑으로 뛰어내려 그때까지 내가 알아보지 못했지만 거기 웅크리고 있던 젊은이와 뭔가 이야기를 나누는 모양이었다. 완만한 비탈길을 거쳐 우리가 논과 보리밭이 있는 평지로 내려올 때쯤을 겨냥해서 기이 형은 논두렁길을 돌아 이쪽으로 왔다. 기이 형 뒤에서는 그때까지 물속에 담그고 있었기 때문인지 빨갛게 된 손에 헝겊 조각 같은 걸 든 자세가 곧은 청년도 쫓아왔다.

"여어, 사쿠. K가 고집을 부려 옛날 길을 걸어왔구나? 그 사람은 어렸을 때 그 삼나무 숲이 무서웠던가 봐. 기를 쓰고 달려와서는 집에 도착해서도 숨을 헐떡이곤 했단다."

기이 형은 눈앞에 서 있는 나를 삼인칭으로 불러 가며 말했다. (나는 스기 주로로 가는 길에서 아들에게는 말하지 않왔던 어떤 사실과 그것에 기이 형이 관련되어 있음을 새삼 의식의 구석 쪽으로 밀어 놓으려 했지만….)

"새 길에 이어지는 길이 저 비탈 위로 우리 집 창고까지 이어지지만 삼나무 숲을 빠져나온 높은 곳에서도 나무에 가려서 안 보였을 걸. 이런 계절에는 길옆의 떡갈나무 숲은 잎이 다 지긴 했지만. 등고도等高図를 오려서 두꺼운 종이에 붙인 지형도를 만들어 겨우겨우 위치를 정했거든."

"저도 여름 방학 자유학습에서 오리엔티어링 지도를 원형으로 삼아 입체 모형을 만든 적이 있어요."

"아아, 그래? 그럼 내가 만든 지형도 모델을 보여 줄게."

기이 형이 말했다.

"이쪽은 니시西 군. K 씨, 사쿠. 니시 군은 상자에 기르고 있던 게가 흙냄새가 날까 봐 아침부터 게를 수세미로 씻고 있었어. 자기들이 삶아 먹을 때는 신경도 쓰지 않는데…."

니시 군은 보통 체격이었지만 어깨와 배의 근육을 연마한 듯, 농사일로 다듬어진 육체와는 다른 빈틈없는 몸집을 하고 있었다. 눈썹과 눈동자가 검게 젖은 듯한, 그러나 남자답게 생긴 스물 대여섯 살 된 청년이 너무나 어린애 같은 동작으로 아까 헝겊 조각처럼 보였던 것 ― 이미 민물 게라고 알고 있는―을 아이를 향해 훌쩍 들어 올렸다.

"지금은 개울에 물이 없어서 나무 상자를 깊은 데다 담가 두니까 흙먼지 같은 진흙이 쌓이거든."

니시 군은 보기 좋은 미소를 지으며 말했다.

"게의 집게손에 붙은 털에서 냄새가 나는 것 같아서."

"이런 민물 게는 처음 봤어요."

아이는 니시 군의 붉고 근육질인 손에 등딱지를 잡혀 굽힌 다리로 허공을 할퀴고 있는 게에 눈을 빼앗기면서 역시 미소 짓고 있었다.

"그러면, 사쿠는 니시 군과 함께 게 상자를 보러 가렴. 오늘 삶아 먹을 만큼 꺼내 오기도 해야 하고. 전부 네게 주겠다고 했지만 결국은 모두 함께 먹는 거네, 사쿠의 게를."

기이 형이 말했다.

"살려 둔 채로 뭘 한다면 그것도 좋지만….."

"우선 게를 보구요."

"OK."

논두렁을 가볍게 뛰듯이 걷는 니시 군을 아이가 서둘러 따라갔다.

"기이 형, 우리도 곧잘 민물 게를 잡았었지?"

저택 쪽으로 걸으면서 다리 위에서 돌아다보니 니시 군과 아이는 이미 오랜 친구처럼 개울가에 나무상자를 올려놓고 들여다보며 공동작업을 시작한 모양이었다.

"하지만 우리에겐 게에게 호박을 먹여 산 채로 저장할 만

144

한 지혜는 없었지."

기이 형은 감회 어린 소리로 대답했다.

돌담을 쌓아 올려 흙으로 굳힌 배 밑바닥처럼 움푹 파인 비탈길을 솟을대문 높이만큼 걸었더니 집 뒤의 창고와 감밭 사이로 아스팔트로 포장된 새 길이 산 중턱을 파고들 듯이 뻗어 있었다. 솟을대문은 내가 아이와 함께 빠져나온 삼나무 숲과 같은 높이였으니, 개울을 따라 걷는 동안에는 이 길이 보이지 않도록 지형학적인 궁리를 하는 것은 기이 형에게는 해 볼 만한 지적인 게임이었으리라.

"이건 기이 형이 비용을 댔어?"

"땅은 내가 제공하고 공사비는 마을이. 아무 생각 없는 도로를 만들지 않도록 자기 방위를 하는 게 힘들더라구. 이쪽에선 애시당초 불필요한 길이었거든. 오셋짱은 창고 옆에 차고를 지어서 이 길을 충분히 활용하고 있긴 하지만"

우리는 저택 안채에 덧 지은 밝은 서재에 들어가 호리고타쓰(방의 바닥을 파내 불을 지피는 일본의 전통 난방법)식 탁자에 마주 앉았다. 근거지 운동을 하면서 기이 형은 '본동네'와 골짜기에서 산출되는 삼지닥나무로 소규모 종이공장을 만들었다. 원래 삼지닥나무의 진피를 커다란 다발로 가공하여 내각의 인쇄국에 납품하는 것이 아버지 대까지 우리 집 가업이었지만 아버지가 돌아가시기도 했거니와 전후에 지폐가 바뀌어 어머니는 삼지닥나무를 집하하는 일을 그만두었다. 그리고는 갈 곳이 없어졌던 이 지방의 삼지닥나무에다 기이 형은 새로운 쓸모를 부여한 것이다. 근거치 운동이 소멸되고 나서도 이 공장은 계속되고 있다. 기이 형은 거기서 생산되는 화지和紙로 표지를 씌우고 간단한 기호를 책등에 적어 넣은 책을 책꽂이에 정리해 두고 있었다. 탁자 위에는 책과 나란히 새 이·일伊日사전이 표지가 벗겨진 채 놓여 있었다. 파란 표지의 사전에 아직 그대로 붙어 있는 띠에는 추천하는 학자의 얼굴 사진이 박혀 있었는데, 나보다 2년 선배로 한 교실에서 강의를 들은 적도 있는 N 씨였다.

"이 학자는 내가 대학에 다닐 때는 불문과였어. 당시에는 이탈리아 문학과라는 것이 없었으니까 독자적으로 공부를 했겠지."

내가 말했다.

"W 선생님 장례식 때, 좀 귀찮게 구는 노파가 있어서 그이를 맡을 사람이 필요했는데 무뚝뚝하긴 했지만 제대로 그역할을 하던 게 생각나네요."

"틀림없이 그런 타입의 사람일 거야…. 이 사전은 나 같은 아마추어에게는 편리하지. 아사에게 부탁해서 마쓰야마에 있는 책방에서 사 왔는데 그러고 보니 아사도 이 추천자가 K의 선배가 아닐까 하더군…. 그녀는 자네가 학자가 되지 않은 것을 아직도 유감스러워하거든. 작가처럼 축적을 하기 힘든 직업은 장래가 별 볼 일 없는 게 아니냐고 나한테 하소연을 하러 왔길래 내가 K에게 편지를 썼었지, 왜."

"아사는 그런 아이잖아."

나는 묵직한 사전을 기이 형이 내민 손에 넘겨주고 그가 마찬가지로 표지를 씌워 책상 위에 두었던 책과 함께 그것을 등 뒤의 보조 탁자로 옮겨 놓는 것을 바라보고 있었다.

"하지만 아사는 자네 소설을 줄곧 읽고 있어."

"이십 년 가까이 소설을 써 온 셈이니까…."

"그 나름대로 축적한 것도 있었단 말이지?"

거기서 나는 공격을 개시했다.

"어젯밤 아사에게서 들었는데 기이 형이 내게 시나리오 얘기를 하면서 영화를 만들자던 이야기, 그거 구체적인 계획이었나 봐?"

"벌써 들었어? 하긴 S 씨의 비디오 촬영 이야기는 골짜기에서는 제 일급 토픽이니까, 나에 관한… '사건' 이야기를 빼면 말야."

기이 형은 묘하게 해말간, 이마에서 뺨까지 내려오는 선에 너무나 걸맞은 청량한 눈초리로 대답했다. 나는 젊은 시절 익숙했던 그 그리운 눈동자를 기이 형이 저쪽에서 돌아오고 처음으로 본다고 느꼈다. 그것은 그 눈의 깊은 곳에서 육체와 의식 위에 고통스럽게 되풀이된 진흙탕·여과작용이라는 것 뒤에, 그리고 그에 덧붙여 커다란 단념이 있은 후에야 비로소 떠올릴 수 있는 눈빛인 듯하여 나는 오히려 상실감 같은 것을 맛보았다….

"기이 형이 '본동네'를 배경으로 영화를 찍는다고 말했을 때 실은 난 반쯤만 진담이라고 생각했는데."

"S 씨도 감독이나 제작 스태프들도 모두들 진지했어. 그들에겐 나름대로 독자적인 영화 플랜이 있었지. 다만 그 시나리오 구성이 좀 약했거든. 계획이 일단 보류되리라고 보고 그 단계에서 K의 시나리오를 제시하려는 생각이었지. 자네가 써 보낸 플롯은 아주 좋았거든."

"이걸 주제로 해서 시나리오를 쓰면 안 되냐며 형이 써 보낸 『신생』의 처음 몇 줄, 그게 나에게 환기시키는 게 있어서…."

"호메로스를 인용한 것 말이지? Ella non pareva figliuola d'uomo mortale, ma di Dio. 그것을 주제로 삼아 달라는 발상은 실은 내 것이 아니야. 지금 개울에서 게를 씻고 있는 니시 군이 어려서부터 S 씨의 팬이었거든. 진짜 S 씨가 '아름다운 마을'을 보러 왔으니 흥분해서 제정신이 아니었지. 거기서 내가 힌트를 얻었다네. 『신생』을 축으로 삼아 영화를 만들 수 있지 않을까 하는 생각이 든 거지. 니시 군이 가지고 있던 브로마이드에는 소녀 적 S 씨가 새빨간 옷을 입고 있었으니까 그것을 단테가 처음 만났을 때의 베아트리체와 연결해서, 하는 식으로 말야."

  그래서 어린 시절 나는, 곧잘 그 사람을 찾으러 나섰는데 고귀하고 찬양할 만한 그 거동에 이 사람을 가리켜 한 말인가 하며 호메로스의 시구를 떠올렸던 것이다. "그녀는 죽어 마땅한 자의 딸로는 보이지 않아, 신의 딸 같았네."

이 한 구절을 기이 형은 편지 첫머리에 적어 넣으며 단테의 『신생』을 번안하여 아름다운 아가씨의 삶과 죽음이라는 시나리오를 쓰라고 말했다.

"고마바駒場(도쿄 대학 교양학부가 있는 곳) 시절에 시나리오를 하나 썼다는 이야기를 형에게 했었으니까 형이 그걸 생각해 내서는 영화 이야기를 하는 건가 했죠. 그래서 나는 옛날 시나리오를 끄집어내다가 거기에 죽어 마땅한 자의 딸로는 보이지 않아, 신의 딸 같은 소녀와 또 한 사람 성숙한 여성을 도입한 거죠. 여배우가 일인이역을 한다는 가정으로."

"하지만 전체 줄거리는 남자에 관한 영화였지?"

"'메이스케' 이야기니까. 지금도 텔레비전에서 옛날 영화라도 볼라치면 나도 모르게 몰두해서 이 배우를 '메이스케'

로 할까, 하는 생각이 드는걸."

"나도 아까 사쿠를 봤을 때 이건 젊은 시절의 '메이스케'에 딱 알맞은 얼굴, 몸집이라고 생각했어."

기이 형은 호리고타쓰 식 탁자에서 몸을 일으켜 건너편 비탈과 강을 향해 나 있는 커다란 창문을 내려다보았다.

"우리의 '메이스케'는 민물 게의 집게손을 수세미로 문지르고 있군."

그러고 나서 기이 형은 창 옆에 있는 책장 맨 위 칸에서 커다란 종이봉투를 꺼내어 탁자로 돌아오더니 내가 쓴 영화 플롯임을 금세 알아볼 수 있는 원고 뭉치를 골라냈다.

"지난번에 K의 편지들을 정리하다가 이 시나리오 초고를 다시 읽었는데 상당히 상세한 부분까지 쓰여 있고 내용도 좋다고 생각해. 이쪽에 나와서 본 S 씨의 새 영화는 연기력은 물론이고 대사를 읊는 능력도 완벽하지만 시나리오가 빈약하다고 느끼고 있었거든…. 그 사람을 생각할 때마다 안타까운 생각이 들어."

만나 보고 난 뒤? 나는 금방이라도 튀어나올 것 같은 쓸데없는 소리를 삼키며, 쓰기는 했지만 정말로 영화가 되리라고는 생각지 않았던 플롯의 초고를 들춰 보았다. 어려서부터 들어 왔던 골짜기와 '본동네'의 옛이야기에는 — 생각해 보면 나는 기이 형에게서 영시를 배웠고, 또 그가 오랫동안 단테를 읽었다는 것에도 영향을 받았지만 그에 덧붙여 기이 형은 나에게 숲속 토지의 신화라든가 전승을 공부하도록 자극을 주기도 했다. 더구나 그것은 상당히 일찍부터였다 — 한藩의 권력에서 벗어난, 산간의 자유로운 외딴 마을이 마침내 한의 체제 속으로 엮여 들어가게 되는 막부 말엽의 전환기에 마을 쪽의 교섭자 역할을 했던 가메이 메이스케亀井銘助라는 젊은 이가 있었다. 나는 학생 시절, 날마다 사르트르를 읽고 있던 하숙집에서 이 '메이스케' 이야기를 「자유」와 「선택」이라는 극으로 짜 맞추어 시나리오를 썼던 것이다.

그 초고가 남아 있던 참에 기이 형의 권유를 받고 『신생』에 등장하는 베아트리체, 내 플롯에서는 이름을 정하지 않은 채 B1이라고 부르고 있던 소녀와, '메이스케' 소년을 축으로 다시 이야기를 지어 볼 생각을 했다.

"내 기억 속에는 그 책 앞부분 어딘가 '신생, 여기서 시작 되다'라고 빨간색으로 쓴 표제가 있다."

이와 같이 '메이스케'가 독백하는 말로 영화는 시작된다. 노가미 소이치野上素一가 번역한 『신생』의 첫 부분에서 인용한 것인데 '메이스케'가 새빨간 기모노를 입은 B1을 처음 본 것은 그녀가 한의 필두가로筆頭家老(대명大名·소명小名 등 넓은 영토를 지닌 무사 계급의 가신 중의 우두머리)인 아버지에게 이끌려 한의 새 영토가 된 산간의 외딴 마을을 시찰하러 왔을 때의 일이다. 그녀의 청초한 아름다움은 죽어 마땅한 차의 딸로는 보이지 않아, 신의 딸 같았다.

한의 체제 속으로 일단 편입된 후에도 그날까지는, 새로운 외딴 마을을 향한 도주를 계획하는 그룹의 브레인 격이었던 '메이스케'가 전향한다. 이번에는 한의 체제 속에서 마을이 살아남을 수 있는 길을 찾아 애쓰기 시작하는 것이다. '메이스케'는 조카마치城下町(제후가 거주하는 성을 중심으로 발달된 도읍)에 나아가 한슈藩主(한의 우두머리)라든가 지코侍講(군주나 동궁에게 강의하는 사람) 그룹 앞에서 어릿광대 역할을 해 가면서 마을이 겪고 있는 고통을 호소했다. 그것은 이 지방 일대 농민들의 고통이기도 했다. B1의 아버지인 가로家老는 '메이스케'를 이해했지만 이 유능한 실무가는 젊은 한슈 아래서 한의 재정을 맡고 있는 사람으로서 '메이스케'가 대변하는 농민들의 주장에 대립할 수밖에 없다. 더구나 한은 때마침 근황좌막勤皇佐幕(천황에게 충성하는 근왕파와, 막부 편에 서는 좌막파를 아울러 부르는 말)의 어느 세력에 가담할 것인가로 더없는 혼란을 겪고 있기도 했다.

'메이스케'는 때때로 조카마치에 나가 어려운 절충을 해야만 했다. 그래도 한 가지 즐거움이 있었다. 필두가로의 저택을 방문하여 B1을 만나 볼 수가 있었던 것이다. 농민의 대변자로서 고통스런 일들을 겪다가 '메이스케'는 열병에 걸린다.

"언젠가는 저 진실로 고귀한 B1도 이 세상을 떠나야만 한다."

그러자 별안간 나는 심한 혼미 상태에 빠져 눈을 감고 마치 미치광이처럼 흐트러져 이런 환영을 마음에 그리기 시작했다. 즉 나의 환상을 어지럽힌 착란의 초기에 머리카락을 산발한 여자 얼굴이 여럿 나타나 "너 역시 죽을 거야"라고 말했다. 그러자 이 여자들 뒤에서 기괴하고 무시무시한 얼굴 몇이 나타나 "너는 이미 죽었어"라고 말한다.

이와 같이 환상이 어지러운 동안에 나는 어딘지 모를 곳에 이르러 몹시도 슬퍼하는 여인들이 머리를 풀어 헤치고 통곡하면서 길을 걷고 있는 것을 본 것 같았다. 그리하여 태양이 어두워진 듯하고 별들도 울고 있는 듯하며, 하늘을 나는 새들은 죽어 떨어지고 엄청난 지진이 일어난 것 같았다. 이러한 환상에 마음이 두근거리고 너무나 두려워 떨고 있자니까 친구 하나가 다가와 다음과 같이 말하는 듯하다.

"자네는 아직도 모르는 건가? 그대의 경탄할 만한 숙녀께서는 이 세상을 뜨셨다네."

회복한 '메이스케'는 커다란 대숲에서 죽창을 잘라 내어 무장한 반란 집단을 이끌고 강을 따라 내려간다. 그들은 그 도중에 이 마을 저 마을의 농민들을 병합하여 거대한 군중이 되어 조카마치를 공격하러 가는 것이다. 그때, 지도부에서 '메이스케'에게 협력하는 것은 B2, '메이스케'의 젊은 장모이다. 반란은 전면적인 승리를 거두고 필두가로는 종결 선언을 한 뒤, B1과 부하들을 교토로 보내고 자결한다.

"K의 이 플롯은 영화의 앞부분이었던 셈이지?"

내가 초고를 읽는 동안 창밖으로 건너편 언덕을 바라보고 있던 기이 형이 말했다. 반란이 성공한 뒤 한藩 쪽의 책략으로 '메이스케'는 고립되어 교토로 나온다. 거기서 어떤 섭가摂家 (섭정·관백이 될 수 있는 귀족 집안)의 가신이 되자 한의 권력은 자신에게 미치지 못하게 되었다고 주장하며 '메이스케'는 작은 군악대를 이끌고 한으로 돌아온다. 그러나 '메이스케'는 곧바로 체포되고 한의 감옥에서 죽게 된다. 그 후, 젊은 장모가 낳은 소년이 유신 이후 제2의 농민 봉기를 지도한다….

"하지만 그렇게 되면 S 씨의 영화가 아니라 남자 영웅의 영화잖아."

"그게 고민이었어. 기이 형 대신 오셋짱이 전화를 걸어 계획이 중지되었다고 하기에 그 뒷부분은 보내지 않았지만 일단 생각은 했었거든. 교토에서 '메이스케'는 B1을 만나고 옥사 직전에는 B2와 깊은 관계를 가져 그녀를 통하여 재생한다

154

는 식으로 말야. 죽은 '메이스케'가 새로운 봉기를 주도하는 소년으로 모습을 드러내는 거지. B2는 소년과 죽은 '메이스케'를 동시에 감싸 안듯이 그의 곁에 있고, 하는 식으로 생각했어. 제2의 봉기가 종결된 후 농민들은 강을 따라 올라가 다들 각자의 마을로 돌아가지만 지도자 소년, 즉 '메이스케'의 환생인 소년은 혼이 되어 숲으로 떠오르는 거죠. 그 혼이 된 소년이 숲으로 가는 부분을 SF영화처럼 환상적이면서도 과학적으로 찍고 그 과정 전체에 B2의 그림자를 드리우는 거야. 숲에 구름의 그림자가 비치듯이 B2의 그림자가…. 그런 장면을 꿈꾸고 있었어. 영화가 실현되지 않길 다행이지."

"아니, 무척 아쉽게 생각해."

형은 이렇게 말하고 입을 다물었다.

'어이, 기이 형. 만나 보고 난 뒤에 말야?'라고 나 역시 다시 생각에 잠겨 잠자코 있었고….

물론 기이 형의 생각이 단지 S 씨만을 향한 것 같지는 않았다. 기이 형은 호리고타쓰 식 탁자 너머로 새삼스레 정갈하고 성실해 보이는 눈으로, 하지만 그 눈언저리에 나이에 걸맞은 피로와 엄격함을 담아 이렇게 말했다.

"K, 나는 얼마 전부터 말야, 숲 꼭대기에 나를 위해 준비된 나무뿌리 근방에 혼의 절반쯤은 이미 돌려보내고 사는 것 같아. 말하자면 숲속에서 보낼 '영원한 꿈의 시간'을 줄곧 생각하고 있다는 거지. '메이스케'의 환생을 숲을 향해 떠오르게 한다, 그 라스트 신을 봤으면 좋았을 텐데. 나 자신이 '영원한 꿈의 시간'으로 길을 떠나는 연습 삼아서. 도움이 되지 않을까? … K의 편지를 정리하면서 깨달은 건데 우리는 '영원한 꿈의 시간'에 관한 생각들을 편지로 주고받았지? 우린 꽤나 절실한 문제에 대해 이야기를 하고 있었던 거야."

그렇게 교환한 편지가 들어 있는 종이봉투에 상처투성이의 굵은 손가락들을 올려놓은 기이 형에게도, 마주 앉아 있는 — 맨발로 토방에 서서 내려다보는 기이 형과 대면한 그날부터 나는 몇 번이나 이렇게 기이 형과 마주해 온 것일까 — 나에게도 그 절절한 편지는 중년의 중반에 와 있는 인간으로서 가슴에 와닿았다.

"기이 씨 자신도 시나리오 줄거리를 만들었지. 그런데 S 씨에게 이야기했더니 이건 단편 영화네요, 하더라고. 악의 없는 솔직한 감상이었지만 기이 씨는 낙담했어."

부엌에서 우리 이야기를 듣고 있었던 듯 과일 접시를 내온 오셋짱이 체조 선수처럼 균형 있게 몸을 구부린 채 자연스럽게 말했다.

우선 사과, 그리고 저온 저장 장치 덕에 신선하게 보관된 핫사쿠(껍질은 두껍지만 단맛이 강한 귤의 일종). 한때는 감과 시디신 나쓰미캉(껍질이 두껍고 신맛이 강한 귤의 일종)뿐이었던 이

지방에 기이 형이 근거치 운동기에 포도와 함께 그것들을 도입했는데 아직도 저택의 뒤쪽 밭에서 오셋짱이 재배하고 있다고 한다. 오셋짱은 선사禪寺에서나 입을 것 같은 감색 작업복에 역시 감색인 누비 앞치마를 입고 있었는데 그것 역시 근거치 운동에서 기이 형이 지도하여 '본동네' 여인들이 염색한 직물에서 나온 제품이었다.

"제목도 정했었지, 기이 씨? '상냥한 창녀'였던가?"

기이 형은 무안한 모양이었지만 나이에 걸맞게 무심한 듯한 얼굴 표정을 바꾸지 않고 오셋짱의 추격을 넘겨 버리려 했다.

"이야기를 들어 보세요, K. 제법 재미있더라구. 어떤 단편 영화가 되었을까? '상냥한 창녀', 제목만은 그럴듯하지."

오셋짱이 윗몸을 곧게 펴고 일어나 부엌으로 돌아가자―마침 부엌에 연결된 뒤 토방에서 게 바구니를 들고 들어오는 니시 군과 아이의 기척이 들렸다―기이 형은 볼멘소리로 말했다.

"오셋짱이 내가 쓴 줄거리를 가지고 날 놀려 댈 이유는 없는데 말야."

"상당히 오래된 이야기지만 그 주제에 대해 형에게서 들은 적이 있어. 형네 집안의 먼 조상 이야기였죠."

"응, S 씨의 영화와는 별도로 내 나름대로 오랫동안 생각해 온 테마거든…."

내가 기이 형에게서 이 이야기를 들은 것도 역시 대학 시절 여름 방학 때여서 옆에는 누이동생도 있었다. 오셋짱이 영화 타이틀이라며 입에 올린 '상냥한 창녀'라는 말이 기이 형답지 않다며 동생은 놀란 새 같은 표정을 지었었다. 기이 형은 누이의 반응에 어쩔 줄 몰라 하며 '상냥한 창녀'는 야나기다 구니오의 말이라고 설명했다. '아름다운 마을'의 구상을 포함하여 기이 형은 야나기다에게서 배우는 것이 많았던 셈이다.

『오토기조시御伽草紙』(무로마치 시대에 성행한 동화풍의 소설)의 한 기록에는, "옛날 이즈미 시키부和泉式部(11세기 초엽의 여류 시인으로 정열적인 사랑 노래가 많이 남아 있다)라는 상냥한 창녀가 있었다"는 구절이 있다는 것도 가르쳐 주고 싶다.

말하자면 이즈미 시키부라는 이름이 나오는 기록에 관해서는, 그것의 사실성 여부 차원이 아니라 더 넓고 깊게 파악해야만 한다고, 기이 형은 야나기다 구니오의 도움을 받아 이야기했던 것이다. 그리고 이 이야기는 기이 형의 저택에 전해져 오는 이즈미 시키부 전설과도 관련되어 있었다.

야나기다는, 기이 형의 저택에 전해 오는 이야기와도 겹치는 민간의 '구비口碑'에 관해서도 기록하고 있다.

어떤 부부가 비젠 기네지마肥前杵島의 약사여래藥師如來에게 참배하여 아이를 얻었는데 사실은 암사슴이 젖을 먹이던 새끼를 주워 온 것이었다. 하지만 그 새끼를 소중히 길렀더니 아름다운 여자아이가 되었다는 이야기.

발가락만은 둘로 갈라져 인간답지 않았지만 읽고 쓰는 것에 뛰어나고 노래도 잘 불렀기 때문에 여섯 살 때 이미 그 이름이 미야코都(천황이 있던 도읍)에 알려지고 마침내 (천황의) 부르심을 받아 후에 이즈미 시키부가 되었다. 이즈미 시키부는 그 발가락을 감추려고 항상 버선足袋(일본 전통의 버선은 발가락 부분이 둘로 갈라져 있다)를 신고 있었다고 한다.

우리 마을에서 강을 따라 내려가면 닿게 되는 바닷가에도 이즈미 시키부가 태어났다는 마을이 있다. 그런데 그 마을에서 태어난 이즈미 시키부가 미야코로 올라갈 때에, 발가락의 기형을 감추려면 없어서는 안 될 버선을 만들게 하려고 한 여자를 데리고 갔는데 그 여자가 기이 형네 가문에 관련된 사람이었다는 것이다. 버선을 만드는 여인은 교토에서 날이

다르게 화려한 재색을 드러내는 이즈미 시키부에게 촌구석에서 자란 자기가 짐이 되지나 않을까 두려워하게 되었다. 그래서 날마다 부지런히 버선을 지어 시키부가 백 살이 될 때까지 신고도 남을 만큼 많은 버선을 만들었다. 그리고는 혼자서 '본동네'의 저택에 돌아와 숨어 살면서 반쯤은 야마우바(깊은 산속에 살고 있다는 마귀할멈. 일본에는 이를 주제로 한 극이나 문학 작품들이 많이 남아 있다)처럼 되어 버렸다. 그러다가 이즈미 시키부의 딸이 병이 깊어졌다는 소문을 듣고는 딸보다도 시키부가 상심할까 봐 걱정하여 남몰래 교토로 올라갔다. 마귀할멈 같은 모습이니 남들 앞에 나타날 수는 없었다. 밤이 깊어지기를 기다려 시키부의 집에 몰래 들어가 지붕 아래 숨어 있었다. 그런데 기이 형은 자기네 집에 전해 오는 이야기가 그대로 『고금저문집古今著聞集』에 나오는 걸 발견했다고 흥분해서 내게 말한 적이 있었다. 바로 그 여름 방학에 기이 형이 문고본에서 찾아내 읽어 주었던 부분을 인용한다.

　　같은 시키부의 딸인 고시키부 내시內侍(옛날 후궁들의 사무·예식 등을 맡아 보던 여자 관리)가 심한 병에 시달렸다. 죽음이 가까워지자 사람 얼굴도 알아보지 못하고 누워 있었다. 이즈미 시키부가 그 곁에 앉아 딸의 이마를 짚고 울었더니 딸이 겨우 눈을 조금 뜨고 어머니 얼굴을 유심히 보며 꺼져 가는 소리로, 어찌할 거나 갈 곳도 알 수 없고 부모보다 먼저 떠날 길조차 모르니, 했다. 그때 천장 위에서 하품을 참는 듯한 소리로 "아이, 가엾어라" 하는 바람에 이걸 듣고 놀라 열이 떨어지고 병이 나아 버렸더라.

기이 형은 이 하품을 참는 듯한 소리란 하품을 씹어 삼키는 소리라는 뜻이라고 설명하면서 '본동네'에서나 골짜기에서나 이 근처의 노파들은 모두 하품을 참는 듯한 소리로 이야기하지 않더냐고, 나나 누이는 무슨 소린지 모를 이야기를 자신만만하게 했었다. 그리고 덧붙여 고시키부가 낫게 된 것은 버선 만드는 늙은 여인이 '본동네'의 숲 가장자리에 자생하며 해열에 특효가 있는 푸른 풀을 가지고 갔기 때문이라고도 했다.

"그 이즈미 시키부의 버선 이야기를 영화로 만든다면 시키부가 버선을 신은 아름다운 발을 찍으면 어떨까 싶어요. 사슴의 발을 가졌다고 해서 그대로 내보내는 건 인상이 지나치게 강할 테니까."

"그렇지. 나도 우리 할머니가 농한기에 '본동네' 여인들을 모아 만들던 '시키부의 고하제'(서질書帙·각반 등을 죄는 메뚜기)가 달린 버선을 클로즈업할 생각이었어."

"'시키부의 고하제'? 난 모르겠는데."

"그래? 하긴 K가 우리 집으로 공부를 하러 다니기 전이었으니까. 고베神戶의 상인이 이 지방에만 있는 독특한 고하제가 붙은 버선을 사들이려고 일부러 집까지 오곤 했었지. 그 고하제라는 건 말이지, 크고 튼튼한 정삼각형 주걱에 가까운 모양이었어. 어린 마음에도 그게 발에 장애가 있는 사람의 버선이 아닐까 생각했었지…."

고하제 버선을 둘러싼 기이 형의 설명이 다시 그 방에 얼굴을 내밀고 있던 오셋짱의 반쯤 놀림 섞인 이야기를 끌어낸 셈이었다.

"S 씨에게 몸종이 버선을 신겨 주는 장면이 언젠가 영화에 있었잖아요. 『사사메유키細雪』이든가? 그 장면에 반해서 생긴 거죠? 그런 착상은…."

"그런 게 아니야, 원래 시키부의 버선에 관한 옛이야기가 있었고 특별한 고하제가 붙은 버선을 이 숲에서 만들고 있었기 때문이라니까."

기이 형은 참을성 있게 대답했다.

"그보다도 무슨 일이야?"

"게를 거의 다 삶았으니까 히카리랑 불러다가 함께 먹자구요. 차로 데리러 가는 김에 사쿠를 태우고 임도林道를 한 바퀴 돌아서 자기 아버지가 어떤 지형에서 태어났는지를 보여 주면 어떨까 싶어서. 하지만 기이 씨는 임도에 반대해 온 사람이니까 그래도 될지 어떨지 니시 군이 망설이고 있길래…."

"좋지 않을까? 나야 별로 임도를 달려 볼 생각이 없지만. K, 지금 임도는 필요 이상으로 잘 포장되어 있으니까 사쿠가 위험할 일은 없을 거야."

기이 형이 말했다.

"그럼 니시 군과 함께 보낼게요. 기이 씨는 계속해서 S 씨가 버선을 신는 장면, 아니 벗는 장면이었던가? 여하간 매력적인 장면의 추억담을 이야기하세요."

오셋짱은 말을 남기고 문 저편으로 사라졌다.

"그런 이야기가 아닌데."

기이 형은 짤막하게 쳐올린 반백의 머리를 툭 떨구며 말했다. 옆머리 부분에 단이 질 만큼 남아 있는 상처 자국을 포함하여 기이 형은 어쩐지 전시의 우익 국문학자라도 되는 것처럼 보였다.

"어쨌든 이래 가지고는 안 되겠다. 오셋짱이 방해하지 못하는 데 가서 이야기를 하자. 옛날처럼 걸으면서 말야."

제6장 그리운 시절

　니시 군과 아이가 차를 타고 나간 것을 기회로 기이 형과 나는 저택을 나와 계곡 위의 다리까지 뻗어 있는 언덕을 내려와서 덴쿠보로 가는 길로 올라갔다. 그곳에 건설하기 시작한 댐을 보러 가려는 생각도 있었다. 하늘은 내려앉아 구름이 끼어 있었고 북쪽에서 불어오는 바람이 숲의 높은 곳에서 하강하면서 커다랗게 소용돌이치는 것이 느껴졌다. 숲은 삼나무와 노송나무로 확실하게 구획이 나뉘어 있었는데 숲의 위쪽에서 그것을 덮고 있는 원생림의, 보통 때는 밝은 초록색인 층이 전체적으로 어둡고 요란스런 광택을 띠고 있어 이야기를 멈추고 올려다볼 때마다 점점 뚜렷하게 눈에 들어왔다. 그것이 날씨가 변하기 전에 나타나는 전조라는 것을 어린 시절에는 알고 있었지만 지금은 잊고 있었다. 일단 생각이 나기만 하면 틀림없이 단순할 것 같아 기이 형에게 묻지도 않았지만 흐린 하늘과 숲 위쪽의 대비에 어쩐지 가슴이 저려 왔다.

"내가 영화 제작에 참가하려다가 결국은 포기하게 된 우여곡절은 아사짱에게 들었지? 그녀는 문제점을 놓치지 않으면서 악의 없이 이야기를 하니까 안심이 돼. 실은 K도 아사짱이 졸라 대서 이 근처에 무라사키 시키부 열매를 따러 오곤 할 때부터 그녀에게 자주 도움을 받고 있던 것 아냐? 지금은 댐 공사 때문에 막아 놓았지만 저 폭포에서 오른쪽 위로 나가는 길 있지? 나는 그 근처에서 덴쿠보를 둘러보는 게 좋아. 해질녘이 되어 아지랑이 같은 엷은 그림자가 골짜기 전체를 채우기라도 할라치면 그 말할 수 없이 웅대한 조화를 만들어 낸 것이 나 자신이기라도 한 듯한 신비스런 충족감에 젖거든. 그건 저쪽에서 돌아와서 근거지로 쌓아 올린 것들이 거의 다 망가진 것을 보고 늘어져 있을 무렵, 오셋짱에게서 덴쿠보만은 원래 그대로라는 말을 듣고 용기를 내어 올라가 보고 느낀 충족감이야. 그것을 덴쿠보를 바라볼 때마다 되새기게 되었지. 그날, 내가 구청에서 돌아왔을 때는 구경꾼들이 몰려 있어서 앞이 가로막힌 상태였어. 겨우 오셋짱과 자네 동생이 서 있는 곳까지 내려갔지. 그리고는 곧장 큰 노송 무덤 앞에서 비디오 촬영을 하고 있는 S 씨 쪽을 내려다보았었나 했는데 그게 아니야. 나중에 몇 번이나 떠올려 보았는걸. 저녁 햇살의 광휘가 아직 남아 있는 하늘을 둘러보고, 그러고 나서 짙은 그림자가 드리운 숲 구석구석을 천천히 내려다보았지. 인간이 사는 곳은 최근 10년 동안 파괴되어 왔지만 숲에서 덴쿠보에 이르는 풍경만은 거시적으로나 미시적으로나 백 년 전부터 알고 있는 모습 그대로라는 기분이 들었거든. 그런데 그런 식으로 훑어 내려오다 덴쿠보에 이르러 묘하게 멀끔해진 큰 노송의 모습이 눈에 들어온 순간, 나는 부아가 치밀어 올랐던 거지."

기이 형의 댐공사는, 우리가 다 올라가 멈추어 선 고갯길 왼쪽의 폭포 전체에 지금 도회지에서는 합성수지 기둥으로 대치된 간벌재間伐材를 아낌없이 써서 반석 같은 나무 울타리를 만들어 놓고 있었다. 수문을 만들어 오른쪽으로 뻗어 있는 콘크리트 댐에 연결하고 나아가 폭포 왼쪽의 비탈까지 댐을 연장하여 완성한다. 그렇게 하면 덴쿠보는 언덕 높이로 수평하게 만든 제방에 둘러싸이는 셈이 된다. 그곳에는 좁지만 깊이 들어가 있는 호수가 생기고 그 인공호 한가운데에 노송나무 거목을 이고 있는 작은 섬처럼 무덤이 머리를 들게 될 것이다. 공사는 우선 제방이 될 비탈의 위쪽 땅을 고르고 굳혀 가는 방식으로 진행되는 모양이었다.

댐공사 현장을 돌아보면서 우리는 덴쿠보 큰 노송을 바라보았다. 정말로 큰 줄기 꼭대기에서 약간 아래쪽에 가로 세로로 얽혀 있던 하얀 가지들이 거의 다 없어졌다. 거대한 늙은 수목을 향한 감정이 타지에서 온 이들에게 전달되기 어렵다는 건 알고 있지만 역시 그것은 덴쿠보 큰 노송에 대해서는, 하늘이 두렵지 않은가? 라는 표현이 떠오를 정도의 만행이었다는 생각이 들었다. 큰 노송에서 느끼는 위화감은 그 옆 '아름다운 마을'에 지은 집들로도 번져 가는 듯했다. 바로 그것 때문에 기이 형은 인공호수를 만들어 '아름다운 마을'과 덴쿠보를 한꺼번에 침수시켜 버리겠다는 생각을 하게 된 게 아닐까 여겨지기도 했다.

그건 그렇고 그 후에 이어졌던 나와 기이 형의 이야기를 기록하는 것은 이 이야기를 마무리 지을 때까지 남겨 두고 싶다. 여기서 상세하게 우리의 이야기를 재현한다 해도 아직은 그 의미가 제대로 전달될 수 없으리라는 우려 때문이다. 이야기가 끝날 무렵 기이 형은 자갈을 묻어 댐의 토대를 놓은 곳을 천천히 걸으면서 뒤를 돌아보았다. 거기 이끌려 나도 돌아보았을 때 몸집은 한쪽이 두 배나 크지만 키는 엇비슷한 두 아들이 언덕으로 이어진 비탈길을 올라오는 것이 보였다. 성큼성큼 발을 옮기는 동생과 약간 안짱다리인 형이 어깨를 맞대고 걸을 수 있는 것은 물론 동생이 신경을 쓰고 있기 때문이다. 히카리는 동생의 배려를 알아채지 못하고 동생은 비탈의 위쪽, 다갈색으로 오그라든 떡갈나무 잎사귀 사이로 우리가 내려다보고 있다는 걸 눈치채지 못했을 터이니 동생은 그야말로 보답 없는 친절을 형에게 베풀고 있었던 셈이다. 그러다가 겨우 우리를 알아챈 동생은 턱을 내밀고 길옆에 엉성하게 서 있는 낙엽 진 나무들을 흘겨보는 몸짓을 했지만 형은 위쪽에서 지켜보고 있었다는 것에 대해 무안스러워하는 눈치는 조금도 없었다. 나와 기이 형의 얼굴을 찬찬히 올려다보더니 큰일이라도 해냈다는 듯한 투로 잠깐 틈을 두고 말을 꺼냈다.

"게가 다 삶아졌습니다. 엄마도 옥꾼도 왔습니다. 다 함께 게를 먹자고 오셋짱께서 말씀하고 계십니다. 잘 부탁드립니다!"

"고마워, 그렇게 하자. 너희들 아직 안 먹었어?"

"유감스럽게도 아직 잡수시지 않았습니다!"

"히카리 형은 장난으로 저렇게 말하는 거예요."

동생이 기이 형에게 말했다.

"하하하, 재밌군. 히카리, 잠깐 이리로 올라와서 저 나무를 좀 봐, 큰 나무지? 저게 바로 덴쿠보 큰 노송이란다."

"훌륭한 나무로군요…. 집 같은 나무입니다!"

"정말 그렇네."

나도 말했다.

"저 나무 왼쪽 아래 있는 집들은 기이 형이 만드신 거야. 버드나무 아랫길도. 우리가 어렸을 때 저 근처는 습지였지, 멧돼지가 늪 같은 데 빠져서 죽기도 했어."

"그렇게 고도 차이가 나는 것도 아닌데 여기서 보면 굉장히 높은 곳에서 세상을 내려다보는 듯한 느낌이 드네요."

히카리 옆에서 동생이 말했다.

"그렇지? 여기에 인공호가 완성되면 말야, 그 효과가 더욱 커질 거라고 생각해."

기이 형은 한껏 상기하는 모습을 눈에서 코언저리에 드러내며 말했다.

"저 집 있는 데까지 함께 내려가 볼까?"

"엄마랑이 기다리고 있으니까요!"

히카리가 타당한 대답을 했다.

나와 기이 형은 저택 쪽으로 비탈길을 나란히 내려가는 히카리와 동생을 뒤따랐다.

"히카리가 건강한 아이로 태어났더라면 저 아이들은 둘 다 보기만 해도 기분 좋은 젊은이가 되었을 텐데."

"나는 그런 식으로 생각해 본 적 없어, 기이 형. 오유와도 그런 이야기를 한 기억이 없고. 장애가 없었더라면 하는 식으로 말야."

"그래? 그럴 거야. 내가 쓸데없는 소릴 했군, K."

부드럽게 가라앉은 목소리로 기이 형은 말했다.

"그건 그렇고, K. 눈이 내리기 시작했어. 날씨가 이러니 일단 내리기 시작하면 큰 눈이겠는걸. 모처럼 돌아와 주었지만 마쓰야마까지 나갈 수 있을 때 니시 군에게 배웅하라고 할까? 그걸 놓치면 너댓새는 꼼짝 못 해. 당분간 있을 수 있다면 더할 나위 없겠지만."

"닷새는 곤란한데."

나도 고개를 쳐들고 이미 검은색에 가까운 회갈색 하늘에서 숲의 높은 곳으로 휠휠 휘날리며 내려오는 눈가루를 올려다보았다.

"아까부터 눈이 올 조짐이 있었던 거지? 기이 형의 일기예보는 빗나간 적이 없으니 예정을 앞당겨서 떠나기로 할게요. 어머니가 내게 하고 싶으셨던 잔소리도 아침에 벌써 들었고 기이 형의 가까운 장래 이야기도 들었으니까⋯."

"얘기해 봤자 다 할 수 있는 건 아니고⋯ 나를 설득하라고 오셋짱한테 부탁을 받았지? 이런 계획 그만두라고 말야."

"아니, 기이 형 이야기를 듣고 보니 댐 이야기는 납득할 수 있을 것 같아요. 그보다도 나야말로 어머니 말씀대로 술을 끊어야지. 어젯밤처럼 잘 수만 있다면 밤마다 취할 때까지 마셔 댈 이유가 없으니까. 벌써 20년이나 그래 왔지만⋯."

"그렇다면 K는 더 이상 취해서 잠이 드는 짓은 안 할 거야. 엊저녁에 시작했다 하더라도."

이야기를 하다 보니 나도 모르게 고백하는 말투가 되어 버린 나에게 맞추어 거기 못지않은 심각한 말투로 형이 말했다.

"출전이 어디였는지 모르지만 고등학교에서 대학 초년생 무렵까지 K는 sober하게 산다는 말을 곧잘 했었잖아. 그러고 보니 나도 처쪽에서 돌아온 후에 술을 너무 마셨던 것 같은데 덴쿠보 큰 노송이 훼손된 이후로는 별로 안 마시게 되었지."

그리고는 우리는 말없이 비탈길을 내려갔다. 그리고 '본동네'에서 보기에 숲의 모습이 가장 높고 광대하며 깊어 보이는, 계곡의 다리 앞에서 약속이라도 한 듯이 숲을 올려다보았다. 지금까지 눈치채지 못했지만 숲의 북쪽 정면 꼭대기에 다른 곳보다 한층 더 어둡고 진한 녹색 부분이 있었고 그곳이 마치 하얀 크레파스로 문지른 듯한 색깔로 변해 있었다. 자세히 보니 그 색깔 자체가 움직이고 있는 듯도 했다.

"저 꼭대기는 노송엽 아스나로 숲에 눈이 내리는 풍경과 닮았어요⋯."

나는 말했다.

"쓰가루津軽 쪽을 여행했을 때 본⋯."

"내가 삼림 조합에 들어가 맨 처음 나무 심기를 지도한 구획이지. 벌써 삼십 년은 넘었을 걸."

기이 형은 기쁨을 드러내며 나를 마주 보았다.

"자네가 본 건 틀림없이 노송엽 아스나로일 거야. 시모키타반도下北半島라니까 이렇게 젊은 숲은 아니겠지만. 저 꼭대기에선 본격적으로 내리는데? 생각보다 빨리 떠나야 할지도 모르겠군. 히카리를 무섭게 하고 싶지 않으니까…"

꼭대기를 올려다보고 있는 우리의 눈과 입이 있는 데까지 눈가루가 날리고 있었다. 오셋짱이 부탁이라도 했는지 아이들은 이미 도착했을 텐데 우리를 위해 우산을 들고 아내와 딸이 저택 솟을대문을 나서고 있었다. 천 년 전부터 '본동네'가 눈에 갇히기 전, 약간 일상을 벗어났지만 여전히 일상적인 더없는 정적에 싸인 냉기 속에서….

이 눈 내리는 오후, 커다란 바구니에 삶은 게를 가득 담아 가운데 올려놓고 우리 가족과 기이 형, 오셋짱, 그리고 니시 군과 그와 같은 또래인 친구 세 사람은 숲속 마을 식대로 한가롭고 평화로운 잔치를 시작했다. sober로 살기로 한 나 대신, 별로 술을 마시지 않게 되었다던 기이 형이, 역시 근거지 당시에 벌인 새로운 산업의 흔적인—하지만 지금은 강 아래 시가지로 옮겨간 양조장의—잡곡으로 만든 소주를 마셨다. 오셋짱도 조금 마시고 있었다. 마셔 가면서 기이 형은 무릎

위에 올려놓은 도화지에 증류 장치 설명도를 그려 아이들에게 보여 주었다. 이럴 때면 철저함이 드러나는 멋진 솜씨로 목판화 같은 효과까지 내면서 정성스레 그린 도면이었다. 기이 형은 특히 둘째 아들이 질문하는 각 부분의 기능과 역할에 대해 자기 손으로 소주를 만들어 본 경험에 비추어 대답을 할 수 있을 정도로 약간 취한 상태를 계속 유지하고 있었다. 기이 형이 시범을 보여서인지 니시 군과 덴쿠보의 댐에서 일을 한다는 젊은이들도 형과 같은 태도로 술을 마셨다. 일찍이 우리 마을 젊은이들은 한번 마셨다 하면 다들 인사불성이 되도록 마시는 것이 보통이었다. 다름 아닌 나 또한 그런 식으로 수면을 위한 음주 습관을 오랫동안 지녀왔는데 근거치 운동 이래, 마을 젊은이들이 술 마시는 버릇도 달라진 것이다.

그러다가 술자리를 거두게 된 것은 눈이 숲의 꼭대기에서 '본동네'로 옮겨 왔기 때문이었는데 ─ 운전을 해야 하는 니시 군은 처음 한두 잔으로 그쳤다 ─ 이런 여유 있는 방식이 아니었더라면 술자리를 도중에 파하기는 어려웠을 것이다. 그야말로 대단한 기세로 내리는 가루눈이 재미있을 거라는 기이 형의 말에 혼자서 눈이 덴쿠보를 가두는 풍경을 보러 갔던 둘째 아들은 추위와 흥분으로 새빨개져서 돌아오더니 커다란 폭포 같다며 느낌을 전했다.

유리창 너머로 내리는 눈은 술자리를 고요한 광채로 채우는 듯했지만 결국, 기이 형이 눈에 갇히기 전에 지금 마쓰야마로 나가는 것이 좋겠다고 새삼 말을 꺼냈다. 그에 이어서 남은 게는 어떻게 할 것인지를 둘째에게 물었는데 그는 형에게 상담을 했다.

　"그것 참, 어떻게 할까요? … 눈은 강에도 내립니다. 하지만 강에 눈雪이 쌓이는 것일까요?"

　"강이 얼어서 그 위에 눈이 쌓이냐는 뜻이라면 계곡물은 흐름이 빨라서 수량은 적더라도 계속 흐를 거예요."

　우체국에 근무하는 청년이—그도 바구니로 게를 잡은 멤버인 모양인데—성실하게 대답했다.

　"이런 계절까지 게를 살려 둔 적이 없어 잘 모르지만 너무 수온이 내려가면 나무상자 안에서 살긴 어려울지도…."

　"그래서는 게가 곤란해져 버리지나 않을까요? 게가 헤엄쳐서 돌아갈 수 있도록 상자에서 꺼내 주면 어떨까요? 눈雪이 잘 보이는 곳에다가. 그렇게 하면 게도 서두를 거라고 생각합니다!"

　모두들 웃었고 얘기를 꺼낸 히카리도 농담의 효과를 계산하고 있었던 것처럼 양손의 검지와 중지를 세워 귀 옆에 대고 몸을 흔들어 옆으로 이동하는 흉내를 냈다. 마치 놀라서 눈을 크게 뜨고 허둥지둥 깊은 곳 제집으로 서둘러 가는 게

처럼. 그래서 둘째와 니시 군은 함께 눈 속을 헤치고 계곡까지 내려가 남은 게를 풀어 주었다. 집으로 돌아와 서둘러 출발 준비를 하는 사이에 누이에게서 그 이야기를 들은 어머니는, "히카리 씨가 가 버리는 건 게도 나도 정말 섭섭하군요!" 했다.

눈 때문에 5미터 정도 앞밖에 보이지 않아 기어가듯 운전해서 골짜기를 빠져나오고 한때는 험했던 고갯마루의 터널을 통과한 뒤에는 그나마 눈도 한결 수그러들어서 스피드를 냈는데도 마쓰야마에 도착한 것은 밤이 깊어서였다. 니시 군은 골짜기의 누이가 전화로 예약해 두었던 호텔에 우리를 내려놓더니 이제부터 설중행진 솜씨를 보일 때라며 그때까지 보여 준 신중함에 자신감을 더해 기세 좋게 출발했다. 나중에 들은 이야기로는 숲 쪽으로 터널을 나온 곳에서 차는 길섶에 두고 갈 수밖에 없었고 사흘 후에야 눈에 묻힌 차를 파내 올 수 있었다고 한다. 호텔에서는 방을 두 개밖에 구할 수 없어서 나는 둘째 아들이 탐험용으로 가지고 왔던 침낭에 들어가 그 아이와 히카리가 자는 침대 사이에서 잤다. 술을 마시지 않은 이틀째 밤은 잠이 오지 않아 아이들의 침대 머리맡에 놓인 호텔의 그림엽서를 달라고 해서 지금 막 헤어진 기이 형에게 엽서를 쓰기 시작했다. 알코올은 한 방울도 섭취하지 않았는데도 그 글은 센티멘털해지고 말았고….

기이 형의 일기예보는 틀림이 없어서 골짜기를 빠져나올 무렵 이미 대탈출을 하는 듯했습니다. 아이들은 잠자코 긴장을 드러내고 있었습니다. 특히 히카리는 눈 내리는 것이 심상치 않다는 것을 강하게 느끼는 듯하였습니다. 그 아이의 옆얼굴을 보면서 저는 '그리운 시절'이라는 낱말을 떠올렸습니다. 기이 형이 '아름다운 마을'과 함께 야나기다 구니오에게서 빌려 쓴 '그립다'라는 말에 저는 시절이라는 낱말을 덧붙여 마치 지도 위에 있는 하나의 장소처럼 생각하면서. '그리운 시절', 이제라도 그곳에 돌아가면 젊은 기이 형이 있고 도심의 혼란에 길을 잃기 전의 더 젊은 내가 있는 곳. 가라스야마鳥山 복지작업소의 지적 장애가 있는 직공이 아니라 아름다운 지혜로 가득 찬 내 아이 히카리도 있는 그곳. 나는 그 '그리운 시절'을 향하여 편지를 쓴다. 기이 형과 도심지에 나가지 않은 또 한 사람의 나, 그리고 아름다운 지혜를 지닌 히카리가 물 밑에 잠겨 버리지 않은 '아름다운 마을'의 풍경 속에서 지금 막 도착한 편지를 돌려가며 읽는다. 하하! 하고 그들은 웃는다. 우리와 달리 저쪽에 있는 K는, 즉 '그리운 시절'에 있는 우리와 달리 '타락한 세상'에 있는 K는 여전히 힘겨운 삶을 살고 있군, 어쨌든 행운이 깃드시기를! 하는 이야기를 나누면서.

터널을 빠져 언덕 반대쪽으로 나오고 나서부터는 눈 내리

는 기세가 수그러들어 운전에 여유가 생긴 니시 군과 나는
한마디씩 띄엄띄엄 이야기를 나눴다. 왜건의 뒷좌석과 오셋
짱이 능숙하게 배치해 준 보조 의자에서 아내와 딸, 차남이
자고 있고, 내 옆에 앉은 히카리도 이제 잠이 들려는 듯했다.
니시 군은 목소리를 낮추어 물어 왔다. 기이 형이 때때로 입
에 올리는 '영원한 꿈의 시간'이란 것은 무슨 뜻인가? 기이
형이 근거지 운동을 하고 있을 때 나는 어린아이였다. 그것
이 궤멸하게 된 원인인 '사건'에 관해서도 자세히는 모른다.
어쨌든 기이 형은 죗값을 치르고 처쪽에서 돌아왔고 앞으로
자신은 그가 살아가는 방식을 따르려 한다. 댐 공사가 시작
된 뒤로 그것이 예상조차 할 수 없는 방향으로 가는 길일지
도 모른다고 오셋짱은 의심하는 모양이지만 그래도 자기는
좇아간다. 그러니까 그걸 모르니 어떻게 하겠다든가 하는 성
질의 문제는 아니지만 그래도 기이 형이 입을 다문 채 덴쿠
보의 큰 노송을 물끄러미 바라보고 있거나 할 때면 무슨 생
각을 하는 것일까, 그 정도는 알고 싶다. 기이 형이 생각하고
있는 것은 아마도 '영원한 꿈의 시간'에 관한 것이라고 짐작
은 하지만 그것은 과연 어떤 것일까?

　"호주 원주민의 신앙이라고 할까, 우주관·세계관이라고
할까 그런 것이지. 까마득한 옛날 '영원한 꿈의 시간'에 중요
한 일들은 모두 다 일어났고 지금 현재의 '시간' 속에서 태어

나고 죽는 인간들은 그것을 되풀이하는 것에 지나지 않는다는 생각. 비단 호주의 원주민뿐 아니라 세계 이곳저곳에 비슷한 사고방식이 있어. 일찍이 있었던 규범적인 행동거지를 이 '시간' 속에서 모방하거나 되풀이한다는 식의 생각. 실제로 축제의식을 보면 그런 것이 확실히 눈에 띌 때가 있거든. 우리 숲속에서도 미시마三島 신사 축제 때 '본동네' 아이들이 원숭이니 여우니 무사로 분장해서 공연하는 가구라神楽(신도의 행사 중 신에게 바치기 위한 가무)라는 게 있지? 그것도 우리 마을이 만들어질 무렵의 이야기를 무용극으로 꾸민 것이라고 여겨져. 그런데 가구라를 시작하기 전에 분장한 아이들이 '본동네'에서 진가모리神ヶ森로 들어갔다가 비스듬히 가로질러 미시마 신사의 뒤쪽 샘물이 솟는 곳으로 나오잖아? 기이 형의 '영원한 꿈의 시간'에서도 숲은 중요한 장소이고 거기는 '세계의 중심'이야. 그것은 골짜기와 '본동네'에 전해 내려오는 이야기가 우리 속에 만들어 낸 감수성이라고 불러도 좋은데 그것이 세계 여러 곳의 '영원한 꿈의 시간'이라는 사고방식과 공통된 감수성이기도 하다는 것이지. 기이 형의 편지를 읽고 있자면 그의 '영원한 꿈의 시간'에는 그런 식으로 세계의 민속 신앙과 공통되는 부분과 그것을 초월하였다가 다시 한번 그리로 돌아온다고 해야 할, 독특한 부분도 있거든. '꿈'과 '시간'에 덧붙여 '숲'이라고나 할까….

'시간'에 '꿈'을 끼워 넣으면 그 '시간'은 자유로운 변환變幻이라는 신축성을 지니기 시작하지? '시간'이 현실의 시계時計로부터 해방되는 거야. 거꾸로 '꿈'이라는 것이 확실한 깊이를 부여받게 되고. 그것은 '영원'한 무엇이지만 실제로 우리가 경험할 수 있는 '시간' 속의 꿈이기도 해. 더구나 말일세, 어디서? 라고 한다면 그것이 '본동네'와 골짜기를 둘러싼 '숲'에서, 라는 이야기가 되는 것이지. 기이 형은 지금 '숲'을 무대로 꾸는 '꿈'의 '시간'을 자기가 살고 있는 현실의 감각으로 확신하고 있는 거야. 기이 형은 마을의 노인들과 마찬가지로 언젠가는 혼이 숲 꼭대기의 나무뿌리 근처로 돌아가리라고 믿고 있거든. 그건 정말 예전부터 기이 형에게는 흔들림이 없는 확신 같았어. 죽은 후의 혼이 숲과 묶여져 떼어 내기 힘들다면 숲속의 '영원한 꿈의 시간'이라는 규범이 이 현세에서 누리는 삶에도 영향을 끼칠 수밖에 없을 거야. 말하자면 기이 형은 살아 있는 동안에도 숲의 '영원한 꿈의 시간'에 땅밑 뿌리를 대고 있는 셈이니까 호주의 원주민과 같은 사생관을 지닌 거라고 말할 수도 있을 것 같아. 그건 이미 우리의 숲으로부터 자유로워진 넓이와 깊이를 지닌 사상이라고, 어릴 때부터 기이 형을 스승으로 삼은 나는 줄곧 느껴 왔던 것 같아."

"내가 잘 모르는 부분이 있으리라고 생각은 하지만 K 씨는…."

기이 형이나 내 가족들이 나를 부르는 호칭을 따라 부르며, 니시 군은 쉴 새 없이 움직이는 눈발 사이로 숨은 그림이라도 떠오를 듯한 노면을 응시하면서 이야기했다.

"스스로도 '영원한 꿈의 시간'이라는 것을 믿으세요? 그것도 특히 덴쿠보를 둘러싼 숲의 '영원한 꿈의 시간'이라는 것을 자기 내부에 느끼고 있나요?"

"내가 도쿄에서 지내는 동안에도 줄곧 그것을 되살리고 있었느냐는 뜻이라면 그렇지는 않아. 하지만 말일세, 숲속의 토지에서 자라던 어린 시절을 생각할 때면 확실한 것이 있어. 기이 형과 이야기를 나누면서 과거로 거슬러 올라가 점점 분명해진 것이라고도 말할 수 있겠지만. 할머니나 어머니가 들려주던 골짜기와 '본동네'의 옛이야기에 대해서 말야, 맨발로 골짜기를 뛰어다니던 개구쟁이 꼬마였던 내가 가끔씩 생각난 듯이 숲에서 돌출된 바위 끝의 백양나무 따위를 올려다보면서 여기 증거가 있다! 고 느끼곤 했으니까. 내가 도쿄의 학생이 되고 나서도 고향에 돌아와 기이 형과 함께 숲 가장자리를 거닐거나 할 때면 어릴 때의 감각을 재확인하는 듯했지. 내 발로 이끼 낀 초록 바위의 모퉁이를 밟고 서 있는 숲, 그 전체, 또는 부분이 말야, 어떤 각도에서 보면 그래, 바로 여기서 그 전해 오는 이야기 중 하나가 일어난 거야, 하고 납득할 수 있을 것 같았거든. 그것도 우리들이 살고 죽는 데 규범이 되는 행위로서 이루어졌다고…. 골짜기와 '본동네'의 지형을 유심히 살펴보면 말야, 사람이 걸어다님으로써 길이 만들어지듯이, 전해 내려오는 어떤 일이 거기서 벌어졌기 때문에 이런 지형이 이루어진 것이다, 라는 식의 느낌이 들었어. 그런데, 지금은 숲의 꼭대기, 깊은 곳까지 자동차가 다니는 임도가 만들어지는 바람에 지형이 변하기 시작한 거지. 그러다 보면 지형을 읽듯이 골짜기라든가 '본동네'의 '영원한 꿈의 시간'에 생긴 일들을 거슬러 올라가는 것은 불가능해져 버릴 거야. 현재의 자신이 살고 죽는 데 대한 모델을 읽어 내고자 해도 텍스트 자체가 파괴되어 버렸으니."

"… 알고 계시겠지만 기이 형은 임도에 차로 올라간 적이 없어요. 그건 그런 이유가 있어서였군요."

니시 군은 성실하기 이를 데 없는 힘찬 목소리로 스스로를 설득하듯이 말했다.

"기이 형이 정촌町村 병합에 반대해서 촌장 선거에 나오려고 한 적이 있거든…. 근거치 운동 중의 일이었는데 상대방 촌장 후보는 이웃 동네에 병합이 되면 금방이라도 강에 제방이 생길 거라고 떠들어 댔지. 오다가와의 다른 마을에서는 제방을 보호하는 공사가 완료되었는데 우리 마을 유역만 옛날과 같은 모습으로 뒤처져 있어서 꼴불견이라면서 헬리콥터로 사진을 찍어 전단을 만들었어. 그에 대해 기이 형은 자기도 헬리콥터를 세내어, 거긴 내 누이동생도 같이 탄 모양인데 자기가 직접 마을 상공에서 사진을 찍어서 자기 쪽 전단을 돌렸다네. 옛날 그대로의 강 풍경이 꼴불견인지 어떤지 잘 판단해 달라고 연설을 했을 때, 노인들 중에는 울음을 터뜨린 이들도 있었다고 누이가 알려 준 적이 있어. 기이 형이 마을을 비우자마자 곧 제방이 만들어졌지만."

"기이 형은 화를 냈겠죠?"

"그때는 처쪽에 있었으니까."

"이번 덴쿠보 호수에 관해서는 강 아래 사람들이 여러 가지로 방해를 해요. 그럴 때마다 기이 형의 내부에 분노가 쌓여 가는 모양이에요. 일일이 화를 내기보다는 뭐랄까, 평온한 마음으로 조금씩 결심을 굳혀 간다고나 할까…."

그때까지 나는, 마찬가지로 평온한 마음으로 착실하게 운전하는 니시 군 옆에서 헤드라이트가 비추는 가루눈의 스크린을 지켜보는 척하고 있었다. 하지만 그 말을 듣고 보니 평온하게, 그러나 어쩔 수 없는 힘에 대한 분노를 쌓아 가고 있는, 눈에 갇힌 숲을 배경으로 한 기이 형의 커다란 입상立像으로부터 — 마치 삼림 그 자체인 듯도 한 그것으로부터 — 슬금슬금 꽁무니를 빼 도회지로 달아나고 있는 것 같다는 생각에 사로잡혔다. 실제로 나는 이 짧은 시간을 기이 형과 함께 지내면서도 처음에 누이가 말한 대로, 오셋짱의 걱정을 덜어 주기 위해 기이 형에게 적극적으로 뭔가를 이야기하는 일은 전혀 없을 만큼 어리석었다. 물론 눈치를 챈 기이 형이 능숙하게 빠져나가기는 했지만….

두 아들 녀석의 침대 사이에서 침낭을 펴고 누운 내가 잠을 이루지 못해 뒤척였고 그 바람에 아이들도 깊이 잠들지 못하는 모양이었다. 미리 잘 일러두었던 대로 히카리가 침낭 속의 아버지를 밟지 않도록 침대 반대쪽으로 내려오더니 불을 켜둔 채 문을 반쯤 열어 놓은 화장실로 갔다. 항간질제를 먹고 있는 그는 눈 속을 달리는 자동차에서도 몇 번이나 내려서 머리와 등을 새하얗게 만들면서 방뇨를 하곤 했다. 침대로 돌아와 한동안 담요를 잡아당기기도 하고 쿵 하며 머리 위치를 바꾸기도 하던 히카리는 얼마 동안 조용하더니 낮지만 확실한 목소리로 혼잣말처럼 이야기를 시작했다.

"게의 가위는 어떻게 청소를 했는지 그것을 모르겠습니다!"

"칫솔로 이를 닦듯이 말이야, 수세미로 씻었어. 게가 가위를 자꾸 움직여서 어려웠지만."

동생도 깨어 있었는지 대답했다.

"칫솔로? 그것 참 놀랍군요! 게는 헤엄쳐 돌아갔을까? 때에 맞출 수 있었는지 그것이 제일 걱정이 됩니다!"

"때를 맞출 수 있었을 거야, 틀림없이. 그럼 히카리 형, 잘

184

자요."

"안녕히 주무세요, 사쿠 씨. 감기에 걸리지 않도록!"

나는 두 침대 사이에서 숨을 죽이고 있었다. 그러고 보니 각각 독립된 객실이면서 옷장과 화장대 사이에 있는 문으로 이쪽과 연결된 아내의 방에서 조그맣게 말소리가 새어 나왔다. 새 방에 들어가면 온통 돌아다니며 탐험을 해야만 직성이 풀리는 히카리가 문을 제대로 닫지 않은 모양이었다. 침낭에 들어간 채로 상체를 일으켜 번데기가 껍질을 벗는 것처럼 힘들게 일어나 문을 닫으러 갔다. 간 김에 옆방을 들여다보았더니, 한쪽 침대에 누운 딸아이는 갓난아이 때부터 조금도 커진 것 같지 않은 동그란 얼굴을 반쯤 담요에 숨기듯이 하고 잠들어 있었지만 아내는 돋보기를 낀 얼굴을 비스듬히 들고 이쪽을 바라보았다. 이 방에는 우리 방엔 없는 냉장고와 텔레비전이 있었는데 침대 머리맡의 전등과 함께 텔레비전이 켜져 있었다. 그대로 서서 시내의 여관이니 음식점·레스토랑 등을 안내하는 심야 광고를 보고 있자니까, "이제 꺼주세요. 지방 뉴스에서 눈 소식은 아무것도 안 나오는 모양이네요." 하고 아내가 말했다.

"전화를 해 봤지만 어머니 집도 기이 씨 집도 불통이군요."

"눈은 제방으로 막을 수 없거든."

나는 줄곧 생각하고 있던, 니시 군과 나누던 이야기를 계속하듯이 말했다.

"하지만 큰 눈이 온다고 해서 교통이 두절되고 전화도 통하지 않는 걸 보면, 역시 옛날 그대로 그 숲속에는 그곳을 하나의 소우주로 삼는 생활권이 있어서 외부로부터 격리되어 있다는 느낌이 드는군. 거긴 확실히 기이 형의 땅이야."

텔레비전을 끄고 침대 옆의 조명만 남은 방에서 나오려는 나에게 아내는 다시 말을 걸었다.

"냉장고에 캔 맥주가 있긴 하던데 너무 차갑지는 않으려나? 빨간 보스턴백에 기이 씨가 준 소주가 들어 있어요. K가 못 자는 것 같으면 주라면서…. 그리고는 정중하게, K를 잘 부탁합니다, 하시더라구요. 왜 그랬을까…."

나는 호루라기가 울리기 전에 지금부터 시작될 게임의 볼 배치를 확인하는 선수라도 된 듯이 딸 침대 옆에 있는 보스턴백의 위치를 확인했다.

"어머니는 그 반대로 내가 술을 마시고 자는 버릇을 고친다는 것은 정말이냐, 정말이라면 안심하겠는데, 하시던 걸. … 엊저녁 시작한 일은 앞으로도 계속할 생각입니다, 하고 대답해 두긴 했지만. 그 양반은 내게 다짐을 하게 하는 성격이니까."

아내는 돋보기를 벗고, 딸과 같이 입나 싶을 만큼 작은 깃이 달린 꽃무늬 잠옷에 걸맞게 어린애같이 웃었다.

"노인병을 치료하느라 다니는 의원에 갔다가 읽은 모양이야. 술을 마시지 않고 잠드는 훈련은 이틀째부터가 힘들다고. 골짜기에 얼마간 있으면 궤도에 오를지도 모르는데 마쓰야마의 호텔에 묵어서는 걱정이라고도 하시더군. 내가 숲에서 나와 이곳 고등학교에 전학하러 왔을 때 어머니와 함께 여관에 묵었거든. 그때 내가 한밤중에 창을 열고 어두운 화단을 향해, '덴쿠보 큰 노송아, 금세 돌아올게' 하고 말을 걸더라는 거야. 그것 말고도 골짜기와 '본동네'에 있는, 이름이 붙은 수목들을 향해서 일일이 그러더래. 바로 그 마쓰야마에서 이틀째 밤을 지내게 되었으니 위험하잖아요! 하시기도 했어."

"왜 하필 지금 술을 끊는다는 거죠? 건강 진단에서는 간장에 관해 아무 말도 없었잖아요?"

"나도 이제부터는 맨정신으로 침대에 누워 곰곰이 생각해 둘 것이 있을 것 같거든."

"기이 씨는 당신이 술을 끊는 건 좋지만 너무 sober하다가 우울증처럼 되어 버리면 곤란하다고도 하시던데."

"너무 취해 버리는 것과 너무 sober한 건 같다는 소린가? 기이 형은 나에 관해서는 환히 꿰뚫고 있으니까…. 하지만, 거기까지 꿰뚫고 있으면 나로서는 기이 형의 소주를 마실 수는 없지. 그럼, 잘 자. 어머니와 기이 형의 공동 작전에 걸려든 것 같은데."

나는 다시 침낭에 누운 채 잠들지 못하고 있었지만, 전처럼 불면에 괴로워하면서 잠들지 못하는 무위無爲의 시간을 안타까워하는 기분은 들지 않았다. 오히려 이처럼 sober하게 암흑 속에 누워 내가 지금까지 살아온 나날을 낱낱이 검토할 시간을 얻었다는 느긋한 기분이었다. 그리고 나에게나 기이 형에게나 남아 있는 시간의 총체가 그렇게 넉넉하지 않다는 메마른 애상에 젖기도 했다. 이 침낭 안의 따스한 육체에 언제 변조가 일어날지 모르는, 그런 나이니까. 아내에게 한 기이 형의 인사도 그러한 생각 때문은 아니었을까…. 그런 식으로 시간의 흐름에 유유히 몸을 맡긴 내 양쪽 옆 조금 높은 곳에서 히카리와 둘째가 숨소리를 내고 있었다. 그 피치와 리듬의 미묘한 차이와 그립다고나 해야 할 닮은 부분들. 코를 고는 콧구멍으로부터 허파에 이르는 기관의 어떤 구조적인 유사성. 나는 문득 이제는 눈도 녹아 비탈에 붉고 흰 매화가 활짝 핀 어떤 개인 날, 검게 젖어 있는 봄 흙 속에 이제 막 묻힌 내 시체의 양쪽 지면 위에서, 무덤을 파느라 지친 아들들이 잠깐 선잠을 자고 있다는 착상에 사로잡혔다. 육체를 떠난 내 혼은 졸려서 견딜 수 없는 이 아이들의 위를 천천히 돌면서 조금씩 숲의 꼭대기로 떠올라 내 나무의 뿌리 쪽을 향한다. 육체라는 껍질로부터 자유로워져 명징한 눈으로 둘러보아도 새겨져 있어야 할 임도의 생채기가 보이지 않는 것은 기이 형이 고생한 보람이 있어 숲이 회복된 것일까?

나는 자신이 잠이 들려 한다는 것을 알았고 또한 그걸 의식하는 까닭에 잠이 깨어 또 한동안 잠들지 못하더라도 괜찮다는 생각을 했다. 나는 자신이 언젠가는 통째로 들어가게 될 하나의 커다란 꿈을 앞에 두고 있다고 느끼기도 했다. 그것도 지금 이 침낭에서 잠에 들어서가 아니라 그것을 포함하여 이제부터 맨정신으로 자게 될 모든 잠이 쌓이면서 들어가게 될 꿈을. 일단 그 꿈의 실체를 보기만 한다면 내 삶의 의미를 완전히 납득하게 될 꿈. 그리하여 나라기보다는 인간이 이제까지 써 왔고 현재 쓰고 있는, 또한 앞으로 쓰게 될 모든 소설의 내용은 그 꿈속에 모두 들어 있다. 그렇다고 해서 작가로서 내가 지금까지 스스로를 채찍질하듯 해 온 일이 모두 헛일이었느냐 하면 그건 아니다. 내 삶도 일도 모두가 그 꿈을 완전히 꾸는 날을 향하여 맨정신으로 잠드는 밤을 쌓기 위해 스스로에게 부과할 수 있는 최대한의 준비였던 셈이니까. 요컨대 인간이란 그렇게 살고 그처럼 일을 하는 법이라고 꿈이 궁극적으로 명백하게 알려 준 것이기도 하다…. 나는 아직 그러한 꿈을 완전한 형태로 꿀 만한 잠에는 이르지 못하였지만 그것을 받아들이기 위해 준비하는 태세는 갖추고 있다. 그리고 그것은 때때로 중단되기는 했어도 어린 시절부터 기이 형이 스승으로서 이끌어 준 것이기도 하였다.

기이 형은 히카리가 태어나기 전부터 이미 그 꿈에 관해 노래하고 있는 단테의 시구를 일러 주지 않았던가?

소녀처럼 보인 적도 있었던 젊은 시절에 부끄러움이 가득 담긴 미소와 함께 입을 열어.

자네와 히카리의 소원과 생각은 마치 함께 움직이는 바퀴처럼 어느새 사랑으로 회전하더니
태양과 그밖에 모든 별들을 움직이는 사랑으로.

....

다음 날 아침, 침낭 안에서 비몽사몽 헤매고 있는 아버지를 재미있다는 듯 내려다보고 있는 아이들을 나는 눈부시게 올려다보았다. 이쪽 방의 커튼은 아직도 드리워진 채 옆방으로 가는 통로에서만 빛이 새어 나오고 있었다.

"잠이 깨셨으면 건넌방에 커피가 있습니다!"

여전히 침낭 안에서 꾸물꾸물하고 있는 나에게 히카리는, **"잘 잘 수 있었습니까?"** 하고 묻기도 했다.

"아빠는 잠꼬대를 하던데."

동생이 말했다.

"기이 형이라는 둥 '꿈같은 시간'이라는 둥 하면서…. 다

른 말들은 뜻을 알 수 없었지만. 그러다가 히카리 형이 아빠 잠꼬대에 대고 대답을 했거든, **"네, 잘 알겠습니다!"** 하고. 그러고 나서야 아빠는 조용히 잤어…. 꿈을 꾸면서 잠꼬대를 할 때 거기다 대고 대답을 하면 미쳐 버린다는 말이 있어서 걱정했어."

"어쨌든 sober로 잘 수 있었고 지금도 제정신이야. 제군, 아버지를 침낭에서 꺼내 다오!"

나는 아들들에게 청했다.

제2부

제1장 어른들이 보금자리라 부르는 골짜기를
    떠나지는 않으리라던
    어린 시절의 덧없는 맹세를 생각하네

　내가 글 쓰는 일을 시작하여 그것으로 생활하게 되었을 무
렵, 가끔 눈에 띄던 어린애 같은 인간, 어린애 같은 작품이라
는 나를 향한 비평에 대해 기이 형이 격려의 편지를 보내 준
적이 있었다. 그 편지에서 기이 형은 내가 열 살 때도, 말하
자면 너나없이 모두가 어린아이인 집단 속에서조차 어린애
같은 녀석이라는 평을 듣고 있었다는 사실을 상기시켰다. 노
인이 되면 어린애 같은 노인이라는 평에 싸여 살게 될 것이
라는 예언까지 하고 있었다. 하지만 그 편지를 받고 내가 떠

올렸던 것은 열 살짜리 어린애 같은 녀석인 나에게도 나름대로 그늘은 있었다는 사실이었다. 그해, 즉 태평양 전쟁이 끝나던 해에 나의 그늘이라는 것은, 지금 정리해서 말하자면 국가와 집안, 그리고 사후의 혼에 관한 것까지 실로 다양한 레벨에 걸쳐 있었다. 그리고 이런 구체적인 기억 하나하나가 모두 다 그해 봄, 맨발로 '본동네'에 있는 저택의 토방에 들어서면서 기이 형과 만난 일과 얽혀 있었다….

우선 기이 형의 편지를 옮기는 일로부터 열 살짜리 어린애 같은 나 자신으로 돌아가기로 하자.

K, 자네가 어린애 같은 인간이라고 불리는 것, 그것은 아마도 일생 동안 자네를 따라다니게 될, 성격에 관한 언급이라네. 어떻게 이쯤에서 극복해 보겠다고 근엄하게 얼굴을 굳혀 말없이 점잖을 빼 보았자 무의미한 헛수고가 될 뿐일 걸세. 나는 오히려 자네에게 어린애 같음을 정면으로 받아들이라고 권하고 싶어. 낯짝도 모르는 비평가가 일부러 그렇게 말해 주기까지 했다면 말일세. 나는 K가 예순 살이 되어도 어린애 같은 노인이라는 소리를 들을 게 틀림없다고 생각하는데 그때는 같은 또래의 노인들 사이에서 그런 일이 굳이 보기 드문 일도 아닐 걸세. 사실, 노년기에 들어서 본격적으로 어린애 같은 곳으로 돌아가는 사람들

이 많거든. 하지만 그때도 K는 자기의 독자성에 자신을 가져도 될 거야. 왜냐하면 말야, K. 자네의 어린애 같음은 역사가 있으니까. 자네가 처음으로 우리 집 토방에 들어섰을 때 내가 받은 인상은 세상에 얼마나 어린애 같은 아이인가 하는 것이었지. 그리고 그것은 나만 간직한 느낌이 아니었다네. 곧 알게 된 바로는 K의 학교 친구들, 골짜기의 놀이 동무들, 모두의 공통된 평가였지. 자네의 어린애 같음은 어제오늘 일이 아니라니까. 영국의 작가 중에 어린 시절부터 말더듬이여서 고생했던 경험을 절뚝발이로 바꾸어 소설로 쓴 대가가 있지 않은가?

윌리엄 서머셋 모옴. 차라리 자네도 배짱 있게 말이야, 일생의 고질병인 어린애 같음을 정면에서 받아들여 말더듬이=절뚝발이에 비등할 만한 어린애 같음의 특성을 자신의 소설 속에 발전시키면 어떨까? 작가로서 직업적인 자각에서만은 언제까지나 어린애 같을 수는 없으니 말일세. 두서없네. 기이.

이 편지를 받았을 때도 그랬다는 것을 기억하고 있지만 지금도 기이 형에 대해, 내가 다섯 살 아래라는 것 때문에 아무래도 뛰어넘기 힘든 차이를, 어린 시절부터 기를 쓰고 인정하지 않으려는 감정이 있어서 언제나 이런 식으로 생각했다. 좋아, 기이 형. 내가 어린애 같은 녀석이었음을 인정하자. 하지만 숲속의 골짜기와 '본동네'의 아이들 사회에서 비평의 성격은 어김없이 악의적이다. 그리고 악의는 특히 신체적인 움직임에 빗대어 표현된다. 비평의 말에는 살肉의 맛이 스며 있다….

어쨌든, 어린애 같은 내게는 바로 그 점에 뿌리를 둔 어려움이 있었는데 오 년의 시차는 있었지만 기이 형 또한 비슷한 일을 경험했을 것이다. 역시 어린애 같은 녀석, 어린애 중에서도 어린애인 기이 형. 더구나 그는 숲속에서 오직 하나밖에 없는 특별한 아이, 성性을 초월한, 말하자면 양성兩性을 함께 갖춘 아름다운 아이로 알려져 있었다. 내가 '본동네'의 저택에 가서 처음 만났을 때, 기이 형은 열다섯 살이었다. 지금 생각해 보면 커다랗고 오래된 목재로 둘러싼 시커멓게 높은 천장 아래 토방에 맨발로 서서, 가로로 기다란 자연석 섬돌 너머의 역시 검은색 대청마루에 있는 기이 형을 올려다보았을 때, 내가 긴장했던 이유 중 하나는 단적으로 말해 기이 형의 아름다움 때문이었다.

기이 형이 여배우인 S 씨에게 넋이 나간 듯했던 당시, 오셋짱은 기이 형이 한심하다고 화를 내며 내 동생에게 이렇게 말했다고 한다.

"기이 씨가 젊었을 때 찍은 사진을 보면 S 씨가 출연한 청춘 영화에 나오는 어떤 상대역보다도 멋있고, 더 어렸을 때 여자아이로 분장한 컬러 사진을 봐도 S 씨의 아름다움에는 못 미칠지라도 역시 굉장하다고 생각해. 더구나 S 씨의 청춘 영화에 나왔던 배우들이 나이를 먹으면서 모두들 못 봐 줄 얼굴이 되어 버렸지만 기이 씨는 여러 가지 일들을 하고 무서울 만큼 어려운 일도 겪었지만 오히려 그것들이 자취를 남기고 있는 근사한 얼굴이야. 그런 기이 씨가 S 씨에게 모자란 중년 남자처럼 굴고 있는 것이 분하고 한심스러워."

오셋짱이 말하는 기이 형의 여장 사진은 그가 어린 시절, 히나 마쓰리(3월 3일. 여자아이들을 위한 전통 절기. 히나 인형이라는 쌍쌍의 인형을 작은 단 위에 늘어놓아 장식하고 감주와 떡을 장만하며 집집을 다니며 논다) 때 찍은 것이었으리라. 전후 일 년이 지나 불행한 사건이 있었고 그 사건의 한쪽 당사자였던 기이 형은 여장을 한 일에 대하여, 언제까지나 아물지 않는 상처를 건드리는 것처럼 이야기를 피했다. 하지만 내가 저택에 공부 상대로 다니기 시작한 초기에는 여장을 했을 때 체험했던 야릇한 일들을 들려줌으로써 나이 어린 친구에게 성적인 충격을 가하는 즐거움을 맛보는 듯했던 적이 몇 번이나 있었다.

기이 형네는 형 위로 남자아이 둘이 태어났지만 모두 어려서 잃어버렸다. 그래서 세 번째로 태어난 남자아이인 기이 형을 소중하게 맞아들였다. 그리고 '하늘님을 감쪽같이 속이기' 위하여 국민학교에 들어갈 때까지 그를 여자아이처럼 길렀던 것이다. 물론 기이 형은 여자아이 같은 모습을 하고 있었을 뿐, 여자아이처럼 행동할 것까지 강요당한 것은 아니었지만….

기이 형이 여장을 한 유년기에 대한 기억으로 해 준 이야기 중에서 생생하게 기억나는 것은 '본동네'의 여인들이 기이 형네로 목욕을 하러 오는 이야기였다. 그의 아버지는 도쿄에 본가를 둔 실업가였고 어머니는 일찍 병사해서, 기이 형은 남들 앞에 거의 모습을 드러내지 않는 조부모와 세이 씨라는 20대 여성과—아직 오셋짱은 태어나지 않았다—넷이서 살고 있었다. 그런 소가족이면서도 하루걸러 한 번씩 목욕물을 덥혔다. 기이 형의 할아버지는 마을에서 처음으로 집에 상수도 설비를 하고 그것을 주로 자기 토지의 소작농이었던 '본동네'의 집마다 나누어 준 인물이었다. 나중에 기이 형이 근거치 운동을 벌일 때 그 상수도를 확대하여 골짜기 사람들까지 수혜자로 만들게 되었는데 그 물과—우물에서 욕조까지 물을 옮기는 품은 들었지만—산을 가진 집이면 얼마든지 있는 땔감으로 목욕물을 덥히기는 어렵지 않았다. 아직 해가 떨어지기 전에 할아버지, 할머니, 세이 씨의 순으로 욕탕을 사용한다. 기이 형은 할머니 다음에 부름을 받지만 미적미적 미룬다. 그러다 보면 계곡 건너 비탈에 사는 사

람들이 목욕을 하러 온다. 젊은 아낙네들이 집 뒤의 나무문
으로 들어오는 것을 캐치하여 — 라고 기이 형은 말했다 —
별채에 들어가 벌거벗고는 복도를 지나 마당 건너에 있는 욕
탕으로 들어간다. 목욕탕 옆에 붙은 작은 방에서 기모노를
벗고 있는 '본동네' 여인들은 여자 같은 머리 모양을 하고 있
는 기이 형을 자기들이 데리고 온 여자아이들처럼 취급하여
특별히 신경을 쓰지는 않았다.

어린 자기가 어째서 '본동네'의 젊은 아낙들과 함께 목욕
을 하려 했는가 하면 털북숭이가 보고 싶었기 때문이라고 기
이 형은 말했다. 그것도 자기는 욕조 바깥 몸 씻는 곳의 나무
로 된 깔개 위에 엉덩이를 철퍼덕 붙이고 앉아 여인들이 노
송나무 판자로 만든 욕조의 가장자리를 넘어 들어가는 뒤에
서 가랑이 사이의 털북숭이를 올려다보는 것이 좋았다….어
느 날 두 아낙네가 함께 목욕을 하러 와서는 언제나처럼 목
욕탕에 들어온 기이 형을 보고는 이 아이는 여자아이처럼 기
르고 있어서 여느 아이들보다 오히려 더 순진하다는 이야기
를 했다. 그래서 기이 형은 마치 유리 덮개가 깨진 나침반의
자침처럼 움찔움찔 설쳐 대고 있는 페니스를, 깔개 위에 앉아
하복부를 씻고 있는 여인들의 눈앞에 들이밀었다….

"그 뒤로는 못 오게 했지?"

나는 물었다.

"웬걸? 그 뒤로는 내가 목욕하는 걸 깜빡 잊고 있을라치면 내 방 창문 아래까지 부르러 오더라."

기이 형의 여장을 둘러싼 또 다른 이야기는 어디서 나왔는지 모르는 소문으로만 듣고 기이 형에게 직접 확인하기가 좀 망설여지는 이야기였다. 그 뒤, 전후 일 년이 지난 여름에 생긴 일이 그렇게 떠돌고 있던 소문을 노골적이고도 잔혹하게 드러낸 셈이었지만 그 후에도 여전히 이 소문은 나에게 희미한 그림자를 여기저기에 드리우고 있었던 듯하다. 여기서는 우선 전쟁 중에 소문으로 떠돌던 그 이야기를 생각나는 대로 적고 싶다. 골짜기 사람이든 '본동네' 사람이든 간에 남편이나 아들을 군대에 빼앗긴 여자는 그들이 외지로 나가면 한밤중에 기이 형의 저택으로 찾아와 '천리안'을 부탁한다. 남쪽에서 전사했다는 통지를 받았던, 골짜기 다리 부근에서 잡화상 겸 책방을 운영하는 사람의 장남이 살아 있다는 연락이 나중에 왔는데 기이 형의 '천리안'은 그것을 맞추었던 것이다. 이것은 전쟁 초기의 이야기였다. 그런데 '본동네'의 저택에 내가 기이 형의 공부 상대로 다니던 무렵까지도 '천리안'은 계속되고 있던 모양이었다. 그도 그럴 것이 당시, 마을에 남아 있는 가족들이 걱정하는 출정병들의 상황은 점점 더 위험해지고 있었던 것이다. 그래서 일단 기이 형의 '천리안'에 걸리기만 하면 전선의 사정을 잘 모르더라도 안심이 된다는 이야기를 실제로 나는 들은 적이 있었다. 그리고 공부를 하러 간 나를 맞이하는 기이 형이 늦은 오후인데도 졸린 듯한 무뚝뚝한 얼굴에 눈언저리는 붉은색을 띠고 옷깃에는 분 자국을 미처 씻어 내지 못한 채로 나타나 가슴이 철렁한 적도 있었다. 젊은 아가씨 모습을 한 기이 형이 전장에 있는 상담자의 근친의 혼에 이끌려 보고 있는 것을 그 옆에 있는 세이 씨의 입을 빌어 이야기한다. '천리안'은 그렇게 되어 있다는 것이었다….

평소에 그 전쟁이 끝나던 날, 하는 식으로 기억을 더듬으면 그날은 마치 기이 형의 저택을 찾아가 맨발로 토방에 섰던 날과 바로 이어져 있는 듯이 느껴진다. 특히 그늘이 져 어두컴컴한 장소와 서늘한 기운이 피부에 스미듯 새긴 두 가지 기억은 묶여 있다. 하지만 구체적으로 이것저것 기이 형과 나의 관계를 생각하다 보면 역시 이 두 가지 새긴 흔적 사이를 메우는 일들이 떠오른다. 그것은 처음 기이 형과 가까워졌던 시기에 내가 어린아이 나름대로 얽매여 있던 굴절과 우울을 금세 눈치채고 그 적절한 해소법을 가르쳐 주었던 기억들이다. 나는 기이 형을 개인적으로 알자마자 그를 생애의 스승으로 삼았다고도 말할 수 있다. 열 살짜리 나에게 그는 도대체 차이를 좁힐 수가 없다는 느낌이 드는 어른이었다. 열다섯 살인 기이 형이 알아차린 우울이란 정말이지 단순한 것부터 어린 나름대로 삶의 뿌리에 관계될 위험성을 지닌 것까지 있었다. 기이 형은—그런 부분에 나이 어린 내가 따라갈 수 없는 삶에 대한 책임 있는 태도가 보이는데—내 마음의 응어리를 풀어낼 방법을 생각해 내서는 곧장 그것을 실제로 시험해 보라고 권했던 것이다.

최초의 한 가지. 매월 초에는 언제나, 그리고 새로운 전쟁 뉴스가 있으면 임시로도 교사부터 학생까지 모두가 가야 하는 미시마三島 신사 참배. 무조건 심각한 얼굴로 서 있어야만 한다는 이유 때문에 거꾸로 웃음을 터뜨려서 교장에게 주먹으로 뺨을 얻어맞곤 하던 나는 그 행사가 끝없이 반복되는 데 질려 있었다. 국민학교 마당에 일단 정렬하여 고학년부터 순서대로 줄을 지어 현도를 걸어 미시마 신사로 향한다. 그 행렬이 어떤 목적이든 그것에 참가하고 있다는 사실에는 마음이 두근거렸다. 그리고 나는 그러한 두근거림이 극단으로 치닫는 아이였다. 미시마 신사의 배전拜殿은 기다란 돌계단과 비탈진 자갈길을 몇 겹이나 올라가서 골짜기 전체가 내려다보이는 높은 곳에 있다. 고등과 학생들과 5, 6학년생들은 교사들을 따라 그곳까지 올라간다. 5학년 반장이었던 나는 배전의 짧은 나무 계단에 서 있는 교장 바로 앞에 서게 된다. 남태평양에서 올린 전과에 대하여, 오키나와沖繩의 총반격에 대하여 교장의 강화가 시작된다. 그러는 사이에 등줄기 부근이 차가워져 오는 것이다. 그도 그럴 것이 어떻게든 우스꽝스러움을 눌러 보려고 온몸으로 기를 쓰고 있기 때문이었다. 하지만 결국은 헛된 노력이었다. 훈화가 끝나고 동쪽을 향해 예배를 한 번 더 드린 후 생도들이 가파른 계단을 내려가고 있을 때, 나는 참배 전 옆 우물가 구석에서 왼손을 내 볼에 딱 갖다 댄 교장으로부터 움켜쥔 오른손 주먹으로 얻어터지고 있었다….”

"아무래도 웃음이 터져 나와. 웃지 않으려고 뭔가 슬픈 일을 생각하려 해도 그렇게 뭔가를 떠올리려고 허둥대는 나 자신을 생각하면 우스워서 견딜 수가 없는 거야.”

나는 기이 형에게 처음에는 그저 우스갯소리를 하듯 말했다. 그런데 이야기를 하다 보니 어쩐지 슬픈 기분이 되어 버린 나에게 기이 형은 다음과 같은 대책을 제시했다.

"그건 정말로 슬픈 일을 생각하지 않기 때문이야. 무서울 정도로 정말 슬픈 일을 생각하면 돼. 방화로 숲이 불타 버린다거나…. 미시마 신사 뒤쪽의 나무들은 이 근처 숲에서도 가장 근사하니까 그것이 참배 전 뒤쪽을 뒤덮고 있는 것을 살짝 보면서 이런 나무로 된 숲이 타 버린다면…. 하고 생각하면 되지.”

그 결과 나는 미시마 신사를 참배하면서는 두 번 다시 교장에게 얻어맞지 않았다. 돌계단을 올라가 가장 높은 곳에 이르면 곧바로 고개를 들고 오래되어 위엄이 있는 메밀잣밤나무 끝 우듬지에서 햇빛을 받아 투명하게 반짝이는 담록색 이파리 무더기를 올려다보았다. 바로 이 늙은 나무를 포함하여 숲 전체가 타오른다는 생각을 하면 이 세상 모든 것이 눅눅한 회색으로 변하여 아무런 의미도 없어진다는 느낌이 들 정도로 두려웠다. 더구나 이 숲이 타 버린다는 생각은 교장으로부터 나를 보호하는 수단이라는 단계를 넘어 내 의지와는 관계없이, 아니 오히려 그에 반하여 꿈속까지 밀고 들어왔다. 잠이 깨려는 참에 극단적인 공포에 이르는 순간을 맛보게 되었던 것이다. 물결치는 산과 골짜기들이 이어지는 저 건너 먼 곳까지 숲이 몽땅 불타 버려 더러운 검붉은 색깔로 변한다. 강줄기 아래쪽에 대피해 있던 우리가 마을로 돌아와 보니 골짜기로 들어가는 길목, 강물이 못을 이루고 있는 곳에 백 마리나 되는 커다란 원숭이들이 죽어 있는 것이다.

"이 근처 숲에 원숭이는 없어. 그건 말야, 인간이 죽어 있는 거 아냐? 꿈속에서 너의 무의식이 인간을 원숭이로 바꿔치기한 거야 K. 자기의 꿈이지만 그게 사람이라면 너무 잔혹해서 견딜 수 없을까 봐 무의식중에 사람과 원숭이를 바꿔 놓은 걸 거야."

기이 형은 가르쳐 주었다.

자신 없는 수학만 빼고, 사실은 가장 중요한 일들에 대하여 기이 형은 뭐든지 알고 있고 모든 것을 이해하고 있다는 신앙이 내게 형성되어 있어서, 내가 웃는 버릇을 고칠 방법을 기이 형이 어떻게 발견했는지를 이상하게 여기지도 않았다. 하지만 '본동네'에서도 오래된 집이면서 그 근방 제일의 산림지 주인 기이 형의 집에는 숲에 큰불이 난다는 것의 의미를 아로새겨 인식하게 하는 옛이야기가 있었다. 뒷날 나는 그와 비슷한 이야기를 듣기도 했다.

전쟁 말기의 또 하나, 나의 딜레마는 남방에서—더구나 레이테라고 구체적인 토지 이름이 떠오르는 일도 있었다—내가 전사하고 나서 혼이 돌아올 길에 관한 문제였다. 골짜기 사람이든 '본동네' 사람이든 육체가 죽으면 혼은 몸을 빠져나와 공중에 떠올라 선회하면서, 그것도 나선형으로 점점 높은 곳으로 올라가 이전부터 자신의 것이라고 정해져 있는 숲의 나무뿌리 근처에 착륙하여 거기 머물게 된다. 동화처럼 항상 그렇게 들으며 자랐는데 배로 보내지고 트럭으로 이동되며 집단으로 행군한 끝에 정글에서 전사해 버린다면 외톨이 혼이 어떻게 멀고 먼 이 시코쿠 숲 깊은 골짜기까지 돌아올 수 있단 말인가?

"K는 이 근처 사람이 죽으면 혼이 되어 숲의 나무뿌리 근처까지 올라가 거기에서 쭉 산다는 이야기를 믿고 있어?"

기이 형은 드물게 보는 짜증스런 표정으로 반문해서 나를 무안하게 만들었었다.

훗날, 가끔씩 곱씹어 본 일이지만 나는 기이 형의 표정을 잘못 읽었던 것이다. 나는 그때 기이 형이 그따위 미신을 신경 쓰고 있냐고 조롱할까 봐 두려워했다. 하지만 기이 형은 거꾸로 그런 옛이야기에 훨씬 깊이 사로잡혀 있는 자신을 나이 어린 내가 우습게 여기지나 않을까 하고 이쪽의 반응을 주의 깊게 관찰하면서 되물었던 것이다.

"깊이 생각해 본 것 같지는 않지만."

나는 말했다.

"깊이 생각하지도 않은 것을 어째서 남에게 묻지?"

"내가 언젠가는 이 골짜기에서 나이를 먹어 죽어서… 그 혼이 숲속의 나무뿌리로 간다면, 별로 깊이 생각해 본 건 아니지만 그래도 조상들 때부터 쭉 그래 왔다니까 잘은 몰라도 나도 그런 게 아닐까 싶어…. 다만 남방의 섬에서 죽는다면 혼이 여기까지 돌아올 수 있을지 걱정이 돼서…."

나는 기이 형의 이쪽을 밀어내듯 한 반문에 허둥대면서 열심히 대답했던 것이다. 그런데 이럴 때 기이 형은 이쪽이 어쩔 줄 모르는 것에 박차를 가한다거나 하는 게 아니라 오히려 자기도 낭패스러워하면서 어떻게든 궁지로부터 두 사람이 함께 빠져나갈 길을 더듬어 보려 하는 것이다.

"정말로 혼이 숲으로 올라오는 거라면 골짜기에서나 '본동네'에서나, 도쿄에서나 나가사키長崎에서나 모두 마찬가지 아닐까? 연어가 부화한 강으로 돌아오는 것처럼 혼에는 혼의 본능 같은 것이 있는 거 아냐? 남방에서 죽은 인간의 몸에서 떨어져 나온 혼은 휙, 하고 동쪽으로 갔다가 휙, 하니 서쪽으로 갔다가 하면서 좀 헤맬지는 몰라도 언젠가는 숲으로 돌아올 거야. 이미 죽어서 혼이 되어 있는 거니까 시간이 좀 걸려 봤자 마찬가지잖아! 골짜기나 '본동네'에서 숲에 올라가는 것보다 혼이 되어 바다 위를 날아서 돌아오는 길이 더 재미있을 것 같아. 이미 그런 꿈을 꾼 것 같기도 한걸."

나는, 이라기보다도 직접적으로 나의 혼은 기이 형의 말에 용기를 얻었다. 아까 썼듯이 이 무렵에 이런 소문이 있었다. 이미 전사했다는 통지가 왔지만 그것을 믿을 수 없다며 찾아온 젊은 아낙에게 기이 형과 세이 씨가 '천리안'을 했다. 역시 죽지는 않은 것 같다는 이야기였고 다음 날, 기이 형은 젊은 아낙과 함께 숲에 들어가 나무 사이를 걸으며 병사의 혼이 돌아오지 않았다는 사실을 확인했다. 그리고 얼마 후에 전사 통지는 취소되었다….

그리고 또 한 가지, 가장 큰 우울은 전쟁의 결말에 관한 것이었다. 어린 내가 군인이 되어 전쟁터에 나가는 일은 없을 것 같았지만 본토 결전이라는 문제가 남아 있었다. 마쓰야마를 공습하는 B29가 태평양 쪽에서 산을 넘어 들어오기도 했다. 언젠가 이 숲 깊은 곳까지 적군이 들어와 그것에 대항하여 우리들이 죽창으로 싸우게 된다면 숲 자체는 어떻게 될 것인가? 포격으로 숲이 전부 불타 버린다면? 이 생각은 무엇보다도 커다란 두려움과 우울의 근원이었다.

그러던 어느 날, 담임이었던 여선생이 옆에 앉은 교장에게 지시를 받아 가면서 학생 모두에게 특별한 질문을 했다. 아직 아가씨라 부르기에도 어렸던 여선생의 모습은 몇몇 표정을 빼놓고는 희미해져 버렸지만, 국민복을 입은 교장의 모습—흰 머리가 뚜렷한 포물선을 그리게 깎아 올린 말뚝 끝 같은 모양의 짧은 머리와 튀어나온 눈알의 혈관 무늬—은 지금도 악몽에 나타날 정도이다.

"마침내 본토 결전을 치르는 새벽이 와서 천황 폐하께서 죽으라고 말씀하신다면 어떻게 하겠습니까?"

대답은 미리 가르쳐 주었다. 언제나 아이들 사이에서 따돌림을 받아, 뛰노는 아이들의 원 밖에서 뭐라 투덜대며 눈곱 낀 빨간 눈으로 바라만 보던 동급생조차도 정답을 말할 수 있을 정도였다.

"죽겠습니다! 할복해서 죽겠습니다!"

고베에서 피난 와 있던, 까무잡잡하지만 이목구비가 선명하던 어떤 소년은, 용감히 싸우다 죽겠습니다! 그래도 살아남는다면 할복해서 죽겠습니다! 라는 논리 정연한 대답을 해서 그에게 친근감을 느끼지 못하던 나조차 감탄을 하게 만들었다.

그런데 나만은 찌그러진 교단 앞에 불려 나갈 순서가 되었을 때 얼굴을 붉히고 우물쭈물하고 있었다. 피난 온 아이의 대답에 상기된 표정이었다가 담박에 싸늘해진 여선생의 눈초리. 그러고 나서는 몇 번이나 반복해서 경험해 왔듯이 나무의자에서 천천히 일어선 교장이, 또 너냐! 하고 큰소리로 개탄하면서 어깨를 건들건들해 가며 언제라도 구타를 시작할 수 있는 준비를 했다.

그날 한 스무 대쯤은 얻어맞은 내가 빨갛게 부어 둥그스름해진 얼굴을 푹 숙이고 저택에 갔을 때 기이 형은 참을성 있게 캐물어 사정을 듣더니, 천황 폐하께서 이렇게 깊은 산속까지 오셔서 수많은 아이들 중에서 하필이면 K에게 너 죽어라 하고 말씀하지야 않겠지, 했다.

"남방에서 죽은 혼도 그 먼 곳에서 이 작은 곳을 목적으로 삼고 돌아온다면."

나는 위로하는 기이 형의 태도에 오히려 앰비밸런트한 감정이 일어 대꾸했다.

"천황 폐하의 목소리도 들릴지 모르지…."

"숲 꼭대기의 나무뿌리 언저리로 돌아오는 혼은 말야, 이 마을에서 오랫동안 살고 죽고 하던 인간들에게 연결되어 태

어난, 바로 이곳 인간의 혼이니까 세계 어디를 헤매고 다녀
도 이 숲속의 나무만이 내가 있을 곳이거든. 그러니까 얼마
를 찾아다니든 결국은 이리로 돌아올 수밖에 없잖아? K, 하
지만 천황 폐하에게는 이 골짜기나 '본동네' 따윈 전혀 특별
할 게 없잖아?"

　마침내 전쟁이 끝나는 날이 왔다. 기이 형과 처음 이야기
를 나눈 날 토방에 맨발로 서 있던 기억이 온 몸과 마음 전체
에 속속들이 새겨져 있듯이 전쟁이 끝나던 날에 대해서는 개
울의 진흙처럼 섬세한 회색 모래가 쌓여 있고, 흐르는 강물
과는 달리 미적지근한 대숲 뿌리 쪽의 작은 못 속에 가슴 언
저리까지 담그고 오후 내내 숨어 있었다는 기억이 뚜렷이 남
아 있다.

　대숲 뿌리 쪽, 진흙 같은 모래가 쌓인 못은 숲이 깊어 보이
지만 골짜기 마을에 가장 가까운 장소였다. 미적지근하지만
시간이 지나며 몸 안쪽까지 차가워져 오는 물속에 벌렁 누워
올려다보니 검게 보일 만큼 새파란 하늘을 무성한 숲이 도려
내고 있었다. 한나절이 다 지나도록 천황의 라디오 방송 목
소리를 흉내 내며 현도에서 놀고 있던 아이들 소리도 그쳐
있었다. 긴장한 모습으로 거칠고 날카로운 목소리를 주고받
던 어른들도 다들 덧문까지 닫아걸고 어두워진 집 안에 틀어
박혀 낮잠이라도 자기 시작한 것일까? 그런 게으른 짓을 하

고 있어도 좋은 걸까? 우리나라를 쳐부순 적, 미·영米英이 상륙하여 강줄기를 따라 올라와 이 숲속 골짜기까지 이르려 하는 것이 마치 악어처럼 턱까지 물속에 잠겨 반쯤 감긴 나의 눈에 떠오르는 듯한데도? 미·영이 포격을 해서 숲이 타오른다면 불꽃에 휩싸이지 않고 살아남을 수 있는 유일한 곳이라 여겨지는 여기에 나는 알몸으로 몸을 숨기고 있는데….

해가 지고 하늘이 엷은 물색이 되었을 때에야 나는 못에서 나왔다. 추워서 온몸에 소름이 돋고 평소에는 팬티는 입고 물에 들어가는데 지금은 알몸이라는 것을 조금은 기묘하게, 혹은 이유가 있었던 듯 느껴 가면서. 수건도 없어서 약간의 온기가 남아 있는 바위에 엎드려 떨면서 살갗을 말린 나는 집 뒷문 쪽으로 나 있는 고샅길을 오르는 대신 대숲 속에 난 길을 따라 강가로 올라갔다. 도착한 것은 저녁을 먹을 무렵이니 기이 형이 밥상 앞에 앉았고 거기에 굶주린 배를 움켜 쥔 골짜기 아이가 배고픈 얼굴로 나타나는 꼴이 되지나 않을까 걱정하면서, 그래도 기이 형을 만나지 않으면 가라앉을 것 같지 않은 막막한 기분으로….

기이 형도 나를 기다리고 있었다. 솟을대문을 지나자 오른쪽을 제멋대로 자란 커다란 벚나무가 차지하고 왼쪽에는 동그랗게 손질을 한 철쭉이 이어져 있는, 현관으로 가는 고운 자갈길 안쪽에 문지방의 커다란 가로목에 앉아 있는 기이 형이 눈에 들어왔다. 몸속까지 얼어붙어 입술도 새파래졌을 것 같아 그것을 숨기려 잔대나무 이파리를 씹으며 다가간 나에게 짙은 나뭇잎 그늘에서 새하얀 얼굴을 하고 있던 기이 형은 안심한 듯하지만 특별히 기쁨을 나타내지도 않는 모습으로 일어서더니 어두운 봉당으로 성큼성큼 걸어갔다.

정원수들의 푸른 무더기들이 어둠 속에서 일어난 바람에 웅성대는 창문을 등지고 기이 형은 나와 마주 앉았다. 그러고 보니 실내가 너무 어두웠던지 기이 형은 일어나더니 창의 유리문을 닫고 유리로 된 갓이 달린 전등을 켰다. 어젯밤까지 검게 칠한 보일지로 어둡게 했던 전구가 벗겨져 있었고 창유리에 붙어 있던 검은 종이도 뜯어내고 없었다. 그래서 다시 자리에 앉은 기이 형과 나는 쑥스러울 만큼 밝은 빛을 받고 있었다.

"골짜기에선 난리 났지?"

"라디오 방송 후에 얼마간은⋯. 그러고 나서 나는 강에 들어가 있었으니까⋯. 강에서 들은 걸로는 그냥 조용하던데⋯."

"강에 들어가 있었어?"

밝은 전등 빛에 반짝반짝하는 힘 있는 표정으로 기이 형은 말했다.

"세이 씨에게 K를 부르러 보냈더니 어머니도 점심때부터 못 보셨다고 하시더라는데⋯. 강에 들어가 있었단 말야? 강 아래쪽까지 갔어?"

"우리 집 고샅길 아래 대숲 뿌리 쪽의 못에."

"그런 데는 고기도 없을 텐데?"

"그냥 물속에 들어가 있었지."

나는 입 밖에 내놓고 보니 뭔가 면목 없는 듯한 느낌이 들어 말했다.

"그건 K, 숲속으로 들어가는 대신 그런 건가? 미·영이 쳐들어올까 봐 두려워서 말야. 숲속으로 들어가는 대신 강물에 잠긴다는 건 좀 이상하긴 하지만. 나도 어릴 때는 강의 깊은 곳은 숲속과 이어져 있을 것 같은 느낌이 들 때가 있었거든."

나는 기이 형의 명쾌한 관찰에 두 손 들었다는 심정으로 고개를 떨구고 있었다. 그저 기이 형과 자신의 조용한 숨소리에 귀를 기울이고 있었는데 문득 물속에 숨어 있는 동안 머리에 떠올랐던 착상이 새삼 형태를 갖추자 그것을 기이 형에게 말하지 않고는 견딜 수 없었다.

"옛날에 왜, 숲 가장자리에 총하고 화약을 묻었다잖아? 그걸 파내서 손질해 뒀다가 미·영이 강줄기를 따라 올라올 때 길목에 숨어 기다리고 있으면 어떨까?"

"그따위 짓을 했다가는 K, 화염방사기로 길목 이쪽 집들은 전부 불태워 버릴걸. 숲으로 도망쳐 저항할까 봐 숲에도 불을 지를 거야. 그건 K가 제일 무서워하는 일이잖아?"

　나는 얼굴을 붉히고 풀이 죽어, 오후 내내 대숲 뿌리 근방의 못에서 느끼던 것보다 훨씬 진하고 큰 두려움이 무겁게 나를 짓눌러 오는 것을 느꼈다. 그때 열린 방문 밖으로 빛이 들고 있던 복도를 세이 씨가 잰걸음으로 달려왔다. 남색 나팔꽃 무늬가 있는 유카타浴衣(목욕을 한 뒤나 여름에 입는 무명 홑옷)에 빨간 허리띠를 매고 어깨까지 양 소매를 걷어 올린 데다 앞치마까지 둘러 당장 대청소라도 시작할 듯한 모습이었다. '본동네'의 여자는 물론이고 골짜기 여인들도 여염집 여자라면 이런 차림은 하지 않는다. 젊었을 때 도쿄에서 기이 형네 아버지의 여자였다는 흔적이겠지, 하고 나는 골짜기에 퍼진 소문을 그대로 받아들였다. 세이 씨는 창백하고 생기 없는 얼굴에 홑눈꺼풀이 부어올라 졸린 듯한 얼굴로 기이 형에게, "'천리안'을 해 달라고 '본동네'에서도 골짜기에서도 사람들이 왔는데요!" 하고 전했다.

　나는 새삼스레 가슴이 쿵 내려앉았다. 기이 형의 '천리안'에 관한 소문은 들었지만 사실 그때까지 내게는 소문의 범위를 벗어나지 않았다.

　"내일이나 모레는 안 될까?"

　"글쎄, 그게요, 남방의 섬이나 북쪽 대륙에서 자기 식구가 어떻게 되었는지, 죽었는지 살았는지 오늘 안에 알아야겠다는 거예요. 같은 소리를 하면서 몇 사람이나 오고 또 오고 하네요."

"그렇다면 할 수 없지. K는 오늘 여기서 자고 가. 세이 씨가 아까 부르러 갔다 오면서 만약 길에서 K를 만나면 이리로 데려와서 오늘 밤 여기서 재우겠다고 어머니께 말씀드렸으니까."

"오늘 '천리안'은 오래 걸릴 거예요! 이대로 가면 사람들이 더 올 것 같거든요."

세이 씨는 나는 거들떠보지도 않은 채 기이 형을 바라보며 말했다.

"그럼 K는 기하 문제라도 풀면서 여기서 기다리고 있어."

기이 형은 기운차게 일어나며 말했다.

"낮에도 대숲 뿌리 근방에서 혼자 물속에 잠겨 있었는데 여기서도 혼자서 기다려야겠네? 지루하면 '천리안'을 보러 와도 돼! 상담을 하러 온 여자들에게는 내 모습밖에 눈에 안 들어올 거고 K가 엿보고 있어도 난 아무렇지도 않으니까!"

…그래서 나는 혼자서 기이 형의 별채에 남았다. 처음 한 시간 정도는 기이 형이 방을 나서며 책장에서 뽑아내 무릎에 던져 준 기하 교과서를 읽고 있었다. 나는 기이 형의 책상에 앉아 있었지만 거기에는 가끔 함께 읽었던 고문古文이라든 가 역사 교과서와 함께 큰 영어사전 한 권, 작은 것이 두 권

놓여 있었다. 그리고 기이 형이 특별히 좋아해서 평소에는 만지지도 못하게 하던, 형이 직접 종이 표지를 만들어 씌운 영어 원서도 책상 저쪽 가장자리에 반듯하게 놓여 있었다. 지금까지 나는 그 옆에 있는 유리문이 달린 책장을 들여다보는 것은 삼가고 있었다. 거기 들어가지 못할 만큼 커다란 책을 유리문 위쪽 선반에 늘어놓은 것이 문득 눈에 띄었고 반 고흐의 화집 따위 책들 아래 얇은 책 한 권이 있었는데 책등에는 '전천황도全天皇図'라고 적혀 있었다.

이것이 이날 세 번째로 내 가슴에 쿵 하고 와서 부딪혔다. 기이 형이 거기 없는 이상, 나는 일어나서 그 커다란 책을 열어 보려 들지는 않았다. 하지만 그렇다 하더라도 전천황도라니…. 나는 고등학생들처럼 역대 천황의 이름을 암기할 필요는 없었다. 하지만 신무神武 천황이나 메이지明治 천황이 거친 수염을 달고 묘하게 점잖은 눈초리를 하고 있는 초상화라면 잘 알고 있었다. 그 전천황도에는—나중에 나는 그 책을 기이 형에게 받고 제목이 '전천성도全天星図'였음을 알았지만 그래도 엷은 녹색의 커다란 원에 인쇄된 조그만 점들의 미로 사이에서 마치 숨은 그림처럼 신무 천황의 모습이 나타나는 듯한 느낌을 받곤 했다—모든 천황의 얼굴이 그려져 있고 더구나 지금 그 역대 천황들은 하나같이 도쿄의 궁전에서 위기에 처해 있다는 공상이 피어올랐다….

그리고 나는 자신이 남겨진 별채가 '본동네'에서 고립되어 있는 기이 형의 집안에서도 더욱 고립된 방이라는 데 생각이 미쳤다. 지나치게 밝은 그곳 전등 빛 속에 동그마니 앉아 있다는 사실이 점점 견딜 수 없어졌다. 어머니한테는 이미 오늘 밤은 돌아가지 않는다고 알렸다고 생각하니 더욱 몸을 어디 두어야 할지 몰랐다. 살짝 뒷문으로 빠져나가 비탈을 내려가서 계곡에 들어가 두 손을 짚고 몸을 띄우는 방법으로 강 아래로 흘러가서 오다가와에 합류하는 곳에서부터는 평영으로 오후 내내 숨어 있던 대숲 뿌리 근처의 진흙처럼 고운 모래 구덩이로 돌아가고 싶은 기분이었다….

그러다가 기이 형이 하고 있는 '천리안'을 엿보러 — 기이 형이 먼저 권했다고 스스로에게 납득시키며 — 천천히 책상 앞을 떠났던 것이다. 그러기 얼마 전부터 아무리 기다려도 돌아오지 않는 기이 형을 찾아 안채로 가 보려는 생각은 하고 있었다. 그렇다곤 해도 밤은 길고 더구나 나는 이제 혼자서 밤을 새워야 하게 생겼으니 어린 마음에도 평소처럼 서둘러 이것저것 해치울 생각은 없었다.

기이 형의 별채를 나와 긴 연결 복도를 따라가면 변소 옆을 지나면서 복도가 한 단 높아지고 터널에라도 들어가듯이 창고로 쓰이는 어두운 방으로 통하게 되어 서늘하고 습기 찬 묵은 공기에 싸이게 된다. 그곳은 옛날 헛간으로, 유신 전에

도사土佐의 한藩을 이탈한 사무라이들이 마을 아이들을 인질로 삼아 이곳에서 저항하다가 마을 사람들에게 몰살되었다는 이야기를 할머니에게서 들었다. 집을 고칠 때, 그런 피비린내 나는 이야기가 남아 있는 헛간은 없애야 한다고 생각하고 있던 건축가에게 기이 형의 아버지는 특별히 그곳을 살려 쓸 수 있도록 하라는 조건을 내걸었다. 그래서 몇 겹으로 바른 헛간 벽을 뚫고 높이가 다른 통로를 만들어 별채와 안채를 연결하게 된 것이라고 기이 형이 말한 적이 있었다.

그 창고 방을 지나 한 단 더 높은 안채 복도를 걸어가서 보니 소작료로 받은 쌀가마니들이 몇 개 쌓여 있는 토방에서 올라오는 대청과 그 안쪽으로 불단이 놓인 거실에는 전혀 인기척이 없었다. 그러나 대청의 전등은 자연석으로 된 댓돌 주위에 있는 수많은 짚신과 나막신을 비추고 있었다. 그 광경이 만들어 낸 수수께끼는 금세 풀렸다. 저택의 오른쪽, 안방과 경계에 있는 닥종이로 바른 미닫이는 닫혀 있었지만 그 건너에서 이쪽으로 미어져 나올 듯한 사람들의 인기척과 낮고 흐리긴 하지만 여자처럼 꾸민 기이 형의 음성, 그리고 그것과 뒤섞인 세이 씨의 목소리가 들려왔던 것이다.

나는 맨발로 짚신과 나막신들을 뛰어넘어 토방 끝의 쪽문을 소리 나지 않게 열고 마당으로 가는 돌단으로 된 길로 돌아들었다. 문 가운데쯤에 끼워진 반투명 유리의 가장자리 투명한 부분에 눈을 갖다 대니 안방에는 머리카락을 뒤로 묶은 여자들의 머리가 가득 들어차 있었다. 갓을 떼어 내 버린 알전구 빛 아래 그 머리들은 가운데 둥근 원을 만들고 있다. 그 한가운데 몸을 앞으로 웅크리고 있는 여자들보다 더욱 낮게 기이 형이 양발을 앞으로 뻗은 채 몸을 뒤로 젖히고 앉아 있었다. 이전에 기이 형이 보여 주었던 문화사文化史 책의 삽화에 있던, 앉아서 아이를 낳는다는 남방의 원주민처럼. 하지만 검은 피부의 벌거숭이 원주민 여자와는 얼마나 다른가! 기이 형은 검은 바탕에 금색과 은색, 빨강에 초록, 그리고 노란색 실로 꽃 모양을 수놓은 기모노를 넉넉하게 걸쳐 입고 어깨 뒤로 고개를 툭 떨어뜨리고 있었다. 그의 목에서 목울대까지가 보이는데 벗은 가슴에서 위쪽으로는 분가루를 발라 새하얗고 게다가 온통 은색 광택이 나는 것은 땀을 흘리고 있기 때문이리라. 세이 씨 역시 아까 입었던 유카타와는 다른 검은색 기모노를 입고 단정히 오비(기모노를 허리에서 묶는 넓은 띠)를 매고 기이 형 옆에 붙어 앉아 있었다. 세이 씨가 앞으로 쑥 몸을 내밀고 기이 형에게 말을 걸면 기이 형이 뒤로 넘어진 채 불분명한 소리로 대답을 하고 세이 씨가 그것을 반복하면 자신의 물음에 대답을 얻은 여자는 고개를 깊이 끄덕였다. 그리고는 주위의 여자들 모두의 고개가 파도라도 치듯이 위아래로 움직였다. 한 여자가 얼마 동안 세이 씨를 독차

지하여 물어 대고 나면 그다음 사람에게 질문할 차례가 돌아간다. 내가 엿보고 있는 동안 크게 고개를 끄덕이자마자 와하고 울음을 터뜨리는 여자도 있었지만 주위를 둘러싼 여자들의 머리가 파도치는 모습은 변하지 않았다. 기이 형의 몸은 점점 더 뒤로 넘어가 벗겨진 기모노 자락 속으로 가랑이 속까지 여자들의 눈에 보일 법도 했지만, 죽어 가는 젊은이를 여인들이 어떻게든 돌보면서 한 마디라도 더 말을 걸어 무언가 유언이라도 받아두려는 듯한, 그 육 첩六疊짜리 방 안에서 움틀거리는 여인들의 행사는 언제까지나 언제까지나 계속되었다….

별채의 방으로 돌아와 다시 책상 앞에 앉았을 때 나는 커다란 비탄의 덩어리를 참을 수 없었고 거기에 배고픔까지 겹쳐 정말 어찌하면 좋을지 몰랐다. 그런데도 설핏 잠이 든 모양이었다. 가위눌린 듯 눈을 떴을 때 기모노를 어깨에 걸친 채로 분가루와 연지로 새 각시처럼 화장을 한 기이 형이 넓적다리 언저리까지 드러내 놓고 앉아 있었고 그 앞의 다다미 위에는 만든 사람들이 제각각임을 금세 알 수 있는 가지각색의 주먹밥이 커다란 쟁반에 스무 개쯤 담겨 있었다. 책상에서 내가 고개를 든 기척이 나자 기이 형이 말했다.

"K도 먹어. 나는 말야, 지금부터 아침까지 '천리안'을 해야 되거든. 주먹밥을 먹고 먼저 잘래? 지금 세이 씨가 안채로 이불을 가지러 갔어. 내가 이상한 차림을 하고 있지? 웃어도 아무 말 안 할게."

웃다니! 땀으로 분가루는 엉망이고 눈꼬리에서 연지가 흘러나오고 있었지만 기이 형은 온몸에 황량함과 고단함을 드러내면서도 너무도 아름답고 씩씩한 모습이었다. 나는 스스로도 어린애 같다고 느끼면서 줄창 굶고 있던 사람답게 크고 둥근 것과 김을 감아 놓은 삼각형의 주먹밥을 양손에 하나씩 들고 번갈아 베어 먹기 시작했다. 그것은 골짜기보다는 식량 사정이 나았던 '본동네'의 주먹밥에 끌린 탓도 물론 있었지만 지쳐서 살기가 뻗친 듯한, 화장이 망가진 기이 형의 얼굴이 가슴이 쿵할 만큼 아름다운 것에도, 그리고 평소에 본 적이 없는 그의 거친 몸짓에도 눈물이 쏟아질 것 같았기 때문이었다. 당사자인 기이 형은 하나 인형처럼 연지로 빈틈없이 윤곽을 그린 입술에 주먹밥을 가져가더니 갑자기 개처럼 입을 크게 벌려 덥석 베어 물었다. 그러다 보니 입술 언저리는 빨갛게 번져 동그라미 모양이 되었다.

그냥 잠자코 주먹밥만 먹고 있을 수도 없어서 나는 무언가에 몰리듯이, 아침까지 '천리안'을 하는 거야? 하고 물었는데 그 목소리는 내 귀에도 유치하게 들렸다.

"아침까지. 하늘이 훤해져 버리면 그때부터 '천리안'은 효력이 없대."

"멀리 있는 여러 장소를 차례차례 '천리안'으로 보는 건 힘들지? 기이 형."

"한 번에 몇 명씩이나 '천리안'을 부탁해 올 때는 아무것도 안 보이게 되어 버려! 그래도 이야기를 계속해야 되니까 이젠 엉터리로 아무 소리나 해."

나는 다시 한번 가슴이 쿵 내려앉았다. 기이 형이 내뱉는 소리를 듣자마자 왁 하고 울음을 터뜨리던 여자를 눈앞에 떠올리며.

"전쟁에 져 버린 지금에 와서 전쟁터의 자기 가족이 살아남았는지 어떤지를 '천리안'으로 봐 달라고 부탁하니까 아침까지 떠들어 댈 수밖에 없잖아!"

"… 틀렸으면 어떻게 하지?"

"어떻게 틀려? 처음부터 전부 엉터린데!?"

기이 형은 윤곽을 그려 넣은 눈을 커다랗게 치뜨고 천진스런 웃음을 터뜨릴 듯한 얼굴로 말했다.

갠 이불을 겹쳐 놓고 그 위에 베개까지 얹어 들고 온 세이 씨가 문턱에 무릎을 꿇고 앉더니 안고 온 것들을 다다미 위에 내려놓았다.

"시간이 없어, 시간이 없어! 기이 씨, 빨리 돌아갑시다. 화장도 고쳐야 되고 순서도 벌써 제비뽑기로 정해져 있어요. 시간이 없어, 시간이 없다니까!"

세이 씨는 그대로 틈을 두지 않고 일어서더니 이 말을 남기고는 복도 저편의 어둡고 조용한 창고방 쪽으로 사라졌다.

"엉터리라도 말야, 나는 오늘 완전히 내 책임으로 '천리안'을 하고 있잖아!"

기이 형은 갑자기 입맛을 잃어버린 듯 먹고 있던 주먹밥을 쟁반에 내려놓고 양손을 부러 새 각시 옷 같은 기모노 자락의 안쪽에 문지르더니 연지가 벗겨진 입술을 새하얀 앞니로 물고 일어서서 창고방 쪽 통로로 걸어갔다.

나는 세이 씨가 두고 간 이불을 방 한쪽에 붙여 깔았다. 말하자면 다른 한쪽에 기이 형이 이불을 펴고 누울 자리를 남기듯이. 셔츠도 바지도 입은 채로 잠자리에 들어 이불에 머리를 숨기듯이 하고 눈을 감으니 내 귀에는 피가 머릿속에서 울리는 소리와 훨씬 저 아래쪽 계곡의 냇물 흐르는 소리, 그리고 이 저택 전체를 공 모양의 중심에 끌어안고 그 주위가 커다란 기류의 움직임처럼 울려 대는 소리를 들었다. 그러한 숲의 소리에는 안채의 안방에서 기이 형과 세이 씨의 주위에 웅성대고 있는 여인들이 거칠게 내뱉는 숨소리들도 겹친 것 같았다. 그 억척스런 여인들이 남방이니 대륙에 출정한 남편과 아들의 생사에 관해 '천리안'을 부탁하고 있다. 그리고 지금까지는 어쨌든지, 이제는 전부 자신의 책임으로 '천리안'을 하는 거라고, 분가루와 연지로 화장을 하고 요란스런 기모노를 입은 기이 형이 말하고 있다. 자신의 기괴한 모습 따위는 실은 전혀 신경 쓰지 않는 것처럼. 세상에 얼마나 끔찍한 일을 기이 형과 세이 씨는 시작했으며 계속해 왔고 또한 완성하려는 것인가? 생각해 보니 나는 이제 전쟁에 진 것보다도 숲이 타 버리는 것보다도 새색시처럼 화장하고 기모노를 걸친 채 뒤로 넘어갈 듯이 앉아 '천리안'을 하고 있는 기이 형의 신상에 생길 일이 더 두려웠다….

　나는 숲의 소리, 웅성대는 여인들의 숨소리에 대항하기 위하여 나도 모르게 기도하는 소리를 낼 것만 같았다. 숲 꼭대기 나무뿌리 근방의 혼들의 총 원수격이라는 '파괴자'에게. 전쟁에 졌더라도 미·영이 골짜기까지 쳐들어오지 않도록, 숲이 불타지 않도록 해 주십시오, 그리고 무엇보다도 기이 형이 이 끔찍한 지경에서 어떻게든 빠져나와 나와 함께 언제까지나 이 숲속에서 살 수 있도록 해 주십시오. 왜냐하면 나도 기이 형도 이 골짜기와 '본동네'를 떠나서는 정말이지 살아갈 수 없을 테니까…. 그 쓸쓸하고 무섭던 밤에 오랫동안 잠 못 들던 시간 — 덧문을 닫지 않고 자서 이불 틈새로 창 너머가 밝아오는 것을 보면서 이제는 '천리안'이 끝나고 기이 형이 방으로 돌아온다, 전등을 켜 두어야지 하고 생각을 하면서도 개미가 마치 개미지옥의 경사면을 쾌락적으로 미끄러져 내려가듯이 잠이 들어 버렸지만 — 줄곧 되풀이하고 있던 기도를 떠올려 보면 그와 겹치듯이 뒷날 기이 형과 함께 읽게 되었던 예이츠의 시 한 구절이 마치 그때, 숲의 소리 속의 또 하나의 소리로 울리고 있었던 듯이 느껴진다.

어른들이 보금자리라 부르는 골짜기를 떠나지 않으리라던 어린 시절의 덧없는 맹세를 생각하네….

제2장 오이와 소 도깨비, 예이츠

그해 가을, 기이 형은 말 그대로 혼자서 '천리안'의 책임을 지게 되었다. 나는 그때 현장에 없었고 물론 기이 형 자신이 그 일을 이야기할 리도 없었다. 사건과 관련 있는 당사자들은 모두 입을 다물고 있는 것 같았다. 하지만 무책임한 과장은 섞이지 않은 막연한 소문이 마치 그 일의 시작과 끝을 마을 전체의 수치로 기억해 두자는 듯이 퍼져 갔던 것이다.

패전 소식을 접한 다음 주에는 이미 마을에서 출정했던 젊은 병사들, 중년의 병사들이 커다란 보따리를 등에 지고 길목을 따라 올라왔다. 처음에 우리 골짜기라든가 '본동네'의 아이들은 그들이 전쟁에 져서 풀이 죽어 돌아올 것이라 여겨

안쓰런 심정으로 기다리고 있었다. 그런데 먼저 돌아온 사람들이 국내 부대의 복원자復員者였던 탓도 있었겠지만 그들은 패잔병의 인상이 아니었다. 오히려 마지못해 일을 하는 우울한 사람들만 남은 숲속 마을에 능동적이고 민첩하며 명랑한 젊은이들과 심신이 모두 튼실한 중년 남자들이 대거 몰려들었다는 인상이었다. 그렇게 돌아온 젊은이들이 숲속 골짜기와 '본동네'에 몰려다니는 새로운 시절…. 출정이 아니었다면 도회지에 확실한 자리를 잡아 나가더라도 일단 목을 나갔던 이들이 다시 마을에 받아들여진다는 것은 이것저것 어수선하고 어려운 과정을 동반하는 법이건만….

고샅길을 사이에 둔 우리 이웃 약국집 아들로 예과련予科練에서 돌아온 이는 원 군인의 활발한 기상과 살기등등한 자세를 지닌 대표적 인물이었다. 한여름인데도 볼품 있게 차리고 싶어서인지 단추 일곱에 깃이 달린 겨울 제복에 제모를 쓰고 군도까지 옆에 차고 가죽 구두의 징소리를 울려 가면서 온 골짜기, 특히 별 교제가 없는 집까지 일일이 찾아다니면서 처마 밑에 빳빳한 부동자세로 서서 해군 계급명을 큰 소리로 외치고는, 지금 돌아왔습니다! 하는 인사를 했다. 그 뒤를 아이들과 함께 쫓아다니면서 나는 묘한 자랑스러움과 부끄러움에 가슴이 울렁거렸다. 그렇게 활기차고 젊은 귀환병들을 따라다니면서 나는 기이 형에게 이야기했던 패전일의 열망이 되살아나는 것을 느꼈던 것이다.

군사 훈련을 받은 젊은 병사들, 중년의 병사들이 이렇게 많이 속속 돌아오고 있는 이상, 이제 골짜기와 '본동네'는 유신을 사이에 둔 두 차례 봉기 때와 마찬가지로 커다란 전력을 갖춘 셈이 아닌가? 패전 직후의 어느 날 한밤중에 사람들은 칼이나 엽총 따위를 기름종이에 싸서 나무상자에 넣어 들고 숲 가장자리에 묻으러 올라갔다. 그 근처 일대에는 예부터 동굴이 많았고 봉기가 끝난 뒤 묻어 둔 무기가 상당히 남아 있다고 전해 내려오기도 한다. 그러한 무기를 파내어 손질하면 나라는 패했어도 마을은 여전히 싸울 수 있지 않을까? 나는 흥분하여 가슴이 두근대다가도 그러한 마을 규모의 싸움이 숲이 불타는 것으로 끝나리라는 기이 형의 예언을 떠올리고 금방 고개를 떨구곤 했지만….

그런데 기이 형과 나는, 새벽까지 골짜기와 '본동네' 아낙네들이 '천리안'을 부탁하러 왔던 패전일 밤 이후로 얼굴도 보지 못한 채 지내고 있었다. 날마다 새로운 귀환병이 돌아왔다. 그리고 그들은 좀처럼 얌전하게 집 안에 붙어 있질 못했다. 국민학교와 교정을 사이에 두고 고등과나 청년학교로써 오던 건물 앞 풀밭에 나와서는 어린아이와 처녀들에게 이것저것 군대에서 겪은 일들을 이야기하며 웃음소리를 드높였다. 마을의 움직임 중에서 그들을 표면에 떠올리고 있는 거세고 맹렬한 기운에 끼여 있지 않으면 뭔가 중요한 데서 뒤떨어져 버린다. 이런 식의 공중에 발이 떠 있는 듯한 생각에 사로잡혀 나 역시 어린아이들과 함께 귀환병들의 뒤를 쫓아다니고 있었던 것이다. 그러한 기분 속에는 귀환병들이 숲 가장자리에 묻어 놓는 무기를 파내어 전투 준비를 시작한다면 그런 이야기들을 재빨리 얻어들어 나도 거기에 끼고 싶다는 바람도 숨어 있었고….

이처럼 낮에는 어린아이들과 처녀들에게 둘러싸여 천진한 기염을 토하고 있던 젊은이들이 밤이 되면 자기들끼리 골짜기, 그것도 다리 건너 외딴집에 모여 특히 아이들을 빼놓고 책동을 꾸미고 있다는 소문이 돌았다. 더구나 그들이 공격할 중요 목표 중 하나가 기이 형의 저택이라는! 그 소리를 들은 다음 날은 나도 어쩔 수 없이 신경이 쓰여 저택 앞까지 올라가 보았지만 솟을대문도 통용문도 닫혀 있었다. 계곡의 다리 근처에서 푸성귀를 씻고 있던 언덕 너머에 사는 농부의 아내는—기이 형이 어린 시절에 함께 목욕했던 사람 중 하나일 텐데—기이 형은 이제 아무도 만나지 않는다, 요 며칠 동안 기이 형뿐 아니라 세이 씨 모습도 보지 못했다고 말했다.

"마쓰야마에라도 가신 게 아닐까 싶은데요!"

나는 한편으로는 분명히 마음이 아프면서도 어린아이다운 무책임함으로 기이 형보다는 오히려 주재소라든가 면사무소,

국민학교 교무실에 이르기까지 골짜기와 '본동네' 일대에서
권위를 지녀온 모든 것들에 양성陽性의 씩씩함으로 도전해
가는 젊은이들 쪽에 마음이 기울어져 있었다. 어쨌든 그들이
이곳저곳으로 떼를 지어 골짜기를 옮겨 다닐 동안 그 뒤를
쫓아다니는 아이들 행렬에 나도 끼어들지 않고는 못 배겼던
것이다.

그러고 나서 기이 형의 저택에 관한 소문이, 그것도 아까
말했듯이 마을 사람 모두가 수치심을 공유하지 않을 수 없는
마음 아픈 일로 전해진 것이다. 더구나 그 소문은 지하당파
의 비밀 정보라도 되는 듯 일단 전해 들은 이가 재미 삼아 부
풀려서는 안 되고 할 수만 있으면 아는 사람들 사이에 숨겨
두어야 할 것 같은 정보였다.

소문은 기이 형이 요즈음 저택에 틀어박혀 골짜기는 물론
이거니와 '본동네'를 돌아다니는 일조차 없다는 말로 시작되
었다. 내가 내내 기이 형을 만날 수 없었던 것은 속속 마을로
돌아오는 귀환병들이 뿜어내는 매일같이 계속되는 잔치 분
위기에 들떠 있었다는 이유도 있다. 하지만 세이 씨를 통해
서라도 기이 형이 불러 주었더라면 나는 곧장 '본동네'의 저
택으로 달려갔을 것이다. 그 '천리안'의 밤 이래 기이 형으로
부터 연락이 끊긴 채로 발길이 뜸해져 아이들과 함께 젊은
귀환병들을 쫓아다녔다고도 할 수 있다. 더구나 귀환병들은

골짜기의 부잣집에 숨겨져 있던 야구 장비를 꺼내다가 국민학교 운동장에서 야구를 시작했다. 그것에 마음을 빼앗겨 기이 형네 쪽으로는 발길이 향하지 않았다는 사실을 내가 완전히 부정해 버린다면 그것도 정직하지 못한 것이지만….

시간이 흐르면서 기이 형의 저택 이야기는 옆에서 속삭이는 것 같은 낮은 목소리로 내 귀에도 들려왔다. 세이 씨가 알몸뚱이 허리에 오이를 붙들어 매고 여자 역할을 한 기이 형과 했다더라는 소문. 귀환한 사람들이 저택까지 떼 지어 몰려가서는 토방의 검은 귀틀에 이어진 대청에서 세이 씨와 기이 형을 둘러싸고 억지로 시켰다는…. 마을에 돌아온 이들은 자기들이 없을 때 가족 중의 여자들, 특히 젊은 아낙네들에게 기이 형과 세이 씨가 '천리안'을 해 주었다는 사실이 마음에 들지 않았다. '천리안'을 부탁한다는 것은 무엇보다도 마을에 남아 있던 아내를 둘러싼 갖가지 사정들을 기이 형과 세이 씨에게 숨김없이 들춰내 보이는 것이었으니까. 더구나 여자들은 '천리안'으로 본 것들을 의심 없이 믿고 있었지만 귀환한 이들의 경험에 비추어 보면 온통 거짓말뿐이었던 것이다. 외지에서 귀환병들이 돌아오면서 문제는 더욱 심각해졌다. 가장 빨리 선박을 타고 돌아온 '본동네'의 어느 집 장남이 — 전사 통지가 면사무소로부터 와 있었으니 기이 형만 책임질 일은 아니지만 — 집에 돌아와 보니 마누라는 무릎에 장애가 있는 덕택에 징용을 면한 자기 동생과 일찌감치 재혼해 있었다. 다름 아닌 기이 형의 '천리안'에 용기를 얻어.

아무리 패전 후 혼란기라고 해도 그런 실수와 그것이 만들어 낸 고약한 결과는 다른 데서는 듣지도 보지도 못한 일이었다. 그러니 귀환한 뒤 시간이 남아돌던 골짜기와 '본동네'의 젊은이들이 마누라를 동생에게 빼앗긴 남자를 선두에 세워 기이 형의 저택으로 쳐들어간 것은 어쩌면 자연스런 일이었다. 그리고 밤을 새워 담판을 한 결과 그야말로 기괴한 징벌이 가해졌다. 귀환병들은 마당에 다른 사람이 가까이 오지 못하게 보초를 세우고 파출소에 연락을 하러 달려가는 사람도 없도록 손을 썼다. 그리고는 기이 형과 세이 씨에게 '천리안' 때와 똑같이 옷을 입고 화장을 하라고 했던 것이다. 처음 의도는 '천리안'이라는 것을 실제로 자기들 앞에서 재현시키겠다는 생각을 벗어나지 않았을 것이다. 그런데 기이 형이 여장을 하자, 그 아름다움이 도화선이 되었겠지만, 창고에서 징발한 술에 취해 귀환병들은 여자처럼 꾸민 기이 형을 세이 씨와 성교시키려 했다. 하지만 기이 형의 성기가 제구실을 못 했기 때문에, "이건 마음속까지 여자가 되어 버렸군!" 해 가면서 이번에는 거꾸로 끈으로 오이를 허리에 묶은 세이 씨에게 기이 형 엉덩이에 하도록 시켰다는 것이다. 기이 형은 건장한 원 군인들에게 내리눌려서 엎드린 것이 아니라 벌렁 눕혀졌어, 라며 이야기를 하는 이는 두 무릎을 들어 올린 모습까지 흉내 냈고 과연 그 비참한 모습은 듣는 이들이 경멸감까지 느낄 정도였다. 기이 형은 그저 고통스런 표정을 짓고 있을 뿐이었지만 일이 계속되는 동안에 흥분한 세이 씨가 "더는 못 참겠어요!" 하며 대성통곡을 했다…. 이 마지막 부분만은 마을의 비밀스런 소문에서 떨어져 나와 술자리의 우스갯소리가 되기도 했다. 이 화제에 민감했던 나는 꽃구경 같은 때면 둥그렇게 자리를 잡은 술자리 옆을 분노와 안타까움으로 몸이 얼어붙은 것처럼 되어 빠져나오곤 했다. 더구나 그럴 때면 내 머릿속에는 어른들이 어리석게도 기분 좋은 듯이 되풀이하는 "더는 못 참겠어요!" 하는 대사가 작은 소용돌이를 만들었고 그것은 혐오감뿐 아니라 어떤 관능적인 메아리를 불러일으키는 듯도 했다. 소문이 끔찍했기 때문에 내가 이 일이 사실인지 기이 형에게 묻지 않은 것은 당연했다. 그런데 오랜 세월이 흐른 뒤 기이 형은 명랑한 태도로 그것에 대해 기록해서 그 소문이 사실이었구나, 하는 새삼스런 놀라움을 맛보게 했다. 그 편지는 내가 작가로서 생활을 시작하고 상당한 시간이 흐른 뒤에 도착했다.

『우리의 광기를 참고 견딜 길을 가르쳐 달라』라는 단편 소설집을 내면서 거기 모은 작품들의 의도를 설명하느라 「어째서 시가 아닌 소설을 쓰는가 하는 프롤로그와 네 개의 시

비슷한 것」이라는 서문을 쓴 적이 있다. 실제로 내가 쓴 시 비슷한 것을 싣기도 하였다. 그리고 그때 지형紙型을 뜨기 전에 서문만을 활자 상태에서 직접 인쇄해 달라고 해서 딱 열 부만 개인 소장 시집을 만들었었다. 이 소설집 제목이 오덴에게서 따온 것이기도 해서 나는 예이츠로 시작해서 영시를 가르친 스승, 기이 형에게 증정할 생각이었던 것이다. 그러나 기이 형의 반응을 보고서야 나는 기이 형이 그것을 알아챌 가능성을 미처 생각해 보지 못한 어리석음을 깨달았다. 기이 형이 시 비슷한 것 중 한편에 대해 "그것은 내 애기를 생각하고 쓴 거지?" 하고 물은 것이다.

극피棘皮동물을 뒤집는다 더구나
겉에는 오렌지색 살이 있고
안쪽으로 흑자색 가시가 모여 있는
거꾸로 된 성게를 다시 뒤집는다
어린 시절에는 여자에게 엉덩이를 보인다는 것만으로도
수치심에 죽을 각오였던 그가
장밋빛 항문을 핥아 가면서
자신의 똥구멍 털을 불어 헤치고
뜨거운 막대기 같은 혀가 스쳐 오기를
마음 가난하게 바라고 있다
뒤집는다 어린 자신을 끝까지 뒤집는다

기이 형은 우선 이 개인 소장용으로 만든 단편 소설집 안에 반영된, 내 아버지가 자살을 한 게 아닐까 하고 내가 어릴 때부터 극복하지 못하고 있는 의심에 대해 썼다.

　만약 K가 그 일이 정말로 마음에 걸려 해결하고 싶다면 자네 어머니와 잘 이야기해 볼 필요가 있지 않을까? 그렇지 않고 모친과 뒤틀린 관계를 몹시도 우스꽝스럽게 소설로 쓰는 것은 자네 스스로에겐 좋을지 모르지만 어머니 쪽에서 보면 어떨까?

기이 형은 골짜기나 '본동네'의 어른들과는 거의 교섭이 없었는데도 나의 어머니와는 서로를 인정하는 사이였다. 기이 형이 근거치 운동의 지도자로서 마을 젊은이들에게 존경받는 스타였던 시기에도 어머니와 기이 형의 우호 관계가 각별히 더해지지는 않은 모양이지만 그 후 범죄 사건을 일으킨 기이 형이 단번에 신망을 잃고 나서도 어머니가 기이 형에게 갖고 있는 돈독한 마음을 잃어버리는 일은 없었다. 이 편지가 쓰여진 것은 시기적으로는 근거치 운동의 중간쯤 되는데 기이 형은 어머니에 관해 이런 이야기를 하고는 그때까지 나에게 결코 이야기하지 않았던 패전하던 해 가을의 일을 갑작스레 꺼냈다.

일반적으로 우리나라 현대시는 주로 일인칭으로 개인의 사념을 이야기하고 개인의 내면만을 드러내고 있지, K. 그들이 영향을 입은, 그리고 내가 알고 있는 범위의 서구의 시인들도 — 단테조차도 소네트에서는! — 대부분은 그렇지. 그런데 자네 소설집에 나오는 역시 그러한 일인칭 시 중에서, 더구나 그건 가장 고백적인 것이었는데도 이건 자네가 타인의 경험에 서서 쓴 것이라는 냄새를 맡은 시가 있어. 게다가 그것은 자네가 오랫동안 마음에 품고 있던 20년이나 된 기억에 뿌리를 둔 것이라고 느끼고 있다네. ⋯ 어린 시절에는 여자에게 엉덩이를 보인다는 것만으로도 / 수치심에 죽을 각오였던 그가⋯. 자네는 이렇게 썼지.

그래서 나는 패전하던 해 가을을, 내가 오랫동안 마주하던 바로 그 방식으로 다시 떠올렸다네. 그 일 이후 줄곧, 특히 처음 몇 해 동안, 이런 식으로 스스로를 납득시키려 했었지.

나는 마을의 '청년단'에게 당했어. 그 경험은 말할 것도 없이 치욕적이었고. 하지만 내가 그것을 특별히 씻을 수 없는 치욕이라 느끼는 그 실체는 무엇일까? 숲속으로 돌아와 군대에서 길러 온 폭력을 쓸 곳을 찾아 헤매던 '청년단' 놈들에게 내리눌렸던 거지. 그것은 물리적인 역학 관계의 문제로서 나도 어찌할 수 없었어. 말하자면 뉴트럴한 것으로서 (N)이지? 내가 처녀 같은 화장을 하고 여자처럼

오이와 소 도깨비, 예이츠 239

차려입고 있었다. 이것도 '천리안'을 부탁하러 오는 마을 아낙네들이 원해서 이미 버릇이 된 일이니 (N). '청년단'의 강제적인 부추김으로 어릴 때부터 신세를 진 세이 씨를 강간하지 않으면 안 되게 되었지만 페니스의 상태 때문에 할 수 없었다. 이건 '청년단'을 한 방 먹인 셈이었어. 더구나 그 후에 나는 그때까지는 섹스 상대로는 생각해 본 적조차 없던 세이 씨에게 스스로 요구해서 제대로 할 수가 있었지. 이것으로 한 집에 사는 젊은 남녀가 의미 없는 성적인 금압에서 자유로워졌으니 (+). 덤으로 마침내 그 자유의 여파는 K에게까지 미치게 된 것 아닌가? 그런데 '청년단'이 세이 씨의 허리에 매달았던 키우리(오이라는 뜻. 두 가지로 쓸 수 있다)는 — 나는 나카노 시게하루中野重治의 표기법을 따라 키우리라고 쓴다. '큐우리'가 아니야. K, 자네도 '키우리'라고 쓰지? — 각도에 대한 고려 따위는 전혀 있을 리가 없으니 내 항문에 상처를 입혔지. 얼마 동안 배변 때마다 아팠어. 나중에 거울로 보았더니 상처는 아물었지만 늙고 굵은 지렁이 같은 살색의 동그라미 하나가 엉덩이의 선과 직각으로 새겨져 있더라구. 그 흔적은 내가 평생 짊어질 오욕의 표적같이 여겨졌으니 (−).

그래서 나는 '본동네'나 골짜기의 아가씨들이 내 항문을 보게 된다면 그리고 상처에 대해 언급한다면 곧바로 그 일을 떠올리게 될까 두려워하고 있었다네. 어찌 된 셈인지 당시 마을 처녀들 사이에는 불을 켜 둔 채로 이쪽의 사타구니를 파고 들어와 펠라티오하는 것이 도회풍이라는 묘한 유행이 있었거든. … 어린 시절에는 여자에게 엉덩이를 보이는 것만으로도 / 수치심에 죽을 각오였던 그가….

패전한 해 가을, 그 일이 은밀한 소문이 되어 마을에 퍼졌을 때 나는 그것이 기이 형이 받은 굴욕이라서 마음이 아팠지만 형보다도 세이 씨가 더욱 가엾게 여겨져서 어린 마음에도 기이 형이 못마땅했다. 나라면 혀를 깨물고 말지, 하는 식의 끔찍한 생각도 했다. 그리고 이것을 이유로 나는 기이 형 집에 공부하러 가는 일을 일시적이나마 중단해 버렸다. 그것은 당시 열 살짜리 어린애에 불과했던 내가 기이 형이라는, 일생을 두고 깊은 관계를 맺으며 살게 될 상대방을 제대로 파악하지 못하고 있었다는 뜻이 될 것이다.

그래서 내 기억 속에서는 소문으로밖에 모르면서도 극채색의 세부에 대해서는 몇 번이나 꿈을 꾸었던, 저택 현관에 이어진 대청에서 벌어진 이 사건은 바로 뒤인 이듬해 가을 축제 때의 정경으로 바로 이어졌다. 이날 일어난 새로운 사건을 계기로 나는 다시 기이 형의 저택에 다니기 시작했던 것이다. 사실은 이 두 가지 사건 사이에 진주한 젊은 군인들이 지프로 강줄기를 거슬러 올라왔고 마지못해 면사무소에

슬금슬금 모였던 마을 유지들이 그들에게 대응하지 못하고 우왕좌왕하고 있을 때 기이 형이 해냈던 역할이라는 것이 있는데…. '본동네'의 저택까지 사람이 부르러 갔을 때 그에 응답하여 자전거로 나타난—면사무소 직원이 팥죽 같은 땀을 흘리며 비탈길을 밀고 올라간 자전거를 타고 내리막길을 페달에서 발을 뗀 채로 바람을 가르며 온—기이 형이 멋지게 영어로 응대했다. 이것은 누이동생에게 다시 확인해 본 바로는 분명히 이듬해 가을 축제 전이었지만 나는 기이 형이 노골적인 경멸을 드러내며 '청년단'이라 불렀던 자들에 대해 우위를 회복했던 바로 그 가을 축제 때의 사건 뒤로 기억하고 있었다….

가을 축제 때의 사건, 이것도 나는 전쟁이 끝나고 귀환한 마을 젊은이들이 소 도깨비를 끌어내어 그때까지 중단되어 있던 가을 축제를 재개한, 패전한 해에 일어난 일로 기억하고 있었지만 누이에게 묻고 다시 어머니에게 확인한 결과, 그것은 패전한 이듬해 가을 축제였던 것이 확실해졌다. 그렇다면 주둔군의 지프가 마을에 오던 날 그렇게 활약했는데도 기이 형이 치욕적인 냄새가 풍기는 소문에 덮여 고립된 기간은 일 년 동안이나 이어졌던 셈이다. 그리고 맨발로 만난 이래 적어도 내가 기억하는 한, 기이 형은 골짜기 시절의 나에게는 언제나 가장 큰 존재였으니 열 살에서 열한 살까지 일

년 동안 나는 자나 깨나 기이 형이 곤경에 처했다는 사실을 마음 아파하면서도, 아마도 전후에 곧 시작된 야구를 비롯하여 아이들이 열중한 새로운 놀이에 넋이 빠져 있었던 것이리라….

위령제라는 성격이 분명한, 미시마 신사에서 벌이는 가을 축제에서는 대나무를 갈라 엮은 얼개에 검게 물들인 헝겊을 씌워 소의 몸통을 만들고 검고 커다란 머리를 붙여 스무 명이나 되는 젊은이가 그 속에 들어간다. 그들이 짊어진 소 도깨비가 골짜기에서 '본동네'로 달려 올라갔다가 다시 달려 내려가 강 건너에 있는 고신 님의 별당을 한 바퀴 돌고 신사에 돌아온다. 이 소 도깨비를 동적인 측면, 그리고 경내의 가구라神樂를 정적인 측면의 대표로 삼아 해마다 미시마 신사의 축제를 치르는 것이다.

소 도깨비의 몸통은 골짜기의 현도에서는 방향을 바꿀 수 없을 만큼 컸고, 금분으로 윤곽을 그린 검은 눈이 튀어나오고 부채만큼이나 커다란 혀를 빼문 머리통은 헝겊 주머니로 만든 목을 늘였다 줄였다 하면서 놀랄 만큼 높이 올라갈 수 있었다. 옆에서 소의 고삐를 거머쥔 세 명의 젊은이도, 소라 나팔을 부는 신주神主의 아들도 일단 소의 몸통 안에 들어간 젊은이들을 제어할 방법은 없는 모양이어서 부우부우 하는 소리로 울부짖으며 지면을 울리듯이 차고 달리는 소 도깨비는 정말로 무서웠다. 그래도 우리들 마을 아이들은 소 도깨비에게 욕을 퍼부어 가며 떼를 지어 쫓아다녔다. '본동네'에서 고운 옷을 차려입고 골짜기로 내려오는 길에 소 도깨비를 만난 처녀들이 울면서 밭으로 뛰어내려 진흙투성이가 되는 것을 본 적도 있다.

가을 축제가 다가오면서 그해에는 귀환해 온 젊은이들에게 밉보인 마을 유지들의 집에 소 도깨비가 쳐들어가 난리를 피울 것이라는 소문이 미리 퍼졌다. 그래서 찔리는 구석이 있는 유지들은 마을 실무자들을 통해 미리 손을 써 두었기 때문에 실제로는 소 도깨비가 골짜기의 유지들 집에서 난동을 부리는 일은 없었다. 소 도깨비의 몸체 부분을 지면에 비스듬히 눕혀 두고 그 속에서 나온, 뜨거운 물이라도 뒤집어쓴 듯 땀투성이가 된, 반쯤 벌거벗은 젊은이들이 번듯해 보이는 집 대문 앞에서 귀한 술과 음식을 대접받는다. 배가 고프기는 하지만 그런 티를 보이려 하지 않는 아이들이 그걸 지켜보고 있다. 배불리 먹은 소 도깨비는 다시 먹으로 온통 칠한 머리와 몸통에 맹렬한 투지를 드러내며 '본동네'로 향한다. 나는 홀로 커다란 걱정을 마음에 품으면서도 주위 아이들의 맹목적인 흥분에 나 자신도 물들어 찢어진 짚신을 한 줌의 지푸라기처럼 발가락에 엉겨 붙인 채 소 도깨비 뒤를 쫓아다녔던 것이다.

이제 소 도깨비는 확실히 기이 형의 집을 향해 가고 있었다. 옛날부터 몇 번이나 강 아래에서 '본동네'까지 그렇게 쳐올라가 집이나 세간살이뿐 아니라 거기 사는 사람들까지 마음대로 짓밟았던, 자기들이 태어나기도 전부터 횡행한 파괴의 기억을 되살리는 듯 대접받은 술에 취하고 격렬한 운동으로 흥분한 스무 명이나 되는 젊은이들이 소 도깨비의 부우부우 울부짖음을 숲 꼭대기까지 울리며 '본동네'로 달려 올라가는 것이다. 이제는 소의 고삐를 잡고 있던 젊은이들조차 이미 교체 요원들과 함께 소 도깨비를 뒤따라 달리고 있을 뿐이니 시커멓고 커다란 머리로 하늘이라도 꿰뚫을 듯이 치달리는 소 도깨비를 제어할 자는 정말 없다. 나는 가슴이 찢어질 듯한 심장의 고동에 몸을 떨면서 달리고 또 달렸다.

강을 따라 달려가던 소 도깨비는 갈림길까지 오는 동안 아이들과 크게 거리가 벌어졌다. 아이들은 강을 건너 나무들 사이 비탈길을 오른다. 길 도중에서 모두들 달리면서 소가 주로 머리 무덤 쪽으로 건성으로 고개를 숙여 인사하고 — 축제 때는 신사나 별궁뿐 아니라 그곳에 대한 경외심도 되찾는 것이다 — 떡갈나무와 북가시나무 잎으로 이루어진 터널의 지름길을 빠져나간다. 그렇게 다 올라간 꼭대기, '본동네'의 논밭을 둘러볼 수 있는 곳에 숨을 헐떡이며 멈춰 서서 왼쪽 아래로 강을 따라 난 길을 땅을 울려 가며 빠져나온 소 도깨비가 기이 형의 집 쪽 언덕으로 향하는 것을 보았다. 모퉁이에서 커다랗게 부풀어 길옆의 채소밭에 발이 빠졌던 소 도깨비가 다시 길로 돌아와 대형 트럭이 비탈을 오르듯이 두세 번 제자리에서 왔다 갔다 하더니 한층 더 높고 급한 소리로 부우부우 하면서 스스로를 격려하며 급한 비탈길을 올라간다. 그 커다란 먹빛 몸체로부터 지면에 닿을락 말락 늘어진 검고 큰 머리의 목적지인 솟을대문 앞을 너무나도 보잘것없이 조그마한 인간의 몸이 한 손에 하얀 막대기를 들고 얼핏 막아섰다. 나뿐 아니라 비탈 쪽을 바라보던 아이들 모두가 억눌린 듯한 비명을 질렀다. 저건 기이 형이다, 기이 형은 저러다가 소 도깨비에게 짓밟히고 말 거야….

흰색 막대기를 휘두르지도 않고 그저 옆으로 내려뜨린 조그만 사람 옆으로 고개를 낮추고 다가간 소 도깨비는 그 코 언저리가 소년의 가슴팍에 닿을 정도였다. 거기서 소 도깨비는 넘쳐 오르던 힘이 휘어지듯 멈춰 서더니 오르기 시작할 때와 마찬가지로 땅을 구르듯이 두세 번 뒤로 물렀다가 돌진하기를 거듭했다. 그 모습은 세찬 비로 하수관의 배수구가 넘쳐 그 바로 위에 떠 있는 나막신 한 짝이 소용돌이치면서 좀처럼 빨려 들어가지는 않는, 그런 꼴이었다. 그리고 허리를 곧추세우고 똑바로 서 있는 작은 그림자는 소 도깨비의 검은 몸통에 가려 안 보이는 때는 있을지언정 결코 흔들리거나 물러서는 일이 없었다.

결국 시간이 흐르면서 속에서 쉴 새 없이 제자리걸음을 하던 젊은이들의 흐트러지는 움직임이 소 도깨비의 반원형 몸통 전체에 나타났다. 소 도깨비는 비스듬히 쓰러지면서—몸통을 지탱하는 대나무 얼개를 밀어 올리고 발 쪽을 확인하려고 젊은이들이 한 짓이겠지—비탈길을 뒷걸음질 치며 내려가더니 잘못 힘이 쏠려 또 한 번 채소밭으로 발을 헛디디며 머리를 높이 쳐들고 엉덩방아를 찧는 모양이 꼴이 되었다. 와! 하고 아이들은 환성을 질렀고 나 또한 목청껏 소리를 지르고 있었다. 어쩌면 나만은 비명을 지르고 있었던 것이겠지만…. 소 도깨비의 자세가 완전히 무너져 옆으로 쓰러져 버리면 젊은이들은 몸통에서 굴러 나오게 될 것이다. 일단 그렇게 되면 술에 취한 젊은이들은 소 도깨비라는 한 무리가 되어 언덕을 오른다는 게임의 규칙을 저버리고 비탈길 꼭대기에 서 있는 기이 형에게 각자 덤벼들기 시작하는 것이 아닐까?

"나도 그때만은 등허리가 오싹오싹하더라."

기이 형은 후에 말했다.

"칼을 들고 소 도깨비의 불룩한 머리통을 상대하는 건 괜찮지만 말야, 소 도깨비에서 나와 한 사람씩 덤비는 '청년단'을 베어 버릴 수는 없잖아, K. 하지만 더 오싹했던 건 실제로 그들이 덤벼들었다면 나는 칼을 휘둘러 처음 한 사람을 찌르게 될 거고 그 뒤부터는 제정신이 아니라 아무도 말릴 수 없게 되어 버릴 테니….

내가 와와, 하며 소리를 질렀던 것도 당장 눈앞에서 미쳐 버려 더 이상 나와는 연결될 수 없는 곳으로 가 버릴 듯한 기이 형을 떠올렸기 때문이었다. 하지만 소 도깨비는 채소밭의 진흙으로 더럽혀진 몸통을 일으키더니 제자리걸음으로 자세를 가다듬고 이번에는 골짜기의 강을 따라 길을 거슬러 올라 갔다. 그리고는 폭포 옆을 빠른 속도로 달려 올라가 단숨에 덴쿠보 고개까지 이르더니 한바탕 부우부우 하고 소라 나팔을 불어 젖혔다. 그러고는 영차영차 하며 방향을 바꾸어 비탈길을 달려 내려가 그 기세로 골짜기까지 달려 돌아가 버렸다.

그때야 다시 기이 형네 솟을대문 아래를 돌아다보니 이미 거기엔 하얀 막대기로 보였던 칼을 빼든 사람은 보이지 않았다. 그리고 나는 어떤 착상에 사로잡혔다. 그 무서운 소 도깨비를 — 그것은 분명히 대를 갈라 만든 몸체에 먹물을 들인 헝겊을 덮어씌우고 검고 큰 머리를 붙인 것에 지나지 않았지만, 술에 취한 스무 명의 젊은이가 그 속에 들어가 달리기 시작했을 땐 정말이지 무서웠다 — 혼자서 쫓아 버린 것은 분명히 기이 형이지만 그것은 단지 그 집에 살고 있던 휴학 중인 열여섯 살짜리 소년의 힘만은 아니었다. 숲 꼭대기 나무 뿌리 근처에 있던 '파괴자'의 혼이 내려와 소년의 몸에 들어가 가세했던 것이다. 전쟁에 지고 나서 곧, 골짜기 사람도 '본동네' 사람도 엽총과 칼 종류를 모두 다 기름종이에 싸고 나무상자에 넣어 숲 가장자리에 묻어 두었을 텐데 소년이 하얀 막대기로 보일 만큼 잘 손질한 칼을 지니고 있었던 것은 아마도 '파괴자'가 숲에서 내려와 건네준 것이리라. 그렇게 '파괴자'의 혼과 일체가 될 수 있는 소년이기에 기이 형은 '천리안'도 할 수 있었던 것이다. 기이 형이 스스로 '천리안'을 하겠다고 말을 퍼뜨릴 리가 없는데도 골짜기와 '본동네' 여인네들이 기이 형이 '천리안'의 힘을 가진 것을 눈치채고 그처럼 너나없이 '천리안'을 소원하고 온 것은 어째서일까? 그것은 숲의 꼭대기에서 '파괴자'의 혼이 내려와 기이 형의 몸 안에 들어간다는 것을 누구나 알고 있었기 때문이리라. 무엇보다도 기이 형 자신이 '파괴자'를 맞이하는 새색시로서 분과 연지로 단장하고 결혼식 의상을 걸친 것이다.

이제 아이들은 소 도깨비가 저택을 짓밟지 않았기 때문에 어쩐지 김이 샜다는 듯 천천히 저택 아래 시냇가까지 내려와 물을 먹기도 하고 머리나 어깨에 물을 끼얹기도 하더니 강물을 따라 난 옛길을 휘청휘청 돌아갔다. 축 늘어진 아이들 무리에는 나도 끼어 있었다. 이제 기이 형이 혼자서 '청년단'과

대항하는 용기를 보임으로써 눅눅하고 어두운 소문의 오명
을 단번에 벗어 버린 것을 타오를 듯한 자랑스러움으로 되씹
어 가면서도 내가 기이 형 집으로 올라가지 않았던 것은 어
째서였을까? 그것은 틀림없이 숲 꼭대기 나무뿌리 근방에서
내려온 '파괴자'의 혼이 그 하얀 막대기를 들고 혼자서 소 도
깨비에 맞섰던 소년—그는 화장을 하고 고운 옷을 입고 '천
리안'을 하는 아름다운 처녀이기도 하다—과 합체하고 있는
모습을 보기가 두려웠기 때문이라고 생각한다. 다시 저택에
다니게 된 뒤, 기이 형은 그 가을 축제 날, 소 도깨비를 솟을
대문 아래서 격퇴하고 나서 천체 관측소를 만들고 있던 별채
지붕에 올라가 시냇가를 내려다보고 있었다고 했다. 격렬한
기세로 비탈을 올라오는 소 도깨비를 기다리는 동안에도 다
름 아닌 내가 아이들과 섞여 있는 것을 확실히 보았기 때문에
내가 오랜만에 집에 와 주지 않을까 하고 지켜보고 있었던
것이다.

"하지만 K는 가끔씩 뒤를 돌아보면서 터덜터덜 골짜기로
돌아가 버렸지!"

주둔군의 지프는 패전한 해 가을 어느 날 오후, 강줄기의
현도를 따라 올라왔다. 앞서 말했듯이 내 세부적인 기억의
아나크로니즘은 기이 형이 마을 젊은이들에게 끔찍한 일을
당한 사건에 이어 축제 때 소 도깨비에 맞선 기이 형, 그리고

주둔군과 마을 사이를 중개하는 역할을 훌륭하게 해내는 기이 형, 하는 순서로 기억하고 있었지만…. 그러나 주둔군이 마을의 면사무소에 온 것은 분명히 패전한 해 가을이었고 가을 축제 때 소 도깨비에게 대항했던 기이 형이 들고 있던 하얀 막대기, 즉 칼을 주둔군이 골짜기에 나타났을 때 발각당하지나 않을까 걱정한 기억이 없는 걸 보면, 가을 축제는 이듬해 일이 맞는 듯하다. 그때까지 여전히 기이 형이 집안에 전해 오던 칼을 지니고 있었다는 사실을 몰랐기 때문이다. 하얗게 질린 마을 어른들이 금속 탐지기로 색출될까 봐 총이나 칼을 숲 가장자리에 묻으러 간다고 법석을 떠는데 기이 형 혼자서 아무렇지도 않게 무시하고….

패전 일까지 국민학교에서 가장 퍼내틱한(광적인) 교장의 조수로서 황거 예배니 전승 기원에 아이들을 끌고 다니던 교감이 어느 날 아침, 교정에 집합한 전 아동에게 "헬로!" 하는 인사를 연습시켰다. 사건은 그다음 날 일어났으니 골짜기에 주둔군이 출현하리라는 조짐이 있었던 것이리라. 나는 아이들과 함께 골짜기로 들어가는 목에 있는 도랑에서 헤엄을 치고 있었다. 거기에 그야말로 청천벽력할 일! 열 명 정도 되는 주둔군 병사들이 도로에 지프를 세우고 내려오더니 여름풀들이 무성한 강가에 옷들을 벗어 던지고 바위 위에서 거품이 이는 못으로 곧바로 뛰어들어 물놀이를 시작했다. 처음에 아이들은 도랑이 못으로 흘러들어 퍼져 나가는 강 아래 대나무 덤불의 그늘까지 도망쳤지만 결국은 금세 다가와서 온몸이 핑크색이고 다만 뭉툭한 페니스만이 노란색 섞인 오렌지빛을 띠고 있는 젊은 병사들이 소리도 내지 않고 웃지도 않으면서 물놀이하는 것을 끝까지 지켜보았다. 그들이 우리를 개나 고양이에 준하는 토착민 새끼들쯤으로 간주하고 있는 태도는 너무나 명백해서 "헬로!"고 자시고가 없었다. 곁들여 우리 눈에는 이것도 기이한 인상을 심어 주었는데, 그 주둔군 병사들은 물에 젖은 몸을 전혀 닦지 않고 옷을 입더니 하얀 맨발 그대로 각자 커다란 구두를 손에 들고는 지프 쪽으로 올라갔다. 도랑을 비워 주고 강둑으로 쫓겨 올라가 등허리를 델 듯 내리쬐는 햇볕을 받고 있던 우리 아이들 무리도 허겁지겁 셔츠와 바지를 입고 역시 하나같이 맨발로 마을로 올라갔다. 어느 누구도 고무창이 붙은 운동화 따위는 갖고 있지 않았으니까. 숲속의 토지는 삽시간에 주둔군에게 점령당했다, 우리가 전혀 아무런 저항도 하지 못하는 포로들이라고 느끼는 와중에. 실제로 그 앞을 지나면서 들여다보니 골짜기에 있는 어른들은 하나같이 눈을 내리깔고 토방에서 우물쭈물하고 있는 모양이었다. 그들도 모두 면사무소를 향해 출발한 지프가 마음에 걸렸지만 한꺼번에 일을 그만두고 면사무소로 모였다가는 주둔군 병사들을 여럿이서 둘러싸고 해코지라도 한다는 오해를 받을까 봐 두려워하고 있었던 것이리라.

그래도 우리가 이발소 겸 여인숙의 모퉁이를 왼쪽으로 돌아 비탈길을 올라가 농민회 앞에 이르렀을 때, 그 광장에는 어른 아이 할 것 없이 사람들이 한 무더기 모여 있었다. 제철에는 개구리가 크게 번식하는 용수로가 그 옆에 있고 그곳에서 면사무소로 이어지는 길은 한층 더 가파른 비탈길이었다. 마침 우리가 그곳에 도착했을 때 면사무소에서 부르러 보낸 직원의 자전거를 타고 '본동네'에서 페달을 밟을 필요도 없이 달려 내려온 기이 형이 면사무소 앞에 당당하게 자전거를 세우고 있는 참이었다. GI 하나가 총을 무릎에서 어깨까지 들어 올리고 보초를 서고 있는 지프 옆에 기이 형은 옅은 쥐색 학생복에 가죽 단화, 그리고 옷과 같은 색깔의 모자까지 갖추고 작지만 튼튼해 보이는 책 한 권만을 손에 들고는 ─ 그것이 포켓판 옥스퍼드 사전이란 것을 아는 이는 마을 사람 중 오직 나뿐이었다 ─ 물기 없이 깔끔하고 새하얀 목덜미를 보이며 비탈길을 가볍게 뛰어오르더니 어두운 면사무소 현관으로 사라졌다.

그대로 한 30분 지나더니 이제는 구두를 신은 주둔군 병사들이 땅을 울려 가며 나왔다. 광장에 모여 있던 마을 사람들은 아이들을 선두로 하여 볼품사납게 도망 다녔고 지프의 짐칸에서 열심히 무엇인가를 씹으며 — 그때 추잉검을 씹는 사람을 처음 보았다 — 지키고 있던 병사가 총을 가슴 앞으로 들어 올리며 버티고 서자 이쪽에는 지면에 엎드리는 자도 있고 그 사람에 걸려 넘어지는 자도 있어서 혼란은 더욱 가중되었다. 그것을 명랑하게 방관하는 태도이던 주둔군 병사들은 대부분 지프 두 대에 나누어 타고 강 아래로 발진했다. 그리고 남은 한 대가 두 사람의 병사와 더불어 다름 아닌 기이 형을 싣더니 이번에는 강의 위쪽으로 돌아갔던 것이다. 호오, 하는 탄식이라고도 환성이라고도 할 수 없는 웅성거림을 마을 사람들 모두에게 일으켜 놓고….

이어서 면사무소에서 촌장과 조역, 수입역 그리고 초등학교 교장과 주재소의 순사까지 나타났다. 땀투성이가 되어 벌게진 얼굴에 한 손으로는 햇빛을 가려 가며 그들은 이곳저곳 자기들을 둘러싼 구경꾼들에게 조금 전에 면사무소 안에서 벌어졌던 일을 설명하기 시작했다. 갑자기 생기가 돌기 시작한 그 사람들 무리에 끼는 대신 나는 기이 형이 타고 왔던 자전거를 집어타고 마지막으로 떠난 지프를 좇아 강 위쪽으로 부지런히 페달을 밟았다. 하지만 '본동네'로 가는 갈림길에도 이르기 전에 지프가 뭉게뭉게 흙먼지를 일으키며 되돌아왔기 때문에 나는 그야말로 소 도깨비에 기겁을 하는 '본동네' 처녀들처럼 자전거를 옆으로 쓰러뜨리면서 길옆의 보리

밭으로 뛰어내렸다. 바로 머리 위를 달려가는 지프에는 심각하게 정면을 노려보며 서 있는 주둔군 병사 두 사람밖에는 아무도 없었다. 잠시 후 강 아래쪽에서 "헬로!" 하고 웅얼대는 듯한 소리가 들려온 것은 면사무소 앞 광장에 모여 있던 사람들이 지나가는 지프의 뒤꽁지에 대고 뒤늦은 배웅을 한 것이겠지. 나만은 기이 형에게 무슨 일이 있었는지 걱정이 되어 정말이지 가슴이 찢어질 듯한 기분으로 보리밭 가운데 서 있었지만….

이날부터 골짜기와 '본동네'에 퍼진 기이 형에 대한 평판은 — 나처럼 그것이 아무리 확대되어도 이상할 것이 없다고 생각하는 사람에게는 아무렇지도 않았지만 — 말 그대로 비정상일 정도였다. 이제 와서 생각해 보면, 휴학하고 집에서 쉬고 있는 구제 중학교의 학생이었던 기이 형이 갑자기 얻은 환상적인 명성이 십오 년도 넘게 살아남아서 근거치 운동을 가능하게 했다고도 말할 수 있을 것 같다. 내가 할머니를 비롯하여 골짜기 노인들에게서 옛이야기로 들었던 '메이스케'의 이미지, 역시 소년의 나이로 골짜기와 '본동네'의 위기에 대처했던 그의 모습은, 마을 사람들의 가슴 속에서 마을이 생긴 이래 처음으로 아메리카인들이 길목을 넘어 들던 날, 어린 나이에 훌륭히 활약을 해낸 기이 형과 그대로 겹쳐졌다.

마을 사람들이 입에 침이 마르게 기이 형을 칭찬해 대는 것을 질리지도 않고 듣고 돌아다닌 끝에 내가 종합한 그날 사건의 전모는 이렇다. 면사무소에 급히 소환된 골짜기와 '본동네'의 유지들이 맞아들인 주둔군 병사들은 일본어 통역을 데리고 오기는 했었다. 그러고 보니 도랑에서 물놀이를 하던 주둔군 병사들 틈에 몸집도 행동도 다른 이들과 별로 다름이 없지만 핑크색 알몸뚱이들에 섞여 약간 피부색이 어둡고 조금 작아 보이는 남자를 본 듯도 했다. 이 혼혈인 병사는 일본어를 하기는 했지만 알고 있는 단어 수가 지극히 한정되어 있었던 모양이다. 그런데 주둔군 병사 중에 젊지만 이미 머리가 벗겨지기 시작한 영리해 보이는 인물이 — 실은 군속이었다는 둥 아메리카 신문의 특파원이었다는 둥 하는 소문이 나중에 돌았다 — 마을에 대해 여러 가지 질문을 했다. 그 질문을 통역해서 들려주는 것까지는 되는데 마을 쪽에서 거기에 대해 웬만큼이라도 대답을 할라치면 통역은, 뭐야, 그거는? 하는 식으로 금세 뛰어넘기 힘든 장애에 부딪치는 것이 보이곤 했다는 것이다. 더구나 질문을 한 병사는 통역과 마을 쪽의 요령부득의 문답이 아무리 오래 계속되어도 결코 단념하지 않고 열심히 대답을 기다리고 있었다.

뭔가를 듣고 싶어 하는 주둔군 병사는 강 아랫마을에서도 이미 여러 가지 질문을 해 온 모양으로 강줄기 끝의 가장 오지에 있는 이 마을이 유신 전에는 독립하고 있었다는 것은 사실인가, 그렇다면 그것은 도대체 어떤 이유인가 하고 물었다. 그런데 그 단계에서 마을의 유지들 사이에 섞여 있던 대학을 나온 자가 직접 주둔군 병사와 영어로 이야기를 하려 들었고 이야기 도중에 저쪽에서 '부라쿠민部落民'이라는 낱말이 나오자 크게 힘을 얻었다는 듯이 yes, yes 하고 큰 소리로 대답을 하면서부터 이야기가 꼬이기 시작했다는 것이다. 이 지역에도 피차별 부락은 있다. 하지만 마을 전체가 그런 것처럼 주둔군에게 신고되어 버리면 앞으로 점령하에서 이것저것 불리한 일이 생기는 것이 아닐까? 그때까지는 줄곧 공손하게 입을 다물고 싱글벙글 웃고만 있던 촌장이 조역과 교장에게 자신이 염려하는 바를 귓속말로 전했다. 그래서 점점 더 기분 좋은 얼굴로 yes, yes를 연발하고 있던 대학 졸업자의 소매를 잡아당겨 견제를 했다. 그런데 그때 마침 도착한 기이 형이 천천히, 그리고 확실한 영어로 이야기하여 그 곤란을 타개했다는 것이다.

"저렇게 천천히, 그것도 기초 단어로 이야기를 하면 통하기는 통하지."

그 대학 졸업자는 이렇게 말했다든가….

"우리 마을을 이 지방에서 특별한 장소로 여기는 것은 역사와 지형 때문입니다. '부락민'과는 관계가 없습니다. 이 사람은 당신의 질문을 오해하여 yes라고 대답한 것입니다. 이 마을은 메이지 유신보다 훨씬 앞서 강 아래 조카마치에서 도망 온 젊은이들이 건설한 것입니다. 그리고는 오랫동안 사람들은 외부로부터 고립되어 지냈습니다. 그들에게 그러한 역사가 가능했던 것은 이 마을이 커다란 숲속의 외딴 섬 같은 지형이기 때문입니다. 물론 현재 이 마을은 이 지방의 다른 마을들과 조금도 다르지 않습니다."

이렇게 영어로 이야기함으로써 기이 형은 지프로 찾아온 진주군 병사와 마을 책임자, 유지들 사이에 생긴 문제를 풀었다. 나아가 그 지형에 관한 설명에 흥미를 느낀, 질문하기 좋아하는 병사와 함께 지프에 동승하고 '본동네'에 올라가 덴쿠보의 언덕에서 골짜기를 커다랗게 싸고도는 숲을 바라보게 했다. 저것이 마을을 창건한 사람들에게까지 거슬러 올라가는 오래된 집 중 하나인 우리 집이다, 라며 기이 형은 저택을 가리키기도 했다. 솟을대문 앞의 언덕 아래에서 멈춰 기이 형이 지프에서 내릴 때, 병사는 설명과 안내에 대한 감사의 뜻으로, 옥스퍼드 사전을 들고 있는 기이 형에게 자기가 읽고 있던 책 한 권을 주었다. GI용 포켓판 영시 모음집이었다. 출판사라든가 정식 타이틀은 그 책을 몇 번이나 손에 집어 들었던 나도 이미 기억하지 못하지만….

면사무소에서 덴쿠보 언덕까지는 걸으면 상당한 거리이지만 장애물이 전혀 없는 길이니 지프로 달리면 금세였다. 식

물에도 흥미가 있는 병사를 위해 언덕 아래서 지프를 세우고
—지프를 운전하는 또 한 병사는 일본인 소년에게 차별적이
어서 덴쿠보를 힐끗 쳐다보는 일조차 없었다 — 큰 노송 쪽
으로 안내하여 습지에 막혀 더 이상은 갈 수 없는 아슬아슬
한 곳까지 갔다가 돌아오는 동안, 기이 형은 역시 단순한 문
형에 기본적인 어휘로 이 마을이 외딴 마을로 고립되어 있었
던 때 일어난 옛이야기 하나를 들려주었다. 기이 형은 전쟁
중에 영어 교육이 제한되는 데 불만을 지닌 중학교 선생을
중심으로 한 열성적인 서클에서 자기가 나고 자란 마을에 관
해 영어로 작문을 한 적이 있어 그것을 떠올려 가면서 이야
기했다고 한다.

젊은 병사는 마을의 역사를 연구하여 책으로 내면 좋겠다
고 말했고 기이 형은, 그 일은 줄곧 계획해 왔다, 내가 연구
하고 친구가 책을 쓸 것이라고 대답했다. 병사는 또, 너희들
은 도쿄에 나가 공부하고 거기서 학자가 될 것이냐고도 물었
다. 기이 형은 자신과 친구는 틀림없이 도쿄의 대학에 가겠
지만 과정을 마치고는 이 숲속으로 돌아와 평생토록 살 것이
다, 왜냐하면 우리들은 일본에서 이곳이 가장 살기 좋은 곳
이라고 믿기 때문이다, 라고 대답했다. 병사는 얼마 동안 묵
묵히 있더니 너와 네 친구가 그렇게 믿는다면 일찍이 너희
조상이 그렇게 믿고 이곳에 마을을 창건한 것은 옳은 일이었

다고 생각한다, 고 말했다….

이 이야기 앞부분은 마을의 소문으로 들었지만 후반부는 다시 만나기 시작한 기이 형에게서 직접 들은 우리 두 사람만 아는 이야기였다. 나는 기이 형이 주둔군 병사에게 이야기한—자기가 이 마을의 역사를 연구하고 친구가 그것을 책으로 쓴다고 하는, 그 쓰는 이에 내가 선택되었다는 사실을 얼마나 깊은 자랑스러움과 기쁨으로 받아들였던가!

주둔군 병사가 영시 모음집을 주게 된 것은, 여기에 너랑 네 친구 같은 사람에 관한 시가 있다, 면서 책장을 뒤적이는 데 시간이 걸렸기 때문이었다. 지프를 운전하던 병사가 투덜거리자 그는 시를 찾는 것을 포기하고 책을 덮더니 그대로 기이 형에게 주더라는 것이었다. 정말 다행이었네, 찾던 시가 금세 눈에 띄지 않아서! 라고 나는 말했고, 응, 다행이야! 라고 기이 형도 힘주어 대답했다. 그리고 우리는 그 후 젊은 주둔군 병사가 보여 주려던 것은 이게 아니었을까 하며 그럴듯한 시를 몇 개나 골라내곤 하였다. 처음에 인용한 어린 시절의 덧없는 맹세를 생각하네라는 예이츠의 시구도 그중의 하나. 만약 그 젊은 주둔군 병사가 찾으려 애쓴 시가 이것이었다면 그는 기이 형과 나의 맹세와, 그 결말에 이르기까지를 실로 정확하게 읽어 내어 거기 딱 들어맞는 시를 보여 주려 했던 셈이었다….

제3장 [naif]라는 발음의 별명

　일련의 사건들 이후 다시 긴밀한 사제 관계를 맺자 나는 틈만 나면 '본동네'에 올라가 기이 형의 저택에서 지냈다. 그동안 주둔군 병사가 주고 간 영시집을 펴 보지 않은 날은 없었던 것 같다 ─ 이것이야말로 우리들이 한 어린 시절의 맹세의 증거였다 ─ 구제 중학 3학년이 되려던 참에 휴학한 기이 형과 영어를 정식으로 배운 적이 없는 내가 할 수 있는 일은 모음집 속에 있는 쉬운 시를, 그것도 표면적인 의미만을 겨우 파악하는 데 지나지 않았을 것이다. 게다가 이때부터 시라는 것은 다른 말로 풀지 말고 그대로 이해해야 한다는 지론에 따라 기이 형은 단 한 편도 일본어로 번역해 주지는 않았다.

그런데도 이 시 모음집에 얽힌 추억은 선명하게 남아 있다. 내가 지방 도시의 신제 고등학교 3학년으로 하숙 생활을 하고 있는데 — 이미 패전 후 7년이 흐른 뒤였다 — 누이동생이 편지를 보냈다. 기이 형이 대학을 졸업했는데도 도쿄에서 취직할 생각은 않고 마을로 돌아왔다는 내용이었다. 그때 나는 가슴이 벅차오르는 기쁨을 느꼈고 그것을 어떻게든 표현하고자 앞서 인용한 예이츠의 시를 떠올렸다. 그것도 예이츠의 집에서 오랫동안 일하고 있던 남자가 길에서 우연히 만난 예이츠에게 건넸던 말을 소리 내어 읊었다. 역시 주둔군 병사가 준 시집을 텍스트로 하여 이 시를 제대로 배우고 있었던 셈이다. 기이 형이 중학에 복학한 뒤 학제 개혁이 있었고 구제와 신제의 틈새에서 고등학교에서 대학으로 진학한 그는 봄 방학이나 여름 방학에 고향에 돌아올 때마다 눈에 띄게 영어 실력이 향상되어 있었다. 나는 여전히 텍스트보다 그런 형에게서 배우고 있었다는 말이 사실에 더 가깝겠지만…. 그리고 그러한 축적 위에 내가 대학 입시에 실패하여 골짜기에 돌아오던 해, 이번에는 기이 형이 구한 한 권의 책, 예이츠 시 전집이 영어 교육 텍스트로 선택되었다는 것도 있었다. 아까의 시에서 고향에 돌아온 예이츠에게 건네진 말은 다음과 같다.

You have come again,

And surely after twenty years it was time to come.

　사실 이 정도라면 고등학생이 암기한다 해도 이상할 것이 없을 만큼 쉬웠다.

　기이 형이 이제부터 계속 '본동네'의 저택에서 살 것이라는 동생의 편지를 받고 기쁜 마음으로 이 시를 읊으면서 기이 형의 경우, 20년 뒤, 라는 말이 맞지 않는 것은 물론이지만 그가 정말로 마을을 떠나 있던 5, 6년 동안에도 나는 결코 그렇게 느낀 적이 없음을 깨달았다. 그 때문에 오히려 이 시를 통해, 그래, 어쩌면 기이 형은 대학 졸업을 계기로 마을을 아주 떠나 버릴 수도 있었던 거야, 라는 데 생각이 미치자 새삼 가슴이 철렁 내려앉았다.

　그것은 나 또한 그즈음 2년간 마을 밖에서 하숙 생활을 하면서도 마음 밑바닥에서는 숲을 나와 버렸다고 느낀 적이 없다는 사실을 다시 한번 실감하게 만들었다. 더욱이 기이 형이 고등학교와 대학을 도회지에서 다님으로써 '본동네'에서 생활할 기반을 잃어버리기는커녕 대학 과정을 마치자마자 곧장 마을로 돌아왔다는 사실은 나 역시 대학에 진학은 하겠지만 졸업하면 기이 형과 마찬가지로 마을에서 생활의 장을 발견할 수 있으리라는 것을 의미하기도 했다. 나는 누이동생

의 편지를 계기로 문자 그대로 어린 시절의 맹세를 다시 다
짐하고 있었다고도 말할 수 있으리라.

마쓰야마에서 생활하면서 기이 형이 나를 놀려 대곤 하는
전설 하나가 탄생했다. 그것이 유포된 곳은 기이 형네와 우
리 집뿐이었지만. 내가 마쓰야마에 나와 처음으로 여관에서
보내던 밤, 2층 방에서 내려다보이는 어둡고 좁은 마당의 볼
품없는 주목과 동백나무를 보면서 나는 열심히 기원을 중얼
거리며 내가 지금 막 뒤에 남기고 온 숲에게 마음을 전하려
했었다.

"덴쿠보 큰 노송아, 곧 돌아올게!"

하숙집에 짐을 풀 때까지 나를 돌보러 와 있던 어머니 역
시 잠이 오지 않아 뒤척이다가 그 소리를 듣고는 소문을 퍼
뜨렸던 것이다….

그러면서도 기이 형이나 내가 정말로 마을을 떠나지는 않
았다고 느낄 수 있었던 것은 여름 방학, 겨울 방학 그리고 학
교에서 행사가 있어 출석을 안 해도 괜찮을 듯싶으면 두말없
이 마을로 돌아와 역시 틈만 나면 돌아오던 기이 형과 늘 함
께 지냈기 때문이었다. 그 무렵 기이 형은 일단 마을에 돌아
오면 골짜기와 '본동네'에서 특징 있는 지형, 그리고 수령 백
살이 넘어 인간처럼 고유명사가 붙어 있는 거목들이 계절에
따라 어떻게 달라지는지 살피러 돌아다니느라 열심이었고

나도 그를 따라다녔다. 마쓰야마로 전학한 지 얼마 안 된 어느 연휴, 기이 형네 마당에 있는 부유감나무富有枾의 신록이 마을을 떠난 지 겨우 열흘 만에 완전히 모습이 달라진 것에 놀라고 있자니까, 정말이지 나무는 있는 힘을 다해 살고 있지? K. 하고 기이 형은 내 생각을 정확하게 파악해서 말했다. 그러고 보니 정말 작은 동물의 섬세한 기관 같아 보이는 감잎의 연녹색 바탕에 겹쳐지는 은색의 잔털, 그 위로 반사하는 빛, 그리고 그 너머의 푸른 하늘과 하얀 구름. 나는 넋을 놓고 있다가 묘하게 무안해져서 손에 들고 있던 책으로 시선을 돌렸지만 활자는 흑과 백이 뒤바뀐 듯했고 어느샌가 눈물이 고여 왔다….

내가 마쓰야마의 고등학교에서 반드시 유쾌한 나날을 보내고 있었다곤 할 수 없었다. 물론 그것을 일일이 기이 형에게 하소연하지는 않았지만…. 골짜기의 국민학교가 소학교로 돌아가고 그 건물에서 시작된 신제 중학교 학생이었던 때도, 이어서 일 년 동안 강 아래 이웃 마을의 구제 여학교를 재편하여 만든 신제 고등학교에 다닐 동안도 나는 언제나 노골적인 폭력에 노출된 채 살고 있었다. 그래도 나는 어떻게든 혼자 힘으로 곤경을 타개하였고 — 그 자체에는 긍지를 느끼기보다도 지나간 일이지만 오히려 꺼림칙한 느낌이 가시지 않는다 — 직접 기이 형에게 털어놓고 타개책을 구하는 것을 부끄럽게 생각하고 있었다. 그렇지만 물론 알게 모르게 그의 도움을 받고 있었다.

신제 중학교에서 나는 야구부 세컨드를 맡고 있었다. 수업이 끝난 후 해가 지기 전까지, 마쓰야마 상업학교의 야구부원이었던 간장 양조장집 아들의 코치로 연습에 매진하는 나날을 보냈다. 따라서 시즌 중에는 비 오는 날이 아니면 나는 기이 형을 찾아갈 수가 없었다. 기이 형도 이미 복학을 해서 방학 때나 집에 돌아올 수 있었지만. 기이 형은 야구부 유니폼이라는 것은 — 볼품없이 집에서 꿰맨 것이라서가 아니라고 일부러 전제하면서 — 아무리 멋진 프로 선수의 것이라 해도 상스럽게 느껴진다고 말하여 어머니가 친척에게서 얻어온 헌 유니폼을 자랑스러워하던 나를 풀 죽게 만들었다. 그래도 일요일에 다른 학교와 시합을 할 때는 집에 와 있는 한, 반드시 보러 와 주었고 내가 딱 한 번 친 홈런을 언제까지나 기억해 두고—운동장은 좁고 오른쪽은 바로 민가의 지붕으로 막혀 있어서 예컨대 그 지붕의 높은 곳을 직격하면 삼루타, 넘으면 홈런이라는 약속을 해 놓았던 것이다—언젠가 우리 골짜기의 강이 바다로 이어지는 하구에 있는 마을의 중학교에서 신장이나 몸집이 어른만큼이나 건장한 녀석들이 시합을 하러 왔을 때도 기이 형은 그 이야기를 꺼내 응원했다. 상대방 투수는 장신이라서 가능한 오버스로로 낙차가 큰

드롭을 던져 우리 팀은 속수무책이었다. 그중에서도 체격이 볼품없는 2번 타자인 나를 노골적으로 멸시하고 있는 투수에게 기이 형은 "K, 지난번 같은 홈런을 쳐! 상대방이 깔보고 있으니 마침 잘 됐어! 지난번 같은 홈런을 치라구!" 하며 고함을 질렀다. 하지만 나는 깨끗이 삼진을 당함으로써 상대팀 내야진에게 실소를 짓게 만들었다.

이 무렵 우리 현에서는, 신제 중학교에서 어린이 농업 협동조합 운동이 벌어지고 있었다. 사회와 농업을 혼자서 가르치는, '본동네' 어떤 구가의 장남이었던 선생님이 이 마을 중학교에서도 조합을 만들게 되었는데 내가 조합장이 되었으면 좋겠다고 말씀하셨다. 2학년 가을에 조합은 발족하였는데 실무를 계속 맡을 사람은 실은 조합장 혼자였다. 그래서 나는 할 수 없이 야구부를 그만두고 이중으로 성가신 일을 짊어지게 되었다. 매주 한 번씩 조합은 교실에서 은행을 개설하여 학생들에게서 자질구레한 예금을 받는다. 조합 고문이었던 사회 겸 농업 선생님은 고르고 골라 얼굴이 예뻐서 인형 같기도 하고 요부 같기도 한 여학생 세 명을 예금 담당으로 뽑았다. 다른 학생은 출입이 금지된 교실에서 내가 감독을 하고 그녀들이 예금을 정리했는데 장부 정리는 수납이 끝난 뒤에도 이어져 일을 마치고 나면 언제나 해 질 무렵이었다. 우리들이 함께 교문까지 나올 때면 옆에서 걷고 있는 여학생의 얼굴이 희뿌연 꽃처럼 보일 만큼 어두웠다.

내가 교문까지 여학생을 호송했던 것은, 마찬가지로 해질 녘에 연습을 마치고 교문 옆의 우물가로 몸을 씻으러 오는 야구부원들로부터 그녀들을 지키라는 임무를 고문 선생님이 부여했기 때문이었다. 그래서 얼마 전까지 팀 메이트였던 아이들과 매주 티격태격했던 것이다. 교문 밖을 나서면 바로 인접한 민가의 사람들 눈이 있으니 야구부원들은 아무 짓도 하지 않는다. 또한 신발을 벗고 실내화를 신고 들어가는 목조 교사 안에서는 숙직 선생님의 눈이 무서워 야구부원들이 일을 꾸밀 수 없었다. 따라서 교사의 토방에 내려서서 교문까지 가는 오륙십 미터 사이가 문제였다.

예금 업무를 마친 세 명의 여학생과 함께 교문까지 가장 짧은 코스를 출발한 나를, 우물가에서 이쪽을 지키고 있던 야구부원들이 코스 중간쯤에서 재빨리 따라잡는다. 여학생과는 반대편, 내 옆과 뒤에 달라붙어 걸으면서 그들은 내 어깨에서 옆구리 쪽을 툭툭 치기도 하고 다리를 차기도 한다. 그런 짓이 여학생들에게 노골적으로 눈에 띄지 않도록 신경을 쓰는 데서도 알 수 있듯이 그들은 내가, 그 고르고 고른 여학생들과 함께 일을 하고 있다는 것이 기분 나쁜 것이다. 시간이 흐르면서 야구부원들의 심술은 점점 고조되어 나는 견갑골 사이를 야구방망이로 퍽하고 얻어맞기도 하고 헝겊 운동화를 신은 발을 스파이크로 짓밟히기도 했다. 그들의 도발에 말려들어 이쪽에서 반격이라도 했더라면 나는 야구부원 전체로부터 몰매를 맞았을 것이다.

여름 방학이라 돌아와 있던 기이 형 방에서 한나절을 보낸 나는 골짜기의 어린아이들이 슬슬 물에서 나올 무렵, 마을의 연극 공연장 아래 있는 못으로 헤엄을 치러 내려갔다. '본동네'의 시냇물은 가장 깊은 곳도 헤엄을 칠 만큼 넓지가 못했기 때문이었다. 나 또한 그해 여름 처음으로 알몸을 햇빛 아래 드러냈기에 모르고 있었지만 기이 형은 석양 무렵의 미광 속에서 내 상체부터 다리에 이르기까지 포도를 짓이긴 듯한 색깔을 띤 멍 자국을 발견했다. 평소에는 언제나 미소를 머금고 말을 붙이거나 옆에 내가 있다는 사실을 전혀 마음에 두지 않는다는 듯이 자기가 하고 싶은 일을 하는 기이 형이, 우리 말고는 아무도 없는 강변의 바위 위에서 화가 난 아주머니같이 훈도시(일본식 남자 속옷) 하나만을 걸친 자신의 모습이 무안해질 때까지 허리를 굽힌 채 내 주위를 빙글빙글 돌면서 멍 자국들을 조사했다. 야구방망이로 퍽하고 얻어맞을 때는 신음 소리를 내질렀지만 그 뒤에는 살펴본 적이 없었던, 오른쪽 넓적다리 바깥쪽의 내출혈은 놀랍도록 참혹했다. 그동안에도 기이 형의 따스한 숨결이 강바람에 차가워진 내 넓적다리에 닿았는데, 아무런 맥락도 없이 오이를 허리에 매단 세이 씨와 기이 형의 삽화가 떠올라 나는 점점 기분이 나빠졌다.

결국 어째서 야구부와 그런 멍 자국을 만드는 관계가 되었는가라는 기이 형의 물음에는 제대로 대답을 하지 않고 — 사실 그것은 자랑스레 이야기할 만한 화제도 아니었다 — 얼버무린 채 못에 뛰어들어 한바탕 헤엄을 치고는 함께 물에 들어갔던 기이 형이 바위 위로 올라오기 전에 옷을 입어 버렸다. 하지만 기이 형은 그때부터 이미 자기의 전용 스파이로 기용하고 있던 내 누이동생에게서 요즈음 내가 어떤 말썽에 말려들었는지를 알아냈다. 그래서 여름 방학 중에도 세 번 열렸던 예금일 중 첫날, 조합 사무를 보는 건물과 교문을 잇는 선이 시야에 들어오는 모퉁이의 신발 벗는 곳에 기이 형은 일부러 진을 치고는 상황을 분석했던 것이다.

다음 날, 기이 형 집에 갔더니 그는 역시나 평소의 미소 따위 없이, 내가 한편에서는 나름대로 상냥하게 여학생들에게 응대하면서 다른 한편으로는 야구부원들과 밀고 당겨가며 해질녘 교정을 가로지르는 것을 보았노라고 말했다. K는 순진해서 원래 같은 야구부였던 녀석들의 기분을 잘 모르는 거 아냐? 라며 비평도 했다. 그리고 기이 형이 나를 위해 세운 단적인 대응책은 쇠로 된 단추를 누르면 20센티쯤이나 되는 날이 튀어나오는 멋진 나이프였다.

"이제부터는 항상 이 잭나이프를 휴대하고 있도록."

덧붙여 기이 형은 또 한 번 내 동생을 써서 K는 한번 상처를 입었다 하면 상처가 아문 후에도 흔적이 커다랗게 남는 특수한 날이 달린 독일제 나이프를 지니고 있다, 는 소문을 퍼뜨렸다….

잭나이프 소문의 효과는 정말이지 굉장했다! 더구나 그것은 중학교를 마치고 처음에 입학했던 이웃 마을의 고등학교에서도 여전히 유효했다. 물론 그 덕분에 나는 위험한 소용돌이에 휩쓸리기도 했다. 내가 들어갔던 신제 고등학교는 전쟁이 끝나고 이미 5년이 지났는데도 원래는 여학교였던 학교 울타리 안에 패전 직후의 풍속을 너무나 많이 지니고 있는 곳이었다. 입학식 당일부터 신입생 중에 힘깨나 쓸 것 같은 아이들은, 고등학교를 지배하고 있던 그룹에게 불려 나가 샘물이 있는 건물 뒤 좁은 마당에서 얻어터졌다. 그렇게 처음에 맞은 그룹은 곧바로 실력자 그룹의 하부조직을 만들어서 실력자 그룹을 위해 움직이고, 방과 후면 일과처럼 너덧 명씩 신입생을 샘물 곁으로 불러내 두들겨 팼다. 어떤 순서였는지 모르지만 어쨌든 내가 부름을 받은 것은 이미 그 대규모 린치가 한 바퀴 지나간 무렵이었다. 내가 기억하는 것은, 이날 사건으로 왼쪽 손바닥에 상처를 입은 데다가 빈혈기도 있어 한 손으로 자전거를 탔다가는 쓰러질 것만 같아서 현도를 걸어오느라 마을까지 돌아오는 데 두 시간이나 걸렸다는 것. 지나치는 마을마다 뒤늦게 배달된 신문을 손에 든 남자들을 중심으로 사람들이 모여 땅거미가 지는 것도 아랑곳없이 그날 새벽에 시작된 한국 전쟁 이야기를 하고 있었으니 이미 유월도 끝나 갈 무렵이었을 것이다.

고등학교 실력자 그룹의 우두머리는 데라오카寺岡라는 3학년생이었다. 귀 언저리까지 찢어진 개같이 생긴 입에 짧고 뭉툭한 코, 그리고 차가워 보이는 기다란 눈을 하고 있었는데 성질이 나기 시작하면 그야말로 개 같은 포악함이 그 눈에 번득였다 ― 그것은 둥그렇게 서서 이루어지는 그들의 소환 심문을 방청하면서 몇 번이나 보았다 ―. 그 데라오카가 기다리고 있는 곳에 나는 같은 재난이 닥친 친구들과 함께 호출을 받았던 것이다. 오후 수업 시간이었지만 교사에게는 실력자 그룹의 횡포를 막을 생각이 없었고, 데라오카가 샘에서 기다린대! 하는 말을 전해 들으면 바로 자리에서 일어나 나가는 수밖에 없었다.

우리 일행이 샘물가 바위에 걸터앉은 실력자들 앞에 서고 퇴로는 그룹의 심부름꾼 녀석들이 막아섰을 때, 줄 한가운데 서 있는 내 앞으로 데라오카가 몸을 일으키더니 웬일인지 나 하나만 가슴을 툭 쳐서 뒤로 물러서게 했다. 이어서 앞줄에 나란히 서 있던 일학년들이 자기 앞에 선 실력자 그룹에게 얻어맞기 시작했다. 한참 뒤 이젠 꺼져도 좋다는 고함 소리에 심부름꾼 녀석들이 울타리를 풀었고 그 사이로 아이들은 엉엉 울면서 빠져나갔다. 데라오카에게 가슴팍을 한 대 얻어맞았을 때부터 나는 내가 특별한 대우를 받으리라는 것을 눈치채고 있었다. 그래서 나는 혼자 남아서, 얻어맞아 울기는 하지만 생각보다 빨리 시련이 끝나 서둘러 사라져 가는 친구들을 눈으로 배웅했다.

실력자 그룹의 누군가가 신호라도 했는지 심부름꾼 녀석들도 사라졌다. 데라오카는 태엽이 잘 감긴 자동인형 같은 걸음으로 왔다 갔다 하고 있었고 다른 녀석들은 새삼스레 나를 물어뜯을 것 같은 표독스런 표정을 짓더니 나를 둘러쌌다. 고개를 떨구고 샘물의 흐려진 수면을 보았더니 석등 그늘에 자라 한 마리가 떠서 앞으로 나가려는 것인지, 아니면 그저 등에 붙은 껍질의 균형을 잡으려는 것인지 손발을 아주 조금씩 움직이며 물을 휘젓고 있었다. 그것이 마치 어딘가 다른 세상일처럼 보여 나는 깊은 쓸쓸함에 사로잡히며 이제부터 나 한 사람에게 가해질 린치를 생각했다.

그런데 여전히 자동인형 같은 걸음으로 반달 모양으로 포위한 아이들 중간쯤에 쑥 하고 얼굴을 내민 데라오카는 물어뜯을 듯한 일당의 얼굴과는 반대로 — 그러나 눈초리만은 누구보다 더 날카롭게 — 이렇게 물어 왔다.

"우리가 꼭 너를 때리려는 건 아냐! 독일제 나이프를 갖고 있다며? 그걸 좀 보여 줬음 해서!"

나는 학생복 안주머니에서 묵직한 나이프를 꺼내 데라오카에게 건네주었다. 데라오카는 튼튼하고 매끈한 근육질의 목덜미를 늘어뜨리고 손바닥에 올려놓은 나이프를 찬찬히 들여다보았다.

"이건 어떻게 날이 나오는 거지?"

나는 일단 데라오카에게서 나이프를 돌려받아 쇠단추를 눌러 날이 튀어나오게 했다. 휙 하는 날카로운 소리에 데라오카를 비롯한 포위진 일당은 일제히 윗몸을 젖혔다.

기이 형에게서 배운 나이프를 다루는 예의대로 나는 날이 있는 쪽을 내 쪽으로 향하게 하여 땀이 밴 데라오카의 손바닥 위에 다시 한번 나이프를 올려놓았다. 점심때가 지나 부드러워진 햇빛을 반사하는 칼날에 손가락을 대보면서 데라오카는 나이프 전체를 홀린 듯이 바라보고 있었다. 그러더니 쉰 목소리로 부드럽게, 이걸 당분간 빌려 두기로 하지, 라고 아무렇지도 않게 말했던 것이다.

"안 돼, 이건 내게 필요한 거라서!"

내 대답에 반달 모양으로 둘러싼 실력자 그룹은 데라오카만 빼고 일제히 하, 하는 분노의 소리를 냈다.

"뭐라구?!"

데라오카도 되물었다.

"이 나이프는 나한테 필요한 거라니까!"

나는 다시 말했다.

데라오카는 그런 식으로 자신의 요구를 거절당한 경험이 한 번도 없었기 때문인지 어느 정도 시간이 흐른 뒤에야 내 말뜻을 알아들은 모양이었다. 그가 어린아이처럼 고개를 숙이더니 나이프를 오른손으로 가벼이 거머쥐고 왼손 등으로 칼등을 쓰다듬었는데, 그 뺨의 근육이 신경질적으로 움직이며 얼굴 전체가 벌게져 오는 것을 나는 보았다. 그러더니 데라오카는 아아, 그래? 그렇다면 좋아! 하더니 칼끝을 내 쪽으로 향해 나이프를 돌려주었다.

물론 그걸로 끝날 리가 없었다. 내가 나이프의 칼날조차 채 집어넣기 전에 바로 데라오카가 추격을 시작했다.

"그걸로 손가락 건너기를 해 볼까?"

그러더니 그는 암흑 속에서 호박색으로 빛나는 고양이 눈 같은, 그런 눈빛으로 나를 힐끗 쳐다보았다.

데라오카의 질문은 곧 결정이고 또한 명령이었으므로 실력자 그룹의 세 사람이 샘 건너편에 부서진 석상과 함께 쌓여 있던 1.5미터 정도의 소나무 등걸을 끌어왔다. 그것을 데라오카와 나 사이에 내려놓았을 때 등걸의 가는 쪽 끝이 튀어 올라 내 무릎에 탁 하고 부딪혔다.

"너희들, 제대로 안 하려면 이젠 여긴 오지 마!"

데라오카는 야단을 치더니 튀듯이 상체를 일으켜 세 사람 각각의 오른쪽 관자놀이를 쳤다.

얻어맞아 얼굴이 빨갛게 된 녀석들이 다시 소나무 등걸을 땅 위에 세웠고 송진 덩어리가 검은 황금색으로 달라붙은 절단면에는 이미 몇 번이나 손가락 건너기가 있었던 모양으로 무수한 상흔이 나 있었다. 한 손을 등걸 위에 놓고 손가락 사이를 벌리고는 다른 한 손에 든 나이프로 — 대부분의 나이프는 연필깎이 칼이거나 일자 나사돌리개 같은 것들이었다 — 자신의 손가락 사이를 찍는 손가락 건너기.

나는 거칠거칠한 소나무 등걸 위에 왼손을 올려놓았다. 검지 끝 쪽으로 보이는 검붉은 얼룩이 핏자국인가 싶어 약간 토할 듯한 기분을 느끼면서….

"왼손으로 찍어! 오른손으로는 재미없잖아!?"

곧 데라오카의 거칠고 굵은 음성이 덮쳐 왔다.

"아니면 말야, 역시 내가 나이프를 빌리는 게 낫지 않을까? 일단 빌리면 당분간은 돌려주지 못하겠지만 말야!"

아까 얻어맞은 세 사람만 빼고 실력자 그룹은 모두 다 웃고 있었다. 나는 일단 소나무 등걸 위에 올려놓았던 왼손을 바지 넓적다리 부분에 문지르고 나이프를 바꿔 쥐었다. 그리고 소나무 등걸 위에 오른손을 놓았을 때, 손가락을 활짝 펼친 내 손이 일찍이 본 적이 없는 낯설고 기묘한 모양으로 느껴졌다.

머릿속도 마찬가지로 기묘하게 비틀린 것인지 마치 무슨 조항 같은 것들이 거기 나타났다.

1. 나는 나이프가 손가락에 박힐 때 닥쳐올 고통을 두려워하고 있지만 아직 나이프는 박히지 않았다.

2. 아직 존재하지 않는 고통을 두려워하는 것은 지금으로서는 무의미하다.

그래서 나는 왼손에 든 나이프로 손가락 사이를 겨누고 기세 좋게 내리찍었다. 나이프의 끝은 오른손 가운뎃손가락의 손톱뿌리 부분을 꿰뚫고 소나무 등걸에 박혔고 확 퍼져 가는 아픔에 왼손까지 마비됐는지 손을 떠난 나이프만 흔들림 없이 똑바로 서 있었다.

이날, 학교 건물 뒤 샘물가에서 데라오카와 실력자 그룹에게 대항한다는 의식으로 내가 연기를 하듯 한 짓은 단 한 가지, 지금도 상처가 남아 변형된 손톱이 가끔씩 건강 상태를 반영하여 쪼개지거나 구부러지는 그 가운뎃손가락에 꽂힌 나이프를 고통쯤은 이미 극복했다는 듯이 잠자코 내려다본 일이다.

3. 고통은 당장이라도 밀려온다, 라는 세 번째 조항을 뼈저리게 깨달을 만큼 소나무 등걸에 나이프로 꿰매진 손가락

은 욱신거리기 시작했다. 김샜다는 표정으로 몸을 돌린 데라오카의 뒤를 따라 실력자 그룹이 가 버린 후, 다섯 손가락은 솟아난 피로 새빨간 물구덩이에 담가 놓은 듯했다. 소나무 등걸에서 나이프를 빼내는 데도 힘이 들었는데, 갑자기 자유로워진 나이프로 이번에는 왼손의 검지와 중지 사이를 폭 찔리고 말았다…. 이 일을 겪은 뒤 나는 데라오카와 실력자 그룹이 폭력으로 지배하는 영역의 바깥쪽에 놓이게 되었다.

2학년 때 전학 간 마쓰야마의 고등학교에도, 촌마을과 지방 도시를 연결하는 불량소년들의 연락망을 통해 이웃 마을 고등학교에서 따라다녔던 나이프라는 내 별명은 그대로 붙어 왔다. 하지만 새로운 환경에 익숙해질 무렵, 별명은 그냥 나이프 그대로였지만 거기에 일종의 변화가 일어났다. 지방 도시지만 새로운 고등학교에는 소피스티케이티드한 사람들이 있어서 같은 [naif]라도 프랑스어로 쓰는 naïf(영어로는 naive란 뜻이다)를 나타내는 것으로 바뀐 것이다. 여름 방학에 기이 형네 집에 놀러 가서 knife가 naïf로 바뀐 이야기를 했더니 기이 형은 기분 좋은 듯이 말했다.

"마쓰야마 학생들은 그만큼 외국어에 대해 엄밀하구나. naïf를 영어로 발음하면 정말 [naiːf]잖아. 이렇게 어학의 기초를 무시하지 않는 태도는 좋다고 생각해. 게다가 내가 아주 오래전부터 K에게는 반드시 좋다고만 할 수 없는 순진한 구석이 있다고 했었지? 야구부 녀석들과 이러쿵저러쿵했을 때도 무엇보다 녀석들을 열 받게 만드는 건 K의 단순하다고 할까, 순진하다고 할까 어쨌든 그런 부분이었는데도 자신은 전혀 모르고 있었잖아? 나이프 사건이 터졌을 때도 선생님들이나 불량한 녀석들은 K가 병원에 가서 그 일이 교사 회의에서 문제가 되기라도 하면 큰일이라고 생각하고 있었지만 K 쪽에서는 자기 손가락쯤은 자기가 나이프로 상처를 내도 괜찮다는 식이었잖아? 그런 식으로 불량배들에게 순진하게 맞서면 녀석들이 완력으로 학생들을 휘어잡아서 겨우 유지되고 있는 학교의 평화가 깨지거든. 그래서 선생님들은 학군제가 있는데도 K를 마쓰야마의 고등학교로 전학시킨 모양이야."

중학교의 야구부가 문제였던 때는 물론이고 이웃 마을의 실력자 그룹과 말썽이 생겼을 때도 그저 순진하기만 한 건 아니었는데. 나름대로 머리를 짜내고 상대가 어떻게 나올 것인가를 점치기도 했었건만…. 여하튼 나는 naïf라는 낱말에 대해 어학의 스승답게 정의를 내리는 기이 형에게 감탄하기는 했다.

"K는 마쓰야마의 친구들에게서 새로운 의미의 [naif]라고 불려서 화가 난 건 아니겠지? 만일 화를 낸다면 그야말로 나쁜 의미에서 순진하다고밖엔 할 수가 없지. 나는 K가

knife라고 불리던 곳에서 naïf라는 프랑스 말로 별명을 붙일 만한 학교로 전학한 게 정말 다행이라고 생각해. 궁지에 몰리면 자기 손가락을 나이프로 찍는 따위의 야만적인 짓을 하는 놈이라고 알려지는 건 수치스런 일이니까!"

물론 기이 형에게 불평할 일은 아니었지만, 지방 도시의 고등학교에서 나를 단순하고 순진한 촌뜨기라고 여겨〔naif〕라고 부르던 새 친구들과 지내는 것도 그다지 쉽기만 한 건 아니었다. 오히려 이웃 마을 고등학교에서 데라오카와 실력자 그룹에게 둘러싸여 있을 때보다 새로운 친구들과 관계를 유지하기가 더 어려울 때도 있었다. 나는 바짝 긴장하여 그들과 관계를 제대로 뚫어 가려 했다.

나는〔naif〕라고 불려도 어쩔 수 없을 만한 정신 상태의 인간이긴 했지만 — 예컨대 이웃 마을 고등학교에 있을 때부터 마쓰야마의 고등학교로 옮긴 후까지 나는, 내가 길에서 갑자기 납치되어 한국 전쟁에 소년병으로 끌려갈지도 모른다는 식의 악몽에 시달리고 있었다 — 나를 그런 식으로 부르는 친구들에 대해 남모르는 비평의 눈도 가지고 있었던 것 같다. 그것은 단적으로 기이 형과 그들을 비교했기 때문이었다. 마라톤을 시작하는 선수들처럼, 이 친구들과는 반쯤은 우연히 동행자가 될 운명인 듯하지만 언젠가 나는 기이 형과 둘이서 달려가야 할 코스를 향해 그들로부터 떨어져 나갈 거라는 식으로. 그런데 그 녀석들과 가깝게 지내게 된 것도 따지고 보면 스승인 기이 형의 뜻에 따라 움직이고 있었던 것이다.

마쓰야마에서 사귄 친구들이 나를 프랑스어 낱말 [naif], 즉 naïf라 부른 것이 나의 새 별명이 된 걸로도 알 수 있듯이 그들은 독학으로 프랑스어를 배우고 있었다. 그리고 그 사실이 기이 형의 뜻에 맞았던 것이다. 기이 형은 내가 이웃 마을에서 마쓰야마의 고등학교로—그곳은 기이 형이 공부한 구제 중학교의 후신이었다—전학을 허가받았을 때 무척 기뻐했다. 나는 대학에 진학을 한다고는 해도 무엇을 공부할 것인지 계획을 세우지 못한 상태였고 따라서 대학에 진학할 수 있는 새로운 고등학교로 옮겨서도—나이프 소동 따위를 생각하면 실력자 그룹과 인연을 끊을 수 있다는 소극적인 기쁨은 있을지언정—그다지 의욕적이라고는 할 수 없는 기분으로 도쿄에 있는 기이 형에게 편지를 보냈다. 기이 형은 그 편지를 받고 다음과 같은 답장을 보내 주었다.

K가 이웃 마을 고등학교에서 침울하게 지내고 있는 것이 늘 걱정스러웠어. 내가 나이 덕분에 피할 수 있었던 재수 없는 제비뽑기 탓에 그런 학교에 K가 갇혀 있었던 거니까. 그것이 K가 품은 또 하나의 울적함, 내일이라도 한국전쟁의 불똥이 규슈九州까지 튀어오는 것이 아닐까 하는

특별한 공포심과 복합되어 K가 이상해지기라도 할까 봐 걱정하고 있었거든. 남의 눈에는 엉뚱해 보이는 짓을 하는 K니까, 생각 끝에 차라리 자진해서 한국에 소년 의용군으로 자원이라도 한다든가 하면 어쩌나 해서. 그 나라의 북으로 가느냐 남으로 가느냐, 그것은 더구나 모를 일이고! 마쓰야마 고등학교에 전학하면 일단 가고 싶은 대학에 갈 수 있잖아? 그렇다면 이쯤에서 마음을 정해서 역사학을 공부할 각오를 해 주었으면 해. 물론 대일본제국→일본국의 역사학을 하라는 건 아니야. 나 같은 어린놈에게도 전쟁 전과 후 역사학이 대전환한 것은 우스꽝스러워 보이거든. 나는 구체적이고 적극적으로 K를 이 방향으로 이끌어 줄 수는 없지만 이 시기에 역사학 분야에서 일어난 대전환을 보고 있자면 다음에는 뭔가 제3의 길이 있을 것 같다는 느낌이 들어. 더구나 그것은 어딘가에서 노인들이 K와 내게 들려주던 숲속 토지의 옛이야기와 연결될 것 같다는 예감도 들고….

어쨌든 K, 전쟁 전후의 역사학과 관계를 맺지 않으려거든 대학에서 역사학과에 들어가는 건 피하는 게 좋아. 그렇다면 대안은 무얼까? 영어는 물론이고 독일어, 프랑스어 혹은 러시아어까지 해서 직접 외국의 역사학으로 통하는 길을 만들 수밖에 없을 거야. 그래서 나는 K에게 외국 문학을 전공하라고 권하고 싶어. 외국 문헌을 일단 혼자 힘으로 읽을 수 있게 되면 그 뒤에 역사학과로 학사 편입을 해도 되잖아? 그때쯤 되면 전쟁 전후 역사학의 대전환에 대한 비판력도, 자네가 좋아하는 신제 중학교적 용어로 한다면 자발성을 갖추고 K의 것이 되어 있을 테니까! 영어는 나와 함께하자. 다른 외국어를 하나 빨리 골라 주기 바래. 왜냐하면 그런 식으로 장래의 길을 선택해 가는 거니까.

미국은 한국에서 원자폭탄은 쓰지 않나 봐. 중국도 정식 참전은 하지 않는대. 그리고 한국에서 원폭 투하·중국 참전보다 더욱 있을 법하지 않은 것은 탄환을 나르는 소년 의용병을 강제, 혹은 임의로 모집하는 일이지. 요컨대 K, 이제 그런 걱정은 그만두고 전학 간 고등학교에서 열심히 공부하고 영어 말고 다른 외국어도 하나 정해서 대학에 갈 계획을 세워야 할 때라는 거야. 나는 K가 언젠가 숲속 토지의 신화와 역사에 대해서 외국어로 논문을 발표할 날을 꿈꾸고 있어. 영어로 한다면 On KOWASU-HITO('파괴자'라는 뜻의 일본어를 알파벳으로 표기한 것), the destructor & creator라는 식의?!

내가 마쓰야마에서 하숙하면서 새로운 고등학교에 다니기 시작하자마자 나보다 약간 나이가 많은 이들도 포함된 어느 동년배들 그룹에 접근한 것은 기이 형의 편지 때문이었다. 우선 이 그룹은 자기들끼리 프랑스어를 공부하고 있어서 관심이 갔다. 하지만 그들은 자기들의 공부에 대해 지나치게 비밀주의여서 나를 그 모임에 끼워 주지는 않았다. 그럴 수밖에 없는 한 가지 이유가, 그들이 프랑스어를 돌아가며 읽는다지만 실은 동사 활용표조차 제대로 암기하려 들지 않을 정도로 심심풀이 수다 떨기를 하고 있기 때문이라는 것을 [naif]라고 불리는 타입인 나조차 조금씩 눈치채긴 했다.

그들의 폐쇄적인 원에서 바깥을 향해 열려 있는 하나의 문으로서 나를 그곳에 끌어당긴 역할을 한 사람은, 같은 반은 아니지만 같은 학년인, 몇몇 남학생들만 합동으로 수업을 받는 체육 시간에 알게 된 아키야마秋山라는 아름다운 젊은이였다. 종전 직후 혼란기라는 흔적은 학생들의 복장에도 아직 남아 있어서, 다들 나름대로 학생복에 가까운 차림을 하고는 있었지만 학교 쪽 규제가 심하지는 않았다. 체조를 마치고 운동장 구석에서 옷을 갈아입을 때, 윗도리 대신에 짙은 네이비 블루 반외투를 맵시 있게 차려입은 아키야마는 커다란 몸집과 멋진 얼굴 생김새가 돋보였다. 유명한 영화감독이었던 아버지가 오랜 투병 생활 끝에 돌아가시고 그는 어머니, 누이동생과 함께 아버지의 출신지인 마쓰야마에 돌아와 있었다. 이 지방에서는 이미 전설적인 아버지를 두었고 더구나 그렇게 눈에 띄는 용모를 지녔는데도 아키야마를 둘러싼 패거리가 없다는 것이 이상했지만 내가 전학 오기 전에 일 년 동안 삐쳐나온 녀석이라는 그의 위치는 이미 굳어져 버린 모양이었다. 하지만 그는 3학년, 혹은 이미 졸업해서 재수를 하고 있는 역시 삐쳐나온 아이들과 특별한 그룹을 만들고 있었기 때문에 동급생들에게 따돌림을 받아도 아무렇지도 않았던 것이다.

우리는 여러 개의 조로 나뉘어 축구의 기본기를 연습하기 전 늘청늘청 준비체조를 하고 있었다. 사람 수가 많은 데다가 체육 선생은 이미 초로의 인물이라 학생들은 긴장하지 않았다. 그리고 선생님은 잘 들리지도 않는 소리를 신경질적으로 지른다. 학생들이 그런 상태로 서 있는 줄 사이를 아무렇지도 않게 가로질러 다가온 아키야마가 쭉쭉 뻗은 몸을 어색하게 움직여 가면서 다음과 같이 말을 걸어온 것이 우리들 사귐의 시작이었다.

"네가 '영구永久 쥐덫'의 O라면서? 「삼 년 전」에서는 그게 제일 낫던데. 오늘 학교 끝나고 우리 집에 안 올래?"

숲속 사투리에 신경 쓰고 있던 내가 그의 멋진 말투에 기가 죽어 당황하고 있는 동안에 짜증이 나서 발을 끌며 다가온 체육 선생이 아키야마의 근사한 머리통을 주먹으로 콩 하고 쥐어박았다. 러닝셔츠와 체육복 바지를 입은 아키야마가 부당하게 추방되어 강제 노동을 하고 있는 양반집 자제라도 되는 듯 보였으니 나는 이미 짙은 네이비 블루 반외투 차림을 아름답게 여기고 있었던 것인지도 모른다. 아키야마는 얼굴이 붉어지고 눈이 부신 듯한 눈초리를 지었지만 선생이 돌아서자마자, 어쩔 줄 모르는 나에게, "나중에 다시 말할게"라고 아무렇지 않은 목소리로 말했다.

「삼 년 전」이라는 것은 내가 전학한 뒤 첫 번째 국어 시간에 나온 작문 과제였다. 내가 느낀 대로라면, 적의로 가득 차 나를 무시하는 분위기 속에서 나도 공격적인 기분이었다. 삼 년 전? 정말이지 많은 일들이 있었고 그것들에 대응하기 위해 나는 몸의 표피를 한 꺼풀 벗고 다시 입는 것만 같았다. 그런 나날들을 국어 작문 시간 따위에 표현할 수 있을 리가 없지! 하는 생각도 있어 나는 「삼 년 전」이라는 제목 그 자체를 비웃어 주려는 의도로 숲속의 신제 중학교에서 전 학생이 참가했던 '발명 대회'에서 내가 세웠던 플랜과 그것을 고안했던 배경 같은 것을 썼다. 일단 쓰기 시작하자 생각지도 않게 거기 열중하게 되었다는 것도 깨닫긴 했지만….

그 얼마 전, 세토나이카이瀬戸内海의 어느 섬에서 쥐가 대량으로 발생했다는 지방 신문 기사를 읽은 적이 있었다. 식량난이 계속되던 시기이기도 해서 쥐에 대한 대책에 골치를 썩고 있던 시절이었다. 발명의 뼈대 자체는 단순했지만 실시하기 전에 수학적인 계산을 빠뜨려서는 안 된다고 나는 「삼 년 전」이라는 글에서 우겨 대고 있었다. 우선 섬 전역에 널린 쥐의 개체 수를 되도록 정확하게 계산해서 그 전체 체적을 낸다. 섬의 쥐가 멀리 떨어진 곳에서 기계가 설치된 곳까지 달려오는 데 걸리는 시간이 며칠씩 걸린다고 하면 그동안에 늘어나는 쥐의 수도 그야말로 쥐산법(기하급수적으로 늘어난다는 의미의 일본 계산법의 명칭) 식으로 더해 가지 않으면 안 된다. 그러고 나서 섬의 적당한 장소에 전체 쥐의 체적을 수용할 수 있을 만한 크기의, 엎어 놓은 깔때기 모양의 구멍을 판다. 그곳은 온 섬의 쥐를 전멸시킨 장소로 단박에 유명해질테니까 이미 있는 명소나 고적과는 겹치지 않는 것이 바람직하다. 구멍 윗부분을 판자로 덮고 그 중앙을 — 반드시 그렇지는 않아도 좋다 — 엽서를 가로로 두 장 붙인 정도로 잘라 구멍을 낸다. 잘라 낸 판자의, 긴 변의 중앙에 나무 막대를 끼워 원래 위치에 놓는다. 자, 이번에는 판자 위쪽 끝부분에 쥐를 꾈 만한 미끼를 달고 판자 아래쪽에는 미끼와 비슷한 무게의 추를 단다. 미끼에 속은 쥐는 판자 아래쪽으로 유도하는 통로에서 접근하여 판자에 올라와 먹이를 향해 돌진한다. 하지만 끼워 놓은 나무 막대 바로 앞에서 쥐는 자신의 체중 때문에 기울어진 판자에서 엎어놓은 깔때기 모양의 구멍 속으로 떨어진다. 판자는 추의 힘으로 바로 제자리로 돌아가서 다음 쥐가 접근하기를 기다린다. 깔때기 모양의 굴에 빠진 쥐들이 허둥대는 소리가 주위에 모여 있는 쥐들의 마음의 평정을 깨뜨려 더욱 덫에 빠지기 쉽게 만든다. '영구 쥐덫'의 그치지 않는 활약은 이 섬 쥐들이 깔때기 모양 구멍 속에 남김없이 떨어질 때까지 계속된다.

… 그런데 나는 어느 날씨 좋은 날을 받아 기계를 설치할 만한 곳을 보아 두려고 이 섬에 건너갔었지만 섬사람들은 모두 그날그날의 생활에만 바빠서 멀지 않은 장래에 쥐의 피해로부터 자신들을 구해 줄 사람도 몰라보고 대접이 아주 소홀하였더라, 하는 작문.

국어 선생님은 학생들의 작문 중 열 편을 골라 등사판으로 인쇄해서 나누어 주었는데 내 글을 그 속에 넣으면서 일부러 나를 교무실까지 불러서 "너 참 웃기는 놈이더라, 정말로 섬까지 갔었냐?"하고 물었다. 나는 엄숙하게 "네" 하고 대답했으니 아마 그 언저리에도 [naif]라는 별명을 새로운 의미로 해석한 근거가 있을지도 모른다. 나는 쥐가 대량으로 발생했다는 문제의 섬에 대해서는 다른 일 때문에도 흥미가 있었다. 이것도 지방 신문에서 읽은 것인데 정신 지체아인 십칠팔 세의 소년이 신문지로 주둔군 병사의 모자를 흉내 내어 만들어 쓰고 어린 여자아이를 공격했다. 그리고는 성기에서 목구멍까지 대꼬챙이로 찔러 살해한 사건이 쥐의 피해에 관한 이야기를 전후하여 보도되었던 것이다. 나의 엉터리 같은 발명담에 대해서 국어 선생님이 "그러고 보니 네가 갔던 섬에서 묘한 사건이 일어났었지" 했을 때, 그것을 계기로 내가 꾸며 낸 이 이야기의 장소로 그 섬을 고른 것과 이 사건을 연결 짓지나 않을까 불안했었다.

전학 후 두 번째 학기도 끝나 갈 무렵, 나는 이 섬 출신으로 하숙집에서 통학을 하는 동급생이 쉬는 시간에 사건 이야기를 하는 걸 들었다. 수업 종이 울리고 나서 나는 그때까지 이야기를 나누어 본 적조차 없던 그 학생에게 사건이 일어난 장소가 그 섬에 건너가기만 하면 바로 찾아갈 수 있는 곳인지를 물었다. 「삼 년 전」이라는 작문이 나를 대하기 편한 인기 스타쯤으로 만들어 놓았기 때문에 그 동급생은 하굣길에 섬의 약도를 그린 종잇조각을 건네주었다. 나는 스스로 왜 그런 짓을 하는지도 잘 납득하지 못한 채로 다음 주 토요일, 섬으로 가는 연락선에 올랐다. 기이 형이 이러한 나의 충동을 K의 '도약leap'이라고 부른 적이 있었다. 당시 기이 형이 새로이 관심을 보이고 있던 오덴이 영국의 속담을 뒤집어 타이틀을 붙인 시, 「You must leap before you look」에 유래한 명명이었을 것이다.

"K는 한국 전쟁이 일본까지 확대될까 봐 두려워하고 있는데 만일 길에서 소년 의용군을 모집하는 사람을 만나기라도 하면 순식간에 '도약' 상태에 빠져 지원해 버리는 거 아냐?"

기이 형은 이렇게 말하기도 했다.

숲속 골짜기에서 자란 나에게 바다는 늘상 어딘지 모르게 정신의 균형을 위태롭게 만드는 듯한 자연이었다. 어둡고 천장이 낮은 선실도 있긴 하지만 대여섯 명의 승객은 다들 햇빛을 받아 넘실대는 바다를 내려다보며 갑판에 나와 있었다. 연락선을 타고 한 시간 남짓 항해를 하자 일찍이 경험한 적이 없는 가슴이 울렁거리는 증상에 숨이 가빠질 정도였다. 뱃전에 기대 옹기종기 서 있는, 어촌도 농촌도 아닌 곳에서 물건을 사러 나온 듯한 여자들, 그리고 병원에라도 다녀오는 듯한 노인들에게 감시당하는 기분이 들어 얼굴을 들기조차 힘이 들었다. 조그만 어선이 여러 척 정박해 있는 항구에 닿아 연락선이 산그늘에 들어섰기 때문에 갑자기 해질녘처럼 보였다. 선착장에 내려서 바닷바람을 막기 위해 튼튼한 외양을 갖춘 상점들이 모여 있는 거리를 나는 약속한 곳이라도 있는 듯이 성큼성큼 걸어갔다. 그날은 이미 마쓰야마로 가는 배가 없다는 것을 알고 있었고 늘어선 상점들 사이에서 여인숙 간판도 발견했지만 — 흙먼지로 더럽혀진 유리창 안쪽에서 이쪽을 살피고 있는 중년 여자의 주의를 끌지 않도록 슬쩍 곁눈질로 보았다 — 거기 들어갈 맘은 없었다.

나는 내가 마치 이 섬에서 자란 사람처럼 보이기를 바라며 급한 걸음으로 해변 길을 걸어갔다. 일단 바닷가를 벗어나 나무들과 채소밭 사이를 지나 줄곧 오르막이었던 길이 내리

막이 되면서 다시 바닷가로 나왔을 때 동급생이 그려 준 약
도에 표시되어 있던 어구 창고를 발견했다. 나는 그날 밤을
이 창고에서 지내기로 작정하고 그 조금 앞쪽에서 산을 향해
좁은 암반이 노출되어 생긴 길을 올라갔다. 그리고 나무들에
둘러싸인 웅덩이를 발견한 것이다. 비탈 한 귀퉁이에는 빈약
한 고구마밭이 있긴 했지만 실제로는 버려둔 모양이었다. 파
도 소리는 사방에서 울려 대고 있었지만 나무들은 생각보다
울창해서 올려다본 하늘의 웅장한 석양 말고는 바다 한가운
데 있는 섬 풍경 같지가 않았다. 고구마밭 한쪽에 쓰러져 가
는 양철지붕 오막살이가 있었는데 그 옆에 짓밟힌 풀밭이 먼
눈에도 보였다. 그곳에만 오르면 주둔군 병사를 흉내 낸 신
문지 모자를 쓴 백치 소년에게 대꼬챙이로 성기를 찔린 여자
아이가 흘린 핏자국도 남아 있을 것 같았다. 나는 점점 깊어
지는 땅거미 속에서 바다 냄새가 약간 섞인 공기 너머로 그
쪽을 물끄러미 바라보고 있었는데 생각지도 않게, 하지만 오
랫동안 생각하고 있던 결론처럼 다음과 같은 말이 내 속에서
솟아 나왔다.

"역시 이곳은 덴쿠보와 똑같아…."

그렇다면 '본동네' 꼭대기 덴쿠보(그곳이 여기보다 훨씬 크기
는 하지만) 습지의 관목 그늘에서 신문지로 접은 주둔군 모자
를 쓴 내가 숨어 기다리고 있다가 어린 여자아이의 성기에서

목구멍까지 꼬챙이로 꿰는, 그런 일이 있었을 수도 있을 것 같았다. 범죄자는 범행 장소에 돌아온다는 말을 떠올린 나는 온몸이 부들부들 떨릴 정도로 공포에 사로잡혀 덜덜 떨리는 다리를 휘청휘청 불안하게 옮겨 바닷가로 내려갔다.

별다른 동기 없이 그 섬에 갔던 일을 나는 다음 월요일, 아키야마에게 이야기했다. 「삼 년 전」에 썼던 '영구 쥐덫'을 언젠가 실현하려고 현지답사를 했다고 우스갯소리를 한 것이다. 아키야마는 재미있어하면서 자기 패거리들이 수동식 축음기로 베토벤을 듣고 있는 아지트로 데려가더니 [naif]가 괴상한 짓을 했다, 며 모두가 보는 앞에서 나에게 그 이야기를 반복하게 했다. 다들 웃었지만 오직 한 사람, 굉장한 근시여서 외과 수술이 필요할 만큼 눈이 나빠 책장에 넓은 이마를 문지르면서 책을 읽는, 수재로 이름난 삼 학년의 곤도近藤만은 결단코 그 [naif]한 모습에 마음이 움직이지 않는, 곤충 표본이라도 보는 듯한 눈으로 나를 힐끗 보았다. 그의 시력으로는 다만 내 모양을 한 검은 그림자가 보일 뿐이었겠지만….

겨울 방학에 숲속으로 돌아온 나는 힘차게 '본동네'를 찾아가 기이 형에게 새로운 친구들 — 이라고 해도 나는 곤도의 태도에서 내가 사실은 그들 패거리에 들어 있지 않다는 것을 눈치채고 있었지만 — 에 대해 보고했다. 아키야마가 얼마나 독자적이고 근사한 풍모와 생활 방식을 지니고 있는지를 강조하는 나에게 기이 형은, 더 구체적으로 이야기해 봐, 하는 것이었다. 그래서 아키야마의 특징적인 행동거지를 생각해 내려고 했지만 실제로 말로 표현하기가 어려워서 나는 아키야마가 금전 감각에는 [naif]라고 불리는 나보다 더 순진해서 남의 주머니에 든 돈을 아무렇지도 않게 제 것처럼 생각한다는 이야기를 했다.

K를 부잣집 아들이라고 오해하지 않아야 할 텐데, 하고 말한 기이 형은 나를 노골적으로 상처 입힌 것에 대해 보상이라도 하듯이 곧 표지를 씌운 두꺼운 문고본을 책장에서 꺼내다가 영어로 된 페이지를 열심히 넘기더니 절대로 번역은 해주지 않는 평소 방식대로 한 구절을 들려주고는 그 책을 내게 빌려주었다.

그것은 런던 경시청의 경감이, 소설의 화자話者인 딸에게 남의 주머니를 아무렇지도 않게 제 것처럼 생각하는 타입의 사람들을 희화하여 비평하는 한 구절이었다.

Whenever a person says to you that they are as innocent as can be in all concerning money, look well after your own money, for they are dead certain to collar it, if they can. Whenever a person proclaims to

you "In worldly matters I'm a child," you consider
that that person is only a-crying off from being held
accountable, and that you have got that person's
number, and it's Number One.

이렇게 해서 나는 디킨스의 『무너진 집BREAK HOUSE』을
기이 형에게서 빌려 읽었고 이 한 구절에서 아키야마에 대해
서 뿐 아니라 나에게도 직접 작용하는 독毒을 읽어 낸 것 같
았다. 오히려 그런 느낌에 대항하기 위해 나는 이 책을 여름
방학 중에 끝까지 읽었다. 물론 에스터라는 여주인공이 일인
칭으로 말하는 쉬운 장만을 제대로 읽고 그 나머지는 띄엄띄
엄 봤지만 그래도 처음으로 디킨스를 원문으로 읽어 낸 소설
이었다.

세토나이카이에 있는 섬을 보러 간 것, 산속의 웅덩이를
덴쿠보와 같은 지형이라고 느꼈던 것도 기이 형에게 이야기
했다. 그리고 왠지 모르지만 백치 소년이 저지른 범죄가 깊
은 곳에서부터 나를 움직여 그곳까지 이끌었다는 것도 솔직
하게 이야기했다.

"거기에도 덴쿠보 큰 노송 같은 커다란 나무가 있든? 없었
던 것 아냐?"

기이 형은 반문했다. 내 눈에는 잡히지 않은 또 하나의 지

형적 특질을 지적당했다는 생각으로 그 섬의 웅덩이에는 정말 커다란 나무는 빠져 있었다고 대답하자 기이 형은 "인간은 그런 곳에 다 이유가 있어서 나무를 심는 거야." 하고 말했다.

"큰 노송은 '파괴자'가 심었다고들 하지만 그거야 어쨌든 그 나무를 덴쿠보에 심은 이유는 잘 알 수 있을 것 같아."

기이 형의 말을 듣고서야 나는 그 섬에서 암반이 노출되어 있던 좁은 길을 따라 올라갔던 웅덩이에서 당황해서 어쩔 줄 모르며 돌아오는 동안, 가슴 속에서 '파괴자'에게 도움을 청하고 있었던 사실을 기억해 냈다. 나는 그야말로 [naif]답게 그 점에 대해서는 의심조차 해 보지 않았지만 실은 그 섬에서 실제적인 신체의 위기를 가까스로 모면했던 것이다. 나중에 섬 출신인 동급생에게 들은 이야기지만 주민들이 수치로 여기는 살인 사건이 일어났던 웅덩이를 구경하러 온 외지인이 겁도 없이 어구 창고에 묵었던 흔적을 발견하고, 다음 날 해변의 젊은이들이 웅덩이에 숨어 기다리다가 그놈이 다시 나타나기만 하면 팔이라도 한쪽 부러뜨리고 말겠다며 벼르고 있었다고 하니.

제4장 원리를 알아도 문제는 어렵다

　내가 보러 갔던 세토나이카이의 섬에 대해 이야기를 했을 때 기이 형이 거기에 나무들이 어떤 식으로 심어져 있었는지를 물었던 것은 그의 관찰력의 특징을 나타내는 것이다. 그리고 그것은 또한 같은 숲속 토지에서 태어나고 자란 내 관찰력에도 형태는 다를지언정 이어져 있는 것 같다. 골짜기와 '본동네'의 지형과 수목에 영향을 받으며 자란 까닭인지 처음 골짜기를 나와 하숙 생활을 시작했을 때 나는 내가 이제부터 생활할 지방 도시의 지형과 나무들에 대해 탐색하지 않을 수 없었다. 그리고 내가 마쓰야마에서 고등학교 생활에 적응하기 시작하는 듯이 보였을 때 나의 내부에는 나름대로 이 도시의 지형에 관한 얼개가 잡혀 있었다. 그중에서 내가 보러 갔던 섬의 웅덩이와 대극을 이루는 장소가 시市 중앙에 있는 시로야마城山(성이 있던 구릉이나 언덕) 기슭의 CIE(점령군 산하 민간정보교육국)센터였다. 그곳에도 백치 소년에게 신문 지로 접은 모자라는 형태로 영향을 준 주둔군과의 연관성은 있었던 셈이지만. 그러나 그곳을 이용하는 사람들 앞에 주둔 군 병사가 모습을 드러내는 일은 없었다. 다만 일층이 작게 쪼개진 집회실, 이층이 커다란 도서실인 넓은 건물에서 풍기 는 기름 바른 마룻바닥 냄새는 분명히 하나의 아메리카 체험 이었다. 그곳을 하이힐 소리를 울려 가며 잰걸음으로 걷고 있 는 여직원들 중, 거칠고 두꺼운 화장을 한 어느 여자는 GI와 결혼했다고 한다. 더구나 남편은 전투 중 행방불명이 되었다 는 소문도 있어서 나는 [naif]답게 가슴이 아팠다. 숲속 마 을의 여성을 기준으로 한다면 GI와 결혼한다는 것은 가족의 반대를 무릅쓰고야 가능한 일이었기에 이제는 한국에서 생 사조차 알 수 없는 남편을 걱정하면서 짙게 화장한 얼굴로 잰걸음을 걷고 있는 무뚝뚝한 여직원에게 일방적인 연민의 정을 느낀 것이다.

그런데 여직원 쪽에서는 CIE 시설을 날마다 이용하러 오 는 고등학생들을 쫓아낼 이유까지야 없었지만 결코 호의적 이라고는 할 수 없는 태도로 우리를 감시하는 모양이었다.

시의 남쪽에 있는 고등학교에서 수업이 끝나면 우리 단골손님들은 차비를 아끼려고 전철이 지나가는 포장도로를 걸어서 CIE에 온다. 그리고는 문을 닫는 저녁때까지 널찍한 도서관에서 수험 공부를 하는 것이다. 처음으로 여름다운 더위가 찾아온 날, 다들 하나 같이 러닝셔츠만 입고 앉았다가 한꺼번에 쫓겨난 일만 빼면 휴관일이 아닌 한, 우리 패거리는 매일 그곳에서 공부를 할 수 있었다.

7월 말, 막 여름 방학이 시작되는 때였다. 한국 전쟁의 휴전 협정이 조인된 다음 날이어서 일부러 지방 신문사 앞까지 뉴스를 뽑아내어 만든 전단을 읽으러 갔다가 다른 애들보다 늦게 도서관 계단을 올라갔더니, 은행 지점장 아들이어서 제 공부방을 가지고 있지만 우리의 리더로 추대되어 CIE에 오는 니이자키新崎를 중심으로 아이들이 어쩐지 평소의 명랑함을 억지로 감춘 듯한 심각한 얼굴로 모여 있었다. 니이자키 앞에는 덩굴장미 너덧 송이를 엉성하게 묶어 놓은 꽃다발이 놓여 있었다. 니이자키는 어른스런 미소를 띤 채 눈길을 피하고 있었다. 그 대신 니이자키의 심부름꾼 같은 역할을 하는 아이가 그때까지 모두들 나를 기다리고 있었다는 듯 힘차게 말했다.

"어제 휴전 협정이 맺어져서 한국 전쟁을 걱정하고 있던 [naif]는 안심했겠지? 하지만 아메리카군의 대승리가 아닌 휴전이어서 말야, 미세스 오타太田가 안 됐다고 니이자키의 어머니가 꽃다발을 만드셨어. 우리들 중에서 이 도서관에 비치된 책을 읽는 건 [naif]뿐이고 그런 점에서 미세스 오타는 너를 잘 봤다더라. 그러니까 [naif], 네가 미세스 오타에게 꽃다발을 주면서 위로하고 와. 우리는 모두 미세스 오타의 부군을 가엾게 생각하고 있다고 말야, [naif]가 말하고 와 줘."

틀림없이 그런 부분이 [naif]라는 별명이 붙게 된 까닭이겠지만 나는 용감하게 그 일을 떠맡았다. 흔들흔들 금세라도 흩어져 버릴 것 같은 꽃과 간추려지지 않은 가지의 가시 때문에 들기 힘든 꽃다발을 겨우 들고 계단을 내려가 집회실 안쪽에 있는 사무실 앞 복도에서 갈팡질팡하면서 나는 좀 전에야 이름을 알게 된 짙은 화장의 여직원을 찾았다. 타이프라이터를 두드려 대는 소리가 나는 문 앞에서 나비넥타이를 매고 묘하게 점잔을 빼는 남자 직원과 마주쳐서 "미세스 오타는?" 했더니 그는 턱으로 문 하나를 가리켰다. 노크를 해서 영어로 대답을 들은 뒤 문을 열었다. 그리고는 아마도 그때까지 생애에서 일찍이 없을 정도로 철저하게 그 장소에 어울리지 않는 나를 발견했다!

영어 대답을 들으면서도 나는 남자 직원이 턱으로 가리킨 것만 생각하고 방주인은 당연히 미세스 오타라고 믿어 의심치 않았다. 하지만 하얀 블라인드를 반쯤 걷어 올린 창가에 이쪽을 향해 책상 앞에 앉은 사람은 한 번도 본 적이 없는 밝은 머리색의 아메리카 여성이었다. 그리고 그 옆의 서류함 앞에 허리를 굽힌 듯이 서서 책상 위에 놓인 서류에 관해 설명을 듣고 있는 사람이 미세스 오타였다. 두 사람은 몹시 눈이 부시다는 듯이 이쪽을 바라보았다. 화장을 짙게 했는데도 미세스 오타의 피부색이 검게 가라앉은 듯이 보였다는 것, 그리고 보기 흉할 정도로 큼직큼직하게 생긴 아메리카 여성의 얼굴은 금색 솜털이 있고 하얀 가루가 일어나는 듯하면서도 피부가 말갛게 보였다는 것을 지금도 기억하고 있다. 나의 인종적인 자아 발견은 주둔군의 지프가 처음 골짜기의 마을에 들어오던 날 시작되어 이 CIE 도서관의 사무실에서 완성된 셈이다….

그렇게 당황한 내가 다음 순간 한 짓은 내가 생각해도 황당했다. 나는 분홍과 흰색의 빈약한 꽃다발을 몸 앞으로 내밀고 한두 걸음 앞으로 나서서는 우물쭈물하며 영어로 용건을 이야기했던 것이다.

"나는 이 건물 도서관에서 날마다 신세를 지고 있는 사람으로서 미세스 오타에게 위로의 말을 전하고자 왔습니다. 한국에서 휴전 협정이 조인되었습니다만 미세스 오타의 부군께서는…."

책상에서 거리를 두고 비스듬히 편하게 걸터앉아 있는 아메리카 여성은 이상하다는 듯한 처음 표정 그대로였다. 내 말이 그녀에게는 아무런 의미도 전하지 못했다는 뜻이리라. 하지만 역시 이상하다는 듯 그리고 권위적으로 나를 내려다 보던 미세스 오타의 얼굴은 점점 검붉어져 갔다. 볼품없는 꽃다발을 몸 앞으로 비스듬히 내민 소년이 다름 아닌 자신에게 용건이 있어 왔다는 사실을 마침내 그녀는 이해한 것이다. 미세스 오타는 바닥을 걷어차듯이 내게 다가와 와이셔츠 소매를 걷어 올리고 있던 내 팔을 움켜잡더니 그 옆에 있는 한층 좁은 자기 방으로 끌고 가서 등 뒤로 문을 닫았다. 나는 시키는 대로 짧고 낮은 소파에 앉았고 미세스 오타는 책상 의자를 끌고 와서 다리를 높직하게 꼬고 심문관처럼 앉았다. 그러더니 그녀는, "너 나한테 무슨 원한이 있니?" 하고 마치 입술에 장애라도 있는 듯 입술을 비틀며 말했다.

"너희 일본인들은 어쩌면 이렇게도 창피한 짓만 골라서 하는 거야? 어째서 내가 너한테 동정을 받아야 하지? 코리아의 휴전 협정이 너희들한테 무슨 상관이냐구?"

나는 완전히 얼어붙어 아무 대답도 하지 못했다. 더욱 화가 치민 미세스 오타는 일어서서 내가 여전히 멀찌감치 들고 있던 덩굴장미를 낚아채더니 검은색 철망으로 된 근사한 휴지통 속에 처박았다. 그리고는 다시 털썩 의자에 앉더니 얼굴을 붉으락푸르락하며 비틀린 입술 양쪽에는 하얀 거품을 품은 채 코로는 거친 숨을 내쉬고 있었다. 한편 나는, 기묘하게도 미세스 오타가 꼬고 앉은 다리에 나일론 양말을 신고 있는지 맨다리인지조차 모르는 채 어쨌든 혈색도 선명하게 뻗어 내린 창딴지에서 눈을 뗄 수가 없었다.

"… 어째서 너한테 동정을 받아야만 하냐고?"

다시 한번 분노로 입술을 떨면서 미세스 오타는 따지고 들었다.

"사과해야 할 것 아냐? 미안합니다, 하고 확실히 말을 해야 될 거 아냐? 아메리카인 앞에서 창피를 주고, 너희 일본인들이란…. 일어나서 고갤 숙이고 미안합니다 하라니까, 어째서 남의 다리만 뚫어지게 바라보고 있어!?"

나는 그 말대로 자세를 가다듬고 미안합니다, 하고 사과를 했지만 바로 그 순간, 내 눈이 못 박혀 있던 맨살인지 양말을 신은 건지 알 수 없던 미세스 오타의 다리가 내 바지의 성기 부분을 걷어차 올렸다….

미세스 오타의 방에서 직접 복도로 이어지는 문을 통해 참담한 꼴로 사무실을 나온 나는 이층에 올라오는 길에 있는 화장실에서 소변을 보려다가 구석의 칸막이에 눈이 갔다. 그속에 숨어 지금 막 그 혈색 좋은 다리가 신고 있던 하이힐에 채인 페니스를 주물러 대고 싶다는 열망에 사로잡혔던 것이다. 하지만 나는 숨을 한번 쉬고 "멍텅구리 같으니, 내가 변 탠가!?" 하고 스스로에게 말하고는 그대로 화장실을 나섰다. 일제히 이쪽을 주시한 도서실의 아이들은 내 표정을 보고 좋지 않은 사태가 벌어졌다는 것을 읽어 낸 모양이었지만 니이자키가 얼른 눈길을 거두자 모두들 얼굴을 돌리고는 수험 참고서에 열중하는 척했다. 얼굴 피부는 차가운데 그 속은 열이 올라 무겁고 심장은 불규칙적으로 두근거려 책상 위에 펼친 교과서가 눈에 들어오지 않았다. 잠시 후 내 귀에 찬물결 같이 쿡쿡, 하는 웃음소리가 합창처럼 들려왔다.

더구나 이날이 저물기 전에 내가 아메리카 여성 직원의 방에서 미세스 오타에게 영어로 말을 건 전후 사정마저 전부 패거리들에게 알려져 그 우스꽝스러운 전말은 비웃음의 표적이 되었다. 그러나 나는 다음 날도 씩씩하게 CIE 도서실에 나갔던 것이다.

악의가 있었던 것은 아니고 단지 장난으로―정말 [naif] 답게도 나는 그렇게 해석하고 있었지만 당시 마쓰야마에서 세 시간이나 걸리는 깊은 숲속 출신인 주제에 CIE의 공부 모임에 끼어든 나를 놀려 주자고 그들끼리 합의했는지도 모르는 일이다―나를 궁지에 몰아넣은 그들로부터 그 뒤에도 가끔씩 가시 돋힌 소리를 들으면서도 나는 전혀 기가 죽지 않았다. 거기에는 내가 다른 아이들과는 약간 다른 형태로

CIE 도서실에 다니고 있었다는 사실도 도움이 되었다고 생각한다. 원래 나는 수험 공부라는 것에 대해 근거 없는 선입견을 가지고 있었다. 당시에 해석 I과 기하 수학 두 과목은 원리를 알면 문제를 풀 수 있는 법이라고 여겨 교과서를 읽기만 했지 문제집에는 시간을 쏟지 않았다. 국어는 완전히 공부 스케줄 밖으로 밀쳐놓기도 했다. 그리고 영어 공부로는 열람실의 책장에서 삽화가 들어 있는 옥스포드판 디킨스를 찾아 기이 형에게서 빌린 책에 이어서 읽거나 예이츠라든가 오덴이 들어 있는 하드커버 영시 모음집을 띄엄띄엄 읽는 식이었다. 말하자면 시코쿠 산맥 삼림부에서 나온 녀석은 얼핏 보면 수험 공부를 하고 있는 것 같지만 실은 별로 열심히 하진 않는다는 관측이 패거리들 사이에 있었던 것이다. "[naif]는 절실할 게 없잖아"라고 니이자키가 속마음을 알기 어려운 미소를 띠며 말한 적도 있었다.

한편, 하숙에 돌아와 저녁을 먹고 나서 만나러 가곤 하던 아키야마의 그룹에서도 나는 저 변방의 검은 양 취급을 받고 있었다. 그해 가을, 아키야마의 친구들이 이미 이년 전 졸업생이면서 재학 중일 때와 마찬가지로 학교의 문학이나 연극 그룹에 영향력을 지니고 있던 오키沖 씨를 주역으로 삼아 존 싱의 〈서쪽 나라의 바람둥이〉를 시청 홀에서 상연했다. 연출은 일 년 전에 졸업하여 그 지역 대학에 들어갔지만 언젠가는 도쿄의 사립대학 대학원에 진학하여 셰익스피어를 전 공하겠다는 곤도 씨가 맡았는데 대도구·소도구를 포함하여 무대 장치를 담당한 아키야마에게서 상연 준비 이야기를 줄 곧 들었던 나는 그에게서 표를 사서 공연을 보러 갔다.

그때까지 친하게 지내기는 했지만 모양을 갖춘 작업을 보 여 준 적은 없었던 아키야마가 불이 활활 타오르듯 보이게 만든 난로에 나는 [naif]답게 감동했고 이마가 좁긴 하지만 튼튼한 코와 크고도 맹렬해 보이는 입을 지닌 오키 씨의 악 착같은 인상을 주는 대사를 포함하여 무대에서 보여 준 당당 한 모습에도 감동했다. 나는 아키야마에게서 오키 씨가 『헛 된 탑』이라는 미발표 장편 소설을 쓰고 있다는 이야기를 듣 고는 그 제목이 독창적이라고 느꼈고 마쓰야마 번화가에 새 로 들여온 무궤도 전차가 방향을 전환하는 모습을 본 오키 씨가 "악마적 유연성!"이라고 소리쳤다는 이야기에는 아키 야마와 함께 감탄하기도 했다.

오키 씨를 비롯하여 이날 출연한 어떤 배우들보다도 매력 적인 용모이면서도 그야말로 무대 뒤에 어울리는 차림을 한 아키야마가 연극이 끝나고 홀의 좁은 계단을 내려오는 사람 들 사이에 섞여 있는 나를 발견하더니 건방져 보일 정도의 몸짓으로 사람들을 헤치고 다가왔다. 가까운 음식점에서 공 연 뒤풀이를 하는데 오지 않겠느냐, 회비는 오백 엔, 지금 자기한테는 가진 것이 없으니까 그것까지 포함해서 천 엔, "너한테 도움이 될 거야, 굉장한 녀석들이니까!" 하는 아키야마의 권유에 나는 두말없이 걸려들었다. 하숙비와는 별도로 치러야 하는 점심값 반달치에 해당하는 금액이었다. 그건 말하자면 두 주일 동안 점심을 건너뛰어야 한다는 이야기였다.

홀 앞에서 그대로 기다리던 나는 무대 관계자 전용인 뒷계단으로 고무 슬리퍼를 찍찍 끌며 내려온 아키야마를 따라 생전 처음으로 요릿집 문을 들어섰다. 큰 거리라 불리는 번화가에서 길 하나를 안으로 들어온 곳에 있는 작은 가게였는데 그곳을 전세 낸 연회는 이미 시작된 뒤였다. 안쪽 방에는 극단 관계자들, 그리고 바깥쪽에는 관객 중에서 파티에 참석한 사람들로 나뉘어 있었다. 아키야마는 건네준 천 엔 지폐를 금세 떨어뜨리기라도 할 듯 건성으로 받아 들더니 나를 입구 옆에 있는 다다미 위로 오르게 하고는 자기는 안쪽으로 들어갔다. 다들 그를 몹시 기다리고 있었다는 듯이 맞아들이는 소리가 곧장 전해져 와서 나는 자랑스러웠다. 무대 장치 감독인 아키야마는 배우들이 모두 떠난 뒤에도 혼자 남아 자신의 책임인 뒤처리를 끝마치고 온 것이다. 그것은 평소의 아키야마의 태도로는 생각할 수 없는 일이었다. 그가 연극 일을 그만큼 소중히 여기고 힘을 쏟고 있다는 뜻이었고 그러한 그에게 오늘 밤 남으라는 이야기를 들었다는 것이 몹시 기뻤다. 나는 좀처럼 드물게 들뜬 기분으로 그 파티에 참석했다.

내가 끼어든 테이블에는 지금까지 이야기를 나눈 적은 없지만 학교에서 본 적이 있는 아이들이 아무렇지도 않게 담배를 피워 대면서 매실주를 섞은 소주라든가 맥주 따위를 마시고 있었다. 나는 어묵이니 닭구이, 그리고 처음 먹어 보는 음식인 만두가 차례차례 나올 때마다 허겁지겁 먹어 치웠다. 이쪽 자리 사람들은 거의 이야기를 하지 않고 그저 먹고 마시면서 가게 안쪽에서 들려오는 오키 씨나 곤도 씨, 그리고 조연 배우들의 이야기에 귀를 기울이고 있었다. 나와 같은 반인 학생 하나만 나와 눈길이 마주치자, 아키야마 이야기를 듣고 왔는데 우리처럼 술도 못 마시는 사람한테 회비를 삼백 엔이나 걷는 건 너무 비싸다, 어쩌구 하면서 투덜대고 있었으니 아키야마는 회비를 덤핑까지 해 가면서 사람들을 파티에 끌어모은 모양이었다.

오키 씨를 둘러싼 안쪽 자리 그룹의 파티가 한창 무르익을 무렵, 아키야마가 양 무릎을 모아 몸을 일으키더니 그야말로 연극 관계자답게 팔을 크게 휘둘러 나를 불렀다. 나는 자랑스런 기분으로 일어나 아키야마 옆에 끼어 앉았다. 내가 앉을 만큼 자리를 넓혀 준 아키야마는 생각밖에 취기가 돈 어린애 같은 목소리로 테이블에 둘러앉은 다른 이들의 주의를 집중시키더니 [naif]는 우스갯소리를 잘해, 정말 생각지 못했던 소리를 한다구, 한번 들어 봐! 하는 말로 나를 소개했다. 그러더니 바로 옆에서 술 냄새 나는 뜨거운 입김을 뿜어 가면서, 오늘 연극에 대해 한마디 해 봐. 하지만 일부러 우스갯소리를 하려 들다간 들켜 버려. 다들 굉장한 놈들이니까, 하고 소근댔다. 역시 취해서 커다란 입이 한층 더 맹렬해 보이고 장난꾸러기 같은 매력을 풍기는 오키 씨 옆에는 그의 연인 역을 연기한 여고생이 그것이 자랑일 듯한 검은 눈을 신기하다는 듯이 동그랗게 뜨고 무슨 못 보던 구경이라도 하게 된 공주님처럼 앉아 있었다. 나는 뭔가 그럴듯한 소리를 하고 싶어서 이번 공연이 있다는 소리를 듣고 우연히 CIE 도서실에서 펼쳤던 예이츠의 시 전집에서 발견한 「1907년, 〈서쪽 나라의 바람둥이〉를 싫어한 자들에 대하여」라는 시에 관해 이야기하기로 했다.

"예이츠가 이 연극의 상연을 둘러싼 시를 썼죠? … 한밤중에 굉장한 바람이 불고 있을 때 지옥의 환관들이 … 성기를 잘라 낸 그 환관이 아일랜드에도 있는지는 잘 모르지만 (웃음) 어쨌든 말을 타고 있는 주앙을 본다는 … 그 튼튼한 넓적다리를 보고 땀을 흘려 가며 흉들을 보았다는 … 예이츠는 그들이 이 연극을 본 관객들과 똑같다고 했죠. (폭소) 주앙이라는 것은 돈 주앙인 것 같은데."

"그게 〈서쪽 나라의 바람둥이〉와 무슨 상관이 있지? 환관? 돈주앙? 한밤중에 굉장한 바람이 불고 있을 때?"

오키 씨가 나의 숲속 사투리를 흉내 낼 때마다 그 옆에서 새침을 떨던 아마추어 여배우는 진기한 동물이라도 보듯이 나를 바라보며 웃어서 나는 슬픈 것도 같고 기쁜 것도 같은 묘한 감정에 가슴이 막히는 듯했다.

"거봐, [naif]는 웃기는 녀석이지?"

아키야마는 으스댔다.

"지옥에 떨어질 때 돈 주앙은 석상에게 손을 이끌려 가는데, 말은 안 타고 있었던 거 아냐?"

언제나 아키야마와 함께 모차르트의 레코드를 듣는 재수 중인 선배 하나가 말하기도 했다.

"정말로 예이츠가 그런 시를 썼다고 하더라도 말야, 시의 줄거리만 듣고는 대응할 수가 없잖아. 그건 넌센스라구."

아무것도 제대로 보고 있지 않은 듯한 눈을 커다랗게 치뜨고 코 옆에 주름을 잡은 곤도 씨는 말했다. 우리가 항상 쓰는 넌센스라는 말 대신 [nɔ́nsəns]라고 발음하는 것이 내게는 마음에 와닿았다.

나는 새로 터진 웃음소리 속에서 얼굴을 붉혔다. 내가 우스갯소리를 더 할 것을 아키야마가 기대하고 있다는 것은 알았지만 나는 처음부터 웃음거리를 제공하기 위해 예이츠의 시 이야기를 꺼낸 것이 아니었다. 예이츠는 정말로 이런 시를 썼다! 나는 그때 내 무릎 넓이만큼만 허락되었던 파티에서 그 자리를 포기하고 곧바로 원래의 자리로 돌아왔어야만 했다. 그런데 나는 웃음소리가 잦아들자 숙이고 있던 고개를 들고 스스로도 생각지 못했던 발언을 해 버렸던 것이다.

"나도 극단에 넣어 줘….'

물을 끼얹은 듯한 침묵이 그 뒤에 이어졌고 가슴이 막힐 것 같은 침묵의 파도는 가게 입구 쪽 자리에 있던 사람들에게까지 전해졌다. 더 이상 아키야마의 얼굴을 쳐다볼 기력마저 잃어버린 나는 마침 터져 나온 커다란 웃음을 틈타 자리를 떠서 구두를 신고 좁은 통로를 통해 밖으로 나왔다. 이 지방 도시로 전학해서 처음으로 걸어 보는 밤 깊은 번화가의 큰길 쪽으로 접어들려 할 때 나를 뒤쫓듯이 웃음소리가 또 한 번 등 뒤에서 일어나 나는 돌멩이라도 피하듯이 고개를 꺾었다.

시월 첫 주, 수험을 지망하는 삼 학년 전체를 대상으로 전 과목에 걸친 모의 테스트가 있었다. 며칠 지나 복도에 붙은 모든 과목의 상위 득점자 명단에서 내 이름을 발견할 수 있었다. 그것은 특히 수학에 관한 한, 교과서의 원리를 잘 이해하기만 하면 문제집으로 푸는 연습을 할 필요는 없다는 내 생각을 더욱 굳혀 주었다. 한편, CIE 도서실 수험 공부 패들이 새로운 웃음거리를 만들기 위해 짜내는 책략에 걸려들 위험성을 경감시켜 주기도 하였다. 그들은 내가 하숙집에 돌아오고 나서 특별한 방법으로 공부를 하는 것이 아닐까 의심하게 된 모양이었다.

나는 이 모의 테스트 이후 새로 생긴 평판이 아키야마 패들에게 알려질까 두려웠다. 얼마 전에 재혼한 아키야마의 어머니가 보내 준 돈으로 빌린 방에 언제나 모여드는 그들이 지닌 클래식 음악이나 서구의 그림들에 대한 지식에 대비되는, 그야말로 [naif] 같은 소리를 하는 어릿광대가 내 역할이었는데 그런 내가 사실은 남몰래 수험 공부에 열을 올리는 엉큼한 녀석이었다고 여겨지고 싶지 않았기 때문이었다. 그러한 소심함은 아키야마의 방에서 만난 오키 씨가 모종의 '쾌락'을 얻을 찬스를 위해 천 엔을 헌금하라고 요구했을 때 돈이 아깝다는 생각과 그가 말하는 '쾌락'이 저열하다는 생각에 얼굴을 붉혔으면서도 결국은 돈을 건네주는 식으로 나타나기도 했다….

이러한 사정이 겹쳐 〈서쪽 나라의 바람둥이〉 공연 때부터 궁핍해진 생활은 좀처럼 회복되지 않았다. 그래서 점심시간에는 식사를 하는 급우들을 두고 나와 전쟁 전에는 강당으로 쓰였던 한코藩校(에도 시대, 각 한이 자제들을 위해 설립한 학교)에 유래하는 절 같은 건물 옆에서 돌비석 받침대에 앉아 수학 교과서를 읽곤 했다. 어느 날, 생활 지도를 맡고 있는 인문지리 선생님이 나타나 나에게 말을 걸었다.

"너는 점심 먹을 돈을 절약하느라고 이 언저리에서 시간을 보내고 있는 모양인데 너무 무리하면 안 되지! 나는 얼마 전부터 유심히 너를 보고 있어서 사정은 대충 알고 있어, 내 말이 맞지?"

내가 있는 이곳에서 아키야마가 담배를 피우다가 바로 이 선생한테 들킨 적이 있다는 이야기를 들었었다. 선생은 아키야마에게 직원회의에 보고해서 처분을 받을 것인지 여기서 얻어맞고 없었던 일로 하고 싶은지를 물었다. 아키야마가 희망을 말하자 선생은 있는 힘을 다해 몇 번씩이나 얼굴을 후려쳐서 얼마 동안 얼굴이 찌그러져 보일 정도였다고 한다. 나는 그 이야기를 듣고 화가 치밀었지만 축구공만큼이나 커다란 고수머리 머리통과 그 머리를 충분히 균형 있게 지탱할 만큼 체격이 좋은 선생에 대해 보복할 방법은 찾을 수가 없었다. 다만 내가 할 수 있는 것은 기말시험 때 인문지리 답안지를 괴발개발 그려 내는 정도였다.

"너는 인문지리 점수가 형편없어서 한번 불러서 주의를 주려다가 수험 과목이 아니라서 내버려 둔 거야. 그건 그렇대도 좋아. 야, 너 말야. 사관학교 시험 한번 안 볼래? 너, 아버지가 안 계시지? 점심값을 아낄 정도면 어머니도 살기가 힘드신 거 아냐? 너는 몸집도 그런대로 괜찮고 그 정도 모의고사 점수면 보안대학교에 바로 들어갈 수 있을 거야. 한번 해 봐. 그 대신 내 시간에 다른 과목 공부를 해도 인문지리는 '수'라고 매겨 줄게. 그러면 너는 우등으로 졸업하게 되고 산 속의 어머니도 기뻐하실걸. 지난번 시험 같은 점수로는 너는 우등상 못 받아. 안 그래?"

손가락마다 시커먼 털이 난 손바닥으로 어깨를 잡혀 움칠하는 내 몸의 움직임이 그 손바닥에 전해진 게 틀림없다고 단념했다. 그건 내가 오랫동안 남몰래 지니고 있던 두려움, 한국 전쟁의 한가운데서 자신을 발견하리라는 절실한 두려움을 이 선생이 알아챈 것이라고 느꼈기 때문이었다. 그도 그럴 것이 다음과 같은 생각이 한순간 내 속에서 회로를 이어 가듯 스쳐 갔기 때문이다. 전시에 지니고 있던, 언젠가는 전쟁터에서 죽어야만 하리라는 공포와 흥분 → 헌법의 전쟁 포기 조항을 배우고 갖게 된 이제 전쟁터라 이름 붙은 곳으로부터는 해방되었다는 생각 → 한국 전쟁, 그곳에 경험 없는 소년병으로 끌려갈 것이라는 강박 관념 → 새로 시야에 들어온, 사관학교에서 무기를 다루는 기술과 전략 전술을 배워 경험 없는 빈손의 젊은이가 아니라 실력을 갖춰 전쟁터에 나간다는 착상.

"저는 사관학교와는 반대인 학교에 가고 싶은데요…."

나는 기가 죽어 가련하게도 겁에 질려 있는 내 목소리를 들으면서 내가 지금 하고 있는 말이 얼마나 우스꽝스러운가에 스스로 짜증스러워하며 대답했다.

"사관학교와는 반대인 학교? 무슨 소릴 하고 있는 거냐? 지금 그런 학교가 어딨어? 공산당도 야마무라山村 공작대의 서당 같은 것은 그만뒀잖아! 아, 알았다. 네가 생각하는 게 그런 거구나? 인문지리 점수는 '가'야. 어머니한테 우등상은 무리라고 말해 둬. 2학기에 만회하지 못하면 아마 졸업하기도 힘들걸!?"

선생이 둥글고 커다란 머리를 좌우로 흔들며 사라진 후, 나는 다시 한번 돌비석 받침대에 주저앉으면서 머릿속에서 공포가 덩어리로 들어 있던 캡슐 하나가 픽 하고 터진 듯한 맛을 느끼고 있었다. 만일 낙제해서 일 년 더 인문지리 수업을 들으러 학교에 나와야 한다면, 하고 생각하니 정말로 끔찍했다. 선생은 기회 있을 때마다 사관학교에 관한 이야기를 끄집어낼 것이다. 그것을 받아들이지 않으면 다시 한번 '가'를 맞게 되는 것일까?

나는 이렇게 어지러운 마음을 편지에 담아 기이 형의 저택으로 보냈다. 기이 형은 금방 답장을 보냈다. 자기는 지금 몹시 우울해서 K의 유쾌한 수다로 마음의 울분을 없애고 싶은 기분인데 수험 준비에 바빠서인지 일요일에 집에 돌아오지 않아 섭섭하다면서 나에게는 그야말로 낙관적인 격려를 해 주었다.

모의 테스트의 성적이 좋았다니 반은 기쁘고 반은 걱정스러워. 기쁜 것은 K가 모든 과목에서 기초를 제대로 이해하고 있는 듯하기 때문이지. 걱정은 현재 성적이 좋다는 것은 보수적인 수험 공부를 하고 있기 때문이 아닌가 해서고. 말하자면 지금까지 입시에 곧잘 나왔던 타입들만 주로 공부하고 있는 것이 아닐까? 그것도 할 필요가 있는 건 틀림없지만 지금까지 해 보지 않은 분야를 해 나가야 다음의 실전에는 도움이 되는 것이 아닐까? 그런 생각이 들어서 말야.

싱의 연극에 관해서는 예이츠가 에세이를 썼고 물론 시도 썼으니 K가 생각난 것을 이야기했을 때 의심을 받았다면 그건 의심을 한 사람들이 무식하다는 소리일 뿐이야. 싱의 연극 초연은 처음부터 트럼펫까지 동원한 반대파가 극장 안뿐 아니라 극장 주변에서까지 소란을 떨고 마지막 날에는 경찰이 오백 명이나 동원되었다잖아? 신문에서는 중지하라고 권고했지만 예정대로 공연을 했어. 'We'는 연극을 계속했다고 쓴 걸 보면 예이츠도 극단 내의 인간이었다는 거지. 돈 주앙이 나오는 것은 처음부터 지옥의 돈 주앙을 그린 Charles Ricketts의 그림에 제목을 붙이는 식으로 문제의 시가 씌었기 때문이야. 나도 자세히는 (그 그림을 포함해서) 모르지만⋯.

'쾌락'을 위한 헌금에 관해서. K가 점심을 굶고 돈을 내

쥐 봤자 그것을 받는 쪽에서 K를 어떻게 생각할지는 몰라. 요컨대 신경을 끊는 수밖에 없어! 디킨스의 그 소설을 끝까지 읽어 보면 금전에 관해서 innocent하다고 자타가 인정하고 있던 예술가 기질을 가진 남자가 죽은 뒤, 그가 남긴 문장에는 금전적인 문제를 포함하여 가지가지로 원조를 해 주었던 파트론에 대해 "Jarndyce, in common with most other men I have known, is the incarnation of selfishness"라고 말했다는 것, 자기는 'Which showed him to have been the victim of a combination on the part of mankind against an amiable child'라 생각하고 있었던 듯이 쓰여 있었지? 그 언저리를 기억하도록! K가 점심을 거르는 생활을 한 달쯤 계속해 봤자 대단한 파트론은 될 것 같지도 않고 그런 일이 한참 자랄 나이에 좋을 리는 없으니까.

사관학교 이야기. 내가 배운 인문지리 선생과 같은 녀석이었다면 그놈은 전쟁 중에 대단한 군국주의 옹호자였고 전후에는 민주주의 옹호자가 된 녀석이야. 그놈이 어느새 새로운 뒤집기를 꾸미고 있다니. 숨어서 담배를 피우는 녀석들이나 점심을 굶을 수밖에 없는 사람들 같은 vulnerable한 소년 제군을 노려서 옳지 않은 국가적 음모에 끌어넣으려 하다니 교사라는 이름이 부끄러운 악한 아냐!

이듬해 봄, 나는 도쿄 대학 시험을 치렀다. 첫째 날, 세로로 기다란 시험지 위에서 수학 시험 문제를 보자마자 내가 지녔던 수험에 관한 고정 관념의 치명적인 결함을 나는 발견했다. 기하와 해석 I의 문제는 내가 열심히 공부했던 교과서의 원리적인 설명과 맞닿아 있는 것임에는 틀림없었다. 문제를 읽으면서 금세 수식이나 조건에 환기되어 내 머리가 움직이기 시작했기 때문이다. 하지만 동시에 나는 이들 중 두 문제 정도를 충분히 풀고 정리해서 답안지에 기입하려면 최소한 다섯 시간은 필요하리라는 것도 깨달았다. 기하 4문제, 해석 I 4문제, 합계 스무 시간! 그래서 나는 깨끗하게 — 사실은 심신이 함께 무기력 상태에 빠져 — 연필을 답안지 위에 내려놓았다. 수험 공부에서 문제집을 푸는 연습이라는 것은 그때까지 배우지 않은 원리가 없는지를 체크하기 위한 것이 아니라 — 때때로 나는 그런 의도로 문제집을 대충 읽곤 했다 — 익숙해진 원리가 새로운 옷을 입고 나타나는 문제를 대해 보고 풀이법의 루틴을 미리 머릿속에 저장하여 실전에 필요한 시간을 절약하기 위한 것이다. 그때부터는 멍하니 앉아서 시험 시간 두 시간이 지나가기를 기다리면서 나는 기이 형네 별채에서 했던 기하 공부를 떠올리고 있었다. 교과서에는 한 과가 끝날 때마다 연습 문제가 붙어 있다. 쉬운 것은 그 자리에서 해 버린다. 어려운 것은 종이에 옮겨 적어 우선 전체 모양

318

을 머릿속에 넣는다. 그리고는 기이 형과 덴쿠보를 일주하고 식물 표본을 채집하는 동안에도 줄곧 그것을 머릿속에서 굴리고 있다. 그리고 어느 정도 시간이 흐르면 예컨대 겨우살이 기생식물의 열매를 달고 있는 가지를 꺾으러 커다란 당느릅나무 등걸에 한참 기어 올라가고 있을 때, 아, 풀렸다! 하고 온몸에 미지근한 물 같은, 정갈한 무엇인가가 퍼져 나가는 해방감을 느낀다. 기이 형에게서 배운 영시도 마찬가지였는데 이해하는 데 필요한 소요 시간이 중요하다는 것을 왜 생각하지 못했던 걸까? 하고 나는 그저 망연자실할 수밖에 없었다….

그래도 나는 어떻게든 힘을 내어 기하와 해석 I, 양쪽에서 가장 시간이 덜 걸릴 것 같은 문제를 한 문제씩 답안지에 적기로 했다. 그리고 어느샌가 그 일에 몰두하여 남은 시간을 보낼 수 있었다. 그날 오후에 계속된 국어 시험, 다음 날 또 그다음 날의 시험도 일단 치르기는 했다. 나는 시험을 치르는 동안, 이미 '본동네'의 저택에 돌아가 있던 기이 형이 도쿄에서 숙사로 쓰던 게이오京王선 연선沿線(철도명)의 어느 사무실에 묵고 있었다. 그곳은 얼마 전에 돌아가신 기이 형의 부친이 하시던 복잡한 사업과 또 그만큼이나 복잡하던 가족 관계의 중핵이 되는 본부라고 할 수 있는 곳이었다. 기이 형의 부친은 전쟁 전에 배우자가 죽자마자 외아들을 외갓집인

'본동네'의 조부모에게 맡기고 자기는 도쿄에서 재혼해서 제약 회사를 경영해 왔다. 사무실과 같은 터 안에 지금은 가동하지 않는 공장이 있었고 기이 형의 계모와 이복형제들은 다른 곳에 살고 있었다. 사무실에서는 제약 회사의 제품 관리와, 한동안 마을에서 출하하던 마른 표고버섯이니 병조림한 밤 등을 팔던 자매 회사의 사무를 보고 있었다. 그러던 것이 기이 형의 부친이 타계한 후에는 사업 전체를 정리하고 축소하기 위한 장소가 된 모양이었다. 그리고 이미 유산 상속 문제도 전부 끝나고 — 기이 형의 말로는 그는 원래 외가 자산인 '본동네'의 삼림과 농지, 가옥, 대지를 상속하기로 하고 도쿄의 가정과는 경제적인 관계가 없어졌다고 했다 — 사무실도 기이 형이 살고 있던 이층은 이미 폐쇄되어 있었다. 나는 형의 계모와 친척이 된다는 젊은 부부가 집지기로 살고 있던 일층 끝의 약품 상자들로 뒤덮인 양실의 소파에서 잠을 자고 집지기 부부와는 출입구도 따로 쓰고 식사는 가까운 식당에 달아 놓고 먹었다. 도쿄에서 먹고 자는 것은 자기한테 맡기라고 기이 형은 말했지만 그 당시 그는 유산 상속이 끝난 뒤 계모 쪽과 관계를 지나치게 낙관하고 있었는지도 모른다. 우선 나는 기이 형 계모의 친척에게는 아무것도 걸린 것이 없는 생판 남이었다. 시험을 볼 동안 사무실에서 살 수 있었던 것만으로도 주택 사정이 나빴던 당시로서는 고마운 일이었다.

그들은 복도에 붙어 있는 가스 시설을 써서는 안 된다고 엄하게 이야기한 것 말고는 나를 그냥 자유롭게 내버려 두었다. 수험을 위해 상경해서 나흘간 나는 적어도 잠자리에 관한 한 만족스럽게 지냈다. 오전 중에 시험이 끝난 마지막 날, 일찌감치 사무실로 돌아와 소파에 드러누워 새삼스럽게 첫날 치른 수학 시험을 생각하면서 커튼을 떼어 낸 유리창 너머로 공장 건물의 처마에 앉은 참새를 올려다보려니까 참새 하나하나의 윤곽이 전부 이중으로 보였다. 나는 그제서야 일년 동안 수험 준비를 하느라 내 눈이 근시나 난시가 되었다는 것을 깨달았다. 그리고 숲속 골짜기에 그냥 있었더라면 시력을 떨어뜨릴 일도 없었을 텐데, 하는 돌이킬 수 없는 실망감에 사로잡혔다….

그리고 이 이야기 앞머리에도 썼듯이 수험에 실패했다는 통지는, 골짜기로 돌아와 누이동생과 함께 아버지의 묘를 돌아보고 있을 때 우리보다 늦게 비탈길을 올라온 어머니에게서 전해 들었다. 숲에서 계곡으로 튀어나온 선산의 지형 때문에 바람을 거슬러 절벽에 붙어 있는 작은 관목들은 하나하나 살펴보면 오래된 거목들에 지지 않을 만큼 뒤틀려 있었지만 가지에 싹튼 새 이파리들은 신선했고, 지난밤 비에 젖어 검은 밭 흙 위로 뾰족이 고개를 내민 보리 이삭도 싱그러웠다. 그런 생기 넘치는 풍경 속을 종종걸음으로 올라오는 어머니를 내려다보면서 "엄마가 기쁜 듯이 오시는 걸 보니 오빠 합격했나 봐." 하고 동생이 말했고, 나는 그 반대라고 느꼈다…. 지금 새삼스레 그 광경을 통째로 떠올리고 그 속에 열여덟 살짜리 나를 놓아 보면 전초 기지 같은 선산을 배후에서 감싸고 있는 숲 전체에 그곳을 모두 덮은 엷은 안개처럼 '파괴자'의 힘이 나타나 있었고 열여덟 살인 나는 그것을 그야말로 [naif]하게 느끼고 있었다. 그리고 나는 이제부터 어머니가 기쁘게 알려 주신 대로 도쿄의 대학으로 가는 출구가 닫힌 채 평생 이 골짜기에서 사는 것이다. '파괴자'의 숲에서 태어나 '파괴자'의 숲으로 돌아가는, 내 삶의 가닥이 잡힌 것이라고 깊고 강한 센세이션으로 예감하고 있었던 듯하다. 더구나 그것은 어머니를 기쁘게 할 뿐 아니라 '파괴자'도 가상히 여기실 것이며 다름 아닌 나 자신도 사실 마음 깊은 곳에서 줄곧 바라고 있었던 결정이라고….

어머니가 자그마한 몸을 젊은이처럼 긴장시키며 급하게 경사진 내리막길을 씩씩하게 내려가 골짜기로 돌아간 뒤, 의기소침한 누이에게 나는 우리가 치우고 있던 산소에 얽힌 우스운 이야기를 명랑하게 들려주었다.

"아사, 너는 확실히 기억하지 못하겠지만 할머니가 돌아가셨을 때…."

나는 이야기했다. 할머니보다 반년 늦게 돌아가신 아버지가 생전에 조상들의 묘를 정리할 생각을 하셨다. 대대로 매장된 죽은 이들의 두개골은 깊이 파 들어간 붉은 흙 속에 섞여 있었고 검은 지면 위에 놓으니 선연히 눈에 띄었다. 하나씩 늘어놓고 바라보면서 아버지가 오랜 친구인 보리사菩提寺의 주지와 이야기를 했다. "오랜 것에서 새로운 것 쪽으로 내려올수록 두개골이 점점 작고 빈약해지네. 이것은 우리 가문 사람들이 세월이 갈수록 쇠퇴해 가는 것을 노골적으로 드러내는 것이 아닐까?" 하고.

"그 이야기대로 몇 대가 더 지나고 나면 우리 자손들의 두개골은 틀림없이 피그미 정도일 거야. 옛날 이 숲속의 토지에는 백 살도 넘게 살아서 거인처럼 된 사람이 있었다니까 그것이 아프리카의 숲에 산다고 하는 피그미의 골격과 비슷해질 때까지 작아지는 동안 그 인간 사슬 중 하나씩의 고리인 셈이지, 우리는⋯."

"오빠, 그건 너무 쓸쓸한 얘기다."

누이는 검은 젤라틴으로 만든 물고기를 한 마리씩 눈에 붙여 놓은 듯 추워 보이는 얼굴을 나를 향해 반항하듯 내저었다. 수험에 실패했다는 마이너스 극과 숲을 빠져나가지 않고 평생 살 수도 있다는 플러스 극 사이에서 흔들리는 감정을 그런 경박한 방법으로 맛보고 있는 동안, 어머니는 실제적인 수단을 강구하고 있었다. 아까 말한 대로 부친이 돌아가신 뒤 오랜 시간이 걸린 유산 상속 과정에서 결정된 대로 이 숲의 토지와 '본동네' 땅과 건물을 상속했다고는 하지만, 관리는 세이 씨를 비롯하여 그의 할아버지 때부터 대대로 그 집에서 고용했던 사람들이 맡고 있어서 당분간은 급한 일이 없는 기이 형에게 어머니는 다음 해의 재수험을 위한 지도를 부탁해 둔 것이다.

이튿날 아침 일찍 어머니 말씀대로 평소에 놀러 갈 때와는 다른 무거운 마음으로 '본동네'에 올라가면서 저택 아래 다리를 건넌 곳에서 잠시 쉬고 있으려니까 항성 관측용 베란다 위에서 내려다보던 기이 형이 솟을대문까지 내려와 말을 걸었다. 그리고 나는 새삼 자신이 수험에 실패했다는 사실을—덕분에 숲속에 돌아왔고 그것은 일 년이라는 유예 기간이 지나면 다시 도쿄에 나가야 하는 것이 아니라 그 숲에서 마냥 생활할 수 있는 길이 열리는 하나의 징조일 수도 있다는 생각과는 어긋나게도—기이 형에게 너무나 부끄럽게 느끼고 있음을 깨달았다. 기이 형과 얼굴을 맞대자마자 나는 풀이 죽어 변명을 시작했던 것이다.

"수학이 안 되더라구! 문제의 원리는 전부 알고 있었는데 구체적으로 종이에 써서 문제를 풀 시간이 없으니까 당황해 버려서…."

"K답다, 정말 그랬을 거야."

기이 형은 말했다.

"그렇다면 이번에는 문제집을 푸는 연습만 하면 되겠네. 우리 집에 와서 날마다 문제집을 풀어 봐. 이제 와서 K와 함께 수학 원리를 공부하자니 사실 고역이어서 오늘 아침 눈뜨기 전에는 꿈자리가 뒤숭숭할 정도였어…. K가 설령 수험 공부를 하지 않더라도 마을에 있는 이상 날마다 만났을 테니까 우리 집에 공부를 하러 보내려는 어머니의 생각은 현명하신 거야. 나도 이걸로 적어도 앞으로 일 년 동안은 이 집에서 지낼 일거리가 생긴 셈이고…. 하긴 K의 어머니는 그것까지 배려해 주신 건지도 모르지. K가 공부하러 와 있는 동안 우선 나는 단테를 읽을 생각이야.『신곡』같은 거창한 책이라도 말야, 원리를 말하자면 그건 이미 알고 있어. 일단 지옥에 내려갔다가 연옥으로, 마지막에는 천국으로, 라는 거잖아. 하지만 단테와 나를 연결하려 들면 시간을 들여 천천히 세부를 읽어 가지 않고서는 내가 젊어지고 있는 현재, 혹은 장래의 문제는 풀리지 않아. 그럴 것 같아. 말하자면 살아 있는 내가 가지고 있는 시간 중에서, 뭐가 됐든 문제를 푸는 연습이 필요하다는 거지. 아침 녘의 어지러운 꿈을 꾸고 나서 그런 생각을 하고 있었어, K…."

나는 구두를 벗고 그대로 고개를 떨군 채 대청에서 창고를 가로질러, 높이 차이는 있지만 이미 익숙해져서 아무런 문제도 없는 복도까지 어둠 속에서 기이 형을 따라 걸으면서 마쓰야마에서 보낸 이 년을 이미 아득하게 느끼고 있었다. 나는 그곳에서 한편으로는 싱의 연극을 공연하고 문학이니 음악에 대해 수다를 떠는 그룹, 또 한편으로는 CIE 도서실에 다니면서 공부하는 그룹에 끼고 싶어서 기를 썼고 덕분에 힘들고 우스꽝스러운 경험도 했다. 그러나 이제부터 기이 형은 그 두 개의 그룹을 합해 놓아도 만들 수 없을 만한, 그것을 넘어서는 인간적 환경을 이 숲속에 만들어 줄 것이다. 그런 생각으로 나는 눈물이 쏟아질 것 같았다. 이제는 정말로 [naif]한 방법으로 나의 수험 실패를 위로하고 격려해 줄 이와 함께 있다고 느끼며….

제5장 성적 입문性的入門

날마다 기이 형네로 수험 공부를 하러 다니게 된 나는, 그 집의 인상이 그전에 놀러 다닐 때와는 달라졌음을 깨달았다. 도쿄에서 대학 생활을 마치고 마을에 눌러앉은 기이 형은 이제는 어른으로서 위엄을 지닌 저택의 주인이었다. 그리고 마을에 도는 소문이 드리운 특별한 그림자가 방해하여 어쩐지 정면에서 얼굴을 바라볼 수 없게 된 세이 씨가 기이 형을 도와 저택을 활기차게 관장하고 있었는데 이른바 여성적이랄 수는 없는 실무가다운 면모를 드러내고 있었다.

사실, 패전일 밤 이후로 나는 한동안 세이 씨를 볼 수 없었는데 그건 우선 그녀가 그 후 숲속 토지를 떠나 밖에 나가 있

327

었기 때문이다. 세이 씨가 마을을 떠나던 날은 뚜렷하게 기억하지만 그녀가 어떻게 해서 다시 '본동네'의 저택으로 돌아왔는지는 희미하다. 세이 씨는 패전한 해가 끝나 갈 무렵, 강 아래 이웃 마을에 사는 복귀한 대기업 샐러리맨에게 시집을 갔고 이어서 남편의 일터가 있는 고베神戸로 나갔다. 결혼식에는 당시 교통 사정이 좋지 않았는데도 기이 형의 부친과 계모가 도쿄에서 왔었다. 그리고 그 사실은 전쟁 전 아직 십대 소녀였던 세이 씨에게 기이 형의 아버지가 손을 댔다는 이전부터 떠돌던 소문을 확인시켰다. '본동네'의 저택에서 실제로 만났던 세이 씨도, 골짜기에서 남들이 이야기하는 전설적인 세이 씨도 이미 상당히 나이를 먹은 여자라는 인상이 짙었기 때문에 기이 형의 부친, 그리고 계모와 함께 난생처음 보는 새까만 전세 택시를 타고 마을을 떠나는 세이 씨가, 지극히 평범한 머리 모양에 단지 진한 화장을 했을 뿐인데도 너무나 아가씨 같다는 것이 좀 뜻밖이었다. 하지만 지금 거꾸로 계산해 보면 그때 세이 씨는 아직 스물 너덧 살밖에 안 되었다. 그리고 언제부턴가 세이 씨는 어린 오셋짱과 함께 기이 형의 저택으로 돌아와 아무 일도 없었다는 듯 집안일을 돕고 있었던 것이다.

기이 형이 휴가로 집에 돌아올 때마다 '본동네'의 저택에 놀러 가 때때로 보았던 세이 씨는 고등학생인 내가 고문古文

교과서에서 발견한 문구로 표현하자면 '있는 듯 없는 듯' 필요할 때만 그림자처럼 나타나 기이 형이 원하는 바를 채우는 것 같았다. 그녀가 혼자 기르고 있던 아기는 전혀 그림자조차 볼 수가 없었다. 물론 세이 씨가 '있는 듯 없는 듯'한 것은 행동거지가 그랬다는 것일 뿐, 결혼 뒤 고베에 나갔다 온 후로 그녀의 복장과 화장은 숲속에서 유난히 눈에 띌 만큼 변했다. 머리를 스카프로 두르고 어깨가 강조된 흰 블라우스에 폭이 넉넉한 기다란 치마를 발끝으로 차 내듯하며 골짜기로 장을 보러 내려오는 세이 씨의 모습에는 이 마을 여자들의 생활이나 남자들의 눈이라는 것을 전혀 개의치 않는 듯 자립된 태도가 엿보였다.

기이 형이 아직 대학에 다닐 무렵, 그가 학기 초에 상경해 버리면 나도 '본동네'에 갈 일이 없었으나 두 사람 다 마을에 있을 때는 곧잘 저택에서 함께 시간을 보내곤 했다. 그 시기에 세이 씨는 저택의 생산 활동이나 경영에는 관심 없이 그저 일손을 도우러 와 있는 그다지 중요하지 않은 친척 여자처럼 보였다. 그리고 거기에는 이유가 있었던 것 같다. 기이 형 자신이 그러한 활동들과 관계가 없었던 것이다. 저택 안에는 가운데 마당을 둘러싸고 안채와 창고에 연결되는 별채, 그리고 목욕탕으로 이루어진 한 구역과, 그와는 별도로 헛간과 목공 일이나 간단한 대장간 일도 하는 공장, 그에 인접한 은

거소隱居所(살림의 책임을 물려 주고 한가하게 사는 노인들의 거처)라는 또 한 구역이 있었다. 그런데 저택 뒤의 연못 건너편에 있는 이 두 번째 구역은 밭과 과수원에 둘러싸이면서 숲의 비탈로 이어져 있었다. 기이 형의 부친이 도쿄에서 사업에 몰두하고 있는 동안, 은거소에 사는 기이 형의 조부모가 헛간과 공장, 그리고 강줄기의 제재소를 거점으로 숲과 논밭에서 일하는 고용인들을 감독하고 저택의 사업을 관리하고 운영해 왔던 것이다.

내가 마쓰야마 고등학교에서 두 해를 보내고 돌아와 보니 ― 그동안에도 기이 형의 조부모가 차례로 세상을 떠나는 것과 같은 매듭이 있을 때마다 변화를 느끼기는 했지만 ― 이제 '본동네'의 저택을 경영하는 사람은 기이 형이었고 세이 씨도 그 보좌역이라기보다 자신감이 넘치는 협력자였다. 낮에는 대개 세이 씨가 공장에서 고용인들을 시켜 열심히 일을 하는 모양이었고 기이 형은 안채에서 오셋짱을 시켜 세이 씨와 연락을 주고받았다. 까무잡잡한 긴 얼굴에 눈의 윤곽이 또렷하고 짙은 눈썹이 맞붙은 듯이 보이는, 아직 국민학교에 갈까 말까 한 나이였던 오셋짱은 세이 씨가 입혀 준, 마을에서 볼 수 없는 멋진 옷을 입고 있었지만 남의 눈에 띄기를 싫어하는 성격인지 기이 형이 큰 소리로 부를 때만 자기 방에서 나왔다.

어느 날, 기이 형과 내가 창고방 이층에서 오래된 지구본을 끄집어내려 했다. 기이 형은 그것을 이용해서 단테의 세계에서 오른쪽(디스트라)과 왼쪽(시니스트라)의 감각을, 즉 아리스토텔레스에서 중세까지 전해져 온 우주관에서 좌우가 존재하는 양식을 내게 설명하려 했다. 하지만 기이 형도 처음부터 단테의 오른쪽과 왼쪽에 관해서는 잘 모르는 부분이 있어서인지 지구본은 오히려 혼란을 가중시켰다. 나중에 내가 보낸 하버드 대학판 단테 연구서를 보고 비로소 기이 형은 오른쪽과 왼쪽의 복잡한 파악법을 이해했다고 편지에 적어 보냈다. "우선 우리는 이러한 혼란이 우리의 것이지, 그의 것이 아니라고 생각하는 데서 시작해야만 한다"고 학자도 쓰고 있거든, 하며 기이 형은 연구서를 원어 그대로 인용하면서 내게 해명하듯 적었다. 그처럼 아주 젊은 시절에 나와 겪은 작은 일들조차 기이 형은 언제까지나 마음에 두곤 했다. 말하자면 그는 나에게 시종일관 책임감 강한 스승이었던 셈이다.

이야기를 앞으로 되돌려 우리가 안채에 붙은 창고방 안쪽의 계단을 올라가 지구본을 꺼냈으니까 오고가며 오셋짱의 방 옆 좁다란 통로를 지나게 되었는데 여러 종류의 철쭉이 있는 습기 찬 뒷마당을 향해 창을 열어 놓은 삼 첩三疊(다다미 석 장을 까는 좁은 방) 짜리 방에 엎드려 그림책을 보고 있던 오셋짱이 검은 눈을 크게 치켜뜨고 우리 쪽을 힐끗 보았다. 갈 때도 올 때도 그랬는데 특히 기이 형은 나이는 어리지만 여자인 오셋짱에 대해 미안해 어쩔 줄을 모르는 것 같았다. 생각해 보면 오셋짱은 숲속 아이치고는 좋은 환경에서 살고 있는 셈이었다. 당시 마을의 생활 방식으로는 아무리 가족과 마찬가지라고는 해도 고용인인 세이 씨의 딸, 아니 그것까지 생각하지 않더라도 그런 어린아이가 제 방을 갖는다는 것은 보기 드문 일이었다. 그것 역시 책임자로서 안채를 관리하는 기이 형이 세이 씨를 자신의 한쪽 팔처럼 여겨 사업을 운영하게 하면서부터 생긴 변화가 아니었을까 싶다.

이런 식으로 이제 기이 형이 주인이 된 저택은 공장과 창고로부터 동떨어진 생활권인데다 기이 형과 세이 씨, 그리고 오셋짱이 살고 있을 뿐이었으니 내가 공부하러 다니기에는 더없이 좋은 곳이었다. 그리고 기이 형은 일찍이 내가 모르고 있던 엄격한 수험 공부 선생님이기도 했다. 오랫동안 자유롭고 태평스럽게 기이 형과 사귀어 온 나에게 그것은 전혀 예상할 수 없는 변화였다. 더구나 기이 형이 보이는 새로운 태도는 내가 수험장에서 실패한 경험을 극복하는 데 정확하게 들어맞는 것이기도 했다. 상대방의 내실을 정확하게 판단하여 현실적인 방침을 세우고 그것을 구체화해 가는 방법은 그때까지 내가 알지 못했던 — 어쩌면 그 자신에게도 이때부터 드러나기 시작했다고 보는 것이 타당할—기이 형이 가진 또 하나의 측면이었다. 그것은 그 후 마침내 기이 형이 자신의 토지와 자본을 실험대로 삼아 이 토지 전체의 삼림·농업 경영을 개혁하는 근거치 운동을 시작했을 때 실제로 효과를 올린 결정적인 이유이기도 하였다.

전부터 그가 서재로 쓰고 있던 저택 별채의 방을 빌려 내가 수험 공부를 재개한 다음 날, 기이 형은 혼자서 마쓰야마에 나가 내가 시험을 치를 전 과목의 문제집을 사 들고 왔다. 또한 지난번 실패한 수험에서 이과 과목으로 선택했던 물리와 화학 가운데 이번에는 화학 대신 지구과학을 택하는 편이 수학 문제를 푸는 힘과 연결시킬 수 있다고 하기에 나는 기이 형 말을 따르기로 했다. 이런 식으로 일단 기이 형의 지도를 받아들이고 나자 나는 이미 그가 짠 프로그램에서 빠져나올 수 없다는 것을 깨달았다. 수학 문제의 원리는 알지만 시간 안에 풀 수가 없었다는 서글픈 나의 자기 발견을 그대로 받아들인 기이 형은 주 7일, 8시에서 10시, 10시에서 정오까지로 시간 단위를 둘로 나누어 매일 모의 테스트를 하자고 제안했다. 그러고 나서 점심은 기이 형과 같이 먹고 오후 두 시부터 다섯 시까지는 답안을 스스로 채점해서 약점이 보이는 부분을—그것을 vulnerable한 부분이라고 기이 형은 말했는데 그가 앞서 편지에도 썼던 이 영어 단어의 의미를 나는 처음 알았다 ― 교과서나 참고서로 다시 공부하는 식이었다. 저녁때는 기이 형과 둘이서 계곡의 강에서 폭포 옆으로 해서 덴쿠보에 가기도 하고 또는 멀리 숲 가장차리까지 걷기도 했다. 그것은 운동을 위해서이기도 했고 수험 공부에서 약간 벗어나 영시를 공부하는 시간이기도 하였다. 그 뒤 각자 집에 돌아가 저녁을 먹었는데 그 후에는 더 이상 공부를 하지 말라고 기이 형은 말했다.

K는 불면증으로 신경 쇠약에 걸릴 염려가 많아. 대학에 들어가더라도 금세 휴학이라도 하게 되면 어머니는 괜히 수업료만 손해 보시게 되는 거니까 밤에 공부하는 건 관두자. 그 대신 영어 책을 읽어. 독해력 연습이라는 식으로 이유를 붙여서 말야. 젊은 사람이 밤에도 공부를 한다는 건 우선 숲속의 토지에는 어울리지 않는 이야기야.

나는 기이 형이 세운 계획에 따라 열심히 공부했다. 오전 중 두 시간씩 나눈 모의 테스트 때는 답이 너무 빨리 나와 버리는 수가 있었다. 그리고 일단 만든 답안은 일찌감치 치워 버리고 싶은 것이 내 성격이었다. 그걸 이미 눈치챈 기이 형은 나머지 시간에는 실제 시험에 대비하여 계산을 검산한다든가 부주의한 실수가 없는지를 잘 살펴보라면서 배당된 두 시간을 완전히 소화할 때까지 엄중하게 감시했다. 그러다 보니 나는 간단해 보이는 문제를 대할 때는 오히려 신중해졌다. 우선 문제 전체를 훑어보고 문제마다 어느 정도 시간이 필요할지를 정확하게 재는 감각을 기르라고 기이 형은 말하곤 했다. 그래서 나는 문제를 풀어 버린 뒤에 남을 지루한 시간을 미리 계산해서 때로는 생각하거나 쓰는 속도를 천천히 조절하게 되었다. 그러한 습관은 아직도 남아서 나는 문제에 부딪히면 시간을 천천히 진행시키는 기법을 써서 대처하려 한다는 것을 깨달을 때가 종종 있다.

한편 기이 형은 내가 시험 문제를 풀고 있는 오전 내내, 공부방 창 앞에 있는 연못 옆의 오동나무와 떡갈나무 사이에 그물침대를 걸어 놓고 그 위에 누워 있었다. 내가 모의 테스트 시간을 완전히 활용하고 있는지를 감시하는 것이다. 그동안에 기이 형은 머리 부분에 그늘이 지도록 능숙하게 위치를 바꾸어 가며, 그래도 해가 들면 선글라스를 쓴 채 단테를 읽었다. 배 위에 콘사이스 영·일사전을 놓고 — 옥스퍼드사전이나 이·영伊英사전은 그물침대에서 팔을 뻗치면 닿을 수 있는 위치에 쌓아 놓은 밀감 상자 위에 두고 — 빨간 연필과 검은 연필로 표시를 했는데 연필에 실을 감아서 굴러가지 않게 해 두어도 연필들은 가끔씩 몸 옆으로 들어가 버리기도 하고 땅 위로 떨어지기도 했다. 일단 사전을 찾아 텍스트인 『신

곡』의 이·영 대역판에 적어 넣으려고 배 위를 더듬어도 연필
이 없는 경우가 있었다. 형은 그물침대에 반쯤 갇힌 상태에
서 얼마 동안 헛되이 팔을 움직여 보다가 큰 소리로 부른다.
그러면 오셋짱이 탄력 있는 몸으로 날렵하게 마당으로 뛰어
나와서는 기이 형에게 새로 연필 한 쌍을 건네주었다. 그녀
가 맡은 일은 자기 방 창틀 위에 연필을 몇 자루씩 깎아서 준
비해 놓는 것이었다. 덧붙여 땅 위에 떨어진 연필을 주워 놓
는 것도. 어느 날, 나는 여전히 단테를 읽고 있는 기이 형의
―『신곡』과 같은 고전을 보며 어느 부분에서 그렇게 되었는
지 이상하지만 ― 하얀 면으로 된 반바지 사타구니 부분이
부풀어 올라 움찔움찔 움직이는 것을 발견했다. 연필 담당인
오셋짱이 언제 부름을 받을까 하고 가끔씩 그물침대 위의 기
이 형을 내다보고 있기라도 하면 그 모습에 의아해하지나 않
을까 걱정이 되었다. 물론 거기에는 이제 곧 이야기할 나와
관련된 사연이 있었기 때문이었다. 오후에 답안지를 채점하
고 문제점을 복습할 때면 기이 형은 특히 영작문 답안을 철
저히 검토하고 지도해 주었다. 그가 영문을 짓는 방법은 알
고 있는 문법과 단어 지식으로 번역을 짜내는 것이 아니라
― 나는 바로 그 방식으로 끝없이 관계대명사를 연결하여 문
장을 만들었지만 기이 형은 외국어 문장을 제힘으로 쓸 수는
없는 법이라고 말했다 ― 침실 베갯머리에 놓아두었던 두 권

으로 된 SOD와 내가 모르는 『Thesaurus』라는 두꺼운 책에서 예문들을 찾아내 그것들을 그냥 이어 붙여서 답안을 만들었다. 더구나 기이 형은 매주 두 번 영어 모의 테스트를 치를 때마다 미리 영작문 문제를 보고 예습하는 모양이었다. 시험장에 SOD를 들고 들어갈 수는 없다고 불평을 했지만 기이 형 말로는 어떤 문제와 비슷한 예문이 생각나지 않을 경우에는 아예 영작 문제를 풀려는 생각은 하지 않는 편이 낫고 따라서 그런 함정에 빠지게 될 위험을 줄이기 위해서는 공부해야 한다는 것이었다.

날마다 채점과 복습이 끝날 때를 맞추어 세이 씨가 만든 우동이나 국수를 오셋짱이 날라 왔다. 갈색으로 탄 어깨와 팔의 살갗 아래로 작고 동그란 근육을 바지런히 움직이며 숲속 지방에서 '모로부타'라고 부르는 얇은 나무 상자에 사발과 차를 함께 올려놓아 가슴 앞에 들고는 어두운 복도를 타박타박 걸어온다. 우동도 국수도 그 국물 맛을 내는 것은 기이 형과 내가 해질녘의 자유시간에 강에서 소쿠리로 떠 올린 문절망둑이었다. 이미 향토 역사를 종합적으로 조사하기 시작했던 기이 형은, 오다가와小田川에서는 '둑중개'라고도 부르는 그 물고기를 말려서 만드는 특산물이 유명했던 적도 있었다고 가르쳐 주었다.

이렇게 가벼운 식사를 하고 나서 내가 골짜기로 내려갈 때까지는 그야말로 문철망둑을 잡기도 하고 폭포를 따라 강을 올라가기도 하고 숲 가장차리까지 등산을 하기도 했는데 우리가 정말로 열중했던 것은 그러면서 이야기를 나누는 일이었다. 주로 기이 형이 이야기를 하고 나는 거기 맞장구를 치는 역할. 기이 형의 이야기는 이미 말한 대로 주로 예이츠의 시 전집에서 골라낸 시에 대한 강의였는데 그것 말고도 그날 그가 읽은 『신곡』 중의 삼행시 몇 개, 혹은 주석에 관해서도 자주 나왔다. 그중에서도 천체 운행에 대한 사고방식, 단테를 읽는 데 필요한 갖가지 세부 사항들이 언제나 기이 형의 머릿속을 맴돌고 있어서 그것들이 이야기의 중심을 이루었다. 기이 형이 시험 과목에서 화학을 빼고 지구과학을 새로 택하라고 한 것도 자신의 단테 연구와 관계되는 것이 아닐까 의심한 적조차 있을 정도였다.

"단테와 버질이 지옥으로 내려가는 것은 좌회전, 연옥의 산을 올라가는 것은 우회전이 되는 셈이야, K. 제리오네를 타고 하강하는 부분에 말야, 야마카와山川丙三郞의 번역에 따르면 '나는 이미 오른쪽에서 우리들 아래 심연으로부터 무시무시한 울림이 일어나는 것을 들었으므로 바로 눈을 떨구고 목을 늘여 보니 / 불이 보이고 탄식 소리 들려, 이 절벽의 모습 더더욱 무섭고, 나는 벌벌 떨면서 내 몸을 딱딱하게 움추렸다'라고 되어 있는 것이 단적인 증거야. 지옥에 관해서는 말야. 그런데 오른편, 왼편, 하는 낱말의 사용법이 문젠데 직선에서 보면 의미가 확실하지만 원운동에서는 모호한 모양이야. 보통 현대 이탈리아말로는 시계가 도는 방향을 오른편이라고 하나 봐. 그러니 오른쪽, 왼쪽이라는 것을 통해 인간 정신이 존재하는 방식을 평가하는 것이 복잡해지지. 말하자면 단테가 지옥으로의 하강과 연옥으로의 상승에 빗대어 표현하고 있는 의미를 윤리적 세부에서 엄밀히 따져 보면 까다로워진다는 거지. 천체의 움직임에 대해서도 그렇지, 좌우를 검토할 필요는 있거든. 아리스토텔레스에서는 동쪽이 우, 서쪽이 좌래. 중세의 성 토마스가 우주 인간을 상정했었어. 지축을 따라 누워서 밤하늘을 올려다보고 있는 우주 인간이 다리를 남쪽, 머리를 북쪽으로 하고 누워 있다면 하늘은 왼쪽에서 오른쪽으로 움직여 다시 왼쪽으로 돌아가니까 그에게는 하늘의 움직임은 시계 방향이지? 아리스토텔레스와 합치되려면 우주 인간은 반대 방향으로 누워 있어야 되는 셈이지. 동에서 서, 우에서 좌. … 그런 주석에 걸려서 오늘은 온종일 한 군데만 읽고 있었는데 K는 금방 이해가 돼? 나는 아무래도 석연치가 않은데…"

기이 형은 이런 이야기들을 했고 물론 내가 그걸 모두 이해할 리는 없었다. 하지만 기이 형은 가까운 장래에 내가 열심히 단테를 읽게 될 것이고, 그때는 지금 쌓아 가고 있는 지

구과학적 지식 혹은 지학 감각에 따라 남쪽에는 머리, 북쪽
에는 다리를 두고 누워 밤하늘을 올려다보는 우주 인간에게
동조하여 아리스토텔레스적인 천체 운행과 단테가 얘기한
영혼의 정화 과정을 깔끔하게 이해할 수 있으리라 기대하는
모양이었다. 나와 함께 숲 꼭대기에 오를 때면 — 기이 형은
예이츠의 시집과 함께 항상 수목 도감을 들고 다녔고, 그런
식으로 스스로 임업 실습을 해내고 있었던 셈이다 — 전에 산
에서 일하던 이들이 만든 길을 벗어나 다른 궤도로 오르곤 했
는데 그것은 분명히 시계 방향과는 반대, 기이 형이 말한 그
대로 옮기면 counter-clockwise였고 내려올 때는 clockwise
로 '본동네'에 돌아옴으로써 자기 마음속에 있는 것을 나에
게 표현하려 하였다. 아닌 게 아니라 나는 숲에 오른다는 것
으로 혼을 정화시켜 봤자 금세 '본동네'에나 골짜기에 내려
옴으로써 지옥의 더러움 속으로 빠진다는 기분이 들 때도 있
었다. '본동네'에서 골짜기까지 냇물을 따라 나 있는 길은 분
명히 좌회전 궤도를 그리고 있었다….

  정화의 숲에 대비되는 오욕의 '본동네'와 골짜기, 내가 당
시에 그런 느낌을 맛보고 나아가 그런 생각이 점점 강해진
것은 저택에서 수험 준비를 할 기간에 초여름부터 새로 끼어
든 성性적으로 어수선한 사건이 — 이 일에서 기이 형이 보였
던 열중의 정도를 넘어 나는 열광했었고 그런 의미에서 그것

은 성의 축제·향연이었다고 하는 편이 솔직하겠지만 — 직접 영향을 끼쳤다.

그 여름 일을 적기 전에 이미 복선처럼 일어났던, 성적인 표징을 지닌 작은 해프닝을 먼저 이야기하고 싶다. 내가 아직 신제 중학교 삼 학년이었던 해 여름이었다. 기이 형이 졸업 논문을 영역하느라 정신없는 동안, 나는 혼자서 창고방 이층에 올라가 망가진 도구의 갖가지 부품들을 이용하여 장난을 하고 있었다. 기이 형이 공부를 마칠 때를 노려 내 기발한 작품을 내보여서 그를 웃기는 것이 목적이었다. 그러던 어느 날, 두꺼운 석회 틀로 된 창문을 닫아 놓고 일층에서 올라오는 사다리의 뚜껑까지 덮어 버려 어둡게 한 이층에서 땀투성이가 된 채 분투하고 있던 나는 페니스 끝에 화상을 입었다. 아악! 하는 비명이 농민 반란의 시대부터 몇 번이나 겹친 격동을 견뎌 낸 구라蔵 구조 건물의, 그것도 창을 내리고 뚜껑을 닫은 밀실 바깥까지 울렸을 정도이니 내가 얼마나 놀랐는지는 짐작할 수 있을 것이다. 서재에서는 기이 형이, 뒷마당 헛간 옆의 텃밭에서는 세이 씨가 허둥지둥 달려 올라왔다.

온통 닫아걸어 더운 곳에서 작업을 했으니 벌거벗은 것은 그렇다 치자. 하지만 팬티까지 벗을 필요는 없지 않은가. 페니스에 화상을 입은 데는 특별한 이유가 있었다. 나는 야간

작업용인 낡은 투광기를 해체하여 그 렌즈와 상자로 환등기를 만들고 있었다. 처음에는 잡지에 실린 그림을 흰 벽에 비춰 보았다. 기이 형이 모아 놓았던 나체의 유화라든가 판화 복제도 비추었으니 거기에 점차 성적인 무엇이 관여한 것은 분명하다. 막힌 회로를 그저 빙글빙글 돌고 있는 듯한, 방향조차 확실치 않은 정열이기는 했지만. 천개天蓋와 같은 덮개가 늘어진 침대에서 저편을 향해 비스듬히 앉아 풍만한 엉덩이를 드러낸 귀부인의 발아래— 앞서 기이 형에게서 설명을 들은 바로는— 관장灌腸 기구를 든 시녀가 무릎을 꿇고 앉아 막 일을 시작하려 하고 있다. 귀부인은 그것이 즐거운 일이라도 되는 듯 굵직한 목을 돌려 요염하게 웃고 있다. 이 그림이 벽 위에 확대되자 내 정열의 근원은 단번에 명확해졌다. 잘라 낸 그림 대신에 렌즈와 거울 사이에 입체를 놓아도— 그 부피 때문에 초점은 흔들리지만— 물체의 상은 나타난다는 것을 알고 있었기에 나는 때마침 발기한 페니스를 비춰 보며 복숭아 빛으로 번쩍번쩍 빛나는 녀석에 감개무량했다. 그러다가 제멋대로 움직이던 녀석의 머리 쪽이 광원인 알전구에 찍 하고 눌려 버린 것이다.

　사건의 원인을 들은 기이 형은 한바탕 큰 소리로 웃어 대더니 졸업 논문을 영역하기 위해 되돌아갔다. 그리고 세이 씨가 나를 야단쳐 가면서 욱신거리는 페니스에 화상약을 바르고 붕대를 감으려 들었다. 또한 세이 씨는 팬티를 태운 것 같은 냄새가 온 방 안에 꽉 찼다는 얘기로 내 마음에 상처를 입혔다. 그저 나를 위로하려는 의도였던 모양이지만. 어쨌든 이날은 내가 집에 돌아가서 연고를 바르거나 탈지면과 가제를 풀고 새로 붕대를 감다가 가족에게 들키면 곤란하다는 이유로 저택에서 묵기로 했다. 그런데 내가 책을 읽다 말고 잠이 들어 그대로 불이 켜져 있던 방에 — 원래는 기이 형의 서재였다 — 밤늦게까지 공부를 계속하던 기이 형이 SOD를 가지러 왔다. 더워서 차 내버린 여름 이불 옆으로 내가 하반신을 드러내 놓고 있었다. 감고 있는 붕대에 저항해 가며 발기한 페니스가 쓸려서 아프지 않도록 팬티 밖으로 꺼내 오른손으로 받쳐 놓고 나는 '?' 하는 얼굴로 자고 있었다는 것이다. 그 광경에 기이 형은 그야말로 머리끝이 쭈뼛했다.

이튿날 아침, 나에게 빙빙 돌려 가며 질문을 거듭하던 기이 형은 마침내 내가 마스터베이션이라는 낱말은 알고 있지만 구체적인 방법에 대한 지식은 신통치 않다는 사실을 알아냈다. 따라서 내 속에서 성적인 정열은 두더지 굴속의 쥐불놀이처럼 빙글빙글 돌기만 할 뿐, 폭발의 카타르시스를 맛보지는 못하고 있다는 것을…. 결국 기이 형은 나에게 마스터베이션의 실기를 가르쳐 주기로 마음먹었다. 이를 가르치기 위하여 기이 형이 어떤 방법을 짜냈는가? 기이 형은 글방의 다다미에 양탄자를 깔고 그 위에 책상과 의자를 놓고 앉아 논문을 번역하고 있었는데 일단 바지를 무릎까지 내리고는 그 의자에 방향을 바꾸어 다시 걸터앉았다. 그리고는 그 앞에 무릎을 꿇고 앉은 세이 씨에게 마스터베이션 동작을 해 보였다. 그날, 세이 씨가 내가 답안을 검토하고 있는 방에 와서 얼굴을 붉히며 선하품을 해 대던 것도 그렇게 떠오르는데 ― 그녀는 결혼해서 아이까지 두었다고는 해도 아직 서른이 채 안 된 나이였다 ― 그녀는 나더러 바지를 무릎까지 내리고 창틀에 걸터앉으라고 말했다. 나는 그즈음 일이 년간 '본동네'의 유식한 친구들이 가르쳐 주어서 마스터베이션을 잘 알고 있다고 우겨 댔지만 실제로 사정을 경험한 적은 없었고 그것 때문에 꿈속에서도 고민할 정도였다. 나는 세이 씨가 자세하게 지시하는 대로 일찌감치 발기하여 우뚝 서 있는 페니스의 용두 끝이라든가 안쪽을 열심히 문질렀다. 세이 씨는 내 앞에 무릎을 세운 자세로 벌레라도 잡으려는 듯이 수건을 들고 앉아 좌악! 하며 굉장한 기세로 정액이 분출할 것에 대비하고 있었다. 하지만 그녀가 예고했던 사태는 좀처럼 일어나지 않았다. 좌악? 마침내 내가 고개를 갸웃거리자 세이 씨는 실은 자기도 기이 형의 페니스가 어떻게 움직이는지 잘 보지 못했다며 엉덩방아를 찧으며 주저앉아 무릎에 얼굴을 묻고는 축 처져 버렸다….

344

나에게 성적인 사건이라면 이런 식으로 용두사미형 추억만이 깃든 기이 형의 저택에서 그 여름 나는 단번에 성의 축제에 휩쓸려 들었던 것이다! 어느 날 아침, 언제나처럼 기이 형 집으로 떠나려는데 세이 씨가 전화로 심부름을 부탁해 왔다고 누이동생이 말했다. 골짜기를 꿰뚫는 현도의, 구청 쪽 모퉁이에 있는 버스 정류장에 기이 형네 손님의 짐이 맡겨져 있다, 삼림 조합에서 손수레를 빌려 그것을 싣고 와 주었으면 좋겠다, 계곡과 오다가와가 합류하는 지점에서 조금 올라간 곳에 기이 형네 소유인 제재소가 있고 거기엔 트럭도 있었지만 얼마 전에 고장이 났다는 내용이었다. 이 당시에는 기이 형네 정도로 자산이 있고 임업·농업을 대규모로 하고 있어도 자가용 승용차는 갖고 있지 못했다. 동생은 세이 씨가 나를 자기네 일꾼 취급한다고 분개했지만 만약 세이 씨가 동생에게 그 짐을 가져오라고 부탁했더라면 두말 않고 들었을 것이다. 그때만 해도 숲속 토지에는 그런 식으로 남존여비 의식이 살아 있었던 것이다. 나는 오히려 신이 나서 손수레를 빌려 버스 정류장으로 향했다. 짐은 여자용 트렁크 두 개였는데 그것들은 [naif]라 불리는 내 눈에도 그 주인들의 경제력 차이를 깨닫게 할 만큼 달랐다. 무게는 엇비슷한 트렁크들을 손수레에 싣고 우리 집 앞을 지나가는 내 모습을 누이동생은 유리창 안에서 정말 한심스럽다는 듯이 빤히 내다보았다.

저택의 솟을대문에는 손님이 있을 때는 언제나 그렇듯이 평소보다 한층 더 도회풍으로 차려입고 화장을 한 세이 씨가 기다리고 있다가 비탈을 내려와 손수레에서 짐 부리는 걸 거들어주었다. 파마한 머리를 줄무늬 터번으로 묶은 세이 씨는 노란 양말에 샌들 차림으로 촌티가 났지만 트렁크 두 개에 막대기를 걸어 둘이서 지고 집으로 나르는 동안, 거무스레한 다리로 어린 동물처럼 팔짝팔짝 뛰며 우리 뒤를 쫓아오는 오셋짱과는 마치 자매처럼 보일 정도였다. 세이 씨가 엷은 화장을 하고, 언제나 냉정한 오셋짱이 흥분한 것은 도회지에서 손님이 왔기 때문이다. 세이 씨 말로는 젊은 여자 손님 둘이 왔다는데 그이들은 앞으로 연못 저편, 원래 기이 형의 조부모가 기거하던 은거소에 머물겠지만 어젯밤 늦게 와서인지 아직 둘 다 안채의 덧문을 닫은 채로 기척이 없었다. 그래서 우리는 안채의 널따란 대청에 트렁크를 내려놓았다.

언제나처럼 자명종 시계로 시험 시간 두 시간을 맞추어 놓고 내가 물리와 지구과학 문제를 풀기 시작했을 때, 창밖으로 비치는 여름의 아침 햇살 아래 그물침대는 텅 비어 이리저리 엉킨 줄 뭉치가 나무에 걸려 있는 것처럼 보였다. 하지만 열심히 문제를 풀다가 얼핏 고개를 들어 보니 어느샌가 기이 형이 거기 누워 있었다. 그것도 평소처럼 화지和紙로 싼

『신곡』의 이·영 대역본을 읽는 것이 아니라 책을 가슴에 올려 놓고 눈을 감은 채 생각에 잠긴 모습이었다. 세이 씨, 오셋짱에게서 시작되어 내게까지 번져 오던 아침의 흥분이 갈 곳을 잃어버리는 느낌이었다. 시험 시간이 끝나는 것을 알리며 자명종이 찌르릉 울렸을 때 나는 얼른 소리를 죽였지만 기이 형은 그물침대 위에서 몸을 뒤척여 나를 바라보며 서글픈 미소를 보냈다. 다음 시험 시간까지 내게 말을 건네지 않던 기이 형은 다시 벨이 울리자 그물침대에서 뛰어내려 다가오더니 대학에서 동급생이었던 모모코 씨와 리쓰 씨라는 두 여자가 왔다고 창 너머로 말했다. 그래서 내가, 오늘은 집에 가서 점심을 먹고 올까? 하고 물었더니 그때까지 한눈을 파는 듯하던 기이 형이 화가 난 듯한 소리로, 어째서!? 하며 나를 똑바로 바라보았기 때문에 나는 약간 토라져 있던 무언가가 풀리는 듯했다.

어둡고 넓은 마룻바닥 응접실에서 평소에는 쓰지 않는 하코젠箱膳(식기를 넣어두는 상자. 식사 때는 뚜껑 부분을 상으로 사용한다)을 앞에 놓고 앉아 처음으로 손님들과 함께 식사를 하면서 나는 무엇보다도 윤기 흐르는 머리를 짧게 자른 모모코 씨의 모던한 아름다움에 매료되었다. 기이 형은 베아트리체의 용모에 대한 고증을 소개하면서 일본 미인들은 모두 부처님 얼굴이라고 한 적이 있었는데 하트에 가까운 둥근 얼굴을 한 모모코 씨가 그야말로 필요한 영양을 섭취하기 위해서라는 듯이 너무나 착실한 태도로 식사를 하면서 어쩌다가 얼굴을 옆으로 기울이면 턱도 제대로 각이 져 있어서 말 그대로 부처님 얼굴이었다. 검은 동자가 옆으로 스며 나올 듯한 커다란 눈이 빈틈없이 살이 붙은 얼굴에 날카롭게 새겨져 있고 눈썹에는 긴장감이 있었다. 별로 말수가 많지 않은 모모코 씨는 이야기하는 상대를 한순간 말끄러미 바라보는 버릇이 있었고 그것만으로도 식사 자리를 지배하는 듯했다. 그도 그럴 것이 다른 한편의 리쓰 씨는, 산 같은 어깨라고 하고 싶을 정도로 뚱뚱했는데 풍성한 머리카락은 너무 높아지지 않도록 머리 뒤에서 잡아맸고 가느다란 눈과 합죽한 입이라는 고풍스런 얼굴에 걸맞게 모모코 씨의 그림자 뒤에 숨어 있는 듯했기 때문이었다.

조금씩 알게 된 사실로는 그녀들이 기이 형의 저택에서 여름 한철을 보내러 온 데는 확고한 목적이 있었다. 그리고 그것 역시 주로 모모코 씨가 주도했고 리쓰 씨는 그저 필요한 그림자처럼 따라왔을 뿐이었다. 기이 형은 대학에 다니는 동안에 모모코 씨와 교제를 한 모양이었다. 그러다가 모모코 씨가 기이 형을 버리고 당시 이미 시집을 출판하여 주목받고 있던 어느 대학원생과 동거를 시작했다. 리쓰 씨는 그 전후에 줄곧 모모코 씨를 따르는 친구였다. 그런데 이번 봄, 모모코 씨도 리쓰 씨도 대학원 입시에 함께 실패하여 어떻게든 다른 진로를 개척해야만 하게 되었다. 리쓰 씨는 어떤 여자 대학 영문학과에 연구생으로 들어가서 에밀리 디킨슨을 공부하게 되었지만 모모코 씨는 동거하던 사람과 헤어져 외국으로 나갈 계획을 세운 것이다. 구체적으로는 기이 형과 결혼해서 함께 영국으로 자비 유학을 가고 싶다. 런던에서 기이 형은 예이츠, 모모코 씨는 디킨스를 공부한다. 도항 비용과 생활비는 기이 형이 전부 부담하고 모모코 씨는 영국에서 필요할 살림살이를 꾸려 나간다는 내용이었다. 아직까지 외국으로 도항하려면 갖가지 제약이 따르고 보통은 유학생 시험을 목표로 하는 수밖에 없던 시절이었지만 돌아가신 모모코 씨의 아버지가 외무성에 근무했었기 때문에 관계자가 편의를 봐 줄 것이다…. 말하자면 기이 형은 학문을 계속하려던 도쿄 생활에 매듭을 짓고 일단 숲속으로 돌아왔지만 그러한 삶의 방향에 대해 다시 한번 근본적인 태도 변경을 요구당한 셈이었다.

이러한 사정을 그저 어렴풋이 알게 되었을 뿐, 저택의 은거소에 머물고 있는 모모코 씨와 기이 형 사이에 어떤 이야기가 진행되었는지 직접 들을 수는 없었다. 그들이 머물기 시작했을 무렵 또렷하게 남은 기억은 그 아름다움으로 나를 놀라게 했던 모모코 씨가 운동 또한 열심히 하는 점이었다.

세이 씨 말로는, 밤늦게까지 기이 형과 함께 시간을 보내는 데도 모모코 씨는 혼자서 아침 일찍 일어나 비탈을 달려 내려가 덴쿠보까지 오르는가 하면 소가 주로의 머리 무덤 쪽으로 나 있는 삼나무와 활엽수의 터널 같은 비탈길을 왕복하기도 했다. 아침에 저택에 공부하러 가던 내가 테니스용 반바지에 땀에 젖은 운동 셔츠를 입은 모모코 씨와 맞닥뜨려 가슴이 쿵 하고 내려앉은 적도 몇 번이나 있었다. 그럴 때면 모모코 씨는 달리기를 멈추고 나와 나란히 걸으면서 향그러운 땀 냄새를 풍겨 가며 열심히 이야기를 했다. 솟을대문 앞을 달려 내려와서 바로 오르막이 되는 코스를 고르든 얼마 동안 평평한 코스를 택하든 일단 전부 달리고 나서 보면 운동량은 마찬가지지만, 하는 식으로 모모코 씨는 일방적으로 자신의 생각을 얘기하곤 했다. 그것은 매일 아침의 심리 상태와 깊은 관계가 있다는 것이다. 말하자면 그것은 전날의 신체와 정신 상태에 대해 의식을 넘어선 자기 평가를 나타내기도 한다는 것이다. 플러스이면 위쪽으로, 마이너스이면 아래쪽으로 우선 달리기 시작한다. 이 이야기를 듣고 나는 단테의 오른쪽, 왼쪽을 떠올렸지만….

내가 오후 공부를 마치고 나면 보통 기이 형의 글방에 한가하게 둘러앉아 이야기를 나누던 자리에서 한번은 몸을 단련하는 것, 그것도 여성이 몸을 단련하는 의미에 대해 진지하게 이야기한 적이 있었다. 기이 형은 그렇다 치고 모두들 나보다는 다섯 살이나 위였고 도쿄에서 대학 생활과 현실을 경험한 모모코 씨, 리쓰 씨와 이야기하면 항상 지기만 하던 나는, 운동하는 모모코 씨를 볼 때마다 가슴이 뜨거워질 정도였는데 그날은 어떻게 감히 그녀들에게 반론을 제기하고 나섰다. 몇 해 전 숲을 남벌하여 유난히 홍수가 많던 무서운 장마철의 어느 날, 할머니가 돌아가시자 아버지가 내게 한 말을 나는 문득 입 밖에 낸 것이다.

"할머니는 몸이 건강하시니까 언제까지나 심장이 멈추질 않아서 비참하더라구! 죽을 때가 되면 몸을 약하게 만들어 둬야겠어!"

모모코 씨는 이목구비도 또렷하고 영리한 여자아이가 멍청한 소리를 하는 남자아이를 무시할 때 나타나는—나로서는 몇 번씩이나 당해서 괴로움을 겪어 온 바 있는—짜증스럽다는 듯한 세로 주름을 햇볕에 그을린 이마에 세웠다. 분위기는 언제나 모모코 씨를 중심으로 움직였는데 그녀가 완전히 입을 다물어 버렸기 때문에 나는 체면을 구겨 어정쩡해져 버렸다. 그러자 기이 형은 나이 어린 친구에 대한 배려로 이렇게 말을 보탰다.

"K가 전에 그 이야기를 했을 때도 뭔가 기억에 걸리는 게 있어서 이것저것 책을 뒤적여 봤거든. 아직은 이게 정말로 그때 머릿속에 있던 건지 아닌지 아리송하긴 하지만 이런 말을 발견했어. O, that this too too solid flesh would melt, / Thaw, and resolve itself into a dew!"

부드러운 억양으로 천천히 인용해 가면서 기이 형은 모모코 씨의 고개 숙인 옆얼굴에 눈을 두고 있었는데 뜻밖에도 리쓰 씨가―물론 일단은 모모코 씨가 입을 열 기회를 잠깐 주고 나서였지만―『햄릿』의 제1막, 하고 말했다.

"리쓰는 뭐든지 열심히 공부하니까."

모모코 씨는 꽤나 심술궂은 말투로 대꾸했지만 리쓰 씨는 부드럽게 대응했다.

"잠시라도 자살을 생각한 적이 있는 사람이 그 뒤에 『햄릿』을 읽는다면. 이 행과 그다음 행은 누구나 가슴에 새겨지지 않을까?"

"Or that the Everlasting had not fix'd / His canon'gainst self-slaughter! O God! God!"

금세 그다음을 읊어 대는 기이 형이 그때 내게는 약간 [naif] 해 보였다….

도쿄에서 손님들이 오기 전까지 나와 기이 형이 해 오던 해질녘의 물놀이나 산책에는 새로 모모코 씨, 리쓰 씨가 끼어들었다. 그것도 기이 형은 날마다 숲 가장자리까지 오르는 코스를 택했다. 그 산길을 걸으며 기이 형이 그녀들에게 나무나 풀꽃들을 자세히 설명하는 것까지는 그렇다 치더라도, 그 걸음걸이 자체가 나와 둘이서 산에 오갈 때와는 비교가 안 될 만큼 늘쩡늘쩡했다. 못마땅한 일만 많고 영시 수업도 없다는 이유로 나는 점점 그 일에 소홀해졌다. 산을 걸으면서 내가 세 사람이 나누는 대화에서 소외되고 있다고 느꼈던 것이리라. 그 대신 오셋짱이 도회에서 온 여자들은 전혀 신경 쓰지 않는 자유로운 발걸음으로 일행의 선두에 서게 되었다. 그래서 나는 모두 함께 우동이나 국수를 먹고 나서 기이 형 일행을 배웅한 뒤에 저택에 남아 이것저것 세이 씨의 일손을 거들다가 골짜기로 돌아가는 버릇이 생겼다. 세이 씨를 돕는 데는, 도쿄에서 손님들이 들이닥치기 전까지는 저택을 도맡아 온 세이 씨가 이제는 특히 모모코 씨에게서—그것은 그런대로 자연스러웠지만—저택의 일꾼 취급을 당하고 기이 형도 거기 동조하는 듯한 태도에 대한 [naif]식 동정심이 섞여 있었다.

그날, 나는 히나 인형을 꺼내는 세이 씨를 돕고 있었다. 전날 밤, 기이 형이 창고방 이층에 몇 종류나 있는 히나 인형 중에서 가장 오래된 것을 모모코 씨와 리쓰 씨에게 보여 주겠다고 약속했던 것이다. 각각 쌍별로 색이 다른 화지로 싸 둔 히나의 본체와 비품을 포장지 색으로 구별해 맞춰서 이미 벨벳을 깔아 놓은 안채 바깥방의 받침 위로 옮겨 갔는데, 내가 운반을 맡아 판 위에 얹은 다이리비나(천황과 황후를 본떠 만든 한 쌍의 인형)와 세 궁녀 따위를 모두 옮기고 몇 번짼가로 창고방의 계단을 올라갔더니 세이 씨가 검게 빛나는 마루 위에 엉덩이를 붙이고 앉아 양 무릎을 안고 그 위에 뺨을 얹고 있었다. 그것도 아하! 하는 소리를 내며 숨을 멈추었다가 이어서 숨을 깊이 들이마시고 또 아! 하고 탄식하는 듯한 소리를 가늘게 내고 있었다. 계단 끝에 우뚝 멈춰 선 나를 세이 씨는 열이라도 있는 듯한 눈으로 힐끗 바라보았지만 여전히 이상한 탄성은 멈추지 않았다. 무슨 발작이라도 일어난 건가 하고 나는 머뭇머뭇 말을 걸어 보았지만 세이 씨는 여전히 같은 상태여서 결국 겁을 먹은 나는 계단을 되돌아 내려와 버렸다. 하지만 나는 뒷마당에 나서면서 마음을 다잡았다. 뒷문으로 해서 널따란 부엌에 들어가 토방 항아리에 부어 둔 물을 컵에 담아 세이 씨에게 가져가려 한 것이다. 마치 처음부터 그럴 생각으로 계단을 내려온 것처럼 세이 씨뿐 아니라 스스로도 속이려는 마음으로.

그래도 두려움이 가시지 않아 우물쭈물하다가 물이 담긴 컵을 들고 내가 겨우 돌아갔을 때 상자는 이미 뚜껑이 덮여 있었고 전부 맞추어져 옮기기만 하면 되도록 히나 인형과 도구들이 정돈되어 있었다. 그리고 세이 씨는 계단 위의 어두컴컴한 쪽과는 달리 옷을 말려 정리하기 위해 다다미가 석

장 깔려 있는 석회 창틀 아래 밝은 쪽으로 옮겨가 있었다. 그
것도 혼수이불처럼 화려한 이불을 깔고 그 폭신폭신한 이불
에 반쯤 잠긴 것처럼 누워 있는 것이었다. 미세한 먼지들이
비쳐 보이는 창문의 뿌연 광선 아래 세이 씨는 두 손으로 눈
을 가린 그 그늘 속에서 나를 올려다보았다. 그러더니 물이
든 컵을 가슴 언저리에 든 채로 서 있는 나에게 세이 씨는 쉰
목소리로 꾸중이라도 하듯 시비를 걸었다.

"지난번 마스터베이션을 연습할 때는 K가 열심히 안 하니
까 제대로 안 돼서… 나중에 머리가 아팠어…. 이번에는 제
대로 해 봐, 보고 있을 테니까!"

"벌써 혼자서 해 봤어, 잘할 수 있으니까 괜찮아."

"그게 거짓말이 아니라면 어디 한번 해 보면 되잖아!"

나는 단순한 반발심에서 좋아, 하고 마음을 먹은 것 같기
도 하지만 그와 동시에 귀를 기울여 창고방 근처의 인기척을
살핀 듯도 하니 이미 [naif]한 행동이라고만도 할 수 없을 것
이다. 앞서 마스터베이션 연습에 얽힌 사건 이후 나는 청춘
의 입구에 서 있는 내 나이에 걸맞게 대단히 밀도 있는 삼 년
을 보냈던 것이다. 나는 바닥에 컵을 내려놓고 거기 선 채로
바지와 팬티를 내리고 눈에 띄게 발기한 페니스를 꺼냈다.

"그쪽을 향해 선 채로 했다가는 나온 것이 튀어서 옷을 더
럽히잖아? 이불에 누워서 하면 되지. 내가 수건을 들고 보고

있었잖아…. 처음 마스터베이션 연습을 할 때도…."

　그런 식으로 진행되어 처음에는 두 사람이 양해했던 대로 그저 마스터베이션일 뿐이었지만 — 정액이 세이 씨의 얼굴에 튀어, 세이 씨는 눈에 들어가면 실명할지도 모른다는 허황한 소리를 하며 닦아 냈다. 입술 끝에 한 방울 묻은 건 그대로여서 내가 일러 주기도 했다 — 다시 발기했을 때는 그 푹신푹신한 이불에 들어가지도 않은 채 나는 세이 씨가 이끄는 대로 그녀와 성교했다. 두 번째 사정이 끝나자 세이 씨는 내 엉덩이를 꽉 끌어안더니 자신의 하복부, 그것도 털이 난 딱딱한 부분에 몇 번이나 문질러 대며 눈을 감은 얼굴을 굉장한 기세로 좌우로 흔들었다. 나는 한참 뒤까지 누군가와 성교를 할 때마다 그 모습을 떠올리곤 했다. 그와 함께 창고 방에 오랜 세월 동안 고착되어 온 엷은 어둠과 창문을 거쳐 들어와 미묘하게 교차되는 빛 속에서 짧은 동안, 아무것도 걸치지 않고 입을 벌린 채 코를 골며 자고 있던 세이 씨의, 하얗게 메말라 보이는 하복부에 엷은 갈색인 섬세한 음모가 달라붙어 있는 모습이 인상적이었다. 세이 씨가 돌아눕자 여위어 근육질만 남은 넓적다리 위로 의외로 풍만하고 둥그런 엉덩이가 있었고 그 갈라진 곳에서도 역시 연기처럼 퍼진 음모가 엿보였다. 나중에 내가 소설을 발표하기 시작했을 때, 엷은 음모와 풍만한 엉덩이가 이 작가가 지닌 성적 이미지의 기본을 이룬다는 비평을 읽고 이날 창고 방에서 일어났던 일을 정말로 그렇게 떠올린 적이 있었다. 인간의 성적인 콤플렉스란 이렇게도 [naif]한 것일까 하여 묘하다는 생각도 들었지만….

이날 또 하나의 추억은 성교 중에 페니스 뒤쪽의 끈 부분이 잘려서 세이 씨가 처음에는 자기가 출혈을 하는 줄 알고 당황했던 것, 그리고 내 페니스에 난 상처를 확인하더니 처음 성교할 때는 남자도 출혈하는 거구나, 하며 감개무량한 목소리로 말하고 피가 멈출 때까지 휴지로 닦아 내며 경과를 지켜보았던 것이다. 그러는 동안, 세이 씨는 날마다 내가 돌아가고 난 뒤면 은거소에서 벌어지는 그녀를 짜증스럽게 만드는 사태에 관해, 좀 전에 나를 어린애 취급하던 것과는 정반대로 완전히 성인이 된 상대를 어르는 듯한 태도로 들려주기도 했다.

기이 형과 모모코 씨, 리쓰 씨는 저녁을 먹은 뒤 안채의 글방에서 기이 형의 아버지가 전쟁 전에 모아 둔 서양 음악 레코드를 듣기도 하고 술을 마시기도 하면서 늦게까지 깨어 있다. 페니스에서 조금씩 피를 흘리며 누워 있는 내 앞에 고쳐 앉으며 그런 이야기를 하고 있는 벌거벗은 세이 씨의 숨결에도 문득 깨닫고 보니 뜨거운 휘발성 냄새가 나고 있었다. 그녀 역시 창고방 이층에 몇 개나 되는 커다란 녹색 유리병에 담가 놓은 ─ 실은 세이 씨가 해마다 저택 뒤 과수원에서 나는 매실로 담그는 ─ 매실주를 마셨기 때문이었다. 열두 시가 넘으면 은거소의 일층과 이층에 하나씩 깔아 놓은 이부자리로 모모코 씨와 리쓰 씨는 돌아가는데 요즈음 세이 씨가 눈치챈 바로는, 어느 정도 시간이 지나면 기이 형이 은거소로 찾아가는 모양이었다. 아침 일찍 기이 형이 안채로 돌아오는 것을 목격한 적도 있다. 더구나 은거소 마당을 청소하면서 슬쩍 보면 일층에 깔아 놓은 이부자리에는 아무도 잔흔적이 없었다. 그러다 보면 운동복 차림을 한 모모코 씨가 이층에서 내려오는데 리쓰 씨는 늦게까지 자고 있다. 기이 형을 포함한 세 사람은 은거소의 이층에서 매일 밤 무얼 하는 것일까?

어젯밤, 목욕물을 덥혀 놓고 기이 형이 목욕을 하고 나면 모모코 씨와 리쓰 씨도 하라고 일러두고 열 시가 지나 오셋짱이 씻은 뒤 세이 씨가 마지막으로 목욕을 하고 있자니까 리쓰 씨가 탈의실에서 말을 걸어왔다. 그리고는 ─ "아까 알려 주셨을 때는 머리가 아파서" 하며 세이 씨가 허락하기도 전에 알몸으로 욕탕 안에 들어왔다. 그리고는 욕조와 바닥을 둘이서 교대로 사용하는 동안, 리쓰 씨는 아무에게나 할 수 없는 이야기를 털어놓았다. 자기는 남자가 손가락만 대도 참을 수가 없다. 그런 '결벽증'이 있다는 것이었다. 영문과에서 공부를 하려면 외국인 교사에게서도 배우게 되는데 악수 정도는 어떻게 참을 수가 있지만 인사 대신 껴안는다든가 키스를 한다든가 하면 두드러기가 날 것 같다. 앞으로 연구 생활을 계속할 생각을 하면 불안해 죽겠다. 리쓰 씨는 그렇게 말하면서 사양하는 세이 씨의 등을 손바닥에 직접 비누를 묻혀 구석구석 씻어 주었다.

"고맙기는 했지만 그러다가 나도 두드러기가 날 것 같아 힘들었어…."

기이 형이 일단 모모코 씨와 리쓰 씨를 은거소에 보내 놓고서 밤늦게 발소리를 죽이며 따라가는 것은 물론 모모코 씨에게 밤 나들이를 가는 것이다. 하지만 그때 리쓰 씨까지 모모코 씨가 자고 있는 이층으로 올라가는 것은 어째서일까? 남자 손가락이 닿는 것만으로도 두드러기가 돋는다는 리쓰 씨가 그래도 온몸을 던져 기이 형에게서 모모코 씨를 보호하려는 것일까? 그렇다면 아침에 모모코 씨는 그렇다 치고 적어도 기이 형은 저기압이어야 할 텐데 그런 기색이 전혀 보이지 않으니 너무나 이상하다….

그러다 보니 피가 멈춘 페니스를 다시 한번 세이 씨가 전체적으로 살펴보고 있는 동안 세 번째로 발기했다. 세이 씨는 내 요구에 거부하는 태도는 보이지 않았지만 또 한 번 성교를 했다가는 다시 출혈하게 될 것이라고 주의 깊게 말했다.

"내일부터는 여기 묵으면서 공부하고 싶다고 기이 씨에게 말만 하면 이런 건 얼마든지 할 기회가 있을 텐데 뭘!"

그런 격려와 함께 세이 씨의 배웅을 받고 저택을 나온 나는, 이날 오후에 발을 들여놓은 경험으로 갑작스레 어른이 된 듯한 기분으로 엷은 노을이 내린 강가를 천천히 걸어 내려갔다.

제6장 성적 입문의 다른 측면

8월 중순 어느 날, 발 아래쪽은 밝았지만 해는 아직 뜨지 않은 시간에 나는 낚싯대, 낚싯봉 한 벌, 그리고 갯지렁이 깡통을 들고 기이 형과 모모코 씨, 리쓰 씨와 함께 숲으로 들어갔다. 일찍 출발해야 했기 때문에 그 전날 밤, 나는 저택에 머물며 세이 씨와 함께 지낼 수 있는 핑계가 생겼고 그것을 충분히 이용하기도 하였다. 내가 세이 씨와 성관계를 시작했고 기이 형과 모모코 씨의 성관계 역시 도쿄에서처럼 부활했다는 것, 이 두 쌍의 성관계가 저택 안채와 은거소에서 동시에 진행되고 있다는 사실을 눈치채지 못한 것은 천진한 오셋짱 한 사람뿐이었을 것이다. 내가 저택에 머물며 공부를 하다 보면 기이 형은 이제는 내놓고 모모코 씨와 함께 은거소로 가곤 했고 리쓰 씨는 뭔가 계기만 있으면 폭발해 버릴 것 같은 모습으로 그 뒤를 따르곤 했다. 나는 그야말로 [naif]하게 나보다 연상인 세이 씨에게 성적인 쾌감을 주고 있다는 사실을 자랑스럽게 여겼다. 누구에 대해서? 바로 기이 형에게였다! 그뿐 아니라 괴상한 이야기지만 나는 기이 형과 둘이서 세이 씨를 공유하고 있다고도 생각했다.

숲의 칼집에 있는 강으로 산천어를 낚으러 갔던 날 아침, 어두운 주방의 마룻바닥 위에서 전등을 켜고 식사를 할 때도 나는 세이 씨와, 기이 형은 모모코 씨와 각각 만족스런 성관계를 계속하고 있는 두 쌍의 커플처럼 행동했다. 적어도 내 딴에는! 다들 여윈 편인 사람들 속에서 혼자만 떡 벌어진 몸집을 가진 리쓰 씨만이 화장기 없는 하얀 얼굴을 숙이고 어딘지 모르게 주춤주춤하고 있었다. 모모코 씨는 여전히 필요한 연료를 저장하는 기계처럼 착실하게 음식을 섭취하면서, 기이 형의 반찬 그릇에서 직접 자기 젓가락으로 연어 껍질을 집어다가 밥 한 젓가락과 함께 입에 넣기까지 했다.

기이 형과 나 둘이서 산을 걷던 코스 그대로 숲 가장자리에서 오른쪽으로 도는 궤도를 따라 세로로 길게 나무들이 비어 있는 숲의 칼집으로 향했다. 우리 일행은 바로 그곳에 있는 못으로 산천어를 낚으러 간 것이다. 나는 빠질 수 없는 멤버로서의 사명감에 흥분하여 이슬에 젖고 거미줄에 더럽혀져 가면서 선두에 서서, 산일하는 남자들이 만들어 놓은 좁은 길을 따라 일행을 안내했다. 숲 깊은 곳, 어릴 적 감각으로는 세상 끝인 듯했던 광대한 숲 안쪽 못에 산천어가 살고 있다는 이야기는 옛날부터 전설처럼 전해 오고 있었다. 골짜기 노인들이 집들 사이에 모닥불을 피우고 둘러앉아 단란한 시간을 보내면서 옛날에는 칼집의 강에 가서 물풀 사이로 바구니질만 해도 산천어가 잡혔다는 이야기를 하면 가슴이 뛰기는 했지만 내 또래 아이들이 실제로 칼집에서 산천어를 잡는 일은 없었다. 전후 얼마 안 되어 농업회 건물을 이용해 만든 공민관 안에, 기부받은 헌책들을 늘어놓은 책장에서 나는 미야케 유키미네三宅雪嶺 강화집 따위의 잡서 가운데 섞여 있던 낚시에 관한 수필집을 발견했다. 거기서 읽은 대로 담수송어 낚시 장치를 만든 나는 혼자서 숲에 올라가기가 불안해서 누이동생을 어르고 달래 칼집까지 데리고 갔다. 그리고는 손바닥보다 큰 산천어를 세 마리나 낚아 올렸던 것이다. 아연 냄새가 나는 차가운 물방울을 흥분한 이마에 느껴가며 거무스레한 몸통에 핑크색 반점이 있는 산천어가 양동이에 콩콩 머리를 부딪치는 모습을 들여다보던 나와 동생은 갑자기 무서워져서 물고기를 다시 강물에 놓아주고는 집으로 도망쳐 왔었다….

 모모코 씨 일행과 숲으로 가게 된 것은 내가 옛날 일을 이야기하면서 이 사건을 말했을 때 기이 형이 가벼운 의심을 드러냈고 거기에 발끈한 내가 그렇다면 다시 한번 해 보자고 우겼기 때문이었다. 칼집에 도착하자 나는 기이 형과 여자들을 5미터 정도 앞에 있는 풀밭에서 기다리게 해 놓고 혼자서 강에 낚시 도구를 놓아 언젠가 잡았던 것과 모양은 같고 색깔은 여름답게 밝은 산천어를 금세 낚아 올렸다. 흥분한 모모코 씨 일행이 풀밭에서 달려와 양동이를 들여다보며 소리를 질러 대는 통에 두 마리를 더 잡고는 낚시는 그만두기로 했다. 내 마음속에 있는 숲속의 산천어에 대한 외경심은 기이 형도 공유하고 있었기 때문에, 그 정도 소리를 낸다고 산천어 낚시에 지장이야 있을라구, 하는 식으로 간섭하지는 않았다. 산천어가 건강할 때 놓아주는 것에도 찬성이었다. 산천어가 들어 있는 양동이 채로 계곡에 부어 넣은 기이 형이 『신곡』의 한 구절을 인용했던 것도 생각이 난다.

보라 나의 갈 길을 가로막는 하나의 흐름 있어
그 잔물결로 물가에 난
풀을 왼쪽으로 굽히니,

해도 달도 그곳을 비추지 못하는
영겁의 그늘에 덮여

검고 검게 흐르지만,

무엇 하나 감추지는 않는 이 물에 비한다면
세상의 가장 맑은 물이라 하여도
모두 무언가가 섞여 있다 하리.

기이 형은 그것이 지상 낙원에 들어서자마자 보이는 정경
이라고 설명했다. 그곳에서 순례자는 아름다운 숙녀를 만난
다…. 그런 식의 노골적인 갤런트리gallantry한 말을 모모코
씨를 향해 던진 기이 형은 못 아래쪽, 몇 개의 가지에 붙은
이파리가 비행선 같은 모양을 하고 있는 높다란 느티나무 쪽
으로 그녀와 함께 걸어갔다. 좀 전의 흥분은 온데간데없이
보름달 같은 얼굴을 숙이고 입을 다문 리쓰 씨와 풀밭에 나
란히 앉은 나는 맑지만 검게 그늘이 진 계곡물의 빠른 흐름
을 바라보면서 아까 놓아준 산천어가 이미 지쳤던 것을 걱정
하며 그들을 기다렸다. 마침내 돌아온 모모코 씨의 얼굴은
눈물 자국과 분노로 살기가 어려 있었고 몇 걸음 늦게 쫓아
온 기이 형 역시 넓고 높은 이마에 신경질적인 세로 주름을
잡은 채 나와는 눈길조차 마주치려 하지 않았다. 순식간에
기쁨으로 새하얀 얼굴에서 가슴 언저리까지 분홍빛으로 물
든 리쓰 씨가 모모코 씨를 부둥켜안을 듯이 다가갔고 이 기

묘한 혼성 집단은 기이 형의 고정 관념 그대로 좌회전 궤도를 따라 골짜기로 내려왔다.

하지만 그것으로 문제가 해결되어 모모코 씨와 리쓰 씨가 곧장 도쿄로 돌아간 것은 아니었다. 거기까지 생각이 미치지 못한 나는 이튿날 아침, '본동네'를 향해 올라가면서 원한 같은 것을 느끼고 있었다. 한 가지 이유는 전날 밤 계속 나를 괴롭힌 악몽 탓이기도 했지만—석양이 진 골짜기의 둥글게 열린 하늘에 산천어 세 마리가 떠 있고 아이들부터 노인들까지 골짜기와 '본동네'의 길마다 나와 서서 놀람과 슬픔에 잠겨 있다. 이제 곧 그들은 그 세 마리 숲의 주인을 낚아 올려 괴롭혀서 죽음에 이르게 한 나를 비난하기 시작하리라—또 하나는 모모코 씨, 리쓰 씨와 어이없이 헤어져 버린 것이 분명하다고 생각했기 때문이었다. 서둘러 저택으로 가 봤자 도쿄 아가씨들은 없으리라고 단념했던 나는 뜻밖에도 삼나무 숲을 빠져나가는 길 한가운데서 다리를 높이 들어 올리며 달려오는 모모코 씨와 마주쳤다.

이삼일 지나자 이번에는 기이 형이 모모코 씨에게 거의 설득을 당할 듯한 역전극이 일어났다. 그 일은 이날 저녁 식사 동안 내내 리쓰 씨가 안절부절못할 정도로 모모코 씨가 우울해하는 데서 시작되었다. 그렇지만 모모코 씨는 여전히 잘 먹었고 리쓰 씨는 거의 먹질 않았기 때문에 그녀가 비정상적일 정도로 비만인 것이 이상하게 느껴졌다. 그날, 나는 그곳에 묵으면서 밤에도 공부를 하기로 했지만 너무나 가라앉은 저녁 식사 분위기 때문에 기이 형은 나에게 넷이서 함께 은거소에 가서 이야기를 하자고 했다. 시중을 들던 세이 씨가 "K는 수험 공부를 해야지!?" 하며 기이 형을 말렸지만 나는 얼굴을 붉히고 기이 형의 제안에 찬성했다.

계단을 오르면서 힐끗 본 리쓰 씨의 방도 상당히 화사하긴 했지만 처음으로 올라간 은거소의 이층은 숲쪽 마루 방향을 따라 펴 놓은 꽃무늬 이불도, 내가 옮긴 두 개 중 값나가 보이는 트렁크도, 그리고 상 위에 놓은 작은 경대, 화장 도구, 책 몇 권과 노트 종류까지 모두 달콤하고 좋은 냄새가 날 것 같았다. '본동네'에도 골짜기에도 이렇게 산뜻하게 꾸민 방을 가진 아가씨는 지금까지 없었으리라는 생각이 들었다. 계곡의 강으로 가는 비탈길 쪽으로 나 있는 남쪽 창가에는 탁자가 있고 그 위에는 내가 처음으로 보는 검고 우람한 산토리 올드와 하얗고 각이 진 헤르메스 진 병이 놓여 있었다. 술잔도 우리 숫자만큼 있었다. 세이 씨가 골짜기의 기이 형네 양조장이 가동되던 시절에 쓰던 커다란 술병에 물을 담아 계단 밑까지 가지고 왔다. 그리고는 매일 밤 해 온 관례인 듯한 술자리가 시작되었다. 기이 형은 물론이고 모모코 씨도 리쓰 씨도 위스키에 물을 섞어 마신다. 나는 냄새 고약한 입김을

내뿜는 게 싫어 술은 마시고 싶지 않았지만 그렇다고 혼자서
만 안 마시자니 어린애 취급을 받을 것 같아 아무것도 섞지
않은 진을 조금씩 마시면 알코올이 싹 흡수되어 버리지 않을
까 넘겨짚었다. 그래서 리쓰 씨가 자기 잔에 부은 위스키와
같은 양만큼 내 잔에 진을 부어 찔끔찔끔 마셔 댔다. 나는 이
날 밤, 난생처음으로 증류주를 마신 셈이었다. 갑작스레 취
하는 게 아닐까 생각했지만 오히려 점점 머리가 맑아지고 마
음은 활기에 넘쳐서 언제까지라도 깨어 있을 것만 같았다.
먼저 취기를 드러낸 이는 리쓰 씨였고 저녁 식사 시간 내내
가라앉아 있던 모모코 씨는 무표정하지만 단정한 얼굴을 똑
바로 들고 바른 자세로 앉아 내부기관에 필요한 연료라도 보
급하듯이 위스키를 마셨다. 이와 대비되게 리쓰 씨는 탁자에
양 팔굽을 짚고 살이 찐 어깨에서 목까지 뚱뚱하고 커다란
고양이를 연상시키는 모습으로 웅크리고는 원망 어린 말들
을 늘어놓고 있었다. 처음에는 그녀와 기이 형, 그리고 모모
코 씨 세 사람 사이에 미리 정해져 있는 암호 코드처럼 내게
는 의미가 통하지 않는 얘기였다. 하지만 진 때문에 두뇌가
활성화되자 그 숨겨진 내용이 조금씩 분명해져 갔던 것이
다….

　리쓰 씨는, 기이 형이 학문을 버리고 이런 산속에 틀어박
혔다고 말은 하면서 대학에서처럼 예이츠 연구를 하는 것은

아니라지만 단테를 읽고 영문으로 된 전문서를 읽는다는 사실을 비난했다. 그런 식으로 모모코 씨가 학문을 하는 기이 형에 대한 환상을 버리지 못하게 하는 것은 불성실하다는 거였다. 하지만 겨우 자유로이 손에 넣을 수 있게 된 외국 서적을 숲속에서 읽으며 지내는 것은 내 맘 아니냐, 고 기이 형이 대답하자 리쓰 씨는 복잡하게 꼬인 반론을 제기했다. 이제부터는 외국으로 가는 것이 자유로워지고 외화 반출 제한도 느슨해져서 영국이든 미국이든 연구를 하러 가는 이들이 얼마든지 나올 텐데 바다를 건너기는커녕 시코쿠 숲속에서 공부를 하고 있는 사람이 연구 경쟁에서 이길 리가 없다. 만약 진지하게 단테를 연구하려면 기이 형도 언젠가는 대학 연구실과 관계를 회복한 후 영국이나 이탈리아로 유학을 가야 하지 않는가?

"그때 가서 허둥지둥하느니 차라리 지금 딱 결심을 하고 나와 함께 영국으로 가는 게 현명한 거지, 리쓰?"

모모코 씨는 그때까지 무시하고 있던 리쓰 씨의 이야기 중에서 제 입맛에 맞는 소리에만 맞장구를 쳤다. 하지만 애초부터 리쓰 씨는 그런 뜻으로 한 이야기가 아니었다.

"장래에 이러쿵저러쿵하느니 지금 확실히 단념하라는 소리야! 안 그러고 기이가 학문에 뭔가 미련이 남은 듯이 구는 건 모모코에 대해 불성실한 짓이라구."

"리쓰 마음대로 화를 내게 놔두고 난 그만 잘래. 밤마다 똑같은 이야긴 걸."

이렇게 말하더니 모모코 씨는 하얀 블라우스와 곤색 바지를 벗고 슬립 차림이 되더니 당연한 순서라는 듯 그 안에 입고 있던 브래지어와 팬티까지 벗어 버렸다. 나는 이러한 뜻밖의 행동에 놀라면서도 한편으로는 그녀가 취했기 때문일 거라고 나름대로 납득을 했으니 그건 그때 나 역시 취했기 때문이었다. 슬립 위로 탐스런 유방 한쪽이 젖꼭지 윗부분만 삐져나왔고 세이 씨보다 훨씬 거무스레하고 높이 솟아오른 하복부 — 배 자체는 쏙 들어가 있는 — 끝에 슬립자락이 걸려 있는 것도 보였다. 모모코 씨는 여름 이불 위에 뒹굴며 골짜기에서도 나이 든 여자들이 하는 것처럼 가슴에서 목 언저리까지 천천히 부채질을 하고 있었다. 그 옆에 유카타를 입은 기이 형도 당연하다는 듯이 팬티만 벗고는 드러누웠다. 모모코 씨는 배의 노처럼 평평한 자기 넓적다리를 만지는 기이 형의 팔을 덥다며 밀어냈다….

리쓰 씨는 술잔에 위스키를 철철 넘치게 붓더니 이제 물도 타지 않고 한 모금 삼켰다. 이렇게 마셔 대니 리쓰 씨가 매일 아침 늦게까지 못 일어나는 것도, 비정상적으로 뚱뚱한 것도 당연하다고 나는 납득했다. 그러면서 리쓰 씨는 벌떡 누워 부채질을 하는 모모코 씨와 허리를 저쪽으로 구부려 발기한 페니스를 감추고 있는 기이 형을 향하여 기어드는 소리로 이야기를 시작했다.

"너희들은 스무 살 무렵부터 부부나 마찬가지였으니 지금 그때로 돌아가서 그렇게 함께 자는 것이 당연할지 모르지만 임신이라도 하면 어쩌려고 그래? 설마 모모코는 임신을 구실로 결혼해서 영국으로 가려는 건 아니지? 그런 짓은 스스로를 모욕하는 거잖아?"

"시끄러, 시끄럽다구!"

모모코 씨는 천장을 올려다본 채로 말했다.

"이건 유학하곤 관계가 없어. 그보다 모기향이나 피워! 임신은 안 해. 안전한 방법을 쓰고 있거든, 리쓰. 하긴 완강한 처녀막의 소유주에게 이런 소릴 해 봤자 상상할 수 있는 범위를 넘어선 건가? … 오히려 말야, 나보다도 K가 문제야. 너세이 씨를 임신시키지 않기 위해 어떻게 하고 있지? 그녀도 틀림없이 가임 연령이라구!"

"뭐!?"

"괜찮겠어? 그렇다면 그것도 세이 씨가 리드해서지? 이쪽이 사정을 할 것 같다 싶으면 세이 씨가 허리 한 번 흔드는 걸로 빠져 버리니까 말야! 처음에 세이 씨가 그 짓을 했을 때는 깜짝 놀랐을 걸, K!"

취한 김에 죄 없는 악의에 사로잡혀 손쓸 수 없게 엇나가는 기이 형에게 나 역시 술김에 흥분한 채로 반격했다.

"그게 아냐, 세이 씨는 과학적인 관찰을 중시하고 있다구. 사정하기 직전이 되면 고환이 올라오잖아. 그러니 줄곧 고환 주머니를 쥐고 나를 밀어낼 타이밍을 재고 있는 거야."

기이 형은 낄낄거리며 웃어 댔다. 모모코 씨는 고개를 갸우뚱하고는 진기한 동물이라도 보는 것처럼, 혹은 아무것도 아니라고 생각했던 동물이 신기한 짓이라도 시작했다는 듯이 나를 말끄러미 바라보았다. 나는 사실 자랑스럽지 않은 것도 아니었다. 사실은 세이 씨와 성교할 때 어느샌가 사타구니 사이로 숨어들어 와 있는 거칠거칠한 손에 공포심을 느끼고 있었던 것이다. 정확하게 말하자면 세이 씨의 생각은 사정 직전 고환이 올라갈 때에 주머니를 잡아당겨 놓으면 사정 전에 페니스를 꺼낼 여유가 생긴다는 것이었기 때문에, 나는 언제 음낭이 힘껏 잡아당겨질지 몰라 안절부절못했고 그래서 세이 씨의 손이 사타구니 사이에 들어왔다 싶으면 언제라도 세이 씨의 배 위에 사정을 하기로 마음먹었다. 내 성기가 세이 씨의 섬세한 음모를 거쳐 하얀 배의 살갗에 닿는다는 생각만으로도 사정을 향해 흥분하는 것은 손쉬운 일이기도 했다….

"그렇다면 내가 세이 씨의 방법으로 모모코를 임신하지 않게 보호하죠."

휘청휘청 일어선 리쓰 씨 역시 슬립 한 장만 걸친 모습이
되었기 때문에 사태는 더욱 심각해졌다.

"괜찮아, 나는."

모모코 씨가 말했다.

"리쓰는 남자 몸에 닿는 것이 죽도록 싫다면서? 이것도 기
이의 몸을 만지는 거 아냐?"

"그건 괜찮아, 내가 의식하고 만지는 거니까. 장애인을 돕
는 자원봉사를 고등학교 때부터 쭉 해 왔거든. 이봐 기이, 저
리로 비켜!"

리쓰 씨가 피우려던 모기향에 내가 불을 붙이는 동안, 이
불 밑으로 들어가려는 모모코 씨에게 기이 형과 리쓰 씨가
양쪽에서 엉겨들고 모모코 씨는 그리 기분 나쁘지 않은 듯
항의하는 소리를 귀엽게 지르는 식으로 일이 진행되었기 때
문에 나는 혼자서 안채로 돌아왔다.

"뭐야, 멍텅구리들 같으니라구!"

나는 투덜거리면서도 진에 취하여 머리가 울리는 것에 재
미를 느꼈다. 한편으로는 만약 세이 씨가 이불 속에서 기다
리고 있는데 취해서 제대로 서지 않으면 어떡하지, 그것만은
안 되는데 하는 생각으로 바지 주머니에 손을 넣어 페니스를
더듬기도 하면서….

그다음 주에는 내가 모모코 씨와 리쓰 씨를 데리고 마쓰야

마에 다녀오게 되었다. 기이 형이 유치해 보일 만큼 노골적으로 우리가 없는 동안 어떤 계략을 꾸밀 예정이라고 내게 넌지시 비치면서 에스코트 역을 떠맡긴 것이었다. 모모코 씨와 리쓰 씨는 〈젊은이의 양지〉라는 미국 영화를 보러 마쓰야마까지 가고 싶다고 했다. 기이 형은 그녀들이 속속들이 도시 애들이어서 잠시 동안 '본동네' 저택에서 지낸 것만으로도 어디 갇혀 있는 것처럼 답답해한다며 가엾다는 듯이 웃었다. 그런데 요즈음 모모코 씨는 전략을 바꿔 기이 형더러 지금 당장 영국에 가는 것이 어렵다면 당분간은 숲속에서 결혼 생활을 하다가 기이 형이 산림이나 논밭 관리를 전부 제3자에게 맡길 수 있게 되거든—사실은 지금도 세이 씨가 모두 해내고 있지만—그때 가는 것이 어떠냐고 이야기하는 모양이었다.

아침 일찍 출발하는 목재 운반용 트럭으로 꾸불꾸불한 고개 너머 마쓰야마로 향했다. 운전은 기이 형네 제재소에서 일하고 있는, 군에서 복귀한 청년이 했기 때문에 기이 형은 고용주가 고용인을 대하는 태도로 그를 대했다. 그런데 모모코 씨와 리쓰 씨도 기이 형 같은 태도를 취했기 때문에 나는 그녀들과 함께 운전석 옆에 탈 마음이 들지 않았다. 그래서 짐칸에 로프로 묶어 놓은 소나무 통나무들 위에 조수인 젊은이와 함께 엎드렸다. 위험한 것은 사실이지만 민가 지붕을 내려다보는 높은 위치에서 진행 방향을 따라 수평으로 몸을 눕히고 초스피드로 돌진하는 감각이 좋았다. 그야말로 [naif] 한 이야기지만 나는 골짜기와 '본동네' 조상들이 반란을 일으켜 강 아래로 쳐들어가던 용맹스러움에 나를 동일화시키고 있었던 것이다.

마쓰야마 시내에 들어가 번화가 입구까지 친절하게 태워 다 준 트럭의 짐칸에서 뛰어내려 몸에 앉은 흙먼지를 주위를 뿌옇게 만들 만큼 털어 내고 있자니까 운전석 옆자리에서 내려 내게로 다가온 모모코 씨와 리쓰 씨가 둘 다 묘하게 얼굴이 붉어져 안절부절못하는 것 같았다. 나에게 사정을 이야기하진 않았지만 처음엔 당연히 저자세를 보이던 운전수가 도중부터 만만치 않은 음담패설을 퍼붓자 어쩔 줄을 몰랐던 것이리라. 조수가 올라탄 높은 운전석에 대고 고맙다고 인사하는 나를 청년은 힐끗 쳐다보며 보란 듯이 웃었다. 나는 기분이 나쁘긴커녕 오히려 같은 숲속 사람으로서 도회지 아가씨들에 대한 자신감이 옮겨져 와 그녀들을 거느리고 번화가를 걷는다는 것이 자랑스럽기도 했던 것이다. 바로 반년 전만 해도 무서운 유혹으로 가득 차 보이는 번화가를 책가방을 들고 잰걸음으로 빠져나오던 것을 떠올리면서 여자를 데리고 느긋하게 걷고 있는 내 모습이 지금은 대부분 대학에 들어가 여름 방학이라 귀향해 있을 동급생들 눈에 띄었으면 해서 오히려 마음이 들뜰 정도였다.

그러한 [naif]하고 불균형한 감정은 〈젊은이의 양지〉를 보는 동안에도 계속되었다. 모모코 씨와 리쓰 씨 사이에 끼여 앉아 있던 나는 스크린의 장면과는 상관없이 바지 속에서 발기하였고, 있을 수 없는 일이지만 모모코 씨의 하얗고 지적인 손가락이 바지 위를 더듬어 온다면 얼마나 센세이션할까, 그리고 얼마나 창피하기도 할까 하는 생각에 고환이 아파올 정도로 흥분했다. 그러다가 어느샌가 나도 두 아가씨와 마찬가지로 영화 줄거리에 빠져들었지만….

영화가 끝나자 리쓰 씨가, 그 부근에 온통 도배하듯 붙여놓은 손으로 그린 광고에 보이는 특제 안미쓰(삶은 완두콩에 팥죽 등을 얹은 단맛이 강한 간식)를 먹으러 영화관과 같은 길 쪽에 있는 커다란 찻집에 가자고 말했다. 그런데 뜻밖에도 모모코 씨가 소심하게 어쨌든 전차로 국철역까지 돌아가서 기차 시간을 확인한 뒤에 역 부근에서 커피라도 마시자고 우겼다. 그리고 모모코 씨는 가건물로 지은 음식점 상가가 남아있던 역 앞 한 귀퉁이에 있는 허술한 찻집에 앉더니 나를 희생양으로 삼아 공격을 시작했다.

"K, 너 칠칠치 못하게 울었지? 눈이 트라코마에 걸린 것 같아. 엘리자베스 테일러가 마지막 이별을 하는 장면에서 내내 훌쩍이고 있더라구. 나는 사형수가 일반 시민과 그렇게 만나는 장면 같은 건 너무 비현실적이어서 썰렁하더라."

"미국 각 주의 형무소 제도에 따라서는 그 면회를 꼭 비현실적이라고만 할 수도 없는 거 아니니?"

처음 마음먹은 대로 결국 안미쓰를 먹고 있던 리쓰 씨가 먹빛처럼 번진 팥물을 입술 양 끝에 묻히고 말했지만 모모코 씨는 들은 척도 하지 않았다.

"너처럼 말야, K. 천하태평인 듯하면서 동시에 야심가인 아이라면 장래에 엘리자베스 테일러 같은 부호의 딸과 알게 되는 걸 꿈꾸지 않니?"

나는 당장 눈앞에서 기이 형의 재산을 노리고 있는 모모코 씨의 속셈에 대해 신랄한 대답을 할 것만 같았고 그런 내가 부끄러워 입을 다물고 있었다. 분명히 영화를 보면서 나도 모르게 눈물을 흘렸지만 감정 이입의 동기는 모모코 씨가 지적하는 그런 것이 아니었다. 나는 쉘리 윈터스와 그녀가 연기한 가난한 여공의 역할을 너무나 매혹적이라고 느꼈던 것이다. 온몸에 젊은이다운 살이 붙고 원망하는 듯하지만 정이 담긴 눈을 가진 여공. 그렇게도 매력적인 아가씨를 버리고 천진해 보이지만 독점욕이 강한 부호의 딸에게 마음을 빼앗겨야만 하는, 몽고메리 클리프트가 연기하는 청년의 내면에서 꿈틀대는 상승 욕구. 나는 오히려 그것이 내게도 옮겨붙을지 모른다고 불안하게 느끼고 쉘리 윈터스를 잃은 데다가 좋은 일이라곤 아무것도 없었던 가난한 청년이 최후에 엘리자베스 테일러와 무익한 면회를 하는 장면에서 눈물을 흘렸을 뿐이었다.

한참 가시 돋힌 말로 나를 찔러 대던 모모코 씨는 이제 나를 완전히 무시하고 리쓰 씨를 상대로 기이 형과 함께할 장래 설계를 둘러싼 현실적인 의논을 시작했다. 처음에 자리를 잡을 때 지성스럽게도 모모코 씨에게 마음을 쓴 리쓰 씨는 이런 역 앞에 있는 찻집의 창가 자리는 매연으로 더럽다며 모모코 씨 대신에 나를 때 묻은 창틀 옆에 앉혔다. 나는 풀 같은 먼지가 들러붙어 타원형으로 좁아진 유리창 밖으로 가 건물 그대로인 역사와 그 앞 광장에 불에 그을린 돌들이 남아 있는 전후의 황량한 광경을 내다보면서 커피를 마시고 있었다. 모모코 씨는 한 모금 마시더니 커피 잔을 한쪽으로 밀어 놓았지만. 그런 식으로 나를 무시하면서 모모코 씨와 리쓰 씨가 나눈 이야기를 지금 기억나는 대로 적어 본다면 이런 내용이었다.

"모모코가 기이에게 영국으로 건너갈 비용과 체재비를 내라고 해서 공부를 하러 가는 것 자체는 난 지금도 찬성이야. 기이와 모모코의 결혼을 필요악이라고 받아들이니까. 요즘 내가 불안한 게 있다면 모모코가 영국행을 위해 기이를 홀린다는 목적 이상으로 말야, 뭐라고 할까 기이에게 너무 달라

378

붙는 것 같은 느낌이 든다는 거야. 관능의 만족이라면 그건 좋아. 자신의 본질로부터는 독립적으로 성적인 욕망을 자유롭게 만족시키는 태도가 이 나라 여성들에게는 빠져 있잖아. 쉘리 윈터스는 아니지만 오히려 하층계급에, 노동하며 땀을 흘리고 있는 여자에겐 그게 있지. 나는 모모코가 기이와 즐기는 성적인 결합에 몰두해서 영국에서 공부하려는 계획을 흐지부지해 버릴까 봐 무서워. 옆에서 보고 있으면…."

"리쓰는 옆에서 우리가 하고 있는 걸 잘 지켜보고 있으니까. 하지만 내가 단지 가진 거라곤 성적인 욕망뿐이라면 그건 그걸로 좋은 거 아냐? 나는 애당초 리쓰처럼 나의 길을 가련다 타입이 아니거든. 기이를 유혹해서 영국에 간다 해도 성욕 때문에 완전히 망가진 머리로는 제대로 공부도 못할 거 아냐? 네가 말했듯이 외화 사정이 좋아져서 아무나 유학을 할 수 있게 되면 나 같은 건 학문을 하는 여자들 무리에서 탈락해 버릴 거야."

"그럴 리가 없어, 그럴 리는 없다니까, 모모코! 너에게는 나 같은 사람한테 없는 학문적인 영감이 있거든. 그런 소리를 하는 건 지금 기이를 꼬여서 영국에 가 봤자, 영어에 자신이 없어서가 아니니? 그렇다면 삼사 년 동안 나와 함께 다시 대학원에 들어가 실력을 기르고 나서 영국에 가면 되잖아? 어째서 그렇게 서둘러 영국으로 가야만 하지? 기이와 함께 간다는 것이 머리에서 떠나지 않는 것은, 그것이 설사 일시적인 망상이라고 하더라도 지금은 모모코가 공부보다 성적인 관계를 더 중히 여기고 있기 때문이 아닐까 하고, 나는 그게 무서운 거야."

"그래, 나는 어차피 밝히는 조개라구."

모모코 씨는 말했다.

내가 아연실색한 건 물론이고 리쓰 씨 역시 충격을 받았는지 살이 쪄서 커다랗고 둥근 얼굴을 숙이고 눈물을 뚝뚝 흘렸다. 생각해 보니 모모코 씨가 굉장한 소리를 한 것은 사실이지만 리쓰 씨가 울음을 터뜨리는 것도 과잉 반응이 아닐까 싶어 시큰둥해 있는데 또 하나 불가사의한 일이 일어났다. 발끈하며 약간 풋냄새가 날 정도로 씩씩한 태도로 화사한 얼굴을 발갛게 물들이고, 리쓰 씨의 반응을 거부하던 모모코 씨까지 어느샌가 훌쩍거리기 시작한 것이다. 기차 시간이 다되어 내가 기이 형에게서 받아 온 돈으로 찻값을 치르는 동안 모모코 씨와 리쓰 씨는 저녁 해가 내리쬐는 역 앞 광장을 난폭하게 드나드는 택시에도 아랑곳없이 어깨를 맞대고 땅을 내려다보면서 천천히 가로질러 갔다. 기차 안에서도 두 사람은 어깨를 맞대고 손을 잡고 있어서 나는 도중부터 차가 비어 있는 것을 다행스럽게 여기며 혼자서 떨어져 앉았다.

우리가 그야말로 조용하게 '본동네' 저택에 돌아왔을 때

다리 위까지 마중을 나온 기이 형의 표정을 보고 나는 그가 계략을 위한 준비를 끝냈다는 것을 읽어 냈다. 기이 형이 손을 써 두어 이웃 마을 기차역에서 기다리던 삼림 조합의 소형 트럭으로 모모코 씨와 리쓰 씨를 저택까지 바래다주고 나서 그 차로 바로 골짜기의 우리 집까지 돌아왔기 때문에 그날은 기이 형이 온종일 우리를 집에서 내몰아 놓고 준비한 계략의 내용을 알 수 없었지만….

다음 날 오후, 나는 저택 별채에서 수험 공부를 하고 있었고 기이 형은 모모코 씨와 리쓰 씨를 데리고 숲 가장자리까지 올라갔다. 해는 이미 서산 너머로 옮겨 갔지만 아직 석양이 질 조짐은 없는, 맑게 개어 엷은 파랑색인 여름 하늘에 신기한 빛이 차 있는 시각, 개도 짖지 않는 그 정적에 맞추듯이 세 사람은 목소리를 낮추어 소근거리며 저택으로 돌아왔다. 숲 가장자리에서 시간을 보내려다 그냥 내려온 것이 아니라는 증거는, 그날 일찌감치 목욕물을 데우라는 기이 형의 명령을 받은 오셋짱을 도와 나도 물을 날랐다는 사실이다. 산을 걷느라 흘린 땀을 씻으러 모모코 씨와 리쓰 씨가 먼저 욕탕에 들어갔다. 그 기척이 마당을 넘어 전해져 왔다. 공부를 마치고 책을 치우고 있는 나에게 그물침대를 걸어 놓는 두 그루의 나무 사이에서 다가온 기이 형이, "K, 내가 어제 온종일 열심히 목수 노릇한 성과를 보러 오지 않을래?" 했다.

계곡을 내려다보는 마당의 서쪽 끝에 목욕탕이 따로 있었다. 돌계단 위의 좁다란 통로로 욕탕을 돌아 건너편으로 나서면 한 단 낮은 곳에 세이 씨가 꽃을 기르는 작은 밭과 헛간이 있다. 목욕탕에 불을 지피는 곳은 헛간 옆에 있었는데 건물 밖 우물에서 목욕물을 길어 오는 문도 열려 있었다. 목욕탕 창문은 돌계단 위로 삐져나와 저쪽 강 언덕을 바라볼 수 있게 나 있다. 창은 높고 마당에서 돌아드는 통로에서는 목욕탕을 들여다볼 수가 없다. 발소리를 죽이며 그곳을 빠져나가던 기이 형이 창문을 올려다보며 내 주의를 끄는 몸짓을 했기 때문에 나는 뭔가 내부를 엿볼 수 있는 수단을 기이 형이 고안했으리라고 짐작은 하고 있었다. 아니나 다를까, 일단 평평한 밭에 내려섰다가 목욕탕의 아궁이 쪽으로 올라간다. 자갈을 쌓은 짤막한 계단 중간쯤을 딛고 올라서면 얼굴 높이가 되는 곳에 이쪽으로 약간 기울어진 50센티 × 30센티 크기의, 약간 탁한 유리 스크린이 목욕탕의 판자벽을 잘라 내고 붙어 있었다. 잘라 낸 판자 조각이니 새로운 각목 조각들 그리고 목공 도구가 헛간 한쪽에 기대어 있었다. 우리가 나란히 자리를 잡자마자 우리들의 머리를 타 넘어 앞으로 나가듯이 하며 저쪽을 향한 젊은 아가씨 둘의 하반신이 기울어진 스크린에 나타났다.

"이 각도가 말야, K. 여자를 가장 동물적으로 보이게 해."

기이 형은 해설을 붙였다.

젊은 아가씨들이 벌거숭이로 우뚝 서 있다. 그 둥그런 엉덩이 아래서 각각 두 개의 넓적다리가 부자연스럽게 여겨질 만큼 넓은 간격으로 벌어져 있는 것이 우선 인상적이었다. 세이 씨와의 경험으로 배우기는 했지만 아직도 성적인 꿈에 나타나는 아가씨들의 넓적다리는 앞에서 보나 뒤에서 보나 딱 붙어 있었기 때문이었다. 그런데 눈앞에 보이는 아가씨들의 벌어진 넓적다리 사이에는 성기가 튀어나와 있었고 그것은 양쪽 모두 시커먼 털에 뒤덮인 데다가 사타구니 전체도 거무스레해서 용맹스러워 보이기까지 했다.

아가씨들은 금세 창 바로 아래 나지막이 묻어 놓은 욕조를 향해서 주저앉았다. 아가씨들의 엉덩이는 더욱 풍성해졌고 창으로 비치는 빛에 하얗게 빛나서 나는 처음으로 아름다운 무언가를 보는 것 같았다. 욕조에서 물을 퍼내어 함께 성기를 씻고 있는 두 사람의 엉덩이 아래쪽으로 힐끗힐끗 보이는 검은 털은 아직도 조심해야 할 쥐의 머리처럼 보였지만. 그러고 나서 욕조에 들어가 태평스레 이쪽을 향한 모습은 평소 모모코 씨나 리쓰 씨와는 비교가 안 되게 어려 보였다. 그녀들이 함께 스크린 너머에 있는 우리를 바라보는 듯했던 것은 — 방심한 듯한 표정을 보더라도 — 우리가 숨어 있다고 눈치채서가 아니라 욕실 입구 쪽에 새로 붙인 거울을 발견했기 때문이었다. 잠시 후에 스크린이 흐려진 것은 두 사람이 물을 휘저어 김이 올라 거울 표면을 뿌옇게 만든 것이리라.

"좋아, 내가 흐린 걸 닦아 줄게."

기이 형은 바로 옆에서 무방비한 미소를 띠고 내게 말했다.

"뭐 하러? 자기도 목욕을 할 거면서?"

"뭐? K도 즐기면서 보고 있잖아?"

그런 말을 던져 놓고 기이 형은 헛간에서 안채 쪽으로 돌아갔다. 거꾸로 나는 돌계단 위의 좁은 길을 따라 마당으로 돌아왔다. 마치 나만을 위해서 엿보는 창을 만들었다는 듯한 말투에 상처를 입었던 것이다. 그런데 마당에서 창을 넘어 공부방으로 들어와 그 기세대로 책상과 벽 사이 다다미 위에 재주넘기를 해서 드러누운 순간 나는 확 하고 타오르는 듯한 욕망에 사로잡혔다. 기이 형이 안으로 들어가 버렸으니 목욕탕의 엿보기 스크린 있는 곳에 혼자 서서 저택을 둘러싼 양쪽 숲, 골짜기의 하늘, 그리고 거기 있는 모든 나무와 돌, 풀들의 눈앞에서 마스터베이션을 하는 나를 상상하였고 그 상상으로 욕망의 포로가 된 것이었다. 나는 다시 창을 타 넘었다. 바지 속에서 발기하고 있는 성기가 행동에 방해가 되는 것을 느끼면서, 더욱 도전하는 기분에 젖어 숨마저 거칠어졌다. 돌계단 위를 돌아갈 때 머리 위의 창에서 기이 형과 모모코 씨의 뜻을 알 수 없는 속살거림이 들려왔다.

그리고 내가 다시 밝아진 스크린에서 목격한 것은 바로 눈 앞의 노송나무 바닥에 비스듬히 앉아 옆구리를 씻고 있는 리 쓰 씨의 육중한 몸이었다. 그리고 저쪽 욕조의 낮은 곳에 이 쪽을 향해 앉은 기이 형의 검은 털이 난 사타구니 위에는 모 모코 씨가 걸터앉아 있었다. 내가 스크린을 엿보고 있는 것을 계산에 넣은 기이 형이 일부러 모모코 씨에게 성교를 제안한 것이다. 살색이 하얀 기이 형 옆에서 엷은 갈색으로 보이는 모모코 씨의 등이 민첩하게 위아래로 움직이는 모습은 바닥 을 차는 듯한 다리 움직임과 함께 모모코 씨 자신도 성교를 할 마음이 있었다는 느낌을 주었다. 그리고 바로 자신의 몸을 눈앞의 거울에 비춰 가며 씻고 있는, 요컨대 스크린을 울상 지은 듯한 얼굴로 들여다보는 리쓰 씨의 가슴과 목 사이에서 천천히 움직이고 있던 오른손이 점점 하복부로 내려왔다. 비 누를 칠한 수건을 분홍색 넓적다리에 놓더니 다른 쪽 넓적다 리를 턱 눕히고 손으로 자신의 성기를 부드럽게 덮듯이 해서 눌러 가며 주무르고 있었다. 스크린 이쪽에 서 있는 내 바지 의 앞 구멍에서 비스듬히 고개를 쳐든 페니스는 자유로워지 자마자 기세 좋게 흔들리면서 목욕탕 옆 판자 아래쪽의 돌계 단에 지는 해로 붉게 빛나는 정액을 발사했다….

고개를 숙이고 페니스를 집어넣으며 그 자리를 떠나려던 나는 깜짝 놀라 얼어붙었다. 헛간으로 가는 층을 따라 쌓아 놓은 땔나무 위에서 머리를 땋아 내린 오셋짱의 동그란 머리가 나오더니 생기에 찬 검은 눈으로 나를 보고 있는 것이었다. 나는 눈앞이 아찔해서 밭두렁으로 뛰어내려서는 그대로 돌계단을 미끄러지듯 내려와 강물로 내려갔다. 강줄기를 따라 내달려 일단 어두운 삼나무 숲에 들어갔다가 거기서 나와 땅거미 지는 골짜기의 음침한 흙먼지가 말라붙은 길을 달리다가 옆구리가 아파 걸어서 돌아오는 동안 나는 후회로 몸부림쳤다. 집에 도착해서도 어머니 얼굴을 마주치지 않으려고 밭고랑 길로 난 뒷문으로 들어와 그대로 내 좁은 방에 틀어박혀서는 누이동생이 저녁을 먹으라고 부르러 올 때까지 나가지 않을 만큼 나는 고민하고 있었다.

어린 오셋짱의 순결한 영혼에 얼룩을 만들었다는 죄의식에 사로잡혔던 것이다. 그야말로 어린아이를 겁탈한 인간이라는 피투성이의 오욕이 나를 덮쳐 왔다. 어째서 오셋짱의 눈을 경계하지 않았을까 하고 후회했다. 저택을 둘러싼 숲에서 골짜기에 이르기까지 온갖 수목, 풀, 돌들이 지켜보는 가운데 마스터베이션을 한다는 착상에 확 하고 흥분했던 것을 떠올려 보아도 그건 단지 내가 어리석고 경박하다는 징표였고 후회의 씨앗이 될 뿐이었다.

밤늦게까지 잠들지 못하고 엎치락뒤치락하는 동안 후회로 물든 상상력은 걷잡을 수 없이 빗나갔다. 목욕탕 건물의 토대, 풀이 약간 돋아난 돌계단 위에 튀어 흙먼지와 엉겨 조그만 달팽이처럼 점점이 붙어 있는 정액. 오셋짱이 호기심 때문에 그것을 만지고 그 손으로 제 성기를 만진다면 어떻게 될까? 겨우 잠이 들었나 싶으면 앗, 하고 소리를 지르며 눈을 뜬다. 나의 체취가 배어 있는 얄따란 이불 위에서 땀이 밴 몸을 부르르 떨면서 지금 꾸었던 끔찍한 꿈에서 도망치려 한다. 그것은 시험 문제집에서 읽었던 『곤자쿠 모노가타리今昔物語集』(12세기 전반에 성립했다고 보이는 일본 최대의 고대 설화집. 불교 설화가 중심이지만 세속 설화도 들어 있어 고대 사회 각층의 인물들의 생활상을 생생하게 전한다)에 나오는 "동쪽으로 간 자, 순무에게 장가들어 아이를 낳은 이야기"와 뒤죽박죽으로 섞인 꿈이었다. 띄엄띄엄 짤막한 꿈속에서 오셋짱이 내 정액이 잔뜩 묻은 순무가 "쭈글쭈글해진 것을 갉아 먹고" 있는 것까지 보였다.

이튿날 아침에도 배가 고파 밥은 먹었지만 다시 어두컴컴한 방에 틀어박혀서 나는 그저 부끄러워하고 후회하기를 반복하며 더운 한숨을 후 하고 내뱉곤 했다. 한번 그렇게 머릿속에 후회가 눌러앉자 기이 형과 모모코 씨와 리쓰 씨, 이 세 사람의 뒤얽힌 관계에 뒤질세라 끼어든 몇 주간 동안 내가 참으로 타락한 것처럼 여겨졌다. 나와 세이 씨의 관계도 마찬가지. 그런 식으로 비틀리고 저질스런 생활에 푹 빠져든 나머지 어린 오셋짱의 티없는 영혼에 씻을 수 없는 진흙을 처발라 놓은 것이다.

점심때가 되어 내가 어디 아픈 건 아닐까 걱정하던 어머니가 기이 형에게서 전화가 왔다며 부르러 왔지만 나는 나가지 않았다. 그는 다시 전화를 걸어 누이동생을 대신 저택에 부른 모양이었다. 다시 그 이튿날, 집 앞에 멈춘 제재소 트럭에서 기이 형이 내려오더니 토방을 청소하던 어머니가 나를 부르러 들어오려는 것을 말리며, "집에 와 있던 손님들이 갑자기 돌아가게 되어서 마쓰야마까지 배웅하고 오겠습니다. 돌아오는 길에 K와 이야기를 하러 들르겠어요." 하고 갔다는 것이다. 그리하여 그날 밤, 이미 열 시가 넘은 시각에 짐칸 테두리가 처마를 문지르는 듯하며 다시 한번 트럭이 멈추어 서고 운전수 옆에서 뛰어내린 기이 형은 문 앞에서 기다리던 나에게, 현도가 갈라지는 곳까지 걷자, 거기서 나는 집으로 올라가고 K는 돌아오면 비슷한 셈이니까, 했다.

나는 오랫동안 병이라도 앓고 난 것처럼 휘청거리는 기분으로 기이 형과 나란히 어두운 길을 걸어갔다. 기이 형은 모모코 씨와 리쓰 씨가 갑자기 돌아간 이유를 농담처럼 이야기했다. 그녀들은 기이 형과 세이 씨, 그리고 오셋짱이 — 나는 풀이 죽었다 — 이야기하는 것을 옆에서 듣다가 목욕탕 외벽에 만들어 붙인 스크린에 대해 알게 되었다. 그리고 자기들이 목욕하고 있는 것을 기이 형과 내가 구경했다는 사실까지 고백하게 만들었다. 더구나 나는 계속해서 보고 있었다? 두 사람 모두 화를 냈지만 리쓰 씨는 더욱 격노했다. '불성실하고 자타 모두에게 냉소적인' 기이 형과 이야기를 계속해 봤자 의미가 없다는 리쓰 씨의 말에 모모코 씨도 동의해서 오늘 그녀들은 야간열차로 도쿄로 돌아간 것이다….

계속해서 기이 형은 더욱 쾌활한 태도로 나를 격려했다. 스크린 앞에서 마스터베이션하는 걸 오셋짱에게 들켰다고 축 처진 거라면 그럴 것 없다. 오셋짱은 이미 성에 관해서 '본동네' 어린애답게 실제 지식을 지니고 있고 세이 씨가 일하고 있는 부엌에 와서 그 이야기를 할 때도, "K 오빠가 이상한 짓 하는 걸 내가 보고 있었는데 끝나고 나서야 눈치를 채고는 얼굴이 붉으락푸르락하면서 뒤에 있는 돌계단을 미끄러지듯이 도망쳤어!" 하며 우습다는 듯이 보고했다고 한다. 기이 형은 내가 느끼고 있는 죄악감의 핵심을 정확하게 짚어내서 나를 격려한 것이다.

나는 기이 형과 함께 늘어선 집들 사이를 빠져나와 검은 강물을 오른쪽 아래로 내려다보며 어깨를 맞대고 걸었다. 하늘엔 별이 가득 차 있었고 골짜기에서는 보통 남쪽 산등성이에 가려 잘 안 보이는 전갈좌도 지금은 전체가 다 보였다. 별빛에 하얗게 바랜 것처럼 보이는 현도와 역시 별빛에 물결이 반사되는 강만이 여기서는 겨우 어렴풋이 모양을 분간할 수 있었다. 벌레가 요란스레 울고 있었다. 나는 따스한 물로 가슴 속을 어루만지는 듯한 기분이 되었고 이틀간 고민하던 반동도 있어 센티멘털한 고백을 하고 싶은 감정에 사로잡혔다. 기이 형이 모두 들어줄 것이라고 응석을 부리는 기분도 있었다.

"내가 오셋짱에게 상처를 입힌 것이라면 빠른 기회에 결혼을 해서 보상을 하고 싶어, 그럴 나이만 되면…. 언젠가 세이 씨도 그런 소리를 했었고…."

"세이 씨는 K와 성적인 유희를 즐기다가 자기가 나이 들어 K를 붙잡아 둘 수 없게 되면 오셋짱을 떠맡기겠다는 건가? K를 완전히 자기 지배하에 잡아 놓을 생각이군."

구제 불능으로 [naif]했던 나는 기이 형의 억양이 변하는 것을 눈치채지 못하고 더욱 고백하는 심정으로 말을 이었다.

"대학에 들어가 봤자 나는 결국 이 숲속으로 돌아올 거니까 아예 처음부터 대학 진학은 관두고 저택에서 기이 형을 중심으로 살아가는 그 사람들 속에 들어가는 게 낫지 않을까 싶어. 세이 씨가 그러는데 삼림 조합에 자리가 하나 빌 거라고도 하고…. 대학을 졸업한 후 이곳에 돌아왔을 때 누군가 그 자리를 차지하고 있으면 마을 삼림 조합은 영구 취직 같은 거니까 그때 가서 바꿔 줄 리도 없거든…."

기이 형은 잠자코 있었다. 우리는 그대로 강을 따라 '본동네'로 가는 길을 걸어 T자 길까지 이르렀고 기이 형은 깜깜한 길을 따라 숲으로 들어가고 나는 집으로 돌아왔다. 언제나처럼 기이 형이 여기까지 왔으니 자고 가지 않겠느냐고 권하지 않은 것이 섭섭하긴 했지만 아직도 센티멘털한 기분이 남아 있던 나는 그건 그대로 뭔가 좋은 쪽의 이유가 있는 것이라 느꼈다. 영국 유학으로 기이 형을 유혹하러 왔던 모모코 씨와 리쓰 씨가 사라지고 저택에 기이 형과 세이 씨, 오셋짱과 나만 남은 것에 우선은 만족했던 것이다.

이튿날 다시 저택으로 수험 공부를 하러 갔고 세이 씨의 압력에 못 이겨 목욕탕 스크린에 다시 판자를 붙이는 일을 하기도 했다. 바로 그날 오후 공부를 마치고 언제나처럼 등산을 하면서 나는 기이 형으로부터 너무나 냉정한 통고를 받았다. 나는 기이 형을 숲 가장자리에 남겨 놓고 '본동네'로 내려와 현도를 내달려 집에 돌아와서는 어머니한테 하소연을 했다가 호되게 야단을 맞았다. 이미 말했지만 기이 형은 자기가 삼림 조합 일자리를 넘겨받아 죽을 때까지 거기 머물 작정이라고 말했던 것이다. 그리고 그것은 자기 지배하에 있는 저택의 여자들, 즉 세이 씨와 오셋짱에게서 나를 떼어 놓으려는 책략이라고 씩씩거리며 하소연했던 나는 어머니에게서 비판을 받았다.

내겐 이제 대학에 들어가 도쿄로 나가는 것밖에 다른 길이 없었다. 기이 형에게 배신당했다고 느낀 나는 두 번 다시 저택으로 발을 옮기지 않았고 좁아터진 방에 꼼짝 않고 앉아서 공부만 했다.

　이듬해 봄, 나는 대학에 합격했고 내가 기억하는 한, 이 년 뒤 불문학과에 가서 소설을 쓰기 시작할 때까지 기이 형과는 연락 없이 지냈다. 누이동생은 대학에서 처음 맞은 여름 방학 때 이미 내가 삼림 조합 일을 마친 기이 형과 강가에서 이야기를 나누더라고 하지만. 다만 대학신문에 발표한 소설을 계기로 문예 잡지에 소설을 쓰게 된 내가 그 처음 시기에 기이 형에게서 몇 가지 비평이 담긴 편지를 받음으로써 그와 참다운 교제를 다시 시작했다고 나는 확실하게 기억하고 있다.

제7장 감정 교육 (1)

내가 기이 형의 편지 중 이따금씩 떠올리는 한 구절은 처녀작은 작가의 마지막을 보여 준다는 말이다. 굳이 기이 형이 지어냈다고 할 수야 없겠지만 나는 이 말이 지닌 대단한 예언성을 구체적으로 깨달으면서 살아왔고 그것을 항상 그의 비평과 연결 짓기도 했다. 편지에서 기이 형은 『죽은 자의 사치』라는 소설을 비판했는데, 그건 나의 처녀작이 아니라 두 번째로 쓴 단편이었다. 오히려 그렇기 때문에 더욱 대학신문에 실렸던 첫 단편과 대비해서 기이 형은 날카롭고도 적절한 비판을 했던 것이다.

대학신문에 실린 작품은 『기묘한 일』이라는 아주 짧은 작품이었는데 기이 형이 그야말로 한껏 칭찬해 준 유일한 작품으로 기억에 새겨져 있다. 그리고 사실 이 처녀작이 탄생한데는 기이 형이 관련되어 있었다. 기이 형은 삼림 조합에 근무하기 시작한 지 삼 년 만에 저택의 친척뻘인 어느 노인을 대신하여 이미 조합장이 되어 운영을 책임지게 되었다고 누이동생에게서 전해 들었는데 이번에도 역시 누이동생을 통해 요청이 왔다. "전쟁 전까지 가을 축제 때면 골짜기 여자들이 항상 해 오던 '세계무대' 연극을 재개하고 싶다고 항상 생각하고 있었다, 올 축제야말로 전후에 인기를 얻은 유행가를 연주하고 삼림 조합 제공으로 연극을 하고 싶다. 젊은이들이 할 수 있는 희곡을 하나 써 줄 수 없을까?" 나는 『짐승들의 소리』라는 희곡을 써 보냈다. 그리고 나중에 마음먹고 그것을 단편 소설로 고쳐 썼던 것이다.

대학 교양학부에 들어가고 나서, 나는 그때까지 수험 공부했던 시간을 어학 공부에 쓰곤 했는데 가끔 지루해서 견딜 수 없을 때면 소설 습작 같은 걸 하고 있었다. 그 빈약한 경험을 바탕으로 일단 희곡으로 썼던 것을 소설로 고치면서 나는 비로소 단편을 쓴다는 감촉이라고 부를 만한 것을 실감했다.

대학병원의 실험용 개를 사육하는 장소. 대학에 오갈 때면 그 개들이 짖는 소리가 들리곤 했다. 거기까지가 실제로 내가 경험한 것이고 나머지는 상상력을 발휘한 셈인데 도쿄에 사는 어느 영국 부인이 투서를 보내 개를 처리해야 하는 상황이 된다. 개 도살 전문가와 아르바이트 학생들이 광고 전단을 통해 모집된다. '나'는 고용된 학생 중 한 사람. 일을 하다가 개에게 물려 고통스런 광견병 예방주사까지 맞아야 하지만 그때쯤에는 병원에서 정식으로 아르바이트 모집을 하지 않은 것이 판명되어 임금 지불이 흐지부지되어 버린다. 함께 헛일을 한 '나'와 여학생이 지쳐서 나누는 이야기. 여학생이 말했다.

　개들은 도살당해 쓰러져서 가죽을 벗기운다. 우리는 죽임을 당하고도 걸어 다닌다. / 하지만 가죽은 벗기워 있다는 거지. / 개들이 일제히 짖기 시작했다. 개 짖는 소리는 땅거미 지는 하늘을 메아리쳐 올라갔다. 이제부터 두 시간 동안, 개들은 짖어 댈 것이다.

　단편이 실렸던 대학신문 「오월제五月祭 특집호」를 읽은 편집자가 편지를 보내서 나는 문예 잡지에 소설을 쓰게 되었다. 대학신문에 응모했을 때 반쯤 장난 같던 기분은 사라지고 나는 악전고투하면서 단편 하나를 썼다. 하지만 내가 보아도 엉성한 구성이 마음에 걸려 역시 소설 습작을 하고 있던 독문과 친구에게 읽어 보라고 했다. 그리고 그 비판을 받아들

여 그 소설은 파기해 버렸다. 이 방식은 남에게 읽어 보라고
하고 안 하고는 별도로 하고, 그 후 내가 창작하는 기본 패턴
이 되었다. 그리하여 다른 것을 구상하는 동안 원고 마감이
닥쳐왔다. 그래서 내게는 유일한 성공작인 앞서의 개 도살에
관한 단편과 동공이곡同工異曲인 단편을 또 하나 만들어 내는
수밖에 없었다. 대학병원의 해부용 시체를 그들이 저장되어
온 새 수조 속으로 옮기지만 결국은 역시 무위로 돌아가는
아르바이트 이야기.

　기이 형이 비판한 편지는 다음과 같았다.

　　K, 지난번 편지에 썼던 대로 나는 자네가 도쿄대 신문
　에 썼던 소설에 감탄했어. 물론 그 단계에서도 이곳에서는
　찬반양론이 분분했지. 아사짱은 "이런 소설 같은 건 나한
　테 들려주려고 꾸며낸 우스갯소리나 마찬가지야. 사람들
　을 재미있게 하려고 써 본 것뿐이지, K 오빠 역시 학자가
　되기 위해 공부하고 있을 거야." 하더군. 하지만 나는 말
　야, 자네가 이런 이야기를 쓴다는 것은 좋은 징조라고 생
　각하고 있었지. 옛날에 우리가 했던 맹세에 밝은 징조를
　나타내는 거라고 말야. 그건 K, 무엇보다도 자네가 숲속
　사람들의 삶에 근거한 글을 쓰고 있다는 태도를 확실하게
　보이고 있었기 때문이야. 그 소설의 원래 모습인 『짐승들

의 소리』를 '세계무대'에서 상연했을 때, 연습단계에서 이미 청년단 녀석들은 이런 소리를 했거든.

"이건 전쟁이 끝날 무렵, 현에서 가짜 지령을 가지고 와서 골짜기와 '본동네'의 개를 모조리 죽인 그 사나이 이야기 아냐! 줄거리는 다르지만 이 연극을 하는 우리 모두가 가슴을 울리는 듯한 서글픈 기분이 드는 건 말야, 개를 백 마리나 죽여서 벗겨 낸 모피를 둘둘 말아 운반하던 그 사내가 떠올랐기 때문이잖아!"

하지만 K, 똑같이 물거품이 되어 버린 아르바이트에 관해 썼던 해부용 시체 이야기에서 자네는 도대체 어떤 식으로 가슴을 울리는 듯한 서글픈 기분을 표현할 수 있었지? 아무리 조목조목 검토해도 숲속의 땅과 연결되는 것은 하나도 표현하고 있지 않은데 말야. 더구나 K, 내가 자네에게 이래서는 안 된다고 강조하고 싶은 것은 이 일이 자네 장래에까지 상관이 있을 것 같아서라네. 이번 소설은 자네가 작가로 서 보려는 생각을 하기 시작한 이래 쓴 것이니 — 나는 그것을 확실히 느낄 수가 있어 — 말하자면 문단에는 처녀작이지. 그리고 처녀작은 그 작가의 미래를 보여 주는 것이라고 생각해. K, 자네가 앞으로 틀림없이 겪게 될 괴로운 미래가 이 작품의 구성 방법 그 자체에 엿보이기 때문에 나는 슬프기도 하고 화가 나기도 하는 걸세. 그것을 거꾸로 말한다면 『기묘한 일』의 발상을 되풀이하는 것만으로도 『죽은 자의 사치』를 만들어 낸다, 그건 틀림없이 자네가 작가로서 밥을 먹을 수 있는 재능이겠지. 하지만 그런 정도라면 자네 동생 말대로 일생을 두고 할 일로는 너무 시시하지 않은가 말일세. K, 자네가 이런 식으로 소설을 만들어 내서 작가가 되는 것이라면….

구체적으로 비판을 하지. 그렇지 않으면 『죽은 자의 사치』에 대한 호평으로 기고만장해 있는 모양인 자네의 — 아사짱은 전화로 이야기를 나눈 자네가 솔직히 말해서 못 봐 줄 만큼 잘난 척하더라고 오셋짱에게 말하더래 — 빳빳한 상어 껍질을 뚫고 들어가지는 못할 테니까. 자, 『죽은 자의 사치』는 어떻게 끝나고 있지?

"오늘 밤 내내 일을 해야만 하겠군, 하고 나는 생각했다. 그것은 지극히 어렵고 내키지 않으며 고된 일처럼 여겨졌다. 더구나 사무실이 대가를 치르게 하려면 내 쪽에서 찾아가 교섭을 하지 않으면 안 된다. 나는 힘차게 계단을 달려 내려갔지만 목까지 차올라 오는 부어오른 듯 두꺼운 감정은 삼켜 내려 보낼 때마다 집요하게 되돌아 올라왔다."

나는 이만큼이나 봉변을 당한 젊은이가 힘차게 계단을 달려 내려가는 그 씩씩함을 좋아해. 그가 행동하는 곳곳에 드러나는 나이에 걸맞은 자연스런 유머와 함께, 이건 대학에 들어간 뒤 삼 년간 자네가 생활한 모습의 한 측면을 반영하고 있는 거 아닐까? K, 자네는 비관적인 생각을 하면서도 무의식적으로 이런 행동을 하는 인간이거든. 『기묘한 일』의 결말에서 지쳐 빠진 젊은이가 가죽을 벗기는 놈들에게 보이는 불굴의 자세와 함께 내가 높이 평가하는 것은 그런 부분이야. 하지만 K, 잇달아 써낸 두 개의 단편을 똑같이 끝맺어도 좋은 걸까? 힘겨운 노동을 했지만 한 방 얻어맞았을 뿐 손에 잡힌 것은 아무것도 없는 지친 젊은이의 내면 풍경, 하는 식으로 양쪽이 다 끝나도 좋으냐 말일세. 두 단편을 비교해 보면 처음 짧은 작품 쪽이 막판에서 젊은이가 생생하더군. 두 번째 단편의 젊은이는 — 작자의 반복이 마음에 걸려서일까 — 어딘가 떳떳하지 못하다고 생각지 않아?

K, 문예 잡지에는 원고 마감이 있다는 건 나도 알지만 자네는 『죽은 자의 사치』를 그런 식으로 끝맺는 게 아니었어. 자네가 도쿄에서 혼자 소설을 쓰고 있는 것이 아니라 숲속에서 내 의견 같은 것에도 귀를 기울여 가며 일을 했더라면, 하는 생각을 했다네. 대학 수험 때 수학이니 이과니 하는 문제를 풀러 '저택'에 다닐 때처럼 말이야. 4첩 반짜리 방에서 책상 앞에 앉아 얼굴을 찡그리고 있는 자네를 마당의 그물침대에서 이따금씩 바라보면서 마음을 졸이던 그때처럼…. 그러면서 나는 K가 정말로 작가라는 길을 택하여 지금 그 첫 발자국을 내딛고 있는 것이라면 지금 발표한 『죽은 자의 사치』는 '그 1'에 지나지 않는다는

결론에 도달했네. K는 계속해서 '그 2'를 쓸 것이고 다음과 같은 전개가 되리라고 생각했지.

'그 1'에서 '나'는 혼자서만 무익한 노동을 한 것은 아니었어. 억척스런 여학생이 함께 일하고 있었거든. 그것도 『기묘한 일』과 같은 취향이지만 이쪽에서 그녀의 운명을 새로운 성격으로 끌어간다면 이 경우, 적극적인 평가가 가능할 거야. '그 2'는 그녀와 '나'의 관계를 축으로 삼아 전개되지. 밤새도록 뼈 빠지게 헛일을 계속한 뒤 나는 보수를 받으려고 대학병원 사무실과 교섭을 하는데 그것은 다만 '나' 혼자만을 위해서가 아니었어. 여학생을 위해서도 애를 쓴 것이지. '그 1'에 따르면 그녀는 임신 중절 비용을 마련하기 위해 일하고 있었으니까. 아르바이트가 허망하게 끝나자 '나'는 여학생에게 힘을 줘야 할 책임을 느낀다. 그것도 그녀의 기분을 어떻게든 북돋워 아기를 낳으라고 격려하는 쪽으로 말야. 상대 남자와 담판을 지으러 가는 일조차 마다하지 않는다. 물론 아직 젊고 천하태평인 '나'에게 현실적인 성과가 있을 리 없겠지. '내'가 할 수 있는 일이라곤 기껏해야 여학생을 따라 병원에 가서 의사에게는 얼간이 취급을 받고 간호부들로부터는 적의에 찬 눈길을 받으며 가엾게 죽어 가는 태아의 부친 역할을 연기하는 정도였지. 곤경에 빠진 여학생은 '나'를 의지하고. '나'도 또한 여학생을 향해 감정이 기울어진다고 느낀다….

그리고 '그 3', 그런 정신없는 시간을 보낸 뒤 겨울 방학에 '나'는 귀성한다. 새해가 되어 캠퍼스에서 여학생과 다시 만나 보니 그녀는 자연스런 젊음의 힘으로 이미 회복해 있어. 육체도 정신도 터질 것만 같은 거지. 이미 동정에서 우러나는 보호 따위는 필요가 없어. 그새 새로운 연인이 생긴 것까지는 아니더라도, 그 정도로 심한 일을 당한 뒤니까 본전은 찾을 생각으로 날카로운 눈빛으로 새로운 사냥감을 살피며 캠퍼스를 활보하고 있거든. 초라한 '나' 같은 건 안중에도 없지. 한편 '나'는 말야, 외양은 분명히 초라하고 나름대로 마음에 타격도 입었지만 그의 내부에도 역시 젊음의 회복력이 움직이고 있어. 아무래도 좋다! 라는 거지. 그의 눈앞에 계단이 있다면 힘차게 계단을 달려 내려가거나 달려 올라가거나 한다….

나는 이 편지로 한방 얻어맞았다. 기이 형이 한 이야기는 신문 잡지에 실린 시평에서 신인 작가의 출현, 운운하며 두 개의 작품을 호의적으로 맞아 준 어떤 비평가의 말보다도 옳다고 여겨졌다. 덧붙여 기이 형은 내가 고심한 후에도 끝내 도달하지 못했던, 전작보다 주제도 인물도 한 걸음 진전시킨 플롯을 제시했는데 그것 또한 타당한 구상으로 보였다. 나는 가슴이 미어질 만큼 약이 올랐다. 기이 형은 자력으로 플롯을 만들 수 없었던 나에게 처녀작은 그 작가의 미래를 보여 준다는 예언마저 한 것이다. 그것은 내가 문예 잡지에 발표한 그 작품을 — 즉 '그 2'와 '그 3'이 없는 그것을 — 읽은 수많은 독자가 공유하고 있는 생각이 아닐까? 나는 속에서 뜨겁게 달아오르는 것을 느끼고 그야말로 나라는 '작가의 미래'에 대해 커다란 불안에 빠져들었다.

한 일 년 뒤에 나는 여기서 말한 두 개의 단편을 포함하는 최초의 소설집을 출판했다. 그런데 나는 기이 형이 제시해 준 구상을 좋다고 인정하면서도 '그 1'만 들어 있는 『죽은 자의 사치』를 단편집에 실었고 이 단편을 고쳐 쓰는 데 써야 마땅한 시간을 문예 잡지에서 들어오는 새로운 주문에 따라 다른 소설을 쓰는 일에 바쳐 버렸던 것이다. 나는 내가 디디고 선 발판을 잘 살피고 고치기보다는 당장 코앞에 보이는, 더 화려하게 느껴지는 것들에 젊은 체력을 쏟아붓고 있었던 셈이다.

스물두 살짜리 불문과 학생이었던 나는 이렇게 앞으로 고꾸라질 듯 내달리는 기세로 신인 작가 생활을 시작했다. 뜻하지 않게 저어 나가게 된 조그만 보트 위에서, 커다란 야심을 품었다가 실망하고 낙담해서 움츠러드는 나날을 짤막짤막 되풀이하고 있었던 것이다. 그때까지 계속하고 있던 어학 공부 방식대로 주야를 가리지 않고 일을 했기 때문에 적어도 양에서는 상당한 성과를 올렸다. 하지만 책상 앞에 앉을 수 있는 시간은 모조리 소설을 쓰는 데 썼기 때문에 초심자치고는 순조롭게 궤도에 오른 프랑스어 공부는 그야말로 공중에 떠 버렸다. 그래도 프랑스어에는 미련이 남아 수업에는 빠지지 않았지만 "K는 일생 중에 지금이야말로 어학에 집중해야 할 때인데!" 했다는 기이 형의 말을 누이동생에게서 전해 듣고는, 그 말에 가슴을 물어뜯기는 듯한 기분에 빠지기도 했다. 그러면서도 나는 문예 잡지에서 주문이 오면 거절할 수가 없었다. 또한 신문이나 주간지에서 에세이를 의뢰하면 그것에도 허겁지겁 달려들어 써 보내곤 했다. 전쟁기를 산촌의 어린아이로 보내고 전후에는 신제 중학 세대로서 민주주의 교육을 받은 연령층의 발언이라는 것이 나의 모든 시사적인 에세이를 꿰뚫고 있는 주제였다.

달리면서 생각한다고나 할 만한 방법으로, 나아가 달리면서 소설이나 에세이를 썼던 그 나날에 내 등을 떠밀던 동기에 대해서는 여러 가지 이야기를 할 수 있겠다. 사오 년이 지나자 이렇게 빨리 작가라는 일을 시작한 것을 이미 나는 후회하기 시작했다. 그로부터 결코 짧지 않은 세월, 나는 얼마나 자주 깊은 후회에 잠겨 작가 생활을 시작한 처음 몇 년을 규탄하며 밤을 새웠던가. 자신을 되풀이하여 고발하고 따라서 변호 역시 셀 수 없이 해 왔다. 그중에 유효한 변명으로서 지금도 여전히 남아 있는 이유를 든다면 이런 것이다. 숲속 골짜기에서 도쿄로 나온 나는 완전히 고독한 생활을 하고 있었다. 그리고 뜻밖에도 소설이라는 형태로 말하는 내 이야기에 귀를 기울여 주는 타인을 찾아냈을 때—구체적으로 문예잡지의 편집자들이 이야기를 들어 주는 이들의 대표로서 세 첩 반짜리 내 하숙방에 얼굴을 내밀어 주었다—나는 숲속 토지에서 쓰는 말로는 수다 귀신이 들린 꼴이 되어 더 이상 잠시도 입을 다물고 있을 수가 없게 되었다.

골짜기에서 지낼 때는 수다 귀신이 들리면 기이 형의 저택을 찾아가 두서없는 소리들을 늘어놓을 수가 있었다. 그것을 지금은 활자를 통해서 불특정 다수인 상대에게 펼쳐 놓고 있는 것뿐이었다. 따라서 그렇게 소설이나 에세이를 쓰기 시작하고도 내게 가장 중요한 독자는 다름 아닌 기이 형이었던 것이다.

그래서 기이 형이 처녀작은 작가의 마지막을 보여 준다고 비판한 편지는 내 가슴속에 깊숙이 박혔다. 그러면서도 나는 그에 대해 비판은 받아들이겠습니다, 기이 형. 당신이 옳아요, 하는 정직한 답장을 써 보내지는 않았다. 기이 형에게 그런 편지를 썼다가는 나는 소설의 세계를 다시 제로에서부터 고쳐 쌓아야만 하고 문예 저널리즘에 만들어 놓은 비빌 언덕을 포기하지 않으면 안 된다는 기분 때문이었다. 물론 내 속에는 폭력을 휘두르는 상급생에게서 잭나이프를 지키려 했던 때처럼 '도약'하라고 권하는 목소리도 있어서 빨리 결단을 내리라고 속삭이기도 했다. 문예 저널리즘에서 쌓아 준 시시껄렁한 비빌 언덕 따위는 내던져 버리라고, 여기서 잘못 선택했다가는 평생 동안 후회하면서 궤도 수정을 해야만 할 거라고. 하지만 실제로 내가 한 일은 기이 형의 편지에 답장을 쓰지 않고 거기서 오는 불안을 잊기 위해 새로운 단편을 쓰는 데 열중하는 것이었다. 내 속에서 '도약'하라고 권하는 호탕한 목소리에겐 수치심을 씹어 가며 아니야, 착실한 삶은 이쪽이야, 라는 연약한 항변도 해 가면서….

내가 불문과 졸업을 일 년 늦추면서까지 소설을 쓰고 발표하는 일에 대부분의 시간을 할애한 것은 문예 잡지에서 받는 수입으로 경제적인 자립을 해 보려고 마음먹은 까닭도 있었다. 그렇게 해서 도쿄와 시코쿠 숲속 마을의 딱 중간쯤에 살고 있던 여자 친구와 결혼하려는 계획이었다. 나중에 아키야마 집안에서 부르는 대로 그녀를 부르게 되었는데 그 명칭을 그냥 사용한다면, 오유는 고등학교 때 친구인 아키야마의 누이동생이었다. 아키야마의 어머니가 재혼하기 전 어머니, 누이동생과 살고 있던 아키야마를 만나러 마쓰야마 동쪽 끝에 있는 조그만 절의 불당으로 찾아갔을 때, 우리보다 한 학년 아래인 오유를 본 적이 있었다. 높다란 불당을 지탱하는 석단 옆에 화로를 놓고 까무잡잡하고 얼굴이 갸름한 소녀가 열심히 부채질을 하며 불을 피우고 있었다. 그녀가 일어서서 오빠 친구를 향한 뉴트럴한 표정을 지으며 내 쪽을 보았을 때 짙은 눈썹 밑의 크고 검은 눈이 인형의 눈 같으면서도 위험스런 과장이 없이 견고한 표정을 담고 있다는 인상을 받았다. 하지만 그 눈을 제외하면 그녀는 운동을 좋아하는 남자아이 같은 몸을 가진 소녀일 뿐이었고, 불당의 판자문을 끼익, 하고 열며 아키야마가 나타났을 때 나는 이미 그녀를 잊어버리고 있었다.

두 번째 대입 수험을 마치고 시코쿠로 돌아가면서 기이 형과는 절교했다고 생각했었기에 숲속 골짜기로 곧바로 돌아가기가 망설여졌다. 그래서 나는 자기 어머니가 재혼해 살고 있는 아시야芦屋에 있던 아키야마가 권유하는 대로 그곳에 들러 이삼일을 지냈다. 까무잡잡한 얼굴에 남자아이 같던 오유가 아름답던 눈의 속성을 몸 전체에 퍼뜨렸다고나 할까, 일종의 탈피를 마친 아가씨가 되어 당당하고도 꾸밈없는 태도로 오빠 친구인 나를 맞아 주었다. 때때로 내 언동이 재미있다는 듯한 미소를 지어 그것만으로도 내게 힘을 북돋워 주며…. 일단 숲속 골짜기로 돌아와 합격 통지를 받고 입학 수속을 하기 위해 상경할 때쯤에는 앞으로 내가 결혼을 한다면 상대는 아키야마의 누이동생밖에 없다는 혼자만의 고정 관념에 사로잡혔다.

아키야마의 어머니는 마쓰야마 한藩 에도즈메江戸詰의 가로직家老職을 지낸 뼈대 있는 가문 출신이었다. 재능이 있지만 가난했던, 같은 고향 출신 영화감독과 결혼을 했다가 전후 혼란기에 사별을 하는 등 순탄치 않은 반생을 살아온 사람이었다. 유서 깊은 가문다운 가정 교육을 받았지만 막힌 데가 없는 성품이어서 세상을 떠난 남편을 이어받아 미야자와 겐지宮沢賢治를 이상적인 인간상으로 삼아 세속과는 동떨어진 자신만의 모럴리즘을 유지하고 있었다. 아키야마 일가가 아직 마쓰야마에 있는 절의 불당에서 살고 있을 때부터 나는 예술가 기질이 있는 아키야마와는 다른 공부벌레 타입인 친구로서 그녀로부터 따뜻한 대접을 받았다. 나는 아시야에 머무는 동안에 이야기가 나왔던 전쟁 전에 나온 이와나미 신서의 『만엽수가万葉秀歌』(일본 고대의 노래집인 『만엽집』에서 빼어난 노래들만을 뽑아 모아 놓은 책)와 역시 전쟁 전에 이시이 모모코石井桃子가 번역한 『곰돌이 푸우』, 『푸우 골목에 세운 집』을 도쿄의 헌책방에서 찾아내어 부쳤고 아키야마의 동생과 편지를 주고받게도 되었다. 그해에 그녀는 고등학교를 졸업하고 새아버지가 중역으로 있는 회사와 같은 계열인 은행에 근무하기 시작했다. 그리고 대학에 들어간 후 이 년 동안에 나는, 졸업을 하면 견실하고 심지가 굳은 오유와 결혼하겠다는 의지를 다졌으며 그녀 역시 그런 생각을 가지고 있었다.

그런데 내가 소설을 쓰느라 일 년을 낙제하고 이듬해 봄 막상 졸업할 때가 되자 오유와 결혼하려는 계획은 암초에 부 딪히게 되었다. 그것도 주로 아키야마의 맹렬한 반대 때문에. 아키야마도 몇 년 전에 상경하여 새 아버지의 친척인 추상화 가가 긴자銀座에 열고 있던 광고미술 사무소에서 포스터 밑 그림을 그리는 일을 하고 있었다. 그러면서 얹혀살던 화가의 집에서는 그의 맏딸과 육체관계를 맺는, 고등학교 때부터 지 녀 온 이미지를 배반하지 않는 발전상을 보였다. 대학 신입 생 시절, 나는 자주 아키야마로부터 전보를 받고 오모리大森 언덕 위에 있는 아틀리에 딸린 집으로 불려 가곤 했다. 대개 마음이 안 내킨다는 이유로 사무실에 나가지 않은 아키야마 가 아틀리에에서 바이올린 연습을 하고 있다. 잘생긴 얼굴에 서 특히 잘 발달된 턱 아래 바이올린을 끼우고 바흐의 파르 티타 화음을 반복해서 연주하고 있다. 기초 훈련은 중단하고 자기식으로 곧바로 바흐로 들어가는 것이 당시 그의 미적 생 활의 원칙이었다. 옆에 있는 소파에서는 발레를 배운 적도 있다는 화가의 딸이 너무 길다 싶은 얼굴 한쪽으로 기다란 생머리를 늘어뜨리고 애달픈 사모의 눈초리로 바이올린을 연주하는 아키야마를 바라보고 있다. 요컨대 두 사람 다 내 게 아는 척을 하지 않기 때문에 나는 부름을 받고 갔으면서 도 하릴없이 구겨진 학생복 주머니에서 불어 동사 활용표를 끄집어내서는 조건법의 변화를 외우는 식이었다. 학생복이라고 하면 떠오르는 이야기가 있는데, 소설을 발표하기 시작하고 얼마 안 되어 나는 긴자에 있던 문예 잡지 출판사에서 원고료를 받자마자 아키야마에게 안내를 부탁하여 난생처음 양복을 사 입었다.

그렇게 사귀어 오던 아키야마가, 소설을 써서 먹고 살 수 있게 되고, 신인 작가에게 주는 상까지 받은 내가 오유와 결혼하는 것은 극구 반대했다. 우선 여성 문제, 금전 문제 등에 대해 나를 인격적으로 비난하는 편지를 아시야에 살고 있는 어머니에게 보내고 — 후자에 관해서는 그저 아키야마에게 돈을 꾸어 준 죄밖에 없던 나는, 디킨스를 인용했던 기이 형의 가르침을 뒤늦게야 떠올리기도 했는데 — 나아가 그가 표지 기사 제목의 밑글씨를 쓰는 일로 편집부에 드나들던, 당시막 발간된 여성 주간지에 내 스캔들 기사를 내보낸다는 생각을 해 낸 것이다. 물론 그런 식으로 쉽사리 함정에 걸려든 데는 역시 내가 소설을 쓰고 발표하는 새로운 생활에 파묻혀 발이 허공에 떠 있던 까닭이 있다. 더구나 내가 쉴 새 없이 써 내고 있던 소설은 젊은 작가가 출발 당시에 지니는 박력을 이미 잃어 가고 있었다. 기이 형이 비판을 담아 보낸 편지는 그 당시 벌써 노골적일 만큼 정당성을 갖춘 예언을 하고 있었던 셈이다.

아키야마가 꾸민 일은 순조롭게 진행되어 어느 날 밤늦게 내 하숙방에는 주간지의 특집 데스크와 담당 기자, 그리고 기사를 쓸 프리라이터가 나타났다. 그들은 굳이 아키야마가 뜻하는 대로 그의 누이동생과 나의 결혼을 방해하는 스캔들 기사를 실을 생각은 없다고 말을 꺼냈다. 내가 화를 내며 그럼 뭐냐고 따지고 들자 검은색 더블 양복에 나비넥타이를 맨 특집 데스크는 영화배우 A 씨 이야기도 나름대로 잘 꾸미면, 하며 무표정한 얼굴로 겁을 주듯이 말했다. 그러더니 담당 기자가 한술 더 떠서 이 특집에 아키야마의 누이동생 이름과 사진이 실리면 저쪽에서도 댁과 결혼하기로 한 이야기를 변경할 수 없게 되지 않겠어요? 하는 것이었다. 이 말을 듣고 나는 처음부터 온전치 않던 인내심을 완전히 잃고 그들을 몰아 쫓아냈다. 물론 실제로 완력을 썼더라면 3대 1이었으니 내가 이길 리는 없었겠지만….

하숙방에 혼자 남은 나는 오랜만에 기이 형에게 편지를 써서 혼란에 빠져 비분강개하고 있는 무력한 내 생각을 정리하기로 했다.

기이 형, 나는 최근 이 년 동안 소설을 쓰느라 형이 깨우쳐 주었던 역사학을 위한 어학 공부라는 길에서 떠났었지만 오늘로써 소설은 때려치우고 공부라는 본줄기로 돌아가고 싶어. 오늘 밤 내 하숙에 왔던 저널리즘 관계자들을 생각하면 나는 그따위 인간들과 알고 지내야 하는 곳에서 인생을 보내고 싶지 않아. 또 주간지의 스캔들 같은 특집에서 다루어졌다가는 오유에게 결혼해 달라고 청할 용기도 없어. 사진과 이름이 잡지에 나는 것만은 막을 수 있었고 지금까지 완전히 플라토닉한 관계이기도 했으니 파혼이 오유의 앞날에 마이너스의 상처를 남길 리야 없겠지. 그렇게 생각하고 나니 그녀와 결혼하려고 준비했던 돈은 필요가 없어졌어. 그걸 가지면 이삼 년은 지낼 수 있을 거고 그 안에 고등학교 외국어 선생으로 취직을 할 수 있으면 대학원에 가서 역사학을 전공하기 위한 기초 훈련을 할수 있겠지. 기이 형, 그러니 이제부터 나는 다시 공부를 시작하겠어….

하긴 여기까지 이르는 동안 신인 작가로서 보낸 내 생활을 정직하게 적어 두지 않으면 안 된다. 그렇게 해야만 아키야마가 입안하고 여성 주간지가 채용한 스캔들 기사의 배경을 밝힐 수 있으니까. 웃기는 이야기지만 나는 성에서는 베테랑인 아키야마에 대한 불타는 경쟁심에서 나에게도 새로운 성의 세계가 열렸다고 허풍을 떨어서— [naif]가 늘상 하는 우스갯소리라고 받아들일 거라고 기대하면서 한 짓이기는 했지만 — 약혼자의 오빠인 그의 기분을 상하게 했던 것이다!

여성 문제. 주간지의 특집 데스크가 넌지시 풍겼던 영화배우 A 씨에 관해서는 그저 다음과 같은 일이 있었을 뿐이고, 나는 용감무쌍하여 우스꽝스럽다고도 생각하지 않았다. 소설을 쓰기 시작한 지 얼마 되지 않아 그때까지 읽어 본 적도 없는 석간지에서 바로 그 A 씨와 대담을 했다. 내 하숙방에 전화가 없기도 했지만 예고도 없이 나타난 그야말로 성깔깨나 있어 보이는 기자가 대규모 중앙지가 아니면 상대하지 않는 것은 권위주의라구, 하며 거의 겁을 주듯이 덤비는 통에 대담을 할 수밖에 없었던 것이다. 물론 유명한 스타를 직접 만난다는 새로운 경험에 끌렸던 것도 사실이었다. 그 무렵 학생들이 대부분 그랬듯이 나 역시 영화관에 가는 건 평이 좋은 외국 영화를 볼 때뿐이라 — 그것은 재수하는 동안 모모코 씨와 리쓰 씨를 따라 〈젊은이의 양지〉를 보러 갔던 시절과 여전히 마찬가지였고 사실 그때로부터 겨우 삼 년 정도 지났을 뿐이었다 — 그녀가 나오는 영화는 본 적도 없었지만….

당시는 영화 산업의 황금기였고 스타들이 주연하는 영화들도 계속 만들어졌으니 A 씨에게는 한 작품이 끝나고 다음 작품으로 넘어갈 동안 자투리로 남는 심심한 시간이었을 것이다. 대담이 있던 다음 주에는 덴엔초후田園調布에 있는 그녀의 저택에 초대를 받아 함께 이야기를 나누었다. 우선 나이도 그녀가 대여섯 살 위였고 워낙 유명한 인물이기도 해서 나는 그녀와 서로 정서를 공유하기는 어려울 거라 여겼다. 나는 처음으로 만져 보는 유럽의 수입품 홍찻잔을 어떻게 그럴듯하게 좀 다루어 보려고 고심하면서 [naif] 시절 이래 생긴 우스운 이야기들을 했다. 그러고 있는데 이 집에서 살고 있는 듯한 내 또래 청년 하나가 얼굴을 내밀고 한두 마디 하더니 이어서 일어나 나간 A 씨와 청년은 옆에 있는 식당에서 격렬한 말다툼을 벌였다. A 씨는 째지는 소리를 냈고 청년도 좀처럼 수그러들지 않았다. A 씨가 집을 비운 동안에 영화를 제작하는 지인이 나타나 중간에서 힘을 써 달라는 말과 함께 청년에게 스케이트를 주고 간 것이 문제의 발단이었다. A 씨는 그 프로듀서와 일할 생각이 없으니 그렇게 비싼 선물을 받으면 안 된다고 말해 두지 않았냐고 했고 청년은 그렇게 비싼 물건이니까 함부로 다룰 수 없는 거라며 어쨌든 날을 갈기 위해 맡겼다고 했다. 이 정도로 단순한 논리의 속임수라면 A 씨가 째지는 소리를 내는 것도 무리는 아니겠지만, 나는 응접실에 잠깐 내밀었던 깔끔하면서 섬세한 이목구비를 가진 얼굴에서 유명한 스타와 동거하는 데서 오는 굴절도 느껴지던 청년의 모습 때문에 그가 나름대로 보이는 노력을 응원하고 싶은 생각도 들었다. 결국 별실에서 여비서가 나타나 A 씨가 너무 흥분해서 이대로 쉬게 해야겠다는 바람에 나는 스타의 저택을 나오게 되었다.

다음에 초대를 받은 것은 A 씨가 새로 출연하는 작품에 발탁된 감독과 시나리오 라이터, 그리고 영화 비평을 하는 저널리스트가 모인 파티였다. 질리지도 않고 또 나간 나는 역시 처음으로 스카치 위스키를 대접받고 내 손으로 병을 들고 부어 보았다. 재빨리 반 컵 정도를 잔에 부은 나는, 아직 서른 전이지만 산전수전 다 겪은 듯한 감독에게서 위스키는 그렇게 마시는 것이 아니라고 연기 지도하는 방식으로 주의를 받았다…. 겉으로는 학자처럼 보이는 영화 저널리스트를 중심으로 이야기는 진행되었지만 나는 A 씨의 영화라곤 본게 없으니 이야기에 끼어들 수가 없었다. 그러던 중 〈카메라 만년필설〉이라는 새로운 화제가 나왔을 때야, 불문학과 연구실의 테이블 위에 놓여 있던 프랑스 잡지에서 다룬 특집기사를 우연히 읽었던 새로운 영화 작가 그룹에 대해 이야기할수가 있었다. 그래서 그 자리의 관심이 일단 나에게 모여지자 나는 계속해서 어릿광대 같은 소리를 하지 않을 수가 없었다. 나는 잘 모르는 좀 전의 화제와 연결하여 지금까지 성역처럼 간주된 카메라를 기계 기술이 진보하여 만년필처럼 손쉽게 쓸 수 있게 되었다, 그것이 영화가 진보할 수 있는 계기인 것이 사실이라면 백 년 전부터 만년필을 쓰고 있는 소설가를 당할 수는 없겠죠? 하고 말해 보았다.

 "어째서 그런 불리한 소리를 그것도 영화 작가 쪽에서 시작한 걸까요? 나는 병아리 소설가지만 만년필을 카메라와 동일시한다는 건 아무래도 만년필을 과대평가하는 거라고 생각합니다. 우선 카메라 없이는 영화를 찍을 수 없죠? 하지만 만년필이 없어도 소설은 쓸 수 있다구요."

나는 그저 웃음을 약간 끌어낼 수 있으면 좋겠다고 생각하고 꺼낸 말인데 알코올 중독자 같아 보이는 엄격한 영화 저널리스트는 거부하는 눈으로 나를 똑바로 쳐다보면서 술을 한 모금 마시더니 이렇게 말했다.

"만년필이 없더라도 구미에서는 타이프라이터가, 이 나라에서는 연필 같은 게 필요하지? 그러한 도구로서 카메라, 라는 뜻이야. 〈카메라 만년필설〉로 사실 영화는 변했고 자네가 말한 젊은 감독들은 거기서 나온 거라구."

"카메라와 상상력의 관계는 필기도구와 상상력의 관계와는 다르지 않을까요?"

나는 기가 눌리면서도 여전히 웃음을 끌어내 보려고 반론했다.

"만년필 뚜껑으로 세상을 바라보며 소설 장면을 구상하는 일은 없으니까…."

"자네 만년필 뚜껑은 깨졌나? 저쪽이 보이는 모양이군."

"거 봐요, K 씨는 의외로 웃기죠? 내가 말하던 대로 재밌잖아요?"

A 씨는 득의만만했다.

그 뒤 그녀를 중심으로 다시 판을 짜서 당시로는 첨단놀이였던 브리지를 시작했기 때문에 나는 혼자서 스카치 병에 손을 뻗치며 저널리즘 세계와 교제하는 이상, 뭔가 내 의견을 말할 때는 그 전체를 확실히 전개할 때까지 버텨야지 도중에 그만뒀다간 웃음거리가 되나 보다, 하고 좀 전의 농담과는 앞뒤가 맞지 않는 반성을 하기도 했다. 그런 나를 한 손에 트럼프를 든 채 근사하게 몸을 비틀어 돌아본 A 씨가 "K 씨, 더 재미있는 이야기로 즐겁게 해 줘, 이유 없이 값비싼 술을 마시게 하는 게 아니라구." 하며 현실감이 실린 강한 어조로 말을 걸어왔다. 나는 내가 아직도 위스키를 너무 많이씩 따르고 있는 것을 A 씨가 브리지를 하면서도 감시하고 있었음을 깨달았다….

그해 여름, 나는 고베의 호텔에 머물면서 매일 오후에는 아시야의 오유를 찾아가고 아침과 밤에는 호텔 방에서 졸업 논문의 나머지 부분을 썼다. 작가가 되어 수입이 있기 전에는 엄두도 못 낼 생활 스타일이었는데 사흘째 되는 날, 문 밑에 끼여 있는 청구서를 보니 여행에 쓰려고 준비해 온 금액을 이미 넘어서고 있었다. 호텔에 묵는 경험이 처음이다 보니 예산을 대충 세운 탓이었다. 그런데다 도쿄 하숙집 책상에 감추어 놓은 예금통장으로 돈을 찾아 보내 달라고 부탁할 만한 사람도 떠오르지 않았다.

침대에 뒹굴면서 궁리하고 있는데 뜻밖에도 A 씨에게서 전화가 걸려 왔다. 지난번 브리지 파티 때, 나는 다카라즈카 宝塚 출신인 A 씨에게서 고베의 호텔 이야기를 듣고 8월 첫 주를 거기서 보낼 작정이라고 이야기했던 것이다. A 씨는 내일 하루 촬영이 없는데 놀러 오지 않겠느냐고 물었다. 나는 자립해서 자기 일을 가진 연상의 여성에게 의지하는 심정에서 내가 지금 체재비가 모자라는데 약혼한 지 얼마 안 되는 상대에게 돈을 꿔 달랄 수는 없다며 처량한 신세를 하소연했다. A 씨가 웃으면서 이곳에 온다면 돈을 빌려주겠다고 했기 때문에 나는 크게 만족하며 전화를 끊었다.

다음 날 아침, 교토京都를 향해 방을 나서려는데 이번에는 A 씨의 비서가 전화를 걸어 갑자기 광고 일이 잡혀 낮에는 시간이 없다고 했다. 저녁도 관계자들과 먹어야 하지만 호텔 바에서 기다려 준다면 밤 아홉 시쯤에는 시간이 난다는 것이다. 그래서 나는 그 미야코都호텔을 고생고생 찾아가 바의 카운터 안쪽 구석에 진을 치고 A 씨를 기다렸다. 마침 눈앞에 보이는 벽에 — 술병 선반의 좁은 구석이었으니 그다지 대우받고 있는 것은 아니었지만—A 씨가 모델로 나온 맥주 회사의 광고 포스터가 붙어 있었다. 워낙 화려한 얼굴이어서 과장된 '천연색'이 어울리는 A 씨가 활짝 웃는 모습은 그 앞

의 컵에 붓고 있는 맥주 못지않게 휘황하고 거품이 이는 듯
했다. 나는 그 포스터 앞에 앉아 바로 그 당사자인 영화 스타
를 기다리며 위스키를 마시고 있다는 것이 너무나 자랑스럽
고 기뻤으니 그 무렵 내가 얼마나 뚱딴지같은 짓들을 했는지
부인할 수는 없다. A 씨는 열 시 반이 되어서야 겨우 지하의
바로 내려왔다. 맥주 광고 포스터처럼 벌꿀빛으로 거품이 이
는 미소를 띠며. 그녀가 나를 박스 시트로 데리고 가 건너편
에 비스듬히 앉자 그때까지 무뚝뚝하기 이를 데 없던 바텐더
가 서둘러 카운터에서 나왔다. A 씨는 마치 나만을 향해 미소
짓고 있는 것처럼 느낄 수도 있는 자세로 얼굴을 갸웃하며
그의 귀에 대고 뭐라고 속삭였다. 공손하게 상체를 굽히고
주문을 받는 바텐더를 보면서 나는 바로 엊그제처럼 느껴지
는 고등학교 때 학급의 예쁜 여자아이가 우등생 중 누구에겐
가 귓속말을 할 때면 그것이 내가 전혀 자각하지 못한 실수
를 흉보는 것이었던 사실을 떠올렸다…. A 씨는 검은 벨벳
에 은박으로 수를 놓은 기다란 스커트 무릎에 역시 검고 커
다란 핸드백을 올려놓더니 봉투를 꺼내 내 앞의 낮은 테이블
위에 올려놓았다. 말하자면 그녀는 회식이 끝난 후, 어쩌다
변덕처럼 약속을 떠올려 바에 들른 것이 아니라, 돈을 빌려
달라는 내 부탁에 미리 준비를 해 두었던 것이다. 나는 그것
을 자랑스럽게 생각하면서 봉투를 포켓에 집어넣다가 A 씨

의 둥글고 넓은 이마 오른쪽 가장자리에 어렸을 때 둔기로 얻어맞아 패인 듯이 보이는 상처를 발견했다. 그걸 마냥 보고 있을 수도 없어서 벽에 붙은 광고 포스터 속의 A 씨에게 눈을 돌려보니 이마의 그 부분은 엷게 빛나는 컬을 한 앞머리로 주의 깊게 감추고 있었다. 그러고 보니 지금까지 신문이나 잡지에서 본 A 씨의 사진은 이마 쪽은 모두 다 같은 머리 모양이었던 것 같다…. A 씨도 크림색 피부에 풍성한 지방이 붙기 시작한 목을 뻗어 등 뒤에 있는 포스터를 올려다보았고, 그때도 이마의 상처는 내 가슴이 철렁할 만큼 깊고도 생생한 그림자를 만들었다.

"이상한 사람이네. 어째서 실물을 보지 않고 포스터 사진을 보는 걸까? 하긴 K 씨의 소설에도 그런 면이 있기는 해."

이렇게 말한 그녀는 지성파 여배우라는 평을 듣고 있었고 문학과 미술에 일가견이 있는 것으로도 유명했다.

좀 전에 바텐더가 보온병에 담은 마실 것을 — 그것은 A 씨가 항상 마시는 헤네씨 코냑을 물로 희석한 것이라고 했는데 — 테이블까지 가져온 덕분에 나는 A 씨를 따라 자리에서 일어났다. 그리고 우리는 촬영소가 A 씨 전용으로 전세 낸 택시로 비와琵琶호를 향해 드라이브에 나섰다. 차 안에서 A 씨는 걱정거리라도 있는 듯 말이 없었다. 나 또한 어릿광대처럼 수다를 떨지 않았던 것은 그녀의 이마에 있는 상처에 대해 뭔가 기괴한 생각을 했기 때문이었다. 물론 A 씨의 침묵에는 이유가 있었다. 비와호의 모래사장 어두운 다리 부근에 앉더니 A 씨는 그녀가 지금 빠져 있는 사랑의 소용돌이에 관해 이야기했다. 영화계의 어떤 거장이 그녀의 애인인데 바로 얼마 전에 그에게 헤어지자고 했더니 그 감독은 "내일 신문의 사회면을 보라"는 말을 남기고 사라졌다. 그날 밤 그녀는 감독을 바로 뒤쫓아 나와서 기타미喜多見에 있는 집으로 찾아가려 했지만 도무지 찾을 수가 없었다. 내가 그녀에게 애인의 집 전화번호도 모른다는 건 이상하다고 했더니 감독의 부인은 시나리오 작가인데 신경 장애를 일으키고 있어서 처음부터 전화는 걸 수 없는 사이였다고 대답했다. 그렇다면 집을 찾아내서 도대체 뭘 어쩌려고 했는지 수수께끼였지만 어쨌든 날이 밝을 때까지 다리가 뻣뻣해지도록 부질없이 찾아다니다가 A 씨는 덴엔초후의 자기 집으로 돌아왔다. 오후 늦게 잠에서 깨어 조심스럽게 석간을 펼쳐 보았지만 사회면에 불길한 기사는 없었다. 그러는 참에 브리지 친구인 영화 저널리스트가 전화를 걸어왔길래 그 이야기를 했더니 그날 점심때쯤 아카사카赤坂에 있는 어느 호텔의 풀 사이드에서 바로 그 감독이 부인과 사이좋게 등껍질을 말리고 있더라는 것이다….

어두운 호수를 둘러보면서 이야기를 듣는 동안 내내 나를 멍하게 만들었던 어떤 생각이 돌아오는 차 안에서 내 마음 한가운데 들어앉았다. 나는 A 씨의 이마에 움푹 팬 상처에 손가락을 대고 문질러 보고 싶다는 열망에 사로잡힌 것이다. 그것은 '본동네'의 저택에서 처음으로 세이 씨의 성기를 만졌을 때의 느낌과 연결된, 숨이 막히도록 은밀한 성적 흥분이었다. A 씨는 좌석 사이에 꺼내 놓은 팔걸이에 비스듬히 앉아 있었다. 그 머리카락이 내 뺨에 닿을 만큼 몸을 기울인 나는 그녀의 어깨 너머로 팔을 둘러 펼친 둘째손가락을 그녀의 이마 옆으로 가져갔다. 그런데 바로 그때 A 씨가 기다렸다는 듯 내 어깨에 자신의 귀를 밀착시켜 왔기 때문에 내 손가락은 공중에 떠 버렸다. 더구나 A 씨는 그 손가락을 마치 빠진 머리카락이라도 치우듯이 귀찮아하며 밀어냈던 것이다. 결국 뭐라 말할 수 없는 엉거주춤한 자세로 나는 A 씨 옆에 앉아 있었는데 택시가 밝은 시내로 들어서자 A 씨는 영화 스타답게 우아하게 꾸민 자세로 돌아가 시트에 기대고 있던 허리를 꼿꼿이 세웠다.

호텔에서 A 씨는 고베로 돌아가기엔 너무 늦었으니 여기서 방을 잡아 주겠노라고 했다. 그리고는 프런트 담당자에게 자기가 안내하겠다면서 나를 자기 방이 있는 층으로 데리고 갔다. 그녀는 엘리베이터에서 내리더니 잰걸음으로 걸었고 자기 방 도어에 열쇠를 꽂기 전후에 어두운 복도 양쪽을 재빨리 살펴보고야 나를 들여보냈다. 방에 들어선 그녀는 트윈 베드 중 어지럽혀져 있는 쪽 침대 모서리에 걸터앉아 침대를 풀썩풀썩하다가 바쁘게 일어나 화장실로 갔다. 곧 물을 내리는 소리가 났다. 나는 좁은 창가의 소파에 그저 멍하니 앉아 있었는데 돌아온 A 씨는 갑자기 여선생 같은 명령조로 "뭘 기다리고 있는 거야? 그 술 한 잔 마시고 자기 방으로 어서 가세요!" 하는 것이었다. 나는 보온병에 든 브랜디를 한 모금 마시고 나와 건네받은 열쇠에 붙은 번호의 방을 같은 층에서 찾아냈다. 다음 날 아침 프런트에 물어보았더니 A 씨의 로케이션 팀은 이미 출발한 뒤였고 나는 그녀에게서 받은 돈으로 호텔비를 치르고 고베로 돌아왔다.

… 여성 주간지의 특집 기사는 발행 전날에 그 신문과 같은 계열인 월간지 기자가 교정쇄를 보여 주었다. 그는 자기 일처럼 화를 내는 척하며 반론을 쓰지 않겠느냐고 나를 꼬드겼다. 그러나 나는 이미 내 눈앞에 서 있는 한가닥하게 생긴 청년은 물론이고 모든 저널리즘 관계자와 인연을 끊고 살 각오였기 때문에 냉정하게 그를 돌려보냈다. 기사의 타이틀은 '어느 청년 작가의 위험한 전환점'. 나는 그날로 도쿄를 출발하여 이튿날 아침 아키야마의 어머니가 재혼해서 살고 있는 집을 찾아갔고 이런 사태가 된 이상, 결혼은 단념하겠다고 이야기했다. 오유는 내가 선물한 그녀의 탄생석이 박힌 반지

를 빼서 테이블 위에 놓았다. 이야기를 계속하며 반지를 만지작거리다가 나는 결국 그 반지를 찌그러뜨려 버렸다. 그래서 나는 고등학교 3학년 때, 아키야마 등과 함께 체육부실에 불려갔을 때 그들이 '비실비실하는 놈들'에게 체력을 과시하려고 나한테 악력계를 잡아 보라고 했는데 내가 엉뚱하게 높은 기록을 얻는 통에 분위기가 이상해져 버렸다는 이야기를 했다. 오유는 쓸쓸하게 웃었다. 내 딴에는 그것이 그녀를 위한 마지막 우스갯소리였다. 그런데 도쿄로 돌아온 나는, 찌그러진 반지를 잃어버렸다며 미안해서 어쩔 줄 모르는 오유의 전화를 받았다. 말하자면 약혼반지를 새로 보내도 좋다는 것 아니겠는가?

나는 대학원에서 역사학을 공부하기 위한 자금이 될 수도 있었던 저금을 찾아 그녀의 탄생석, 지난번과 같은 자수정 반지를 샀다. 그러한 우여곡절 끝에 대학을 졸업한 이듬해 우리는 결혼을 확정했던 것이다.

제8장 감정 교육 (2)

2월 말, 도심에 있는 이류쯤 되는 호텔에서 우리는 결혼식을 올렸다. 결혼식에 관해서도 나는 여전히 온갖 웃기는 짓들을 질리지도 않고 하고 다녔다. 결혼식을 올리기 얼마 전에 신문사 계열의 주간지에 내가 데이코쿠帝国호텔에서 결혼식을 한다는 반쯤 빈정대는 가십 기사가 실렸다. 결혼식장에 대해 미리 생각한 적이 없던 나는 거기서 힌트를 얻어 언젠가 잡지사 파티 때문에 가 본 적이 있는 데이코쿠 호텔을 서둘러 찾아갔다. 웬만한 관료만큼이나 위풍당당한 연회 예약 담당자를 바로 만날 수는 있었지만 이미 그는 그 기사를 읽었고 그것이 호텔 쪽의 양해 없이 나왔기 때문에 기분이상한 듯했다. 내게 예산을 묻더니—이러한 태도의 캐리커처를 19세기 프랑스 소설 연습에서 읽은 적이 있는 것 같은데—그는 가슴을 펴고 홍조를 띤 얼굴로, 일인당 예산을 그 정도로 잡으신다면 훌륭한 연회가 되겠군요! 했다.

실제 나의 결혼식은 참석한 사람이 열 명도 채 못 되는 소규모였다. 내 쪽의 초대 손님으로 시코쿠 숲속에서 와 준 기이 형은 연회가 시작되자 지명을 기다릴 것도 없이 곧바로 일어서서 스피치를 했다. 그것은 기이 형이 내가 살아가면서 만난 갖가지 분기점에서 이야기나 편지로 해 주던 예언 같은 충고의 한 전형이었다. 거기서 갑자기 그가 입에 올린 정치 토픽인 '안보투쟁'은 얼마 후에 그때까지 완전히 비정치적이었던 기이 형의 생애에 커다란 전환점을 만들었기에—우리가 결혼을 한 것은 1960년이었다—비록 잔치 분위기에는 어울리지 않았지만 기이 형의 진지한 스피치는 나와 아내의 기억에 더욱 깊이 아로새겨졌다. 기이 형의 스피치는 당시 경금속 회사 사장이었던 장인을 비롯하여 젊은 소설가의 남다른 결혼식이라는 것은 미리 예상하고 참석했을 신부측 하객 모두의 불평을 샀다. 주례를 맡아 주셨던 불문과의 W 교수만은 열변을 토하는 기이 형을 시종 재미있다는 듯이 지켜보고 계셨지만….

"지금까지 오유 씨와는 약간 왕래가 있긴 하지만 사실 나는 이 신부가 어떤 사람인지 잘은 모릅니다. 그렇지만 지금까지 며칠간 이야기를 해 본 것만으로도 나는 오유 씨가, … 아름다운 거야 지금 여러분이 보고 계신 대로입니다만, 훌륭한 아가씨라는 것을 알고 감명을 받았습니다. K는 지난번 여성 주간지 사건으로 일단 이 결혼이 위험해지자 초심자로 돌아간다고나 할까 6, 7년 전 대학에 들어갈 결심을 했을 무렵 세웠던 인생 프로그램으로 돌아가겠다, 즉 소설을 쓰는 생활은 그만두고 다시 학문을 시작하겠다는 감동적인 편지를 내게 보냈습니다. 그런데 오유 씨의 마음이 변하지 않았다는 것을 알자 K는 아까 말한 회심은 온데간데없이 이번엔 장편을 쓰겠다고 벼르고 있습니다. 이래서야 K는 이 젊고 귀엽고 성실하며 얌전하기까지 한 아가씨에게 인생의 갖가지 끔찍한 일들을 경험하게 만들지나 않을는지요? K는 신인 작가로서 일본 문단에서 인정받고 있습니다. 그리고 그 사실을 그 스스로가 천진하게 즐거워함으로써 K를 냉정하게 관찰해 왔고 어린 시절부터 상담을 맡아 준 누이동생에게서 기고만장해졌다는 소리를 들을 정도로 들떠 있습니다. 이 세상에서 얼마든지 볼 수 있는 사소한 악의를 지닌 사람들에게 특집 기사의 먹이 노릇을 하느라 상처를 입은 모양이지만 그건 일어날 만해서 일어난 일이었습니다. 그것으로 이젠 정신을 차렸나 싶었는데 다시 결혼을 할 수 있게 되니 K는 그저 좋기만 해서 혼쭐이 난 사실은 까맣게 잊어버린 모양입니다. 사실 이런 천진함은 결혼 전에 버리는 것이 옳지 않을까요? 그것은 좋지 않은 천진함이 아닐는지요. 이런 좋지 않은 천진함에서 탈피하는 감정 교육, 대부분 남자들이 결혼 전에 마쳐야 하고, 성적이야 B가 됐든 C가 됐든 일단 점수는 따 놓아야 하는 감정 교육을 K는 받지 않은 것 같습니다.

이 좋지 않은 천진함이라는 것은 K가 저널리즘에서 금세 들통이 날 허풍을 떠는 것 — 여성 문제에서는 이 허풍이 제멋대로 이용된 것이었지만 — 에도 나타납니다. 어쩌면 그런 것은 아무래도 좋을 수도 있습니다. '질 브르스'든 '탐 존스'든 된통 당하는 천진한 허풍선이 쪽이 공격을 가하는 악랄한 놈들보다야 매력이 있고 어떤 짓을 당하든 결국은 허풍선이 쪽이 득을 보게 마련이니까요.

K는 이 천진함을 지니고 돌진해 갈 것입니다. 그 천진함이 뿌린 씨앗 때문에 괴로움을 겪는 일도 있겠지만 오히려 그것은 작가로서 좋은 일일 수도 있지 않겠습니까? 대부분의 작가는 말하자면 천진함에게 저주받은 자입니다. 그것은 좋지 않은 천진함이라 우리처럼 견실하게 세상을 살고 있는 사람들에게는 위험해 보이게 마련입니다. 그리고 K의 좋지 않은 천진함 때문에 평생을 두고 고생할 사람은 K가 걸어갈 인생에 지금 법적으로 동반자가 된 오유 씨죠. K 같은 성향을 지

닌 남자와 결혼하는 여성에는 두 가지 타입이 있다고 나는 늘 생각해 왔습니다. 첫째는 K보다 한층 더 천진함의 마왕에게 홀려서 함께 돌진하다가 한꺼번에 자폭해 버릴지도 모르는 타입. 둘째는 항상 깨인 마음으로 가슴을 졸이며 지켜보면서도 K의 천진함을 무리하게 말리지는 않고 할 수만 있으면 함께 해 나가려는 타입. 나에게 오유 씨는 후자 타입인 듯 보입니다만 이것은 정말이지 힘겨운 역할입니다. K가 이제부터 오유 씨에게 갖가지 어려운 경험을 시키게 되리라고 한 것은 그런 뜻입니다. 이 경우, 제 생각으로는 K와 오유 씨 사이에 '매개자'가 있는 것이 바람직할 것입니다. 만일 K와 오유 씨가 시코쿠 숲속에 있는 우리 마을에 와서 산다면 제가 그 역할을 하고 싶습니다만. 또한 인생이라는 것은 — 학문도 경험도 어중간한 서른 남짓한 사람이 이런 소리를 하는 것은 외람되지만 — 이상해서 언젠가 전혀 생각도 못했던 '매개자'가 K와 오유 씨 사이에 등장할 것 같은 기분도 듭니다. 지금까지 말씀드린 것처럼 K는 좋지 않은 천진함을 지니고 있고 그것을 K에게 지워 준 것은 아무래도 우리들 시코쿠 숲의 힘이니 그것을 견디는 데도 숲의 힘은 무언가 원조를 할 테니까요…."

기이 형은 골짜기로 돌아간 뒤, 더욱 집중하여 단테에 대해 생각하는 모양이어서 숲의 신비주의, 골짜기의 전통 같은 것들에 대해 이야기를 계속할 줄 알았는데 뜻밖에도 여기서 화제를 바꾸어 '정치'에 관해 얘기를 꺼냈다. 다시 한번 말하지만 결혼식을 올린 때는 '안보투쟁'이 일어나던 해, 2월이었다.

"K가 학문을 계속해 주기를 특히 그의 누이동생과 나는 기대하고 있었습니다. 하지만 K가 글을 쓰기 시작한 그 자체에 대해서는 적어도 저는 이상하다고 생각지는 않습니다. 패전 후 얼마 동안은 일본이 진 것이 비과학적인 탓이라며 과학 붐이 일어났었지요. 비록 어렸지만 그때는 K도 일본 재건에 힘을 보태고자 과학자가 되려고 애쓴 적이 있습니다. 작은 책상을 다다미 위에 놓은 자기 방 벽 구석에 늙은 원숭이 같은 아인슈타인 사진을 걸어 두기도 했습니다. 그러다가 대학 생활의 중간쯤까지 오랫동안 역사학, 그것도 대학 강좌에서 연구하는 역사학이 아니라 우리 지방 숲속의 신화적인 전승이나 역사적 사실에 뿌리를 둔 학문을 하겠다고 말했습니다. 그리고 지난번 스캔들 기사가 실릴 무렵에는 자기가 소설을 쓰기 시작한 것은 실패였다, 역사학을 다시 시작하겠다고 편지를 써 보냈기 때문에 아까도 말한 것처럼 저는 정말로 그럴 생각인가 했을 정도입니다.

하지만 K는 다시 한번 작가의 길을 선택했죠. 소설을 써서 곧바로 벌 수 있는 돈으로 오유 씨를 먹여 살릴 모양입니다.

그 결심에 대해서는 나도 경의를 표합니다. 하지만 K가 요즈음 신인 작가로서 걷고 있는 길에는 저로서는 솔직히 미심쩍은 부분이 있습니다. 그것은 그가 근래에 열심히 쓰고 있는 에세이, 그것도 '정치'에 대한 에세이에 관해서입니다…. 여러분께서도 K 자신도 따옴표가 붙은 정치라고 들어주셨으면 합니다만 그러한 '정치'를 둘러싼 시사 에세이에 관한 제 생각은 이렇습니다. 전쟁 중, K는 산촌에 사는 애국 소년이어서 — 운동신경이 둔한 데다가 요령조차 없어 국민학교에서 군사 훈련을 받을 때면 K는 늘상 쭈뼛쭈뼛하고 있어서 보기가 괴롭거나, 아니면 너무나 우스워서 나도 모르게 웃음을 터뜨릴 정도였습니다만 — 말하자면 패전을 맞아 그가 커다란 충격을 받았다는 것을 저는 알고 있습니다. 또한 그 뒤에는 신헌법을 자기 나름대로 이해해서 국가도 우리가 만든다, 만들 수 있다라는 식으로, 이른바 민주주의라는 사고방식에 몰두했다는 것도, 그보다 조금 더 나이를 먹은 형의 입장으로 옆에서 줄곧 지켜봤기에 잘 알고 있습니다. 감히 말씀드린다면 그것도 그가 천진하기 때문이었습니다. K가 그 성스런 소년기의 기억으로 현재 위기에 처한 전후 민주주의를 옹호하고자 마음을 먹는다면 그 역시 자연스런 일이라고 할 수 있겠습니다.

그렇게 마음을 내어 K가 시사 에세이를 쓴다? K가 불문학과에서 쓴 졸업 논문은 좀 전에 W 선생님께 여쭈어본 바로는 B학점을 받았다고 합니다만, 사르트르의 상상력론에 관한 것이었습니다. 그러니 K가 시사 에세이를 쓰는 폼이 사르트르를 닮은 것은 당연합니다. 시간이 가면서 그의 에세이는 현실 '정치'에 대해 행동하라는 권유를 포함하게 될 것이고 또한 남에게 권하는 이상, 자기도 행동하지 않으면 안 될 것입니다. 터프한 무리로부터 노골적으로 그런 요구를 받기도 할 것이고…. 그런데 K에게 행동을 요구하는 '정치' 전문가, 즉 각종 대중운동 조직자들이란 문학 따위에 관해서는 진지하게 생각해 본 적조차 없는 이들입니다. 신인 작가라는 것은, 그 얼마간의 지명도를 이용해 대중운동에 손님을 끌 수 있는 존재라고 보고 있을 뿐입니다. 그들은 K를 이용할 수 있는 한 — 물론 일회용이지만 — 얼마든지 이용할 것입니다. K는 이런 내 말투가 마음에 안 들 것이고, 나는 전후 민주주의를 옹호하기 위해 마음에서 우러나서 하는 일이다, 스스로 원하여 시위에도 나가고 집회에서 발언도 하는 거라고 말하겠지요. 그리고 그건 그가 느끼는 차원에서는 옳은 말입니다. 내 동창 중에 전학련全学連 지도부에 있던 어떤 녀석은 지금 일본 공산당 내에서 젊은 간부이고 또 어떤 녀석은 원수협原水協의 중역으로 건재하고 있습니다만 그들 양쪽 모두가 K가 가진 천진한 '정치'관을 비웃고 있음을 그 자신은 모르고 있습니다. 그들이 그를 비웃으면서 어떻게 이용하는가, K가 종합 잡지 편집자에게 흉금을 터놓고 물어본다면 그가 굳이 가르쳐 주지 않을 이유도 없을 겁니다. 비웃음을 당하는 천진한 인간 쪽이, 너무나 일찍 '정치'를 경험하고 그 진흙을 영혼과 낯짝에 처바르고 비웃는 놈들보다 더 꼴불견이라고는 물론 생각하지 않습니다만…. 어쨌든 현재 K가 보이는 '정치'열은 대단해서 바로 오늘 결혼식 날조차 열두 시 반에 스키야바시数寄屋橋에서 자연 해산한 시위대의 선두에서 '문학자 일동'이라는 깃발을 들고 국회를 한 바퀴 돌고 온 참이랍니다.

그런데 K가 '정치'와 접촉했다는 것은 가까운 장래에 천진한 K의 영혼에 상당한 상처를 남기게 되리라고 저는 생각합니다. 이제부터 저는 시코쿠 숲속에서, 점점 더 노골적으로 전투성을 드러내는 우익 행동대나 국가 권력의 기동대에 의해 쓰러져 갈 의사당 주변의 천진한 군중 속에 있을, 한층 더 천진한 청년 작가의 안부를 걱정하면서 살게 되는 것 아닐까요? 물론 모든 현실의 사태라는 것은 때가 되면 지나가 버리긴 합니다만…."

오유의 새 아버지가 마침내 더 참지 못하고 무어라 속삭이는데 부응하여 이날부터 장모가 되는 오유의 어머니가 뜻밖에도 억압적인 태도로 내게 신호를 보내왔다. 신부 옷을 입은 오유가 자기 가족들이 뜻하는 바를 자연스레 받아들이는 듯한 모습을 보고 나는—그러면서 이미 후회하고 있었지만—기이 형에게 어떤 몸짓을 보냈다. 다음 순간, 기이 형은 말꼬리를 삼키며 그대로 털썩 의자에 주저앉았다. 그 후에 시작된 술자리에서 평소에 별로 술을 마시지 않는 기이 형이 그쪽을 힐끗힐끗 살피는 내게는 눈길 한번 주지 않고 고개를 떨군 채 줄곧 술을 마셔 댔다. 술자리가 끝나자 차를 불러 달라고 부탁할 사람이 없어서 나는 직접 지하 주차장까지 W 교수와 사모님을 배웅하러 갔다. 그 뒤에 연회장이 있는 층까지 올라와 보니 신부 쪽 친척들은 장인이 빌린 별실로 모두 들어가고 내 쪽 친척들은 기이 형을 따돌리듯이 자기들끼리만 뚱하니 모여 있었다. 그들은 나를 발견하자 서둘러 인사를 마치고 엘리베이터로 향했다. 그들을 배웅하는 내 앞으로 기이 형이 비틀거리며 나섰다. 뜻밖에도 술에 취한 기이 형은 울상을 짓고 있었다. 그래도 결연히 고개를 흔들더니 이렇게 말을 걸어왔다.

"K, 턱시도를 입고 얼쩡거리고 다니면 안 되지. 웨이터인 줄 알고 식전주를 주문하는 외국인이라도 있으면 성가시니까…. 지금 잠깐 아키야마하고 이야기를 했는데 여성 주간지에 기사를 내는 음모를 꾸미며 K를 상처 입힌 사람치고는 천연덕스럽더라구. 아키야마는 얼핏 보기에도 재능이 있다는 걸 알 수 있었어. 어린 시절부터 특별 대우를 받아서인지 발자크의 『라뷰즈』에 나오는 냉혹한 형처럼 자기중심적인 천연덕스러움이 몸에 배었더군…. 그 재능에 대한 자기 평가에 걸맞을 만큼 그가 사회에서 빨리 상승하면 좋겠지만. 아키야마는 아버지와 마찬가지로 영화 쪽 일을 해 보려는 모양인데 그렇게 되면 언젠가 온 일본에 붐을 일으킬 만한 일을 할 것 같아. 하지만 K, 자네가 해내야만 하는 일은, 또 해낼 수 있는 일은 그런 종류의 재능으로 할 일이 아니야. 숲속 토지의 인간이 할 수 있는 진짜 일이라구. 아사짱 말대로 설사 지금은 자네가 기고만장해 있다고 해도 말야, 언젠가는 고통스럽게 거기서 깨어나 어떻게든 그 일을 해내리라고 믿어. 자네 친구인 나는 말야, K"

이렇게 말하고는 기이 형은 훌쩍거리면서 새빨개진 눈으로 나를 물끄러미 바라보았다. 그리고는 엘리베이터 앞에서 아직 기다리고 있는 내 친척들은 거들떠보지도 않고 그냥 지나쳐 약간 비틀거리는 걸음걸이로 계단을 내려가 버렸다. 그렇게 주정을 하는 기이 형을 나는 처음 보았는데 그 뒷모습이 내 가슴을 쳤다. 무슨 수를 써서든지 이 결혼을 없었던 일로 하고 도쿄에서의 작가 노릇도 모두 다 팽개치고 9층에서 로비에 이르는 기다란 계단의 어디쯤에선가 기이 형을 따라잡아 둘이서 어깨를 겯고 유쾌하게 웃으며 숲속으로 돌아가 버린다면 틀림없이 행복한 삶이 있다 — 하지만 그 결단과 실행을 다름 아닌 바로 그 가련한 기고만장함이 방해하고 있다—는 생각이 들 정도로….

이렇게 해서 2월에 결혼을 한 나는 5월에는 벌써 세이조가쿠엔成城学園의 낡은 건물 2층 셋집에 오유를 남겨 놓고 중국으로 가는 여행단에 참가하게 되었다. 더구나 그것은 기이 형이 말하는 '정치'색으로 온통 칠갑이 된 듯한 여행이었다. 기이 형 혼자서 오랜 시간 이야기를 하고 그 밖에는 아무도 발언하는 사람이 없었던 결혼식 스피치에서 그가 말한 대로 나는 신문이니 잡지에 열심히 시사 에세이를 써 댔다. 그것은 역시 기이 형이 지적한 대로 사르트르를 읽어 나름대로 익힌 문학적 상상력을 그대로 현실 상황에 연결시키는 서술 방식이었다. 나아가 그것은 아직 십여 년밖에 지나지 않은 패전의 기억과 그 후에 온 개혁기의 기억에 뿌리를 둔 것이기도 했다. 바꾸어 말하자면 내 에세이의 상황론이 거꾸로 비추어 낸 '나'라는 인간은 그야말로 마음 깊은 곳에서부터 민주주의자였던 것이다. 물론 나는 시민운동 레벨에서 쓰이고 있는 민주주의자라는 낱말이 주는 미온적인 인상에 젊은 작가답게 짜증을 내고 있었다. 그리고 이와나미岩波 문고판에서 읽은 멜빌의 어느 구절에서 발견한 민주주의자(데모크랫)라는 용어법에 내심 강한 애착을 느끼기도 했다. 회의적인 일등 항해사가 선장 에이하브를 비판하는 그는 "천상天上의 것들에 대해서조차 민주주의자인 것이다"라는 말에.

기이 형이 내 결혼식에서 했던 인사말을 언제까지나 찜찜하게 마음에 걸려 한다는 이야기를 누이동생에게서 들은 나는 그에게 편지를 써서 바로 이 낱말을 매개로 삼아 나의 미온적인 에세이를 자기비판하고 있다고 전했다. 그에 대한 짤막한 답장을 보낸 기이 형은 자신이 최근 멜빌 평전을 한 권 읽었는데 『백경』을 집필할 즈음 멜빌은 항상 자기 오른쪽에 성서를 두고 지냈고, 「욥기」중 다음 구절에 표시를 해 두었다고 가르쳐 주었다. 그리고 새삼스레 이런 질문을 했다.

"그가 나를 죽일지라도 나는 그를 의뢰하리라. 오직 나는 내 길을 그의 앞에 밝히리니."

K, 자네는 '안보투쟁'을 통해서 '정치'에 참가하고 있는데 그것이 '정치' 활동인 이상, 그리고 자네들의 운동이 아나키한 것이 아닌 한, 아니 설령 아나키스트적이라고 하더라도 역시 지도자는 있겠지? 자네는 '정치' 지도자 체질이 아니니까 지도자 옆에 있는 사람들 중 하나일 걸세. 그 '지도자'에 대해서 자네는 그가 나를 죽일지라도 나는 그를 의뢰하리라 하는 각오를 하고 있나? 헬멧과 방패, 몽둥이로 무장한 기동대원의 폭력에 맞아 죽더라도 오직 나는 내

길을 그의 앞에 밝히리니 하는 것이라면 나는 그것을 최악
의 '정치'적 피학 취미라고 불러 부정하겠네.

확실히 내 주위에도 기동대원의 방패—그때까지 내가 겪은
몇 가지 경험만으로도 그것은 철저히 공격 도구로 사용되고
있었다—와 몽둥이, 덧붙여 우익 행동대원의 폭력이 존재
한다는 것은 명백했다. 그런데 '안보투쟁'을 떠받치고 있던
조직 중 하나가 내가 모르는 곳에서 결정한 바에 따라 나는
당시 고조되고 있던 긴박한 폭력의 장소에서 뽑혀 나가듯이
중국 여행에 초대되었다. 그리고 전혀 짐작도 하지 못한 방
식으로 기이 형이 바로 그 폭력에 직접 내맡겨지게 되었던
것이다. 우선 내가 어떻게 중국을 여행했는지를 간단히 쓰고
나서 기이 형과 누이동생을 통해서 전해 들은 그 거대한 폭력
으로 야기되었던 수난에 대해 자세히 쓰고 싶다.

나는 홍콩에서 심천·광동이라는 코스로 중국에 들어가 북
경·상해·소주·항주를 여행했다. 가는 곳마다 동행한 작가·평
론가들과 함께 현지에서 열리고 있는 일·미日米 안보조약 반
대 집회에 나갔다. 집회는 대도시뿐 아니라 그 주변에 있는
인민공사에서도 열렸다. 일행이 북경 만수산에 올랐을 때는
나 혼자 산등성이 인공호수에서, 그것도 수영복 대신 속옷을
입고 헤엄을 치기도 했다. 그 일에 대해서는 통제를 어지럽

히는 개인적 행위라고 주최 측의 비판도 있었던 모양이었다. 집회가 계속되던 어느 날, 놀러 가는 것처럼 나갔던 상해 시외의 한 건물에서 점심 식사를 마치고 시의 당 간부로부터 '안보투쟁'에 대해 중국 쪽은 어떻게 의미를 두는지 긴 이야기를 들어야 했다. 그 우스꽝스러운 중국어 발음을 들었을 때 피곤한 머리의 표층을 자극받은 내가 갑자기 웃음을 터뜨려 동행한 일본 지식인들을 흠칫하게 만들었다. 기이 형이 말한 대로 그야말로 좋지 않은 천진함으로 나는 미숙하고도 충동적인 반응을 보여 가면서 중국 이곳저곳에서 열린 민중 동원 행사에 참가했던 것이다. 그 후 오랜 시간이 지나고 나서 미국 남부에 있는 대학의 세미나에서 만난 같은 또래인 중국인 학자가 중국에 간 것이 언제였냐고 묻기에 대답했더니 그는, 우리가 굶주리고 있던 무렵이군, 했고 나는 여행하는 두 달 동안 줄곧 계속되던 연회를 떠올리고는 새삼스레 흠칫했다.

그렇게 해서 5월부터 6월에 걸쳐 이미 몹시도 더웠던 중국을 돌아다니면서 새로운 지방에 도착할 때마다 다른 이들에게는 일본에서 여러 가지 연락들이 호텔로 와 있었지만 나에게는 편지 한 통 없어서 친정에 있을 아내에게 무슨 일이 있나 걱정하곤 했다. 그럴 때면 불행하고 흉측한 쪽으로만 상상이 쏠리곤 했다. 이러한 내 성격에 대해서도 기이 형은 비평을 해 준 적이 있었다.

"K는 천하태평이면서도 한편으로는 쓸데없는 걱정이 많아서 언제나 뭔가 나쁜 일이 자기나 가족에게 일어나지 않을까 걱정을 하며 사는 것 같아. 그런데 지금까지 실제로 일어난 일을 보면 두려워하고 있던 나쁜 일보다는 견디기 쉬운, 오히려 아무것도 아닌 일들 아니었어? 실은 내게도 그런 부분이 있거든. 이 과제에 대해서 생각해 봤는데 발자크의 『환멸』을 읽다 보니 짚이는 게 있더군. 그것은 '상상력' 탓이라는 거지. '상상력'이라는 것이 말하자면 쓸데없는 걱정거리를 제공하는 거야. 우리가 성장하고 성숙하기 위해서는 '상상력'을 컨트롤해서 일상생활에서는 거의 휴면 상태로 유지해야 할 것 같아. 작가라는 직업에는 무엇보다도 '상상력'이 필요하다지만…."

그런데 내가 중국을 여행하는 동안, 다름 아닌 기이 형이 지나친 '상상력' 때문에 어쩔 줄을 모르고 고민하다가 '안보투쟁' 소용돌이에 휘말린 도쿄로 나와서 큰 부상을 입도록 스스로를 몰아간 것이다. 내가 일본에 남겨 놓고 온 결혼한 지 얼마 안 된 오유의 신상을 골똘히 생각해서 쓸데없는 걱정을 한 나머지.

기이 형은 동생에게서 내가 중국을 방문하는 일본 문학 대표단에 끼었다는 이야기를 듣고는 그때부터 오유를 걱정하기 시작했다. 기이 형에게는 결혼 전에 숲속 마을을 찾아와 나에 대해 상담하던 애처로운 모습을 한 젊은 아가씨에 대한 애착이 있었던 것이다. 하지만 기이 형은 숲속 깊은 곳에서 태어나고 자란 이들 특유의 수줍음 같은 것을 지니고 있어서 그녀가 혼자 있는 집에 전화를 할 용기는 나지 않았다. 다만 내 동생에게 도쿄에 있는 오유의 안부를 자주 묻곤 했던 모양이었다. 그러다가 기이 형은 국회에서 안보조약 심의가 가열되면서 의사당 주위에서 시위하는 횟수가 늘고 사람 수가 많아지는 것을 신문에서 읽고 애를 태우던 끝에 내가 없는 집을 직접 들여다보기로 마음을 굳혔다. 이튿날, 마쓰야마에 나온 기이 형은 그대로 도쿄행 야간열차에 올랐던 것이다.

도쿄역에 도착해서 비로소 기이 형은 우리 집에 전화를 걸었다. 아침 이른 시간이었고 벨은 계속 울리는데 아무도 전화를 받지 않았다. 오전을 역 구내 찻집에서 보내고 점심때 가까이 되어 다시 한번 전화를 걸었지만 역시 응답은 없었다. 그러자 기이 형에게 서둘러 상경하도록 재촉하고, 더구나 우노字野에서 갈아탄 후부터는 오사카大阪를 지나도록 앉지도 못했던 힘겨운 여행 도중 줄곧 내압을 더해 가던 오뇌懊惱가 한꺼번에 폭발한 것이다. 기이 형은 오유가 아침부터 집을 비운 것은 내 뜻을 받들어 반 안보 시위에 나갔기 때문임이 분명하다고 짐작했다. 기이 형이 분석한 바에 따르자면 안보조약을 반대하는 글을 써서 계속 발표하다 보면 그 글이 쓰는 사람을 시위 쪽으로 떠미는 법인데 당사자인 내가 중국을 여행하고 있으니 대신에 오유가, 라는 식으로 추리한 것이다. 신바시新橋역 근처 찻집에 앉아 밖을 내다보고 있으려니까 숲속 생활에 이미 익숙해진 그의 눈에는 국철 역에서 또는 지하철 출구에서 나와 빗속을 뚫고 히비야日比谷공원 쪽으로 삼삼오오 걷고 있는 사람들이 이상스러울 만큼 많아 보였다. 기이 형은 단테를 이탈리아어와 영어로 대역한 텍스트를 읽으면서 몽상을 하고, 그러다가 문득 정신을 차리면 애를 태우는 과정을 되풀이하고 있었다. 그야말로 금욕적인 차림에 쑥맥 같은 얼굴로 집회장을 향해 걷고 있는, 젊은이부터 장년에 이르는 시민들을 바라보려니까 성 베로니카의 성포에 있는 그리스도상을 보기 위해 피에트로 교회로 나아가는 순례자들이 떠올랐다. 때마침 『신생』을 읽고 있기 때문이기도 했다. 마침내 "생각에 잠긴 채 걷고 있는 순례자여"로 시작되는 소네트를 떠올렸을 때, 그는 히비야 공원에서 출발하는 오늘 시위에서 틀림없이 누군가가 생명을 잃게 될 거라는 예감에 사로잡혔다. 더구나 그렇게 저쪽으로 내던져지는 가엾은 혼은 단테가 말한 순례자들과는 달리 구원이고 뭐고 없는 무신앙자의 암흑 속으로 추락해 가는 것이다…. 그리고 기이 형에게는 그 비참한 혼은 우익이나 기동대원에게 맞아 죽는 오유의 혼일 것만 같았다. 아내에게 그런 끔찍한 일을 당하게 해 놓고 남편이란 작자가 중국에 나가 있는 이상, 기이 형이야말로 그녀를 구해 내기 위해 행동을 개시하지 않으면 안 되었다. 그는 찻집을 나와 그 옆에 있는 잡화점에서 우산을 사 들고 점차 같은 방향으로 가는 시민들이 잦아지는 길을 사람들의 커다란 흐름에 따라 움직여 히비야 공원에 이르렀다.

대학에 다니는 동안 기이 형은 한 번도 시위에 참가한 적이 없었다. 그렇다고 대중집회 현장 분위기를 전혀 모르는 것은 아니었지만 히비야 공원에서 그를 빨아들인 집단은 선입견을 뛰어넘는 밀도와 두꺼운 층을 지니고 있었다. 군중속에서 기이 형은 자신이 어떤 소그룹에도 속하지 않은 개인 참가자라는 사실이 쑥스럽다고 느꼈다. 그래도 기이 형은 질척질척한 공원 주변을 부지런히 돌아다니며 학자나 예술인들이 모여 있다 싶은 곳에서 오유를 찾아내려고 노력했다. 군중이 대오를 정비하여 시위대가 되어 차례로 움직이기 시작하려는 참에 기이 형은 그다지 친하지는 않았던 영문과 동급생을 발견했다. 그 남자가 시위에 참가한다는 것은 의외라는 생각을 하면서—저쪽에서도 마찬가지로 생각했겠지만—기이 형은 동급생이 있는 대열에 끼었다. 엘리자베스 왕조의 연극을 전공한 그 동급생은 이름이 알려진 신극단의 문예부에 적을 두고 어떤 여자 전문대학에서 시간강사를 하고 있다고 했다. "대학교수들 쪽 시위대에 참가해 달라는 전화 연락이 있었지만 극단 쪽을 모른 척할 수는 없잖아. 여배우들이 참가하고 있는 약한 부분을 우익 쪽에서 습격한다는 정보가 들어와 있거든." 하며 동급생은 폼을 잡아 보였다. 모자가 달린 하얀 레인코트를 입고 수수하지만 깔끔한 차림새로 그 옆에 선 조그만 여성이 당분간 그가 지키려는 연약한 시위대의 실체인 듯했지만…. 신극단 그룹을 포함한 학자·예술인 대열에 끼여 걷기 시작하면서 기이 형은 이제야 찾아야 할 목표 가까이에 와 있다는 생각이 들었다.

국회 의사당의 담을 끼고 행진하면서 확실히 알게 된 것은 이 그룹이 속해 있는 학자·예술인 시위대만으로도 거창한 행렬을 이루고 있다는 것이었다. 시위대 바깥쪽에 서서 시위대를 구경하거나 혹은 그런 방법으로 항의에 참가하는가 싶기도 한 시민은 무척 많아서 자기도 그런 식으로 길에 서 있기만 했더라면 결국 행렬에 참가할 빌미를 잡지 못한 채 지나가는 시위대를 눈으로 좇을 수밖에 없었으리라는 생각이 들었다. 물론 각각 차지한 위치가 앞과 뒤로 떨어져 있으면 시위대에 참가하여 국회 담벼락을 걷고 있는 쪽이 오히려 오유를 만나게 될 가능성은 줄어들 것이다. 하지만 기이 형은 그런 식으로 머리를 굴린 것이 아니었다. 자기가 소년 시절부터 보호자 역할을 해 온 사람의 젊은 아내가 만일 혼란에 휩쓸린다면 재빨리 그곳으로 다가가 구조할 수 있을 만한 위치에 조금이라도 접근해 있자는 것이 기이 형이 내린 결론이었다….

그런데 시위행진을 하던 기이 형은 동시에 두 가지 현상을 깨달았다. 그들 시위대는 보란 듯이 차도를 행진하고 있다. 그리고 인도에는 이쪽을 보며 멈춰 있거나 시위대가 움직이는 대로 이동하는 통행인들이 있다. 한참 시위가 벌어지고 있는 국회 옆을 개인적인 용무로 우연히 지나게 된 것은 아닐 테니까 그들의 경우, 직접 시위대에 참가할 계기를 찾을 수 없었거나 아니면 자기가 속한 그룹이 다가오는 걸 기다리고 있는 것이리라. 기이 형 주위에 선 신극단 배우들이나 연출부 속에는 나름대로 무대와 관계있는 사람들답게 보도에 서 있는 사람들이 자기들을 보고 있는 데서 오는 어떤 들뜬 분위기가 있음을 기이 형은 눈치챘다. 그리고 그는 이런 분위기인 행렬 속에 오유 씨가 있으면 어떻게 하나 하는 불안을 느꼈다. 지금 어두운 회색으로 빛나는 묵직한 방패를 늘어놓고 요소요소에서 이쪽을 주시하면서, 시위에 참가하도록 화사한 목소리로 권유하는 여배우들에게 욕지거리로 대답을 할 때만 젊은이다운 거친 야만성을 드러내는 기동대원들의 습격을 받는다면….

또 한 가지 기이 형이 깨달은 것은 인도에 멈춰서거나 걸으면서 이쪽을 주시하고 있던 통행인들이 어느새 모습을 감추고—아니, 그들도 남아 있었지만 그들을 압도하는 기세로—전체적으로 검고 풍채가 우람한 남자들이 점점 눈에 들어온다는 사실이었다. 그들은 여배우들 소리가 두드러지는 시위대의 구호 소리를 거친 몸짓으로 제어하고 있었다. 그런데 그러한 남자들의 반응에도 이쪽 시위대는 자신들의 연기를 지켜보는 관객을 대하는 듯했다. 이 수동적이고 어설픈 집단 속에 오유 씨가 있다면…. 기이 형이 다시 한번 그렇게 생각했을 때 다리를 높이 쳐들고 가드레일을 뛰어넘은 남자들이 숨기고 있던 몽둥이를 휘두르면서 곧바로 대열로 뛰어들었다. 난입한 폭한들에게 무너져 내려 도망치는 시위대를 따르지 않고 기이 형은 혼자서 방어하기 시작했다. 처음 몇 초간은 머릿속이 새하얘졌지만 그 순간이 지나자 시위행진 중에는 양옆의 우산에 부딪쳐 방해가 되어 비에 젖는 걸 각오하고 접어 두었던 우산 끝으로 폭한들의 얼굴을 후려치기도 하면서 방어한 것이다. 가업 중 하나가 제재소였던 기이 형은, 상대방이 휘두르는 몽둥이가 평소에 텔레비전 뉴스에서 본 학생들이 쓰는 어설픈 각목과는 달리 재질이 견고한 목재를 깎아 만든 것임을 금세 알아보았다. 더구나 그놈들이 해를 가할 목적으로 눈이나 아랫배를 겨누어 왔기 때문에 기이 형

446

도 차마 눈은 노리지 않았지만 우산이 폭한들의 뺨이니 목을 찌르는 것은 마음에 두지 않았다. 반대 차선으로 밀려갔던 시위대에서 10미터쯤 앞에 방패를 늘어놓은 채 바라보고 있던 기동대 쪽으로 도망치면서 극단 관계자인 동급생이, "도발에 넘어가지 마! 위험한 짓은 하지 말라구!" 하고 소리치는 것을 들었지만 기이 형은 일찍이 소 도깨비와 대결했던 날처럼 분노가 폭발해 버려 이제는 한 발자국도 물러설 생각이 없었다. 몸이 얼어붙어 도망도 가지 못하는 신극 여배우 둘을 등 뒤에 두고 보호하면서 이제는 명백히 그를 겨누고 달려드는 세 명의 폭한들에 대항해 기이 형은 우산 끝으로 싸움을 계속했다.

기이 형은 이때까지만 해도 폭한들의 귀 아래만 집중 공격했다. 역시 상대의 눈에 상처를 입히는 것은 피하고 싶었기 때문이었다. 그런데 저쪽 두 사람의 몽둥이가 엉키면서 기이 형의 목과 가슴을 찍어 왔다. 밀어내려고 휘두른 우산의 뾰족한 부분이 세 번째 폭한의 눈 아래쪽을 찔러 안구 밑으로 쑥 들어갔다. 뽑아내려는 힘이 지렛대처럼 안구를 안쪽에서 밀어낸 것인지 부어오른 눈알이 주위에 피를 뿜으면서 툭 튀어나왔다. 그것을 본 기이 형은 물컹한 느낌이 전해 오는 우산을 놓아 버리고 비스듬히 뒤쪽으로 도망치기 시작했다. 자기 등 뒤에 숨어 있던 신극 여배우 두 사람을 감싸느라 앞으

로 뻗은 양팔을, 달라붙는 놈들이 힘껏 내리치는 대로 얻어
맞으면서. 더구나 아가씨들의 머리를 감싸려고 점점 더 팔을
높이 올려서 자신이 나무 병정 같다는 생각을 하며 대여섯
걸음 도망쳤다. 그러면서 혼란의 소용돌이를 벗어난 듯했지
만 검은 보도 앞쪽에는, 비에 젖어 그 길보다 한층 더 검은색
인 기동대원들이 물샐틈없이 방패를 늘어놓고 헬멧 후드 너
머로 이쪽을 보고 있다. 그것을 벽보다 견고한 막다른 골목
이라 느낀 그가 망설이고 있는 아가씨들의 어깨를 감싸면서
몸을 돌리려던 찰나였다. 몽둥이보다 무겁고 단단하게 각이
진 어떤 무기가 기이 형의 오른쪽 머리를 내리쳤다.

기이 형은 두개골이 깨져 도로에 쓰러졌다. 쓰러졌지만 정
신을 잃지는 않은 기이 형에게 힘들었던 것은, 언젠가 겪게
될 고난에 대해 몽상할 때는 흥분 때문에 아드레날린이 작용
하여 통증을 넘어선 어딘가로 기분이 옮겨가리라 생각했는
데 실제로는 그런 일이 없었다는 점이었다. 그는 도로에 왼
쪽 뺨을 붙이고 엎드려 있었는데 머리에 난 상처로 아픈 것
은 말할 것도 없고 그 머리 무게 때문에 광대뼈까지 아픈 것
같았다. 하지만 얼굴을 돌리려 해도 목에서 어깨까지 붙은
근육이 시들어 버린 것처럼 움직이질 않아 조그만 빗방울이
젖은 흙먼지를 튀겨 올려 스푼 모양의 풀 이파리를 떨리게
하는 것을 코앞에 보면서 하아하아 신음 소리를 내고 있었다.

두개골에서 흘러나온 피가 금세 눈을 덮고 내려와 뺨을 댄 지면에 떨어지고 그 위에 빗방울이 톡톡 부서지는 소리만 들렸다. '어떻게든 일어나서 구조를 받을 수 있는 장소로 움직이려는 노력을 해야만 해.' 하고 기이 형은 생각했다. 이대로 혼자서 쓰러져 있기만 했다가는…. 그러다가 정신을 차리고 보니, 틀림없이 스커트와 두 손을 피와 빗물로 더럽혔을 아가씨가 자기 옆에 무릎을 꿇고 앉아 그를 격려하고는 다시 뛰쳐 일어나 달려가는 것이 보였다. 그리고 신극 여배우 다른 한 사람은 두개골이 깨진 부위에 부드러운 천을 대고 출혈을 멈추는 처치를 해 주고 있었다. 그래서 기이 형은 끊임없는 고통 속에서도 가까스로 그런 현상에 변화를 일으킬 무언가가 찾아오기를 기다리게 되었다.

기이 형을 구조할 수단을 찾아 뛰어다니는 여배우는 짧은 간격을 두고 돌아와 격려하는 말을 건네곤 했지만 좀처럼 실효를 올리지는 못하는 모양이었다. 처음에 그녀는 "구급차를 불러올게요, 힘을 내요!" 했었다. 기동대는 거기 줄을 지어 있으면서도 상대를 안 해 주지만 부상당한 시위대를 돌보는 구급차가 대기하고 있지 않을 리가 없어, 하고 기이 형과 자신을 함께 격려하며 뛰어다니는 것이었다. 다음에는 시위대 안에 구호반이 있었을 거라며 그걸 찾아다녔다. 그러더니 이번에는 의료진의 손을 찾을 수 있는 곳까지 부상자를 옮길 남자를 시위대 시민들 중에서 찾아오겠다고 말했다. 우익이 돌입하여 일단 무너졌던 학자·예술인 시위대는 대열을 재정비하여 이미 앞으로 나아갔고 쓰러져 있는 기이 형 옆을 지금 통과하는 시위대는 지방에서 노조 단위로 상경한 노동자들이라 신극 여배우들이 아는 얼굴은 없었다.

그래도 그녀는 남자를 너덧 명 모아 와서 그들에게 기이 형의 몸을 들어 올리게 해서는 얼마간 시위대와는 반대 방향으로 옮기게 했다. 기이 형은 고통 때문에 신음 소리를 질러 가면서도 자기를 들어 옮기고 있는 사람들이 시위대 동료들과 헤어졌다가 다시 합류하기는 어려울 것 같아 불안했고 실제로 그들이 오늘 밤 묵을 장소도 모른다고 투덜거리는 이야기를 들었다. 여배우는, "그런 건 문제가 아니야!" 하고 비난하듯 쏘아붙였다. 잠시 후에 기이 형은 풀이 난 부드러운 비탈에 눕혀졌다. 그런데 거기 경관이 와서는 설령 부상자라 하더라도 이 철책 안에 눕히면 안 된다고 했다. 이런 소란 틈에 기이 형을 옮겨 준 사람들은 사라져 버렸고 여배우 혼자서 경관을 상대로 기염을 토하기 시작했다. 또 한 사람 그를 돌보아 주던 여배우는 여전히 피가 솟아 나오는 두개골의 상처에 헝겊을 누르고 잠자코 있었지만. 기이 형은 앓는 소리를 내며 자신의 아픈 머리와는 다른 곳에 붙어 있는 것처럼 느껴지는 귀로 여배우가 토해 내는 웅변을 듣고 있었다. 그것이 안보 개정을 비판하는 일반론에까지 전개될 것 같아서 이대로 가다가는 상처 입은 자신의 머리를 치료할 장소를 찾으려는 구체적인 방법까지는 연결이 안 되는 게 아닐까 불만스럽게 생각하면서….

하지만 여배우의 열변은 생각지 못한 효과를 냈다. 경관을 상대로 말씨름을 하고 있는 아가씨 주위로 새로 행진해 온 시위 대열에서 사람들이 달려왔다. 풀밭 위에 누워 머리에서 피를 흘리고 있는 사나이와 그의 상처 입은 두개골을 어떻게 해 보려고 애쓰는 또 한 아가씨를 발견했던 것이다. 이번에 모인 사람들은 학생들이어서 기세등등하게 경관을 쫓아버리더니 재빨리 의견을 나누었다. 그리고 가정 교육을 잘 받은 듯한 말투로 한 여학생이 남학생들을 나누더니 책임지고 부상자를 병원에 옮겨 놓고 나서 이제는 국회 의사당을 그들 학생들만으로 둘러쌀 정도로 기세가 오른 대열에 복귀하라고 지시했다. 그제야 비로소 머리에서는 피를 흘리면서 마음속의 움직임과는 상관없이 우악 우악, 하는 비명을 질러 대던 기이 형의 상처 입은 육체는 의료 혜택을 받을 만한 곳으로 옮겨지게 되었다. 학생들의 팔에 안겨 들어 올려진 기이 형은 자신을 더럽히고 있는 피와 진흙이 그들도 더럽히고 있다고 느끼며 머리의 맹렬한 통증과 그 더러움은 두들겨 부서진 머리뼈와 마찬가지로 회복이 불가능하리라고 생각했다. 동시에 발열하기 시작한 몸뚱이에는 커다란 분노가 자리 잡기도 했다. 훗날 기이 형은 이 고통스런 경험을 역시 단테와 관련지어 다음과 같이 이야기한 적이 있다.

"그때 나는 분노에 불타고 또 타는 것 같았어. 머리가 쪼개질 듯 아팠지만 그건 진짜 쪼개져 있었으니까 그럴 수밖에. 상처에서 고통의 증기가 전신으로 내뿜어져 그 에너지가 분노로 모습을 바꾸기도 하더라구. 그것도 더없이 높은 효율로! 더구나 이따금은 이대로 죽는 게 아닐까 하는 기분이 들어서 이렇게 아픈, 그 아픔의 극점에서 툭 하고 죽는 거라면 인생은 무의미하다는 생각도 들었어. 그리고 그러면서 정말로 죽을 거라면 이렇게 분노한 채로 죽을 수는 없다고 반성했지. 그건 우리 지방의 '정령'을 의식하고 있었기 때문이야. 분노한 채로 죽어 분노하는 '정령'이 되어 시코쿠 숲속으로 돌아오는 걸로는 분이 안 풀려서 —도쿄에서 '정령' 노릇을 하려고— 국회 의사당 언저리에 밤마다 출몰하게 되는 건 괴롭다고 말야. 그래서 나는 그 분노를 무의미하다고 느끼게 할 만한 부분을 단테 속에서 생각해 내려고 노력했어. 그리고 내가 어떤 부분을 목표로 하는지는 미리 알고 있었어.「연옥」 제15곡 106행에서 시작되는 부분. 지금 나는 쉽게 인용할 수 있어. 하지만 빗물과 진흙과 피에 더럽혀진 채 여전히 피를 흘리고 있던 내게는 문제의 부분을 생각해 내서 확인한다는 것이 불가능했지. 무엇보다도 분노에 가로막혀서. 바로 그 부분이라는 것을 잘 알면서도 바로 그 부분에서 구체적인 내용은 슬쩍 빠져나가 버리는 거야.

또한 나는 민중이 분노의 불에 타올라
죽여라 죽여라 소리 높이 외치며
돌을 들어 한 소년을 죽이는 것을 보았더니

죽음은 이제 그를 눌러
땅으로 구부러뜨리건만
그는 줄곧 그 눈을 하늘의 문으로 삼아

이러한 싸움 중에도 연민을 일으키는 모습으로
고귀한 주께 기도하며
자기를 학대하는 자들을 위해 용서를 빌었더라.

요컨대 나의 분노가 이러한 내용을 거부하고 있었지.

그 대신 피를 흘리는 고통스런 머리에 그야말로 수면에 거품을 일으키듯이 울컥울컥 솟아오르는 것은 말야, 「지옥」제 7곡이더라구. 말하자면 머리를 얻어맞아 기억에 장애를 일으킨 건 아니었다는 거지.

여기 나 마음을 멈추고 보고자 하여 서서
이 늪 속의 진흙에 묻혀
모두 벌거숭이로 분노를 드러내는 민중을 보니

그들은 손뿐만 아니라 머리,
가슴, 다리로 서로를 치고 이빨로는
서로를 물어뜯더라.

좋은 스승이 가라사대, '아이야,
지금 그대는 분노에 지고 만 이의 혼을 보는 것이니라,
또한 그대 굳게 믿을지니.

이 물 아래에 민중이 있음을,
그들 그 한숨을 가지고 수면에 거품을 일으켰더니,
이것이 어디로 향하든지 그대의 눈이 그대에게 고하는 바
와 같도다.'

　단순한 이야기지만 나는 남들의 공격에 대해 분노를 승화
시키는 인간을 떠올리고 그것에 동화하려 애쓰면서 사실은
늪 속에서 진흙투성이가 되어 화를 내는 자의 이미지에 사로
잡혀 있었던 거야. 이 시구 나머지 부분은 도쿄의 병원에서
도, 골짜기에 돌아와 요양을 하는 동안에도 억지로 눌러 버

리려 해도 심장 고동이나 뭐 그런 것처럼 언제나 가슴 속에서 움직이고 있었거든. 사실, 나는 줄곧 그것에 지배당하고 있었어."

진흙 속에서 그들이 이르기를
'태양을 기뻐하는 아름다운 공기 속에서도
게으른 물기를 다발로 묶어 우리 우울하더니

이제 나 검은 진흙탕 속에서 우울하다' 하며
그들이 이 성가聖歌로 목을 씻나니
이는 온전한 말로는 말할 수 없음이더라.

기이 형의 분노는 머리의 통증과 검은 진흙탕에 더럽혀졌다는 불쾌감 때문에 오히려 어느 정도 엷어진 것이었다. 우익 폭력단에게 얻어맞고 쓰러진 일 자체에 대한 분노, 그리고 몰인정하게 구는 시위대 사람들과 경관에 대한 분노, 더구나 그들에게 헛되이 도움을 구하고 있는 신극 여배우에게 의존하고 있는 자신에 대한 분노. 겨우 학생들이 보살피려고 나섰지만 일단 시위대를 규제하는 범위 밖의 큰길로 옮겨지고 나서도 지나가는 차를 세우고 병원까지 태워 달라고 부탁했다가는 차례로 거절당하는 것을 보면서 그의 분노는 여전히 타오를 땔감을 공급받았다. 택시 운전사는 사태를 알아채고 멈추지조차 않는 모양이었다. 신호등이 있는 곳까지 가서 있는 것을 붙잡아도 거절당하고 돌아온다. 일반 승용차 운전자는 다가와서 서는 경우도 있다. 부상자를 옮겨 달라고 여배우가 부탁한다. 차가 더러워지니 곤란하다며 사과하는 상대가 있는가 하면, 시위를 하러 온 것은 당사자가 하고 싶어 한 짓이다, 그러다가 다쳤다고 해서 어째서 제3자가 협력을 강요당해야 하느냐고 핏대를 세워가며 논리를 전개하는 사람도 있었다. 그렇다면 당신은 '안보투쟁'을 어떻게 평가하느냐면서 옆에서 학생들이 끼어들었지만 애시당초 그것이 상대의 뜻을 바꾸게 하지는 못했다.

그런데 그렇게 줄곧 방치되어 있던 기이 형을 구한 것은 소형 트럭으로 건축 현장에 알루미늄 창틀을 운반하는 젊은 이들이었다. 짐칸 가득히 대형 알루미늄 창틀을 산 모양으로 받쳐 세운 그 틈새에 기이 형을 눕혔다. 학생들과 신극 여배우 둘도 알루미늄 창틀 앞뒤와 운전석 옆에 탈 수가 있었다. 소형 트럭을 모는 젊은이들은 인원 과다로 교통 법규를 위반하고 있었고 기이 형을 알루미늄 창틀 사이에 눕히는 것이 위험하지 않은 것도 아니었다. 처음부터 중량 제한을 넘을 정도로 알루미늄 창틀을 싣고 있었던 듯도 했다. 마침내 한 구급병원에 그들이 기이 형을 떠메다 놓은 뒤 그대로 병실에 묵으며 간호를 해 주던 여배우가 나중에 기이 형에게 들려준 얘기로는 학생들도 헌신적으로 움직였지만 그들과 같은 또래인 소형 트럭 운전사 두 사람은 더욱 독특한 인물들이었다. 두꺼운 유리창을 끼우고 양쪽에서 산 모양으로 받쳐 세운 알루미늄 창틀이 무너졌더라면 그 사이에 누워 있는 사람이 크게 다칠 것이 틀림없었다. 하지만 이미 상처를 입은 사람이 비 내리는 땅바닥에 누워 있는 상태만큼 나쁘지는 않을 거라며 태워 주었다는 것이다. 그러면서도 신극 여배우가 동지적인 감정이 우러나서 '안보투쟁' 이야기를 하려 들자 젊은이는 그 말에는 따르지 않았다. 그 대신, "이제부터 주택은 전부 알루미늄 창틀을 쓰니까 그에 관련된 일을 하는 우리에겐 장래성이 있다."고 말했다. 그러면서 자기 둘과 젊은 여배우 둘이서 앞으로도 사귀지 않겠느냐고 제안하더라는 것이다. 그 건강한 유혹을 받고 아가씨들도 즐거운 느낌에 가슴이 따스해졌다. 그리고 갈 데까지 가는 국회 의사당 주변 분위기와, 나아가서는 머리가 깨져 피를 흘리고 있는 사나이에게서 풍겨 나오는 어둡고 절박한 감정이 풀리는 것 같았다.

한편 기이 형은 땅 위에 누워 있는 동안에도, 소형 트럭으로 운반되는 동안에도, 몇 번째인가 도착한 병원에서 겨우 침대를 얻어 응급 치료를 받고 있는 동안에도, 다만 그저 우리 우울하더니 하는 정서가 가슴속에 응어리진 채 분노를 품

고 있었다. 치료를 받아서라기보다 직접 진통제 주사를 맞고
서야 비로소 고통은 줄어들었지만 가슴속에 응어리진 분노
는 더욱 커져만 갔다. 그리하여 기이 형은 자신을 급한 마음
으로 서둘러 상경시켜 시위대에 끼어들게 만들었던 오유에
대한 걱정에서 마침내 완전히 벗어나 있었던 것이다.

그것도 실제로는 다음과 같은 감정으로 기이 형을 찾아왔
다. 내가 피투성이, 진흙투성이가 되어 두개골에는 영원히 회
복되지 않을 상처를 입은 채 개보다 추한 비명을 지르는 꼬
락서니가 되었으니 그 대신에 오유 씨는 재난을 면했으리라.
이제부터는 내 일을 하고 싶다, 그것도 본격적으로 하기로
하자. 그래서 기이 형은 새로운 방향으로 생각을 끌어가기
시작했다. 새로운 방향이란 지금 온몸을 가득 채우고 있는
분노에서 출발하여 자기 자신을 확고하게 현실 세계 속으로
밀어내자는 것이었다….

이렇게 해서 기이 형은 대학을 마치고 숲속 토지에 돌아온
이래 일찍이 없었던 적극적인 생활 플랜을 짜기 시작했던 것
이다.

제9장 근거지 (1)

중국에서 돌아온 나는, 내가 없는 동안 아시야의 친정에서 지낸 아내와 함께 세이조가쿠엔의 셋집으로 다시 돌아와서 골짜기의 누이동생에게 전화를 하고서야 기이 형이 겪은 재난을 전해 들을 수 있었다. 지금 기이 형은 집에서 요양하고 있는데 시게루繁라는 남자 같은 이름을 가진 신극 여배우가 도쿄의 병원에서 숲속까지 따라와 간병을 하면서 아직도 저택에 머물고 있다는 것이었다. 동생에게서 앞서 이야기한 사고를 처음부터 끝까지 들으면서 나는 우익 폭력단에게 맞아 땅에 쓰러져 피를 흘리는 기이 형을 구조한 여배우 두 사람 가운데 활발하게 뛰어다니며 경관과 담판을 짓고 알루미늄 창틀을 운반하는 젊은이와 함께 부상자를 받아 줄 병원을 찾아다니던 아가씨가 시게루 씨일 거라고 짐작했다. 그런데 시게루 씨는 기이 형의 머리에서 출혈을 막으면서 줄곧 그에게 붙어 있던 다른 한 사람이었다.

　나중에 나도 직접 알게 되었지만 시게루 씨는 과연 그런 삽화에 어울릴 만한 침착함이 느껴지는 여성이었다. 동시에 단호한 성격이기도 하다면서 기이 형은 사고 현장에서 벌어진 또 하나의 삽화를 이야기한 적이 있었다. 머리에서 피를 흘리며 땅 위에 누워 있는 그의 옆에 무릎을 꿇은 그녀는 하얀 레인코트로 감싸듯이 하면서 가슴을 헤치고 블라우스 아래 입고 있던 것을 능숙하게 벗었다. 주위에 모여드는 사람들 눈에 속살이 드러나는 것을 용케 피할 수 있었지만 그녀가 자기 쪽으로 웅크린 까닭도 있어서 레인코트가 덮개처럼 드리운 잠깐 동안의 어둠 속에서 어린아이 같은 유방이 앳되게 흔들리는 것을 기이 형은 보았다.

　요컨대 기이 형은 국회 의사당 옆 도로에 쓰러져 있을 때 이미 시게루 씨에게 정서적으로 끌리고 있었던 것이다. 더구나 병원에 옮겨지고 나서 간호를 맡은 시게루 씨에게는 그러한 정서를 신장시키고 확정시키는 무언가가 있었다. 가랑비이기는 했지만 어쨌든 오랜 시간 계속해서 비를 맞은 기이 형은 머리에 난 상처뿐 아니라 지독한 감기로 고생을 했다.

머리의 상처를 치료하는 것만큼이나 감기가 악화되어 걸린 폐렴에서 회복하는 것도 큰일이었던 것이다.

"두개골이 깨졌으니까 뇌에 손상을 입었는지도 검사를 했지. 하지만 머리 부상 쪽은 얻어맞고 땅 위에 쓰러졌을 때가 가장 심한 상태였고 그때부터는 조금씩 나아지기만 하는 거잖아. 매일 아침 일어나자마자 새롭게 다가오는 느낌 중에는 회복되고 있다는 실감도 있었어. 염증을 일으키거나 화농이 생기지도 않았고. 그런데 감기 쪽은 오락가락하며 언제까지나 낫지를 않았지. 목은 붓고, 열은 오르고, 거기다 가슴 한가운데가 쿡쿡 쑤시는 거야, 언제까지나 언제까지나. 머리 부상을 뛰어넘어서 회복하고자 하는 육체의 의지가 있잖아? 그런데 그걸 감기가 잡고 늘어져서 조금씩 쇠약하게 만드는 것 같아서 힘들더라구. 지금 말한 가슴 한가운데 명치 위쪽에 스며드는 위화감, 특히 그게 싫었어. 내겐 어릴 때부터—K에겐 그렇게 보이지 않았을지도 모르지만—후회벽이 있거든. 돌이킬 수 없게 실패했다고 자각할 때마다 명치 위쪽이 답답하게 막히면서 후회하는 동안에는 고통도 계속되는 거야. 정신과 생리 현상이 합해져 육체에 반응을 일으키는 거지. 이번 경우, 감기로 가슴이 답답해진 것이지만 거기서 거슬러 올라가서 말야, 정신이 약해진 거라구. 내가 뭔가 다시는 돌이킬 수 없는 잘못을 저질렀다는 기분이 들어서 우울하고 참담하게 괴로웠어. 일단 가슴의 통증 때문에 깨어 일어나면 지금까지 살아오는 동안 느낀 모든 후회의 씨앗들이 눈앞에 줄을 설 것 같아서 말야. 그 맨 앞줄에는 두들겨 맞아 깨진 머리의 상처가 죽을 때까지 남을 것이고 뇌에도 후유증이 나타나는 것은 아닐까 하는 데서 오는 현재의 후회가 버티고 서 있는 거지. 뭐하러 그 비 오는 날 도쿄까지 가서 시위에 끼어들 생각을 했을까? 오유 씨는 안전하게 친정에 가 있고 내 걱정은 무의미했는데.

그렇게 가슴의 통증에 유발되어 괴로워하다가 결국은 시게루 씨에게 그 이야기를 했어. 부끄러운 이야기이긴 했지만 감기와 후회가 섞여 만든 가슴의 통증 때문이었겠지. 그걸 듣고 시게루 씨가 대답했어. 그녀가 극단 사람들과 함께 읽었던 나카노 시게하루의 책에 "수동적인 것은 좋지 않다"는 말이 있더래…. 감기 때문이든, 후회 때문이든 가슴 한가운데 무지근한 고통을 느낀다는 식으로 수동적인 태도를 가져서는 좋은 방향으로 전환할 수가 없다, 그저 괴로울 뿐 아니냐. 그렇게 말하길래 나는 '뭐라구, 이 계집애가' 하고 생각했지. 그런데 잘 생각해 보니 후회에 들볶이며 머리에는 붕대를 감고 침대에 누워 있는 그런 태도에 "수동적인 것은 좋지 않다"는 말은 그야말로 진실이었거든.

더구나 이어서 나는 당사자를 앞에 두고 이런 소릴 하는 것도 뭐하지만 — K에 대해 생각했어. 오히려 K야말로 나보다 더욱 후회에 사로잡히는 타입이 아닐까 하고 말야. K가소설을 써서 저널리즘에 오르내리면서 아사짱은 K의 기고만장함을 이야기했지만 내가 받은 편지는 대개가 후회하는 감정으로 범벅이 되어 있었어. 소설을 쓸 야심에 마음을 빼앗겨 외국어 공부가 공중에 떠 버렸어. 앞으로 다시 학문을한다면 지금 그 준비를 할 시기였는데, 하며 탄식했지. 그런가 하면 지금까지 발표한 작품은 모두 대충 쓴 것이니 하나하나 다시 고쳐 써야 한다고 말하기도 했어. 물론 그 점에 대해서는 내가 써 보낸 비판에도 책임은 있겠지만 말야. K는장래에도 이렇게 끝없이 후회하면서 결정적인 진로 전환은하지 않은 채 살아가는 게 아닐까? 두개골이 깨지고 감기가도져서 침대에 누워 있는 내가 하고 있는 일은 K가 살아가는 스타일과 같아. 말하자면 세상 온갖 일들에 대해 수동적으로 살고 있지. 내가 내켜서 한 일조차 곧장 수동적으로 후회하기 시작해. 그것이 K의, 또한 나의 모습이 아닐까? 이것이 숲속 사람의 습성이라면 우선 나이가 많은 내가 태도를고쳐서 K에게 모범을 보여야만 한다. "수동적인 것은 좋지않다", 옳은 말이다. 자, 이제 공세로 나가자, 나는 그렇게결심한 거지. 후회하는 한켠에서는 언제까지나 펑펑 솟아오르는 분노에 사로잡힌 포로였다는 것도 있고. 지금까지는 그 분노라는 것을 정면에 내세워 이야기해 왔지만….”

그래서 기이 형은 이 현실 세계를 수동적으로 사는 대신에 새로운 삶의 방식에 이르고자 — 분노의 에너지에 지탱되면서 — 어떤 결의를 했는가? 자택에서 요양을 할 수 있을 만큼 회복되어 숲속으로 돌아올 즈음 기이 형은 이미 그러한 결의에 근거한 프로그램을 구상하고 있었다. 너무 멀지도 가깝지도 않은 거리에서 기이 형이 돌아온 날부터 계속 관찰해 온 내 누이동생에게는 그것이 금세 뚜렷한 윤곽으로 잡혔다. 단적인 변화는 마쓰야마 공항에서 숲속까지 택시를 타고 온 기이 형이 단지 간호사 역할만이 아니라 새롭게 계획한 생활의 파트너로서 시게루 씨를 동행한 것에서 우선 나타났다. 마침 집 앞을 청소하고 있던 동생 앞에서 택시를 멈추게 한 기이 형은 뭔가 굉장한 말썽이라도 부린 개구쟁이 같은 표정으로 가볍게 이마에 경례를 붙이는 시늉을 했다. 그때 그는 너무나 건강해 보여서 머리에 감고 있는 붕대조차 개구쟁이 짓으로만 보였고 병자다운 인상은 전혀 아니었다고 한다.

기이 형네 집안 사업은 부친이 별세하고 상속 절차를 매듭 짓는 것을 전환기로 그가 대학을 마치고 귀향할 무렵에는 대충 정리가 되어 있었다. 기이 형과 사귄 것은 소년기부터였지만 그것이 실생활과는 거의 상관이 없었던 데다, 더구나 임업에 관해서는 지식도 경험도 없는 나는 기이 형이 삼림 경영자라는 면에 대해서는 잘 몰랐다. 전쟁기와 그 후에 걸쳐 '본동네'에서 오다가와 상류 일대는 자연조건이 바뀔 정도의 심한 남벌로 피해를 입었다. 전쟁이 끝나자 곧 그동안 벌채된 곳에 집중하여 나무를 심기 시작했고, 특히 그 초기에는 우리들 신제 중학교 학생들도 동원되었다. '본동네'에서 오르는 산은 전부 기이 형네가 소유한 삼림이었는데 그는 내가 삼나무 묘목을 심는 일에 동원되었다는 이야기를 듣더니 불쾌한 얼굴을 했다. 기이 형이 정식으로 그 삼림의 주인이 된 이유는, 산일이라고 하면 간벌이 중심이던 삼림이 보호 육성기에 들어갔기 때문이었다. 강줄기에 있는 저택의 제재소는 날마다 기계톱 소리를 울리고 있었고 거기서 만든 목재를 운반하는 트럭도 움직이고 있었다. 그래도 내가 공부하러 다니는 동안, 저택의 삼림 경영은 자연이 나무를 길러 내기를 기다리는 조용한 시기였다. 그리고 앞에서도 말했듯이 기이 형은 복잡한 가족 관계와 자산을 함께 검토한 변호사가 내린 결정을 받아들여 도쿄에 있는 토지·건물과는 인연을 끊고 숲속 토지 전부와 마쓰야마에 있는 부동산을 상속하는 수속을 마쳤다. 기이 형이 국회 의사당 귀퉁이에서 머리에 큰 상처를 입었는데도 도쿄에 있는 친척들에게 연락을 하지 않았던 데는 이런 이유도 있었을 것이다.

이렇게 해서 저택의 활동이 조용해진 데다가 기이 형은 삼림 조합에 나가고 있었기 때문에 저택 일은 모두 세이 씨가 맡아 했던 것이다. 기이 형이 도쿄에서 시위에 참가하여 머리가 깨졌다는 정보는 마을을 소란하게 했지만 그렇다고 저택이 이 지방 사회생활에서 맡은 역할이 변하는 건 아니었다. 다만 삼림 조합만은 새로 서기를 고용했고 그것을 기회로 기이 형은 퇴직을 하게 되었다. 그런데 머리에 붕대를 감은 기이 형이 신극 배우인 시게루 씨를 간호사 겸 동료로 동반하고 숲속으로 돌아온 8월 중순부터는 지금까지와 확연히 다른 새로운 분위기가 저택에 풍겨 나기 시작했다.

"기이 오빠의 구상은 이 지방에 근거지를 만든다는 건가 봐."

연말에 도쿄와 시코쿠의 가족들이 서로 안부를 주고받는 관례적인 전화에서 누이동생은 근거치라는 낱말에 힘을 주어 전했다.

"지금까지 '본동네'에서도 골짜기에서도 기이 오빠와 정말로 이야기가 통해서 기꺼이 함께 뭔가를 하려는 사람은 K 오빠 하나뿐이었잖아? 기이 오빠는 삼림 조합에서 훌륭한 일을 했지만 대개 개인플레이였던 것 같아. 그런데 지금은 시게루 씨라는 여배우와 저택 여자들을 비롯해서 골짜기에서 '본동네'까지 모든 젊은 사람들을 한꺼번에 동조자로 만든 모양이야. 기이 오빠가 구상한 근거치 만들기에 참가하고 싶다는 사람들이 날마다 기이 오빠와 이야기를 하러 저택에 모여들고 있어. 나도 몇 번 가 본걸. 주로 세이 씨 일을 거들 생각으로. 굉장히 기분 좋고 생기 넘치는 모임이더라구. 이런 일은 오빠, 저택에서는 이제껏 없던 일이고 아니, 지금까지 이 지방에서 없던 일이 아닐까? 기이 오빠는 진지해."

내가 동생에게 꼬치꼬치 캐물어서 알아낸 바로는 기이 형이 구상한 근거치는 다음과 같은 것이었다. 아직 겨우 스무살이었던 누이동생은 자기가 죽을 때까지 숲속 골짜기에 살 것을 믿어 의심치 않았고 그 때문에 그렇게 받아들일 수도 있겠지만 누이동생은 우선 자기도 그 근거치와 협동하고 싶다는 솔직한 기분이 있었다. 그런데 기이 형이 근거치라는 발상을 하게 된 원인을 찾으려면 시위대 속에서 우익 폭력단에게 맞고 나뒹군 순간까지 거슬러 가야만 한다. 머리가 깨져 도로에 피를 흘리며 누워서 기이 형은 이 넓은 도쿄에서 자신이 완전히 고립됐다고 느꼈다.

"이런 부분에서는 기이 오빠의 과장벽이 보이지?"

동생은 덧붙였다.

"사실 생판 남이지만 기이 오빠를 구해서 병원까지 데리고 가 준 사람들이 있었잖아? 아니, 지금 함께 있는 시게루 씨가 바로 기이 오빠가 외톨이가 아니었다는 산 증인 아냐?"

기이 형은 자기가 제로에 가까운 무력한 인간으로 더러운

도로에 뺨을 대고 고통에 신음하면서 죽어 가고 있다고 느끼며 분노에 떨었다. 나아가 자신이 지금까지 이 세상에 살면서 항상 남의 시선을 의식하느라 하나의 개체로서 적극적인 주장을 하지 않았던 것을 깊이 후회했다. 이 분노와 후회를 품은 채 죽는가 싶어 기이 형은 낭패감으로 등짝이 불에 그을리는 것 같았다. 그리고 여기서 어떻게든 살아남을 수만 있다면 개체로서 내 존재를 남들에게 확인시키는 일을 하고 싶다, 그 일을 위한 힘을 축적하고 싶다, 는 생각을 했던 것이다. 그래서 지금 두개골의 상처도 회복되고 감기도 나아서 자신을 개체로서 주장할 힘을 기르려 하는데 그 기반에는 무엇이 필요한가? 근거지! 그런 식으로 기이 형은 생각을 정리한 것이다.

"나처럼 횡적인 연계도 종적인 연계도 없는 사람이 개체로서 실효성이 있는 힘을 기르려고 하면 우선 근거지라는 것이 필요하다고 느꼈어. 그래서 머릿속에 나의 근거지를 그려 보니 그것은 자신보다 타인, 역시 개체로서 힘을 기르고자 하는 이들의 근거지로서도 도움이 될 수 있을 것 같았지. 동시에 우선 나의 근거지는 숲속 토지 이외에는 있을 수가 없어. 하지만 내가 근거지라고 하는 것은 굳이 토지·장소 같은 것만을 말하는 건 아냐. 거기에 건설되는 구조체지. 같은 뜻을 품은 이들이 모이면 그들도 또한 근거지의 일부이고. 요컨대 자네들이 근거치다, 하는 이야기가 되는 거야."

동생은 기이 형이 세운 구상에 관심을 갖고 공감하여 모여든 젊은이들에게— 말하자면 그곳 말로 젊은 눔덜에게— 이렇게 말하는 것을 들었다. 구체적으로 이것저것 구상한 모양이지만 동생은 아직 나에게 그것들을 상세히 전할 수 있을 만큼 파악하고 있지는 못했다. 그런데도 기이 형이 추진하는 근거치 운동이 한때에 그치는 변덕이었다는 식으로 흐지부지 소멸해 갈 성격이 아니라는 것만은 확실하다며 누이는 그를 두둔했다.

근거치 구상은 기이 형의 것인 동시에 도쿄에서 숲속까지 동행해서 기이 형과 공동생활을 시작한 신극 여배우 시게루 씨의 것이기도 했다. 기이 형이 저택에서 젊은이들과 여는 모임에서 그녀는 적극적인 역할을 담당했다. 물론 타지 사람인 시게루 씨가 '본동네'와 골짜기 생활에, 그것도 눈에 띄는 방식으로 들어오는 과정에 어려움이 없을 리는 없었다. 그래서 시게루 씨를 돕는 역할을 누이동생이 자진해서 떠맡은 모양이었다. 그것도 나는 전화나 편지에서 동생이 시게루 씨에 대해 얘기하면서 기이 형의 근거치에 관해서와 마찬가지로 점점 더 그녀 편을 들고 있다는 것을 깨달았고 그와 더불어 실정을 알게 되었지만….

동생은 시게루 씨가 '본동네' 저택에서도 신극 여배우로서 육체 훈련을 열심히 계속하는 것을 높이 평가했다. 기회가 있을 때마다 자기는 그것이 부지런하고 훌륭한 행위라고 마을 사람들에게 말하고 있다는 것이다. 역시 저택에 묵었던 여자 손님이었던 모모코 씨도 매일 아침 강을 따라 달려서 마을 사람들의 흥미를 끌었지만 동생 얘기로는 시게루 씨가 하는 육체 훈련은 고행같이 격렬했다. 그것을 직접 보면 '본동네'나 골짜기 사람들이 그녀를 놀리거나 할 수는 없으리라는 것이다.

"평소의 시게루 씨는 겸손하고 조용한 데다가 얼굴도 고풍스런 동글납작형이지만 일단 육체 훈련을 시작하면 뭐에 씌운 것처럼 단호한 표정이 되는 거야."

시게루 씨는 연극을 위한 육체 훈련을 창고방 이층에서 하고 있었는데 그 모습을 본 기이 형이 안 되겠다 싶었던지 바닥을 든든한 나무로 다시 깔았다. 누이동생은 시게루 씨가 바닥을 구르는 소리가 소가 주로의 머리 무덤 옆 삼나무가 늘어선 곳까지 들릴 정도로 대단하다고 했다. 기이 형은 예이츠를 비롯하여 자기가 애독한 영미 시 중에서 시게루 씨가 육체 운동을 하면서 낭송할 수 있을 만한 각본을 만들기 위해 평소답지 않게 갖가지 번역들까지 참조로 하고 있다고 말했다. 동생이 보기에 시게루 씨의 연기는 이미 완성된 드라마의 틀 안에 끼워 넣을 수 있는 것이 아니라는 것이다. 기이 형은 언젠가는 연못 건너편에 있는 작업장을 개축해서 극장을 만들어 — 그 일은 근거지에 모이는 젊은이들이 하고 — 마을 관객들을 위해 공연을 할 계획이라고 한다. 그리고 그것은 근거지에 모이는 젊은이들이 벌일 문화 활동의 일환이 될 것이다.

누이동생이 시게루 씨를 도와 이루어 낸 일 중에는 저택에서 그녀가 차지하는 위치를 온 마을이 자연스럽게 인정하게 만들었다는 것도 있었다. 기이 형이 부상을 입을 때까지 연상이기는 하지만 갓 마흔이 된 세이 씨와 성관계를 계속하고 있었다는 사실을 누이동생은 굳이 모르는 채 내숭을 떨 필요는 없었고 골짜기와 '본동네'에서는 그것이 상식적인 태도이기도 했다. 그런데 지금은 기이 형의 새로운 애인이 근거지 사업 파트너로서 눌러앉아 저택에서 여주인 같은 위치를 차지하고 있다. 그러니 마을에 떠도는 소문을 처음부터 눌러 버리기 위해 동생은 어떻게 해야 할 것인가? 세이 씨가 가장 신뢰하고 의지하는 친구가 내 동생이라는 것을 마을 사람들 모두가 인정하고 있는 만큼 동생이 태도를 바꾼다면 영향력이 있을 것이 분명했다.

도대체 어떻게 했는지 누이동생은, 우선 시게루 씨에게도 세이 씨에게도 기이 형과 성관계가 있다는 것이 그리 대수로운 일이 아니라고 인식시켰다. 물론 그래도 자질구레한 심리적 갈등이야 있었겠지만 시게루 씨도 세이 씨도 동생을 가운데 세워 하나하나 그것들을 해결해 나갔고 오셋짱을 포함하여 저택 여자들이 근거치에 대해 협력하는 태세에는 한 점 흔들림도 없었다. 동생은 저택에 드나드는 젊은이들을 효과적으로 이용해서 마을에 도는 소문을 잠재우는 힘을 발휘한 모양이었다.

이 시기, 나는 기이 형의 근거치 사상, 또는 그것에 뿌리를 둔 실천 활동을 어떻게 받아들이고 있었던 것일까? 사실은 이 무렵 나와 기이 형 사이에는 직접적인 연락은 두절되어 동생을 통해서 근거치에 대한 소문을 전해 듣곤 했다. 연락이 끊어진 이유는 내가 쓴 에세이에 대해 기이 형이 한 비판에 — 그것이 핵심을 찌르고 있었기에 상처도 입고 화도 나서 — 내가 답장을 보내지 않았기 때문이었다. 이것은 아직 젊었던 내가 기이 형에 대해 얼마나 응석받이처럼 굴었는가를 구체적으로 보여 주는 한 가지 예이다. 기이 형은 나와 막 결혼한 오유를 걱정해서 일부러 상경했고 두개골이 깨지는 큰 부상까지 입었는데….

기이 형은 편지에 내 에세이 문장을 그대로 옮겨 적고 자기의 젊은 친구가 말한 의견이라며 거기에 의문 부호를 붙이는 식으로 쓰고 있었다.

위문편지, 고마워. 보내 준 기타자와北沢서점의 외서 목록은 아직 제대로 못 봤어. 그 정도로 바쁘게 살고 있다는 소리지. 내가 시작한 사업에 관해서는 아사짱을 통해 이미 정보가 들어갔으리라 생각하네. 잘 아는 대로 그녀는 공평한 사람이니까 무엇이든 그녀가 말하는 대로 받아들이면 돼. 그런데 젊은이들이 모인 곳에서 어느 날 밤, 자네가 쓴 글을 함께 읽고 이야기를 했지. 공감하는 사람이 있었던 것도 사실이야. 그런데 강 아랫마을에 살고, 도쿄의 대학에 다니는 청년이 반론을 제기했어. 실제로 '안보투쟁' 현장에 있었던 사람이 보면 이게 아니지 않느냐며. 그 청년이 자기가 의문으로 여기는 부분에 빨간 줄을 그어 왔으니까 괄호 안에 넣어 옮겨 적어 볼게. 이게 아니지 않느냐? 라고 한 사람은 K, 내가 아니야. 나는 시위대에 끼어들자마자 우익 폭력단에게 두개골이 깨져 버렸으니까 결코 안보투쟁 현장에 있었다고 할 수는 없거든.

"일본에 돌아온 나는 안보 문제로 열리는 집회에 나갔다. 그 모임에는 흥분한 젊은이들이 아주 많이 모여 있었다. 나는 안보를 둘러싸고 몇 주일 동안 엄청난 조직력이 일본인들 사이에서 널리 발휘되었다는 사실을 실감했다. 그 집회에서 나를 무엇보다 감동시킨 것은 뉴스에 나온 한 장면이었다. 수상 관저 앞 시위에서 군중이 착착 앞으로 밀고 나가는 모습이었는데 어느 순간, 문설주 꼭대기에 올라갔던 학생 하나가 검은 늪처럼 보이는 밀집한 경관들 위로 다이빙을 한 것이다. 나는 퍼세틱한 감동에 사로잡혔다. 용감하고 절망적이며 허망한, 위험과 공포에 찬 다이빙. 나는 말할 수 없이 비통한 심정에 사로잡혔다."?

"최근에 나는 케냐의 캄파족이 추는 춤을 보았는데 그때도 그 문에서 뛰어내린 학생과 같은 이미지에 온몸을 점령당한 듯한 느낌이 들었다. 캄파족 남자는 머리부터 땅위로 낙하하면서 정열에 찬 사지를 활짝 벌리고 있다. 고함을 치고 있는 것처럼 보이기조차 한다. 내게는 그 학생과 이 아프리카인 사이에 실로 본질적인 연관이 있는 것처럼 여겨졌다.

나는 생각했다. 지금은 캄파족도 문명 속으로 들어와 이와 같은 민족 무용을 끝낸 뒤에는 양복을 입고 휘파람을 불면서 자전거로 광장을 떠난다는데 안보 시위에서 그 절망적으로 용감한 다이빙을 결행했던 학생은 지금 일상생활 한 귀퉁이에서 무엇을 느끼고 생각하며 행동하고 있는 것일까 하고."?

"또한 내 대학 친구는 국회 앞에서 경관의 습격을 받았을 때 주위에 있던 학생들이 울면서, 용서해 주세요, 다시는 데모하러 안 오겠습니다, 하고 애원하더라는 이야기를 들려주었다. 그때도 나는 그 울던 학생들이 이 평온한 현실생활을 지금 어떻게 살고 있을까에 대해 생각했다."?

"다른 측면에서 나를 뒤흔든 사실도 있었다. 역시 중국에서 돌아온 직후 어느 조간신문에서 도쿄의 어떤 시전市電에 딸아이를 잃어버린 젊은 아버지가 아내와 이웃 사람들과 함께 선로 위를 행진하여 전차를 세웠다는 기사를 읽고 깊은 인상을 받았다. 만약 안보를 둘러싼 시위가 없었다면 이 가난한 시민은 틀림없이 더 미온적이고 음습한, 이른바 일본인다운 형태로 저항했을 거라고 나는 생각했다."?

"나는 뉴스에서 본 절망적으로 용감한 학생이나 슬픔과 분노에 차서 전차에 대항한 젊은 아버지의 이미지를 머리에 떠올릴 때마다 내 문학에서 관심을 두는 가장 본질적인 모티브는 강권強權에 맞서는 의지라고 생각한다. 나는 소설이라는 형태로 또는 희곡이라는 형태로 그것을 구체화하고 그것을 현실 속에 드러내지 않으면 안 된다. 내 현실 생활에서 그것은 이미 문학적 야심이라고 해야 할지도 모른다."?

K, 나는 이 에세이가 '문학적 야심'을 말하면서 끝나서 기쁘다네. 왜냐하면 자네가 그 야심을 달성한 뒤에는 좀 더 겸손하게 그리고 근본에 가깝게 이 과제를 논할 수 있으리라 생각하기 때문이야.

하지만 나에게 이 의문을 제기한 사나이는 우선 에세이 첫머리를 보고 화를 내 버렸지.

"1960년 여름, 나는 북경에 있는 한 호텔에서 금세 말라 버리는 땀을 끊임없이 흘려 가면서 『인민일보』를 읽고 흥분했다."!?

그 사람 이야기를 듣고 이 부분을 다시 읽었을 때 그야 말로 crack-pated한 내 머릿속에서도 어이, 잠깐만, 그게 무슨 소리야? 하는 음성이 일어났으니 이웃 마을 '안보투쟁' 경험자가 혼자 잘못 생각하여 펄펄 뛰며 화를 냈다고는 생각지 않아. 어쨌든 나는 K가 가진 '문학적 야심'이 모습을 드러내기를 기다릴밖에.

이 편지에 화가 난 나는, 큰 부상으로 머리가 crack-pated 해진 기이 형이 겪는 후유증에 대해 배려하기는커녕 연락마저 끊어 버렸다는 사실, 그것은 다시 말하거니와 신인 작가로서 동생이 기고만장하다고 말한 비평을 인정할 수밖에 없는 부분이 내게 있었음을 드러낸다. 그와 관련하여 역시 이 시기에 일어난 일 중에 생각나는 것을 여기 기록해 두고 싶다. 이 에피소드에서 쓴 '뛰쳐오르기'라는 표현은 그 뒤에 나와 누이동생, 또는 나와 아내 사이에서 곧잘 쓰이곤 했다. 그것은 기고만장이라는 낱말과 같은 뜻을 나타내면서도 나를 야박하게 찌르지는 않고 오히려 씁쓸한 유머도 섞인 자기반성으로 끌어가는 힘이 있었다. 동생이 골짜기의 뉴스라며 그 사건을 양면 엽서에 적어 보냈다.

지난주 토요일, 우체국 옆에 있는 생선가게 미치오 씨가 저택에서 혼자 집을 보고 있는 시게루 씨를 찾아갔습니다. 토방으로 들어가는 문턱에 양발을 모으고 서더니 대청에 앉아 있는 시게루 씨에게 말도 걸지 않고 갑작스레 수직으로 뛰어올랐다는 거예요. 미치오 씨는 남들보다 훨씬 키가 큰 남자이니 뛰어오르는 힘도 굉장해서 보통보다 훨씬 높은 저택 대들보에 박힌 부러진 못에 머리가 깨져 — 이걸 기이 형이 입은 부상과 연결시켜 저택의 운명이라는 둥 얘기를 늘어놓는 멍텅구리들도 있습니다 — 대청에 쓰러져 엄청난 피를 쏟았습니다. 급한 전갈을 받고 생선가게 주인이 달려갔더니 시게루 씨는 화로 옆에 가만히 앉아 대청을 내려다보고 있더랍니다. 어찌 된 일이냐고 눈으로 묻는 생선가게 아저씨에게 시게루 씨는 그저 "뛰쳐올라 부렀당게요!" 하더래요. 나는 여러 가지 점에서 시게루 씨에게 감탄을 금치 못합니다만 역시 신극 배우는 다르죠? 이미 골짜기 말투가 이렇게 몸에 배어 있답니다.

내가 기이 형과 한동안 멀어졌던 데는 또 한 가지 이유가 있었다. 새로 문단에 가입한 전업 작가로서 틀림없이 뛰쳐올라 부렀던 내가 단번에 고립감을 맛보며 아내와 함께 셋집에 틀어박힐 수밖에 없는 사태가 벌어졌던 것이다. 외출도 마음대로 못하고, 신문사나 출판사에서 연락이 없는 것은 물론,

소설을 쓰기 시작하면서 새로 알게 된 이들로부터도 전화나 편지가 오는 일이 없었다. 그러던 어느 날, 우익 집회 전단지에 싸서 테이프로 둘둘 감은 어린애 머리통만한 돌덩이가 길가 쪽에 있는 작업실에 날아오는 일까지 일어났다….

그것은 중국에서 돌아와서 쓴 『세븐틴』이라는 소설 때문이었다. 내가 중국을 방문하는 일본 문학 대표단에 젊은 단원으로 끼여 중국을 여행하고 '안보투쟁'을 지원하는 현지 집회에 참가하고 있는 동안, 국회 의사당을 포위하는 큰 집회는 굳이 기이 형이 다친 날이 아니더라도 매일 계속되고 있었다. 기이 형이 다친 날은 도쿄 대학 여학생이 사망한 날과 같은 6월 15일이었는데 18일에 다시 한번 대규모 시위가 있어 기이 형은 그 소식을 병원에서 라디오로 들었다. 그리고 그날 밤, 처음으로 기이 형은 시게루 씨에게 근거치 건설에 관한 이야기를 했다는데 그가 감기 때문에 열에 들떠 잠이 드는 듯하다가는 금방 깨버리곤 하는 밤을 지새운 이튿날, '신 안보조약 자연 승인'이 되어 버린 것이었다…. 그리고 그해 10월, 아사누마 사회당 위원장이 우익 소년의 칼에 찔려 사망하는 사건이 일어났다. 내 기억을 더듬어 보면 그다음 날, 사회당 청년부가 주최한 집회에 나가 보니 참석하겠다고 약속했던 '예술인'은 나 말고는 한 사람도 나타나지 않았고 집회가 시작하기를 기다리는 무대 뒤에서 젊은 사회당원들이 —

지금 생각해 보면 그들 그룹만이 '안보투쟁'에 패배한 뒤, 당을 개혁하기 위해 깃발을 올린 셈이었지만 나는 그러한 사정은 모른 채, 요청만 있으면 어떤 집회에라도 나가 단 위에 서서 중국 여행 보고를 했다—그들이 받들고 있는 지도자에게 "당신이 오늘 당하면 혁명이 일어날 거예요!"라고 말하는 것을 들었다.

내가 쓴 소설은 이 테러를 감행한 범인인 열일곱 살짜리 소년을 모델로 삼고 있었다. 처음에 우익 소년이 되기까지 과정을 단편으로 썼고 다음 달에는 다시 테러리즘 그 자체에 관해 써서 두 가지를 중편 소설로 묶었다. 스물다섯 살짜리 작가에 지나지 않았던 나는 잘 모르고 있었지만 처음에 내가 이 소설을 쓰게 된 시사적인 동기를 내면에서 지탱했던 모티프로 풀어내는 것은 최초에 쓴 단편만으로 이미 충분했다. 오나니스트인 한 소년이 테러리즘을 향해 온몸으로 돌진해 가는 이 단편에서 주인공인 세븐틴은 더할 수 없이 생기에 넘쳐 있었다. 내 작업실에 돌을 던진 것—그전에 우익 청년 행동대를 자처하는 젊은이 여남은 명이 바로 집 앞에 모여 탄핵 연설을 했다—을 포함하는 나에 대한 공격은 이 소설 제2부를 계기로 시작되었는데 제1부의 첫 부분과 끝맺음은 다음과 같다.

오늘은 내 생일이었다. 나는 열일곱 살이 된 것이다. 세 븐틴이다. 아버지도 엄마도 형도 모두들 내 생일인 줄 모르거나 모르는 척하고 있었다. 그래서 나도 잠자코 있었다. 해질녘에 자위대 병원에서 간호사를 하고 있는 누나가 돌아와서 목욕탕에서 온몸에 비누를 처바르고 있는 나에게, 열일곱 살이구나? 네 몸을 파악해 보고 싶지 않니? 하는 말을 하러 왔다. 누나는 지독한 근시라서 안경을 끼고 있는데 그걸 창피하게 여긴 나머지 평생 결혼을 하지 않을 작정으로 자위대 병원에 들어간 것이다. 그리고 점점 더 눈이 나빠지는 것도 아랑곳하지 않고 악에 받친 듯이 책만 읽어 댄다. 나한테 한 말도 틀림없이 책에서 훔쳐 온 것이리라. 하지만 어쨌든 가족 중에서 한 사람은 내 생일을 기억하고 있었다. 나는 몸을 씻으면서 외톨이 같은 기분이 아주 조금 풀어졌다. 그리고 누나의 말을 되풀이해서 생각하는 동안에 비누 거품 속에서 성기가 불쑥 발기했기 때문에 목욕탕 문을 잠그러 갔다. 나는 언제나 발기해 있는 것 같다, 발기하는 걸 좋아한다. 온몸에 힘이 솟아나는 것 같은 기분이 드니까 좋다. 그리고 발기한 성기를 보는 것도 좋아한다. 나는 다시 한번 주저앉아 몸 구석구석까지 비누 칠갑을 하고서 용두질을 쳤다.

5월, '왼쪽'놈들은 국회 시위를 되풀이하기 시작했다. 나는 용감하게 황도파皇道派 청년 그룹에 가입했다. 빨갱이 노동자 놈들, 빨갱이 학생 놈들, 빨갱이 예술인 놈들, 빨갱이 배우 놈들을 치고 패고 작살내라! 우리들 청년 그룹이 맺은 강철 같은 규약은 나치스의 아인리히 힘러가 1943년 10월 4일 포즈난의 친위대 소장少將 회의에서 행한 열렬한 연설에서 만들어진 것이다.

"제1 충성, 제2 복종, 제3 용기, 제4 성실, 제5 정직, 제6 동지애, 제7 책임의 기쁨, 제8 근면, 제9 금주, 제10 우리가 중시하고 의무로 삼는 것은 우리의 천황이며 우리의 애국심이다, 우리는 다른 무엇에 대해서도 신경 쓸 필요가 없다."

빨갱이들을 짓밟아라, 타도하라, 찔러 죽여라, 목 졸라 죽여라, 태워 죽여라! 나는 용감하게 싸웠다. 학생들에게는 증오로 가득 찬 곤봉을 휘두르고, 떼 지어 몰려온 여자들에게는 못을 박은 목도木刀에 적의敵意를 담아 내리치며 짓밟아 쫓아냈다. 나는 몇 번이나 체포되었고 석방되자마자 금방 다시 시위대에게 공격을 되풀이해서 체포와 석방이 거듭됐다. 나는 십만 '왼쪽'놈들에게 대항하는 황도파 청년 그룹 스무 명 중에서도 가장 흉악하고 극우 쪽에 있는 세븐틴이었다. 나는 심야에 벌이는 난투에서 광란하며, 고통과 공포가 담긴 비명과 고함, 욕지거리로 채워진 어둡고 격렬한 밤의 암흑 속에서 황금빛 광휘를 지니고 나타나는 찬연한 천황 폐하를 알현하는 단 한 사람, 지극히 행복한 세븐틴이었다. 가랑비가 촉촉히 내리는 밤, 여학생이 죽었다는 소문이 혼란에 빠진 군중을 한순간 정적 속으로 돌려놓고 비에 흠뻑 젖어 불쾌함과 슬픔과 피로 때문에 녹초가 된 학생들이 울면서 묵도하고 있을 때, 나는 강간자의 오르가슴을 느끼며 황금의 환영 앞에 이들을 몰살하리라 맹세하는 오직 한 사람, 지극히 행복한 세븐틴이었다.

이 소설은 마스터베이션만이 삶의 최대 과제인 듯했던 열일곱 살짜리 소년이 우익 집단에 참가함으로써 닫혀 있던 고독한 생활에서 자기를 해방시켜 가는 과정을, 앞에서 인용했던 첫 부분에서 끝맺음까지 묘사한 것이다. 한 소년이 오나니스트에서 테러리스트로 변해 간다는 주제는 『세븐틴』에서 이미 완결되었는데 어째서 속편으로 『정치 소년 죽다』를 쓸 생각이 들었던 것일까? 제2부에서는 그렇게 만들어진 테러리스트가 사회당 지도자를 암살하고 결국은 구치소에서 목을 매어 죽는 데까지를 그리고 있다. 그러나 젊은 소설가였던 나는, 암살을 하거나 나아가 독방에서 자살을 하는 등 인간의 비정상적인 행동에 대해서 사실은 아무것도 모르고 있었다. 일을 시작한 지 몇 년 안 되었던 이 시기에 나온 소설들은 무엇보다도 상상력을 발휘하여 썼기 때문이었다. 하지만 상상력으로조차 나는 이러한 것들을 잘 알 수가 없었다. 더구나 제2부에서 주인공이 시위 참가자의 두개골을 몽둥이로 두들겨 깨뜨리게 만들면서도 — 실제로 머리를 다친 기이 형을 떠올리지 않았을 리가 없는데도 — 기이 형이 그 부분을 읽고 괴로운 체험을 떠올리며 감회를 품게 되리라는 생각조차 하지 못했던 것이다….

내가 이 소설 1, 2부를 연달아 문예 잡지에 발표한 직후 『풍류몽담風流夢譚』 사건이 일어났다. 천황가를 둘러싸고 독특하고 토착적인 그로테스크 취미에 강한 풍자성을 더하여 쓴 이 소설에 분노한, 역시 소년과 청년의 중간쯤 되는 우익 사나이가 이것을 게재한 잡지사 사장 집에 난입하여 일하는 사람을 살해하고 사장 부인에게는 중상을 입힌 것이다. 아직 연예 스캔들을 집중 보도하는 방송이 별로 없던 시절이었는데 그 이튿날, 나는 데리러 온 텔레비전 방송국 차로 스튜디오로 가서 우익으로부터 공격받고 있는 작가로서 사건에 대한 감상을 이야기했다. 그러고 나서 그곳을 찾아온 문예 잡지 담당 편집자가 새롭게 전개될 공격에 대처할 방침을 이야기하자기에 그를 따라 출판사로 갔다. 그때, 라디오 방송국 기자와 녹음 담당이 우리 차를 택시로 쫓아왔지만 어떻게든 내가 직접 의견을 말하는 일은 없도록 편집자가 배려해 주는 모양이었다.

출판사에 도착하자마자 보게 된 것은, 내 단편 두 개를 실었던 문예 잡지가 편집부와 출판사 이름으로 우익 단체에게 사죄하는 광고를 다음 달 호에 싣기 위해 찍은 교정쇄였다. 작가인 나에게 전화나 편지라는 형식으로 가해진 공격은— 단 한 번 집 앞에서 있었던 탄핵 연설과 투석을 제외하면— 대부분 막연히 친우익 감정을 품고 있는, 이름을 밝히지 않은 상대로부터였다. 하지만 출판사에는 우익 단체 이름을 밝힌 항의가 되풀이된 결과, 사죄 광고를 싣자는 쪽으로 이야기가 모아진 모양이었다. 이미 테러리즘이 출판사 경영자의 가족에게까지 방향을 잡고 있는 시국에 아직 젊은 애송이 작가로서는 대안을 생각할 수 있는 처지가 아니었다. 나는 고개를 떨구고 편집자가 마련해 주겠다는 차편도 마다한 채 지하철과 교외 전차를 갈아타고 집으로 돌아왔다.

잡지에 사죄 광고가 실리자 그때까지 계속되던 친우익의 편지와 전화에 좌익도 가세하기 시작했다. 특히 미토水戸시에서 30대 여성이 보낸 편지를 잊을 수 없다. 자신은 활동가인 남편과 함께 '안보투쟁'에 참가했다, 우익의 협박 정도로 출판사에 게다짝을 맡겨 놓고 적들 앞에서 줄행랑을 쳐 버린 너를 지금 당장이라도 찌르러 가고 싶다는 내용이었다. 이어서 그녀의 남편이 지도하는 문학 서클에 속해 있다는 청년에게서도 편지가 왔다. 앞서 댁에게 편지를 보낸 여성이 분노하는 모양은 옆에서 보고 있기가 겁날 정도다, 이 얼굴을 잘 봐 두었다가 찾아가면 조심하라며 사진을 동봉한 속달이었다. 금테 안경을 낀 멋쟁이 중년 남자 옆에서 챙 넓은 하얀 모자를 쓴 여자가 나를 노려보고 있었다….

그런데 작가 일을 시작하고 나서 알고 지내던 저널리즘 관계자들로부터 간혹 오던 전화나 편지는 이 무렵부터 뚝 끊어졌다. 그러고 있는 동안, 오히려 내가 일방적으로 편지 쓰기를 그만둔 기이 형에게서 긴 전보가 왔다. 숲속 토지로 돌아와라, 도쿄에 있는 셋집은 정리해 버리고 삶의 터전을 옮길 작정을 하고 근거지로 돌아오라는 내용이었다. 이미 가을이었고 여름 내내 걸려 오던 무언 전화나 공갈을 치는 고함 소리만이 울려오는 심야 전화에 지친 나와 아내가 전화기를 담요로 둘둘 말아 의자 밑에 던져두었으니까 기이 형은 아무리 전화를 해도 응답이 없어서 전보를 보낸 모양이었다. 이어서 기이 형은 나와 아내 두 사람 앞으로 편지를 보냈다.

K, 그리고 오유 씨. 이 편지는 둘이 함께 읽어 주길 바라네, Dear friends! 대학 시절 친구가 K가 쓴 소설을 둘러싼 사건에 대해 알려 주었다네. 그 친구는 신문사 외신부에 있으니 밖에서 자네 부부를 보는 정보에 관해서라면 정통하달 수 있는 입장이지. 이것은 그 바깥에서 본 정보의 또 바깥에 있는, 자네들 귀에는 들리지 않는 곳에서 오

르내리는 이야기야. 요전에 아시아·아프리카 작가회의 긴급 도쿄 집회가 열렸지? 자네도 도쿄에서 참가한 모양이지만 그 회의에 참가한 외국 작가와 시인들이 간사이關西를 여행하면서 교토에서도 집회를 가졌다는군. 그걸 취재하러 갔던 한 기자에게서 이런 소리를 들었대. '진보 지식인'의 대표이면서 멜빌 번역가이기도 한 A가 개회 인사를 했다더군. 그런데 무슨 생각에선지 K 이야기를 꺼내면서 자네도 이 집회에 올 계획이었는데 우익의 협박 때문에 경찰에서 보디가드를 붙여 놓아 그 때문에 여행을 할 수 없었다고 했고 그 이야기를 들은 관중은 와! 하고 웃음을 터뜨렸다는 거야. A는 한잔 걸친 상태였으니 애초부터 사람들을 웃길 작정이었던 모양이지만. 요컨대 K가 겪고 있는 불행을 — 굳이 불행이라고 한다면 말야 — A는 small talk에 써먹은 것이고 청중은 그걸 즐겼던 거지.

이 이야기를 아사짱에게 했더니 그녀는 보기 드물게 안색이 변하더군. 경찰 쪽에서 보디가드 이야기를 꺼냈지만 K는 그걸 거절했다. 처음부터 경찰도 그냥 한번 해 본 소리였을 뿐이다. 작업장에 돌이 날아오던 날도 오유 씨가 일찌감치 신고를 했는데도 집 앞에서 연설을 하고 있던 놈들이 돌을 던지고 사라지고 나서야 자전거를 탄 순경 하나가 얼굴을 내밀었을 뿐이었다면서….

어느 쪽이든 자네들이 보내는 요즘 생활이 또 앞으로 다가올 미래가 「도쿄에서의 장밋빛 나날」이 될 것 같지는 않군. 그것이 전보를 친 이유인데 차근차근 내 생각을 설명하기로 하지….

내가 그런 전보를 칠 만큼 마음이 조급했던 것은 K나 오유 씨에게 말하기 거북한 이유가 있어서였어. K가 중국에 가 있는 동안, 우편물을 정리하러 친정에서 한 번 돌아왔던 오유 씨가 — 아사짱에게서 연락을 받았다면서 — 내가 입원한 병원에 병문안을 와 주었지. 이야기를 나누고 있다가 오유 씨가 갑자기 백지장처럼 창백해졌어. 빈혈 때문에 의자에 앉아 있는 것조차 힘들 정도였지. 시게루가 의사를 부르러 갔고 잠시 후에 괜찮아지긴 했지만 나중에 간호원이 시게루에게 이런 소리를 했다는 거야.

"저 사람은 최근에 유산을 했거나 임신 중절을 했거나 해서 그 뒤끝이 별로 안 좋은 거 아녜요?"

그런 소리를 제3자들끼리 화제로 삼은 것만으로도 실례였다고 사과해야겠지만, 나는 그 말을 듣고 — 사실인가 아닌가 하는 것보다도 K라면 — 그럴 가능성은 얼마든지 있다는 점 때문에 자네에게 화가 났다네. 자네는 급한 연락도 할 수 없는 중국 각지를 여행하며 돌아다니고 두 달씩이나 돌아오지 않았어. 그렇게 혼자 남은 오유 씨가 임신한 것을 알게 된다. 그런 일이 생기면 어떻게 하나 하는 생각을 했거든. 결혼 전, 숲속 토지에 상담을 하러 왔던 오유 씨의 안쓰러운 모습도 눈에 선했고 말일세. 막다른 골목에 내몰리듯이 혼자서 결단을 하지 않으면 안 되는 그런 끔찍한 상황에 오유 씨를 내버려 두고 자네가 기분 좋게 중국 각지에서 열리는 반 안보 집회장을 돌아다니고 있다면 그건 그야말로 구제 불능으로 둔감한 거라는 생각이 들어 화가 난 것일세.

… 그러더니 이번에는 소설 때문에 우익과 옥신각신해서 자네 가정이 우익 행동대의 표적이 된다면 K야 자업자득이라 치더라도 오유 씨가 겪는 심리적 부담은 대단하겠지. K에게는 어려서부터 구석에 몰렸을 때 오히려 발끈 일어서는 똥배짱이라는 게 있어서 감수성 풍부한 평소 경거망동과는 반대로 '도약'의 역작용인지 뭔지, 아무튼 그런 상태에서는 오히려 담담해지는 구석이 있잖아. 독서 주간지에서 요지를 읽었네만 지난번 K가 출판 노동자 집회에서 한 보고에서 나는 그걸 느꼈어. 하지만 그걸 거꾸로 말하면 자네는 오유 씨의 마음고생을 덜어 주려는 노력조차 안 한다는 거 아냐?

요컨대 K는 이번 사건에서도 오유 씨를 미혼인 아가씨같이 혼자서 마음 아파하고 혼자서 결단을 해야만 하는 그런 상황으로 몰아가는 것이 아닐까? 만약 그렇다고 한다면 K는 지금부터 계속될 기나긴 인생을 앞두고 가정이라는 기반을 든든히 다지고 있다고는 할 수 없겠지. 더구나 그건 K가 작가로서 살고 있는 현재에 대해서도 마이너스 표시를 해야만 할 증상이라고 생각해. K, 이건 정말이지 옳지 않은 일이라고 나는 생각하네!

이런 생각들이 겹쳐서 자네들에게 도쿄 생활을 정리하고 숲속으로 돌아오지 않겠느냐는 제안을 한 거라네. 이곳에서도 소설은 쓸 수 있고 새로 공부를 할 생각이라면 물론 그것도 가능하지. 나로서는 K가 평생 동안 소설로 다룰 주제는 이 숲속에 태어나기 전, 생의 미광微光이라고나 할 무엇과, 개체로서 삶이 끝난 뒤에 남는, 그것도 현세에서 고난을 겪으며 연마된 또 하나의 생의 미광이 아닐까 생각하네. K, 궁극적으로 그것 말고는 자네가 쓰지 않으면 안 될 주제는 없다고까지 여긴다네…. 그리고 그러기 위해서는 실제로 그 소설을 쓰든, 그 준비를 위해 공부를 하든, 숲속은 가장 적당한 장소가 아닐까? 지금 당장 궁극적인 소설을 쓰라는 건 아니더라도 K, 자네가 그곳에 이르는 작가 생활을 보내며 문학이라는 이름에 값할 만한 작품을 쓸 생각이라면 기본자세는 갖추어야 하겠지. 지금까지 K는 운이 좋았고 젊은 학생이 썼다는 플러스알파도 있어서인지 책은 잘 팔린 모양이더군. 하지만 그게 오래 갈까? 오유 씨와 도쿄 생활을 유지하기 위해서 K가 엔터테인먼트를 써야만 한다면 그건 비참한 일이야. 그런데 숲속에 생활 근거를 둔다면 K는 생활에 대해서는 걱정하지 않아도 꾸려 갈 수가 있지. 더구나 오유 씨도 여기서 젊은 사람들과 어울려 원예식물을 가꾸는 일을 한다면 그건 그녀에게 어울리는 충실한 삶이 되지 않을까?

돌이켜 보면 K, 한때 자네는 자네가 태어나고 자란 토지에 머물면서 삼림 조합 서기로 살고 싶다는 뜻을 품고 있었어. 그런 K를 도쿄 대학 쪽으로 밀어낸 책임 중의 일부는 물론 나에게 있지. K 어머니도 그걸 바라기는 하셨지만 그분 경우에는 대학만 졸업하면 자네가 골짜기로 돌아오리라고 믿고 하신 일이었으니까.

K, 자네들이 숲속으로 돌아온다면 근거치의 공동 소유로 할 예정인 덴쿠보에 집을 짓자. 그것이 완성될 때까지는 저택에 살면서 집을 짓는 세부 사항에 대해 참견만 하면 되는 거야. 터놓고 이야기하자면 현재 K가 겪는 곤경을 생각해도, 지형으로나 근거치에 참가하고 있는 젊은이들이 갖춘 실력으로나 우리는 우익 행동대 스무 명쯤은 충분히 감당할 수가 있다구. 그리고 스무 명 이상의 폭한이 산중까지 들어온다면 현 경찰이 움직이지 않을 수 없거든. 숲속 토지에 있는 한, K도 오유 씨도 안전할 거야.

어쩌면 내가 젊은이들과 함께 만들고자 하는 근거치는 무엇보다도 K와 오유 씨, 자네들을 위한 것이라는 생각조차 들어!

제10장 근거지 (2)

우리는 — 나보다 아내가 더욱 — 기이 형이 편지로 보낸 사연에 매료되었다. 시간은 얼마든지 있었다. 나와 아내는 기이 형이 제안한 내용을 현지에서 검토하겠다는 생각으로 시코쿠 숲속 마을을 다녀오기로 했다. 가는 길에 비행기로 오사카까지 가서 아내의 친정에 들러 하룻밤 머물기로 하고 이타미伊丹공항에서 택시를 기다리고 있는데 우리 바로 앞에 있던 젊은 남자가 펼쳐 든 석간에 내 이름이 제목으로 나와 있었다. 『정치 소년 죽다』의 모델로 여겨지는 우익 단체의 총재가 작가를 명예 훼손으로 고소했다, 그런데 그 우익의 거물이 그동안 다른 재판의 판결로 공민권을 잃어버렸기 때문에 고소 이야기는 없었던 일이 되어 버렸다는 기사였다. 나는 일면에는 빨간 잉크도 사용하곤 하는 간사이에서 발행한 그 신문이 흉측스러워 우리 바로 옆에 신문 스탠드가 있었지만 직접 사 볼 생각은 없었다. 너무나 풀이 죽고 위축된 것이다. 이튿날, 시코쿠로 가는 기차 속에서 아내는 장인이, "너희들, 도망 온 거지?" 하더라는 이야기를 전했다. 그러나 도쿄에서 우리를 가두었던 일의 여파가 따라오는 듯했던 것도 여기까지였다. 우노에서 다카마쓰까지 연락선으로 건너가 매연 가루 냄새가 스며있는 요산予讃선 좌석에 앉으면서 나는 확실한 해방감을 맛보았다. 기차의 창밖으로 보이는 산들은 혼슈本州와는 모양과 색깔, 나무들까지 확실히 달랐다. 느긋하게 그것들을 바라보고 있는 나에게 아내가 뭔가 이야기를 꺼내려다가 말을 삼켜 버리는 것을 눈치챘지만 나는 아내에게 뭐냐고 묻지도 않았다. 이 여행에서 돌아오는 길에 비로소 오유는, 내가 기이 형의 제안을 받아들여 근거치에 눌러앉을 결심을 하게 될 것인지를 물어보려다가 일단 입 밖에 꺼냈다가는 기정사실이 될까 봐 도중에 그만두었다고 말했다. 기이 형이 주도하는 근거치의 실상을 보고 활기에 넘치는 흥미를 보인 것은 오히려 오유 쪽이었다. 적극적으로 질문을 하지는 않았지만 그녀는 기이 형의 설명에 열심히 귀를 기울였다. 짧은 사이클로 현금 수입이 가능하도록 숲을 이용하는 법을 구상하고 ― 당시 내각이 내건 슬로건에 '소득 배가 계획'이라는 것이 있어 그 구정물이 변방에까지 밀려오는 것을 기이 형은 마을 레벨에서 대처하려는 것이었다 ― 용지用地와 원목을 스스로 제공하여 젊은이들과 시작한 표고 재배 현장에까지 그녀는 다녀왔다. 나는 그저 안방에서 빈둥거리며 강 건너 산기슭 잡목림에 물든 단풍을 바라보며 시간을 죽이고 있었지만….

골짜기로 돌아오던 날, 바로 저택을 찾아갔다가 저녁을 먹으라며 자전거를 타고 부르러 온 동생과 셋이서 집으로 돌아왔다. 산 너머로 해가 져서 그림자마저 희끄무레해진 삼나무와 활엽수로 된 터널 속을 내려오면서 아내는 감정이 깃든 목소리로 말했다.

"기이 씨가 상처를 감추기 위해서라곤 하시지만 머리를 짧게 자르고 헝겊을 두른 것이 잘 어울리네요, 신비주의 그룹의 지도자 같죠?"

"신비주의자라, 하긴 기이 형은 예이츠에서 단테로, 신비주의에 뿌리가 닿은 시인들의 작품을 읽긴 했지…."

내가 막연히 부정하는 듯한 말투를 쓰자 누이동생은 어린 시절부터 자랑하던 자전거 기술로 질척한 진흙이 엉긴 웅덩이나 둔덕을 교묘히 비켜 가도록 자전거를 밀면서 말을 이었다.

"K 오빠는요, 오유 언니. 전쟁 중에 철이 든 세대라서 천황에 뿌리를 둔 마음의 상처 때문에 신비주의적인 것들에 반발하는 것 같아. 지금 기이 오빠는 겉모양도 정말 언니가 말한 대로지만 실제로 나는 오빠가 신비주의적인 이야기를 하는 것도 좋아해. 기이 오빠는 젊은 사람들과 함께 많은 일을 하는 요즈음도 이른 아침부터 일어나 공부하고 있어요. 그것도 대개 신비주의에 관한 책인 것 같아. 내가 가면 언제나 지금 읽고 있는 책 이야기를 해 주거든. 그것도 내가 흥미를 느낄 만한 재미있는 에피소드를 골라서."

"단테야 물론 계속 읽고 있겠지만 이번엔 플라톤도 책상 위에 있더라. 표지엔 언제나처럼 커버를 씌워서. 기이 형은 도쿄에 있는 외국 서적을 취급하는 서점과 직접 거래를 하는 모양이야."

내가 말했다.

"최근엔 겔셤 쇼렘이란 학자 얘길 자주 하던데 오빠도 읽었어?"

"아니, 이름만 알 뿐이야."

"거봐, 거봐. 도쿄에서 소설을 쓰고 있다간 뒤처진다구."

동생은 심각하게 말했다.

"기이 오빠 설명으로는 중세의 유대 신비주의, 그것도 힘을 가진 쪽으로부터 비판당한 어떤 회파会派의 약점을 드러내는 거라서 문제가 된 모양이지만, 기이 오빠가 이런 이야기를 해 주었어. 신비주의 지도자들 중에는 마법을 사용하는 사람들이 있어서 젊은 제자에게 주문을 외워 가지고 먼 나라에서 일어나고 있는 일을 보고 오라고 보낸대. 제자는 쓰러져서 마비되기도 하고 경련을 일으키기도 하고 그러다가 결국은 죽은 것처럼 되나 봐. 의식이 없는 채로 창에서 뛰어내리려 하기도 해서 위험한 모양이야. 그러다가 겨우 정신을 차려서 지금 보고 온 것을 스승에게 이야기한다는 거야. 기이 오빠는 이 스승에게 이야기한다는 점이 중요한 거라면서 스승을 통해 비로소 제3자에게 전해진다는 것이 핵심이라고 하던데. 오유 언니, 기이 오빠도 전쟁 중에는 이 지방 사람들이 신뢰하던 '천리안'이었거든. 저택 가문에 그런 능력을 지닌 혈통이 있다나…. 기이 오빠는 자기의 경우, 스승과 제자라는 두 가지 역할을 혼자서 해야 하니까 힘들었다고, 세이 씨가 돕기는 했지만 자신의 '천리안'은 볼품없었다고 했어…. 기이 오빠가 지금 젊은 사람들에게 끼치고 있는 영향을 보면 주문을 외워 먼 나라에 보내고, 보고 온 것을 이야기할 때도 자기가 힘을 북돋워 줄 수 있는, 그런 제자를 기르고 있는 것 같은 느낌이야."

"기이 씨의 첫 제자였던 K 씨가 그냥 도쿄에 남았기 때문일까?"

아내는 석양의 뿌연 냉기가 몸속까지 스며든 듯한 목소리로 말했다.

"사실 기이 오빠는 그렇게 느끼고 있을지도 몰라. 지금은 K 오빠에게 스승 노릇을 하는 책임을 분담시켜 함께 젊은 사람들을 교육하고 싶은 생각인 모양이지만."

동생은 이렇게 말하면서 재빨리 자전거를 세우더니 길섶 풀밭에서 도로 위로 뛰쳐나와 어쩔 줄 모르고 있는 두더지를, "자, 어서 가!" 하며 검은 진흙이 보이는 곳에 놓아 주었다. 두더지는 부지런히 땅을 파더니 사라졌다.

막상 얼굴을 맞대고 나니 기이 형은 내 소설을 둘러싸고 우익들이 벌이는 소란에 관한 이야기는 꺼내지 않았다. 기이 형은 아내가 인상적이라고 한 독특한 풍모와 자세로 자신이 숲속 토지에서 젊은이들의 지도자로서 진행하고 있는 근거지 구상에 대해 주로 이야기했다. 바로 얼마 전까지만 해도 영국 시인이라든가 단테 이야기밖에 하지 않던 그가 이제는 마치 이 토지의 현재와 장래에 대한 생각으로 머릿속이 꽉 차 있는 것만 같았다.

기이 형은 정부가 인플레이션을 유도하는 방향으로 경제정책을 진행할 태도를 보이면서도 임업이나 농업의 앞날에 대해서는 호경기에 연결될 만한 손을 쓰지 않는 이상, 자기들은 자기방어를 위해 숲과 논밭을 경영하는 방법을 전환해야만 한다고 말했다. 그리고 그것은 근거치 구상과 겹쳐 있는 것이다. 젊은 사람들이 참가하면서 기이 형이 우선 경영하기 시작한 것은, 저택 소유인 삼나무 숲을 넓은 범위에 걸쳐 정리하고 역시 저택 산림에서 잘라 낸 졸참나무 원목을 써서 만든 표고 양식장이었다. 지금까지는 스스로 소비하는 양을 약간 넘을 만큼만 표고버섯을 생산해 오던 농가가 — 나름대로 축적된 기술과 노동력을 제공하여 — 협동 작업에 참가하게 되었다. 기이 형은 마른 표고 생산을 추진하는 것은 물론이고 마쓰야마에서 뜨는 비행기로 도쿄와 오사카에 생표고를 출하한다는 계획까지 세우고 있다.

기이 형이 또 하나 구상하고 있는 커다란 플랜은 저택 산림을 상수리나무 혼목림混牧林으로 개조해서 — 그 나무에는 조림 보조금이 나온다고 한다 — 와규和牛를 대규모로 번식 육성시킨다는 것이었다. 저택에서 강을 따라 덴쿠보로 오르는 길 북쪽에 있는 경사가 완만한 언덕의 산림은 이미 상수리나무 혼목림으로 변해 있었다. 덴쿠보 일대는 목초지로 하고 습지에서 낮은 곳을 흐르는 몇 가닥의 물길을 강처럼 만들어 이 숲 주변에 있는 과소過疎 부락에서 억새茅 지붕 집들을 옮길 계획도 세웠다. 뽕나무밭을 포도원으로 만들 것이니 덴쿠보로 옮겨 올 낡은 집들이 민박 기능을 시작하게 되면 거기 오는 손님들은 포도 따기를 즐길 수도 있을 것이다. 한

때는 이 지방에서 나는 유력한 생산품이었던 삼지닥나무라든가 닥나무를 사용하는 화지和紙 공장도 재건하여 제품을 토산품으로 만들 수도 있다. 그리고 덴쿠보에 억새 지붕 집들로 이루어진 작은 촌락은 '아름다운 마을'이라 이름 붙이고 그곳에 나와 아내를 위한 집도 함께 짓겠다고 기이 형은 말했다. 거기서 나는 일도 하고 공부도 한다. 아내는 세이 씨가 중심이 되어 진행하고 있는 ― 역시 비행기로 도쿄·오사카 시장에 내놓게 될 ― 꽃 재배에 언제라도 참가할 수 있으리라. 담배 생산에 미련을 버리지 못하는 농가의 주인들에게 기이 형은 언제까지나 전매공사에 매여 있는 것보다 낫다며 화훼작물 재배를 권하고 있었다. 왜냐하면 기이 형은 국가에 납품하는 생산물의 앞날에 불신감을 품고 있기 때문이었다. 근거지의 이러한 새 사업에 기이 형은 저택 산림과 농지를 적극적으로 제공함으로써 지금까지 같은 숲속에 살면서도 거의 교제하지 않았던 마을 젊은이들에게서 신망을 얻었다. 임업·농업을 전환하는 계획과 실제 사업은 매일 저택에 모이는 젊은이들과 기이 형이 토론해서 진행하고 있다. 그와 동시에 시게루 씨가 연극을 축으로 문화 활동을 조직하고 있기도 해서 젊은이들과 결속은 한층 더 긴밀해졌다. 기이 형의 근거지 구상은 확실하게 실현되고 있는 것이다.

이튿날, 표고버섯 양식장을 보러 갔던 아내는 우선 그 규모에 놀랐다. 나는 저택 바로 위에서 덴쿠보에 걸쳐 상수리 나무 혼목림으로 재조성되어 풍경이 밝게 변한 언덕을 보러 갔었지만 젊은이들이 활기차게 일하는 모습에 치여 밀려나오듯 바로 골짜기로 돌아갔다. 그리고 앞에서 말했듯이 혼자 안방에서 빈둥거렸던 것이다. 기이 형 쪽도 젊은이들과 회의를 하거나 산일에 덧붙여 표고를 수송하기 위해 항공 회사와 접촉한다든가 보조금 문제를 둘러싸고 현청과 절충을 하는 등 마쓰야마에 나가는 일이 많았다.

그런 상태여서 보통은 안방에서 뒹굴고 있는 나에게 어느 날, 등 뒤에서 어머니가 갑작스레 말을 걸었다.

"숨을 멈추고 곰곰이 생각하는 것은 K가 어릴 때부터 지닌 버릇이긴 하지만 아침부터 저녁까지 줄창 그렇게 생각만 하는 것은 이번이 처음 아닌가요? 지금까지 일어난 일을 생각하고 있는 걸까, 앞으로 다가올 일을 생각하고 있는 걸까? 그렇게 숨을 멈춘 채 조용히, 언제까지나…."

나는 얼굴이 붉어져 돌아볼 수가 없었다. 자연스레 관찰한 어머니가 단적으로 알아챈 것처럼 나는 어린 시절부터 고질병이라고 할 수 있는 일종의 퇴행 현상에 사로잡혀 있었다. 날마다 우편물을 가지러 문간으로 갈 때마다 한두 통씩 섞여 있던 심술궂은 편지. 한밤중이면 걸려 오던 고함을 치거나 아무 말도 없는 전화. 신문이나 문예 잡지의 칼럼에 실어 보내는 야유. 나와 아내가 이러한 것들에 밤낮으로 포위되어 있다고 느꼈던 도쿄 생활에선 오히려 그런 것들에 대해 공격적인 반응이 솟아났었다. 젊음과 무경험에서 오는 강경함이라는 것도 있어서 때로는 오히려 전보다 기력이 넘친다고 할 정도였다. 그런데 숲속 골짜기에 돌아오고 보니 그런 류의 외압으로부터 벗어난 만큼 내부에서 밀려 올라오는 압력도 약해진 것이다. 그래서 움푹 파인 가슴 속을 커다란 후회와 수치심이 가로막았고 다른 일을 생각하려 해도 금세 그리로 돌아와 버리곤 했다. 일단 생각을 정리한 줄 알았던 과제 속으로 숨을 멈추고 잠수하듯이 몇 번이나 몇 번이나 다시 들어갈 수밖에 없었다. 마을로 돌아오던 날, 기이 형에게서 큰 거치 구상을 듣고 있는 동안에도 내 가슴은 그런 후회와 수치심으로 가득 차 그 애기를 건성으로 흘려들은 것 같다. 도회지가 아니면 못 산다는 고정 관념에 사로잡혀 있던 아내가 오히려 적극적으로 기이 형이 하는 이야기에 관심을 갖게 되었건만….

나를 짓누르는 후회와 수치심은 한 뿌리에서 제각기 부지런히 가지를 뻗어 나갔다가 그 가지 끝에서 다시 연결되는 듯했다. 구체적으로 『세븐틴』과 『정치 소년 죽다』에 대해서는—나는 그것들을 좀 더 교묘하게, 즉 우익의 공격을 환기시키지 않는 방식이면서 소설에 싣는 메시지는 더욱 효과적으로 담을 수가 있었는데, 이 부분은 이렇게, 저 부분은… 하는 식의 생각들이 반복해서 떠올랐다. 그리고 그러한 후회는 내가 경솔한 방식으로 소설을 쓰는 바람에 우익으로부터 공격을 받게 되어 작품은 언제 단행본으로 출판될지 모르고 비겁자라고 비판하는 좌익으로부터 날아드는 편지를 날마다 읽어야만 한다는 수치심과 연결되어 있었다. 나아가 소설을 쓰기 시작한 일 자체가 내 인생에서 돌이킬 수 없는 잘못이었다는 후회. 지금까지 자주 생각했고 기이 형에게 편지를 쓴 일도 있었지만 불문학과에 들어가 기본 어학 능력을 습득하다 말고 소설을 쓰거나 에세이를 발표하는 짓을 해 온 나는 지금 동급생 중 어느 누구와 비교해 봐도 학자로서 재출발할 수 있는 능력은 지니고 있지 못하다. 그것을 돌이킬 수 없다는 후회, 나의 무력함에 대한 수치심. 그나마 지금까지 써 온 소설과 에세이들도 지금 이렇게 기진맥진해 있는 나를 떠받칠 아무런 힘이 없었다. 그렇다고 지금까지 발표해 온 것들을 전부 취소해 버리기도 이미 불가능하다….

나는 그런 식으로 언제까지나 마르지 않는 후회와 수치심의 샘을 가슴속에 지닌 채 빨갛고 노랗게 단풍이 든 강 건너 잡목림을 맥없이 바라보고 있었다. 그러면서도 가슴이 심하게 두근거리는 것 같아 맥박을 짚어 보니 가끔씩 한숨을 몰아쉬는 것밖에는 아무런 운동도 하지 않았는데도 90에 가까운 수치가 나왔다. 후회와 수치심으로 범벅이 된 내 심장은….

밤이 되면 온종일 방에서 뒹굴던 나도 힘이 나서 '본동네' 저택으로 올라갔다. 그리고 기이 형 주위에 있는 새로운 동료들이 이야기를 나누거나 시게루 씨를 중심으로 연극 연습을 하는 것을 옆에서 구경했다. 젊은이들의 반성회 같은 것에 끼여 앉아 술을 마시기도 했다. 젊은이들은 다음 날 할 일을 생각해 의식적으로 억제해 가며 술을 마셨고 정해진 시간이 되면 일제히 일어섰지만 그 뒤에도 나는 혼자 남아서 취할 만큼은 마시지 않는 기이 형과 이야기를 해 가며 언제까지나 마셔 대곤 했다. 가식 없는 성격을 지닌 누이동생이 내가 밝은 동안 풀이 죽어 널브러져 있는 건 숙취 때문이 아니냐고 물을 정도였다. 매일 밤 10시가 넘으면 나는 세이 씨가 운전하는 표고 출하용 라이트 밴을 타고 골짜기에 내려와서는 오랜 불면 습관 따위는 아예 잊은 듯 금세 잠이 들어 버렸다. 숲속 골짜기에 머물던 그해 일주일간, 나는 그 정도로 술을 많이 마셔 댄 것이다.

어느 날 밤, 그전 며칠보다 더 늦게까지 돌아오지 않는 나를 걱정한 누이동생이 나를 부르러 왔다. 세이 씨가 차로 바래다주겠다는데도, 동생은 어머니 말씀대로 오늘 밤은 술이 좀 깨게 걷자면서 거절했다. 달이 밝은 밤이기는 했지만 준비성 있게 손전등 두 개를 들고 온 동생이 발밑을 비춰 주는 길을 따라 나는 골짜기로 내려갔다. 낮 동안 혼자서 안방에서 뒹굴고 있던 울적함이 취기 때문에 역작용을 일으켜 나는 그야말로 상쾌한 기분이었고 묵묵히 옆에서 걷고 있는 동생에게 옛날에 이 길을 맨발로 걸어 올라가 기이 형을 처음 만났다는 회고담을 되풀이해서 주절주절 늘어놓았다. 잠시 후에 동생은 결연한 태도로 자르듯이 말했다.

"K 오빠는 적어도 지난번 돌아왔을 때까지만 해도 이렇게까지 취한 적은 없었고 더구나 학생 때는 동네 사람들이 술 마시는 것조차 싫어했었지? 아프리카 어떤 지방에 사는 원주민들이 근본적인 불만인가, 불안인가에 내몰리듯이 일단 마시기 시작했다 하면 인사불성이 될 때까지 마신다는 기록을 문화인류학 보고서에서 읽었는데 이 숲속 사람들이 술 마시는 버릇이 그렇다나 하면서…. 기이 오빠는 저택에 오는 젊은 사람들을 훈련시켜 그 술버릇을 그들의 아버지나 할아버지 세대와는 다르게 만들려고 하고 있어. 그런데 오빠만 이렇게 매일 밤 곤드레가 되게 마셔도 괜찮은 거야? 시게루 씨가 오빠에 대해 듣기 싫은 소리를 하더라…. 그런가 하면 낮에는 그렇게 축 늘어져 있으니 오유 언니는 옆에 있기가 괴로워서 근거치 사업장들을 돌아다니고 있는 거 아냐? 어제 안방 청소를 하다가 프랑스 주간지에 오빠가 메모해 놓은 걸 봤어. 자주색 인물의 전신상 데생 옆에 연필로 시 같은 걸

써 놓았지? 오유 언니가 보면 걱정할 거야. 도대체 어떻게 된 거야? 지금 같은 상태로는 오빠는 근거지에 도움이 되기는커녕 젊은 사람들에게 좋지 않은 영향만 끼칠 것 같아."

아무리 취했다고는 해도 어린 시절부터 항상 옳은 소리만 해 왔던 동생의 지적에는 쉽사리 대꾸할 말이 없었다. 마치 내가 그렇게 궁지에 몰려 있을 줄 알았다는 듯이 차로 쫓아온 세이 씨가, "그 정도면 술은 다 깼지?" 했고 이번에는 동생도 두말없이 응했기 때문에 나는 곤경을 벗어날 수 있었지만…. 그러고 보니 나는 안방에서 이런 구절을 찾아 잡지에 써 놓았다.

목을 매면
점잖아 보이는 시체가 된다,
나는 흉악한 모습을 한
시체가 되고 싶은 것이다.

한때 숲속에 사는 사람들은 — 아예 못 마셔서 별난 놈 취급을 당하는 사람들을 제외하면 — 술을 마실 기회만 있으면 보통 끝장을 볼 때까지 마시곤 했다. 축제 다음 날 같은 때는 여자와 아이들만이 발소리를 죽여 가며 길거리를 돌아다닐 뿐 남자들은 대부분 숙취 때문에 어두운 집안에 누워 있어서 골짜기 전체가 조용했다. 그런데 지금 저택에서 낮에 한 일을 반성하고 내일 계획을 이야기하는 젊은이들은 세이 씨가 준비한 과자라든가 장아찌 같은 것을 안주로 컵 소주를 마시지만 취하는 일이 없었고 시간이 되면 다들 깨끗이 자리를 털고 일어났다. 그들 중 연장자들 속에는 나와 신제 중학교 동창생이거나 한두 해 아래였던 이들도 있었다. 내가 마쓰야마 고등학교나 도쿄 대학에 다닐 때쯤에는 그들은 진학하지 않고 농가를 이어받은 후계자 그룹으로 봉오도리(일본 고유의 춤. 보통 여러 사람이 줄을 지어 서서 함께 춘다) 계절이면 하루씩 엇갈리게 열리는 근처 마을 춤판을 찾아다니다가 깊은 밤 술 취한 목소리로 고함을 질러 대며 골짜기로 돌아오곤 했다. 나는 특히 그들이 새로 익힌 스토익한 음주 습관이 신기하게 여겨졌다.

이렇게 비교적 나이가 든 이들은 이미 자기 집 산림이나 농지를 책임지고 자기들이 소유한 뽕밭을 포도원으로 전환한다든가 하는 문제들과 기이 형이 세운 근거지 계획을 연결시키기 위해 상담을 하러 왔다. 기이 형이 연달아 내놓는 저택의 개인 자산을 이용해 벌인 근거지 사업에 직접 참가한 사람은 더 젊은 사람들이었다. 그들은 안채 대청에 붙은 방에서 식사를 한 후 창고방 이층에 연극을 위해 설치한 육체 훈련 연습장으로 올라갔다. 밤마다 시게루 씨가 지도하여 한 시간씩 훈련을 하는 것이다. 오유와 누이동생은 견학을 하다가 연습을 마친 사람이 운전하는 차를 얻어 타고 골짜기까지 내려온다. 그리고 나서 나는 기이 형과 함께 서재로 자리를 옮겨 세이 씨가 가져온 위스키를 밤늦게까지 마시는 것이다. 앞서 말한 대로 둘이서 마신다고는 해도 기이 형은 거의 마시지 않고 나 혼자 줄창 마셔 댔지만….

나와 기이 형이 술을 마시며 하는 이야기 중에는 시게루 씨의 연출로 공연하게 될 연극 대본을 만드는 일이 주제가 되는 경우도 있었기 때문에 나도 근거지 활동에서 완전히 동떨어져 있다고 느끼지는 않았다. 기이 형은 연극의 주제로 축제 혹은 반란을, 그것도 이 숲속 토지의 전승伝承에 입각하여 고르고 싶다고 말했다. 그것은 역시 자신이 겪은 일, 시위에 참가하자마자 된통 얻어맞아 상처를 입고 쓰러지긴 했지만 '안보투쟁'에 참가한 경험이 밑에 깔려 있었다. 시게루 씨가 젊은 사람들에게 시키는 육체 훈련은 그녀가 속해 있던 신극단에서 배우를 양성하는 프로그램 그대로였으리라. 적어도 내게는 흔해 빠진 것으로 보였다. 하지만 소리를 내며 몸을 움직이는 훈련에 사용하는 텍스트는, 머지않아 연극을 상연하기 위해 젊은 사람들에게 기본적인 사상을 교육하려고 기이 형이 골라낸, 축제와 반란을 둘러싼 단편断片들이었다.

예를 들어 다음과 같은 야나기다 구니오의 이야기라면, 먼저 시게루 씨가 정말로 푸근한 할아버지나 할머니의 목소리로 말하고 이어서 젊은 사람 대여섯이 거기에 화답한다.

"축제 때 3분의 1, 설날에 3분의 1, 오봉에 3분의 1 하는 식으로 한꺼번에 확 취해 버렸다. 나머지는 벌레 같은 생활. 그 격차가 심한 만큼 흥분도 높았다고 생각한다. … 우리가 가장 안타깝게 여기는 것은 일본인이 지금까지 오랫동안 맛보아 온 흥분이다. 정결한 흥분, 그것에 따라오는 이매지네이션. 그것들이 전부 사라져 버렸다. 평소에 지나치게 흥분할 게 많으니까."

또한 젊은이들이 처음부터 강한 음성으로 낭송해서 새까맣고 커다란 대들보 위에 얹혀 있던 도자기로 된 에비스(칠복신 중 하나. 상인의 수호신으로 오른손에 낚싯대, 왼손에 도미를 들고 있다)를 흔들었던, 앙리 르페브르의 슬로건처럼 짤막한 것도 있었다.

"코뮌 고유의 스타일은 '축제'스타일이었다. … 파리 코뮌이란 무엇인가. 그건 우선 거대하고 웅장한 축제였다. … 파리가 어떻게 해서 그 혁명적인 정열을 살았던가."

귀로 듣기만 하는 텍스트의 출전을 내가 모두 알 수 있었던 것은 기이 형 방에 돌아와 술을 마시면서 그에 관한 설명을 들었기 때문이다. 축제로서의 반란이라는 그 컨텍스트에 대해서 기이 형은 메이지 유신 전후로 숲속에서 일어났던 두 번의 농민 반란 전승에 입각하여 대본을 썼으면 한다고 말했다. 그리고 실제로 그것을 쓰는 게 바로 내 역할이라고….

"K, 저택 아래 있는 대나무 숲은 점점 정리되어 원래의 십분의 일로 줄어 버린 거라는데 정말 우리가 어렸을 때는 지금보다 훨씬 넓었지? 거기서 베어 낸 죽창으로 무장하여 반란에 나섰다는 이야기는 늘 들었어. 시위대에서 머리가 깨져 뒹굴고 있을 때도 나는 여기서 시작된 반란에 참가했다가 한藩의 군사들에게 맞아 쓰러져 강둑에 누워 있는 게 아닐까 생각했었어. 물소리도 들렸고 말야. 물 흐르는 소리처럼 들린 건 실은 빗소리였지만. 그런데 아무리 팔을 뻗어 더듬어도 내 옆에 구르고 있어야 할 죽창이 만져지지 않는 거야. 그런데도 팔을 뻗치고 있다가 자전거를 타고 지나가던 사람에게 팔꿈치를 치여서 머리부상이라든가 감기에 지지 않을 만큼 한동안 고생했어."

기이 형은 그러면서 오른손으로 공을 던지는 시늉을 했는데 머리카락을 짧게 쳐올리고 헝겊을 두른 머리와 그 동작은 묘하게 어울렸다.

"그런 생각이 계기가 되어 병원에 있는 동안, 유신 앞뒤에서 혈세血稅 반란과 쌍을 이루는 만엔 원년의 반란이 몇 년 전일이었는지가 궁금해지더라구. 의사더러 역사 연표를 보여 달라기는 좀 그렇더군. 결국 시게루가 책방에 가서 찾아보았더니 1860년, 요컨대 반란을 지도했던 증조부의 동생뻘인 젊은이가 죽음을 당한 해로부터 정확히 백 년 만에 '안보투쟁' 시위가 벌어지고 있다는 것을 깨달았어! 만엔 원년의 반란 백 년 후에 나도 피를 흘리면서, K식으로 말하자면 '상상의 죽창'을 더듬고 있었던 거지. 집에 돌아와서는 공민관 도서실이니 미시마 신사 같은 곳을 찾아다니고 할아버지가 남긴 책들을 조사해서 두 번의 반란에 대한 자료는 대충 옮겨 적었어. 그 노트를 근거로 실패한 만엔 원년의 반란과, 군령郡令을 자살로 몰고 갔지만 백성 쪽은 상처 하나 입지 않았던 유신 후의 혈세 반란을 연극으로 써 달라는 거야. 라이트 모티브는 확실해. 좀 전에 시게루 씨가 훈련에서 하고 있던 그대로 그게 연극이 담을 근본 사상이니까. 벌레 같은 생활을 하던 농민이 죽창을 베어 내어 강줄기를 따라 내려갈 때 느낀 청결한 흥분, 그것에 따라오는 이매지네이션, 말하자면 축제에서 느끼는 삶의 보람이 반란의 중심에 있었다는 사실을 써 주길 바래. 이 숲속의 코뮌을, 거대하고 웅장한 축제를 말야. 우리들과 피로 연결된 가까운 조상이 어떻게 해서 그 혁명적인 청열을 살았던가를 연극으로 써 달라는 거야. 지금으로는 여기서 '안보투쟁' 시위에 참가했던 사람은 나와 시게루 씨, 그리고 또 한 사람밖에 없지만 대부분 젊은이들의 삼사 대 전 조상이라면 — 벌레 같은 생활을 하고 있던 백성들 말야 — 만엔 원년의 대소동과 혈세 반란 양쪽에 모두 참가하고 있거든! 나는 K가 근거지에 살면서 먼저 이것을 연극으로 쓰고 나서 연극을 토대로 장편을 쓰면 좋을 것 같아. 그것이 앞으로 K의 작가 생활을 결정할지도 몰라. 자네 할머니는 옛날이야기에는 명수였고 자네 또한 할머니한테 물려받아 이야기를 잘했잖아. 나는 K에게서 반란 중에 술집을 습격했을 때 큰 술통의 테두리를 깨는 방법 따위를 가슴 두근대며 들었지!"

"술청에 있는 큰 술통을 깨뜨렸더니 술이 길을 따라 파도치며 흘러서 바가지를 들고 달려갔다는 건…. 그건 쌀 소동 때 이야기고 더구나 습격을 받은 것은 저택이 경영하던 술집이었다구."

나는 세부 사항을 정정하긴 했지만 굳이 술기운이 아니더라도 정열이 담긴 기이 형의 이야기에는 매력을 느끼고 있었다.

골짜기에 돌아와 닷새째 되는 날은 일요일이어서 젊은 사람들도 일을 쉬었고 밤 모임이나 연극 훈련도 없었다. 그래서 나와 아내와 누이동생, 그리고 기이 형네 식구들만 모여 오붓하게 저녁을 먹자는 이야기가 나왔다. 일단 즐겁게 식사를 마치고 이어서 나와 기이 형이 술을 마시고 있는 참에, 강 아래 이웃 마을 출신으로 도쿄의 어느 대학 연극과를 다니다가 이제 졸업을 일 년 남겨 놓고 장래 일을 생각하기 위해 휴학하고 있다는 청년이 그 자리에 끼어들었다. 도쿠다德田 군이라는 그 청년은 메이지 시대의 양옥풍으로 지은 건물에 살았던 것으로 기억한다. 그 아버지는 오래된 의원인데 뒤를 이을 장남이 연극을 배우는 것이다. 그것은 '안보투쟁'에 이르기까지 몇 년간 흘러온 시대 풍조가 이곳 나름대로 반영되고 있는 현상 중 하나라고 여겨졌다. 동시에 나는 이 청년이 앞서 '안보투쟁'에 관한 나의 에세이에 의문을 제기한 인물이 틀림없다는 짐작도 했다. 어쨌든 도쿠다 군은 연극과에서 전문 교육을 받은 사람으로서 시게루 씨의 조수 역할을 하고 있었고 그 자신도 몸이 둔해지지 않도록 육체 훈련에 참가하고 있었다. 매일 열리는 모임에서는 간소하게 하고 있지만 근거지 젊은이들이 기이 형네 저택에서 모여 회식을 할 때는 토방의 부엌에 연결된 대청보다 한 단 높은 방에서 각각 하코젠을 앞에 두고 앉아 식사를 한다. 세이 씨와 오셋짱이 대청에서 커다란 접시로 요리를 날라 와서는 각자의 상에 요리를 나누어 주기도 했다. 요리 종류는 모두 다 숲속 지방에 전해 오는 것인데 식사를 시작하기 전에 다 만들어 놓기 때문에 시중을 드는 세이 씨도 대청에서 한 단 올라온 곳에 상을 놓고 함께 식사를 한다. 오유는 결혼 전에 혼자서 저택을 찾아와서 그걸 본 후로는 그런 식으로 가족 전원이 함께 식사를 하는 것이 이곳 옛 풍습 중에서 가장 마음에 든다고 말하곤 했다. 이날 저녁 식사에서는 술로 옮겨 가기 전부터 기이 형과 내가 축제로서의 반란이라는 모티브에 비추어 가며 두 사람 모두 옛이야기로 들으면서 자란 추억담처럼 만엔 원년의 실패한 반란과 그 뒤처리에 관해 이야기하고 있었다. 우리는 외지인인 오유와 시게루 씨를 위해 설명하는 말들을 곁들여 가면서 이야기를 주고받았다. 그때 약간 술을 마셔 눈언저리를 발갛게 물들인 세이 씨가 보기 드물게 적극적으로 끼어들었다.

"기이 씨가 지금 말씀하신 반란에서 굉장한 활약을 한 '오코후쿠'를 저택의 증조할아버지가 모략을 써서 죽여 버리셨대요. 그때 이용된 아가씨가 있었겠죠? 그 아가씨의 후예가 나와 오셋짱이에요. 내 할머니라고도 하고 증조할머니라고도 하는데 사건이 끝난 뒤에는 고인이 된 '오코후쿠'의 명복을 빌면서 줄곧 혼자서 살고 있었대요. 저택의 증조부께서 가엾게 여기셔서 데려오셨지. 그러다가 저택의 고용인과 맺어졌고 우리는 그 후예라고 들었어요!"

"할머닌지 증조할머닌지도 몰라?"

오셋짱은 비웃는 듯한 말투였다.

"어느 쪽이든 그 할머니를 본 적이 있어."

내가 말했다.

"저택에 다니기 시작했을 때, 은거소 뒤쪽, 커다란 땡감나무 있는 곳 있지? 거기서 강아지 같은 얼굴을 한 조그만 할머니가 곧잘 자질구레한 잡곡들을 멍석에 널고 있었어. 깨라든가 그런…. 할머니는 다리가 불편했는데 그건 사건 탓이라고 하더라구. 젊은 반란군 동지들과 '오코후쿠'가 창고채에서 농성을 하고 있었대. 반란이 끝나면서 한藩 쪽에서 내놓은 조건이 지도부 한쪽의 수컷 '오코후쿠'를 내놓으라는 거였대. 그것에 불복해서 젊은이들과 창고채에서 농성을 한 거지. 또 다른 지도자였던 저택의 증조부께서 그것에 대처하지 않으면 안 되었던 거야. 그래서 '오코후쿠'를 꼬여 내기 위해서 증조부께서는 가짜 결혼식을 꾸민 거고. 그 신부로 뽑힌 아가씨가 나이를 드신 거지. 가짜 결혼식에서 증조부께서 '오코후쿠'를 베었을 때, 칼이 빗나가 할머니도 발목을 잘렸대. 그래서 절름발이가 되셨다더군."

"K는 꿈꾸는 아이였으니까."

기이 형은 회의적이었다.

"저택에 있던 절름발이 할머니라면 요네 씨인데 그녀가 만엔 원년에 신부 역할을 했다 치면 그때 적어도 열서너 살은 되었겠지? 그렇다면 자네가 처음 집에 왔을 때 이미 요네 씨는 백 살 남짓했다는 얘기야."

"정말 한 백 년은 산 것 같았어, 그녀는. 그때까지도 '오코후쿠'와 결혼식 하던 때 일이 생각나지 않는 날은 없다고 한다는 소리도 들었구…."

"요네 씨는 오빠가 아쿠타가와芥川상을 받았을 때도 아직 살아 계셨어. 어머니한테 축하하러 오셨는걸."

웃음이 가라앉자 동생이 말했다.

"K 오빠가 불황기에 오사카에서 고생하던 이야기를 울면서 하더니, 그 경험을 소설로 쓴 거겠지 하시는 거야. 어머니가 그건 K의 삼촌이라고 해도 막무가내였어."

"이 숲속 사람들은 다들 꿈꾸는 이들이네."

한바탕 웃음이 다시 가라앉기를 기다려 시게루 씨가 말했다.

"그렇지. 그러니까 나는 K가 말야, 이런 이야기를 들으면서 자란 꿈꾸는 상상력을 그대로 살려서 대본을 써 주기를 바래."

"나도 기이 형에게서 '안보투쟁'보다 백 년 전에 일어난 반란 이야기를 들었을 때 즉시 연극으로 만들고 싶다는 생각을 했었지만 기이 형과 핏줄이 이어진 몇 대 전 사람이 '오코후쿠'인 줄로만 알고 있었죠. 젊은 사람들의 전위로서 반란에서는 한藩의 군대를 괴롭혔지만 마지막 거래에서는 혼자만 배신을 당해 죽은 사람이라고…. 그런데 그게 아니라 그를 가짜 결혼식으로 속여서 창고채의 바리케이트에서 끌어낸 사람이 기이 형의 조상이란 말야?"

"그 사람이 증조할아버지야. 하지만 나와 '오코후쿠'가 한 핏줄이 아니라고는 못 하지. '오코후쿠'는 증조 할아버지의 동생이거든. 빈틈없는 지도자였던 '오코후쿠'를 가짜 주례사 정도의 속임수로 꾀어낼 수 있었던 건 반란 도중까지 함께 싸웠던 형이었기 때문일 거야."

"그렇구나! '오코후쿠'와 그 암살자가 형제였구나!"

시게루 씨는 대학 이름이 붙어 있는 아이스하키 셔츠 위로 가슴을 두드려서 말 그대로 연극적인 상상력을 자극받은 기쁨을 나타냈다.

"이제 비로소 설득력 있는 장면이 떠올랐어. 위쪽에 저택 감옥의 창살이 있고 그 안에 젊은이들이 버티고 있는 거야. 무대 정면에 다다미를 깔고 거기에 소녀 같은 신부가 앉아 있고…. 계략을 숨긴 쇼오야庄屋(에도 시대 마을의 정사를 맡아 보던 사람. 지금의 촌장)가 창살에서 나오라고 권하는 거죠. 젊고 거친 '오코후쿠'가 튀어나오듯이 나타나 조그만 신부 옆에 앉아 축배를 든다, 그때 쇼오야가 칼을 휘두른다. 신부도 상처를 입는다…. 그 '오코후쿠'와 쇼오야가 애초에 형제라고 한다면 자연스레 표현할 수 있어요. 도쿠다 군, 그런 식으로 해 보자구!"

즉흥적인 무대연습에서는 오셋짱이 가짜 결혼식의 신부 역할에 관한 설명을 듣고 상을 치운 방 가운데 방석 위에 앉았다. 오셋짱은 그때 열대여섯 살쯤 되었고 쌀쌀한 가을 날씨라서 스웨터 위에 솜을 둔 조끼를 걸치고 있었다. 세이 씨가 머리에 씌운 쓰노가쿠시(결혼식 때 신부가 머리에 쓰는 하얀 형겊모자) 아래서 마치 그녀와 핏줄이 이어진 만엔 원년 신부의 환영이 어두컴컴한 방안에 떠오르는 듯했다.

'오코후쿠' 역을 맡아 위쪽 창살 안이라고 가정한 곳에 양반다리를 하고 앉은 도쿠다 군에게 쇼오야 역을 맡은 시게루 씨가 지나칠 만큼 온몸에 힘을 주어 말은 하지 않고 코에서 슷슷 하는 소리만 강하게 낸다. 판토마임으로 하는 설득이 성공하여 시게루 씨와 마찬가지로 강하게 악센트를 준 걸음 걸이로 '오코후쿠'가 창살에서 나오자 그를 맞은 쇼오야는 형제다운 우애를 나타내며 그를 신부 옆으로 이끌었다. 축배가 계속되고 있을 때, 시게루 씨가 연기하는 쇼오야는 갑자기 기합을 발하며 상상의 칼로 '오코후쿠'를 베었다….

쌀쌀한 날씨에 결코 움직임이 많은 장면도 아니었건만 연극 연습이 일단락되자 땀투성이가 된 시게루 씨와 도쿠다 군은 창고채의 연습장까지 옷을 갈아입으러 올라갔다.

"기이 형, 이건 옛날부터 '세계무대'가 해 오던 오코후쿠에 대한 마을 연극 그대로 아냐? 물론 연기 방식은 다르지만 이야기 짜임새가 말야. 마을 연극에 준해서 지금까지 기이 형이 간추려 온 거잖아, 오히려 이런 동작 그대로 대사도 이전 것을 외우는 편이 골짜기와 '본동네' 관객들은 받아들이기 쉽지 않을까? 내 대본은 필요 없어."

"엄마도 그러셨어요, 기이 오빠."

동생이 말했다.

"시게루 씨가 준비하는 연극을 도와 달라고 해서 그 일을 맡을 생각으로 K 오빠가 돌아오는 것 같다고 했더니 그건 기이 오빠에게 송구스런 일이 되지 않겠냐고 하셨어. 엄마는 큰어머니와 함께 계속 '세계무대'에 관계해 왔으니까 문학적인 대사 따위는 필요 없다는 걸 알고 계신 거지."

"기이 씨께서는 정말로 K 씨의 희곡이 필요해서 저택 옆에 살면서 그 일을 해 줬으면 하시는 건가요?"

아내가 줄곧 마음에 걸렸다는 듯이 말을 꺼냈다.

"우선 근거치를 만드는 일에 K도 참가했으면 하는 마음이 있어서야. 근거치 운동을 시작하려면 마을 안팎에 대한 문화적 어필이 필요한데 그 단계부터 참가해 달라고 대본 이야길한 거예요."

"K 오빠가 자기 스타일로 연극을 썼다가는 근거치 동료들에게서도 '본동네'와 골짜기 사람들에게서도 유리되어 버리지 않을까?"

누이동생이 물었다.

"K 오빠와 오유 언니가 골짜기로 와 준다면 나로서야 더 바랄 게 없지만 힘든 일은 못하는 K 오빠가 근거지에서 '예술인' 취급을 받는 걸 보고 싶지는 않아요. 요즘처럼 낮에는 멍하니 강 건너를 바라보며 늘어져 있다가 밤에는 저택에서 술이나 마시는 것도 마음에 안 들고."

"하지만 나는 K가 앞으로 계속 소설을 써 가기 위해 필요한, 그런 근거지도 생각하고 있거든. 오히려 K를 위해서도 근거지를 만들고 싶은데."

옷을 갈아입고 온 시게루 씨가 끼어들었다.

"나는 지금 있는 동료들을 위한 근거지라고 생각하고 있었는데. 이곳에서 태어난 사람이라곤 하지만 그 사람더러 일부러 도쿄에서 돌아와 소설을 써 달라고 하기 위해 젊은 사람들과 근거지를 만들고 있다고는 생각지 않아. 물론 근거지에서 맡은 일을 하고 남는 시간에 자기 일을 하는 거라면 그건 자유니까 그런 시간에 소설을 쓰는 거야 좋겠지만…. 나는 기이 씨가 K 씨를 특별 대우할 이유는 없다고 생각해. 도쿠다 군과도 이야기했지만 우리가 할 연극은 전체적인 틀은 이미 짜여 있고 훈련을 하면서 대사도 만들어 갈 수 있을 거야."

모직으로 만든 회색 트레이닝셔츠와, 같은 감으로 만든 바지를 짤막하게 입고 길게 빗어 내린 머리에 고전적으로 생긴 동글납작한 얼굴이 상기된 시게루 씨가 기이 형 정면에 한쪽 다리를 세우고 앉아 이야기하고 있었다. 그 옆에서는 가부좌를 틀고 앉았는데도 앉은키가 눈에 띄게 큰 도쿠다 군 역시 시게루 씨와 같은 생각임을 드러내며 기이 형을 똑바로 바라보고 있었다. 젊은이답게 불그레한 콧날과 두툼한 입술에 턱이 몹시 튀어나와 육감적으로 생긴 도쿠다 군을 보면서 나는 근거도 없이 그가 연습장에서 시게루 씨와 둘이서 스스럼없이 벌거벗고 옷을 갈아입는 모습을 상상했다.

시게루 씨가 품은 의문에 기이 형은 금방 대답하지는 않았다. 시게루 씨가 그런 투로 이의 신청을 하는 것을 이미 몇 번이나 들었던 것처럼 느껴지기도 했다. 무릎 앞에 있던 물로 희석한 위스키를 한 모금 마시더니 도쿠다 군이 기세 좋게 개입했다. 이 지방 사투리에 뿌리를 둔 어린애 같은 응석이 섞인 억양과, 훈련된 표준어 낱말이 뒤섞여 내 귀에는 처음부터 이상하게 들렸다.

"기이 형은 사실상, 시게루 씨와 부부 관계를 맺고 있지만 전쟁 중부터 세이 씨와도 부부나 마찬가지였다고 하더군."

단숨에 거기까지 말한 도쿠다 군은 술이 취해서인지 연극을 연습한 흥분이 남았던 것인지 우히힛! 하며 웃었다. 전쟁 때부터라는 대사를 입에 올리고 보니 굉장히 옛날 일처럼 느껴졌던 것이리라.

"거기다가 오셋짱이 아가씨가 되기를 기다리고 있다고 수군대는 사람들도 있어요…. 그런 식으로 저택을 할렘화하는 한편, 근거지는 옛 친구를 위해 만들고 있다고 한다면 그건 꽤나 에고센트릭한 거 아네요?"

이날 밤, 기이 형은 초겨울 같은 날씨 탓도 있어서 옛날부터 집에 있던 아쓰시厚司(아이누 사람들의 옷감으로 난티나무 껍질로 짠 두껍고 질긴 천이나 옷)를 입고 있었다. 더구나 짤막하게 쳐 올린 머리에 두건을 두르고 있었기 때문에 기이 형이 일어나 상과 큰 접시, 술병을 넘어서 방 한가운데로 뛰쳐나왔을 때 나는 지금 막 연습한 연극 속의 '오코후쿠'가 자기 핏줄을 통해 재현했다는 생각이 들었다…. 기이 형은 연극에서 보는 기세당당한 걸음걸이로 전진하더니 몸을 반쯤 일으킨 도쿠다 군의 가슴팍을 힘껏 차올렸다. 그리고는 쓰러진 도쿠다 군이 몸을 비틀어 도망치려는 것을 쫓아가 멱살을 잡아 일으켜서는 그대로 대청을 가로질러 거친 소리를 내며 토방으로 내려서더니 현관으로 가는 어두운 통로로 끌고 갔다. 그동안 내내 도쿠다 군은 완력으로는 상대가 안 되는 어린애가 아버지에게 완전히 굴복해서 빌듯이, "잘못했어요, 다신 안 그럴게요. 정말 안 그럴게요!" 하며 정신없이 빌고 있었고…. 그 뒤를 한두 박자 늦게 서글프게 우는 소리를 내면서 시게루 씨가 쫓아갔다. 우리는 이 소란에 다들 일어서서 토방 쪽을 바라보고 있었는데 오셋짱 혼자서만 얼굴을 돌리고 도쿠다 군이 앉아 있던 곳까지 가더니, "뭐야, 망할!" 하며 거기 놓였던 브랜드 마크가 붙은 숄더백을 걷어찼다. 그러더니 그대로 자기 방이 있는 방향으로 어두운 복도를 내달았다. 세이 씨는 굳은 표정으로 고개를 숙이고 큰 접시 따위를 대청 쪽으로 치우기 시작했는데…. 어릴 때부터 이런 곤란한 상황에서 타개책을 만드는 데 능숙했던 동생이 나와 아내를 향해 평온한 목소리로 말했다.

"와, 역시 배우 양성 기관에 있던 사람들답게 극적이다. 기이 오빠만은 문외한이지만 좀 전에 연습하는 동안 '오코후쿠'가 물려준 피를 덥히고 있었구먼. … 자, 그럼 오유 언니, 우린 슬슬 골짜기로 내려갑시다. 이 정도로 열연을 한 이상, 오늘 밤엔 기이 오빠도 사람들을 볼 용기가 없을 거야. 세이 씨, 잘 먹었습니다. 상은 그냥 두고 오셋짱한테 가 봐 주세요. 안녕히 주무세요!"

나와 아내와 동생은 벌써 겨울 같은 한기 속에서 말갛게 개어 달도 없는 별 하늘 아래를 걸어 골짜기로 내려왔다. 저택 앞에 언제나 세워져 있는 소형 왜건이 보이지 않는 것은 시게루 씨가 강 아랫마을까지 도쿠다 군을 바래다주러 간 것이리라. 기이 형은 혼자서 서재에 틀어박혔을 것이고. 우리는 동생이 조심스레 비추는 손전등이 밝히는 동그라미를 밟으며 천천히 걸어 내려갔다.

"이래서는 기이 형이 만드는 근거치에 내가 끼어들 순 없겠는걸. 오늘 밤 이야기는 도쿠다 군과 시게루 씨 둘 사이의 개인감정도 들어 있는 것 같아서 좀 복잡하긴 했지만…. 사실 그 정도로 완성된 연극에 내가 새로 대사를 생각할 필요는 없어."

"근거치 일은 현재 진행 상황을 보면 볼수록 이제부터 우리가 참가해서 도움이 되리라는 생각은 안 들어요,"

"그렇지? 오유 언니. 엄마는 여러 가지로 미련이 남겠지만 별수 없지. K 오빠는 골짜기에 돌아오고 나서 기이 오빠와 술은 많이 마셨지만 근거치에서 실제로 진행하는 사업은 별로 둘러보지도 않았잖아. 사실은 숲속으로 돌아온다는 것을 심각하게 생각해 보지도 않았던 거 아냐?"

"아니, 생각은 했어. 다른 것도 이것저것 생각했지만…."

"천하태평이라니까, K 오빠 역시."

동생은 포기했다는 듯이 웃더니 금세 심각한 얼굴로 말했다.

"오유 언니, 기이 오빠가 말하던 지금부터 긴 세월 동안 소설을 쓰면서 살아가기 위해 필요한 근거치라는 거 말야. 그건 오빠에게는 물론이지만 오유 언니를 위해서야말로 필요할지도 몰라. 하지만 그건 역시 K 오빠와 오유 언니 둘이서 만드는 거지, 기이 오빠가 준비해 줄 수 있는 건 아니라고 생각해. … 사실 나는 K 오빠가 숲으로 돌아왔다가는 이제 겨우 밖을 향해 열리기 시작한 기이 오빠의 생활이 다시 제자리로 돌아가 버리고 괴상한 사람 둘이서 사이좋은 클럽을 만들어 틀어박히게 되는 거나 아닐까 걱정하고 있었어."

제11장 사건

    이튿날, 늦가을로 접어든 골짜기에서 도쿄로 돌아오면서 기이 형이 지금 만들고자 하는 근거지로부터 도망치는—장인이 아내에게 한 말을 그것에 긁힌 새로운 상처와 함께 떠올리면서—듯한 기분도 들었다. 이웃 마을에서 마쓰야마로 나가는 택시를 부르는 동안, 엷은 암갈색 이끼가 긴 강바닥이라든가 짙은 암갈색 삼지닥나무 군락이 몇 군데나 자라고 있는, 잡목림 옆의 밤밭을 안방에 누워 바라보면서 내 가슴에는 숙취 탓이라고만은 할 수 없는 아릿함이 배어들었다. 겨울에 가까운 계절인데도 울창한 삼지닥나무 군락은, 일찍이 이곳에서 번성했으나 전후 대장성 인쇄국이 지폐 용지를 전환하여 궤멸되었던 것을 기이 형이 근거치 운동을 통해 재생시켰다는 증거였다. 하얀 꽃이 햇빛을 받아 눈이 부실 정도였다. 삼지닥나무가 한때는 우리 집의 가업이었던 적도 있으니 요컨대 근거치에 참가하지 않는 나는 이곳에 뿌리박고 있는 모든 것들로부터 힐책을 당하는 듯이 느꼈던 것이다.

세이조 가쿠엔의 셋집으로 돌아와 다시 소설을 쓰는 생활을 시작하고 나서도 나는 자주 기이 형이 만드는 근거치를 생각했다. 골짜기에서는 안방에서 맞은편 숲을 바라보았듯이 셋집에 있는 작업실에서는 책상 앞에 난 오래된 유리창 너머로 히말라야 삼나무를 바라보면서. 내가 기이 형의 근거치에 참가했더라면 수험에 실패하던 해 여름에서 초가을에 걸쳐 삼림 조합 일을 하면서 살고 싶다고 생각했던, 그때 바라던 일이 실현되어 다시는 소설 때문에 마음이 어지러울 일도 없이 조용히 만족스런 생애를 보낼 수 있었던 건 아닐까하고….

생각해 보면 그 시기부터 첫 아이가 후두부에 또 하나의 머리 같은 혹을 달고 태어날 때까지 2년이 여태껏 살면서 맞닥뜨린 가장 큰 위기였다고까지 느껴진다. 그 2년 동안, 나는 나만을 위한 어떤 근거치를 확보할 수 있으리라는 가망조차 없이 어중간하게 공중에 뜬 젊은 작가로 살고 있었다. 그 동안에 유럽과 동구를 여행하긴 했지만 외화 반출이 제한되어 있을 뿐 아니라 이곳에서도 생활을 해야 했기에 정말이지 가난하게 떠다녔던 그 나그네 길에서도 나는 도쿄에서와는 또 다른, 공중에 뜬 상태로 살았던 것이다. 귀국해서 쓴『울부짖는 소리』라는 소설의 끝맺음은 다음과 같다. 전후에 성장한 세 젊은이를 보호해 준 어떤 미국인과 몇 년 뒤 파리 길거리에서 재회한 '나'는 그 젊은이들 중 하나인데, 나머지 두 사람 중 하나는 사살되고 또 하나인 재일 한국인은 사형수로 독방에 갇혀 있다는 이야기를 하고 있다. 거기 그려지는 '나'가 품은 기본적인 감정은, 이 2년 동안 의식 표층에 떠올렸든 떠올리지 않았든 기이 형이 권해 준 근거지로 돌아가지 않았던 것에 대한 끊임없는 회한을 반영하고 있는 것 같다.

한겨울 정오를 막 지난 무렵의 햇빛 속에 어린아이가 온 세상을 향해 품은 혐오가 빛으로 바뀌어 나타난 듯한 석양, 그 최초의 징후가 스며들 무렵에도 여전히 다리우스는 조용하고 우울하며 절실하게 속삭이고 있다. 그때쯤 도쿄는 한밤중이어서 구레 다카오吳鷹男가 암흑 속에서 눈을 치뜨고 한 방울의 눈물에 대해 생각하고 있고….

나는 이미 다리우스 세르베조프의 음성을 듣고 있지 않았다. 내 귓속 깊은 곳에서 메아리가 계속되는 울부짖는 소리, 쓸쓸하고 고통에 찬 새벽의 울부짖는 소리를 듣고

있었다. 그것은 구레 다카오와 나 자신이 울부짖는 소리
같았다.

그 2년 동안, 나는 바로 이러한 감정에 사로잡힌 채 ― 그
런데도 역시, 라고 하기보다는 오히려 그래서 더욱 ― 쫓기
듯 이 소설을 써 나갔다. 그리고 일단 근거지에 초청을 받았
으면서 거기서 빠져나온 자신에 대해 원망스런 기분을 버릴
수가 없어 가능하면 기이 형 생각은 하지 않으려고 했던 것
같다. 기이 형 쪽에서도 근거지 사업이 궤도에 오르고 여러
면으로 확장되기도 해서 나에게 편지를 보내는 일이 뜸해졌
다. 기이 형 쪽에 서서 말하자면 나에게 근거지에 참가하라고
권유하는 것은 이미 매듭지어진 문제였으니 새삼스레 나에게
근거지에 대해 이야기할 필요도 없었던 것이다. 이 시기, 기
이 형이 현실 세계를 향해 보이는 관심은 모두 다 근거지를
둘러싸고 전개되고 있었다.

근거지 활동이 얼마나 활발했던지 동생이 나에게 "저택에
서 나오는 빛과 열기가 해질녘이면 스기 주로 너머로 보이는
것 같다"고 써 보낸 적이 있었다. 그것은 동생 역시 근거지에
나가 일하고 땅거미 질 무렵 골짜기로 내려오면서 숲속에서
돌아본 광경이리라고 나는 짐작했는데….

앞서 쓴 것처럼 머리에 이상이 있는 아기가 태어난 것은

528

근거지에서 돌아온 지 2년 후의 일이다. 안개비가 바람을 타고 날리는 6월의 밝은 아침, 자전거를 타고 은행나무 신록 그늘을 지나 병원에 간 나는, 엊저녁부터 입원하고 있던 아내가 기형아를 낳았다는 이야기를 의사에게서 전해 들었다. 아직 20대 중반이었던 오유는 오랜 진통 끝에 드디어 아이가 몸 밖으로 나온 순간, 간호사가 악! 하고 내지르는 소리를 들었다….

아기를 태운 구급차에 동승하여 이타바시板橋구에 있는 대학병원으로 가는 동안 역시 20대 중반의 청년이었던 나는 약간은 달콤한 맛도 나는 눈물을 내내 흘리고 있었다. 아기는 그날 중으로 죽을 거라고 생각했던 것이다. 그러나 날이 가면서 아기에게 수술을 받게 한다는 과제가 전혀 달콤하지 않은 무게로 나에게 닥쳐왔다. 대학병원에서 수술을 받더라도 기껏 성공해 봤자 '식물인간'이 될 터이니 거부하라는, 처음 병원에서 들은 이야기가 되살아나 언제까지나 사악한 메아리로 울리고 있었다. 오유가 산후의 회복을 기다리고 있는 병원에서 전철을 갈아타고 대학병원으로 와서 유리 너머로 본 내 아기는 태어날 때부터 고난을 짊어진 다른 친구들에 비해 공격적일 만큼 생명력에 넘치는 또 하나의 머리를 과시하고 있었다. 내가 날마다 대학병원에 얼굴을 내미는 것은 아기의 상태를 걱정해서가 아니었다. 머리 뒤에 붙은 미끈미

끈한 혹과 함께 날마다 성장해 가는 신생아에게서, 평생 지게
될 책임을 피해 보려 도망 다니면서도 정신이 들어 보면 어
느새 나는 특수아실 유리창 앞에서 있곤 했다.

하지만 시간이 지나면서 내게 변화가 생겼다. 붉은 혹을
달고 있으면서도 있는 힘을 다해 살아 보려는 아기에 대해
나도 적극적으로 한 걸음 나서서 그것을 받아들일 수밖에 없
다는 생각을 하게 된 것이다. 나는 대학병원에 수술을 신청
했다. 아기는 혹의 무게에서 자유로워져 확실한 생명의 과정
을 걷기 시작했다.

물론 머리의 수술이 성공한 뒤에도 — 아기는 '식물인간'은
아니었지만 장애를 피할 수 없다는 것도 분명했다 — 내가
일생 동안 그와 공생하겠다는 의지를 확실히 굳히지는 못했
다. 그저 젊은 아버지인 나는 계속 찾아오는 동요의 여파 속
에서 반쯤은 얼이 빠진 채 바쁘게 돌아다니고 있었을 뿐이다.
오히려 막 퇴원해서 아직 충분히 체력을 회복하지 못한 오유
가 아기가 있는 병원에 다니며 적극적으로 움직였다. 그녀는
또한 자기 친정은 물론, 내 어머니와 동생에게도 면밀한 보
고를 하고 있는 모양이었다.

내 쪽에선, 아기가 태어난 뒤 이어진 그 무덥던 여름에서
가을에 걸쳐 여전히 회한 섞인 감정으로 숲속 토지를 떠올리
곤 했다. 그 골짜기에서 수백 년간 조상들이 호흡해 온 공기

를 숨 쉬며 그들이 마셔 온 물을 마시고 있었더라면 도회의 더럽혀진 공기와 물로 인한 기형이 태어나지는 않았을 것을…. 이것은 숲속 근거지로 오라는 권유를 받았으면서 그곳으로 돌아가기를 거절한 나에게 숲의 힘이 내린 하나의 벌이라고….

하지만 숲속에서는 훨씬 적극적인 방법으로 우리들 젊은 부모와 신생아에 대해 생각하고 있었다. 어느 가을 저녁, 어머니는 '본동네' 저택에 혼자 올라가셨다. 기이 형은 어머니에게, 중요한 이야기라면 '아름다운 마을'의 진척 상황을 보여 드리고 나서 듣자며 산책을 제안했다. 폭포 옆으로 올라가 고개에 서서 덴쿠보에 건설 중인 '아름다운 마을'을 탄성을 올리며 둘러본 어머니는, 나는 앞으로 20년은 더 살 것 같으니 손자를 데려다 기르고 싶다, 고 말을 꺼냈다.

"그 뒤에는 내 명의로 되어 있는 숲 가장자리 토지를 기이 씨가 사들여 그 돈과 함께 손자를 근거지에 받아들여 줄 수는 없을까…."

기이 형은 마을 노인들이 곧잘 하듯이 커다랗게 박수를 쳐서 찬성을 표시했다.

이날 어머니가 나름대로 기이 형과 만나 아이를 숲속 골짜기에 맞아들여 함께 살고 싶다고 말한 이유는, 어떤 문제이든 시간을 들여 곰곰이 생각하고 나서야 비로소 입 밖에 내는 어머니의 이야기 방식 그대로 뒷날 누이동생을 통해 나와 아내에게 전해졌다.

1. 숲속 토지에서 지낸다면 머리에 장애를 지닌 아이라도 괴롭힘을 당하지는 않을 것이다.

2. K는 도쿄에서 공부를 마치면 골짜기에 돌아와 살 줄 알았는데 그렇게 하지 않았다. K 대신 그 아들이 숲속 토지에서 살아 준다면 무엇보다도 조상님이 좋아하시리라고 믿는다. 하지만 당시 우리들에게는 아들에 대한 어머니의 제안을 천천히 생각할 겨를이 없었다. 일단 머리 수술의 상처가 아문 아들을 집에 데려오고 나서도 자주 병원에 다녀야 하는 건 물론이고 손발 관절에 구루병 증상까지 나타나 마사지도 받으러 다녀야 했기 때문에 우리 부부는 무척 바빴다. 그러면서 나는 기형아 출생을 둘러싼 소설을 쓰기 시작했다. 그것은 나와 아내의 생활에 어떤 일이 일어났는지를, 수동적인 태도가 아닌—시게루 씨가 한 말이라며 기이 형이 들려주었던 "수동적인 것은 좋지 않다"는 말을 자주 떠올리곤 했는데— 그리고 시간의 흐름에도 휩쓸리지 않는 방법으로 이해하려는 시도였다.

우선 나는 사실대로 서술하지 않고, 기형아를 어둠 속에 묻어 버린 젊은 아버지라는 설정으로 『하늘의 괴물 아구이』란 단편을 썼다. 그러고 나서 비로소 나는 비정상으로 태어난 아기에게서 도망치려고 획책하지만 결국은 그를 받아들이고 공생할 결심을 하는 청년을 주인공으로 삼아 장편을 쓸 수 있었다. 간행된 직후, 이 장편『개인적인 체험』에 대해서는 어둡고 절박한 진행 과정에 비해 결말은 무책임한 전환이 이루어졌다는 비평이 있었다. 소설의 9할 정도는 높이 평가하면서도 이 결말 부분에 대해서는, "영화는 해피 엔딩이 아니면 안 된다는 프로듀서에게 굴복한 감독처럼"이라고 비평한 미시마 유키오三島由紀夫의 서평이 비평가들 대부분을 선도하는 역할을 하고 있었다.

그리고 실로 오랜만에 기이 형은 이러한 비평들을 날카로운 눈으로 빠짐없이 읽고 있음을 알 수 있는, 그리고 젊은이들을 조직하고자 노력해 온 인간다운 실제 제안도 포함한 편지를 보냈던 것이다.

이번에 K가 발표한 소설이 뜬금없는 해피 엔딩이라는 비판, 그것은 여러 가지 형태로 눈에 띄더군. 그리고 그것들은 모두 옳지 않을까? 나는 K가 소설을 읽을 오유 씨의 기분도 배려하고 있었다는 것을 알 수가 있어. 하지만 이건 아사짱 이야긴데 그렇다면 K는 평소에 보여 준 상상력에 근거하여 완전히 허구의 이야기를 만들었어야만 해. 실제 경험을 바탕으로 한 소설을 이렇게 빨리 발표하는 게 아니었어. 그리고 다시 생각해 보면 이런 게 아닐까? K와 오유씨에게 이번에 태어난 아기는 — 천하태평인 자네가 지금 의식하고 있는 것 이상으로 — 평생 짐이 되겠지. 그렇다면 아기와 자네 부부가 걸어갈 미래를 밝은 방향으로 점치듯이 — 아직 어린애였던 내가 기특하게도 분투했던 '천리안'의 희비극을 생각하시라 — 소설을 해피 엔딩으로 만들려 했던 젊은 작가 자네에게 나는 공감하네! 하지만 소설 자체가 살아 있는 생명체로서 갖는 구조를 생각하면 재고해야 했던 것이 아닐까? K가 이미 비판에 답하는 에세이에도 쓴 것처럼 최후 부분의 별표 부분에서 소설을 끝내고 나머지는 잘라 버려도 좋을 것 같아.

....

고개를 끄덕이고 버드는 술집을 나섰다. 그가 잡은 택시는 비에 젖은 도로를 무서운 속도로 질주했다. 만약 아기를 구해 내기 전에 내가 지금 사고로 죽는다면 내가 지금까지 살아온 27년은 송두리째 무의미해져 버린다, 라고 버드는 생각했다. 일찍이 맛본 적이 없는 극심한 공포심이 버드를 사로잡았다.

* * *

이걸로 끝. 그런데 일단 그렇게 하고 보니 소설 전체를 부드럽게 끝맺으려면 그 뒷부분을 살리는 게 좋을 것 같다는 미련이 남기도 해. 자, 그렇다면 어떻게 할 것인가? 나머지 부분 중에서 뜬금없는 해피 엔딩이라고 비판받은, 조금이라도 그런 낌새가 있는 곳들을 모두 빼 버리면 어떨까? 이 편지에 붙여 놓은 부분은 K가 서명해서 보내 준 책이 아니라 출판되자마자 아사짱이 마쓰야마까지 가서 사다 준 책에서 잘라 낸거야. 뒤에 붙여 놓고 삭제해도 좋을 것 같은 부분을 선으로 지워 볼게. 자기 작품에 다른 사람이 그런 짓을 하는 것이 불쾌하겠지만 한번 검토해 봐 주게나.

....

가을이 끝나 갈 무렵이었다. 버드가 신경외과 주임에게 퇴원 인사를 하고 돌아왔더니 아기를 안고 있는 아내를 사이에 두고 특수아실 앞에서 장과 장모가 미소지으며 기다리고 있었다.

"축하하네. 버드, 자네를 닮았군"

장인이 말을 걸었다.

"그렇군요"

버드는 소극적으로 대답했다. 아기는 수술 후 일주일 지나자 인간에 가까워졌고 다음 일주일 동안엔 버드를 닮아 갔다.

"머리의 뢴트겐 사진을 빌려 왔으니 나중에 보여 드리겠지만 두개골의 결손은 직경이 겨우 몇 밀리쯤 되는 거라서 지금도 벌써 아물고 있대요. 뇌의 내용물이 반으로 나온 것은 아니니까 뇌 헤르니아는 아니고 단순한 육종이었나 봐요. 잘라 낸 혹 속에는 탁구공같이 하얗고 딱딱한 것이 두 개 들어 있었다는군요."

"수술이 성공해서 정말 다행이야."

수다를 떠는 버드의 말 틈새를 잡아 장인이 말했다.

"수술이 오래 걸려 계속 수혈을 했는데 버드는 몇 번이나 자기 피를 제공해서 마침내 드라큘라에게 물린 공주님처럼 창백해졌었어요."

기분이 좋은 듯 장모가 드물게 보는 유머를 섞어 말했다.

"버드는 굉장한 활약을 했어요."

갓난아기는 급변한 환경에 놀라 위축된 것인지 입을 다물고 아직 거의 보이지 않을 눈으로 어른들의 모습을 살피고 있었다. 버드와 교수는, 몇 번씩이나 아기를 들여다보느라 자꾸만 그들보다 뒤처지는 여자들보다 몇 걸음 앞에 서서 걸었다.

"자넨 이번 불행을 정면으로 받아들여 잘 싸웠어."

교수가 말했다.

"아뇨, 저는 자주자주 도망치고 싶었습니다. 거의 도망쳐 버릴 뻔도 했구요."

버드가 말했다. 그리고는 자기도 모르게 원망을 참는 듯한 목소리가 되었다.

"하지만 이 현실을 살아간다는 것은 결국, 정통적으로 살라고 강요당하는 일 같더군요. 기만의 함정에 빠져 버릴 것 같다가도 어느샌가 그걸 거부할 수밖에 없게 되는, 그런 식으로 말입니다."

"그런 식이 아니더라도 현실을 살 수는 있어, 버드. 기만에서 기만으로 개구리처럼 건너뛰면서 죽을 때까지 사는 인간도 있거든."

버드는 잠깐 눈을 감고 며칠 전 아프리카 잔지바르행 무역선을 탄 히미코火見子 옆에 있던 소년 같은 남자 대신 갓난아이를 죽인 버드 자신이 올라타고 있는, 충분히 유혹적인 지옥 풍경을 그려 보았다. 히미코가 말하는 소위 또 하나의 다른 우주에서는 그런 현실이 전개되고 있을지도 모른다. 그러고 나서 버드는 자기 스스로가 선택한 이쪽 우주의 문제로 돌아오기 위해 눈을 뜨고 이렇게 말했다.

"~~아이는 정상으로 자랄 가능성도 있지만 IQ가 극단적으로 낮은 아이가 될 가능성도 있습니다.~~ 나는 아이의 장래 생활을 위해서도 일을 하지 않으면 안 되겠지요. 물론 선생님께 새로운 일자리를 부탁드리려는 것은 아닙니다. 그런 실수를 했으니 선생님 쪽에서도 제 쪽에서도 허용될 수 있는 한계를 넘은 것이라고 생각합니다. 저는 학원이나 대학 강사처럼 상향 단계라는 것이 있는 커리어와는 완전히 인연을 끊을 작정입니다. 그리고 외국인 관광객을 상대하는 가이드를 하려고 합니다. 저는 아프리카에 여행을 가서 현지인 가이드를 고용하겠다는 꿈을 지니고 있었는데 이젠 거꾸로 일본을 찾아오는 외국인을 위해 현지인 가이드 역을 하려는 거죠."

....

이 뒷부분은 마지막 행까지 전부 살려 둬도 좋아. 앞부분만 삭제해도 해피 엔딩이라는 비판을 뒤집을 수가 있고 더구나 자네가 원하는 메시지는 충분히 전달되지 않겠어? 내가 비평을 할 생각은 없지만 노회한 비평가들 앞에 K가 무방비 상태로 서 있는 것을 보면 자네를 위해 뭔가 하고 싶다는 기분이 들어서 말야.

내가 이 긴 편지를 읽고 내가 가진 소설의 텍스트와 대조하는 동안, 오유는 조리대가 붙어 있는 낡은 양옥의 식당 겸 거실에서, 내가 앉은 검은 나무의자 옆에 있는, 역시 싸게 사온 나무의자에 허리를 똑바로 펴고 앉은 채 고개를 약간 기울여서 방안에서 단 하나 하얀색인 아기 침대 속에 누운 아이를 지켜보고 있었다. 그가 보지 못한다는 것은 이미 확실했지만 청력에 한해서는 가능성이 남아 있었고 아내는 날마다 나지막한 소리로 FM 클래식 방송을 틀어 놓고 반응을 살피고 있었다.

그런 시간 속에서, 기이 형에게 숲속 근거지가 있다면 내가 지닌 근거지는 이 아들과 아내가 있는 도쿄의 가정이라는 확신이 강하게 솟아올랐다. 그리고 나는 내 소설에 관한 기이 형의 간절한 제안에 대해서 근거지로 돌아오라는 지난번 권유와 함께 다시 한번 고개 숙여 고마움을 표하면서도 텍스트를 새판으로 바꾸지는 않으리라 생각했다. 그렇게 결심함으로써만 나는 기이 형과 숲에 둘러싸인 토지가 끌어당기는 힘으로부터 도쿄에서의 내 삶을 확실히 자립시킬 수 있다고 느꼈던 것이다….

그리고 그 이듬해 봄, '사건'이 일어났다. 전국지에도 조그맣게 기사가 실렸다는데 나는 전혀 모르고 있다가 동생이 보낸 편지를 받고 비로소 '사건'을 알게 되었다. 그날, 동생의 편지는 보통우편과 속달이 각각 한 통씩 앞서거니 뒤서거니 배달되었다. 나중에 읽어 본 보통우편에는 기이 형이 꾸리는 근거지가 새롭게 전개되는 내용이 담겨 있었기에 속달이 전하고 있던 기이 형과 관련된 사건은 한층 더 기괴하게 여겨졌다.

동생은 속달편지에 이렇게 썼다. 전화를 하면 골짜기 전화국의 교환수가 엿들을까 봐 편지로 알린다. 이미 신문 보도를 읽어서 놀라고 슬퍼하고 있겠지만 기이 형이 강간살인 혐의자로 체포되었다. 기이 형은 시게루 씨를 강간하려다가 저항하자 돌로 머리를 내리치고 말았다. 그 뒤에 겁탈을 했다는 사람들도 있다. 저택에서 줄곧 부부처럼 지내 온 두 사람이니 우리에겐 믿기지 않는 이야기지만 상황 증거로 보아 범행 사실은 움직일 수 없는 모양이다. 누이동생은 그런 말과 함께 지방 신문을 오려 내어 동봉하면서 더욱 자세한 설명을 덧붙이고 있었다.

기이 형은 '아름다운 마을'에서 꽃구경을 마치고 밤 11시가 넘어 숲속의 소가 주로 머리 무덤으로 가는 좁은 길 입구에 소형 왜건을 세우고 함께 타고 있던 시게루 씨의 머리를 돌로 내리친 후 강간했다. 두개골이 부서진 시게루 씨의 시체를 그대로 버려둔 채 저택으로 돌아와 세이 씨더러 강 아랫마을에 있는 경찰서에 연락을 하라고 일렀다. 그러더니 시게루 씨가 육체 훈련을 하던 연습장, 즉 창고채 2층으로 혼자 올라간 기이 형은 거기 놓여 있는 연극을 위한 화장품 속에서 붉은색 안료를 고르더니 짧게 자른 머리와 얼굴에 온통 칠하고 항문에 오이를 꽂은 알몸뚱이로 에비스가 놓여 있는 튼튼한 대들보에 로프를 걸어 목을 매려 했다. 연극의 소도구인 로프를 한 아름이나 되는 높은 대들보 너머로 던져 걸려고 했으나 잘되지 않았다.

그 탁, 탁, 하는 소리를 듣고 세이 씨는 기이 형이 어디 있는지를 알아챘다. 그때까지 세이 씨는 오셋짱을 깨워 저택을 여기저기 찾아다니고 있었던 것이다. 어두운 계단을 달려 올라간 세이 씨과 오셋짱은 묘하게 높은 곳에서 조용해진 기이 형을 발견하고 온몸으로 그에게 부딪혔다. 퍽 하는 큰 소리를 내며 기이 형은 떨어졌고 세이 씨과 오셋짱도 함께 바닥에 굴렀다. 한참 동안 두 사람은 기이 형에게 매달려 큰 소리로 울었다. 하지만 기이 형이 축 처져 움직이지 않기에 정신을 차리고 벗어 던진 속옷과 셔츠, 바지를 입혔다. 항문에서 일부만 드러난 오이를 보고 내장이 삐져나온 것인 줄 알고 당황한 세이 씨가 안으로 밀어 넣으려다가 오이라는 것을 깨닫고 뽑아내서 열려 있던 석회 창틀 밖으로 집어 던졌다. 근처에 뒹굴고 있던 오래되어 땀 냄새가 밴 수건으로 머리와 얼굴에 칠한 붉은 안료를 닦아 주기도 했는데 문득 보니 방금 입힌 셔츠도 바지도 오돌토돌한 덩어리 같은 것이 섞인 피로 더럽혀져 있었다. 더운물과 갈아입힐 옷을 가져오라는 말을 듣고 계단을 내려갔던 오셋짱이 안채 입구에서 경관 두 사람과 마주쳐 그대로 그들을 안내해 왔다. 기이 형은 붉은 안료와 피, 뇌수를 씻어 내지도 못한 채로 경찰차로 호송당하게 된 것이다.

동생의 편지에는 시게루 씨 쪽 사정이 생략되어 있었지만 지방 신문은 그것을 자세하게 전하고 있었다. 시게루 씨는 덴쿠보에서 꽃구경을 하는 동안, 자신은 저택을 나와 도쿄로 돌아갈 것이고 근거지에서도 빠지겠다는 이야기를 꺼냈다. 그에 대해 기이 형은 확실한 반응을 보이지 않았고 이미 짐을 꾸려 놓았던 시게루 씨는 밤이 되자 말없이 저택을 나왔다. 요즈음 창고채에 설치한 연습장에 기거하던 시게루 씨를 데리고 나가는 일은 연극 훈련에서 조수 노릇을 하고 있던 도쿠다 군이 맡았다.

시게루 씨는 도쿠다 군이 타고 온 오토바이에 트렁크를 묶어 올려놓고 처음에는 도쿠다 군이 미는 오토바이 옆을 걸어서 출발했다. 도쿠다 군은 큰 대숲의 갈림길에서 비로소 오토바이 엔진에 시동을 걸었고 거기서부터 시게루 씨는 트렁크 위에 올라탔다. 그렇게 주의를 했는데도 오토바이가 내는 배기음은 '본동네'에서 골짜기로 내려가는 동안에 바람이 몰아치듯이 저택까지 들려왔다. 그 시절에는 골짜기에도 '본동네'에도 오토바이를 가지고 있는 젊은이는 없었다. 웬일로 서재에서 혼자 술을 마시고 있던 기이 형이 그 배기음을 듣고는 세이 씨더러 시게루 씨를 보고 오라고 했는데 연습장은 비어 있었다. 세이 씨가 말리는 것을 뿌리치고 기이 형은 소형 왜건으로 추적에 나섰다. 시게루 씨를 짐받이에 태운 도쿠다 군의 오토바이를 따라잡은 것은 이웃 마을을 지나 산쪽으로 들어서서, 구불구불한 비탈을 넘으면 마쓰야마에 도달하게 되는 오르막길 입구에서였다.

비탈길 대신에 쓰일 우회로를 만드는 공사 현장 간이식당에 있던 종업원이, 뒤쫓아 온 왜건에서 내린 머리를 짧게 깎은 30대 남자와 오토바이 뒤에 타고 있던 젊은 여자가 옥신각신하는 것을 목격했다. 오토바이를 운전하고 있던 젊은이는 공사로 파 올린 진흙이 밀려 나와 있던 도로에서 미끄러져 넘어지려던 참에 왜건이 쫓아오는 것을 눈치채고는 여자가 미처 오토바이에서 내리기도 전에 관목 수풀로 뛰어들더니 저수지 쪽으로 도망쳐 버렸다.

그러는 동안 기이 형은 쓰러진 오토바이에서 왜건으로 트렁크를 옮겼고 시게루 씨도 순순히 조수석에 올라탄 모양이었다. 왜건은 이웃 마을 길 한가운데를 — 경찰서 앞을 포함하여 — 전혀 미심쩍다는 인상을 남기지 않고 통과했다. 강줄기를 따라 나 있는 현도로 올라간 왜건은 골짜기를 조용히 통과하여 '본동네'로 향했다. 큰 대숲이 있는 곳에서 삼나무와 활엽수림 속으로 난 옛길을 따라 작은 언덕 꼭대기에 나서기 직전, 소가 주로의 머리 무덤으로 가는 모퉁이에서 '사건'이 일어난 것이다. 어째서 그곳을 선택했는지 그 이유는 알 수 없지만 기이 형은 그곳에 차를 세우고 시게루 씨를 강간하려 했다. 조수석에서 도망쳐 나간 시게루 씨는 길옆에 있던 고래 모양을 한 평평한 바위에 두개골이 부서져 내용물이 나올 때까지 쾅쾅 내동댕이쳐져 — 돌덩이로 맞았다고도 한다 — 의식을 잃은 채 강간당했다. 그리고 나서 다시 시게루 씨는 돌덩이로 뇌수가 튀어나와 흩어질 정도였던 최후의 일격을 당한 것이다.

기이 오빠가 데모에서 머리에 상처를 입었다는 통지가 왔을 때는 두개골이라는 말이 불길하고 무서운 이름처럼 느껴졌습니다. 그런데 상처가 나은 기이 오빠가 그때까지 젊은 은둔자 같이 살던 생활을 버리고 적극적으로 근거치 운동을 시작하자 두개골의 상처라는 것이 뭔가 유머러스하고, 반드시 마이너스만은 아닌 듯 느껴졌습니다. 그 증거로는 도쿄의 첫아기가 두개골에 디펙트가 있다는 이야기를 들었을 때, 분명히 K 오빠와 언니의 불행이라고 슬퍼하면서도, 그렇지만 수술이 잘 되면 아기는 근거치를 가진 기이 오빠처럼 오히려 건강해지는 게 아닐까, 어머니와 그런 이야기를 했을 정도랍니다. 하지만 지금 다시 두개골이라는 낱말은 온통 타르를 흠뻑 발라 놓은 듯 더럽혀진 낱말이 되고 말았습니다.

동생은 그렇게 적고 있었다. 또한 시게루 씨의 죽음에 대해서 이렇게 말하기도 했다.

소가 주로의 머리 무덤 모퉁이에 와서 오르막길이 완만해지자 그때까지 로우 기어로 액셀러레이터를 밟아 대고 있던 기이 오빠가 운전에 익숙치 않은 사람답게 허둥지둥한 게 아닐까요? 게다가 숲을 빠져나와 언덕으로 나서면 저택 일대가 늦게 나온 달빛을 받아 떠올라 보이거든요. 그것을 본 시게루 씨가 이제부터 계속 이 숲속 토지에 얽매이는 것인가 하는 기분이 치밀어 올라 순간적으로 문을 열고 뛰쳐나간 것이 아닐는지요? 그러다가 길옆에 있는 고래 바위에 머리를 부딪혀 죽을 정도로 심한 상처를 입은 것이 아닐까요? 그런 시게루 씨를 병원으로 옮겨도 가망이 없으리라고 느껴 절망한 기이 오빠가 고통이라도 덜어 주려고 부서진 두개골을 돌로 내리친 것 아닌가요? 기이 오빠는 도쿄에서 머리를 다쳤을 때 너무나 머리가 아파서 이럴 바에야 차라리 한 대 더 얻어맞아 죽었더라면 편했을 것이라는 생각을 몇 번이나 했노라고 우리에게 이야기한 적이 있습니다.

시게루 씨는 부상한 기이 형을 구했고 그를 더욱 든든하게 일으켜 세우겠다는 생각으로 시코쿠 숲속까지 따라왔다. 그 결과, 함께 근거지를 추진하게 되었고 기이 형과 육체관계를 가졌던 것이다. 그런데 몇 년에 걸쳐 연극 공연을 위해 육체 훈련을 하는 동안 시골 젊은이들이 아니라 도쿄에서 전문 훈련을 받은 배우들과 함께하는 연극을 그리워하게 되었다. 그런 기분을 차오르게 하는 매개 역할을 한 사람이 도쿄에서 대학 연극과에 다니던 도쿠다 군이었다.

시게루 씨가 기이 형에게 지녔던 감정이 퇴색하게 된 데는, 기이 형 쪽이 시게루 씨가 진행하는 연극 활동에 점점 냉담해져서 그것을 근거지 젊은 사람들을 위한 레크리에이션 정도로밖에 여기지 않게 되었다는 데도 이유가 있었다. 그것이 시게루 씨에게는 불만이었고 이 숲속 토지에서 정말로 연극을 이해하고 연극을 필요로 하는 사람은 자기와 도쿠다 군뿐이라고 생각하게 되었다. 또한 기이 형은 시게루 씨와 성 관계를 가지면서 세이 씨와도 여전히 관계를 계속했던 모양이었고 시게루 씨와 정식으로 결혼할 계획이 화제에 오르는 일도 없었다. 그러다 보니 시게루 씨는 언제부턴가 창고채의 연습장에 기거하면서 기이 형이 가까이 오는 것을 거부하게 되었던 것이다.

기이 오빠가 어째서 그런 일을 했는지에 대해서 나는 어떤 이유도 발견할 수가 없고 그저 쓸데없는 회한에 사로잡혀 있을 뿐입니다. 강 아래 비좁은 길거리, 경찰서 가까이에서 접촉 사고라도 내서 음주 운전으로 잡혀 있었더라면, 골짜기에 돌아왔을 때 시게루 씨가 우리 집 앞에서 막무가 내로 내렸더라면 그 일은 일어나지 않았을 텐데, 그것도 이런 시기에…. 지난번 편지에도 썼습니다만 기이 오빠의 근거치는 숲속 토지에서 백 년 전에 일어났던 두 개의 반란이 이루어 낸 정도의 커다란 개혁을 성취할 듯한 기세였습니다. 그런 기이 오빠가 어째서 그 일을 하게 된 것일까? K 오빠가 처음 불어를 배우기 시작했을 때 곧잘 이야기하던 부조리(압쉬르디테)란 것이 이런 건가 생각합니다. 밤에 잠을 이루지 못하고 숲을 휘도는 바람 소리를 듣고 있노라면 거기서 수많은 이들이 아아, 그 일이 일어나지 않았더라면, 하는 회한의 소리를 지르고 있다고 여겨질 때가 있습니다.

스물일곱 살이 되도록 한 번도 그런 일이 없었던 동생이 슬픔에 찬 상념을 드러낸 편지를 나는 가슴이 찢기는 듯한 기분으로 읽었고 얼마 동안은 기이 형에 대한 생각은 오히려 엷어지고 동생의 어린 시절로 마음이 가 있었다. 나와 똑같이 숲속 토지의 사람으로서 누이동생에게도 커다란 회한에 갇혀 버리는 성벽이 있다면 거기서 제대로 회복할 수 있을까 하는 불안한 기분으로. 그러고 나서 나는 '사건'이 일어나던 날 오후에 도착한 또 한 통의 편지를 읽었다.

거기서 동생은 언제나처럼 명랑한 현실주의자였다. 올가

을에 있을 촌장 선거에 기이 형을 후보로 세우려는 계획은 얼마 전부터 K 오빠에게도 알려 둔 바와 같다. 자신은 어머니의 도움을 빌려 골짜기에서 '본동네'까지 여성표는 대충 다 챙겨 두었다. 이제 겨우 선거권을 얻을 나이가 된 아가씨부터 이미 집 밖에도 나서지 않는 할머니까지 활기 있고 강하게 반응하는 데 놀랄 수밖에 없다…. 마을의 젊은 아가씨들이 기이 형을 지지하는 까닭은, 젊은이들이 근거지에 참가함으로써 도회지로 빠져나가지 않고 고향에서 일하면서 가업을 다시 일으키겠다는 의욕을 불태우고 있기 때문에 골짜기나 '본동네'에서 시집갈 곳을 확보할 수 있다는 즐거움 때문이다. 또 나이가 든 여자들 입장에서는 젊은 사람들이 마을에 붙어 있으면 노후의 외로움이 약간은 줄어드는 것이다. 게다가 다들 마을에 활기가 돌아왔다고 생각하고 있어서 여자들이 기이 형을 구세주처럼 떠받들고 있다. 동생이 어머니와 함께 찾아갔던 '본동네'의 깊은 산속 부락에는 기이 형이 어렸을 때 '천리안' 역할을 해냈던 것을 소중한 기억처럼 이야기하며 기이 형이 저택의 어느 누구보다도 더욱 자기들을 한 가족처럼 생각해 준다고 말하는 전쟁미망인도 있었다….

동생이 새삼스레 분석하는, 기이 형을 촌장 선거에 내보내야 하는 긴급한 필요성. 요즈음 강 아래 이웃 마을과 마을 병합에 관한 이야기가 오가고 있다. 3선을 노리고 있는 현재의 촌장은 적극적인 병합 추진파. 그런데 우리 마을은 이제 합병할 필요가 없다. 근거치에서 수확한 표고버섯을 생으로 도쿄·오사카로 공수하는 시스템이 급속히 발전하고 있다. 소규모이긴 하지만 화지 제조 공장이 다시 문을 열어 마쓰야마에서 단체 버스로 찾아온 이들이 견학을 하고 물건들을 사 가지고 간다. 이웃 마을을 포함해서 병합 대상에 들어 있는 마을 중에서는 우리 마을이 가장 잘 살고 젊은 사람들의 앞날도 확실하다. 오히려 그렇기 때문에 현 쪽에서는 병합에 열을 올리고 있다. 더구나 이 지방 출신 국회의원이 현재 촌장을 하고 있는 이의 조카인데 자민당 내에서 유력한 파벌에 속해 있다. 그야말로 수완가여서 중앙과 현에서 예산을 따다가 임도 개발, 제방 건설 등을 추진하고 있다. 나아가 마쓰야마에서 차로 40분 정도만 달리면 도착할 수 있는, 그 어디보다 월등한 환경을 갖춘 골프장을 건설한다는 플랜도 내세우고 있다. 그것을 실현하기 위해 마을병합은 편리한 발상이었다. 기이 형이 지도하는 근거치는 임업·농업을 일으켜 새로운 산업을 만들어 내지만 동시에 숲이나 '본동네', 골짜기도 가능하면 파괴하지 않고 그야말로 좋은 환경 속에서 활력이 넘치는 생활을 건설하는 것이다. 놈들과 싸워서 이겨야만 한다….

K 오빠에게는 T 씨 같은 훌륭한 음악가 친구가 있으니까 올여름에는 그런 분들에게 부탁해서 마을에 돌아와 문화 행사를 열어 줄 수 없을까요? 사실 시게루 씨가 준비하던 연극은 이 지방 사람들에게는 그다지 매력이 없습니다. 훌륭한 음악가라든가 배우들이 와서 응원을 해 주신다면 지금까지 오빠가 기이 오빠에게 지도받고 도움을 받은 데 대해 조금은 보답이 되지 않겠느냐고 어머니도 말씀하고 있습니다. 기이 오빠 자신이 K 오빠에게 편지로 말했겠지만 조금씩 실현되고 있는 '아름다운 마을' 구상에는 장애아와 노인을 위한 시설도 들어 있어요. 앞으로 어머니는 거기서 히카리와 살고 싶다고 생각하시는 듯합니다. K 오빠와 친구분들이 '아름다운 마을'에서 문화 행사를 연다면 마쓰야마 신문사 기자들은 기이 오빠가 선거에서 유리하도록 기사를 써 주겠지요. 기이 오빠는 지금까지 살아오면서 기력도 체력도 지금만큼 좋았던 적이 없었다고 세이 씨에게 말하더랍니다.

기이 형의 공판이 시작될 때까지 나는 그와 면회는커녕 편지도 주고받지 못했다. 법규로 허가된다 하더라도 기이 형이 그것을 거부하고 있는 모양이었다. 그래도 공판 때는 숲속 골짜기로 돌아가 마쓰야마의 재판소에 다닐 작정을 하고 있었다. 하지만 누이동생은 기이 형이 세이 씨를 통해 내게 방

청하러 오지 말라고 했다는 말을 전해 왔다. 기이 형은 근거치 젊은이들이 기이 형이 받을 재판을 지원할 조직을 만들려고 하는 것도 지원받을 근거가 전혀 없다며 거절했다. 더구나 그가 없는 동안, 근거치 활동을 계속해 줄 것을 기대하는 것 같지도 않고 젊은이들과 면회하려고도 하지 않는다. 변호도 국선 변호사에게 맡겨 놓았다는 것이다.

그래도 어쨌든 제1회 공판이 끝난 직후, 나는 골짜기로 돌아갔다. 세이 씨는 오셋짱과 단둘이서 저택을 지키고 있었는데 지금까지 신문 기자라든가 특히 '사건'을 엽기적으로 다루는 주간지 기자들에게 시달려 남들이 저택에 접근하는 것을 완강히 거부하고 있었다. 누이동생이 저택에 얼굴을 내밀 때도 미리 정해 놓은 대로 두 번 벨이 울리면 끊는 식으로 전화를 걸고 나서야 찾아간다고 한다. 그래서 나는 그런 절차를 거쳐 누이동생이 세이 씨에게 연락을 한 뒤 밤이 되면 오라고 한다기에 달도 없는 어두운 밤길을 손전등에 의지하여 '본동네'로 올라갔다. 강에서 비탈을 올라갔을 때, 솟을대문에 매달린 조그만 알전구가 발하는 엷은 빛 아래 세이 씨가 기다리고 있었다. '본동네' 중에서도 깊은 산골의 부락에서 상을 당한 사람들이 하듯이 머리를 당겨 뒤에서 조그맣게 쪽을 지느라 피부가 끌어당겨져 하얗고 무표정한 얼굴에 검은 기모노를 입은 세이 씨를 보고 나는 가슴이 철렁했다. 현관

쪽이 아니라 목욕탕 바깥쪽을 돌아가는 좁은 통로로 기이 형의 서재로 안내되었다. 다다미 위에 마주 앉아 '사건'에 대해 내가 말을 꺼내려는데 세이 씨는 미리 자르듯이 얼굴을 돌린 채 생각에 잠긴 듯한 강한 어조로 말했다.

"기이 씨는 사형이 될 리는 없으니 일심 판결대로 그냥 형을 살겠다는군요! K에게는 자기가 10년이고 15년이고 황천에 떨어진 거라고 생각해 달라고, 자신한테 연락하는 일은 없도록 해 달라고 했어요! 시간은 흐르게 마련이라며…. 기이 씨는 자기가 죽었다고 생각하고, 정말로 황천에 떨어진 셈치고 복역하는 거니까 우리 쪽에서 연락을 취하려 드는 건 곤란하다고 했어요! 특히 K에게 그렇게 전해 달라고!"

"세이 씨, 나는 지금까지 내내 그렇게 해 왔어요. 그것이 기이 형의 뜻이라고 아사짱이 그러길래…. 앞으로도 기이 형이 원한다면 그렇게 할게요."

"만일 K가 숲속 토지에 오면 해 줬으면 싶은 일이 있다고 하던데요! 골짜기 집에서는 어머니가 K가 술 마시는 것을 좋게 생각하지 않으시고 자기 '사건'이 있은 후부터는 더욱 그럴 테니까 일을 하는 날에는 자고 가라고 해서 저택에 감춰 둔 코냑을 마시게 하라면서…. 자기가 K를 위해 정리해 둔 만엔 원년에 대한 자료도 가지고 가 준다면 마음이 편하겠다는 소리도 하더군요! 이제는 어느 누구도 만엔 원년을

552

다룬 연극 따위 할 생각조차 않는데 왜 그러느냐고 내가 의아해했더니, 나도 K도 마을 연극만을 위해 만엔 원년을 생각했던 건 아니야, 했어요! 어린 시절처럼 말갛게 웃는 얼굴로…."

세이 씨는 창백하게 여윈 뺨 위로 뚝뚝 눈물을 흘리며 하아! 하고 숨을 들이마셔 울음소리를 삼키는 것 같았다. 하지만 세이 씨가 감정을 드러낸 것은 그 정도였고 그녀는 곧 나를 재촉해서 기이 형이 부탁한 일을 하도록 했다. 내가 맡은 일은 기이 형의 장서 중에서 『신곡』을 갖가지로 번역한 책들, 이·영伊英 대역한 텍스트, 그리고 주로 영문으로 된 단테 연구서들을 추려 내고 이미 그가 씌워 놓은 화지 커버에 가타카나로 책 이름을 써넣어서 기이 형이 원할 때마다 세이 씨가 쉽게 차입할 수 있도록 정리하는 일이었다. 나는 이와 더불어 옥중에 있는 기이 형이 저택에 있는 단테와 관련 있는 모든 장서를 한 눈에 알 수 있는 리스트를 만들기로 했다. 나는 우선 장서를 분류하고 나서 단테 연구서의 서명과 저자명 등을 노트에 기록했다. 두 시간쯤 지나 복도에 발소리가 나더니 오셋짱의 목소리가 어렴풋이 들리기에 미닫이를 열어 놓고 들어오기를 기다렸다. 잠시 후에 일어나서 나갔더니 브랜디와 주전자, 컵을 올려놓은 쟁반만 남아 있고 오셋짱의 모습은 보이지 않았다. 내가 일을 계속하는 방에 이불을 펴

러 왔던 세이 씨가 '사건' 이후, 오셋짱은 기이 형과 연관이
있는 사람들을 아무도 만나고 싶어 하지 않는다고 말했다.
일단 코냑을 마셔 가면서 정리를 하자니까 책 내용에 자기도
모르게 눈을 빼앗기는 일이 많아져서 작업은 좀처럼 진척되
지 않았다. 한밤중이 지나자 노트에 적어 넣는 것은 무리였
고 구별해 낸 책을 쌓아 올리고 또 다른 책 무더기를 향해 돌
아서는 일을 되풀이할 뿐이었다. 그러다가 나는 취기와 여행
의 피로 때문에 옷도 벗지 않고 이불 위에 쓰러져 잠들어 버
렸다.

　이튿날 아침, 초여름의 점심때 가까운 햇빛이 덧문 틈으로
비쳐 드는 것을 보면서 나는 어젯밤 쓰러진 차림 그대로 이
불에 뺨을 대고 엎드려 누이동생이 숲의 바람 소리에 섞여
들리는 것 같다던 수많은 이들이 회한에 몸부림치는 목소리
를 생각하고 있었다. 그때 복도를 다가오는 발소리가 나더니
미닫이문이 열리고 아직도 몸을 일으키지 않은 내 옆에 털썩
무릎을 꿇은 세이 씨가 야단치듯이 말했다.

　"오셋짱은 아침나절에 마쓰야마에 갔어요. K가 언제까지
나 자고 있어서 죽어 버린 게 아닐까 불안해서 보러 왔어!"

　나는 눈물에 젖은 서글픈 얼굴을 세이 씨에게 보이는 것을
부끄러워하지도 않고, 말하자면 어린아이 때 같은 친근함이
되살아나 그저 꼼짝 않고 누워 있었다. 세이 씨도 내가 저택

으로 공부하러 다니던 시절, 성에 관한 초보 지식을 가르쳐 주던 때마냥 화가 난 듯이 심각하고 거기에 뭔가 한 가지가 덧붙여진 듯한 표정으로 돌아가 일단 일어서더니 척척 오비 (기모노 허리에 묶는 넓은 띠)를 풀고 기모노를 벗기 시작했다.

그것을 올려다보며 그녀가 뭘 하고 있는지를 확인하고 나는 눈을 감았다. 그리고 버림받은 사람이 나름대로 안심하면서 최소한 안전한 장소에 숨는 듯한 기분이 되었다. 우리는 성교를 했는데 그러면서 세이 씨는 "이런 짓을 해서 뭐가 되는 거지?" 하고 숨이 막히는 듯한 말투로 강하게 말했다. 하지만 그 말을 듣고 동작을 멈춘 나의 허리를 하얀 넓적다리로 가늘게 두드리듯이 하여 힘을 북돋우면서 세이 씨는 움직임을 멈추지 않았고 아직 어린 나이였던 내가 그녀와 관계를 가졌을 때는 들은 적이 없는 신음 소리를 우우 내며 절정에 달했다. 그녀는 내가 꼼짝도 할 수 없을 만큼 강한 힘으로 달라붙어 있더니 그대로 성교를 마치고 옷차림을 가다듬었다. 할 수 없이 아직 발기한 채로 있는 페니스 위에 팬티와 바지를 걸치는 나에게 세이 씨는 돌연 어린애 같은 목소리로 이렇게 말하는 것이었다.

"K, 기이 씨가 어째서 그런 짓을 저질렀는지, 나도 납득할 수 있게 써서 소설이 완성되면 한 권 보내 줘요. 그걸 읽어 보고 싶으니까."

"내 소설에 그런 힘은 없는 게 아닐까?"

나는 자신 없는 목소리로 대답했다.

"그렇다면 K는 무엇 때문에 소설을 쓰는데?"

"어쨌든 이제부터 내가 새 소설을 쓸 때는 기이 형에게 일어난 일을 생각하면서 쓰게 될 게 틀림없지만…."

"K가 열심히 소설을 쓴다면 그걸로 기이 씨에게 일어난 일에 대해 뭔가를 알게 되리라고 생각하는데요! 기이 씨와 K는 아직 아이였을 때부터 몸도 마음도 서로 연결되어 있는 것 같았으니까. 그렇지 않을까?"

기이 형에게서 받은 자료로 『만엔 원년의 풋볼』을 쓰면서, 첫머리에 머리와 얼굴을 붉은 안료로 칠하고 항문에 오이를 꽂은 이상한 모습으로 자살한 사람에 대해 쓴 것은 ― 학생 시절 자살한 친구라고 설정하기는 했지만 ― 이때 세이 씨와 나눈 이야기가 영향을 미치고 있었음이 틀림없다. 그리고 이렇게 썼다가는 기이 형이 마음 상하지나 않을까 하는 걱정을 전혀 하지 않았던 것은 그 소설을 쓰고 있는 동안, 그가 황천의 나라처럼 갇히기를 원했던 옥중에 있었으므로 바깥에 있는 내게는 그야말로 죽어 버린 친구와 마찬가지였기 때문이다.

제 3 부

제1장

마침내 지극히 성스러운 파도로부터 돌아오면

나는 마치 새순이 돋아나서 새로워지는 어린나무처럼,

온통 새로워지고 깨끗해져서,

이곳저곳의 별들에 이르기에 어울린다

기이 형이 공판을 받고 옥중에 있는 십 년 동안 나는 그의
뜻을 존중하여 내가 직접 그에게 연락을 취한 적은 없었다.
줄곧 숲속에 살면서 마쓰야마에 나가 기이 형과 면회를 계속
하였고 면회를 할 수 없게 된 뒤에도 편지를 여전히 주고받
은 누이동생을 통해 기이 형에게 마음을 돌리라고 촉구할 때

마다 돌아오는 대답은 언제나 한결같았다. 기이 형이 누이동생에게 되풀이한 말은 자신은 K에게 죽은 사람처럼 되기를 바란다는 것이었다. 죽은 사람의 무덤에 술을 따르는 일은 할 수 있다. 단테 관련 서적으로 재미있는 것이 있거든 자기도 손에 넣을 수 있도록 해 주기를 바란다, 그것도 센티멘털한 방법으로 무덤에 따르는 술처럼 보내 달라….

센티멘털한 방법으로라는 말에 기이 형의 비평이 담겨 있음을 나는 느낄 수 있었다. 기이 형에게 일심 판결이 내려지고 이미 그가 정해 놓은 뜻대로 십 년이 넘는 세월을 옥중에서 보내는 것이 확정되던 날, 누이동생의 전화로 이 사실을 알게 된 내가 다음과 같이 말했더니 누이동생은 내가 보이는 그 센티멘털리즘을 한마디로 딱 잘라 부정했다….

"기이 형의 옥중 생활이 지금까지 빠져 있던 지옥으로부터 나와 연옥에 이르는 것같이 되면 좋으련만. 기이 형이 좋아하는 야마카와山川가 옮긴 대로라면, '이다지도 참혹한 바다를 뒤로 하고, 더 나은 물을 살같이 건너려, 이제 나의 쪽배는 돛을 올린다'로 시작하여, '나는 마치 새순이 돋아나서 새로워지는 어린나무처럼'과 같이 끝나면 좋겠다, 그렇지?"

"지옥은 계속될 거예요. 기이 오빠가 자살을 못하도록 파수꾼이 붙어 있다고 생각하는 것이 그나마 유일한 위안이라고 마쓰야마에서 돌아오면서 세이 씨와 이야기했어요."

누이동생은 『신곡』을 인용한 나의 말이 경박하다고 느껴 적지 않게 실망한 모양이었다. 하지만 나는 그의 운명에서 센티멘털하다고 하기엔 너무나 깊고 어두운 곳으로 추를 드리우는 것 같은 느낌을 받았던 적이 몇 번이나 있었다. 지금도 생각나는 것 중의 하나는 아직 공판이 계속되고 있던 때의 일이다. 어느 날 고향의 지방 신문에서 기이 형의 재판에 관한 짧은 기사를 읽은 것이 — 나는 기이 형의 재판에 관한 기사를 읽기 위해 마쓰야마에서 발행되는 신문을 구독하고 있었다—그 계기였다.

거기에는 기이 형이 강간 살인을 저질렀을 때 술에 취했던 점은 인정되나 심신이 미약한 상태였다고는 할 수 없다는 검사의 논고가 실려 있었다. 공사 중인 터널 입구에서 피해자를 태우기 전에도, 그 뒤에도 자동차 운전은 기이 형이 하고 있었다. 당시 강 아래쪽에 있는 시가지로부터 시외로 나가는 현도는 길 폭이 좁아서 대형 트럭과 지나칠 때는 마치 투견이 서로 노려보면서 천천히 접근하는 듯한 형세였는데 그날 밤 기이 형이 운전하던 차와 반대편 차선으로 지나쳤던 운전수들은 모두 기이 형이 안정된 모습으로 핸들을 잡고 있었다고 증언했다….

나는 1920년대 후반에 지은 양옥집 2층 월세방에서 크고 낡은 침대에 누워 이 지방지에 실린 기사를 읽고 있었다. 분

에 넘칠 만큼 넓지만 손질이 안 된 뒤뜰에서 초여름 플라타
너스의 넓은 이파리가 바람에 흔들리고 있는 모습을 곁눈으
로 보고 있었다. 그러는 사이에 나는 온몸에서 완전히 힘이
쭉 빠져 버린 자신을 발견하였다. 침실에 들어온 아내가 사
태를 눈치채고 조용히 말을 걸었다. 아내의 목소리를 멀리서
들려오는 소리처럼 희미하게 느끼며 나는 목덜미에 힘이 빠
져 무거운 머리를 베개에 파묻고 있었다…. 이 철저한 무력
감의 근원은 오직 하나, 그것은 다름 아닌 거대한 비애감이
었다. 그 전주에는 아들이 두 번째 수술을 받은 대학병원에
서 뇌 장애에 관한 결정적인 이야기를 들었다. 처음에는 그
것에 관해 막연히 생각하고 있었는데 어느샌가 기이 형이 일
으킨 무의미하고 돌이킬 수 없는 '사건'으로 생각이 옮겨 가
두 가지가 뒤엉킨 비애에 전신의 힘을 다 빼앗긴 것이다. 점
차 다급해져서 어린애 같아지는 아내의 목소리와 사그락사
그락 플라타너스 이파리가 바람에 날리는 소리가 깊은 우물
속에서 들려오는 듯한 먼 울림으로 전해졌다. 그렇게 내가
장난이라도 치듯이, 하지만 실제로는 어찌할 수 없는 절박함
으로 베개에 얼굴을 반쯤 묻고 한쪽 눈으로는 힐끗힐끗 플라
타너스와 아내를 번갈아 보는 꼴을 보며, 아직 소녀 같은 데
가 남아 있는 딱딱한 윤곽과 부드럽게 찐 살로 얼굴에 균형
을 잃고 있는 아내는 마치 이해할 수 없는 강력한 힘에 얻어

맞은 듯한 표정이 되었다. 그리고 어린애 같은 목소리로 들릴 듯 말 듯 중얼거렸다.

"왜 그래요? 어떻게 된 거예요?"

옥중에서 죽은 듯이 살고 있는 기이 형의 정신적 움직임이 직접 전해져 오는 통로는 단 하나뿐이었다. 내가 간다神田에 있는 외국 서적 전문 서점에서 찾아내어 보낸 것을 포함하여 오래되거나 새로 출간된 단테 관계 서적이 일정 기간을 두고 저택으로 되돌아온다. 그것을 나는 누이동생을 통해 세이 씨로부터 빌려 오는 것이다. 기이 형이 감방에서 되돌려 보낸 책을 펴 보는 것은 한편으로는 두려운 일이기도 했다. 거기에는 빨간 연필로 줄이 그어져 있기도 하고 조금씩이기는 하지만 검은 연필로 뭔가 써넣은 것도 있었다. 나는 그런 줄 친 부분을 찾아 원문과 번역문을 나란히 공책에 옮기고 기이 형이 써넣은 것도 옮겨 적었다. 그중에는 특히 기이 형이 집중적으로 줄을 그어 둔 존 프레체로John Freccero라는 학자의 「Dante's Ulyssess: From Epic to Novel」이라는 글이 있었다. 그것은 뉴욕 주립대학에서 있었던 중세 르네상스 연구 대회에서 보고한 것을 — 작가에게도 관심이 있을지 모르겠다 싶어 라블레와 프랑스 르네상스가 전공이신 W 선생한테서 별쇄본을 얻어서 기이 형에게 보낸 것이었다. 기이 형은 짤막하기는 하지만 주제에 대해 명확하게 고증하는 프레체로라는 학자와, 숲으로 소풍 가서 오유에게 단테에 관해 이야기했을 때에도 실마리로 삼았던 듯한 신화와 과학사적 계몽성이 있는 패트릭 보이드Patrick Boyde, 그리고 또 한 사람, 연옥에서 카토가 맡은 역할 등을 사상적으로 심화시켰던 매조타Mazzotta의 연구를 좋아했다.

프레체로가 쓴 이 논문에 대해서는 — 처음에 별쇄본을 내게 주신 W 선생과 마찬가지로 — 기이 형도 소설을 쓰는 내게 힌트를 주려는 마음에서 상세히 줄을 쳤는지도 모른다.

기이 형은 죽은 듯이 옥중에 있었지만 소설을 쓰며 살고 있는 내가 계속해서 그의 도움을 받고 있었다는 것은 당시 그가 정리한 공책에 의존하면서 『만엔 원년의 풋볼』을 쓰고 있었던 것만 보아도 명백히 알 수 있는 일이다.

　　고대에서 역사는 생물학적 패턴을 따르는 것으로 여겨지고 있었다. … 성 아우구스티누스에게 그리스도의 탄생이란 역사 속에 절대적으로 새로운 사건을 끌어들임으로써 모든 것이 새로워진다는 뜻이었다.

이렇게 시작되는 논문에서 프레체로는, 고대로부터 전해진 율리시스의 여행이라는 이미지가 단테의 세계에서 지니는 의미를 명백히 해 가고 있었다. 기이 형은 그 과정 중에서 다음 문장에 줄을 치고 검은 연필로 '블레이크를 보라'고 써넣었다.

　　고대에서 율리시스의 여행은, 흔히 인간의 순환하는 시간을 공간적으로 알레고리화한 것으로 이해된다. 율리시스가 고향으로 귀환한다는 것은 물질적인 존재를 뛰어넘은 영혼의 승리에 관한, 그리고 영혼이 예전의 정신성精神性으로 되돌아가는 단계적인 순화에 관한, 플라톤주의적이며 그노시스주의적인 알레고리를 위해 훌륭한 매개 역할을 하였다.

나는 나중에 윌리엄 블레이크의 예언시를 자세히 읽게 되었고 영혼이 원초적인 완전성으로 회귀한다는 네오플라토니즘적인 사상에 접하기도 했다. 나아가 프레체로의 말을 그림으로 풀이한 것처럼 실제로 율리시스를 주제로 한 '시간과 공간의 여행'이라는 제목이 붙은 템페라화를 보면서 기이 형이 써둔 '블레이크를 보라'는 말의 의미를 납득할 수 있었다. 내가 그렇게 블레이크의 예언시를 읽어 가는 것은 장애를 지닌 아이의 성장에 맞추어 단편 연작을 쓰는 일로 이어지기도 했으니 기이 형이 써넣은 글귀 한 줄이 암시하는 바가 그야말로 효과를 나타낸 셈이었다.

또 기이 형은, 루카치가 단테는 최후의 서사시와 최초의 장편 소설을 썼다고 했다는 부분에 밑줄을 긋고, 『신곡』이 '나'라는 화자를 통해서 쓰여져 있으므로 독자는 이 모험의 주인공이 그 이야기를 하기 위해서 귀환하였다는 사실을 처음부터 알 수 있다고 쓴 부분에 빨간 연필로 동그라미를 쳐 두었다. 나는 그 부분을 읽으면서 기이 형이 살인과 수감이라는 예사롭지 않은 모험으로부터 생환하여 '나'의 경험을 이야기하기 시작할 날을 생각했다⋯.

　단테가 묘사한 율리시스의 모험은, 연옥의 높은 산이 보이는 해역에서 배가 난파되는 것으로 끝난다. 원래 『신곡』 자체가 난파라는 이미지를 강하게 띠면서 진행되는 작품이다. 처음에 단테가 높은 산기슭에서 산을 오를 결심을 했다가─그는 최초의 회심回心(conversion)을 안내역 없이 시도하려 했다─세 마리의 짐승에게 방해를 받아 실패하는 장면에서도 시행詩行에 담긴 은유는, 단테가 바다에서 난파하고도 어렵사리 살아남아서 회심을 시도하기에 이르렀음을 나타내고 있다.

　　그러나 예컨대 숨을 헐떡이며 힘겹게
　　바다에서 기슭으로 나온 사람이
　　자신을 위험에 빠뜨렸던 물을 향해 눈길을 멈춤과도 같이.

율리시스는 그 높은 산을 멀리 바라보기만 하고 난파했지만 자신은 안내역의 도움으로 연옥 기슭에 이를 수 있었기에 순례자 단테는 이렇게 노래한다.

　　이리하여 우리는 쓸쓸한 바닷가,
　　그 물을 건넌 사람 아무도 없는
　　그곳에 이르렀나니.

위의 지적에 이은 프레체로의 문장에도 기이 형은 줄을 그어 두었다.

　　구원받은 자들의 영혼을 그들의 죄를 정화시키는 산으로 인도하는 천사의 배로 마침내 물을 건널 수 있었다. 이 극적인 주제가 의미하는 바를 다음과 같이 말할 수 있을 것이다. 사람은 제대로 죽음과 재생을 경험할 수 있을 때에야 비로소 그와 같은 탐험 여행으로부터 진정 되돌아올 수 있는 것이다. … 여기서 내가 밝혀 두고 싶은 것은, 단테의 주인공의 생존은 율리시스의 비극적인 죽음을 보완하고 있다고 여겨진다는 점이다.

기이 형이 빨간 줄을 그어 놓은 마지막 부분.

『신곡』에서 신의 섭리에 맞는 역사의 코스는 … 동에서
서로, 라는 태양의 궤도로 대표된다. 일단 이것이 역사의
직선 코스로서 확립될 때, 지나치게 강한 힘 때문에 역사,
혹은 은총을 벗어나 버리는 자존심 강한 남자는 일단 페네
로프의 품 안에 안기더라도 결국은 배가 난파되어 죽어 버
릴 수밖에 없다. 다른 말로 하자면 『신곡』에서 율리시스의
여행은 단테의 그것과 마찬가지 리얼리티의 평면 위에 있
다. 요컨대 그것은 혼의 여행을 대신하는 육체의 여행인 것
이다.

나는 프레체로가 고증하는 주제로 삼았던 율리시스를 둘
러싼 「지옥」 제26곡 시행도 기이 형이 애독하던 야마카와의
번역을 보고 노트에 옮겨 적었다.

자식에 대한 자애, 늙은 아버지에
대한 경외, 혹은 페네로페를 기쁘게
할 만한 부부의 사랑조차

세상의 모습
인간의 선악을 맛보고 싶다는
내 뜨거운 바람을 이기기 어려워

나는 그저 한 척의 배를 얻어
자아를 버린 몇 명의 동무와 함께
깊고 거친 바다 위에 띄웠더니

스페인, 모로코에 이르기까지 피안과
차안을 모두 보았고 또한 사르데냐섬과
이 바다에 씻기는 사방의 다른 섬들도 보았더라.

사람이 넘지 못하도록
헤라클레스가 표식을 세워 놓은
좁은 포구에 이를 즈음에는

나도 동무들도 이미 나이든 지 오래,
우측으로는 우리 세비야를 떠났고
좌측으로는 이미 세타를 떠났더라.

나는 말했네, '아아, 천만의
위험을 넘어 서쪽으로 온 형제들이여,
그대들 태양을 좇아

남아 있는 짧은 오관의 각성에
사람 없는 세계를 알게 하라,

그대들, 기원起源을 생각지 않나.

그대들 짐승처럼 살기 위해
지음을 입지 않았으니
덕과 지혜를 구하게 하려 함이라.

나의 이 짧은 말을 듣고 동무들 모두
용감히 길에 나아가기를 바라더니
이제는 그들을 말리기 어려울 듯하더라.

이리하여 뱃고물을 아침으로 향하고
노를 날개 삼아 미쳐 날뛰듯이
쉴 새 없이 좌측으로 배를 기울였더니

밤이면 이제 남극의 모든 별들을 보고
북극은 한층 낮아져
바다의 바닥에서 떠오르는 일 없네.

우리들 어려운 길에 들어온 뒤
달빛이 다섯 번 밝고
다섯 번 스러지기에 이를 무렵

저편에 나타난 산이 하나 있어
멀리 떨어져 본 그 색은 거무스레하고
또한 그 높이는 내가 본 어떤 산보다도 높았더니

우리들 기뻐하였네, 그러나 이 기쁨 순식간에 탄식으로
변하였으니 일진의 회오리바람
새로운 육지로부터 일어나 배 앞면을 치니

모든 물과 함께 세 차례 배를 돌려놓고
네 번째에 이르러 그 뱃고물을 올리고
뱃머리를 내려놓으니 (이는 하늘의 뜻을 이룸이라)

마침내 바다는 우리들 위로 덮쳐 오더라.

나는 이렇게 해서 옥중에 있는 기이 형에게 이끌려 단테를
읽기 시작했고 스스로 적극적인 관심을 갖고 단테 연구서도
찾게 되었다. 하지만 거꾸로 내가 새로 발견한 책을 그에게
보낼 수는 없게 되었다. 기이 형이 감옥에 간 지 이 년째가
저물어 갈 무렵, 감방에서 돌아오는 책으로 어렴풋이 기이
형의 상태를 짐작하며 그에 걸맞은 책을 넣어 주는 관계마저
끊어졌던 것이다. 이것도 누이동생에게서 들었지만 기이 형

이 이·영伊英 대역에 별책 주석이 붙어 있는 볼링겐 시리즈 판인 Singleton의 『신곡』 텍스트를 읽는 일에만 집중하겠다고 했다는 것이다.

결국 책을 차입한다는 끈조차 없어져 버린 후 7년 동안을 나는 기이 형과 아무런 직접적인 관계도 없이 살고 있었던 셈이다. 나의 심리적인 습관상, 그 기간에도 옥중에 있는 기이 형을 생각하지 않는 날은 단 하루도 없었다는 생각이 들지만. 이러한 세월 속에서 이른바 저쪽에 있는 기이 형과 비교해 이쪽에 살고 있는 내게 끊임없는 관심사는 머리에 장애를 지닌 아들이었다. 하지만 옥중에서 죽은 듯이 살고 있는 기이 형과 내 옆에 있지만 의사소통이 되고 있는지 어쩐지조차 확실치 않은 내 아들은 나의 내면 깊숙한 곳에서 작용하는 부조리한 회한을 통해 서로 연결되어 있었던 것도 같다. 내 커다란 비애에 싸여….

『개인적인 체험』에서 그렸던 머리에 기형을 지닌 아이의 출생은 그 후 장애가 있는 아들과 공생한다는 과제가 되어 나 자신의 생활뿐 아니라 내가 쓰는 모든 소설에 핵심으로 자리 잡게 되었다. 그 무렵부터 잠을 자기 위해서 밤마다 술을 마셔야 하는 습관이 생겼고 내장을 보호하려면 소시지라든가 치즈 같은 걸 함께 먹어야 한다는 강박 관념도 작용하여 나는 극단적으로 살이 찌기 시작했다. 한 뚱뚱한 남자가 그 역시 뚱뚱한 저능아와 함께 조선 요릿집이니 동물원에 출몰한다는 중편을 나는 잇달아 몇 편이나 썼다. 나에게 아들과 공생한다는 것은 그야말로 샴쌍둥이처럼 몸의 일부가 맞붙어 있는 그런 공생이라고 느끼고 있었다. 이 시기 아들은 아직 아버지를 거부할 수 없었으니 생각해 보면 일방적인 강요였지만…. 물론 그렇게 아들과 내가 맺는 관계는 일상생활 속에서는 아내가 뒷받침하고 있었지만 소설에서는, 나와 아들 사이의 관계만을 확대하고 다른 것은 사장시켜 버림으로써 교외의 주택지 귀퉁이에 숨어 살면서 산새 소리는 백 종류도 넘게 구분하지만 지적인 발달은 느린 어린아이와 젊은 아버지를 주인공으로 하는 장편이 쓰였다. 그들의 고립된 생활 속으로 침입해 들어오는 젊은이들, 아가씨들을 묘사함으로써 장애가 있는 아들과 아버지 사이에 공생의 연대감은 뚜렷이 제시할 수 있었지만 이 소설에서도 아내의 역할이 나타나지 않는 것을 보면 내가 아들과의 공생에 대해 어린애같이 집착했음은 명백하다.

그 후, 나는 아들과 아버지 사이의 유착 관계가 역전된다는 새 장편을 쓰기 시작했다. 이미 말했지만 멕시코시티의 '코레히오 데 메히코' 대학에서 일본 전후 사상사를 강의하는 일거리가 있어 나는 혼자서 멕시코로 건너갔었다. 멕시코시티를 남북으로 관통하는 인수르헨테스 거리에서 가까운 아파트, 더구나 내가 묵은 곳 바로 아래층은 차고였던 탓으로 소음에 가득 찬 방에서 나는, 장애가 있는 아들이 어느 날 8 더하기 20은 28, 그의 아버지는 38 빼기 20은 18 하는 식으로 '전환'해 버리는 이야기를 생각해 냈다. 그리고 그들이 중년 남자와 하이틴이라는 이인조가 되어 도쿄를 배회하며 거대한 악을 상대로 싸운다는 소설을 써 내려갔다.

내가 멕시코시티에서 일자리를 찾아내 혼자서 살기 시작하게 된 심리적인 배경에는 W 교수의 죽음을 비롯하여 이 이야기 서두에 썼던 것 같은 여러 가지 요인이 있었다. 더구나 거기서 이야기하지 않았던 한 가지 사실, 기이 형과 직접 관련된 것도 있었다. 그전 해가 저물 무렵, 누이동생은 형기가 단축된 기이 형이 일 년 안에 출옥할 수 있을 것 같다고 알려 왔다. 그 단계가 되어 나는 출옥할 기이 형에 대해 자신이 제대로 마음의 준비를 하지 못했다는 생각에 사로잡히기 시작했다. 늦게나마 멕시코에서 고독하게 지내는 생활을 통해서 그 일을 하고 싶다, '코레히오 데 메히코'로부터 권유를 받자 학생 기분으로 돌아간 듯 그러한 바람이 가슴 속에 용솟음친 것이었다.

기이 형은 내가 멕시코로 출발한 뒤 바로 출옥하여 숲속 골짜기 마을에 돌아왔다. 그리고 내가 멕시코시티로부터 보낸 통신이 일본 신문에 실리자마자 그것을 읽은 감상으로 시작하는 편지들을 보냈던 것이다. 십여 년에 걸친 기다란 침묵에 관해서는 전혀 건드리지 않고 죽은 듯이 살아 있던 옥중 생활 따위, 사실은 없었다고 말하고 싶은 듯한 말투로. 더구나 멕시코시티와 시코쿠를 연결하는 국제전화까지 걸어 아내가 출옥한 기이 형을 찾아 저택을 방문했고 골짜기에 머물고 있다고 알려 왔다. 옥중에 격리되어 죽은 인간처럼 살고 있던 기이 형은 멕시코와 일본의 거리 차 따위는 아랑곳없이 단숨에 나와 연결된 생활 레벨로 돌아갔던 것이다….

기이 형이 보낸 편지에는 그가 지난 십 년간 독서로 쌓아온 것이 자연스레 배어나고 있어서 깊은 곳에서 내게 새로운 인상을 심어 주었다. '코레히오 데 메히코' 대학 연구실에 있는 아르헨티나인 조수 오스칼 몬테스는 기이 형이 쓴 편지를 읽고는, 이 정도로 수준 높은 생각을 하는 인물이 강간 치사범이라니 일본인도 층이 두껍군! 하고 감탄했다. 그에 비해 바다 건너에 있는 숲속 토지에서 걸려 오는 전화에서는 기이 형이 뜻밖에 술로 곤드레가 되어 있는 일도 있어서 일찍이 내가 그에게서 볼 수 없었던 내면의 굴절을 드러내는 것 같았다. 정직하게 말하자면 나는 그것을 십 년 전에 일어난 기괴한 '사건'과 연결시켜 저택을 찾아가 국제전화를 걸고 있는 아내의 안부가 염려되기도 했다. 하긴 전화보다 먼저 도착하는 몇 통의 편지가 멕시코에서 혼자 살면서 피해망상에 빠져 있는 나를 금세 안심시켜 주곤 했지만….

멕시코에서 돌아올 때는 일본의 어느 공항까지라도 갈아 탈 수 있는 비행기표를 구해 놓았기에 그 주가 끝나기 전에 마쓰야마에 가서 기이 형을 만날 생각이었다. 그런데 하네다 공항으로 마중을 나온 아내는 기이 형이 일단 저택으로 돌아 오긴 했지만 얼마 후에 다시 숲속 토지를 벗어나 — 석방 시 에 붙는 제한 때문에 국내에 있는 것은 틀림없지만 — 계속 이곳저곳을 여행하고 있다고 했다. 그러고 보니 그 무렵, 멕 시코시티로 오는 편지에 고베라든가 후쿠오카라는 스탬프가 찍혀 있어서 의아하게 생각하고 있었다. 기이 형이 방랑 중 이라는 얘기부터 시작하여 아내는 그에 관해 상세히 이야기 했다. 그것은 내가 멕시코에 있는 동안 장애아인 아들의 생 활과 더불어 가장 관심을 가졌던 일이기도 했고 아내로서도 바로 이야기를 하지 않을 수 없는 일이었던 것이다. 멕시코- 도쿄 간의 시차가 주는 영향에서 겨우 빠져나올 때까지 날마 다 그 이야기를 하고 있었다는 생각이 들 정도다.

아내가 찾아갔을 때 우선 기이 형은 '사건'과 옥중 생활을 요약한다고 할 만한 이야기를 했다. 아내는 캐물을 생각이 없었는데, 기이 형이 옥에 있는 동안에 내가 쓴 소설이라 몇 번이나 차입 허가 신청을 냈지만 계속 허가가 나지 않다가 어느샌가 싱거울 만큼 간단히 손에 넣었던 『만엔 원년의 풋볼』에 대한 독후감 형태로 이야기를 꺼내더라는 것이다.

"K는 말야, 이 장편에서 그 자신을 연상시키는 미쓰사부로라는 인물을 그리면서 동생인 다카시에게 범죄를 저지르게 하는데 그건 잘 생각해 보면 연령은 역전되어 있지만 나와 K의 관계에 근거해서 쓴 거라고 생각해. 내 재판 기록을 읽지 않았다면 K도 다카시의 범죄라는 발상은 하지 못했을 게 아닐까? 그런 생각으로 이 소설을 읽어 보니 K는 내가 저지른 범죄를 어떻게 받아들일 것인가 굉장히 고심했다는 것을 잘 알 수 있더군. 소설에서는 '사건'이 어떤 것이었는지에 대해 두 가지로 파악하는 방법이 병치되어 있지. 다카시가 주장하는 형태와, 미쓰사부로의 해석. 나의 '사건'을 그대로 받아들이는 것이 K에게는 힘겨웠겠지만 어떻게든 그것에 대응하고 극복할 수 있었던 것은 역시 K가 작가였기 때문에 가능하지 않았을까? 그처럼 두 가지 가능성을 함께 펼쳐 놓고 어느 쪽으로도 단정 짓지 않는다는 건 다른 직업을 가진 인간에게는 불가능하지. 예를 들어 검사라든가 판사 따위에겐 말야…. 그리고 오유 씨, 이상한 소리라고 생각할지 모르지만 나 자신도 줄곧 '사건'에 대해 생각하면서 역시 두 가지 측면이 병치되어서 하나의 실체를 이루고 있다고 생각하는 게 가장 자연스럽더군. 그리고 공판하는 동안 나는 줄곧 그 두 가지 가운데 죄가 무거운 쪽을 내가 저지른 범죄로 받아들이려 했지. 말하자면 현세에서 책임을 지는 문제라면 비겁하게 도망치려고는 생각하지 않아. 하지만 나의 내면의 과제로서는 말야, 아무래도 두 측면을 통합하는 건 불가능하고 그렇다고 어느 한쪽만이 진실이었다고도 할 수가 없어. '사건'에 대한 두 가지 상황을 함께 생각하면서 처쪽에서 생활한 것 같아. 적어도 어느 시기까지는….

말 그대로 그 두 형태를 K가 소설에 확실히 그려 놓았으니 나는 그가 직업을 제대로 골랐다고 말하고 싶어. 그런 방법으로 비로소 K는 나의 '사건'을 직시할 수 있었던 것이니까…."

나는 『만엔 원년의 풋볼』에서 다카시가 어느 아가씨를 죽이는 장면을 분명히 두 가지 모습으로 그렸다. 범죄자 스스로가 고백하는 형태와 그의 형이 이야기를 듣고 그와는 달리 해석하는 형태로. 다카시는 우긴다.

"내가 미쓰(미쓰사부로의 애칭)도 본 적이 있는 육체파 계집애를 강간하려고 했더니 그게 건방지게 저항하면서 내 배를 걷어차고 눈알을 할퀴는 거야. 그래서 발끈한 내가 그 애를 고래 바위에 눌러 놓고 한 팔로는 그 애의 양팔을 누르고 다른 손에는 돌을 들고 머리를 내리친 거지. 그 애는 입을 커다랗게 벌리고 '싫어, 싫어!'하고 고함을 쳐 대고 머리를 흔들면서 실제로 굉장히 싫어했지만 나는 몇 번이나 그 머리를 내리쳐서 두개골이 흐물흐물해질 때까지 멈추지 않았다구, 미쓰."

미쓰사부로는 이렇게 반박한다.

"너는 시트로엔에 그 여자애를 태우고 눈이 녹기 시작한 자갈길을 드라이브하고 있었지. 그리고 너와 아가씨 사이에 무슨 일인가가 생겨서 달리고 있는 시트로엔에서 뛰어내린 아가씨가 고래 바위에 머리를 부딪쳤던 거구. 네 몸이 피로 더럽혀진 것은, 그렇게 사고로 죽은 아가씨를 안아 올린다든가 했기 때문이야. 아니면 너는 네 손으로 아가씨 머리에서 흐르고 있는 피를 네 몸에 발랐는지도 몰라. 더구나 다카(다카시의 애칭)는 앞이 잘 보이지 않는 길에서 뛰어내린 아가씨의 머리가 흐물흐물 부서져 버릴 정도로 스피드를 내서 약 50미터 앞에 있는 막다른 곳을 향해 차를 달리고 있었던 거야. 아무리 다카라도 강간은커녕 아가씨를 희롱할 겨를조차 없이 그저 핸들을 움켜쥐고 있었던 거였지? 하지만 무슨 일인가 일어나 아가씨는 차에서 뛰어내렸고 바위에 머리를 깨 버린 거 아냐?"

기이 형이 이 소설에 비추어 '사건'에 대해 이야기하던 날, 신중한 성격인 아내는 아무런 이야기도 하지 않았다. 그날 밤, 누이동생에게서 『만엔 원년의 풋볼』을 빌어 문제가 된 부분을 다시 읽어 보고 난 이튿날에야 아내는 기이 형에게

다음과 같이 말했다는 것이다.

"K 씨가 한 가지 사실에 대해 두 가지 측면에서 쓴 것은 심사숙고해서 한 일이라고 저도 생각해요. 하지만 저는 이 아가씨 처지에서 생각하지 않을 수가 없네요. 사고였든 살인이었든 어쨌든 끔찍한 모습으로 죽어야만 했으니…."

기이 형은 한 대 얻어맞은 것 같았다. 내심 방금 내뱉은 말을 후회하고 있던 아내에게 잠시 후 그는 반격했다. 그것이 그냥 해 본 소리가 아니라는 것은 — 기이 형이 멕시코로 두 번째 전화를 걸고 있는 동안, 옆방에서 세이 씨와 이야기를 하고 있던 그녀에게, 취해 있는 기이 형이 하는 소리는 제대로 들리지 않았지만 자기 신상에 대해 중요한 이야기를 하고 있다고 느꼈기 때문에 — 그녀도 분명히 느꼈다. 기이 형은, "멕시코에서 혼자 살 곳을 발견한 남자는 그대로 놔두고 오유 씨는 아이들과 함께 숲속으로 오지 않겠어요? 개인적인 규모이긴 하지만 근거지를 재개할 작정이니까"라고 했던 것이다. "그건 안 되겠다"고 아내가 대답하자 기이 형은 거절당한 사람이 보일 수 있는 가장 기분 좋은 태도로 깨끗이 받아들였다….

그리고 아내가 도쿄로 돌아온 직후, 골짜기의 동생이 기이 형은 오셋짱과 결혼하기로 했다고 알려 왔다는 것이다. 일이 그렇게 되자 세이 씨는, 기이 형이 집을 비운 동안 저택을 지키는 역할은 제대로 해냈으니 나머지 생애는 오사카에 있는 소꿉동무와 함께 살고 싶다고 말했다. 현재 기이 형이 하고 있는 일본 각지를 방랑하는 긴 여행은 오셋짱과 식을 올리고 나서 시작했다. 나는 골짜기의 동생에게 전화를 걸어 기이 형이 방랑 중에 잠깐 쉬러 저택에 돌아올 계획이라도 있으면 나도 그에 맞추어 귀향하고 싶다는 뜻을 전했다. 그러면서 나는 자신도 모르게 변명하는 듯한 말투로 기이 형이 처쪽에 있는 동안, 죽은 듯이 살겠다며 접촉을 거부해서 연락이 끊 겼지만 출옥 후에는 멕시코까지 마음이 담긴 편지를 보내 주 어 옛날 관계가 회복되었다고 말할 수 있거든, 하고 설명했 다. 어릴 때부터 묘하게 배포가 크던 동생은 ─ 여자아이의 성격을 표현한 말로는 우습게 들리겠지만 ─ 내가 내심 어쩔 줄 모르는 부분은 건드리지 않고 그저 기이 형이 멕시코로 써 보낸 편지 내용에만 흥미를 보였다. 내가 기억을 되살리 며 이야기하는 동안, 동생은 생각에 잠긴 듯한 목소리를 냈 다.

"조용하고 평온한 편지였나 보다."

"그래. 기이 형이 십 년 동안 처쪽을 경험하지 않았더라면 근거지 일로 바빴을 거고, … 설사 저택에서 단테를 계속 읽 고 있었다고 해도 그런 편지를 쓰지는 못했을 거야."

"기이 오빠 마음속에는 지금 그 편지에 나타난 것 같은 무언가 깊은 것이 있었다는 사실은 납득할 수 있어. 기이 오빠 모습 전체가 조용하거나 평온하다고는 결코 생각하지 않지만. 돌아온 기이 오빠는 적어도 보통이라고는 할 수 없거든. 겉으로 보아 가장 변한 것은 그 눈이야. K 오빠도 처음 보면 깜짝 놀랄 거야. 인간이 오랫동안 슬퍼하고 있으면 그 사이에 어떤 힘이 작용해서 슬픈 표정이 고착되어 버리는 걸까? 이 좁은 토지에서도 그런 사람들을 가끔 봤거든. 아무 일이 없는데도 눈 주위 근육에 슬픔을 나타내는 버릇이 들어 버린 것 같은 사람들. 지금 기이 오빠가 그런 눈을 하고 있어. 거북이라든가, 왜 그 동물 나름대로 내면과는 상관없이 슬픈 눈을 하고 있는 것들이 있지? 그런 식이야! 지금 기이 오빠에게는 조용하고 평온한 편지를 쓸 수 있는 깊은 무엇인가가 있지만 그것과 모순되는 일 없이 끔찍할 만큼 거친 감정도 움직이는 경우가 있는 것 같아. 대개는 술을 마셨을 때이긴 하지만….”

그런 새로운 인상을 품고 있으면서도 용감한 동생은 기이 형이 다시 저택을 떠나 여행을 시작할 때까지 가끔씩 그의 술 상대를 했다. 기이 형이 귀향하자마자 부랴부랴 치른 결혼식 후, 새삼스레 나이를 꼽아 보니 이미 서른 살이 넘은 오셋짱은 피로가 겹쳐 일찍 자야 할 때가 있었기 때문에 그런 밤이면 기이 형이 전화로 동생을 부르곤 했다는 것이다. 동생은

"술을 함께 마시다가 오빠가 점점 취해가면 정말 형기가 남은 흉악범이란 느낌이 들어요"라고 기이 형에게 직접 비판을 가하기도 했다고 한다. 그것은 전화로 들어도 가슴이 철렁할 만큼 용감하다고도 무모하다고도 여겨졌다.

"그게 내게는 너무 이상해. '사건' 당일, 꽃구경 가서 기이 오빠를 만났었잖아. 그때 오빠는 지금 같은 모습이 아니었어. 그런데 '사건'의 죗값을 치르고 나와 오셋짱과 새 생활을 시작한 지금, 마치 이제부터 범죄를 일으킬 것 같은 모습인 건 이상하잖아? 일단 처쪽에 다녀온 사람에게는 이런 분위기가 어울릴 거야, 라고 생각하면서 노력하는 거라면 그런 어린애 같은 짓은 관두는 게 좋아."

기이 형은 별로 화도 내지 않고 대답했다.

"아사짱, 내가 흉악범 같다는 거 역시 내게 새롭게 생긴 성격의 반영이라고 생각해. 나는 처쪽에 있는 동안 강간 살인자로서 나 자신을 다시 파악하고자 노력했거든. 그러한 나를 다시 짊어지고자 했다는 거지. 그건 왜냐하면 어떤 경우라 해도 우연이라는 것이 내 생애를 결정한다고 생각하기는 싫어서였어. … 싫다기보다 오히려 두려웠는지도 모르지만. 말하자면 '사건' 직후 내가 목을 매려 했던 것은 우연한 사건으로 일생을 망쳤다고 생각했기 때문이지. 이런 식으로 생각하다가는 끝없이 가라앉을 뿐이야. 그럴 바에야 차라리 나는 줄곧 강간 살인을 바라며 살아왔고 마침내 그 일을 해낸 것이라고 의지적으로 '사건'을 짊어지고 말야, 죄에 가득 찬 인간으로서 내가 걸어갈 앞날을 생각하는 편이 발밑이 확실하다고 느꼈거든. 과거에 일어난 일을 어떻게 대충 속여 넘겨 없었던 걸로 한다, 그런 식으로 실제로는 불가능한 일을 질척질척 후회하면서 생각해 보는, 그런 일과도 인연이 끊기고. … 그렇게 마음을 다잡고 보니 어느 날 밤이든가 독방에서 잠들기 전에 술 없이도 취한 듯이 흥분했던 그때는 달빛이 비치는 바위 그늘에서 스커트를 걷어 올리고 속옷을 벗겨 나이프로 아랫배의 부드러운 곳을 쓰윽 베어 버리는, 차라리 그런 식으로 시작한 살인이라면 훨씬 좋았을 걸 하는 생각마저 든 적이 있는걸. 어차피 강간도 살인도 해 버릴 바에야 말야. 나는 요컨대 거기까지 간 인간이야, 아사짱. '사건'이 하나의 종점이었던 게 아니라는 거지. 그것을 출발점으로 해서 십 년이나 처쪽에 갇혀 있는 동안, 줄곧 그런 생각을 하고 있었으니까…."

역시 동생이 전화로 전한 바로는 한때 근거치에 참여했던 젊은이들이 이미 농가나 임업 농가의 후계자가 되어 기이 형의 출옥을 축하하는 잔치에 모였다. 오셋짱과 올린 결혼식에도 참석했다. 하지만 그것이 끝나자 마치 약속이라도 한 듯이 저택에 나타나지 않게 되었다. 그 시점에서 기이 형의 귀향을 맞은 숲속 마을의—물론 기이 형이 동생 등과 함께 촌장 선거에서 주장했던, 강 아랫마을과 병합하지 말고 마을 독자적인 길을 걷자던 경제 구상은 십 년 동안에 파기되었을 뿐만 아니라 이제는 마을 자체의 이름도 없어져 버렸지만—분위기는 어떠했는가? 동생 얘기로는 한때 근거지의 젊은이였던 그들은 기이 형이 그 단서를 제공했던 임업·농업을 합리적으로 진척시키는 방향이라는 기본자세까지 잃어버리지는 않았다. 하지만 자신들의 힘으로 거기서 더 나아가려 들지는 않았다. 애당초 근거지 운동이 가장 절정에 달했던 시기에조차 나이든 이들은 앞날에 대해 반신반의했다. 그러던 차에 기이 형의 범죄가 있었고 그것을 지렛대로 삼은 그들이 다시 근거지를 부정하는 공세에 나서자 젊은이들은 제대로 저항할 수 없었다. 젊은이들은 각각 근거지 구상을 계승하면서도 혁신적인 의욕을 겉으로 표현하지는 못한 채로 나이를 먹었고 결혼하고 나자 분별력 있는 가장이 되었다.

동생은 전화로 말했다.

"K 오빠가 이해할 만한 예를 들어 설명하자면 말야, 임업 농가에서 소를 키우는 일은 실현되지 않았지만 표고를 대량으로 재배해서 오사카나 도쿄 시장에 내놓는 계획 있었지? 그건 이미 진행하고 있었고, 계속했더라면 대성공이었을 거야. 규주규오리九十九折り 언덕길도 이미 완성되어 있었고 마쓰

야마 공항에서 뜨는 비행기 편수도 늘어났거든. 실제로 현재 젠닛구全日空 비행기는 생표고를 싣고 날아오르고 있다구. 현에서 추진하는 경제 정책의 노른자위로서 표고 재배 농가가 표창을 받을 정도예요. 그런데 처음에 그 계획을 만들고 시도까지 했던 우리 마을은 새로운 산업에서 완전히 따돌림을 당했어요. 골짜기에서도 '본동네'에서도 지금은 그저 자기 집에서 쓸 만큼만 표고를 재배하고 있을 뿐이야. 매사가 이런 식이라고 생각하면 돼."

기이 형은 아내에게 말한 대로 개인적인 규모로나마 근거치 재건을 생각하고 있는 것이리라. 일단 숲을 떠나 전국 방방곡곡을 방랑하듯 돌아다니는 이유도 저택에서 새로운 삶을 본격적으로 재개하기 전에, 하는 생각에서일 것이다. 그러나 동생은 기이 형의 눈이 현재 '본동네'나 골짜기 사람들의 실제 생활보다 약간 위쪽을 향하고 있는 모양이라고도 말했다. 최근 십 년 동안 숲을 떠난 차남·삼남들이 많았고 마을에 남은 후계자들이 경쟁하듯 차와 농기구를 구입하거나 집을 고치고 지어 살림이 괜찮아 보이는 농가도 임업 경기가 계속 회복되지 않는다는 이유도 있어서— 기이 형이 지도한 임업 농가의 체질 개선은 무엇보다 먼저 포기되었지만 그건 모두 저택의 자금 원조를 바탕으로 시도한 것이었다— 다들 실정은 나름대로 어려운 모양이었다. 저택으로 돌아온 기이 형에게 하소연하며 해결책을 구한 근거치의 옛 멤버에게 기이 형이 눈에 보이는 대응을 하지 않았던 것도 그들이 기이 형과의 관계 회복을 일찌감치 포기한 이유인 듯하다. 나와 사귄 것을 제외하면 원래 기이 형은 마을의 동년배나 자기보다 연하인 사람들과 직접 어울리는 일이 없었다. 짧은 동안 벌인 근거치 운동이 지도자 기이 형에 대해 환상 같은 이미지를 만들어 낸 것이다. 하지만 문제가 된 환상도 기이 형이 강간 살인을 저지르는 비참한 방법으로 산산조각이 나고 말았다. 더구나 아직도 그 형기가 남은 사람이 숲속 토지로 돌아와 옛날부터 두 사람이 어떤 관계였는지를 누구나가 알고 있는 세이 씨를 저택에서 내쫓고 그녀의 친딸과 결혼하다니, 이런 식으로 숲속의 풍습에 걸맞지 않은 짓을 하는 기이 형을 지금 마을 사람들이 잠자코 방관하고 있는 것만으로도 오히려 관대하다고 해야 하지 않을까….

"여행을 떠나 버릴 때까지 날마다 기이 오빠는 오셋짱한테 운전을 하게 해서는 십 년 동안에 제방으로 둘러싸여 버린 강기슭이라든가 숲의 임도 등을 달리고 있었어. 몰라보게 변해 버린 골짜기와 '본동네'를 보고 다닌 거겠지. 나 같은 사람은 계속 환경이 변하다 보니 거기에 둔감해져서 별로 의식도 안 했지만 기이 오빠 눈에 위화감이 없는 곳이라곤 저택에서부터 '아름다운 마을'을 건설하던 덴쿠보 부근까지 정도

일지도 몰라.

하긴 거기서조차도 숲 꼭대기를 올려다보면 임도 때문에 깎아 낸 속흙이 눈에 들어오는걸. 정말이지 인간 집단이라는 건 십 년 동안에 대단한 양의 일을 해 버리는 것 같아. 거꾸로 근거치 사업을 십 년간 계속했더라면 어떻게 되었을까? 그걸 생각하면 기이 오빠가 차로 숲을 오르내리는 심정이 손에 잡힐 듯이 이해되긴 해. 그렇긴 해도 말야, 아직 기이 오빠가 토지 사람들보다 약간 위쪽을 보고 있다는 그런 느낌은 지워지지 않지만….

제2장 자아의 죽음과 재생 이야기

　한여름에 멕시코에서 돌아온 그해 초겨울 가루눈이 흩날리는 날, 여행 중이던 기이 형이 세이조 가쿠엔의 우리 집에 나타났다. 내가 멕시코에 있는 동안 끝낼 작정으로 아내는 집안을 고치기 시작했는데 — 셋집에서 약간 안으로 들어간 곳에 마당이 딸린 집을 사서 몇 년째 거기 살고 있었다 — 아들에게 눈이 안 보이는 증상이 갑자기 나타나는 등 시간을 잡아먹어 결국 겨울 하늘 아래 반쯤 부서져 커다란 시트가 덮여 있는 집에 기이 형이 찾아온 것이다. 우산을 들고 나갈 정도로 내린 눈은 아니었지만 머리에서 어깨까지 모두 젖은 채 오후 늦게 돌아온 나를 기다리고 있던 아내는 기이 형이 내 서재 겸 침실에서 자고 있다고 전했다. 점심때 지나 찾아온 기이 형은 지붕 반쪽에 시트를 쳐 놓아 피난민 거처 같은 현관에 아내가 얼굴을 내밀었을 때 한마디로 겁에 질린 표정이었다. 또한 몹시 지쳐 있는지 간단한 식사를 마친 뒤 자고 싶다고 해서 서재에 둔 침대에서 자도록 했다는 것이다.

기이 형은 먼저 자기가 겁에 질린 표정을 짓고 있던 이유를 설명했다고 한다.

"K같이 벌너러블한 사람이 어떻게 용케 도쿄에서 산다고 생각하고 있었는데 반쯤 부서진 집에서 오유 씨가 나오는 것을 보고 말야, 아아, 끝내는 저질러 버렸구나 하는 생각을 했어. 뭘 저질러 버렸다는 건지는 나도 모르지만…."

저녁을 준비해 놓고 거실에서 기다렸지만 기이 형은 9시가 넘도록 나타나지 않았다. 마침내 나는 서재에서 자고 있는 그를 보러 갔고 이번에는 내가 겁에 질린 얼굴이 되는 느낌이 들었다. 담요와 오리털 이불을 양팔과 다리에 껴안 듯이 하고 침대에 비스듬히 누워 있는, 내 파자마를 입은 중년의 사내. 머리카락은 짧게 자른 데다 오른쪽 구석에 난 상처가 단을 이루고 있는 머리의 정수리는 벗겨지기 시작하고 있었다. 머리에서 육체노동자 같은 근육이 붙은 목 뒤쪽까지밖에 보이지 않지만 그 전체에서 노골적인 고통의 표정이 일렁이는 듯했다. 침대 머리말에 불이 켜져 있고 그것을 피하듯 얼굴을 베개에 묻고 있는 기이 형의 어깨 옆에 내 소설의 초고 뭉치가 놓여 있는 것이 신경 쓰였지만 나는 얼른 고개를 돌리고 거실로 돌아왔다. 생각해 보면 지난번에 만났을 때 기이 형은 30대 중반이었고, 여자처럼 화장이 어울리던 어릴 적 모습도 아직 남아 있는 청년 같은 풍모였다. 멕시코시티에서 십 년 만에 기이 형의 편지를 받았을 때 그것을 쓴 사람의 모습으로 떠올린 것도 당연히 젊은 기이 형이었다. 하지만 이제는 머리카락이 성글어져서 상처가 도드라져 보이고 뭔가 불온한 분위기마저 풍기는 목덜미를 내보이며 고통스럽게 잠든, 중년도 끝나 갈 무렵인 한 사나이가 그 편지들을 썼다고 고쳐 생각해야 하는 것이다.

"기이 씨가 고생이 겹쳐 한꺼번에 늙어 버린 것 같아 놀랐죠? 그래도 한참 이야기를 하다 보면 기이 씨 얼굴에서 잠자고 있던 부분들이 깨어나 움직이는 것인지 '사건' 전의 젊은 기이 씨와 변한 게 없다는 느낌이 들어요."

"얼굴은 안 봤어. 하지만 기이 형이 자고 있는 뒷모습만 보고도 놀랐다구. 사람이 자고 있는 모습이라는 건 함부로 보면 안 되는 건지도 모르겠는데?"

"히카리처럼 근사한 모습으로 자는 사람은 드물거든요."

"나는 요즈음 도대체 어떤 얼굴로 자고 있지? … 누가 죽으면 그 침상 옆에 가족이니 친척이니 다들 모여서 죽은 사람 얼굴을 말똥말똥 들여다보잖아? 그 광경을 떠올리면 나는 아무래도 좀 난처할 거라는 생각이 들어."

어린 동생들은 재웠지만 히카리는 헤드폰으로 FM 방송을 듣게 내버려 두고 나와 아내는 서로 별다른 이야기도 나누지 않으면서 기이 형이 일어나 나오기를 기다렸다. 그가 잠든 모습을 보며 느꼈던, 도저히 어떻게 해 볼 수 없을 것만 같은 고통스러움, 이라는 인상이 나에게 달라붙어 그것이 아내에게도 감염되는 듯했다. 그러나 한 30분 지나자 기이 형은 혼자서 자기 몸을 챙기는 생활에 익숙해진 사람답게 복장도 표정도 빈틈없이 갖추고 거실에 나타났다. 멕시코로 보내 준 편지처럼 평온한 표정으로 나타나, 부풀어만 가던 나와 아내의 우울함을 없애 주었던 것이다. 오랜만에 기이 형에게서 직접 듣는 처음 한 마디는 전축을 앞에 두고 누워서 음악을 듣고 있는 히카리를 내려다보며 하는 태평스런 말이었다.

"히카리는 참 예쁜 아이야. 여름에 오유 씨와 숲에 와 주었을 때는 마치 전부터 아는 사람처럼 반가운 기분이 들더라구."

"히카리도 처음 뵙는데 금세 기이 형이라는 것을 알아차리고 내가 뭐라고 하기도 전에 기이 아저씨, 히카리입니다, 하고 인사를 했었죠?"

아들은 그저 베토벤의 음악에 몰두해서 우리에게 전혀 관심을 보이지 않았다. 나와 기이 형은 저녁 식사 테이블에 마주 앉아 위스키에 물을 타서 마셨다. 가슴은 쭉 폈지만 고개를 툭 떨군 자세로 음식을 먹고 술을 마시는 기이 형은 일찍이 저택에서 함께 식사를 하던 때와는 확실히 달라 보였다. 아까 잠든 동안에도 뭔가 이상한 느낌을 주던 머리의 흉터와 근육이 붙은 목덜미는 밝은 불빛 아래서 기이 형을 짐승처럼 거칠고 난폭해 보이게 만드는 순간이 있었다. 하지만 부자연스러울 만치 테이블에 고개를 숙이고 있느라 계속 그늘이 진 눈에서 코로 이어지는 부분에는 어린애 같은 섬세함도 짙게 남아 있어 전체적으로 균형이 맞지 않아 위태로운 느낌이 드는 인상이었다.

"기이 형은 요즈음 온 일본을 방랑하듯이 여행하고 있다고 동생이 그러던데…."

"저쪽에 있을 때부터 계획한 거야."

기이 형은 고개를 숙인 채 입안에 담긴 음식을 정성스레 씹어 넘기고 나서 얼핏 눈을 들면서 대답했다.

"첫 무렵에 K가 보내 줘서 읽은 연구서에 『신곡』의 순례자와 선도자의 여행을 로마에서 예루살렘을 잇는 지상의 여행에 비유한 책이 있었지? 보기 드문 사진까지 일일이 붙어 있는…."

"나도 그 책은 대충 읽었어. Demaray라는 사람이 『신곡』

이 어떻게 만들어졌는지를 성서와 현실 세계 양쪽에서 읽어 가는 책 말이지?"

"맞아. 성서에 입각해서 읽는 것, 말하자면 단테의 예정론에 관한 연구 같은 거 말야. 그 세밀한 지도를 따라가며 읽어 내는 것을 보고 있노라면 사후라고 할까 초월적 세계라고 할까 어쨌든 현세가 아닌 곳에서의 편력을 생각하려면 내 눈으로 확실히 본 현실의 땅이라는 모델이 필요하다고 느꼈거든. 내 경우엔 골짜기와 '본동네' 숲 자체는 잘 알고 있지. 독방에서도 재료만 지급된다면 상자 모형을 만들 수 있을 정도였어.

하지만 거기에서 벗어나면 정말로 안다고는 할 수 없다는 생각이 들어. 그래서 처쭉에서 나오기만 하면 적어도 일본열도의 북쪽에서 남쪽까지는, 그게 어떤 모양을 하고 있는지 봐 둬야지 하고 생각을 했거든. 이번에 실행해 본 거야. 먼저 규슈九州에서 도쿄로, 그다음에는 홋카이도北海道에서 도쿄로 하는 식으로 거리와 장소만 본다면 상당한 셈이지. 이걸로 일단은 마친 걸로 하고 이제는 숲속으로 돌아갈 생각이야."

"잘 됐네, 오셋짱이 안심하실 거예요."

아내가 말했다.

기이 형은 일정한 스피드로 젓가락을 움직여 테이블에 차

594

린 모든 요리를 한 번에 한 가지씩, 그리고 반씩만 먹는 식으로 식사를 했다. 그러고 나서는 음식은 더 이상 먹지 않고 역시 상당한 스피드로 위스키를 마셔 가면서 아내가 한 말에 잠깐 고개를 끄덕이고는 이야기를 계속했다.

"여행을 하면서 잘 알게 된 단순한 사실. 그것은 초월적인 세계를 구상하기 위해 현실 세계에서 모델을 찾으려 한다면 그저 돌아다니며 풍경이나 지형을 보는 것만으로는 안 된다는 교훈이지. 이런 건 아이들 동화책에도 적혀 있다는 건 처음부터 알고 있었지만 말야…. 다만 여러 지방을 둘러보면서 우리 숲속 토지가 독특한 개성을 지닌 곳이라는 건 알게 되었지. 이제부터 죽을 때까지 숲속에서 산다는 것에 대해 나로서는 납득을 했어."

"어른들이 보금자리라 부르는 골짜기를 떠나지는 않으리라던, 하는 예이츠의 시를 어린 시절 기이 형과 읽었지? … 당시에 기이 형은 전부 원시 그대로 이해하라는 방침이었지만 난 영어를 금세 잊어버리곤 했으니까 기억의 실마리를 내 나름대로 번역했었어…. 기이 형은 그 child's vow를 새삼 실현하는 셈이네."

그렇게 말하는 나를 쳐다보더니 고개를 툭 떨구고 테이블 위에서 시선을 움직이면서 기이 형도 예이츠를 떠올리는 듯했다.

"어쨌든 나는 그 숲속 토지, 그것도 저택의 땅에 나 나름대로 현실 세계의 모델을 만들어 볼 작정이야, K. 근거지 운동에서 만들려던 '아름다운 마을'은 그 모델 중 하나였던 셈이지. … 십 년간 저쪽에 있다가 마을로 돌아와 보니 강을 두른 제방 하나만 봐도 알 수 있듯이 완전히 형태가 바뀌었더군. 도로는 근사해졌고 마쓰야마로 나갈 때도 고개를 넘을 필요가 없어. 나는 뒤에 처져 버린 꼴이야. 함께 근거지를 꾸리던 녀석들도 일단은 나한테 돌아올 듯했지만 결국 그렇지 않았어. 그것도 자연스러운 거지. 녀석들은 내가 받아 주지 않았다고 한다지만…. 그런 식이니 이제부터는 오직 나 혼자 구상으로 모델을 만들고 싶은 마음이야. 그걸 도와줄 사람이 필요하다면 근거지 세대보다 젊은 녀석들이 있어. 이른바 신세대라는 그들 나름의 방식으로 남들이 안 하는 색다른 구상에 흥미를 느꼈는지 접근해 오는 것 같아."

아내가 식탁을 치우고 우리 앞에 위스키병과 물병, 그리고 새로 씻은 잔을 남겨 놓았다.

"저택에서 셀 수도 없이 밥을 먹고 이번에 처음으로 내가 대접할 차례인데 기이 형은 별로 먹질 않네."

"저쪽에서 길든 습관이 특히 식생활에 많이 남아 있어서. 오유 씨한테 미안한데."

"기이 씨가 식사를 하시는 것은 필요한 만큼만 덜어다 드시는 식이라서 접시에 남겼다는 느낌이 없는 걸요."

부엌에서 아내가 말했다.

"오늘은 기이 형이 잠을 잔 시간과도 관계가 있는 거 아닐까?"

"오후 일찍부터 잤는데 귀 옆에서 사람 목을 베는 듯한 소리가 들리더라고. 그래서인지 잠이 깨기 직전에 정말 리얼한 꿈을 꿨어. 내가 아직 감방에 있고 그 바로 옆이 사형을 집행하는 형장이었거든. 그런데 어떻게 된 건지 일본도로 사형수의 목을 베는데 그 소리가 들려오는 꿈. 그러고 나서 다시 수면제를 먹었기 때문에 그렇게 오래 잔 거야."

"옆집 아저씨가 골프 연습을 하고 있어요. 이런 동네 가운데서 그런 소리를 내는 게 상식에 맞는다고 할 순 없지만 골프 연습이라는 바람에 다들 납득을 한 거죠."

"… 수면제를 먹고도 한참 잠이 오지 않아서 K의 책상 위에 있던 소설 원고를 읽었어."

기이 형은 새삼 나에게 확실히 초점을 맞추어 이야기하려는 태도를 보였다.

"거기에 대해 하고 싶은 이야기가 있는데, K."

그래서 집을 고치는 동안 동생들과 함께 자기로 한 히카리를 이미 자고 있는 두 아이 옆으로 아내가 데려갔다. 히카리와 기이 형은 어른들끼리 하듯 정중한 인사를 나누었다.

"지금 쓰고 있는 소설은 아직 초고 단계인 모양이니 물론 최종 판단과는 관계없이 하는 이야긴데…. K, 화자는 일인칭이고 히카리를 중심으로 가족에 대해 쓰고 있더군. 나는 그걸 읽고 의문을 느꼈어. 지금까지 K가 나僕라는 일인칭으로 소설을 끌어가는 방식은 그것이 전쟁 중에 어린아이로서 겪은 추억이라든가 익숙하지 않은 대도시에서 불안을 맛보는 청년을 다루는 한, 설득력이 있다고 생각했어. 그 나는 분명히 작가에 가깝지만 시대의 풍속을 체현하는 화자라는 것도 사실이고. 작품이 하나의 사회 현상임과 동시에, 가정교사를 하면서 외식권 식당에 밥을 대 놓고 먹는 작가라는 것 역시 일종의 사회 현상이니까. 거긴 독립된 의미가 있었다고 생각해.

그런데 지금 K가 실제 가족을 둘러싸고 역시 나私(일본어에서 '나'라는 뜻을 나타내는 대표적인 일인칭 대명사로는 젊은 남자들이 주로 사용하는 '보쿠僕'라는 말과, 남여가 함께 쓰면서 이보다 점잖은 느낌을 주는 '와타시私'라는 말이 있는데 작자는 이 두 낱말을 구분하여 사용하고 있다)라는 일인칭으로 소설을 쓴다, 그렇게 해서 자네는 마흔을 넘긴 나는 이렇게 살아왔다, 살고 있다, 라는 이야기를 쓰고 있는 셈이지. 언젠가 자네가 강연에서 인용했던 나쓰메 소세키의 작품에 나오는 비참한 주인공의 대사대로 "기억해 주세요. 저는 이렇게 살아왔답니다" 하고 하소연하고 있단 말야. 하지만 그걸 하려면 소설을 쓰는 사람으로서 정말이지 각오를 굳히고서 해야 하는 거 아닐까? K, 자네는 그 각오라는 것을 제대로 의식하고 있는 거야?

이것도 단테 이야긴데 내가 이쪽으로 돌아와 처음 산 것이 『신곡』을 오로지 회심回心에 관한 이야기로만 해석하는 책이었거든. 언젠가 K가 별쇄본으로 보내 주었던 프레체로의…. 물론 누구나 많든 적든 그런 식으로 『신곡』을 읽지만 프레체로는 거기에 근본적인 문제의식을 두고 단테가 창작하는 행위 전체를 다시 파악하려 드는 거야. 어두운 숲을 헤매던 인생의 나그네 길 여정 중에 한 남자가 산에 오르려고 마음을 먹는다. 능선을 반짝이게 하는 태양의 광채에 힘을 얻어서 말야. 하지만 표범과 사자, 그리고 늑대에게 길이 막혀 좌절한다. 이것이 실패한 회심. 다시 한번 베르길리우스가 이끄는 대로 지옥을 돌아 연옥에서 천국에 이르는 여행이, 말하자면 순례자로서 단테의 자아가 마침내 회심에 성공하는 여행이야. 말하자면 죽음과 재생을 거쳐 회심을 달성하는 거지. K, 정말로 사람들의 마음을 치는 나私의 편력을 소설로 쓸 수 있다고 한다면 그것은 자네 자아의 죽음과 재생에 관한 이야기여야만 하는 게 아닐까? 하지만 한 작가가 그걸 쓸 수 있는 건 평생에 오직 한 번뿐일 것임이 분명해. 그 밖에는 모두 도중에 산 오르기를 단념하는 이야기가 되는 거 아니겠어?

단테부터가 그렇잖아?

여기서 이야기는 처음으로 돌아가지만 이제 마흔을 넘은 K가 자신의 삶을 밖으로 드러내는 소설을 쓰려는 것은 말야, 어쩌면 당연할지도 모른다고 생각해. 인생 나그네 길에서 중간 지점을 이미 지났으니까. 더구나 히카리의 출생과, 장애를 극복하며 성장한다곤 하지만 성장 자체가 불러오는 어려움이 있지. 오유 씨와 히카리를 도우면서 걷는 삶의 길은 말하자면 어두운 숲을 지나는 경험임이 분명하고. 그걸 표현하고자 하는 기분은 이해할 수 있어, 물론…. 이해한다는 둥 하는 말보다 절실하지. 내게도 어두운 숲을 지나온 경험이 있으니까, K….

하지만 그런 기분으로 나를 전면에 내세워 소설을 쓰는 자네가 산 오르기에 실패하고 헛수고하는 것을 나는 두려워하는 거라네. K가 자아의 회심, 죽음과 재생의 이야기를 목표로 하는 건 확실해. 하지만 거기엔 때가 있는 법이지. K, 자네 속에서 자아의 회심, 죽음과 재생의 이야기를 쓸 때가 과연 무르익은 걸까? 게다가 자네는 오유 씨와 히카리, 그의 동생들까지 말려들 수도 있는 형식으로 소설을 쓰고 있잖아. 만일 때가 이르지 않았음을 자각하면서도 그것을 쓰지 않고는 작가로서 살아갈 수 없어서라면 — 경제적인 문제라기보다 문단에서의 생활 감정으로서 말야 — 도쿄를 떠나 숲속으로 돌아오면 어때? 자네를 종신직 협동 경영자로서 새 사업에 맞아들일 테니. 아까 자네가 말한 어린 시절에 좋아하던 시구, 우린 그걸 정말 사랑하고 있었잖아? K, 어떨까? 그야말로 우리들의 child's vow를 실현하는 게 될 텐데."

기이 형은 그때 일찍이 본 적이 없을 만큼 취해 있었다. 하지만 기이 형이 서재에 두었던 초고를 읽고 나서 생각하고 생각한 끝에 이야기하고 있다는 것은 잘 알 수 있었다. 나는 그 소설을 멕시코시티에 머문 시기 후반에 쓰기 시작했다. 『곰돌이 푸우』에서 따온 이요라는 이름으로 히카리를 등장시켜 기형아로 태어나서 중학교의 특수학급에 다닐 때까지 과정을 그려 간다…. 도쿄에서 걸려 온 전화로 히카리가 눈이 안 보이는 발작 증상을 일으켰다는 소식을 듣고 나는 그것을 구체적인 성적性的 해방은 있을 수 없는 사춘기가 시작될 무렵에 보이는 어떤 징후로 받아들였고 그것을 발단으로 초고를 쓰고 있었다.

그러면서도 나는 아들과 관련하여 털어놓을 수밖에 없는 자신의 내면을 서술하는 것을 망설이고 있었다. 그것은 기이 형이 지적한 대로 근본적인 과제였고 나는 몇 년이나 지나서 그것도 기이 형이 옥중에서 편지로 알게 해 주었던 블레이크를 끌어넣음으로써 비로소 새로운 이야기를 쓸 수 있었다.

"맞아, 기이 형. 나는 그 소설이 기술적으로 잘 풀리지 않는 걸 느꼈고 어떻게 고쳐 쓸까 고민도 했지만 방법을 찾을 수 없었기 때문에 오히려 쫓기듯이 써 내려가는 식이었거든. 전부 미정 원고라는 형태이긴 했지만. … 그건 단지 기술 문제가 아니라 더 본질에 가까운 문제였던 거야. 기이 형 말을 듣고 보니 나도 어렴풋이 느끼고 있었던 것 같아."

"그래? K가 그렇게 쉽사리 받아들여 주리라곤 생각하지 않았는데. 다행이다…."

내가 구입한 낡은 집은 그걸 지은 사람이 가진 취미대로— 그곳이 한때는 주택지라기보다도 교외의 숲이었기 때문에 유럽식 전원생활을 즐기자는 의도도 있었겠지만 — 목조 단층집에 어울리지 않게 서재에는 실제로 나무를 때는 난로가 붙어 있었다. 나는 기이 형을 재촉해서 위스키와 물이 담긴 쟁반을 들고 서재로 갔다. 내가 계속 불만족스러웠던 이유가 더 깊고 근본적인 것이었음을 깨닫게 된 그 소설의 초고를 태우기 위해. 난로 굴뚝으로 연결되는 뚜껑을 밀어 올리고 초고를 몇 장 구겨서 불을 붙이자 기이 형은 굵다란 팔로 말리려 들었다.

"지금은 자네도 취했으니까 태워 버리더라도 내일 하면 어때?"

"아니, 태우는 편이 좋다는 걸 이미 알았는걸."

나는 타오르는 작은 불꽃을 감싸듯이 원고 뭉치를 늘어놓

602

으며 말했다.

"지금까지 작가로 살아오면서 건진 생활의 지혜 가운데 하나가 말야, 실패한 원고를 남겨 두면 다음 작업에 그걸 살리고 싶다는 생각이 들어서 언제까지나 그 원고로부터 자유로워지지 못한다는 거야. 벌써 몇 번이나 여기서 태웠어…."

"일단 쓴 것을 태워 버리고 나중에 후회하는 일은 없어?"

"기이 형의 비평은 핵심을 찔렀으니까…."

"자네는 나에 대해 근거 없는 부채감을 가지고 있어서…, 지금 필요 이상으로 내 비평을 납득한 듯한 몸짓을 보이는 거 아냐?"

나는 말없이 원고 뭉치가 한 장씩 불꽃에 오그라들면서 타는 모습을 바라보았다. 저택의 이로리(농가에서 마룻바닥을 사각형으로 도려내어 방한과 취사를 위해 불을 피우는 장치)에서 젊은 기이 형과 나는 곧잘 그렇게 타오르는 불꽃을 바라보곤 했다….

"그래서 어쩔 거야, K?"

한참 있다가 기이 형이 말했다.

"히카리랑 다들 숲속 토지에 돌아와 산다는 건 역시 있을 수 없는 일일까?"

"기이 형, 도쿄에서 소설을 쓰면서 사는 기본 방식을 바꿀 생각은 없어. 지금은 히카리가 생활의 중심을 이루고 있거든.

말하자면 이곳이 우리에게 근거치라는 거지…."

"이걸 그만두고 새로 뭘 쓸 거야?"

"기이 형 말대로 아직 나는 자아의 회심을 쓸 때에 이르지 못했어. 그렇다면 일단 히카리와 가족이라는 주제를 떠나서 숲속 마을의 생성과 발전이라는 것을 신화와 역사를 섞는 식으로 해서 써 볼까 싶어. 그야말로 어린 나에게 기이 형이 권하던 역사학 대신에 말야."

"… '파괴자' 이야기를 쓰려고?"

"동생의 편지로 기이 형이 숲속 토지의 옛이야기를 정리하는 것 같다는 얘기를 알고 나서 나도 '파괴자'에 대해 새삼 생각하게 되었거든. 조카마치에서 추방당한 불량한 패거리들과 함께 숲속에 마을을 만들었고 백 년 이상이나 살면서 압제자가 되었다는, 그런 인물은 역시 우리들 토지에만 있는 독특한 이야기겠지?"

"나는 아무것도 쓸 생각이 없었어. 그런데도 독방에서 노인들에게서 들은 것들을 노트에 기록하기 시작한 것은 역시 K가 써 주기를 바라서였지…. 간접적으로 자네를 도발할 생각도 있어서 아사짱에게 '파괴자'의 전설을 이야기했던 건지도 모르고. 이웃 마을의 향토사 연구 자료를 보고 싶다며 그녀에게 구해다 달라는 부탁을 하기도 했고…. 그러면 내가 지금까지 모은 것은 전부 K에게 보내지."

"『만엔 원년의 풋볼』때는 형이 정리한 노트가 정말 힘이 되었어. 고맙다는 소리도 못 했지만….."

"아냐, 별소릴…."

기이 형은 불기가 사그라드는 원고 다발을 보면서 고개를 흔들었지만 그러다가 마음을 굳힌 듯 물어 왔다.

"… 그 작품 속에서 다카시는 아가씨 머리를 돌로 쳐서 죽였다고 주장하지? 그러나 미쓰사부로는 우선 처음에 사고로 그녀가 죽은 후에 그러고 나서, 하는 식으로 추리를 하잖아? K는 '사건'에 대해 미쓰사부로가 생각한 방식을 취했던 거지? … 나도 말야, 형이 확정된 뒤 2, 3년간은 사실 미쓰사부로 식으로 생각해서 사고로 죽은 상대에 대해 나는 가장 무거운 죄를 뒤집어쓰고 속죄하고 있다는, 그런 기분이었어. 자살에 실패한 다카시라고나 할까. 그런데 어느 날, '사건' 전모를 순서에 따라 재생하고 있었지. 뭐랄까 그저 오토매틱하게 말야. 그때는 잠깐씩 딴생각을 하다가도 머리가 금방 그리로 돌아갈 정도로 끊임없이 '사건'을 반추하고 있었거든…. 그런데 그때 나는 정말 앗! 하고 큰 소리를 질렀어. 쓰러진 그 사람을 차까지 업어다 태워서 골짜기 의원까지 옮겨 놓았더라면 죽었다고 생각했던 그 사람은 살아나지 않았을까? 조수석에서 뛰쳐나간 그 사람이 고래 바위에 머리를 부딪쳐서 피투성이가 되어 쓰러져 있는 걸 보고는 틀림없이 죽은 거라고 믿어 의심치 않았거든. 그렇다면 사고사라기보다 내가 그 사람을 죽였다는 추궁을 받아 마땅하다고 생각해서… 죽어 있는 그 사람을 일부러 강간하는 척까지 했고 그걸 누군가가 목격했지. 그런 사정이었던 이상, 나는 그 재판 판결에 만족하고 있었거든. 그런데 정말로 앗! 하고 소리쳤어. 지나가던 트럭의 라이트가 비추는 곳에서 목격자에게 결정적인 순간을 보여 준답시고 몸 아래 깔고 있던 그 사람 머리를 옆에 있던 돌을 주워 내리쳤는데 사실은 그 일격 때문에 그 사람이 죽었을지도 모르겠다고 말야…. 정말이지 몇 번이고 앗! 하는 소리를 질렀어."

현관과 거실로부터 서재를 분리하고 있는 여닫이문은 열어 둔 채였다. 그 문턱 있는 곳에 아내가 서서 얼마 전부터 우리 이야기를 듣고 있는 기척이었다. 그걸 눈치채고 나는 종이 형태 그대로 검은 재가 되어 버린 초고 다발 밑에 약간 불길이 남아 있는 난로 앞에 기이 형을 남겨 두고 일어섰다. 아내를 따라 거실로 돌아오자 그녀는 겁에 질려 굳은 얼굴을 내게로 돌리고 눈은 내리깐 채로 경찰에서 전화가 왔다고 말했다.

"이웃에서 신고를 한 게 아니라 집 앞을 지나가던 사람이 … 반쯤 부서져서 시트를 덮어 놓은 집에서 연기가 나고 있다고 역 앞 파출소에 이야기를 했나 봐요. 그치만 이제 태울

건 다 태워 버린 거죠?"

나는 집 앞길에 나가 남의 눈에 비친 광경을 추체험하려 했다. 낮에는 눈가루가 날리기도 하던 하늘은 맑게 개어 머리 위에 보름달이 떠 있었다. 말라 버린 정원수들 몇 그루 너머로 파괴되어 시트를 덮어쓴 반쪽을 매달고 기괴한 평형을 유지하고 있는 검은 집이 서 있다. 굴뚝은 지붕 저쪽에 숨어 있어서 연기가 피어오르는 걸 보면 남들은 의아하게 여길 것이다. 폐허 속에 있는 조그만 건물 같은 이 집 안에서 장애아를 둔 중년의 아버지가 된 나와, 형기는 마쳤지만 자기의 범죄에 대한 상념에서 끝내 벗어나지 못하는, 역시 중년이 지난 기이 형. 이 둘이 함께 곤드레가 되어 난로에서 종이가 타는 불꽃을 바라보고 있었던 것이다···. 어떻게 원문 그대로 예이츠를 좀 이해해 보려고 고심하며 골짜기에서 '본동네', 그리고 숲 가장차리까지 돌아다니던, 소년이었던 나와 청년이었던 기이 형의 이십여 년 뒤. 그런 생각들을 하느라 나는 추위에 진저리를 치면서도 눈앞에 있는 반쯤 부서진 집안으로 들어갈 기력이 나지 않았다. 한기가 스며들지 않도록 현관문을 꼭 닫아 놓고 나와서 한층 더 시꺼먼 집 안으로···.

이튿날 아침, 히카리가 어깨에 헝겊 가방을 메고 혼자서 중학교의 특수 학급에 가는 것을 감탄하며 배웅한 기이 형과 함께 아침 식사를 하러 테이블에 앉아 나는, 반쯤 부서져 시

트를 씌워 놓은 검은 집이 폐허의 풍경처럼 달빛에 떠올라서,
하는 이야기를 했다. 그에 대해 아내는, 나한테는 집을 고쳐
짓고 있는 씩씩한 광경으로 보일 것 같은데, 달빛 속에서라
도, 라고 받았다.

"K를 건설적인 방향으로 이끌어 주는 건 오유 씨로군. 자
네 같은 사람이 도쿄에서 그럭저럭 살아갈 수 있는 것이 납
득이 돼. … 내가 자네를 숲속으로 불러들이려던 플랜은 잘
못이었어. 어제 이 집을 처음 봤을 때는 나도 오유 씨가 아니
라 K와 같은 느낌이었거든."

기이 형은 점심때도 되기 전에 그대로 시코쿠로 돌아가겠
다며 집을 나섰다. 이 짧은 재회를 사이에 두고 다시 기이 형
과 내가 멀리 떨어져 사는 세월이 이어졌다. 그래도 나는 기
이 형과 십여 년 만에 재회하여 그에게서 새로운 영향을 받
았다. 나는 기이 형에게 이야기한 대로 숲속 토지를 개척하
여 마을을 창건한 사람들에 대해 — 할머니라든가 노인들에
게서 들으며 자란 옛이야기로 장편을 구상하기 시작했다. 약
속대로 기이 형에게서는 '천리안' — 능력을 지닌 가계로서
특별히 저택에 전해 내려오는 이야기를 담은 노트를 포함하
여 유신을 전후한 두 번의 반란에 이르기까지 토지의 사회생
활의 변동에 대해 공민관 자료에서 뽑아낸 것들을 받았고 나
는 그것들로 크게 힘을 얻었다.

한편 기이 형이 저택에 돌아가 재개한 생활 모습, 특히 이 번에는 개인적으로 방향을 잡아 모델을 만들겠다던 그가, 숲 속 토지에서 시작한 새 생활에 대해 나는 역시 누이동생이 보내는 편지나 전화로 소식을 듣고 있었다. 기이 형도 편지에 가끔씩 그런 이야기를 하는 경우도 있었다. 나는 기이 형이 이쪽으로 돌아와서 이 세상, 또한 그것을 넘어선 세계의 구체적인 모델을 만들려고 한다는 구상에 자극을 받았다. 나 역시 소설이라는 형태로 이 세상과 그것을 넘어선 세계의 모델을 만들고 싶다. 그것이 내가 할 일이라고 말하고 싶다. 지금 기이 형도 나와 같은 전망에 서서 경쟁이라도 하듯이 노력을 시작했다고, 그렇게 나 스스로 장편을 쓰도록 부추기는 것 같기도 했다….

　그러던 차에 이 이야기 첫머리에 썼던 전화가 걸려 왔다. 동생을 사이에 두고 오셋짱이 요청하는 상담. 기이 형이 새로운 사업을 시작했다. 그것은 한때 추진하던 근거지와는 달리 개인적 복안에 따른 사업인데 마을 사람들에게 반감을 불러일으키는 모양이어서 걱정이다. 내가 골짜기에 돌아와 기이 형이 하고 있는 사업을 둘러보고 그와 이야기를 나누어 줄 수는 없을까….

　가족과 함께 귀향한 나와 기이 형은 — 정령의 힘처럼 토지에 붙어 있는 — 어린 시절부터 몸에 밴 친화력의 영향으로 오셋짱이 바라던 현실 과제를 풀기 위한 이야기는 나누지 못한 채 헤어졌다. 거기까지는 이미 이야기했지만 첫머리에서 의식적으로 미뤄 놓았던 기이 형과 나눈 또 하나의 이야기에 대해 여기 기록하려 한다. 그것은 덴쿠보를 막는 제방을 만드는 공사 현장을 보러 갔을 때 일이었다.

나와 기이 형은 덴쿠보 입구에 있는 고개에서 폭포 옆에 잡목림이 시들어 밝아진 경사면으로 발을 들이밀고 소규모이긴 하지만 확실한 계획이 서 있는 토목 공사 현장을 내려다보았다. 그때 우선 내게 든 생각은 단순히 재미있다는 것이었다.

"제방이 완성되면 상당히 큰 인공호수가 생기겠네. 아직은 습지대 밑바닥에 시내가 하나 흐르고 있는 정도지만…."

"고갯마루에 서서 덴쿠보를 내려다보며 이렇게 하면 인공호수가 생기겠구나 하고 생각한 것이 실마리였거든. 구청에서 공사 허가 때문에 찾아온 사람들에게는 관개 시설을 만든다는 식으로 납득을 시켰지만…. 저택 아래쪽에 있는 땅에 물을 대서 새로운 재배법을 궁리하겠다, 아마고(연어과에 속하는 물고기로 길이는 20cm 정도에 청초한 모양을 지녔으며 맛도 좋다)라든가 송어 양식도 하겠다고 했지. 근거지 때 올린 실적을 기억하고 있는 사람도 있어서 금방 알아 듣더라구. 이번 경우엔 현에도 마을에도 재정 지원을 기대하지 않는다는 것이 확실하니까. 하지만 실은 인공호수가 완성된 뒤의 실제적인 활용에 대해서는 말야, 노 플랜이야. 단지 내가 생각하고 느끼기 위한 매체로서 지형 모델을 하나 만들고 싶다고 생각한 것뿐이니까.

내가 S 씨의 영화를 만들려 했던 것도 말하자면 이 지방 옛이야기의 모델을 만들려 했던 거라고 생각해. 그 영화를 위해 마쓰야마 사무소의 땅을 판 돈이 있으니까 우선 튼튼한 제방을 건설하려는 거지. 건축 전문 사무소와 계약은 했지만 측량부터 시작해서 근본 구상은 내가 세웠어."

"기이 형에게는 근거치 이래의 실제적인 일거리네."

"글쎄, 실제적이라고 할 수 있을까? … 오히려 근거치에서 한 일과는 완전히 정반대되는 성격도 있어. 우선 말야, 제방까지 물이 채워지면 덴쿠보는 물에 잠기잖아. '아름다운 마을'은 물속으로 사라지는 거지. 그것이 근거치가 남긴 몇 안 되는 흔적이었는데. 이번에 K 가족이 왔을 때 원한다면 가족 모두가 머물 수 있도록 손을 봐 두었고 거기로 아예 돌아와 살지 않겠느냐고 줄곧 권하기도 했지만. 글쎄, K가 아주 옮겨 올 일은 없을 것 같고 근거치도 이전에 내가 만들어 낸 것은 일단 소멸시키고… 하는 기분도 있는 것 같아. 지금까지 살아오면서 짊어진, 어떻게도 소멸시키기 힘든 오욕이 있으니 최소한 불식할 수 있는 건, 하는 식으로."

"기이 형은 젊었을 때부터 개체로서 자신의 흔적은 현세에 남기고 싶지 않다고 했지. 창고에서 헌책이 잔뜩 나왔을 때도 사사키 구니佐々木邦의 『땅에 손톱자국을 남기는 것들』이라는 타이틀을 특히 싫어했잖아. 소설 자체는 재미있어하면서도. 손톱자국만이라도 지상에 남기려고 살고 있는 인간은 기이 형이 가진 현세관과 대립되는 거지. 아메리카 인디언 전사가 뒷걸음질로 나아가면서 잡목으로 자기 발자국을 지운다는 이야기에 감탄한 일도 있었지, 서부극인가 어디서 봤다든가 하면서…."

기이 형은 그리움에 잠긴 눈으로 덴쿠보를 둘러보며 말이 없었다. 제방 가득 차오른 물이 발밑까지 찰랑찰랑 햇빛을 반사하는 모습을 상상하기라도 하는 듯. 그때는 '아름다운 마을'의 모습은 사라지고 정면에 드높은 무덤과 거기 서 있는 큰 노송만이 인공호수에 우뚝 서게 되리라….

입밖에 내지는 않았지만 내게는 기이 형이 「연옥」 제1곡에 나오는 연옥의 섬을 둘러싼 바다를 생각하고 있는 듯한 생각이 들었다. "그러면 가라, 그대 한 줄기 부드러운 등심초를 이 자의 허리에 묶고 또 그의 얼굴을 씻어 일체의 더러움을 제하라."는 부분. 또한 다음과 같은 부분.

나의 스승 양손을 벌려
고요히 풀 위에 놓으시더라,
나 즉시 그 뜻을 깨달아

그를 향하여 눈물에 젖은 뺨을 내미니
그는 지옥이 감춘
온갖 색깔들을 빠짐없이 이곳에 드러내시더라.

이리하여 우리는 쓸쓸한 바닷가,
그 물을 건넌 이가 일찍이
돌아온 적이 없는 곳에 이르렀더라.

　기이 형은 지금 이 덴쿠보에 구체적인 연옥 모델을 만들려
는 것이고 천사의 날개를 돛으로 바꾸어 노를 쓰지 않고 나
아간다는 그 사자死者들의 배를 흉내 낸 작은 배로 덴쿠보
큰 노송 섬에 건너가는 것을 일과로 한다면 그야말로 기이
형이 혼을 정화하는 과정에 들어섰다는 뜻이 아닐까? 오셋
짱이 무얼 그리 걱정할 게 있으랴? 설사 그것이 케케묵은 연
극처럼 보인다 해도 기이 형은 이제 이 토지에서 밖으로는
나가지 않겠다고 결의한 사람이고 단테를 읽으며 평생을 지
낼 사람이니 그가 자신의 세계를 관조하기 위해 모델을 건설

한다는 것을 기이 형을 아는 사람이라면 오히려 기뻐해야 하지 않을까?

"기이 형, 나도 이곳에 초월적인 세계를 관조하기 위한 커다란 모델이 건설되고 있다고 생각해. 또한 기이 형의 개체를 위해 그것이 있는 거라면 그와 동시에 이 언저리에 사는 사람들을 설득하기 위해 관개 시설이나 양어장을 만드는 것도 좋다고 생각해."

"자네 말대로야, 속된 이야기지만…."

기이 형은 마음속에 가득한 즐거운 몽상에서 스스로를 떼어 내듯이 말했다.

"토지도 공사비도 기이 형이 부담하면서 이 부근 사람들의 실리와도 연결되는 관개 시설이라고 다들 이해해 주면 좋겠네."

"지금으로서는 인공호수를 만듦으로써 거꾸로 나는 위기에 몰릴 수도 있어. 그걸 걱정해서 오셋짱이 자네더러 숲으로 돌아와 상담역이 되어 달라고 부탁했을걸? 제방 건설을 시작한 후부터 끈질기게 반대해 왔거든. 반대 운동을 하는 사람들은 오다가와 강줄기에 있는 이웃 마을에서 그 하류 부락까지를 포함하는 기세로 대규모 조직을 만들려 하고 있어. 더구나 그들을 들고 일어나게 만드는 힘으로는 숲속 토지의 옛이야기가 있지. 놀랐어, 그들에게 그런 전설은 이미 죽었다고 생각했는데…. 어느 시대였던가, 한의 군대가 이 외딴 마을을 진압하려고 올라왔을 때 골짜기의 목에 흙벽을 쌓아 물을 가둬 두었다가 그 물로 그들을 전멸시켰다는…. 그 옛 이야기를 녀석들은 덴쿠보의 제방에 겹쳐 놓고 있는 거야."

"여기서 물을 내보내도 현도 줄기는 제방이 막고 있어서 영향을 받지 않을 것 같은데…. 그런데도 집단 히스테리가 일어난다면 분명히 옛날 물대포 이야기 탓이야."

"그렇게 생각하지? K…."

나와 기이 형은 그가 공사를 진행하고 있는 둑 옆에서 이런 이야기를 나누었지만 나 역시 덴쿠보를 물이 채워 가는 광경에서 한의 군대를 물리친 방수放水라는 옛이야기보다는 연옥의 섬을 더 강하게 상상했기 때문에 오셋짱의 염려와 기이 형이 그걸 인정하기도 하는 듯한 말투에 대해 정말로 심각하게 생각하지는 않았던 것이다. 그래도 우리를 부르러 올라온 아이들과 함께 눈이 올 듯한 숲을 올려다보았을 때는 위험을 환기시키는 무언가가 있었다….

제3장 냄새 풍기는 검은 물

숲속 골짜기에서 어머니의 말씀대로 시작했던 금주 생활은 도쿄에 돌아오고 나서는 힘들었다. 침대를 둔 작업실 앞의 산동백 고목에 둥지를 튼 산비둘기가 울기 시작할 때까지 매일 밤 잠들지 못한 채 누워 있었다. 음주 때문에 설사에 가까운 배변을 계속하던 대장이 갑작스런 변화에 적응하지 못하기도 했다.

해질녘 수영장 풀에 있는 화장실에서 변의도 확실치 않은 채 변비를 어떻게 좀 해 보려 들면, 특히 건조실 옆에 있는 남녀 공용 화장실 경우에는 양옆 칸에 수영복 차림인 아가씨들이 계속 드나들어 치한이라 의심받을 염려가 생길 만큼 오래 앉아 있어도 기껏해야 토끼 똥 정도일 때도 있었다.

그래도 다시 술을 마시기 시작하지 않은 것은 골짜기에서 어머니가 한 말뿐 아니라 숲에서 기이 형이 진행하고 있는 사업에 대한 경쟁심 때문이었다. 더구나 나는 기이 형이 떠 미는 방향으로 밀려 자료까지 제공받아 가면서 숲속 토지의 신화와 역사를 쓰는 작업에 몰두했기 때문에 그 점에서도 기 이 형이 이 세계와 그것을 초월하는 세계를 파악하기 위해 숲속에 모델을 만든다는 것에 경쟁심을 품었던 것이다.

새해가 밝아 연말연시 휴가를 끝낸 노무자들이 둑 만드는 일을 하러 나오자 기이 형도 매일 일찍부터 공사장에 틀어박 혀서 일에 박차를 가했다. 도대체 목적이 무엇인지조차 알 수 없는 그따위 공사를 그만두게 하려고 K 씨에게 부탁했는 데 둘이서 이야기한 후에 오히려 기세가 올랐어, 하며 오셋 짱이 동생에게 투덜거렸다고 한다.

한편 기이 형이 말하던 인공호수에 불안을 느껴 반대하는 골짜기와 '본동네', 강 아래 이웃 마을, 그리고 그 하류에 사는 사람들도 활발히 움직이기 시작했다. 동생에게 들은 바로는 구청 당국에 진정을 계속 올려 결국은 기이 형과 제방 설계, 시공을 맡은 건설회사 책임자가 반대파 대표와 공개 토론회 를 열게 되었다. 누이는 그 전말을 보도한 지방지 기사를 편 지에 동봉했다. 돈과 시간이 있는 산림 지주가 실익을 기대

618

할 수 없는 토목 공사를 시작했다. 그 지방에서 돈 벌러 다니기 좋아하는 농민들은 고마워하겠지만 유역에 사는 사람들은 적지 않은 불안을 느끼며 공사가 진전되는 상황을 지켜보고 있다. 하지만 반대쪽도 불안한 이유를 구체적으로 명확히 제시하지는 못한다. '심심풀이'와 '기우, 혹은 막연한 불안'이 다투고 있는 것 같다는 기사.

토론회에서 기이 형은 인공호수를 관개 시설로 삼아 아마고라든가 송어 양식장을 만들겠다는 계획과 더불어 고추냉이밭, 화훼 원예라는 새로운 구상도 하고 있다고 주장했다. 하지만 반대측으로부터 추궁을 받은 건설회사 책임자는 아직까지 관개 시설로 활용하기 위한 2기 공사 계획은 주문받은 것이 없다고 털어놓았다. 기이 형은 같은 편의 발에 걸려 넘어져 이 제방공사가 우선은 인공호수를 만들기 위한 것이라고 인정해야 했다.

현실적으로는 그 지역에 아무런 도움도 되지 않는 토목 공사를 벌이고 있으며 거기서 실익이 발생한다 하더라도 그것은 이차적인 것일 뿐이라는 사실이 증명된 것이다. 만약 거기서 기이 형이 변명을 시도하여 나에게 했던 것처럼 ― 나는 이 세계, 또한 그것을 초월한 세계를 인식하는 실마리로 삼고자 하나의 모델을 만들고 있다고 설명했더라면 꼴만 더 우스워졌을 것이다. 기사를 쓴 사람이 기이 형의 전력에 대해 건드리지 않은 것은 조사 부족이라기보다는 공정한 기사를 쓰고자 하는 신념이 있어서라는 생각이 들었다.

기사에서는 덴쿠보의 인공호수에 클레임을 거는 행동이 어리석다는 것도 확실히 지적했다. 인공호수의 제방은 튼튼하게 설계·시공되고 있으니 그 전체가 한꺼번에 무너진다는 것은 있을 수 없는 일이고 부분을 폭파하는 경우라 하더라도 유출된 물은 저지대의 인가가 없는 강줄기를 따라 흐르다가 T자형으로 오다가와에 이른 뒤에는 커다란 댐 안으로 흡수되므로 유역에 피해를 입힐 리는 없다. 그것도 물이 가득 찬 인공호수를 일부러 폭파하는 자가 있을 때 가능한 이야긴데 무엇 때문에 그따위 짓을 하는 놈이 있으리라고 가정한단 말인가?

지방지 기사를 쓴 사람은 끝부분에서 — 야유하듯이 — 우리의 옛이야기에 대해 덧붙이고 있었다. 인공호수를 만들고 있는 숲속 토지에는 이상한 전설이 전해 오고 있다. 이백 년 전, 반란을 일으켜 그곳에 숨어 있던 마을 사람들을 제압하려고 한藩에서 병사를 파견했다. 그런데 골짜기의 출구를 흙으로 막아 물을 가두어 두었다가 한꺼번에 열어놓는 바람에 산사태가 일어나서 한의 군대는 전멸했다. 더구나 그 물이 병균을 옮겨 하류에 사는 어린아이들은 돌림병으로 죽었고 논밭은 오랫동안 흉작이었다. 강 아래 유역에 사는 사람들은 그런 전설에 심리적인 영향을 받고 있다….

동생은 전화로 말했다.

"일반인이 이해할 수 없는 구상으로 실제 이익이 없는 토목 공사를 벌인 개인과, 지방에 전해 오는 근거 없는 옛이야기에 영향을 받은 집단이 부딪힌 공개 토론회라고 신문에선 말하고 있지만, 그건 꿈 이야기 같은 분쟁이니 이제 곧 이런 옥신각신이 사라질 거라고는 아무도 생각하지 않아. 한 인간이 지닌 신념과 집단의 피해망상이 대항하는 싸움이거든. 전자가 물러서지 않고 후자의 머릿속이 에스컬레이트하면 아무도 못 말리잖아? 돈을 벌기 위해 인공호수를 만들려는 사람과 이해관계 때문에 그것에 반대하는 집단이라면 오히려 이야기는 쉬울 거야. 반대파가 주장한 공개 토론회까지 갔지만 실제로 맞닥뜨려 보니 제방 건설을 중지시킬 만한 근거는 없다는 걸 알았기 때문에 기이 오빠 쪽은 공공연하게 공사를 재개해서 빠르게 진행하고 있어. 이제부터 반대파는 여러 가지 방해를 할 것이니 올해는 연초부터 우울해."

기이 형도 편지를 보냈다. 그것은 인공호수 공사의 진행 상황과 반대파들의 새로운 움직임을 전하면서 골짜기와 '본동네'의 신화와 역사를 소재로 소설을 쓰고 있는 나를 격려하는 내용이었다.

깊은 산속에 영문을 알 수 없는 기괴한 인공호수가 만들어지고 있다. 그것이 시민의 일상생활을 위협한다며 평소에는 온건한 상식파인 상점 주인이나 공무원들이 공격을 한다. 그것을 이번에는 일단 피할 수 있었던 것 같아. 아사짱에게서 공개 토론회 얘기는 들었지? 신문도 보내 주라고 부탁은 해 두었는데…. 그 기사는 나에 대해서도 반대파에 대해서도 산속의 광신적 행동가와 실체가 없는 불안에 떠는 시민들, 하는 구도로 파악을 한 거지. 니시 군은 마쓰야마에서 왔던 포커페이스의 기자를 휘발유 값 한 푼 받지 않고 하루 종일 차에 태우고 다니면서 덴쿠보 제방에서 숲 꼭대기의 임도까지 안내해 줘 놓고, "마쓰야마에 가면 신문사에 들러 한마디 해 주겠어, 명함을 가지고 있으니까" 하면서 씩씩거리고 있다네.

하지만 그 기사도 쓸모가 있었어. 모두들 영문을 모르겠다는 제방에 대해 적극적인 관심을 보이며 공동 출자자로서 사업을 함께하고 싶다는 인물이 나타났거든! K보다 약간 젊은 연배로 이 근처에서 슈퍼마켓을 세 개나 경영하고 있는 남잔데 마쓰야마의, 왜 그 도크dock 재건왕과 연줄이 있다며 떠벌리고 있어. 그 녀석이 집에까지 왔더라구. 덴쿠보의 인공호수를 둘러싼 비탈이 완만하니까 거기에 방갈로를 짓고 커다란 본관에는 볼링 시설을 만들자는 거야. 그렇게 하면 아마고나 송어 양식장도 살아난다는 거지. 이웃 마을에 있는 골프장과 연결하면 — 마쓰야마에서 자동차로 40분, 머지않아 만들어질 새로운 국철선으로도 40분이니 교통편은 좋아 — 골프장에서 골프를 치고 덴쿠보의 인공호수에 있는 방갈로에 묵으러 오라는 식으로 손님을 개발할 수 있다는 거야. 오로지 자신의 영혼을 위해 시작한 사업에 실리에 밝은 참가 희망자가 나타난 셈인데 당분간은 교섭을 끊지 않고 둘 생각이야. 구청 간부들도 슈퍼마켓 실업가가 출현한 이후 인공호수 건설에 적극적인 것 같거든. 그 점에서는 일하기가 수월해졌어. 오셋짱은 현실 감각이 있는 여자니까 그동안 뭐가 뭔지 알 수 없던 구상에 처음으로 실제 실마리를 만들어 준, 이 지방 제일가는 실업가에게 좋은 감정을 갖고 있어. 가끔씩 그가 벤츠를 타고 제방 공사를 보러 와서 떠들썩하게 이야기를 하다 가는 것을 즐거워하지. 그녀와는 나이도 비슷하고….

지난번 그 실업가가 재미있는 이야기를 하고 갔어. 이웃 마을, 이라기보다 이제는 이 동네의 시가 지역인데 그곳을 중심으로 하는 반대파는 집단 히스테리 같은 위기감을 더해 가고 있어. 하지만 그들이 근거로 삼고 있는 옛이야기라는 것이 그들에게 그다지 친근한 것이 아니어서 이상하게 생각하고 있었는데 알고 보니 그 불씨를 제공한 것이 바로 나더라구! 저택의 모임에서 내가 한 이야기를 어떤 젊은이가 반대파에게 알려 준 것이 발단이라는 거야. 그래서 납득을 했지. 이건 K가 쓰고 있는, 숲속 토지의 전설을 소재로 한 소설과도 관계가 있지만, 저택에 놀러 오는 니시 군과 친구들에게 이 토지에 얽힌 전설을 이야기했거든. 그 것을 계기로 그들에게도 집안 어른들에게서 들은 이야기 가 있으면 생각해 내서 이야기를 나눠 보자고 해서 얼마 동안 모임을 가졌어. 지난번에 민물 게를 잡던 사람들이 중심이 된 모임이었지.

그때 골짜기 전체를 물에 잠기게 하고 제방을 폭파한 물 대포로 한藩의 군대를 전멸시킨 작전은 '파괴자'가 지도한 것이라고 내가 이야기했어. 그런데 덴쿠보에 제방을 만들 기 시작한 단계에서 그 녀석이 이 이야기를 떠올린 거지. 그 녀석이 나이 든 이들에게 통보해서 인공호수가 공격성 을 가졌다는 이미지를 불러일으킨 거야. 이 이야기에 내가 흥미를 보였더니 슈퍼마켓 실업가가 이게 뭔가 싶어 더 자 세히 조사를 한 모양이야. 반대파에 속하는 주부들이 시급 제로 슈퍼마켓에 아르바이트를 하러 다니니까 이야기를 캐내기는 쉽지. 거기서 판명된 바로는 문제의 젊은이가 인 공호수가 지닌 심볼릭한 위협을 선전했다. 그 근거로서는 그 자신이 숲속 토지의 옛이야기에 감정 이입을 하고 있었 다, 라는 말이 퍼진 모양이더라구….

그가, 한의 군대를 섬멸한 물대포 작전에 덧붙여 더 이 전에 역시 골짜기를 물밑에 가라앉히려 했던 옛이야기에 대해서도 시가 지역 녀석들에게 이야기를 한 거지. 실은 이 젊은이가 미시마 신사를 모시는 신주神主의 손자거든. 할아버지에게 옛이야기를 캐물었어. 특히 오시코메 이야기를 말야. 마을이 창건된 지 백 년이 지나 골짜기에서도 '본동네'에서도 토지와 일손이 쇠잔해 가자 오시코메는 과감한 개혁을 했어. 그녀가 지도했던 개혁을 '복고 운동'이라고 부르는 것은 그녀가 사회와 경작 시스템을 창건기의 원래 형태로 되돌려 놓으려 했기 때문이야. 일단 성공을 거둔 뒤, 오시코메는 실각했어. 숲 가장자리에 있는 굴속에 쳐 놓은 철책 속에 죽을 때까지 갇혀 있었지.

이건 K가 쓸 소설을 위해서도 참고가 될 것 같은데 신주는 실각한 원인을 독자적으로 밝혀내어 손자에게 이야기해 준 거야. 신사에는 오래된 기록들이 남아 있거든. 원래 오시코메는 마을을 창건한 멤버가 가족을 이루고 집을 지어 빈부 차가 생겼기 때문에 마을 사회가 제대로 굴러가지 않게 되었다며 집을 전부 불태웠어. 이른바 '총방화総放火'를 행했기 때문에 실각한 거라고 우리는 그렇게 들었거든.

그런데 신주가 조사한 바로는 '총방화' 다음 계획이 문제였다는 거야. '파괴자'가 마을을 창건한 지 백 년 뒤에 오시코메는 마을 사회와 농업을 개혁했는데 거기서 더 나아가 혁명을 하려 했던 거라고 신주는 보는 거지. '파괴자'를 따라 들어온 창건자들이 숲속 토지에 찾아왔을 때, 그곳은 검은 물이 질펀하고 냄새나는 가스를 뿜어내는 습지 대였어. 그래서 현재의 지형을 닮아 내려고 골짜기 끝의 목 있는 곳을 막고 있던 커다란 바윗덩어리를 폭파했고. 마침 50일 동안이나 비가 계속 내려서 깨끗한 토지가 나타났 지. 그런데 백 년 뒤에 오시코메는 그것이 정말 옳은 일이 었는지 반성한 거야. '복고 운동'을 더욱 철저히 해서 모든 것들을 처음으로 돌려놓는 것이 좋지 않을까? 다시 한번 목에는 토담을 쌓고 제방을 만들어 골짜기를 물 아래 가라 앉혀 버리고 숲 가장자리에 있는 논밭만을 경작하면서 주 민은 숲에서 살자고 제안했지. 그래서 그때까지 그녀를 위 한 전투 집단이었던 젊은이들에게 배반당해 오시코메는 실각했다···. 나도 이렇게 옛이야기를 새로이 해석한 데에 는 매력을 느낀다네.

K, 반대파에 불을 붙이는 역할을 한 신주의 손자는 덴 쿠보에 진행 중인 영문 모를 사업이 오시코메의 개혁과 일 맥상통한다고 주장한 거야. 오랜 옛날, 한에서 추방된 젊 은이들이 해적 섬의 아가씨들과 함께 강줄기를 거슬러 올 라 숲으로 들어왔다. 그 무렵 커다란 바윗덩어리에 가로막 혀 지독한 냄새가 나는 검은 물이 채우고 있던 골짜기. 이 원초 상태에 내가 동경을 느끼는 거라고 그는 우겨 대는 거지. 지금 반대하지 않으면 덴쿠보의 인공호수는 끝없이 에스컬레이트한다고 선동했다네.

K, 사실 나는 이 토지에 얽힌 옛이야기가 오늘도 살아 있다는 것을 오랜만에 실감한 셈이야. 그리고 생각해 보면 그 사람 말에 넘어간 시가 구역 사람들의 조상이야말로 말 그대로 영문 모를 사람들이 만든 숲속 마을에 불안하게 살고 있던 사람들이 아니겠나. 그러니 그들도 자기들이 살던 토지를 불모지로 만들고 아이들을 돌림병으로 괴롭힌 물난리의 기억을 지니고 있는 거 아닐까? 먼 꿈처럼 흐릿하기는 해도….

그리고, K, 이건 현실 이야긴데 이상한 일이 일어났어! 제방 공사를 진행하는 동안, 폭포는 보호해 두고 덴쿠보의 수로는 저택 앞에 있는 시내로 흘러내리고 있어. 불도저로 덴쿠보를 쳐내기 시작한 후부터 깊어진 곳은 원래대로 습지대로 돌아가고 있는 거지. 그런데 지금 그 습지대에서 그야말로 악취를 풍기는 검은 물이 스며 나오는 거야. 지질 문제겠지. 특별한 성분을 포함하는 광석층이라도 있는 걸까? 그걸 빌미로 반대파 녀석들은 — 공개 토론회에서 패배했는데도 말야 — 새로운 집단 히스테리를 불러일으키려 하고 있어. 그건 무엇보다도 우선 그들 자신이 그 생각에 사로잡혀 있기 때문이지. 이제야 겨우 숲속 토지의 창건 신화가 이 근방 사람들의 의식과 무의식에 전적으로 회복되기 시작한 모양이야….

그리고 그렇게 된 것은 내가 덴쿠보에 모델을 건설하려

고 벌인 일에서 시작된 것이니 지형 모델의 경관이 이 세
계의, 그리고 그것을 초월한 세계에 대해 우리에게 새로운
경험을 하게 하는군. 언어의 모델로서 자네 소설도 그렇게
되기를!

　　　　　　　　　　　　　　　　　　　　기이

　냄새 고약한 검은 물, 이라는 기이 형의 언급에는 내가 보
낸 유소년기의 기억을 환기시키는 힘이 있었다. 그것도 기이
형과 산을 걸어서 덴쿠보를 가로질러 건너편 비탈로 건너가
려 할 때마다 고약한 냄새가 나는 검은 물로 부드러워진 진
흙 속에 발이 빠지곤 했고 더러워진 다리는 씻어도 씻어도
검은 녹 같은 것이 남아 꺼림칙했다.
　기이 형의 편지는 그런 그리운 기억을 이끌어 내기도 했다.
그러나 얼마 뒤에 동생이 보낸 편지는 불온한 분위기가 긴박
하게 숲속 토지를 뒤덮기 시작했다고 전하고 있었다. 공개
토론회에 대한 신문 보도가 양쪽 모두에게 야유에 가까웠던
만큼 그것으로 단번에 여론을 굳혀 버리려던 반대파에게는
타격이 컸다. 더구나 기이 형에게 동업을 하자는 슈퍼마켓
실업가까지 나타났으니 당분간 기이 형이 인공호수 공사를
중지하기를 바랄 수는 없게 되었다. 그래서 반대파는 동생이
염려하던 대로 그늘에 숨어 음습한 방법으로 기이 형과 그

사업을 공격하기로 한 것이었다.

　요즈음 골짜기에도 '본동네'에도 전신주라든가 담에는 붉은 종이에 검은 글씨로 인쇄한 전단이 붙어 있어요. 가슴이 두근두근할 만큼 레이아웃이 생생한 전단이에요. 나와 오셋짱은 물론이고 제방 공사 일을 하는 사람들도 눈에 띄는 대로 뜯어내고는 있지만 따라갈 수가 없네요. 밤사이에 시가 지역에서 자동차로 올라와 붙이고 가는 거예요. 주간지를 옆으로 삼등분한 크기인데 두 종류가 있습니다. 검은 물 이라는 것과 살인자 . 다이코쿠 슈퍼마켓의 청년 사장이 기이 형의 제방 사업에 참가하겠다고 한 후부터 반대파가 느끼는 위기감은 굉장한 모양이에요. 겉으로는 공개 토론회로 해결이 되었다지만 그 이후, 반대파가 벌이는 활동은 예상대로 오히려 첨예화된 것이죠. 구청에 근무하는 공무원조차도 반대 운동에 참가하고 있습니다. 전단은 토요일과 일요일 밤에 집중적으로 붙이곤 합니다.

　지난주 월요일 아침, 너무나 많은 전단이 골짜기에 붙어 있기에 '본동네'는 어떠하오리까. … 풍류에 못 이겨 자전거로 가 보았습니다. 반대파가 항쟁을 시작하고 나서 갑자기 교조教祖적인 품격이 더해진 기이 오빠가 마침 덴쿠보의 공사 현장을 둘러보고 내려오는 참이었어요. 콘크리트 제방에는 온통 검은 물 , 살인자 라는 붉은 종이로 도배를 해 놓아서, K가 찍어 온 베이징이나 상하이 거리 풍경과 똑같다, 고 기이 오빠는 말하더군요. 돌이켜 보면 '안보투쟁'이 있던 해 K 오빠의 중국 여행이 계기가 되어 기이 오빠의 생활(운명?)이 급변한 것이니 공사 중인 덴쿠보를 둘러보며 그런 일을 되새기고 있었나 싶어 마음이 아팠어요. 기이 오빠, 아직 젊잖아. 뒤돌아보면 뭘 해? 하고 싶었지만 그 대신 나는, 이 숲속 사람들이 숨어 살고 있을 때 이 마을만 쓰는 독특한 언어를 만드는 전문가가 뽑혔다는 이야기가 있죠? 동화 같은 옛날이야기가… 하며 말을 걸었습니다. 민감한 기이 오빠는 금세 내가 하려는 이야기를 알아채고, '국어' 만들기에 정력을 다 소진했지만 완성은 까마득하고 마침내 단념한 전문가는 마을에서 제공한 집을 나와 숲으로 들어가기 전에 자기가 만든 온갖 지명들을 적은 종잇조각을 밤새도록 골짜기와 '본동네'의 온갖 장소에 붙이고 돌아다녔다지? 물론 그건 검은 물 이니 살인자 같은 끔찍한 지명은 아니었겠지만…, 하더군요. 서글프고 회고적인 기분이 된 나는, "그 '국어' 전문가가 살던 집은 강 건너에 남아 있는데 신당 같은 마룻바닥의 마른 흙을 파면 종잇조각들이 잔뜩 나왔지" 하고 말했어요. "집터 전체에 뿌리가 퍼져서 집을 들뜨게 만들고 있는 커다란 메밀잣밤나무가 있었는데 나는 기이 오빠와 K 오빠를 따라가 그 열매를 세일러 모자 가득 땄었지. 그러면 엄마가 삶아 주셨어"라고 했지만 기이 오빠는 "아사짱은 너무 조그마해서 우리 패거리는 될 수 없었을 텐데" 하는 차가운 반응을 보였어요….

그 뒤에 나는 자전거를 저택 앞 돌다리에 두고 혼자서 덴쿠보에 올라갔어요. 제방은 폭포 있는 곳까지 대충 완성되어 있었죠. 이렇게 되고 보니 꽤나 규모가 큰 공사로 보여요. 검은 물은 덴쿠보 큰 노송의 무덤 주위가 잠길 만큼 불어 있었지요. 어째서 그렇게 검은 물이 솟아나는 걸까요? 그걸 석유가 나올 징조라면서, 시절이 시절인 만큼 다이코쿠 슈퍼마켓 실업가는 그 채굴권에 관심이 있는 거라고 해석하는 사람도 있지만 설마!? 제방 완성을 눈앞에 두고 이미 원한처럼 자리 잡은 반대파의 운동이 벌판의 불길처럼 번지지나 않을까 걱정이네요. 한편, 비탈의 벚꽃 그림자가 인공호수에 비치는 봄 풍경은 또한 어떠하오리까 하고 기다리기도 하니, 내가 지금 뭐 하는 거야? 요즈음 긴장과 과로가 계속되어 기이 오빠가 여위었다고 오셋짱은 걱정하고 있어요. 내게는 그것이 기이 오빠가 한층 더 교조 같은 풍모를 지니게 하는 듯하니 이런 부분이 아내인 오셋짱과 타인인 내가 느끼는 책임감 차이겠지요. 숲속 상황의 보고 삼아. 아사.

제방의 완성이 가까워졌고 반대파의 활동이 긴박해졌다고

전하면서도 점점 태평스런 가락이 나오는 건 동생의 성격을 나타내고 있지만 끝부분에 짤막하게 언급한 기이 형의 몸 상태는 중요한 의미를 숨기고 있었다. 이 편지를 받고 나서 설날이 사이에 낀 5주일 정도가 지나 뜻밖에도 오셋짱이 여군 같은 딱딱한 긴장감이 도는 전화를 걸어왔다. 기이 형의 직장과 대장경계에서 악성 종양이 발견되어 수술을 받게 되었다. 마쓰야마에 있는 적십자병원에 입원하고 있으니 수술 전에 와 주지 않겠느냐는 것이었다. 그때 오셋짱은 "마쓰야마까지는 비행기로 오지 말고 기차와 연락선으로 와 주세요. 아마도 기이 형은 암인 것 같은데 K 씨까지 비행기 사고라도 만나면 이중 재난이 되니까"라고도 했다.

나는 약속되어 있던 회합이 끝난 날, 그 걸음으로 도쿄역으로 가서 신칸센이 생기고 나서는 없어졌으리라고 막연히 생각했던 야간열차를 탔다. 학생 시절, 이 기차 삼등석으로 왕복하면서 잠들지 못하던 길고 긴 시간을 떠올린 나는 내내 마시지 않던 술을 사서 — 일종의 기아감飢餓感 때문에 다섯 캔이나 — 침대에 엎드려서 마셨다. 좀처럼 잠은 오지 않았지만 오카야마岡山에서 시작된 차내 아침 방송을 들을 무렵에는 꼼짝도 못 할 만큼 잠이 쏟아져 우노字野에서 겨우 옷차림을 가다듬고 기차를 내렸을 때는 이미 플랫폼에는 한 사람도 보이지 않았다. 무엇인가로부터 결정적으로 따돌림을 받았다는 생각이 들어 마음이 다급해졌다. 나는 수중익선水中翼船(속력을 내면 선체 하부의 고정 날개가 선체를 띄워 속력을 내게 하는 소형 고속정)인 고속 페리를 타고 하늘도 바다도 암회색인 우노-마쓰야마 사이를 건넜다. 전날 밤, 오랜만에 술을 마신 흥분 상태에서 잠에 빠져들 때도 커다란 비애에 짓눌리는 것 같았는데 다음 날 아침에도 그건 여전히 남아 있어서 이를 상기한다기보다도 그 감정 속에 통째로 휩싸이는 것 같았다. 마쓰야마까지 가면서 두세 번 골짜기에 눈이 쏟아지는 곳을 통과했고 그때마다 지형학적으로 납득하라는 듯이 화장터의 커다란 굴뚝이 눈에 들어왔다. 기차가 바다를 따라 달리는 경우도 있어 마쓰야마 고등학교에서 처음 보냈던 학기에 섬으로 여행 갔던 일이 생각났다. 그것도 지형학적인 표지가 붙어 있는 토지를 보러 가는 여행이었다. 아직 아침나절에 마쓰야마에 도착하여 택시 운전사에게 적십자병원을 말하자 한 번도 본 적이 없는 것 같은, 그러나 심은 지는 제법 된 것 같은 가로수 길을 달려갔다. 나는 마쓰야마 고등학교에 다닌 사람인데 25년 전에는 없던 길이 아니냐고 물었더니 운전사는 정나미 떨어지게 무뚝뚝한 태도로 그럴 리가 없다고 대답했다. 마쓰야마 악센트가 배어 있는 대답이어서 나는 여전히 계속되는 커다란 비애감 속에서 내가 처음 숲속 골짜기에서 이 지방 도시에 나왔을 때 느꼈던 불안을 떠올렸다.

창구에서 기이 형이 있는 병실 번호를 물어 엘리베이터로 올라갔더니 복도 정면에 놓인 긴 의자 옆에 오셋짱이 서 있었다. 헐렁헐렁한 검은 바지에 남자 양복 같은 진한 갈색 상의를 입고 목에만 장난처럼 여자다운 꽃무늬가 들어간 넥타이를 하고 있었다. 전체를 보면 기이 형 취향이 틀림없지만 머리 한가운데 창백한 가르마 선이 뚜렷이 보일 만큼 머리를 잡아매고 눈동자가 검은 기다란 눈이면서도 아래 눈두덩이 도톰한 오셋짱은 얼굴을 돌리는 각도에 따라서는 넓은 이마와 그에 걸맞은 살이 붙은 뺨, 확실한 턱선 때문에 전쟁 중에 얇은 잡지의 화보에 실린「총 뒤의 소녀」처럼 보이기도 했다.

"기이 씨가 요즘 기차는 빨라서 곧 도착할 테니까 나가 보라고 해서 여기서 기다렸어."

오셋짱은 가지런하게 나 있는 하얗고 작은 치아를 반짝반짝 빛내며 말했다.

"도착하는 날도 시간도 연락을 안 했는데. 수술은 언제?"

나는 물었다.

"내일. K 씨는 아슬아슬하게 세이프야."

오셋짱은 생각에 잠기듯 가느다란 목덜미를 숙이고 말하더니 앞장서서 병실로 안내했다.

기이 형은 1인실 침대에 누워 언제나처럼 화지로 커버를 씌운 영어 원서를 읽고 있었다. 여윈 얼굴에 곱슬거리는 수염이 뺨에서 턱까지 난 기이 형은 뜻밖에 햇볕에 그을어 인도의 수도자처럼, 말하자면 교조처럼 보였다. 기이 형은 이쪽으로 얼굴을 돌리더니 말없이 창가의 소파를 가리켰다. 나는 거기 앉았고 오셋짱은 침대 옆의 둥근 의자에 정말 「총 뒤의 소녀」 같은 자세로 앉았다.

"이상하게 낮은 소파네."

나는 인사 대신 별로 의미도 없는 말을 했다.

"간밤엔 침대차 아래 칸에서 레일을 기듯이 이동하는 느낌이었고 수중익선이라는 페리가 멈춰 있어서 올라탔더니 바닷물 속으로 잠수하는 것 같았고…. 거기다 이 소파라니 이번 여행은 로우 앵글로 정해진 것 같은데?"

"내 쪽은 보시다시피 높은 침대. 지금까지 이렇게 바닥에서 높이 떨어져 잔 적은 없을걸. 혼이 이륙하기 위한 예행연습을 하는 것 같아."

"기이 씨, 생명이 위험한 건 아니라고 의사 선생님이 말씀하셨대도요!"

볼의 살과 이마의 대조가 활달하게 느껴지던 왼쪽 얼굴과는 반대쪽 얼굴을 보이며 오셋짱이 말했다. 그리고 물끄러미 기이 형을 바라보는 오른쪽 옆얼굴은 점잖지만 절박한 느낌이었다.

"맞아. 하지만 생식 기능은 뿌리째 뽑아 버린다는군, K."

기이 형이 말했다.

나는 말문이 막혀 기이 형이 침대 옆 작은 장식장 위에 올려놓은 커다란 책을 집어 들고 보았다. 전에 도쿄에 왔을 때 이야기하던 프레체로의 책이었다. 『Dante — The Poetics of Conversion』.

"뜻밖에도 병이 들고 보니 말야, 새로 도착했지만 요즈음 바빠서 손도 대지 않던 책들을 보려고 생각은 하는데, 어떻게 된 건지 옛날에 읽은 책들이 그리워져 그리로만 눈이 가는 거야. 전에 잘 알 수 없던 것들을 해결하지 않으면 죽을 때까지 그대로라고 두려워하는 탓일까?"

"기이 씨, 생명엔 위험이 없다고 하신다니까요!"

오셋짱이 되풀이했다.

"그런데다가 단테 이야기를 하기 시작하면 길어지잖아요? 그전에 K 씨에게 그 이야기를 해 주마고 약속했잖아?"

기이 형이 높은 침대 위에 고쳐 눕자 낮은 소파에 앉은 내게는 정말 지상에서 어느 정도 유리되어 있는 사람처럼 보였다. 그렇게 천장을 향한 채로 때로는 소리 없이 웃는 듯하며 기이 형은 다음과 같이 이야기했다. "도중에 간호사가 들어올 듯하면 알려 줘"라고 오셋짱에게 일러 놓기까지 하고…. 기이 형이 이야기를 시작할 때부터 나는 그것이 무슨 제안이 되었든 거절할 수 없을 것이고 거절하지도 않겠다고 일찌감치 마음을 굳혔지만….

기이 형은 내일 수술이 성공리에 끝나더라도 아까 말했듯이 생식 능력을 잃게 된다. 그런데 오셋짱은 어떻게든지 기이 형의 아이를 낳고 싶어 한다. 의사에게 부탁해서 기이 형의 정자를 채취해 두었다가 오셋짱의 체내에 주입하는 것도 생각은 해 봤지만 정자은행에 정액을 맡기는 정도의 역할로 수태를 시켜서는 태어날 아이에게 얼굴을 들지 못할 것 같다. 아기를 수태하는 건 성적으로 양성陽性의 기쁨이 있고 거기에 덧붙여, 라는 것이 가장 좋지 않을까?

"여기부터는 터놓고 노골적으로 이야기하겠는데"라며 기이 형은 이야기를 계속했다. 오셋짱과 결혼한 이래 콘돔 같은 걸 쓴 적이 없는데도 그녀를 임신시킬 수가 없었다. 그것은 오셋짱의 성기 안에 사정을 한 것이 몇 번 안 되기 때문일 것이다. 십 년이나 마스터베이션을 하던 습관 때문에―그것도 말하자면 다 큰 성인 남자가 말야, 장소가 그러니 무리는 아니라 하더라도, 라고 소리 없이 웃으며 기이 형은 말했다 ― 웬만해서는 오셋짱의 몸 안에 사정할 수가 없다. 어쨌든 일단 그녀에게 성적인 만족을 준 뒤, 페니스를 꺼내어 자신이 손가락으로 조작한다. 그래서 사정을 할 수 있는 단계가 되면 가까이에서 내내 지켜보고 있던 오셋짱이 입으로 정액을 받아들인다. 그것이 이부자리를 더럽힐 위험이 없는, 가장 간단한 처리법이기 때문이다. 그런 식으로 지금까지 기이 형과 오셋짱이라는 신혼부부는 성생활을 해 왔다. 사정 직전, 입술 대신 질 속으로 페니스를 돌려놓기도 해 보았지만 그렇게 되면 다시 몸 안에서 꺼내어 손가락으로 조작을 할 때까지 기이 형은 사정을 할 수가 없게 되는 것이다.

　이번 기이 형의 병의 성격을 알게 된 오셋짱은 수태가 가능한 성교를 하려고 노력했지만 결과는 바람직하지 못했다. 그래서 오셋짱이 기이 형에게 성적으로 가장 유쾌한 해방감이 있었던 건 언제였는지를 따지듯이 물었고 기이 형도 심각하게 회상을 해 보게 되었다. 그것은 옛날 저택에서, 도쿄에서 왔던 여자 친구들이나 세이 씨를 상대로 기이 형과 K가 성적인 장난을 되풀이하던 날들이 아닌가? 그렇다면 지금 다시 오셋짱을 상대로 K와 지낸 그날을 짚어 가면 기이 형은 오셋짱 안에 자연스레 사정을 할 수 있을지도 모른다. 그래서 K에게 이야기를 꺼내 볼 생각으로 오셋짱이 임신하기 쉬운 날이 수술 직전에 오도록 날을 잡아 K가 병문안을 오기를 학수고대하고 있었다….

　"이 병실에서?"

　잠시 틈을 두었다가 내가 되묻자 오셋짱은 그 말을 승낙으로 받아들이는 모양이었다.

"이런 데서는 무리야."

그녀는 힘주어 대답했다.

"K 씨는 젠닛쿠全日空호텔을 예약해 두었죠? 전화로 확인을 했어. 그 방에 오전부터 들어갈 수 있도록 얘기해 뒀으니 셋이서 가면 돼요. 오후엔 목욕도 해야 하고 수술 자리를 면도해야 하니까 아무래도 오늘 오전 중에 해야 돼. 의사 선생님께는 수술에 대한 불안 때문에 교회에 가고 싶으니 묵인하시라고 할게."

"거기까지 생각을 했어? 기이 형, 오셋짱의 행동력은 못 말리겠군."

나는 말했다.

"K 씨가 술을 끊었다는 이야기를 아사짱에게서 들었지만 엘리베이터에서 나왔을 때 술 냄새가 나던데? 힘을 내기 위해 호텔 바에서 조금 마시고 와도 되지만 기이 씨는 안 돼요. 알코올은 정자에 영향을 주잖아요?"

오셋짱은 못을 박듯 엄격하게 말했다.

기이 형은 대수술을 앞둔 병자라기보다 몸에 분명히 이상이 있긴 하지만 아직 그게 뭔지 알아내지는 못한, 의사에게 검진을 받기 전 상태로 돌아간 듯이 굴었다. 조심스럽긴 해도 빈틈없이 산뜻한 몸짓으로 셔츠를 입고 넥타이를 매진 않았지만 양복을 입고 구두를 신었다. 택시로 호텔에 도착하자 역시 같은 몸짓으로 윗옷을 벗고 셔츠를 벗고 속옷까지 완전히 벗어 버리더니 나와 오셋짱이 트윈 베드 두 개를 붙이고 커버를 치워 버린 침대 한쪽에 누웠다. 그야말로 이제부터 수술을 받을 사람처럼 — 얼굴에서 목덜미까지와 마찬가지로 군살은 붙지 않았지만 근육의 소재는 확실히 알 수 있는, 그리고 어깨 언저리에서부터 위아래의 색깔이 뚜렷이 다른 — 알몸뚱이를 눕히고. 기이 형을 돌봐주고 나서 옷을 벗은 오셋짱은 거무스레하지만 군살은 붙지 않았고 동그스름한 하복부에는 짙은 음모가 근사한 장식품처럼 붙어 있는 자그마한 알몸을 가볍게 침대에 올리더니 비스듬히 앉았다. 그리고 전체적으로 미세한 땀방울이 덮인 얼굴로 이쪽을 보더니 혼자서 알몸이 되지 못하고 있는 나를 진지한 검은 눈으로 위협했다.

그래서 오셋짱의 구상이 실제로 제대로 실현되었는가 하면, 그야말로 처음부터 끝까지 아무런 어려움 없이 착착 진행되었다. 기이 형이 오셋짱과 성교할 때 사정하기가 힘들다는 것도 실은 우리가 젊었을 때 즐긴 성의 축제 분위기를 부활시켜 기분 전환을 하려고 오셋짱과 함께 짜낸 계략이 아니었나 하고, 젊은 시절에 기이 형이 보이던 장난기를 떠올릴 정도였다….

오셋짱은 침대 자락에 끼워져 있는 담요와 시트를 일단 벗겨 내어 잘 접어 기이 형의 가슴에서 배까지를 덮고 두 개를 맞붙인 침대 사이 움푹한 곳에 빠지지 않도록 비스듬히 눕더니 이쪽 침대에 누워 있는 내 목 아래로 팔을 돌려 내 상체를 끌어당기듯이 해 주었다. 그때부터 나는 모름지기 오셋짱의 단단하게 잡아맨 청결한 머리 위에 턱을 올려놓듯이 하고는 그 건너에서 여유만만하게 미소 짓고 있는 기이 형의 수염에 덮인 단정한 이목구비를 보고 있었을 뿐이었다. 그리고 겨우 좀 자유로운 왼손으로 오셋짱의 각이 진 듯한 몸의 윤곽을 더듬어 내리듯 하고 있었다. 오셋짱의 팔은 담요와 시트에서 엿보이는 기이 형의 움푹한 하복부로 뻗쳐져 조용히 움직이고 있었다. 나는 평화롭게 움직이는 오셋짱의 팔에 이끌려 『세븐틴』을 쓰면서 기이 형이 가르쳐 준 엘리엇의 시 한 구절을 매개로 터키탕의 아가씨에게 애무를 받고 있는 소년을 묘사했던 사실을 떠올리고 있었다. 물론 나는 후카세 모토히로深瀨基寬가 옮긴 글을 사용했다.

계단 위 가장 높은 돌 위에 서서…
정원에 놓인 항아리로 다가가…
그대의 머리카락으로 태양 빛을 엮어 내시라, 엮어 내시라…
생각지 않았던 마음의 고통으로 그대 손의 꽃을 끌어안으시라…

잠시 후 오셋짱은 내 목 아래서 왼쪽 팔을 뽑아내더니 그 부분만 덩실하게 살이 올라 야무지게 빛나는 듯한 엉덩이를 가볍게 들어 올려 누워 있는 기이 형의 몸을 타고 앉았다. 그리고 자그만 기수가 말을 타듯이, 그것도 커다란 말을 조심스레 격려하듯이 하체를 움직였다. 나는 역시 오랜 옛날, 골짜기 중학교에서 가을 운동회가 열렸을 때 뛰어나게 달리기를 잘하던 오셋짱의 모습을 다시 떠올리며 여전히 조그만 땀방울을 매단 채 기도하듯 진지한 그녀의 오른쪽 얼굴을 바라보고 있었다.

그 얼굴에 엷은 미소 같은 표정이 떠오르면서 기이 형에게서 탄식 소리가 새어 나왔다. 오셋짱은 인형이 뒤집히듯이 달싹 이쪽으로 몸을 떨어뜨리고 누워 양 무릎을 세우더니 천천히 감싸 안았다. 나는 약간 축축한 향내 같은 오셋짱의 성기 냄새와 기이 형의 정액 냄새를 맡고 있었다.

오셋짱이 조심 또 조심, 그 자세대로 활달한 왼쪽 얼굴을 보이며 기분 좋게 누워 있는 머리 너머로 나와 기이 형은 이야기를 나누었다. 기이 형은 기분은 좋았지만 말은 별로 많지 않아 이야기는 주로 내 쪽에서 했지만. 그러다 보니 지난번 돌아왔을 때 눈에 갇힐까 무서워 탈출했던 나와 가족이 그때도 이 호텔에 묵었다는 이야기가 나왔다. 그리고 나는 『신곡』에 나오는 어떤 노래에 관련되는 꿈을 꾸었는데 그것은 '영원한 꿈의 시간'에 관한 꿈이었던 것 같다는….

"『신곡』의 어떤 노래?"

기이 형은 평온한 소리로, 그러나 엄밀하게 반문했다.

"「천당」의 결말 부분, 나는 언제까지나 참다운 의미는 이해하지 못할 것 같은, 그 결말…. 꿈속에서는 잘 이해했다고 느꼈는데."

"그런데 내 드높은 상상은 이곳에 이르러 힘을 잃었더라, 그러나 내 소원과 생각은 마치 함께 움직이는 바퀴처럼 어느새 사랑으로 회전하더니 / 태양과 그 밖의 모든 별들을 움직이는 사랑으로."

"맞아, 난 꿈속에서 그 시구를 히카리와 나에게 갖다 붙여서, 말하자면 자기식으로 왜곡하긴 했지만 어쨌든 잘 이해하고 있는 것 같았어. 원래 꿈에서 이해한다는 건 이해한 것 같은 기분이 드는 꿈을 꾸는 것에 지나지 않겠지만…."

"K는 정말로 히카리를 사랑하고 있으니까."

기이 형이 말했다.

"좋은 시를 들려줘서 고마워요, 기이 씨. 태교에 좋을 거예요."

내내 잠자코 있던 오셋짱이 말했다.

"사랑의 시잖아."

"음, 그야 그렇지만, … 그건 그렇고 오셋짱은 벌써 반응이 충분하다는 표정인데? K, 우리는 여성 쪽에 비해 확실히 열등한 것 같지 않아? 오셋짱뿐 아니라 너무나 자주 여성들은 우리를 넘어선다니까. 이런 경우에도 오셋짱은 내일 쪽을 바라보고 있거든, 우리는 툭하면 어제 쪽을 향하지만."

"그건 그래."

나는 고분고분한 기분으로 이미 자연스레 원래 모습으로 돌아와 있는 성기를 무심히 손바닥으로 감싸며 말했다.

"기이 형은 정말 용감해. 내일이 큰 수술인데도 제대로 해냈잖아."

오셋짱은 끝없이 명랑했다.

"K 씨도 고마워요."

기이 형이, "오늘 오후의 준비와 내일의 수술에는 K가 있어 봤자 할 게 없으니까 골짜기로 돌아가"라는 말을 남기고 오셋짱과 함께 병원으로 가 버리자 홀로 남은 나는 도쿄를 떠날 때부터 계속되던 커다란 비애감이 금세 되살아났고…. 그래서 오후 일찌감치 호텔을 떠나 골짜기로 가도 될 것을 나는 내내 침대에 누운 채로 지냈다.

제4장 그리운 시절로 띄우는 편지

이튿날 아침 일찍 침대 머리맡에서 울리는 벨소리에 잠이 깼다. 수술 전 마취하는 단계에서 기이 형에게 무슨 일이 난 줄 알고 가슴이 덜컥 내려앉았지만 전화를 건 사람은 호텔 방 번호를 오셋짱에게서 들었다는 동생이었다. 하지만 역시 나쁜 소식을 전하는 전화였다.

어젯밤 병원에서 오셋짱이 전화를 걸어 하는 말이, 오사카에서 빈 저택을 지키러 와 있는 세이 씨에게 예정대로 수술을 한다는 말을 하려고 전화를 했는데 아무리 전화벨이 울려도 받지를 않는다는 거였다. 동생이 전화를 해도 마찬가지. 그래서 걱정이 되어 저택에 가 보려고 자전거를 타고 '본동네'로 올라가는 도중에 커다란 폭발음이 들려왔다. 높다란 삼나무 숲 건너로 섬광을 본 것 같기도 했다. 저택에 사고가 난 것이 아닐까 하는 생각은 더 깊어졌지만 폭발 후 쥐 죽은 듯이 고요한 '본동네'의 암흑 속을 혼자서 자전거로 달릴 용기는 없었다. 골짜기로 돌아와 보니 큰길에 나란히 서 있는 파출소와 소방서 차고 앞에 순경과 자원 소방단원들이 서너 명 모여 서서 이야기를 하고 있었다. 그들은 지금 그 소리가 강 아래 시가 지역에서 어둠을 틈타 숨어든 반대파가 공사 중인 제방을 발파한 것 아닐까 싶어 대책을 협의하는 중이었다. 검은 물, 살인자라는 전단 붙이기로 드러난 반대파의 위기감은 이미 예측할 수 있을 만큼 내압이 강해지는 기색이었던 것이다. 반대파는 기이 형이 수술을 받으러 마쓰야마에 나가 '본동네'를 떠난 지금을 좋은 기회로 삼은 게 아닐까?

동생은 이야기에 끼어들진 않았지만 동급생인 전기 기구점 주인에게서 정중한 인사를 받고 순경과 소방단원들 옆에 자전거를 세우고 서 있었다. 하지만 그들은 폭발음에 놀라 부랴부랴 모였으면서도 정작 폭파 현장에는 좀처럼 가려고 들지 않았다. 순경도 소방대원들도 덴쿠보의 제방에서 폭파를 일으킨 범인들과 정면으로 마주치고 싶지 않아서 그들이 현장에서 사라진 뒤에 '본동네'에 올라가려는 속셈이었다. 폭파 사건이 있었다면 제방 공사를 반대하는 파가 그 짓을 했다는 건 뻔한 이야기다. 파출소에서 본서로 자세한 보고만 하면 범인들은 금세 밝혀질 것이다. 반대파도 데몬스트레이션할 작정으로 그 짓을 했을 게 분명하니 범행을 숨기기는커녕 오히려 제 발로 자수하러 올 것이 아닌가? 어쨌든 화약류 단속법 위반 행위를 한 자들이니….

웬만큼 시간이 지나, 그럼 덴쿠보의 제방을 둘러보러 갈까? 하며 전기 기구점 주인이 영업용 자동차를 가지고 오려는 참에 '본동네' 쪽에서 내려온 승용차가 파출소 앞에 섰다. 운전하고 있는 사람은 동생도 얼굴을 알고 있는 시가 지역의 서점 겸 문구점 주인으로 반대파에서는 대표 격인 사람이었다. 조수석에 젊은 사람 둘이 타고 있었는데 하나는 미간에서 흐르는 피를 수건으로 누르고 있었고 오른쪽 손등에서도 피가 흐르고 있었다. 그들이 순경과 이야기를 하는 동안 아무도 없는 것 같던 뒷좌석을 왠지 마음이 쓰여 들여다본 동생은, 어둠 속에서 핏기가 하나도 없는 세이 씨가 조그마한 몸을 눕히고 눈을 감고 있는 것을 발견했다.

서점 겸 문구점 주인이 하는 말로는 그들은 밤이 되고 나서 강줄기를 따라 난 현도를 거슬러 올라가 덴쿠보 언덕 아래 차를 세웠다. 근처의 조성지 공사에서 폭파 작업을 담당하는 젊은이가 또 다른 젊은이가 비춰 주는 손전등 불빛 아래서, 폭포를 따라 수로를 만들고 수문을 달아 놓은 제방 공사의 최종 단계 현장에 발파 장치를 했다. 그런데 저택에서 차 소리를 듣고 내려온 초로의 여성이 — 즉 기이 형이 비운 집을 힘을 다해 지키려는 세이 씨가 — 맹렬한 기세로 그들에게 항의하기 시작한 것이다. 어쩔 수 없이 서점 겸 문구점 주인과 조수격인 젊은이가 조그만 팔다리를 열심히 바둥거리며 저항하는 세이 씨를 양쪽에서 끌어안고 비탈 아래까지 내려와 차 안에 가두었다. 세이 씨가 큰소리로 욕을 퍼붓는 소리에 저택에서 원군이 나타날까 봐 걱정했지만 다행히 쥐 죽은 듯 조용했고 전화벨이 한 번 울렸을 뿐이다. 오래지 않아 구식 도화선에 직접 불을 붙여 놓고 뛰어 돌아온 젊은이를 태우고는 다 함께 강을 따라 난 길을 타고 삼나무 숲 앞의 언덕 쪽으로 피했다. 그런데 좁은 길을 서행하는 동안에 세이 씨가 차 문을 열더니 차 밖으로 뛰쳐나가 덴쿠보 쪽으로 뛰어돌아가 버렸다. 발파 장치를 한 젊은이가 책임감 때문에 그 뒤를 쫓아가서 덴쿠보로 올라가는 비탈 아래서 그녀를 붙잡았지만 그 직후에 폭발이 일어나 날아온 콘크리트 조각에 세이 씨도 젊은이도 부상당했다. 지금부터 아는 병원에 두 사람을 데리고 갔다가 그다음에 본서 쪽으로 출두하겠다. 우선 치료도 필요하고 하니 여기서는 신병을 구속하지 말아 주기 바란다….

동생은 자기가 저택과 관계가 있다고 밝히고 세이 씨 옆에 올라타 의식은 또렷하지만 완전히 탈진해 버린 듯한 그녀의 머리를 무릎 위에 올려놓고 병원으로 갔다. 어쨌든 이런 곡절 끝에, 나중에 정밀검사를 해 봐야겠지만 세이 씨는 타박상 외에 걱정할 게 없다는 병원의 진단을 받았다. 그녀의 현재 상태를 포함해 오셋짱에게는 아직 아무 말도 하지 않았다고 동생은 다짐을 했다. 요컨대 병원에서 묻더라도 나는 아직 사건에 대해 듣지 못한 것처럼 오셋짱에게 대답하고 오늘 골 짜기로 돌아올 예정이라면 강 아래 있는 도쿠다 병원에 들러 주길 바란다, 거기서 만나 자기 차로 골짜기로 돌아가자는 말을 하고 동생은 전화를 끊었다.

동생이 말한 대로 그날 오후, 세이 씨를 문병한 뒤— 나는 실은 그녀가 한 말을 니시 군이 우리를 실어다 줄 거라고 받 아들였는데— 오셋짱이 저택에서 쓰고 있는 왜건을 동생이 직접 운전해서 골짜기로 향했다. 조수석에 앉은 내가 뜻밖이 라고 하자 동생은 "골짜기 사람이든 '본동네' 사람이든 숲의 풍경, 강의 풍경과 마찬가지로 요즈음 모두들 변해 가고 있 다"고 했다. 어릴 때부터 활발하게 자전거를 타고 돌아다니 던 것과 마찬가지로 눈이 약간 날리는 어두운 골짜기 사이를 스피드를 내서 능숙하게 달리면서.

"오빠가 숲속 토지에 사는 사람들에 대해 품고 있는 이미 지는 이미 시대에 맞지 않아. 내내 마을에 남아 있는 내가 보기엔 십 년 동안 처쪽에 가 있던 기이 오빠와 K 오빠가 쌍벽을 이루고 있어. '본동네'와 골짜기에 대해 낡아 빠진 생각을 가졌다는 점에서는…. 기이 오빠의 경우, 근거지를 만들려 했던 혁신적 성향은 역시 일과성―過性이더라구. 기이 오빠에게는 아무래도 도쿄의 K 오빠가 고수하고 있는 숲속 토지에 대한 이미지에 이쪽에서도 코러스판드하고 싶다는 기분이 있는 거 아냐? 덴쿠보의 제방만 해도 그래. 반대파는 그걸 뭔가 두려운 것으로 받아들여 결국은 폭파 소동까지 벌였는데 그 사람들이 무섭다고 느끼는 건 기이 오빠의 정신이 이 숲속에 있던 뭔가 오래된 것과 맺어져 있다고 느끼기 때문이잖아? 기이 오빠가 이번 제방으로 플러스든 마이너스든 새로운 것을 만들어 내려는 건 아니잖아? 다이코쿠 슈퍼마켓의 청년 실업가도 그걸 알면 손을 뗄 거야."

"제방을 폭파당하고도 여전히 인공호수 만들기를 계속할까? 수술을 받고 몸이 약해진 기이 형이…."

"당연하잖아, 그거야!"

동생은 전방을 힘 있는 눈초리로 노려보며 말했다.

"기이 오빠가 일을 중지할 이유는 없어. 제방을 폭파한다고 해 봤자 대규모로 할 수는 없었을 테니까. 골짜기에 도착하면 그대로 '본동네'에 올라가 봐요. 오늘 아침, 저택에 차를 빌리러 갔을 때 콘크리트 조각이 솟을대문 안쪽까지 날아와서 현관 유리문이 깨진 건 봤는데 제방을 살피러 갈 틈은 없었거든. 커다란 폭발이었다면 언덕 아래까지 와 있던 세이 씨와 청년이 그 정도 상처로 그칠 리가 없잖아?"

도쿠다 병원에 입원한 세이 씨는 머리가 하얗게 세고 성글 어지긴 했지만 오셋짱과 마찬가지로 한가운데 가르마를 타 서 잡아맨 머리를 베개에 묻고 여위어 얄팍한 몸을 담요 아 래 뉘여 놓고 있었다.

자기 힘으로 상체도 일으키지 못할 정도였지만 그것은 쇼 크 때문이며 타박상도 심한 편은 아니라고 서른 대여섯쯤 되 어 보이는 의사가 설명했다. 오히려 그녀를 구한 젊은이 쪽 이 몇 군데나 상처를 입고 말았다···. 그렇지만 광대뼈가 나 온 부분의 피부에 검붉은 멍 자국이 생긴 세이 씨는, 골똘히 뭔가를 생각하는 듯한 어두운 분위기를 띠는 오셋짱의 오른 쪽 얼굴과 많이 닮은 표정을 보이며 의사와 내가 하는 이야 기를 무시하고 있었다. 의사가 나가자 검은 눈동자가 크고 옆 으로 길다는 점에서는 역시 딸과 똑같지만 아래위 눈두덩은 나이 들어 움푹해진 눈으로 나를 보더니 애처로운 목소리로 물었다.

"기이 씨 수술은 어땠어요? 그 사람이 가엾고, 가엾어!"

"아직 안 끝났을 걸요. 하지만 위험한 수술은 아니니까 괜 찮아. ··· 발파 장치를 해 놓은 곳을 향해 달리다니 세이 씨도 참 씩씩하네."

"병든 기이 씨가, 그것도 집을 비운 사이에 제방이 무너진다고 생각하니 너무 안 돼서!"

세이 씨는 얄따란 눈꺼풀을 내리뜨고 눈꼬리에는 눈물이 번진 채 더 이상 말하려고도 들으려고도 하지 않았다.

"골짜기와 '본동네'의 자연도, 인간도 함께 달라졌다는 한 예지만 도쿠다 병원에 있는 젊은 의사 말야, 오빠. 알아봤어? 그 사람은 원래 연극을 하던 청년이었고 '사건' 때 시게루 씨를 데리고 나가려던 사람이야. 그 후 마음을 잡고 공부해 다시 의대에 들어가서 벌써 개업을 한 거라구, 놀랐지? 그런 거예요. 숲속의 땅 자체도 인간과 마찬가지, 전 같지 않아요."

목에서 골짜기로 들어선 다음에도 예전보다 한층 더 인기척이 드문 거리를 동생은 스피드를 떨어뜨리지 않고 달려 우리 집 앞을 그냥 지나치더니 '본동네'로 올라갔다. 넓어진 삼나무와 활엽수 숲길을 빠져 저택을 내려다볼 수 있는 작은 언덕에 나오자 그곳부터 강가로 난 길 전체에 온통 콘크리트 파편이 널려 있어서 왜건의 타이어가 그것들을 튕겨 냈다. 동생은 폭포 오른쪽으로 나 있는 덴쿠보로 올라가는 비탈을 차로 올라가 거기 세워 둔 패트롤 카 뒤에 차를 세웠다. 경관과 소방대원들이 사람 키 정도 높이로 뻗은 제방의 이쪽 끝, 폭포 위에서 닫아 놓은 수문을 중심으로 5미터 정도 판자 울타리가 있는 곳에 새끼줄을 쳐 놓고 있었다. 줄의 안쪽, 계단형으로 튀어나온 콘크리트 벽 끝부분이 부서져 있었는데 그것은 널려 있는 파편이 너무 많다 싶을 정도로 그저 흉내만 낸 듯한 파괴였다. 작업복 차림인 소방단원들이 우리를 보고 있었다. 동생이 줄로 두른 곳으로 들어가려 하자 리더 격인 사람이 미안하다는 듯 고개를 흔들기에 나는 동생을 말려서 공사하는 사람들이 내놓은 길을 따라 잡목림 비탈로 올라갔다. 일 년 전, 기이 형과 서서 이야기를 하던 곳으로 나와서 우리는 덴쿠보 일대를 둘러보았다.

덴쿠보를 둘러싼 양쪽 산기슭은 나와 동생이 서 있는 잡목림과 마찬가지로 시들어 버린 삼나무와 노송나무가 힘 빠진 듯한 암녹색을 띠고 있어서 전체적으로 퇴색한 느낌이었다. 하지만 거대한 등걸에 굵은 줄기뿐 아니라 얽히고설키면서 하늘로 뻗은 자잘한 가지 끝까지, 마른 가지가 없어진 뒤에도 변함없이 친근하게 느껴지는 덴쿠보 큰 노송만은 여전히 기세가 당당했다. 그리고 노송 뿌리 부분에 있는 무덤 뒤쪽으로 비스듬히 '아름다운 마을'이 버드나무 옆에 지붕만을 남기고 잠겨 버린 풍경은 정말 짙은 인상을 남겼다. 검은 물, 살인자 라는 전단은 잡목림에서 보이는 제방 안쪽까지 점점이 붙어 있어 그 붉은 빛깔이 오히려 썰렁했지만, 큰 노송이 우뚝 선 무덤을 섬처럼 만들며 주변에 차 있는 물은 엷은 먹빛이었고 '아름다운 마을'의 억새茅를 얹은 지붕이 배처럼 떠서 그림자를 드리운 부분은 이상할 만큼 검어서 풍경 전체가 진해 보인 탓도 있으리라….

"눈이 오느라고 하늘도 산들도 회갈색인데 말야."

나는 가슴이 메어 말했다.

"덴쿠보의 물은 검구나. 시코쿠로 건너오는 바다는 이런 하늘을 비추느라 오히려 히끄무레했는데, 여기 비하면…."

"이런 색깔인 채로, 게다가 물은 점점 불고 있어."

"아무래도 이런 색은 좀 불길하긴 하다…. 냄새도 나는 것 같고…."

"우리가 어렸을 때 놀러 다니던 덴쿠보에서도 냄새가 나긴 했지만 그게 더 지독해진 것 같아."

"이런 물색에 비하면 제방에 붙여 놓은 붉은 전단이나 우리를 몰아내 놓고 새끼줄 안에서 뭔가 하고 있는 사람들도 왠지 어린애 같아 보이지?"

"인공호수가 완성되어 이 발아래까지 검은 물이 가득 차 버리면 덴쿠보의 풍경은 완전히 변해 버리겠지."

동생은 감정을 담아 말했다.

"모든 것이 전과는 달라진 거야. … 나는 어릴 때부터 기이 오빠와 K 오빠 패에 끼고 싶었지만 언제나 상대가 되지 않는 꼬마 계집애 취급만 받았어. 그래도 언젠가는 기이 오빠와 K

654

오빠가 나를 끼워 줄 거라고 생각하고 K 오빠가 도쿄로 가 버린 다음에도 내내 골짜기에 남아 있었던 것 같아. … 지금도 그걸 기다리고 있는 것 같은데 정신을 차려 보니 골짜기도 '본동네'도 변하고 숲의 풍경조차 변해 버린 데다가, … 기이 오빠는 암 수술을 받고 있어. 오빠도 나도 나이를 먹었구. 쓸쓸해."

소름이 끼치는 듯 파랗게 질려 있는 주근깨 난 얼굴을 외면하며 나는 그저 듣고만 있었다.

그리고 우리는 말없이 눈이 내리기 시작한 잡목림 비탈로 돌아왔는데 어린애 같은 두껍고 하얀 양말에 슬리퍼를 신은 동생은 — 그런 차림으로 겁도 없이 스피드를 내며 차를 몰았던 것이다 — 발이 줄줄 미끄러져 고생을 하면서 따라왔다. 대관절 기이 형은 이 세계 또는 그것을 넘어선 세계에 대해 어떤 모델을 만들려고 하는 것일까? 도대체 지금 어떤 구상을 가슴에 지닌 채 약간 윤기를 잃은 피부를 빼고는 젊디젊어 늘어진 곳 하나 없는 알몸뚱이를 수술대에 눕히고 피투성이가 되어 있는 것일까? 나는 그런 것들을 골똘히 생각하느라 자기도 나이를 먹었다는 동생을 비탈에서 잡아 주지도 못했다.

골짜기의 집으로 돌아와 보니 이젠 그저 누워만 지내는 어머니가 — 동생이 그렇게 말했다 — 안방의 자리에서 일어나 나와 토방에 놓은 '메이스케' 신단 앞에 웅크리고 앉아 있었다. '메이스케'는 한 단 높은 곳에 튀어나온 본 신단의 그늘에 숨어 있어 '어둠의 하늘님'이라고도 부르는데 내 아들이 기형아로 태어났을 때도 어머니는 내내 '메이스케'에게 불을 밝히고 빌었다고 한다. 앉은 채로 나와 동생을 올려다보며 고개를 끄덕이더니 걱정스런 얼굴 그대로 일어서려던 어머니는 기우뚱하며 휘청거렸고 동생이 재빨리 팔을 붙잡지 않았더라면 쓰러질 뻔했다. 오랫동안 거기 그렇게 앉아 있었던 것이리라.

"오셋짱이 전화 안 했어? 엄마, 마쓰야마에서 수술 이야기 없었어?"

"아무한테서도, 전화라곤 전혀 걸려 오지 않았는데요!"

"10시부터 수술을 시작했다 치고 벌써 7시간이 넘었는데. 아직도 수술이 끝나지 않은 걸까?"

어머니를 부축해서 안방으로 올라가면서 누이동생은 겁에 질린 소리를 냈다.

수술은 결국, 10시간이나 걸렸다. 우리가 별로 말도 없이 묵묵히 식사를 하고 그동안 눕지 않으려 하던 어머니도 지쳐서 잠이 든 뒤에야 오셋짱이 수술이 성공적으로 끝났다고 — 환부가 뜻밖에 크다는 것도 함께 — 전화로 알려 왔다. 그때쯤엔 골짜기가 눈에 잠기기 시작했고 도쿄의 난방에 길들여진 몸에는 실로 뼈에 사무치는 추위였다. 잠자리에 드는 어머니를 돌보는 동생 옆에 서서 어머니가 덮는 이불을 내려다 보니 이런 추위에 어떻게 그것만으로 어머니의 나이 든 몸이 견딜 수 있는지 신기했다.

가벼운 이불을 목 언저리까지 끌어 올리며 어머니는 말했다.

"모든 것이 다 이상스럽게 되었군요! 기이 씨는 무거운 병을 앓고 계시지, 세이 씨까지 다치질 않나, '본동네' 안에는 호수가 생긴다지, … 이젠 이것도 저것도 다 이상해졌어요!"

나는 폭설로 막힌 골짜기에서 이틀을 보내고 겨우 차가 다니게 된 현도를 택시로 달려 마쓰야마로 나왔다. 시내에 들어와 눈 녹은 물로 질척거리는 길을 체인 감은 타이어로 덜컹거리며 빠져나가는 동안, 내게 떠오른 생각 — 기이 형이 강대한 적을 맞아 승산이 없는 전투를 하고 있는 동안 나는 싸움터를 빠져나가 있었다는 생각 — 은 이 지방의 온갖 계층과 타입의 사람들이 우글거리고 있는 것 같은 적십자병원 로비를 가로지르는 동안에도 진하게 남아 있었다. 기이 형은 그야말로 지쳐 쓰러진 병사처럼 기력이 다하여 침대 위에 늘어져 있었다. 나는 트렁크를 든 채로 몸이 조그맣게 줄어든 듯한 기이 형을 보고 쇼크를 받아 그에게서 눈길을 피하고는 거기가 내 자리라고 전부터 허락을 받은 듯 낮은 소파에 앉아서야 비로소 기이 형과 오셋짱에게 인사를 건넬 수 있었다.

"상당히 시간이 걸렸지? 힘들었겠어. … 수술 다음 날 바로 오려고 했는데 눈에 갇히는 바람에…."

"어제하고 그저께는 왔어도 못 만났을 거야. 오늘 와서 다행이지."

오셋짱은 말했다.

나한테 대답을 하기 전에 기이 형은 오셋짱에게 눈언저리를 약간 움직이는 신호를 보내 가래를 닦아 내게 했다. 그리고 노인 같은 잔기침도 했다…. 다시 침대 옆 의자에 걸터앉은 부지런한 오셋짱은, 지난번과는 반대로 이마와 튀어나온 뺨과 턱이 활동적이고 강건해 보이는 쪽 얼굴을 내 쪽으로 돌리고 있어서 그야말로 힘이 넘치는 모습이었다. 그것은 가혹한 경험을 통과함으로써 새롭게 획득한, 차분함 플러스알파처럼도 보였다.

"수술 전과 후는 말야, 그 가운데쯤에 커다란 날을 단 기계가 툭 하고 떨어진 것 같은 느낌이야. 그런 기분이 들었어, K."

기이 형이 말했다. 가늘고 나직한 음성이었는데 콧구멍으로 들어가 있는 비닐관이나 입에 들어 있는 한층 더 크고 불투명한 관이 조금만 움직여도 통증을 주는 듯 미간에는 고통을 드러내고 있었다.

"한편 오셋짱은 연속성의 덩어리야. 수술 전날 우리가 고생한 것에 무슨 반응이라도 있는 건지 어딘가 턱, 하고 버티고 있는 것 같지 않아? 완전히 임신을 한 듯한 심정인지 벌써 이것저것 출산 준비를 하는 모양이야. 역시 여성 쪽이 연속성을 유지하는 역할을 하는 법인가 봐."

오셋짱은 기이 형의 가벼운 놀림에는 아랑곳하지 않았지만 검고 윤기 있는 눈을 둘러싼 눈꺼풀 언저리에는 마침내 해내고야 말았다는 듯한 자랑스런 미소가 어려 있었다.

"수술 전에 프레체로의 논문을 읽고 나서부터 줄곧 생각나는 문장이 있거든. 『신곡』 3부의 문장들에 보이는 표현 차이를 분석한 글이었는데 지옥의 순례자는 말야, 여행을 하는 자기 주위에 상상력으로 만들어 낸 것과는 다른 자율적인 세계로서 자신의 오감으로 인물이니 사물을 발견해 가지. 그런데 연옥에선 말야, 새로운 무언가가 그에게 나타나는 것은 '마음의 드라마'를 통해서야…. 순례자의 주관에 펼쳐지는 극劇으로서 그것은 이루어지는 거지. 「연옥」 제15곡에 있듯이 주관과 연관될 때만 모든 것이 나타나는 거야. 순례자가 꾸는 꿈의 비전. '여기서 나 홀연히 나의 관능을 벗어나 하나의 환상 속으로 이끌리니 수많은 사람들을 한 신전 안에서 본 듯하더라' 하는 문장 말야. 내가 국회 의사당 옆에서 나동그라졌을 때 기억해 보려 했지만 그러지 못했던….

또한 나는 민중이 분노의 불에 타올라
죽여라 죽여라 소리 높이 외치며
돌을 들어 한 소년을 죽이는 것을 보았더니

죽음은 이제 그를 눌러
땅으로 구부러뜨리건만
그는 줄곧 그 눈을 하늘의 문으로 삼아

이러한 싸움 중에도 연민을 일으키는 모습으로
고귀한 주께 기도하며
자기를 학대하는 자들을 위해 용서를 빌었더라.

내가 이 시구에 끌렸던 것은 말하자면 순례자의 주관이 보는 환상, 그 꿈의 비천이 마음에 들어서였어. 중세 심리학에서는 꿈의 비천을 보는 능력과 조그만 세부로 전체를 구축하는 상상력, 말하자면 K, 작가의 상상력을 말야, 같은 것으로 간주했던 모양이야.

… 어쨌든 거기까지는 잘 알겠는데 내게는 천국에 관한 설명이 어렵더라구. 프레체로는 '천당'이라는 말이 이미지를 만드는 도구가 아니라는 거야. 오히려 안티 이미지래. '하얀 눈썹 위의 진주'라는 말 따위는 실제로 구체적인 이미지로서

는 아무것도 나타내지 않는다는 거지.

DILIGITE IUSTITAM, QUI IUDICATIS TERAM이라는 문자가 독수리 모양으로 하늘에 걸려 있는 부분도 마찬가지 예로 들어 놓았어. 정말 그건 이쪽에 이미지를 전하기보다는 이 라틴말 어구 자체가 실재니까. 무언가를 표명하는 기호가 아니라 그 자체가 실재. 그 실재하는 시적 언어인 천국의 궁극에 있는 것이, 태양과 그 밖의 모든 별들을 움직이는 사랑으로, 라는, K도 이야기했던 결말부에 나오는 사랑, L'amor라는 낱말이라고 프레체로는 말하는 거지. l'amor라는 한 마디가 이 시의 실질로서 하늘과 땅을 잇는 거야. 작가와 읽는 이를 연결하기도 한다는 결론이지. 실은 그걸 나는 잘 모르겠더라구…. 그런데 이상한 일이 일어났어. 이 구절에 관한 꿈을 꾸었다고 K가 말했지? 수술 전날 호텔에서, 작년에 그곳에서 꾼 꿈이라며….

지금까진 Paradiso의 결말을 단지 거기까지 읽어 낸다는 식이었지만 수술 전에 들은 꿈 이야기의 인상이 강해서 그건 정말 어떤 의미를 품은 시구일까 생각하기 시작한 거야. 그 부분은 쉽게 암송할 수 있을 만큼 자주 읽었어. 아름답다고도 생각해. 사랑에서 힘을 얻은 한숨이 천상계에 올라가 광휘에 싸여 있는 베아트리체를 보았다. 이 숙녀에 관해 좀 더 쓰고 싶지만 그러기 위해서는 새로운 방법이 필요하다, 더 좋은 방법을 발견할 때까지 나는 이 비전에 대해서는 쓰지 않겠다, 라고 『신생』에 언급해 놓았어. 그런데 Paradiso의 맺음 부분에 오게 되면 단테는 새로운 방법을 얻어서 문제의 비전을 그려 내고 있는 거야. K가 작가가 되고 나서 소설의 방법을 생각하지 않으면 안 된다는 이야기를 들을 때마다 나는 『신생』에서 『신곡』에 이르는 방법의 전개를 생각하곤 했지. 베아트리체의 비전에 인도되어 분투하는 과정에 감동해서….

그런데 수술이 끝나고 어제 말야. 수술 부위가 쑤셔서 진통제를 링거 주사에 넣어 주었어. 그래서 잘 잤지. 그런데 깨어날 때쯤 꿈을 꾸었는데 틀림없이 Paradiso라는 언어는 실체라는 것, 무언가를 대리해서 표현하는 것이 아니라 그것 자체가 시의 실체라는 것을 나는 단번에 이해해 버린 것 같았어….”

“기이 씨, 이야긴 이제 그만해요. 오늘은 충분히 이야길 했잖아요?”

오셋짱은 그렇게 말하면서 동시에 내게는 그만 가라는 눈짓을 보냈다.

“아니, 이 말을 하지 않으면 아무 이야기도 안한 셈이 되니까.”

기이 형은 고집을 부렸다.

“내가 꾼 꿈은 Paradiso 그 자체에 관한 게 아니고 덴쿠보의 인공호수에 관한 거였어. 물이 가득 차서 그 위에 조그만 배를 띄웠지. 보트는 실제로 전부터 준비해 두었거든…. 꿈에서 작은 배에 타고 있었는데 배에 탄 내가 신호를 보내자 제방이 폭파되는 거야. 강 아래 반대파가 걱정했던 것처럼. 그래서 시커먼 물과 함께 내가 물대포가 되어 튀어 나갔어. 그 시커멓게 똑바로 뻗은 선이 말하자면 내 생애의 실체이며 온 세상 모든 사람에 대한 비평인 거지. 사랑과는 정말이지 정반대인…. 그렇게 생각하며 모든 것을 이해한 느낌으로 눈을 떴어. … 눈을 뜬 뒤에는 그 의미가 명확했다는 것 자체가 점점 모호해졌지만."

너무나 젊은 간호사가 들어와 링거 주사 용기를 바꾸고 몸 안으로 연결된 비닐관 끝의, 종이를 사각으로 접은 듯한 합성수지 주머니의 내용물을 점검했다. 수술을 받은 직후이면서 사실 기이 형은 너무 많이 이야기했다. 이제는 병실을 나가야 할 때라고 느껴 나는 일어났다.

"그럼, 기이 형. 퇴원해서 봄이 되면 저택으로 문안을 갈게요."

"… 오유 씨에게 나는 자살이 아니라 병으로 죽을 수 있겠다고 전해 줘. 물론 봄에는 일단 퇴원하겠지만. K도 대충 각오하고 있고."

간호사는—소녀 같은 모습이 남아 있지만 경험도 있고 유능해 보이는 인상이었는데 — 놀란 듯이, 그리고 기이 형을 나무라듯이, "어머 어머!" 했다.

"의사 선생님은 생명엔 위험이 없다고 하셨어, 기이 형. 이번 수술로 주위의 임파선도 깔끔하게 전부 제거했다고 하시던걸."

"K, 그 의사가 문제야. 마취에서 깨어나 보니 그 사람은 말 그대로 애처로운 마음이 담긴 눈으로 나를 내려다보고 있더라구. 말하자면 암에 대해 집행 유예를 선고받은 나를. … 오유 씨는 언젠가 Inferno에서 제일 무섭고 쓸쓸한 곳이 자살자의 숲이라고 했거든. 내 생각에는 거기 가는 건 피할 수 있을 것 같다고, 그렇게 말해 줘, K."

나는 또다시 커다란 비애감의 포로가 되어 병실을 나왔다. 수술을 받아 쇠약해진 기이 형의 얼굴과 몸을 보고 먼저 한 대 얻어맞고도, 이야기하는 동안 그 감정을 잊고 있었던 것은 한마디로 기이 형의 이야기에서 힘을 얻었기 때문이었다. 완전히 임산부처럼 복부를 보호하며 곧은 자세로 걷는 오셋 짱이 엘리베이터까지 배웅해 주었다. 나는 기이 형에게 말하지 못한 덴쿠보에 일어난 사건을 그녀에게 전했다.

"반대파가 제방을 폭파했어. 별로 피해는 없었지만 폭파를 말리려던 세이 씨가 조금 다쳤어. 걱정되겠지만 아침에도 강 아래 도쿠다 병원에 들렀더니 일주일이면 퇴원할 수 있다고 하니까···."

"아침 일찍 기이 씨가 어떤지 전하려고 전화했다가 아사짱한테서 들었어. 우리 엄마는 여위고 쪼그매졌지만 오랫동안 남자처럼 일을 해 왔기 때문에 강단이 있어요."

"제방 일로 기이 형이 쇼크를 받지 않았어?"

"무너진 것은 다시 쌓으면 되는 거 아냐? 기이 씨는 그런 일로 끙끙 앓진 않아. 퇴원하기 전에 시공업자를 병원으로 불러 제방 수리를 상담하겠다고 했어. 기이 씨에게는 꿈에 볼 만큼 소중한 제방이잖아? 병에서 회복된다는 기분도 겹쳐 힘을 내서 재건할 거야. 자, 그럼. K 씨도 암에 걸리기 쉬운 나이야, 조심해···. 갈 때는 비행기를 타도 돼."

"눈 때문에 이륙 시간이 엉겨서 비행기 자리를 못 얻었어. 연락선과 전차를 갈아타면서 돌아갈게. 한밤중까진 집에 들어갈 수 있겠지."

나는 오셋짱이 한 말의 뜻을 생각하기보다 도쿄까지 줄곧 나를 붙잡고 놓아 주지 않을 커다란 비애감을 떠올리고는 미리부터 여행의 피로에 짓눌리는 기분으로 눈인사를 했다.

기이 형.

나는 당신에게 쓰는 편지로 이 이야기를 맺으려 한다. 당신의 시체가 — 요컨대 당신이 벗어 던진 혼의 임시 거처, 질곡이었던 육체가 — 제방 가까이까지 물이 찬 덴쿠보의 인공 호수에 떠 있는 것을 공사를 마무리하기 위해 증원되어 시가 지역에서 소형 버스로 실려 온 노무자들이 발견했다. 이미 지난밤에 기이 형이 살해되었다고밖에 달리 생각할 수 없었던 오셋짱과 누이동생은 뜻밖의 장소에서 시체를 만나더라도 이성을 잃고 흐트러진 모습을 보이지 않으려 아침부터 저택에서 연락을 기다리고 있었다. 그렇게 마음의 준비가 되어 있던 오셋짱과 동생은 시체를 발견한 사람들이 저택과 파출소로 연락을 하러 달려갔을 때 당당하고 차분하게 대응했고 그때부터 모든 일을 훌륭하게 해냈다.

오셋짱과 동생이 제방으로 올라갔을 때는 이미 소형 버스로 온 노무자뿐 아니라 '본동네'와 골짜기에서 구경꾼들까지 모여 있었다. 하지만 검은 물에 떠 있는 기이 형의 유체를 제방 아래 지면까지 끌어내 주는 이는 아무도 없었다. 경찰이 도착하기를 기다린다는 구실로. 기이 형은 머리와 양팔과 하체를 검은 물속에 담그고 물 밑바닥에서 물건이라도 찾는 듯이 엎드린 모습으로 떠 있었다.

"직장과 대장 일부, 그리고 생식기관과 주변 임파선까지 떼어 내는 바람에 허리 부근이 가벼워져서 그곳을 정점으로 물에 떠 있는 것 같았어."

훗날 오셋짱은 그때의 정경을 이렇게 이야기했다.

"어째서 노무자들은 기이 형의 유체를 물에 뜬 채로 버려 둔 걸까? 그건 그들뿐 아니라 구경꾼들도 그리고 그 속에 섞여 있던 아이들조차도 인공호수를 채우고 있는 검은 물을 두려워했기 때문이야."

오셋짱은 그렇게 말했다.

나도 저택에서 장례식을 치르기 전에 북쪽 비탈 전체에 산벚꽃이 만개한 덴쿠보를 둘러보며 이미 제방 중간쯤에서 물결치고 있는 검은 물을 보면서 같은 생각을 했다. 제방에는 검은 물, 살인자라는 붉은 전단도 여전히 몇 개씩 남아 있었는데 그날 아침, 사람들은 검은 물이 기이 형 몸속에 들어가 숨통을 누른 거라고 마음속으로 느끼고 있었던 듯하다.

기이 형, 오셋짱과 동생은 구경꾼들이, 경찰이 오기 전에 움직이면…, 어쩌구 하며 낮은 소리로 웅성거리는 것을 무시하고 지금까지 몇 번이나 인공호수를 젓고 다녀 익숙해진 보트에 올랐다. 둘이서 검은 물속에 떠 있는 기이 형을 목표로 노를 저어 간 것이다. 누이가 노를 젓고, 무엇보다도 복부를 보호하는 버릇이 든 오셋짱은 뱃머리의 가로목에 걸터 앉아 상체를 약간 돌려 물속의 기이 형을 지켜보면서. 보트가 금세 기이 형 옆에 이르렀고 오셋짱이 검은 물속에 오른손을 넣어 물에 잠긴 기이 형의 머리와 얼굴을 어루만지자 제방

위에서는 수런대는 소리가 일었다고 한다. 보트를 기이 형에게 접근시키기는 쉽지만 여자들이 무슨 힘으로 어른 시체를 보트에 실을 수 있을 것인가? 오셋짱이 마른 침을 삼키며 보고 있는 구경꾼들을 깜짝 놀라게 할 생각을 해 냈고 활달한 왼쪽 얼굴을 누이를 향해 들었을 때 그 생각은 동생에게도 자연스럽게 전해졌다. 이제는 큰 노송의 섬이 되어 있는 덴쿠보 중앙의 무덤을 향해 물에 뜬 기이 형의 윗옷 어깨를 잡아끌면서 보트를 저어 간다.

섬에 닿으면 얕은 물에 내려서서 기이 형을 끌어내 푸른 풀들이 싹튼 비탈에 눕혀 놓고 더러운 검은 물을 닦아 내자. 오셋짱이 속옷을 벗어 기이 형의 유체를 깨끗이 하는 동안에 동생이 건너편으로 돌아와 — 보트를 건드리지 말라고 제방에 있는 구경꾼들에게 주의해 두고 — 저택에 돌아가 기이 형에게 입힐 옷 한 벌을 가지고 온다. 깨끗해진 기이 형의 유체가 새 옷으로 다 갈아입었을 때쯤에는 경찰이 도착할 것이고 그 뒷일은 그들 소관이 될 것이다….

오셋짱은 보트가 균형을 잃지 않도록 주의 깊게 물속의 기이 형을 붙잡았고 동생은 큰 노송이 있는 섬을 향해 침착하게 보트를 저어 나갔다. 기이 형, 어떤 법칙에 따라 모양을 바꾼 배 같은 '아름다운 마을'의 억새를 얹은 지붕과 새싹이 돋은 우듬지를 수면 위로 쳐든 버드나무 사이로 당신의 유체를 끌고 나아가는 보트를 생각하며 나는 연옥의 첫 부분을 떠올린다.

어린 시절부터 고집이 세고 때로는 반항도 하는 제자였던 나는 당신이 살해되고 나서야 새삼 절실하게 단테의 시구를 읽게 되었다. 그리고 당신이 하던 말을 떠올려 보며, 역시 『신곡』을 읽으면서 마음이 가장 힘을 얻는 부분은, Purgatrio 제1곡·제2곡이 아닐까, 하는 말에 진심으로 동의했다. 「연옥」 제1곡에는 순례자의 기쁨뿐 아니라 그 경험을 이야기하는 시인의 기쁨도 솔직하게 그려진다.

내가 내 눈과 가슴을 슬프게 하는
이 죽은 공기 속에서 나올 때
다시금 내 눈을 기쁘게 하고

사랑으로 유혹하는 아름다운 별은
널리 동녘을 미소 짓게 하며
자신의 반려인 쌍어雙魚를 덮었더라.

연옥의 바닷가를 지키며 순례자와 선도자를 맞이하는 자, 카토가 자살자이고 이교도인데도 그 장소를 책임지는 것의 의미를 기이 형에게서 들은 적도 있다. 위엄을 갖춘 호감 가는 노인에게 영접을 받아 순례자 사제師弟는 일찍이 없던 부드러운 정서로 서로 화목하다. 뺨을 눈물로 적시고 있는 제자의 허리에 골풀(등심초)을 뽑아 묶어 주는 스승. 옛 친구와 재회하여 솔직하게 놀람을 나타내는 순례자. 그 친구의 노래에 영혼들이 황홀하여 시간을 잊어버리고 있는 참에 다시 나타난 카토는 쉬지 말고 연옥의 산에 오르라며 꾸짖고 깨우치지만 그 짧은 시간에 맛본 말할 수 없는 감미로움….

　기이 형, 나는 오셋짱과 동생이 당신의 유체를 지탱하며 옮기는 보트를 당신과 내 혼이 큰 노송 무덤의 섬에 서서 지켜보는 정경을 생각한다.

　　보라, 아침이 가까울 때
　　해면 위 서쪽 낮은 곳에
　　짙은 안개 속에서 화성이 붉게 빛나듯이

　　내 눈에 보인 하나의 빛(아아, 나 다시는 이것을 보지 못하리)
　　바다를 따라 몹시 빨리 오더라,
　　실로 어떠한 날개라 해도 이렇게 빠르지는 못하리라.

　그래서 이 정경을 표적標的 삼아 이를 실현하기 위하여 기이 형은 덴쿠보에 인공호수를 만들 구상을 품은 것이고 그 구상은 오셋짱과 동생의 도움을 받아 그 전체가 실현되었다고도 말하고 싶다….

기이 형, 수술 후 경과가 좋아 당신은 급속히 회복되었다. 나는 동생에게서 당신의 건강한 모습에 대해 듣고 있었다. 3월 중순에 퇴원한 당신은 '본동네'에서 우리 집까지 걸어와 어머니에게 '메이스케'에게 기도해 준 것에 감사하다는 인사를 드렸다. 그때 어머니는 이렇게 말했다고 한다.

"기이 씨, 당신은 이 병을 경계로 그 '사건' 때부터 붙어 있던 온갖 악연을 모조리 털어 내 버리신 거예요. 나는 그 악연을 '메이스케'가 주워 올리셔서 이 토지에 재액을 만들지는 마시기를 바랍니다, 하고 기도를 했습니다. 이제부터는 몸을 아껴서 어린 시절처럼 평온하고 기분 좋은 생활을 하셔야지요! 오시코메는 토지의 하늘님 같은 분이었지만 모든 것을 옛날로 돌려놓으려 했기 때문에 개혁은 결국 실패하신 거예요. 기이 씨가 만든 덴쿠보의 호수에서는 집도 나무도 물속에 잠기기 시작했다면서요. 오시코메의 개혁 같은 것을 생각하고 계신다면 기이 씨, 그만두세요. 어째서 그런 사업을 시작하신 것인지? 세이 씨도 크게 다치셨잖아요…."

처음에 기이 형은 언제나처럼 상냥한 태도로 이야기를 듣고 있었지만 어느 순간인가 단호히 다음과 같이 말하고 돌아갔다.

"K 어머니, 그건 달라요! 지금 덴쿠보의 제방 공사를 그만 두면 내 삶 자체가 아무런 의미도 드러내지 못하게 돼요!"

기이 형, 동생은 큰 줄기에서는 당신을 지지했지만 당신이 눈에 띄게 빨리 회복하는 것을 기뻐하면서도 나에게 전화로 이렇게 말하기도 했다.

"제방 공사를 재개하고 나서는 노무자를 마이크로버스로 모으러 가. 기이 오빠는 그런 일까지 시작했다구. 반대파는 지난번 발파로 세이 씨에게 부상을 입히고는 한동안 풀이 죽어 있었는데 활동을 재개하게 되겠지. 지팡이를 짚고 공사 현장에서 진두지휘를 하고 있는 기이 오빠는 솔직히 말해 광신자 같아졌어. 나는 그런 게 싫어. 수술을 하고 나서부터, 기이 오빠는 굉장히 서두르는 것 같고 사람이 변해 버린 것 같아. 오빠에게도 말했듯이 나는 기이 오빠가 다시 제방 공사를 하는 건 자연스럽다고 생각해. 그렇지만 이렇게 광신자처럼 몰두하는 건 좋아할 수 없어. 자진해서 반대파가 도발하는 대로 되어 가는 것 같다고. 검은 물, 살인자 말야."

기이 형, 그날은 새벽부터 큰비가 내려 공사는 하지 못했다. 니시 군은 아침에 저택에서 의논을 하고 강 아랫마을로 돌아갈 무렵, 무섭게 내리는 비 때문에 저택의 왜건을 빌려 '본동네'를 나왔다. 바람이 불기 시작했음을 알려 주는 큰 대숲 근처에서 니시 군이 운전하는 왜건은 그 길을 올라오는 승용차를 세 대 만났다. 비 때문에 갓길이 미끄러울까 봐 조심하느라 니시 군이 왜건을 후진시켜 세워 놓은 옆으로 그들은 스쳐 지나갔다. 제일 뒤에 가는 승용차에 도쿠다 병원의 젊은 의사가 타고 있었다. 그래서 비옷을 입고 고무줄 달린 모자를 쓴 니시 군은 차에서 내려 차창을 반쯤 연 의사와 이야기를 나누었다.

도쿠다 의사가 덴쿠보의 벚꽃을 보러 간다고 해서 아직 채 피지도 않았고 이런 큰비에 무슨 꽃구경이냐고, 인공호수 위쪽은 비에 덮여서 꽃이 핀 비탈까지 보일 리가 없다고 순진하게 대답했다. 의사도 큰비가 인공호수 수량에 어느 정도 영향을 미치고 있느냐고 심각하게 물었다. 니시 군은 아직 수면은 제방의 토대인 지면까지도 닿지 않았다고, 지금 막 돌아보고 온 대로 전했다. 그래도 도쿠다 의사는 자기 눈으로 확인하고 싶다며 앞에 간 두 대의 차를 따라갔다. 의사가 탄 차에는 서점 겸 문구점 주인도 타고 있긴 했지만 세 대를 다 합쳐도 대여섯 명 정도인 시가 지역 반대파들을 별로 마음에 두지 않고 니시 군은 집으로 돌아간 것이다.

그러나 기이 형, 오셋짱은 저택에서 덴쿠보 쪽을 쌍안경으로 보고 있던 형이 언덕 아래 차를 세우고 공사 현장으로 올라가는 사람들을 발견했을 때부터 위험을 느끼고 있었다. 그러다가 기이 형이 레인코트에 우산을 들고 비가 퍼붓는 길로

나서는 것을 보고는 무서워져서— 젊은 그녀에게는 어울리지
않지만 — 저택의 '메이스케'에게 불을 피워 올렸다고 한다.
얼마 뒤에 기이 형이 솟을대문으로 돌아오는 것을 보고 가슴
을 쓸어내렸지만 기이 형은 일찍이 본 적이 없는 어두운 느
낌으로 흥분한 표정이었다.

"지금 제방을 정찰하러 와 있는 놈들과 그 패거리들이 오늘
밤 이야기를 하러 올 거야. 의사인 도쿠다 군은 '사건' 이래 나
를 계속 미워했으니 이번에는 강제로 정신 감정을 받게 하는
소송을 일으키겠다더군. 조만간 충돌은 피할 수 없어."

기이 형, 동생은 밤이 되고 나서 심한 비바람 속을 몇 대나
되는 차가 '본동네'로 올라가는 것에 불안해졌다. 반대파는
이날 밤 이야기를 기회로 삼아 폭파 사건 이래 궁지에 몰려
있던 상태에서 벗어나 반격을 가해 올 속셈이었다. 강 아래
시가 지역뿐 아니라 골짜기와 '본동네'에서도 반대파에 동조
하는 자들이 동원되었다. 시간이 지나면서 동생은 너무 많은
차가 '본동네'로 가는 것을 보고 오셋짱에게 전화를 걸었다.
그래서 그날 밤 회합 이야기를 들었고 걱정이 되어 파출소에
도 전화를 했다. 오후 8시쯤 본서의 패트롤카가 '본동네'로
올라간 뒤 동생이 우산을 들고 집 앞에 서 있자니까 경관들
은 제방 공사 현장에는 이상이 없고 저택에서도 도쿠다 의사
를 비롯해서 마을의 학식 있는 이들이 이성적으로 이야기를

진행하고 있다고 알려 주고 돌아갔다.

그러나 실제로 저택에서는 대단히 격렬한 논쟁이 벌어졌다. 게다가 반대파 중심인물들은 미리 술책을 꾸며 기이 형이 정신의 불안정함을 드러내도록 도발하기 위해 노력했다. 기이 형, 시간이 흐르면서 당신은 그들이 도발하는 것을 정면으로 받아들여 자신의 '철학'을 설교하기 시작했다. 나는 당신이 굳이 도발을 되받아쳤다기보다는 천성인 교육자 기질로 근거지 운동 이래 처음으로 저택에 모인 수많은 청중에게 이야기를 한 것이라고 생각한다.

기이 형, 당신은 반대파들에게 이야기를 하면서 내가 '은둔자 기이'를 그린 소설에 대해서도 언급했다고 한다. 그것이 K가 쓴 작품 중 지금까지로는 유일하게 이 세계, 또한 그것을 초월한 세계에 연관된 의미 있는 호소를 담고 있다며. 당신은 내가 썼던 시 비슷한 것을 들려주었다. 기이 형, 당신과 나는 참으로 긴 시간 서로가 암송하고 있는 시구를 매개로 이야기를 나누어 왔다….

　　핵폭탄과 인공위성이 흩뿌리는
　　방사능의 재와 라디오 광선의 독에
　　모든 도시, 모든 마을의
　　인간 가축 재배물이 침식당할 때

숲에서 일어나고 있는 것은 놀랄 만한
생명의 갱신이다. 숲의 힘은 강해지고
모든 도시, 모든 마을의
쇠약은 거꾸로 숲의 회복이다
방사능의 재와 라디오 광선의 독이야말로
나무의 잎과 땅 위의 풀과 그늘의 이끼에게
흡수되어 '힘'이 되기 때문이다.

이에 대하여 도쿠다 의사 등은, 20년 전 봄에 정령제에서 숲의 정령을 연기하느라고 온몸에 낙엽이 붙은 모밀잣밤나무 잔가지를 걸쳤다가 불이 옮겨붙어 타 죽은, 이곳에서는 유명한 미치광이인 '은둔자 기이'에게 기이 형은 스스로를 동일시하고 있다고 수군거렸다. 이것은 정신에 이상이 생긴 증거이니 모두들 이 사실을 확인해 두자며….

기이 형, 참담한 이야기지만, 정신 감정을 강제 집행하기 위한 재료를 모으려고 도발하는 놈들에게 당신은, 한때 근거치 운동을 향한 정열이 되살아 난 듯이 자기 일에 가담하라고 호소한 것이다.

"K도 「은둔자 기이」라는 시에서 노래하고 있지만 도시의 오염은 이런 촌 동네에까지 미치고 있다. 동시에 숲의 복원력, 회복력, 인간을 회복시키는 힘이 강해지고 있다면 우리는 말 그대로 그 힘 바로 옆에 있는 것이다."

기이 형은 말했다.

"숲의 힘을 제대로 받아들이며 도시에서 오는 오염된 음식물을 먹지 말고 인공호수의 물로 기르는 아마고와 송어 양식으로 단백질을 자급하며 덴쿠보 큰 노송의 섬으로 건너가 명상하자. 고요한 사랑의 삶을 영위하는 집단을 만들지 않겠는가. 나는 지금 그 계획의 근간을 이룰 인공호수를 건설하고 있다. 반대를 그만두고 적극 참가한다면 자네들의 의심과 두려움은 단번에 해소될 것이다."

기이 형, 이와 같이 사랑을 말하는 당신을 흉측한 증오의 모델로 급변시키려 도쿠다 의사가 선두에 서서 도발했다고 한다. 숲의 힘이 강해졌다지만, 옛날에 이 숲속 토지는 냄새나는 검은 습지로 덮여 있었고 거기서 발생한 독이 나는 새조차 떨어뜨렸다고 하던데 바로 그 독의 힘이 이제 회복된 것이 아닌가? 제방이 완성되기도 전부터 냄새나는 검은 물은 이미 덴쿠보에 차 있다. 기이 형의 몸을 해친 암도 냄새나는 검은 물의 힘이 만들어 낸 것이 아닐까 의심하는 사람들도 있다. 덴쿠보에 가장 가까이 살아온 사람이 기이 형이니까….

그때까지 내내 묵묵히 이야기를 듣고 있던 젊은이들이 그것을 계기로 삼아, 이 역시 미리 짜 두었던 소란으로 옮아갔다. 검은 물에서 나는 냄새는 저택에까지 차 있어서 숨을 쉬기가 힘들 정도라고…. 사실 그것은 저택에 몰려든 사람들 모두가 느끼고 있었지만 기이 형과 오셋짱만 알아채지 못하는 악취였다. 수술 이후 기이 형은 인공 항문을 부착하여 몸 옆구리에 배설물을 담는 주머니를 달고 있는 형편이라 그 냄새가 저택에 차 있었던 것인데 그것을 모르는 척, 순진을 가장한 젊은이들이 이 말을 꺼낸 것이다.

기이 형, 당신은 분노가 폭발했다. 그때부터는 그들이 도발하기도 전에 자진하여 공격하는 쪽으로 돌아섰다.

"너희들이 숲의 힘을 받아 살기를 거부한 이상, 숲의 이교도로서 그 힘이 갖는 위력을 두려워하며 살 수밖에는 없을 것이다."

거기 있던 어느 누구도 잘 이해할 수 없는, 그런 만큼 더욱 음산하고 소름 끼치는 저주를 내뱉은 것이다. 기이 형, 그것은 당신이 수술 직후, 병원에서 이야기했던 이 세계, 또한 그것을 초월한 세계를 파악하기 위해 당신이 택한 모델, 덴쿠보의 인공호수에 대한 사랑의 모습과는 반대인 어떤 것, 즉 증오를 설파하는 메시지였다! 사실 그런 식으로 모델이 움직이기 시작하는 정경을 기이 형은 꿈에서 보았다. 시커먼 물과 함께 자신이 물대포가 되어 튀어 나간다. 그 시커멓게 똑바로 뻗은 선이 말하자면 내 삶의 실체거든, 하고 기이 형은 내게 말했었다.

"온 세상 모든 사람들에 대한 비평이지, 사랑과는 그야말로 정반대인…"

기이 형, 당신은 한바탕 분노에 찬 소리를 질러 대더니 그 이상 이야기하기를 거부했고 반대파 사람들은 돌아갔다. 비바람은 한층 심해졌다. 한밤중에 동생은 두세 대의 차가 다시 '본동네'로 올라가는 소리를 듣고 경찰에 전화했지만 이번에는 무시당했다. 할 수 없이 저택에 전화를 해서 조심하라고 말하자, 오셋짱은 "반대파 놈들이 제방을 폭파하러 되돌아온다고 해도 오늘 밤은 다시는 기이 씨를 못 나가게 할 거야" 하는 대답을 했다. 30분 뒤 동생이 다시 한번 저택에 전화했을 때 전화는 불통이었다. 그것은, 폭우로 물이 불어난 인공호수에 대한 두려움을 기이 형의 저주와 연결시킨 젊은이들이 자동차로 되돌아와 전화선을 자르고 침입했기 때문이었다. 그들은 기이 형과 이야기를 나눈 뒤 강 아래 바에서 술을 마시면서 기이 형이 오늘 밤에라도 제방을 스스로 폭파하고 검은 물대포가 되어 하류로 터져 내려올지도 모른다는 의심과 두려움에 사로잡혔다. 젊은이들은 저항하는 오셋짱을 뿌리치고 기이 형을 어거지로 빗속으로 끌어냈다.

기이 형, 오셋짱과 동생은 검은 물속에 무릎 위까지 잠기면서 당신의 유체를 큰 노송나무 섬의 비탈로 끌어 올렸다. 힘을 쓰는 일은 동생 혼자서 했다. 제방에서 바라보고 있는 구경꾼 따위 염두에도 없다는 듯 오셋짱은 상반신이 알몸이 되는 것도 아랑곳없이 겉옷과 속옷을 벗어— 당신이 국회 의사당 옆에 쓰러졌을 때도 속옷으로 닦아 준 아가씨가 있었다 — 수술 자국이 생생한 기이 형의 몸을 정갈하게 닦아 냈다. 동생이 저택에서 의복을 가져오기 위해 보트로 돌아왔을 때 구경꾼들은 두렵다는 듯 거리를 두고 바라보기만 했다. 니시 군은 제방 쪽 물가에 주저앉아 넋이 나간 듯 울고만 있었다. 오셋짱과 동생은 새 옷을 입힌 기이 형의 유체를 큰 노송 뿌리 근처까지 옮기고 싶었지만 너무 무거워 포기하고 새싹이 돋아 부드러운 풀 위에 눕혔다.

　그러고 나서는 패트롤카가 도착하여 큰 노송의 섬에 대고 말을 걸어올 때까지 오셋짱과 동생은 기이 형의 몸에서 약간 떨어져 앉아 푸른 풀을 뽑으며 조용히 손장난을 하고 있었다. … 기이 형, 폭우가 그치고 맑게 개인 푸른 하늘 아래 건너편 비탈에는 당신이 심은 산벚꽃이— 아직 만개하지 않았던 덕분에 폭우와 바람의 영향도 받지 않아 — 지금은 활짝 피어 햇빛에 빛나고 있다. 나는 그러한 광경 속에서 여자들이 평온하게 풀을 뽑는 모습을 생각하면 마음이 끌린다. 조금 떨어져 새 옷을 입고 풀 위에 누운 기이 형은, 한껏 멋을 부리고 피크닉을 나온 신사가 취해서 잠깐 선잠이라도 든 것처럼 보였으리라. 검은 물을 사이에 두고 제방의 구경꾼들은 기가 질려 말이 없었으니 화창하고 조용한 대기 속에 새소리도 들려왔으리라. 여자들은 말없이 조용한 풀 뽑기를 계속하고 있다. 꽃묶음 대신 푸른 풀잎 다발로 누워 있는 기이 형의 가슴을 장식하려고 마음먹은 것처럼. 수면에서 뻗은 버드나무 새싹은 가벼운 바람에 흔들리면서 오묘한 빛을 비추어 내고 있다….

기이 형, 나는 새삼스레 연옥의 섬, 해안 가까이의 정경을 생각한다. 카토가 이끄는 대로 지옥에서 더럽혀진 얼굴을 씻고 뽑아낸 등심초를 허리에 달아 이중으로 더러움을 정화한 순례자와 선도자는 천사의 배로 해변에 도착한 혼들을 만난다.

　　이 행운의 영혼들은 모두 멈추어
　　내 얼굴을 바라보며
　　마치 가서 몸을 아름답게 할 것을 잊은 듯하더라.

그들은 단테의 오랜 친구 카젤라의 연가를 듣는다.

　　우리 모두 멈추어 마음을 노래에 두었더니,
　　보라, 저 고상한 노인이 소리쳐 이르더라.
　　"무슨 일인가 늦게 온 혼들이여.

너희의 태만이라, 어찌하여 이렇게 멈추어 있는가,
산으로 달려가 더러움을 없애라,
그렇지 아니하면 신은 너희에게 나타나지 않으시리니."

비유컨대 모이를 쪼러 모여든 비둘기가
소리도 내지 않고 항상 하는 잘난 체도 하지 않으며
보리나 잡초 열매를 쫄 때

무서운 것이 나타나면
아까보다 더한 소원에 몰려 순식간에
모이를 버리고 사라짐과 같이

이 새로운 무리 노래를 버리고
산비탈을 향하여 갔더니,
그 모습 길을 가지만 갈 곳을 모르는 자와 같더라.

기이 형, 나는 이 장면과 함께 그날 아침 덴쿠보 큰 노송 섬의 광경을 생각한다. 기이 형은 풀밭에 누워 있다. 조금 떨어져 오셋짱과 동생은 풀을 뽑고 있다. 그리고 어느샌가 나도 또한 기이 형 옆에 누워 있고 히카리와 오유도 풀 뽑기에 가세한 듯하다. 해는 명랑하게 엷은 초록 버드나무 새싹을 반짝이게 하고 짙은 초록인 큰 노송도 간밤에 내린 비에 새

로 씻겼는데 건너편 산벚꽃의 하얀 꽃송이가 흔들린다. 시간
은 유유히 흐른다. 위엄 있는 노인이 나타나 어찌하여 이렇
게 멈추어 있는가, 산으로 달려가 더러움을 없애라, 그렇지
아니하면 신은 너희에게 나타나지 않으시리니 하며 우리를
꾸짖으셔서 허둥지둥 서둘러 큰 노송 뿌리 근방으로 달려 올
라가지만…. 시간은 순환하듯이 흘러 다시금 기이 형과 나는
초원에 누웠고 오셋짱과 동생은 풀을 뽑고 있으며 아가씨 같
은 오유와, 어리고 천진난만함 그 자체여서 장애가 오히려
티 없는 귀여움을 더할 정도인 히카리가 푸른 풀을 뽑는 사
람들 속에 끼어든다. 태양은 명랑하게 엷은 초록빛 버드나무
새싹을 빛나게 하고 짙은 초록빛 큰 노송도 그 색이 한층 뚜
렷한데 건너편에선 산벚꽃 하얀 꽃송이들 쉴 새 없이 흔들리
고 있다. 위엄 있는 노인은 다시 나타나 소리를 지르겠지만
모든 것은 순환하는 시간 속에 계속되는 평온하고 진지한 게
임 같아서 서둘러 달려 올라갔던 우리는 다시금 큰 노송 섬
의 풀 위에 놀고 있으리라….

　기이 형, 이 그리운 시절 속, 언제까지나 순환하는 시간 속
에 사는 우리들을 향하여 나는 몇 통이고 몇 통이고 편지를
쓸 것이다. 이 편지를 비롯한 그 편지들이 당신이 사라진 현
세에서 내가 죽을 때까지 써 나갈, 이제부터 할 일이 되리라.

저자가 독자에게

오에 겐자부로

기이 형!

이렇게 『그리운 시절로 띄우는 편지』가 「문예문고」에 담김으로써 저는 소설가로서의 노정에 꼭 필요한 또 하나의 도약판을 얻을 수 있겠다는 생각이 듭니다. 적어도 일정 정도의 확실한 독자들께, 저 스스로에게 중요한 이 소설이 새로이 받아들여질 수 있겠다는 기대 때문에 그렇습니다.

마침 이 소설의 프랑스어 번역이 완성되어 갈리마르Gallimard서점이 내년 봄 간행을 위해 구체적인 준비를 시작했다는, 친구 번역가의 편지가 왔습니다. 또한 요 몇 년 동안 상당한 길이로 써 내려오고 있던 것을 초고草稿 뭉치가 거부하는 듯하여, 아예 처음부터 다시 쓰기를 거듭하고 있던 장편 소설을 가까스로 다시 힘내어 써 나갈 수 있을 듯한 낌새도 보이는 참이랍니다. 여기서 굳이 이 이야기를 하는 것은 바로 이 장편이 『그리운 시절로 띄우는 편지』의 무대가 된 장소에다가, 몇몇 등장인물 역시 겹치는 식으로 쓰게 될 것이라서 그렇습니다.

이 책 하드커버 속표지에는 츠카사 오사무司修(1936~. 소설가·화가이며 장정가) 씨가 내 편지 속 스케치를 솜씨 좋게 살려 내어 앙리 4세에 관한, 불 속에서 부활하는 살라맨더Salamander(4대 원소를 주관하는 정령 중 불을 관장하는 존재)와 Nutrisco et Exstinguo라는 말 — 와타나베 가즈오의 번역으로는 국육鞠育(사랑하는 이를 잘 훈육하여 삿된 것을 멸절시킴) — 을 간략한 문장으로 만들어 주었습니다. 나는 이것이 좋아서 겉표지를 벗겨 내고 보조 탁자 위에 둔 이 책의 검은 윤곽을 손가락으로 따라 그리며 새로운 장편 소설을 위한 에너지를 일깨우고 있습니다.

『그리운 시절로 띄우는 편지』의 거의 완성된 원고를 트렁크에 담아 두고 혹시 불이라도 나면 이것만은 들고 나가 달라고 가족에게 부탁해 놓은 저는 당시 소비에트의 작가·시인들이 모스크바에서 개최했던 페레스트로이카Perestroyka(소비에트 연방에서 고르바초프가 1988년부터 1991년까지 진행한 정치 체제의 개혁)를 지원하는 문화 집회에 갔었습니다. 고르바초프 체제에 멈추지 않고 이후 러시아에서 벌어졌던 극심한 변화를 생각하면 엄청난 전환기를 살고 있다는 사실을 절감하게 됩니다. 게다가 『그리운 시절로 띄우는 편지』를 출간하고 난 후, 다음 큰 작업을 어떤 식으로 이어 나갈까 생각하는 것만으로 그 시절을 지낸 것이니 개인적인 걸음이란 실로 얼마나 느린 것인가 하는 생각도 듭니다.

그런 기간에도 저는 몇 개의 단편 연작과 그다지 길지 않은 장편도 썼습니다. 그런 작업에 대해 한 세대 아래 비평가에게서 『그리운 시절로 띄우는 편지』의 마지막 문장 그대로, 편지처럼 이들 작품을 쓰고 있는 것 같다는 지적을 받은 일이 있습니다.

> 기이 형, 이 그리운 시절 속, 언제까지나 순환하는 시간 속에 사는 우리들을 향하여 나는 몇 통이고 몇 통이고 편지를 쓸 것이다. 이 편지를 비롯한 그 편지들이 당신이 사라진 현세에서 내가 죽을 때까지 써 나갈, 이제부터 할 일이 되리라.

제가 지금 가까스로 힘을 내어 쓰기 시작한 장편 역시, 그 편지 중 한 통일지도 모른다고 한다면 예언적인 소리를 해버렸던 셈이지요. 어째서 그런 소리를 썼는가 하면, 역시 『그리운 시절로 띄우는 편지』가 저 자신에게 특별한 소설이었기 때문이리라고 생각합니다. 저는 이 소설을 제 삶의 '중간매듭(반환점)'으로 삼고자 했던 것 같습니다. 모리 오가이의 말을 빌려 오는 것이 송구하지만, 생각해 보면 저는 이미 이 대문호의 몰년을 넘겨 살고 있으니!

『그리운 시절로 띄우는 편지』를 쓰기 시작한 시기, 언제나처럼 이것저것 구상을 해 보고 온갖 문체로 초고를 썼다 지웠다 하고 있었는데, 저는 제 앞에 두 가지 방향이 있다는 기분이 들었습니다.

물론 소설의 기본적인 톤을 모양 잡는 소재로서는, 일찌감치 단테가 있었습니다. 오히려 그에 앞선 몇 년 동안, 제 생활의 기반에는『신생』이나『신곡』을 계속 읽어 나간다는 것이 있었고 나아가 단테의 생애와 사상을 둘러싼 연구서를 읽는 것이 일상의 루틴이 되어 있었던 것이지요. 살아 나가면서 겪는 위기는 일단 이겨 내 버리고 나면, 통증이나 마찬가지로 좀처럼 떠올리기도 쉽지 않은 법이고 따라서 자살이라는 것은 결코 바람직하지 않다는 것이 지금까지 살아오고 나서 갖게 된 확신이지만, 그처럼 단테를 지속적으로 읽어 가는 것으로 가까스로 대항 가능할 정도의 위기를 겪었다는 것도 인정해야겠지요.

당시 함께 회의에 갔던 시카고대학의 기타가와 교수께서

그날 제가 발표 중 일화로 아리스토텔레스의 『기상학』 속 파르메니데스(고대 그리스의 철학자. 엘레아 학파의 대표로 존재론과 형이상학의 창시자라 불림) 비판을 소설가의 자계自戒로 이야기했던 것에 관하여,

"문학에서 기상이라고 하는 것은 중요한 요소지요? 『신곡』 같은 작품에선 어떻게 되어 있나요?" 하고 점심 식사를 하며 물으셨습니다.

단테에게 기상이 중요한 역할을 하는 것은 우리의 대기권에 있는 연옥, 즉 「정죄편」뿐이지만 지상 낙원도 거기 포함되어 있어서 기상에 관한 아름다운 표현이 있습니다, 하고 저는 대답했습니다. 그러고 보니 엘리아데(1907~1986. 루마니아 출신의 종교사학자이며 저술가)가 같은 이야기를 했었다는 교수님의 회상을 이끌어 내기도 했었습니다.

그것은 즐거운 추억이지만, 사실은 숨 막힐 듯 고통스러워하며 단테를 의지하고 있었기에 그와 같은 지식이 일상적인 것이 되어 있었던 것이지요. 그런데 그런 식으로 단테에게 부추김을 받아 가며 장편 소설을 향해 갔다고는 하지만 그것을 실제로 어떻게 쓸 것인가? 앞서 말했듯이 방향은 두 가지였습니다. 그때까지 거의 해 본 적이 없는 순수하게 객관적인 소설로, 요컨대 기이 형을 발자크 소설 속 인물처럼 만든 3인칭 이야기를 쓸 것인가? 아니면 내 삶과의 관련을 통하여

1인칭으로 기이 형을 회상해 나갈 것인가?

결국은 써 나가는 문장 감각의 리얼리티라는 점에서 두 번째 방법이 되었습니다. 3인칭으로 발자크식 인물을 활약하게 한다면, 그 문장이 바로 지금 현재의 어쩔 수 없는 자기표현이라는 무게를 드러내지 못하는 것 아닐까 하고, 짤막한 초고를 써 보는 동안 불안해졌던 것입니다.

하지만 일단 1인칭으로 쓰기 시작하자 그에 따라 단지 사소하다고만 할 수 없는 소설적 요소 역시 나타났습니다. 말하자면 기이 형이라고 하는 가공의 인물을 실마리 삼아 자신의 '중간매듭'까지를 돌아보게 되면서 특히 소설가로서 맞닥뜨렸던 온갖 문제점을 검증해 가게 되었던 것이지요.

그런데 기이 형이 가공의 인물이라는 사실은 이미 이야기했습니다만, 그렇다면 어떻게 만들어진 작중 인물이었던가? 우선 말할 수 있는 것은 저 자신이 '그렇게 살려고 했던' 이상형이 투영되어 있다는 점입니다. 단테를 평생 읽고 있는, 더구나 자신이 태어난 고향에서 꽤나 전문적으로 그 일을 하고 있다는 점에서는 그야말로 제가 꿈꾸던 삶이니까요.

나아가 지금까지 제가 만났던 다양한 '기이 형적'인 인격이 합성되어 있습니다. 저에게는 어려서부터 지금까지, 지우지 못하고 이어오고 있는, 이른바 '남동생적 성격'이라는 것이 있는 듯합니다. 그것은 공격 유발성, 다시 말해 벌너러빌러티

vulnerability(취약점)이기도 합니다만 그러한 동생적인 성격이 있는 까닭에 인생의 여러 가지 국면에서 기이 형적인 인격에게 자주 이끌림을 받을 수 있었다고 여겨집니다.

그러한 이들에 대한 보답이라고 한다면『그리운 시절로 띄우는 편지』의 마지막 말은 정말 맞습니다.

이 편지를 비롯한 그 편지들이 당신이 사라진 현세에서 내가 죽을 때까지 써 나갈, 이제부터 할 일이 되리라.

하지만 이 소설에 관한 죄의식 같은 것도 제 마음엔 아로새겨져 있습니다. 그것은 암 수술을 받고 주의가 필요한 기간도 무사히 넘긴 큰형의 체험에서 힌트를 얻어 썼던 부분이 있었는데 제 딴에는 기이 형이 암과는 다른 원인으로 죽게 함으로써 큰형의 액막이를 할 요량이었건만—그 후 전이도 아니고 다른 부위에서 별개의 암이 발견되어—거듭된 수술 후 형이 세상을 떠난 것 때문입니다. 그 형이 역시 츠카사 오사무 씨의 인공호수 중앙의 섬 그림을 가리키며 "여기 내가 누워 있구나." 했던 적이 있으니까요.

솔직히 말하자면 저는 기이 형의 이미지를 이루는 이들의 무리 속에 큰형을 넣었던 적은 없었습니다. 하지만 이 일이 떠오를 때마다 흠칫, 하며 제 소설의 죄를 느끼게 됩니다. 한편 죽음을 목전에 둔 큰형이, 제가 쓰는 '그리운 시절' 속 그에게 보낸 편지라는 발상을 인정해 준 것이라면 그것을 큰형은 동생이 주는 그나마 최소한의 보답이라고 여겼던 것은 아닐까 싶습니다.

그리운 존재가 된 오에 겐자부로
그 시작을 찾아서*

1

오에 컬렉션은 노벨문학상을 수상한 오에 겐자부로大江健三郎의 읽기와 쓰기 관련 저작을 국내에 처음으로 번역 소개함으로써 한국 독자들의 책 읽기 수준과 글쓰기 능력을 근본적으로 향상시키기 위해 기획했다. 아울러 컬렉션은 오에의 타계 일주년을 기념하는 의미도 있다. 즉 평생 동안 소설 쓰기에 매진했던 작가의 열정과 업적을 좀 더 새로운 차원에서 독자들과 더불어 살펴보고자 하는 것이다.

---

* 이 글은 한국외국어대학교 일본학대학 정상민 교수님께서 써 주셨다.

오에 컬렉션의 대미를 장식하게 된 장편 『그리운 시절로 떠우는 편지』는 내용 면에서 오에 소설의 핵심 주제인 고향 마을의 역사와 신화를 둘러싼 '구원과 재생'을 종합하는 소설이다. 형식 면에서도 컬렉션 I권에서 IV권까지의 이론서를 통해 작가가 읽고 쓰는 행위에 대해 설파했던 경험과 이론이 소설이라는 형식으로 농축되어 펼쳐지고 있다. 분량이 다소 부담스러울 수 있으나 무거운 주제를 편지 형식의 부드러운 말투로 유머를 섞어 가며 풀어내는 오에의 능숙함에 책을 손에서 놓을 수 없을 정도로 몰입하게 된다.

　소설은 'K'로 불리는 소설가 '나'가 평생의 스승 격인 '기이 형'을 만나기 위해 가족을 데리고 고향 숲속 마을을 방문하는 것으로 시작한다. '나'는 『세븐틴』, 『만엔 원년의 풋볼』, 『홍수는 내 영혼에 이르고』 등의 작품을 쓴 저명한 소설가이며, 유명 영화감독의 딸인 아내와 결혼하여 장애가 있는 큰아들 히카리, 딸, 둘째 아들과 함께 도쿄에서 살고 있다. 대부분의 독자들이 '나'를 통해 오에를 연상하며, 또 의도적으로 그런 식으로 생각하게끔 유도하는 인물 설정이다. 이외에도 일본이 패망하기 바로 전해에 할머니에 이어 아버지마저 여의었으며, 대학 입시에 실패했었다는 설정, 『세븐틴』 출간으로 인해 우익의 협박을 받았던 일 등 많은 부분에서 '나'는 작가 오에의 실제 경험을 공유하고 있다. 그런 점에서 일본의 전통적 소설 기법인 사소설과의 유사성을 지적하는 의견도 있으나, 누구보다도 소설의 방법론에 의식적이었던 오에의 경향을 볼 때 이러한 인물 설정은 다르게 접근할 필요가 있다.

작품 내에서 작가라는 존재의 권능을 극소화하고자 했던 롤랑 바르트의 '작가의 죽음'을 떠올릴 필요도 없이 근현대 소설에서 작가와 등장인물을 동일시하는 해석은 오독에 가깝다. 그렇다면 『그리운 시절로 띄우는 편지』에서 소설의 주인공 '나'와 오에를 동일시하게끔 읽히는 설정을 작가가 의도했다는 것은 무엇을 의미하는가?

본문의 다음과 같은 부분은 아주 특이하다.

> 나는 기이 형의 수업에서 인상에 깊이 남았던 부분을 『홍수는 내 영혼에 이르고』에서 파당을 만든 청년들에게 그들보다 조금 더 나이 든 젊은이가 영어를 가르치는 텍스트로 그대로 써먹었다.
>
> (본문 p.36)

오에의 실제 작품인 『홍수는 내 영혼에 이르고』를 작품 속의 가공인물인 '기이 형'과 '나'의 에피소드에 대입시켜 마치 '나'가 쓴 소설인 것처럼 당연시하고 있다.

은둔자 기이라는 인용어구는 내가 『만엔 원년의 풋볼』과 또 다른 단편 속에서 쓴 인물의 이름이었다. (중략) 옥중에서 이 소설을 읽은 기이 형은, 그 시기에도 편지를 주고받고 있던 내 누이동생에게 곧잘 자기를 가리켜 은둔자 기이라고 부르곤 했던 것이다.

(본문 p.23)

마찬가지로 소설 속 세계의 '나'의 고향 마을에 '정신이 이상해져 숲속에 살다가 결국은 불의의 죽음을 당한, 잊을 수 없는 실재 인물'이 존재했고, 마을 사람들이 그를 '기이'라고 불렀으며, '나'가 자신의 소설 『만엔 원년의 풋볼』에 이 이름을 그대로 썼다는 것이다. 그리고 '기이 형'은 이 '기이'와 같은 운명을 걷게 된다.

이처럼 '기이 형'과 '나'는 마치 현실 속에 살아 움직이면서 작가 오에와, 그리고 독자들과 텍스트라는 하나의 공간 속에서 호흡하고, 성장하고 있다. 소설 속 세계와 현실 세계가 겹쳤다가 분리되기를 반복하며, '오에 월드'라고 부를 만한 묘한 세계관을 창출하고 있는 것이다. '기이 형'의 무모하리만치 이상적이고 적극적인 인물 설정은 대학생 때부터 작가 활동을 시작한 오에가 실제 경험으로 펼쳐 보지 못했던 상상력 속의 화려한 삶을 소설 속 세계에서 마음껏 누려 보는 이상적인 인물상이며, 오에가 어린 시절부터 많은 영향을 받았던 인물들을 마치 한데 모아 놓은 듯한 존재이다. 현실에서는 불가능한 '기이'와 '나'의 합일이 '오에 월드' 내에서는 가능해진다.

이를 다음과 같이 도식으로 간단히 표현할 수 있다.

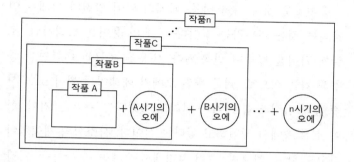

작품 A와 이를 집필한 A 시기의 오에가 차기 작품 B에 중요한 소재로 활용된다. 그리고 작품 B와 작품 B를 집필한 B 시기의 오에의 신변과 생각 등이 그 후의 차기 작품 C에 반영이 되는 식이다. 작가의 실제 경험이 소설에 반영된 캐릭터가 만들어지고 그 캐릭터는 다시 실제 경험 속의 인물과 엮이어 소설 속에 새로운 사건을 만든다. 그리고 이 '오에 월드'를 풍성하게 하는 것은 오에의 개인적 신변 사항과 과거 작품뿐만이 아니다. 오에가 읽었던 고전 작품, 이를테면 단테·예이츠·블레이크·포크너와 같은 외국 작가와 작품의 인용이 빈번하고, 숲속 마을의 신화와 역사를 이야기하는 장면에서는 야마구치 마사오의 은유와 트릭스터 등의 개념이 엿보인다. 소설 집필 당시 오에가 독서와 연구를 통해 탐독했던 관념적 세계가 '소설가 K'의 상상력을 통해 작품 속에 혼합되어 그 깊이를 더한다.

흥미로운 것은 과거 작품, 과거의 일이 완전히 그대로 인용되는 것은 아니라는 점이다. 오에의 용어를 빌리자면 '조금씩 차이를 만들며 반복'된다. 내용을 조금씩 비틀면서 중첩해 가는 식으로, 예를 들면 오에가 에세이 등에서 소년 시절 숲의 삼림 조합 서기가 되려고 했었다는 추억은 '기이' 형이 소설 속에서 체현하고 있다는 식이다. 사소설의 재해석이라고도 할 수 있으며, 그런 의미에서 오에는 이 작품을 '가장 자전적인 작품'으로 평가하고, '시코쿠의 산간 작은 마을에서 태어나 자란, 더욱이 전쟁 중에 소년기를 보낸 인간의, 전후에서 안보투쟁을 거친 고도성장기에 이르는, 개인적인 동시 대사'로 인식하는 것이다.

지금까지 살펴본 오에만의 독특한 소설 쓰기 방식이 일반 독자로 하여금 진입 장벽이 높은 작가라는 인식을 갖게 한 이유 중의 하나일지 모른다. 오에의 이전 작품이나 오에 개인의 인생에 대해 알고 있는 사람과 알지 못하는 사람 사이에는 작품 해석에 대한 차이가 생기게 되는 구조이다. 물론 작가에 대한 배경지식이 없다고 해서 읽기를 주저할 필요는 없으리라. 모르는 상태에서 한번 읽어 보고, 배경 지식을 어느 정도 쌓은 후에 다시 읽었을 때의 차이를 느껴 보는 것도 오에라는 독특한 작가의 작품을 즐기는 또 다른 방법이다. 그런 것을 의도적으로 소설의 장치로 마련해 두는 작가라고 할 수 있다.

오에의 쓰는 행위와 읽는 행위에 대한 실험의 장으로서 이만한 작품은 없다고 해도 과언이 아니다. 오에의 쓰는 행위, 읽는 행위를 테마로 엮은 오에 컬렉션인 만큼 위와 같은 이유로 이보다 더 적합한 소설은 없다는 확신이 든다. 그동안 독자들은 I~IV권에서 체계적으로 소설 이론을 학습해 왔는데, 비로소 그 이론을 실제 작품에서 직접 확인해 가며 자기 작품으로도 적용해 볼 수 있는 기회가 온 것이다.

2

필자에게 오에 겐자부로는 항상 새로운 작품을 기다리고, 방송이나 강연을 통해 만날 수 있는 살아 있는 작가였다. 하지만 오에가 그러했고 『그리운 시절로 띄우는 편지』의 '나'가 그러했듯이, 자신의 삶에 커다란 영향을 끼친 스승·친구를 먼저 보내야 할 시간은 반드시 찾아온다. 그리고 지금은 오에 역시 그리운 시간에 존재하는 사람이 되었다.

2024년 본서의 출간을 준비하며 필자에게 그리운 사람이 된 오에를 찾아 작가의 고향 마을 오세大瀬를 다녀왔다. 오에는 에히메현 오세 마을(현 우치코초內子町) 출생으로 중학교 졸업까지 이곳에서 자랐다. 오세 마을은 사방이 울창한 숲으로 둘러싸인 깊은 산골이다. 마을 곳곳에 오에 작품 속에 등장했던 강·학교·신사 등의 풍경이 펼쳐진다. 이 소설의 주요 배경이 된 오에가 태어나고 자란 골짜기 마을을 독자들에게 최대한 생생한 모습으로 전하고 싶다는 연구자로서의 바람도 있다. 한국의 독자들이 좀처럼 접하기 어려운 작품의 외적 배경을 언급하는 것으로써 남은 해설을 대신하고자 한다.

오에 고향 마을의 위치

오세 마을 전경(상) / 오에 겐자부로 생가 주변(하) ⓒ 오세마을자치센터

이 소설은 '기이 형'의 죽음과 구원을 둘러싸고 '나'가 왜 마을의 역사와 신화를 소재로 소설을 쓰게 되었는가를 이야기한다. 울창한 숲으로 둘러싸인 마을은 이야기를 만들어 내는 힘을 갖고 있다. 산골에서 자란 작가는 상상력을 통해 '기이 형'이라는 가공의 존재를 중심에 놓고, 오세의 광활한 자연에 특별한 의미를 부여한다.

많은 독자들이 작품 속에서 선뜻 이해하기 힘든 배경이 '덴쿠보テン窪'일 것이다. 산꼭대기에 있는 웅덩이라는 뜻이지만 본 작품뿐만 아니라 고향 마을을 둘러싼 오에의 여러 작품에서 중요한 소재로 쓰이고 있다. 오세 마을 전경 사진 속의 골짜기 마을을 내려다보는 구릉지의 작은 연못이 비슷한 이미지가 아닐까 추측해 본다.

'고신庚申 님의 신당'(p.16)은 오에 생가가 있는 마을의 오다가와小田川를 건너 오세중학교 앞의 작은 구릉에 있다. 잃어버린 것을 찾아 준다는 신통함이 있다고 하여 오래전부터 주민들이 소중히 해 온 사당으로, 오에의 어머니 고이시小石가 생전에 매일 기도를 올렸다고 전해진다. 그런 인연으로 1994년 오래된 사당 건물을 재건할 당시 오에가 현판의 글씨를 새로 쓰기도 했다. 작품 세계와 작가의 인생이 현실에서 교차하는 기묘한 장소이다.

庚申堂 입구　　　　　　庚申堂　　　　　　庚申堂 현판

마을에는 묘오지明応寺라는 절이 있고 오에 가문의 묘가
경내 산 중턱에 자리 잡고 있다. 어린 오에는 아버지의 묘 주
위의 커다란 전나무 아래서 홀로 책을 읽고 있는 소년이었다
고 한다.

숲에서 골짜기를 향해 튀어나온 커다란 바윗덩어리로 된 산. 축축
하고 어두운 원생림이 드러난 산비탈에 있는 약간의 평지에 자리
잡은 묘지의 밝은 대밭 옆에서 나와 누이동생이 아버지의 묘석
둘레를 청소하며 풀을 뽑고 있었다. (본문 p.38)

　묘지 뒤의 전나무는 에세이에서는 '나의 나무'로 알려져 있다. 오에 생가 이층 방에서는 높이 솟아 있는 전나무가 바로 보인다.

　　이 숲의 사람들은 죽으면 영혼이 육체를 벗어나 빙글빙글 돌면서 높은 곳으로 올라가서 숲속에 이미 정해진 나무뿌리 부근에 내려 앉아 거기에 줄곧 있는 거라고들 하지만 정말 그럴까? (본문 p.88)

　　나와 자네의 영혼도 언젠가는 육체를 벗어나서 숲에 있는 각자의 나무뿌리로 돌아가 다시 한번 '영원한 꿈의 시절'의 풍경을 발견 하게 되겠지. (본문 p.91)

작가가 어릴 적 할머니에게서 들었다는 마을의 옛이야기는 이 소설에서 이야기를 이끌어 나가는 중요한 장치이다. 사람이 죽으면 그 영혼이 숲에 있는 자신의 나무로 돌아가 '영원한 꿈의 시절' 즉 그리운 시간으로 돌아간다는 마을의 신화, 오에는 지금 자신의 나무로 돌아가 재생을 준비하고 있을까?

이 길은 일단 평평한 등성이까지 올라가면 거기서부터는 삼나무와 활엽수 숲속의 평탄한 길이 된다. 길 중간쯤 왼쪽에 벽처럼 서 있는 **고래 모양의 바위**가 있고 그 모퉁이에서 좁은 길을 따라가다 보면 스기 주로杉十郎라고 불리는 큰 삼나무가 있는데 그것은 이쪽에서 삼나무 숲 사이로도 볼 수가 있었다. (본문 p.139)

마을을 휘감으며 흐르는 오다가와에는 오에가 어릴 적 '고래바위'(아래 사진)라고 이름 붙인 바위가 있다. 자세히 보면 오에의 작명이 수긍이 가는 모양새다.

'나'가 다닌 소학교와 중학교는 오세소학교와 오세중학교가 모델이다. 오세중학교는 1947년에 개교하여, 지금의 교사는 1992년 오에의 오랜 벗인 건축가 하라 히로시原広司가 설계하였다. 왼쪽에 보이는 원통형의 건물이 음악당이다.

오세중학교(상) / 오세소학교(하)

소설 속에서도 같은 이름으로 나오는 '미시마三島신사'는 오세 마을 중심에 자리잡고 있다.

우리 숲속에서도 **미시마 신사** 축제 때 '본동네' 아이들이 원숭이니 여우니 무사로 분장해서 공연하는 가구라神楽라는 게 있지? 그것도 우리 마을이 만들어질 무렵의 이야기를 무용극으로 꾸민 것이라고 여겨져. (본문 p.179)

미시마 신사 도리이

미시마 신사 본당

숲 아랫마을의 현도와 다리 사이의 네거리는 지금 이런 모습이다.

은둔자 기이가 자신이 살고 있던 숲에서 내려와 현도縣道와 다리橋로 가는 길이 만나는 네거리에 서서 했다는 설교도 시 비슷한 것으로 덧붙여 놓았다. (본문 p.24)

마을 교차로

마쓰야마의 고등학교에서 동급생으로 등장하는 '아키야마 秋山'는 숲속 사투리를 쓰는 시골 출신의 '나'와 대비되는 세련되고 아름다운 젊은이이다.

> 유명한 영화감독이었던 아버지가 오랜 투병 생활 끝에 돌아가시고 그는 어머니, 누이동생과 함께 아버지의 출신지인 마쓰야마에 돌아와 있었다. (본문 p.284)

취미로 모차르트의 레코드를 듣는 선망의 대상 아키야마는 오에의 부인 유카리 씨의 친오빠인 이타미 주조伊丹十三가 모델이다. 교토에서 시골에 와 있던 이타미 주조는 도회지의 모던 보이였고, 실제로 문학적으로도 오에에게 많은 영향을 끼쳤다. 오에의 소설 『조용한 생활』을 영화화하기도 했는데, 그의 기념관은 마쓰야마 시내에 있다.

이타미 주조 기념관

기념관 입구의 이타미 주조　　　　　『조용한 생활』 포스터

'나'는 '기이 형'의 '새로운 구원을 위하여, 그리고 나의 또 하나의 생을 위하여, 광대한 그리움의 장소를 만들어야 한다'고 느낀다. 그리고 '기이 형'과 함께 읽었던 『신곡』의 가장 아름답고 인간적이라 느꼈던 '연옥'의 시작 부분의 이미지를 고향 숲속 마을의 전경과 겹치면서 다음과 같이 끝맺는다.

> 기이 형, 이 그리운 시절 속, 언제까지나 순환하는 시간 속에 사는 우리들을 향하여 나는 몇 통이고 몇 통이고 편지를 쓸 것이다. 이 편지를 비롯한 그 편지들이 당신이 사라진 현세에서 내가 죽을 때까지 써 나갈, 이제부터 할 일이 되리라. (본문 p.687)

결국 이 소설은 죽음과 재생을 둘러싼 근거지로서의 '시간'의 문제, '장소'의 문제를 다루고 있다. 소설가로서 자신이 할 수 있는 일은 그리운 사람들을 위해 그들의 이야기를 계속 써 나가는 것뿐이라는 작가 오에의 결의가 느껴진다. 소설은 오에의 말처럼 그리운 시간, 그리운 곳으로 독자 여러분을 데려갈 것이다. 광대한 그리움의 시간과 장소를 향해 우리도 한번 여행을 떠나 보자.

3

마지막으로 700여 쪽에 가까운 대작의 번역을 맡아 주신 서은혜 교수님께서는 국내 오에 연구의 1세대 연구자로서 다수의 오에 관련 연구서와 논문을 남기셨다.

원래 『그리운 시절로 띄우는 편지』는 1996년에 처음으로 번역하여 내셨다. 그때는 원서로 오에의 『懷かしい年への手紙』(講談社) 1987년 초판을 사용하셨으나, 이번에는 2023년 12쇄본을 저본으로 하신 것이다. 기존의 번역 자료가 없어 방대한 작품을 새로 입력하고 윤문하면서 판본도 비교해야 했는데, 그 작업은 남휘정 교수님이 대신해 주었다.

서은혜 교수님께서는 최종적으로 그 입력본을 여러 번 검토하며 수정해 주셨다. 잘 알다시피 서 교수님께서는 『그리운 시절로 띄우는 편지』뿐만 아니라 『개인적인 체험』,『체인지링』,『우울한 얼굴의 아이』,『책이여, 안녕!』,『회복하는 인간』 등의 오에 대표작을 국내에서 가장 많이 번역하신 분이다. 그 외에도 아쿠타가와 류노스케의 『라쇼몬』, 고바야시 다키지의 『게 가공선』, 나쓰메 소세키의 『이 몸은 고양이야』와 『한눈팔기』 등 근현대의 일본을 대표하는 작품들을 두루 번역하셨다. 무엇보다 원문에 최대한 충실하면서도 거부감 없이 자연스럽게 작품에 빠져들도록 하는 우리말 번역으로 정평이 나 있다.

　보통 연구자 출신의 번역은 원문을 훼손하지 않겠다는 의지가 너무 강한 나머지 다소 어색하고 현학적인 번역이 되기 십상이고, 반면 전문 번역가의 경우 한국어는 아주 매끄럽게 읽히나 작가의 개성과 의도를 놓치는 때가 종종 있다. 서은혜 교수님의 경우는 양쪽의 장점만 싹 모아서 오에의 개성 강한 문체를 살리면서도 연구자가 아니라면 자칫 놓치거나 오독하기 쉬운 표현들을 정확하게 짚어 내고 있다. 난해하면서도 방대한 분량의 본 작품을 한국 독자들에게 가장 충실히 소개하실 수 있는 분이라고 생각한다.

2024년 5월 6일

정상민

오에 겐자부로 연보

1935 (0세) 1월 31일 에히메현 기타군 우치코초 오세愛媛県喜多郡内子町大瀬 마을에서 아버지 오에 요시타로大江好太郎와 어머니 고이시小石 사이에서 7남매 중 다섯째로 태어남.

1941 (6세) 4월 오세국민학교 입학. 12월 태평양 전쟁 발발.

1944 (9세) 1월 할머니 타계, 11월 아버지 타계.

1945 (10세) 히로시마広島·나가사키長崎에 원자폭탄의 투하로 일본 패전. 자연에서 영감을 얻어 시를 쓰기 시작함.

1947 (12세) 오세중학교 입학.

1950 (15세) 에히메현립 우치코고등학교 입학.

1951 (16세) 에히메현립 마쓰야마고등학교로 전학.

1954 (19세) 도쿄대 문과 입학.

1955 (20세) 불문과에 진학하여 와타나베 가즈오渡辺一夫 교수에게 배움.

1957 (22세) 단편「기묘한 일奇妙な 仕事」로 도쿄대 문학상[五月祭賞]을 수상.『문학계文學界』에 단편「죽은 자의 사치死者の奢り」로 문단 데뷔.

신인 시절(1961)

1958 (23세) 「사육飼育」으로 아쿠 타가와상芥川賞 수상.

1959 (24세) 도쿄대 문학부 불문과 졸업.

1960 (25세) 이타미 주조伊丹十三의 동생 유카리ゆかり와 결혼. 소설『청년의 오명青年の汚名』발표.

1961 (26세) 단편「세븐틴セヴンティーン」,「정치 소년 죽다政 治少年死す」발표. 이 작품으로 우익단체에게 협박을 당함. 8월 부터 4개월간 유럽을 여행하며 사르트르와 인터뷰.

1963 (28세) 소설『외치는 소리叫び声』발표. 장남 히카리光가 장애아로 태어남. 그 후 집필을 위해 히로시마 방문 취재.

1964 (29세) 소설『개인적인 체험個人的な体験』으로 신쵸샤 문 학상新潮社文学賞 수상.

1965 (30세) 르포르타주『히로시마 노트ヒロシマ・ノート』발표. 여름 하버드대 세미나 참가.

1967 (32세) 장녀 나쓰미코菜摘子 태어남. 소설『만엔 원년의 풋볼万延元年のフットボール』로 다니자키 준이치로상谷崎潤一郎賞 수상.

1968 (33세) 호주·미국 여행.

1969 (34세) 차남 사쿠라오桜麻 태어남.

1970 (35세) 평론『읽는 행위: 활자 너머의 어둠読む行為: 壊れものとしての人間—活字のむこうの暗闇』, 르포르타주『오키나와 노트沖縄ノート』발표. 아시아·아프리카 작가회의 출석을 위해 아시아 여행.

1973 (38세) 소설『홍수는 내 영혼에 이르고洪水はわが魂に及び』로 노마문예상野間文芸賞 수상.

1974 (39세) 평론『쓰는 행위: 문학 노트書く行為: 文学ノー付＝15篇』발표.

1975 (40세) 스승 와타나베 가즈오 타계. 김지하 시인의 석방을 호소하며 지식인들과 함께 48시간 투쟁.

1976 (41세) 멕시코에서 객원교수로 4개월간 체류. 아쿠타가와상 심사위원으로 활동.

1978 (43세) 평론『소설의 방법小説の方法』발표.

1979 (44세) 소설『동시대 게임同時代ゲーム』발표.

1981 (46세) '오에 겐자부로 동시대 논집大江健三郎同時代論集'(전 10권) 발표.

1983 (48세) 소설『새로운 사람이여 눈을 떠라新しい人よ眼ざめよ』발표. 캘리포니아대 버클리 캠퍼스에서 연구원으로 체류.

1985 (50세) 평론『소설의 전략小説のたくらみ、知の楽しみ』발표. 소설『하마에게 물리다河馬に噛まれる』로 오사라기지로상大佛次郎賞 수상.

1986 (51세)   일본에서 황석영 소설가와 대담. 소설『M/T와 숲의 이상한 이야기M/Tと森のフシギの物語』발표.

1987 (52세)   소설『그리운 시절로 띄우는 편지懐かしい年への手紙』발표.

1988 (53세)   평론『새로운 문학을 위하여新しい文学のために』발표.

1990 (55세)   첫 SF소설『치료탑治療塔』발표.『인생의 친척人生の親戚』으로 이토세문학상伊藤整文学賞 수상.

1993 (58세)   『우리들의 광기를 참고 견딜 길을 가르쳐 달라われらの狂気を生き延びる道を教えよ』로 이탈리아 몬델로상 수상. 『구세주의 수난—타오르는 녹색나무 제1부 '救い主'が殴られるまで—燃えあがる緑の木 第一部』발표.

1994 (59세)   8월 소설『흔들림— 타오르는 녹색나무 제2부揺れ動く —燃えあがる緑の木 第二部』발표. 9월 소설 집필 중단 선언. 10월 일본에서 가와바타 야스나리川端康成에 이어 두 번째 노벨문학상 수상. 10월 일왕이 주는 문화훈장 거부.

노벨문학상 수상

1995 (60세)   소설『위대한 세월—타오르는 녹색 나무 제3부 大いなる日に—燃えあがる緑の木 第三部』발표. 한국의 고려원에서 『오에 겐자부로 전집』(전 15권, 1995~2000) 번역 간행.

1996 (61세) 소설 창작 복귀 선언. 미국 프린스턴대 객원강사로 체류.

1997 (62세) 미국 아카데미 외국인 명예위원으로 선발됨. 5월 일본으로 귀국. 12월 어머니 타계.

1999 (64세) 소설『공중제비宙返り』상·하권 발표. 베를린 자유대 객원교수로 초빙.

2000 (65세) 하버드대 명예박사학위 받음. 소설『체인지링取り替え子』발표.

2001 (66세) 우익 단체 '새로운 역사 교과서를 만드는 모임'에 반대 성명 발표.

2002 (67세) 프랑스 레지옹 뇌르 코망되르 훈장 수상.

2003 (68세) 에드워드 사이드Edward Said 등이 참여한 왕복 서간『폭력에 저항하여 쓰다暴力に逆らって書く』발표.

2004 (69세) 가토 슈이치加藤周一 등 지식인들과 함께 평화헌법(제9조) 개정에 반대하며 '9조 모임' 발족을 알리는 기자회견 개최.

2005 (70세) 소설『책이여, 안녕さようなら、私の本よ!』발표. '오에 겐자부로상' 창설 계획 발표. 서울에서 열린 국제문학포럼에 참가하여 판문점 방문. 오에 자택에서 황석영 소설가와 광복 60주년 기념 대담. 프랑스의 국립 동양언어문화연구소INALCO 명예박사학위 받음.

2006 (71세) 고려대에서「나의 문학과 지난 60년」강연.

2007 (72세) 오자키 마리코尾崎真理子와의 인터뷰집『오에 겐자부로 작가 자신을 말하다大江健三郎 作家自身を語る』발표.

2009 (74세) 노벨문학상 수상 작가 르 클레지오와 대담. 소설『익사水死』발표.

2011 (76세) 도쿄에서 '원전 반대 1000만인 행동' 시위 참여.

만년의 오에(2015)

2012 (77세) 에세이집『정의집定義集』발표.

2013 (78세) 마지막 소설『만년양식집晚年様式集』발표.

2014 (79세) 『오에 겐자부로 자선 단편大江健三郎自選短編』발표.

2015 (80세) 한국의 '연세-김대중 세계미래포럼'에서 강연. 아베 신조安倍晋三 정권의 헌법 개정 추진을 강력히 비판.

2016 (81세) 리쓰메이칸立命館대 '가토 슈이치 문고加藤周一文庫' 개관 기념으로 마지막 강연을 함.

2023 (88세) 타계. 모교인 도쿄대에 '오에 겐자부로 문고' 창설.

2024 (1주기) 21세기문화원에서『오에 컬렉션』(전 5권) 간행.

그리운 시절로 띄우는 편지

2024년 6월 20일 초판 1쇄 인쇄
2024년 6월 30일 초판 1쇄 발행

지은이 오에 겐자부로
옮긴이 서은혜
펴낸이 류현석

펴낸곳 21세기문화원
등 록 2000.3.9 제2000-000018호
주 소 서울 성북구 북악산로1가길 10
전 화 923-8611
팩 스 923-8622
이메일 21_book@naver.com

ISBN 979-11-92533-17-9 04830
ISBN 979-11-92533-07-0 (세트)

값 29,000원